Zum Buch:

Alex ist ein erfolgreicher Motorradrennfahrer, aber nach einer Verletzung scheint es, als ob er seinen Sport an den Nagel hängen müsste. Er ist allerdings nicht nur in Willowbrook, um sich über seine Zukunft im Klaren zu werden, sondern er ist auch auf der Suche nach seiner Halbschwester, von der er durch einen Brief in den Unterlagen seines verstorbenen Vaters erfahren hat. Doch nach der ersten, zugegeben etwas holprigen Begegnung mit seiner Vermieterin Liberty ertappt er sich immer häufiger dabei, dass er viel lieber mehr über sie herausfinden möchte, dabei hat er sich geschworen, sich nicht zu binden …

Zur Autorin:

Sophie Claire schreibt emotionale Geschichten, die in England und in der Provence spielen, in der sie als Kind viele Sommer verbracht hat. Sie ist in Afrika geboren und in Manchester aufgewachsen, wo sie auch heute noch zusammen mit ihrem Ehemann und ihren beiden Söhnen lebt. Schon immer wollte sie das Schreiben zu ihrem Hauptberuf machen und ist überglücklich, dass sie nun ihre Tage damit verbringen kann, sich herzerwärmende Liebesromane an wunderschönen Schauplätzen auszudenken.

Lieferbare Titel:

Weihnachtsglück in Willowbrook

Sophie Claire

Winterwünsche in Willowbrook

Roman

Aus dem Englischen von
Sabine Schilasky

HarperCollins

Die Originalausgabe erschien 2020 unter dem Titel
A Winter's Dream bei Hodder & Stoughton, London

1. Auflage 2022

Deutsche Erstausgabe

Umschlaggestaltung von zero-media.net, München
Umschlagabbildung von FinePic®, München
Gesetzt aus der Stempel Garamond
von GGP Media GmbH, Pößneck
Druck und Bindung von GGP Media GmbH, Pößneck
Printed in Germany
ISBN 978-3-365-00094-6
www.harpercollins.de

Klimaneutral
Druckprodukt
ClimatePartner.com/15109-2009-1001

MIX
Papier
FSC FSC® C014496

Für Jane Dodds,
die mich zu dieser Geschichte inspiriert hat.

Kapitel eins

Mittwoch, 26. November

Liberty war bereit.

Jedes Jahr fragte sie sich, wer sie lieferte, wer sie schickte und warum. Tja, in diesem Jahr würde sie es herausfinden.

Im Cottage war es still. Draußen hatte die Nacht eine dunkle Decke über den Wald gelegt, und Liberty stellte sich vor, wie sich alle Wesen in der Wildnis schlafend zusammengerollt hatten. Gewöhnlich ließ sie ihr Verandalicht brennen, heute aber nicht. Absichtlich.

Fröstelnd zog sie ihren Quilt fester um sich und wünschte, sie könnte ein Buch lesen, um sich zu beschäftigen, nur wollte sie sich nicht durch ein scheinendes Licht verraten. Deshalb hockte sie im Dunkeln und wartete. Ihre Augenlider fühlten sich schwer an. Wäre da nicht die mysteriöse Person gewesen, die sie einmal im Jahr an diesem Tag aufsuchte, jeweils vor Tagesanbruch, hätte sie noch geschlafen. Nun zupfte sie einen losen Faden vom Bein ihrer blauen Pyjamahose. Vielleicht kommt der- oder diejenige in diesem Jahr nicht, dachte sie, während die Minuten verstrichen. Es könnte pure Zeitverschwendung sein, so lachhaft früh aufzustehen. Die Uhr in der Diele tickte einen einlullenden Takt, und Liberty lehnte den Kopf an den Fensterrahmen …

Sie war fast eingenickt, als das wummernde Brummen eines Motors bewirkte, dass sie die Augen aufriss. Sie setzte sich auf und sah, wie ein Scheinwerferpaar auf sie zukam. Wer immer das war, schaltete den Wagen aus. Listig! Kein Wunder, dass Charlie, ihr allzeit wachsamer Labrador, es in den letzten Jahren nie gehört hatte. Er bellte sonst schon, wenn sich ein Eichhörnchen aus hundert Metern Entfernung näherte, doch jetzt schlief er friedlich weiter in der Küche.

Hellwach beobachtete Liberty, wie ein kleiner Van die Lichter löschte und leise auf ihr Cottage zurollte. Sie strengte sich an, den Fahrer oder die Fahrerin zu erkennen, konnte jedoch lediglich einen dunklen Umriss ausmachen. Sie konnte nicht mal sagen, ob es sich um einen Mann oder eine Frau handelte. Die Person stieg mit einem Blumenstrauß in der Hand aus und ging auf das Cottage zu. Libertys Herz pochte vor Vorfreude auf das wunderschöne Geschenk – und die Auflösung des Rätsels.

Schnell öffnete Liberty das Fenster. »Danke für die Blumen!«, rief sie munter. »Ich habe mich nur gefragt …«

Die Gestalt draußen ließ den Strauß fallen und lief weg.

»… wer sie schickt«, beendete Liberty den Satz leise, während Charlie in der Küche lauthals anfing zu bellen. Okay, das war nicht die Reaktion, die sie erwartet hatte.

Sie überlegte. Eine Verfolgungsjagd war ja kaum angemessen – oder? Sie blickte an sich hinab: Pyjama und Morgenmantel. Nein, für eine Verfolgungsjagd war sie nicht gekleidet, und sie hatte keine Ahnung, wer diese Person war.

Der Klang des startenden Vans half ihr, zu einem Ad-hoc-Entschluss zu gelangen. Wenn sie nichts tat, würde diese Person davonkommen und Liberty nie erfahren, wer hinter den Lieferungen steckte. Das durfte sie nicht zulassen. Sie war so dicht dran, eine Antwort zu bekommen, und sie weigerte sich, jetzt aufzugeben.

Also rannte sie zur Haustür. Ihr Adrenalinpegel war hoch.

Charlie flitzte bellend durch die Diele. Bis sie an der Tür waren, preschte der Wagen bereits mit schlingernden Reifen davon. Fluchend packte Liberty ihre Schlüssel. Charlie folgte ihr, und es war einfacher, ihn mit ins Auto hüpfen zu lassen. Liberty dankte ihrem Glücksstern, dass ihr alter Citroën 2CV auf Anhieb ansprang, und Freude mengte sich unter ihre Aufregung. Noch nie hatte sie so etwas wie dies hier gemacht.

»Wer ist es, Charlie?«, fragte sie den Hund, als sie in den zweiten Gang schaltete und hinter dem Van herfuhr. »Und was sollte diese panische Flucht?«

Sie war sich nicht sicher, warum es sie so wütend machte. Vielleicht lag es daran, dass sie das Gesicht der Person fast gesehen hätte. »Ich will doch nur wissen, wer mir die verdammten Blumen schickt! Ist das denn zu viel verlangt?«

Charlie blinzelte nervös, während sie um eine Kurve jagte. Sie kannte die Landstraßen hier wie ihre Westentasche, trotzdem fuhr sie normalerweise nicht so schnell. Tatsächlich war sie seit Carys' Unfall vor sechs Monaten vorsichtiger denn je. Der Van vor ihr raste schlitternd auf die Hauptstraße und brauste davon, doch Liberty holte auf. Sie trat das Gaspedal durch, um mitzuhalten. Zum Glück war weit und breit niemand auf der Straße.

»Der Van ist von einem Floristen«, meinte sie und versuchte, den Namen zu entziffern. »Aber nicht Natashas, oder?«

Charlie winselte.

»Schon gut, Charlie. Keine Angst.« Sie streichelte ihn kurz, dann konzentrierte sie sich wieder auf die Straße. Mit beiden Händen umklammerte sie das Lenkrad, fest entschlossen, den Van vor sich nicht aus den Augen zu lassen. Die mysteriöse Person fuhr in einem halsbrecherischen Tempo. Libertys Herz pochte wie verrückt, und sie versuchte, nicht daran zu denken, dass sie die Kontrolle über den Wagen verlieren könnte, weil sie ins Schlittern geriet oder die Bremsen versagten. In all den Filmen, die sie gesehen hatte, hatten solche Verfolgungsjagden aufregend gewirkt; in der Realität wurde Liberty schlecht vor Angst.

Schließlich erreichten sie den Ortskern, und der Van bog hinter einem Blumenladen ein. Die Fahrerin – wie Liberty nun erkannte, warf ihr einen Blick zu, bevor sie ins Gebäude eilte. Liberty bremste mit quietschenden Reifen, sprang aus dem Wagen und lief ihr nach, wobei sie rief: »Halt! Warten Sie!«

Charlie war direkt hinter ihr und bellte laut. Als die Frau die Tür von innen schließen wollte, schob Liberty einen Fuß in den Spalt. Schmerz schoss ihr durchs Bein, als die Frau fest gegen die Tür drückte.

»Okay, jetzt machen Sie mir Angst«, sagte die Frau. »Warum sind Sie mir den ganzen Weg gefolgt?«

Liberty rang nach Luft. Im Ernst, es wäre ein Wunder, überstünde ihr Zehennagel dies unbeschadet. Trotzdem ließ sie ihren Fuß dort, denn sie wollte unbedingt Antworten auf die Fragen, die sie seit Jahren beschäftigten. »Warum sind Sie so gerast? Ich hoffe, Sie überschreiten das Tempolimit nicht immer so.«

Schuldgefühle spiegelten sich in den blauen Augen der Frau. »Natürlich nicht. Ich wollte weg, weil Sie nicht wissen sollen, wer Ihnen Blumen schickt.«

Charlie bellte immer noch neben Liberty. Sie befahl ihm, ruhig zu sein, und sah wieder die Frau an. »Warum nicht?«

Die Frau blieb stumm.

Liberty ließ sich nicht beirren. »Ich will nur wissen, von wem die sind. Heute ist mein Geburtstag, und die Blumen kommen schon, seit ich achtzehn wurde, aber es ist nie eine Karte oder ein Name dabei, und Sie glauben nicht, wie viele

Stunden ich schon gegrübelt habe, wer dahintersteckt. Aber ich habe immer noch keine Ahnung, und falls Sie mir irgendwas sagen können, egal wie vage, würde ich es gern erfahren. Richtig gern.« Sie holte tief Luft und ergänzte: »Bitte.«

Die Frau biss sich auf die Unterlippe und strich sich mit einer Hand durch ihren Pony. »Na gut«, meinte sie seufzend. »Kommen Sie rein. Aber ohne den Hund.«

Liberty zögerte. Sie hatte Charlies Leine nicht dabei, um ihn festzubinden, wagte allerdings auch nicht, ihn zurück zum Auto zu bringen, weil die Floristin sie dann aussperren könnte. »Sitz«, sagte sie zu Charlie. Er gehorchte. Liberty improvisierte, indem sie den Gürtel ihres Morgenmantels aus den Schlaufen zog und Charlie damit am Regenrohr festband. Ideal war es nicht, doch er war ein artiger Hund – meistens. »Jetzt bleib, okay? So ist es brav.«

Drinnen blickte sie sich um. Sie waren in einem kärglich eingerichteten Hinterzimmer mit einer Werkbank, auf der lauter Blätter und Blumenstängel lagen. Eine Tür führte in den Laden, und Liberty konnte Regale voller silberner Eimer mit Schnittblumen sehen. Das Geschäft war größer und geräumiger als das von Libertys Freundin Natasha in Willowbrook. Es war kalt, doch die vielen farbenprächtigen Blumen boten einen wärmenden Anblick. Sie waren wunderschön. Andererseits hätte sie es sich denken können. Die Blumen, die sie jedes Jahr bekam, waren besonders und immer die gleichen: knallgelbe Gerbera, ihre Lieblingsblumen, aufgebunden mit Grün und exotischen Blüten, deren Namen sie nicht kannte, die aber aussahen, als wären sie in einem tropischen Urwald gepflückt worden. Kunstvoll und elegant, und Liberty war jedes Mal aufs Neue bezaubert.

Sie streifte ihre Handschuhe ab und rieb sich den Fuß. »In Filmen zeigen sie nie, wie weh das tut.«

»Vielleicht, weil die Leute da keine Hausschuhe tragen«, sagte die Frau, die Libertys Morgenmantel und Fleecepyjama musterte. Sie hatte langes Haar, das an den Ansätzen weißgrau war und zu den Spitzen hin eisblau wurde. Es sah sagenhaft aus. »Entschuldigung, aber Sie haben mir Angst gemacht. Und mit dem Hund …«

»Ist schon gut«, sagte Liberty und schlüpfte wieder in den Hausschuh. »Dieser Laden ist fantastisch. Liefern Sie jedes Jahr meine Blumen?«

Die Frau nickte.

»Tja, zunächst einmal, danke. Sie sind immer sehr schön.«

»Gern geschehen.« Die Floristin sah Liberty nicht direkt an.

»Verraten Sie mir bitte, von wem sie sind.«

Nun schürzte die Frau die Lippen. »Weiß ich nicht.«

»Nie ist eine Karte dabei. Ist das Absicht?«

Wieder ein Nicken. »Die Person will anonym bleiben. So lautet die Anweisung, die ich erhalten habe.«

Anweisung? Es klang sorgfältig geplant. »Warum?«

Die Frau zuckte mit den Schultern, und Liberty versuchte es mit einer anderen Taktik. »Erinnern Sie sich, wann Sie diese Anweisung bekommen haben? War jemand persönlich hier?«

Sie warf Liberty einen Seitenblick zu, der zu sagen schien, dass sie diese Information nicht preisgeben durfte. »Ich habe den Auftrag zusammen mit dem Laden übernommen, als ich ihn vor zehn Jahren gekauft habe.«

Also hatte die Person, die hinter den Sträußen steckte, alles vor zwölf Jahren arrangiert, als Liberty achtzehn geworden war. »Und wie läuft das? Hat der- oder diejenige im Voraus bezahlt, oder schicken Sie jedes Jahr eine Rechnung?«

»Das ist vertraulich. Hören Sie, ich habe Ihnen schon mehr erzählt, als ich durfte. Sie sollen nicht erfahren, wer der Absender ist, okay?«

Liberty konnte ihre Enttäuschung nicht verbergen. »Ich wollte es wirklich nur wissen.«

Die Züge der Frau wurden weicher. »Ich gebe zu, dass es seltsam ist, und ich habe noch nie einen ähnlichen Auftrag gehabt – ausgenommen hin und wieder am Valentinstag. Aber vielleicht soll das Rätsel Teil des Geschenks sein. Es ist doch ziemlich aufregend, finden Sie nicht?«

»Ja, ist es wohl«, gestand Liberty.

»Es sind teure Blumen, so viel kann ich sagen. Wer immer die bestellt, ist nicht knausrig.«

»Und Gerbera sind meine Lieblingsblumen«, meinte Liberty. »Der Auftraggeber muss das wissen, weil sie immer dabei sind.«

»Tut mir leid, dass ich nicht mehr für Sie tun kann.« Die Floristin schaute auf ihre Uhr. »Hören Sie, ich habe noch jede Menge zu tun, also falls es Ihnen nichts ausmacht …«

»Nur eines noch«, sagte Liberty hastig. »Wie lange soll diese Bestellung noch ausgeführt werden? Ich meine, es sind schon zwölf Jahre, und ich bin heute dreißig geworden. Ist es … Ist es jetzt vorbei?«

Die Frau presste die Lippen zusammen. »Nein, ist es nicht. Aber mehr sage ich nicht.«

Liberty empfand eine Erleichterung, mit der sie nicht gerechnet hatte. »Gut. Tja, danke. Und mir tut es leid, wenn ich Ihnen Angst gemacht habe.«

Sie öffnete die Tür und war froh, Charlie zu sehen, der geduldig auf sie wartete.

»Genießen Sie Ihren Geburtstag!«, rief die Floristin ihr nach.

Liberty fuhr langsam und vorsichtig nach Hause, wobei sie die Informationsbrocken durchging, die sie der Floristin hatte entlocken können. Aber die meisten ihrer Fragen waren unbeantwortet geblieben. Was wäre, wenn sie umzog? Würden die Blumen sie dann immer noch erreichen? Und was geschähe, wenn dem Absender etwas zustieß? Handelte es sich um nur eine Person?

Sie bog von der Hauptstraße ab und folgte dem Waldweg, bis sie ihr Cottage erreichte. Der Strauß lag noch auf der Terrasse, wo die Floristin ihn abgelegt hatte. Liberty nahm die Blumen mit nach drinnen, arrangierte sie in einer Vase und bemerkte dann, wie spät es war. Die Zeit wurde knapp, und ihre morgendliche Routine war vollkommen aus dem Takt geraten. Was insofern beunruhigend war, als Liberty ihre Routine liebte: Sie war nicht mit dem Hund draußen gewesen, hatte nicht gefrühstückt, nicht einmal geduscht, und alle drei Tagesordnungspunkte schaffte sie jetzt nur im Eiltempo. Daher verkürzte sie die Hunderunde (Charlie schien enttäuscht und verwirrt zu sein, als sie umdrehten), duschte superschnell (dem Himmel sei Dank für Trockenshampoo) und machte sich rasch Tee und einen Toast mit Erdnussbutter und Marmelade. Darauf konnte sie unmöglich verzichten, denn sie würde die Kunden anknurren, wenn sie nicht frühstückte.

Während sie aß, versuchte sie, nicht an die Bedeutsamkeit des Tages zu denken. Dreißig war ein Meilenstein. Sie fühlte sich … Sie konnte es nicht benennen. Verunsichert? Getrieben?

Letztes Jahr um diese Zeit hatte ihre beste Freundin und Mitbewohnerin Carys in der Küche mit einem glitzernden silberfarbenen Umschlag auf sie gewartet. »Herzlichen Glückwunsch, Lib!« So aufgeregt, wie Carys sich aufgeführt hatte, war Lib bereits klar gewesen, dass das Kuvert ein besonderes Geschenk enthielt.

Dennoch verschlug es ihr die Sprache, als sie zwei Zugtickets nach Paris darin fand. »Ich habe gedacht, dass wir uns ein verlängertes Wochenende gönnen. Wir können uns ganz viel ansehen und einige Weihnachtseinkäufe machen, wenn du magst.«

»Das ist ein wundervolles Geschenk«, sagte Liberty benommen. »Vielen Dank, Car.« Mit Freudentränen in den Augen umarmte Liberty ihre Freundin. Dann fiel ihr etwas ein. »Aber ich habe keinen Pass!«

Carys reichte ihr augenzwinkernd ein Formular. »Dann besorg dir einen.« Sie hatte an alles gedacht.

Doch Carys war nicht mehr hier. Sie lag im Koma, seit ein rücksichtsloser Mann vor sechs Monaten viel zu schnell gefahren und frontal in ihren Wagen gekracht war.

Liberty hatte gewusst, dass ihr Geburtstag ohne Carys schwierig werden würde, und sich darauf eingestellt. Trotzdem kam ihr das Haus zu still vor, und es wartete kein Geschenk auf dem Küchentisch auf sie.

Sie verdrängte den Gedanken und begann, eine Liste zu erstellen, wer die Blumen geschickt haben könnte. Das hatte sie schon Dutzende Male getan. »Es kann kein heimlicher Verehrer sein, denn ich bin seit über einem Jahr Single«, sagte sie laut. »Womit reichlich Zeit gewesen wäre, mich anzusprechen. Es sei denn, derjenige ist zu schüchtern …«

Charlie blickte kurz auf, ehe er sich wieder seinem Frühstück widmete.

»Und Carys kann es auch nicht sein.« Ihre beste Freundin hatte geschworen, dass sie es nicht war, und inzwischen war es schlicht unmöglich. »Womit so ungefähr jeder bleibt, dem ich je begegnet bin, und eine unendliche Zahl an Gründen, warum.« Frustriert legte sie den Stift hin. Wer in aller Welt könnte es sein?

Sie trug ihre Tasse und den Teller zur Spüle. Und warum tat derjenige es? Glaubte die Person, Liberty bräuchte eine Aufmunterung? Hatte sie Mitleid mit ihr? Sie wusch den Teller energischer als nötig ab. O Gott, sie hasste den Gedanken, dass jemand sie bemitleidete. Nein, das konnte es nicht sein. »Oh, verdammt! Warum sagt derjenige nicht einfach, wer er ist, und erlöst mich aus meinem Elend?«

Sie stellte den Teller auf das Abtropfgestell und blickte durchs Fenster in den Garten. Wie sehr hatte sie gehofft, dies wäre der Tag, an dem sich der Absender endlich zu erkennen gab. Schließlich war es ein runder, ein besonderer Geburtstag. Sie hatte gehofft, diesmal würde die Person selbst die Blumen bringen.

Und sie hatte auf einen Mann gehofft.

Auf einen heimlichen Bewunderer, der sie schon lange kannte, aber aus irgendwelchen mysteriösen Gründen auf Abstand geblieben war, ihr nun aber doch die Gefühle gestehen musste, die er für sie hegte. Jemand, der gut aussah und freundlich war.

Ach, Liberty. Es war nicht die beste Idee, sich einzubilden, dass irgendwo ein Verehrer auf sie wartete. Es musste ja mit einer Enttäuschung enden.

Charlie kam zu ihr getrottet. Liberty streichelte und drückte ihn kurz. Der Labrador schmiegte sich an sie, als spürte er ihre Enttäuschung. Ein Blick auf die Uhr verriet, dass sie zur Arbeit musste, also richtete sie sich auf. Als sie an dem Strauß vorbeiging, berührte sie die Blütenblätter einer knallgelben Gerbera. Sie waren so weich wie das grüne Samtkleid, das sie trug.

»Aber schön sind sie«, meinte sie leise, »also danke, wer auch immer du bist.«

Vielleicht kannst du es einfach genießen, hatte ihre Mutter einmal vor Jahren gesagt, als Liberty wieder einmal gerätselt hatte, wer der Absender sein könnte. Nun schloss sie die Augen und versuchte, genau das zu tun, indem sie das Gefühl auskostete, dass irgendjemand entschieden hatte, sie an ihren Geburtstagen mit ihren Lieblingsblumen zu beschenken. Jemand mag mich, dachte sie, und ihr wurde wohlig warm. *An dem Gedanken muss ich festhalten. An diesem Gefühl … gemocht zu werden. In jemandes Gedanken zu sein. Es spielt letztlich keine Rolle, wer die Blumen geschickt hat. Ich kann froh sein, sie zu bekommen.*

Trotz der Störung ihrer Morgenroutine war Liberty pünktlich bei der Arbeit, und wie immer hob sich ihre Stimmung, als sie die Tür vom Button Hole öffnete. Fast ein Jahr war es her, seit sie ihre alte Stelle in einem Kaufhaus gekündigt hatte, und sie liebte es, hier zu arbeiten. Draußen mochte der Himmel Ende November grau und trüb sein, aber Evies Patchwork- und Quiltladen war ein leuchtender Stern in der Hauptstraße, eine Aladin-Höhle voller bunter Stoffe und Nähutensilien. Hier, inmitten der riesigen Garnspulen und Knöpfe, die von der Decke hingen, und der Musterquilts an den Wänden fühlte Liberty sich vollkommen zu Hause. Wenn sie sich umschaute, entdeckte sie unendliche Möglichkeiten für neue Entwürfe. Und im hinteren Raum wurden diese Entwürfe real: bezaubernde Quilts, die sie für ihre Onlinekunden auf der ganzen Welt fertigten. Dieses Geschäft war Libertys Wohlfühlort.

Ihre Chefin Evie lehnte am Tresen und plauderte mit Natasha, der Inhaberin des Blumenladens gegenüber. Beide begrüßten Liberty strahlend und umarmten sie – auch wenn es bei Natasha nicht leicht war, denn sie war im achten Monat schwanger.

»Wie geht es dir?«, fragte Liberty.

Natasha war klein und zierlich, und ihr Babybauch nahm sich in dem geblümten Kleid sehr rund aus. »Als würde ich durch die Gegend gekullert. Sicher wird dieses Baby mal Turner. Ich schwöre, dass es abwechselnd Purzelbäume schlägt und sich lang ausstreckt.« Sie strich sich das blonde Haar hinters Ohr.

»Wie lange noch bis zum Stichtag?«

»Vier Wochen. Luc wird schon übervorsichtig und drängt mich, mit der Arbeit aufzuhören und die Füße hochzulegen. Aber ich habe so viel zu tun, dass ich noch ein bisschen weitermachen muss. Meine Krankenhaustasche ist aber für alle Fälle schon gepackt. Und Evie ist auf Stand-by, um Lottie zu übernehmen, wenn die Wehen einsetzen.«

Evie nickte.

»Wie es sich anhört, hast du alles im Griff«, sagte Liberty.

Natasha wurde rot, doch sie bewegte sich langsamer, und Liberty fragte sich, ob die Schwangerschaft ihr mehr zu schaffen machte, als sie sich anmerken ließ. Oder sie war schlicht erledigt davon, Vollzeit zu arbeiten und ein quirliges Kleinkind zu Hause zu haben.

»Herzlichen Glückwunsch, Lib!« Evie streckte ihr ein Geschenk entgegen. Es war in Baumwollstoff eingewickelt und mit orangem Band verschnürt.

»Danke, Evie. Wunderschöner Stoff«, meinte Liberty, während sie die Schleife aufzog.

»Ich weiß, dass du normalerweise keine Thriller liest, aber dieser ist genial, glaub mir.«

Liberty drehte das Hardcover um und überflog den Klappentext.

»Was liest du sonst?«, fragte Natasha.

»Liebesromane, die in ländlichen Regionen spielen«, antwortete Liberty. »Die mag ich sehr. Und Cowboys als Helden. Die Typen, die fies und hart aussehen, aber einen verborgenen weichen Kern haben.«

»Von denen man denkt, dass sie sich nicht zähmen lassen?« Natashas blaue Augen blitzten.

»Genau.«

»Die finde ich auch gut.«

Natasha schenkte ihr einen Pyjama aus schöner gebürsteter Baumwolle, ganz weich und mit Garnspulen bedruckt. »Der ist wunderschön, Nat. Danke.«

»Ich weiß, dass du es dir gern abends mit deinem Nähzeug bei einem guten Film gemütlich machst. Dafür ist der ideal.«

»O ja, den werde ich garantiert sehr oft tragen.« Sie lächelte.

Doch während sie sprach, beschlich sie ein unangenehmes Gefühl. Sie sagte sich, es liege nur daran, dass sie Carys vermisste, doch es ließ sich nicht vertreiben, nagte beharrlich an ihr. Die Geschenke ihrer Freundinnen waren schön und zeigten, wie gut sie Liberty kannten – doch hatte sie sich ihr Leben mit dreißig so vorgestellt? Pyjamas, gemütliche Abende zu Hause und Helden, die nur in ihrer Fantasie existierten?

»Gut, ich gehe lieber wieder«, sagte Natasha. »Ich will das Schaufenster heute umdekorieren. Es muss etwas Weihnachtliches her. Bis später!«

»Wir müssen auch über eine neue Schaufensterdekoration nachdenken«, sagte Evie, als Natasha gegangen war. Sie zog ihren langen Zopf nach vorn und wickelte sich das Ende um ihre Finger, während sie nachdenklich zum Fenster blickte. »Am Montag ist der erste Dezember.«

Liberty legte ihre Geschenke hinter den Tresen. »Die Dekoration im letzten Jahr war ein echter Hingucker.« Als sie letzten Dezember hier angefangen hatte, war das Fenster voller riesiger Kugeln und in Stoff eingepackter Geschenke gewesen.

»Ja, aber in diesem Jahr möchte ich den Leuten Anregungen für kleine selbst gemachte Geschenke geben. Alle erzählen immer, wie herrlich sie es finden, Geschenke selbst zu machen.«

Liberty überlegte. »Wie wäre es mit Anfängersets für Kissen zum Selbernähen? Wir könnten Anleitungen, Stoffstücke und passendes Garn dazulegen. Und ich könnte einige Kissen für das Fenster anfertigen, damit die Kunden eine Vorstellung davon bekommen, wie das Endprodukt aussieht.«

Evies Augen leuchteten. »Das ist eine super Idee! Solche Sets können sie entweder kaufen und selbst die Kissen nähen, oder sie verschenken das Set an jemanden, der gerne näht.«

Sie machten sich an die Arbeit, suchten Stoffe aus und schnitten die Quadrate zu.

»Hast du wieder einen Strauß von deinem mysteriösen Gönner bekommen?«, fragte Evie währenddessen.

Liberty nahm die Quadrate auf und stapelte sie ordentlich. »Habe ich, und ich bin extra früher aufgestanden, um ihm aufzulauern.« Sie erzählte Evie von der Verfolgungsjagd.

Ihre Chefin sah sie verblüfft an. »Du bist der Frau bis in die Stadt gefolgt? Ich fasse es nicht!«

»Warum ist das so schwer zu glauben?«

Evie griff nach dem nächsten Stoff und maß die Quadrate ab. »Weiß ich nicht. Ich schätze, ich hatte dich eher als vorsichtig und vernünftig eingeschätzt.«

Mit anderen Worten langweilig, dachte Liberty, was ihre Gedanken von früher am Tag nur bestätigte. »Tja, es war alles vergebens, denn sie wollte mir nicht verraten, von wem die Blumen sind.«

Evie verzog mitfühlend den Mund, lächelte aber gleich wieder. »Könnte etwas Gutes sein«, sagte sie, und ihre braunen Augen strahlten. »Du weißt schon – das Geheimnisvolle daran. Wüsstest du, von wem sie kommen, wäre es nicht annähernd so aufregend.«

Liberty lächelte. Evie sah bei allem die Sonnenseite, egal worum es ging. »Und es ist auch romantisch, oder?«

»Auf jeden Fall«, bestätigte Evie. »Ich fände es klasse, anonym Blumen geschickt zu bekommen.«

Die Türklingel läutete, und die erste Kundin trat ein; der Vormittag verflog nur so. Mittags ging Liberty zur Bäckerei nebenan, um etwas zu essen zu besorgen.

»Wir haben köstliche neue Sandwiches mit einem Belag, der zur Jahreszeit passt, falls du mal was anderes ausprobieren willst«, sagte Marjorie. »Truthahn mit Füllung, Räucherlachs und Krabben, Brie und Cranberrysoße?«

»Danke, aber ich bleibe bei dem Üblichen.« Liberty bezahlte ihr Sandwich mit Curryhühnchensalat und ihre Vanilleschnitte.

Marjorie lachte. »Ich mag mir gar nicht vorstellen, was passiert, wenn du eines Tages herkommst und wir deine Leibspeise nicht mehr dahaben!«

Liberty lachte. »Das wird nicht geschehen, weil du sie mir immer zur Seite stellst.«

»Stimmt. Du bist ein Gewohnheitstier, Liberty, und eine sehr unkomplizierte Kundin!«

Lächelnd nahm Liberty die Papiertüte entgegen, doch als sie die Bäckerei verließ, ließen Marjories Worte sie nicht los. Sie erinnerten sie an etwas, das ihr Ex gesagt hatte, als er letztes Jahr Schluss mit ihr machte. *Du bist viel zu festgefahren in allem.* Carys und sie hatten darüber gelacht, denn er hatte sie wegen einer Partynudel verlassen, die ihn zwei Wochen später abservierte. Jetzt jedoch fragte Liberty sich, ob er recht gehabt hatte. Steckte sie in einem Trott fest?

Ihre Tage verliefen alle gleich: aufstehen, mit Charlie durch den Wald spazieren und zur Arbeit fahren. Sie beriet die Leute im Laden und leitete Näh-Workshops. Danach fuhr sie nach Hause und arbeitete abends an ihren eigenen Quilts. All das hatte natürlich mehr Spaß gemacht, als Carys ihr noch Gesellschaft leistete – sie hatten vor dem Unfall fünf Jahre lang im Damselfly Cottage zusammengewohnt –, aber nicht einmal jetzt konnte sie sich einen Abend vorstellen, an dem sie nicht nähte. Ihr Pseudonym lautete ja nicht ohne Grund »Liberty Homebird«. Die Leute liebten die Fotos, die sie von ihren Projekten im Entstehungsprozess vor dem Kaminfeuer postete. Sie schrieben, wie traumhaft ihr gemütliches Cottage aussah, weit weg von der Hektik ihres Lebens in der Stadt. Aber hatte Liberty zugelassen, dass ihr Leben *zu* gemütlich geworden war?

Seit Carys' Unfall hatte sich so vieles verändert. Probleme, die früher klein erschienen waren, wirkten nun doppelt so groß, weil Liberty allein mit ihnen fertigwerden musste. Sie war noch nie risikofreudig gewesen, doch neuerdings war sie extrem vorsichtig geworden, und allein der Gedanke, unter Fremden zu sein, bescherte ihr Schweißausbrüche. Und auch wenn sie Carys nur einmal die Woche besuchte, war sie ständig in ihrem Hinterkopf. Was, wenn sie in der Nacht starb? Was, wenn sie nie wieder aufwachte? Was, wenn sie wieder zu sich kam, aber nicht mehr Carys war? Diese Fragen waren beunruhigend, und bei all der Unsicherheit tröstete Liberty ihre ruhige, vertraute Routine.

Doch bei dem Gedanken an ihre Freundin im Koma fragte sie sich jetzt unwillkürlich: Was, wenn der heutige Tag mein letzter ist?

Im Laden herrschte plötzlich ein Ansturm an Kunden. Zum Glück hatten Evie und Liberty ein System, das in solchen Momenten gut funktionierte: Eine von ihnen schnitt den Stoff, während die andere die Kasse bediente. Auf die Weise war die Schlange rasch bewältigt. Als die letzte Kundin gegangen war, begannen sie, die Stoffballen wieder zurückzuordnen.

»Und was hast du heute Abend vor?«, fragte Evie, während sie sich auf die Zehenspitzen stellte, um einen Ballen zurück ins Regal zu legen.

Liberty wickelte die letzten Ballen auf dem Tresen auf und stapelte sie übereinander. »Ach, nichts Besonderes. Ich mache mir einen ruhigen Nähabend. Mein Maple-Leaf-Quilt ist fast fertig.«

»Maple Leaf? Ist das nicht ein wenig zu traditionell für dich?«

Liberty lächelte. Evie hatte recht. Ihre Quilts waren immer modern mit frechen bunten Mustern auf schlichtem Hintergrund. »Ich habe mich für meine eigene Interpretation der kanadischen Münze mit stilisierten Ahornblättern entschieden. Und ich arbeite mit diesen neuen Waldmotivstoffen.« Sie zeigte in eine Ecke des Ladens.

»Oh – schön! Welche Farben?«

»Orange, Rot, Violett und Braun.«

»Herbstlich«, meinte Evie zustimmend. »Den würde ich gerne mal sehen.«

»Ich bringe ihn mit, sobald er vorzeigbar ist.« Sie hoffte, ihn fertiggestellt und fotografiert zu haben, solange noch das letzte Herbstlaub an den Eichen hing. Ihre fertigen Quilts knipste sie immer mit dem Wald im Hintergrund, um sie dann auf ihren Social-Media-Kanälen zu posten. Dieser hier würde vor den Herbstfarben sagenhaft aussehen.

Evie runzelte ein wenig die Stirn, während sie an die Kasse zurückkehrte. »Aber feierst du deinen Geburtstag denn gar nicht heute Abend?«

Liberty nahm vier Stoffballen auf. »Ich besuche Carys' Eltern am Wochenende. Sie haben mich zum Tee eingeladen«, murmelte sie und wandte sich rasch ab. Sie begann, die Ballen einzusortieren und die Regale aufzuräumen.

»Es ist dein Dreißigster!«, sagte Evie. »Den musst du feiern.«

»Du kennst mich. Ich bin kein Partymensch. Und ohne Carys …« Es fühlte sich falsch an, wenn ihre beste Freundin im Koma lag. Sie hatten große Pläne für ihre dreißigsten Geburtstage gehabt. Nach dem Erfolg ihres Paris-Wochenendes im letzten Jahr hatte Carys die Idee gehabt, eine Rucksacktour durch Europa zu machen – mit dem Zug, weil Liberty nicht fliegen konnte. Darauf hatten sie gespart und sich auf die vielen Länder gefreut.

Nun waren Libertys Ersparnisse weg, aufgebraucht für den Unterhalt des Cottages. Allein zu leben bedeutete, dass es finanziell eng war. Sie schob den letzten Ballen an seinen Platz und bemerkte, dass ihre Chefin sie ansah.

Evie lächelte sie verständnisvoll an. »Es muss ja keine Party sein. Wie wäre es mit etwas Kleinem – einem Essen im Pub vielleicht?«

»Nein, schon gut. Ich will keinen Aufstand veranstalten.«

»Seit wann ist eine Feier mit deinen Freunden ein Aufstand? Das wird witzig. Na los, Lib!«

Sie biss sich auf die Unterlippe. Verlockend war es …

»Das nehme ich als Ja.« Evie holte ihr Handy aus der Tasche. »Gut, ich organisiere alles. Ich lade Jake und Natasha ein. Luc wird gewiss bei Lottie bleiben müssen. Ich kann nicht glauben, dass du diesen Tag nicht feiern wolltest. Du kümmerst dich ständig um alle anderen, aber was ist mit dir?«

Liberty antwortete nicht gleich. Sie beide wussten, dass normalerweise Carys alles arrangiert hätte. »Ich will keine Umstände machen«, wiederholte sie.

»Ach, Liberty«, meinte Evie. Sie legte ihr Handy hin, ging zu Liberty und nahm sie in die Arme. »Mir ist klar, dass dir Carys fehlt, doch es ist wichtig, dass du dein Leben weiterlebst.«

Evie hatte vor einigen Jahren ihre Schwester verloren, daher wusste Liberty, dass sie verstand, wie ihr zumute war. Sie nickte stumm, weil ihre Kehle auf einmal wie zugeschnürt war.

Die Türklingel bimmelte, und eine Dame kam mit einem Stück Stoff in der Hand herein. Evie begrüßte sie freundlich, bevor sie sich zu Liberty wandte und leise sagte: »Ich habe eine Idee. Wie wäre es, wenn du heute früher Schluss machst und nachmittags Carys besuchst?«

Libertys Stimmung wurde schlagartig besser. »Bist du sicher? Kommst du hier klar?« Sie schaute zu der Kundin.

»Natürlich. Geh schon! Es ist dein Geburtstag.«

»Hi, Carys!«, rief Liberty, als sie das Krankenhauszimmer betrat. Sie hängte ihre Jacke über die Stuhllehne und ergriff die Hand ihrer Freundin. »Ich weiß, dass nicht Sonntag ist, aber heute ist ein besonderer Tag.«

Carys schlief weiter. Ihre Wimpern ruhten auf ihren Wangen, und sie sah so friedlich aus. Ihr Anblick beruhigte Liberty.

Sie plapperte wie üblich, erzählte ihrer Freundin alles, was seit ihrem letzten Besuch passiert war. Sie berichtete ihr von dem Essen mit Freunden, das Evie spontan für den Abend organisiert hatte, und wie sie die Floristin verfolgt hatte. »Ich dachte, in diesem Jahr zeigt sich der Absender, Car. Und ich bin so enttäuscht.«

Diese verdammten Blumen hatten sie morgens richtig runtergezogen, und es war nicht die Schuld des Absenders, sondern ihre. Sie hatte zu sehr gehofft, einen heimlichen Bewunderer zu haben, der sich heute zu erkennen gegeben hätte, worauf ihr Leben eine neue Richtung eingeschlagen hätte. Vor der heutigen Enttäuschung war ihr nicht bewusst gewesen, wie *unzufrieden* sie mit allem war.

Im Zimmer blieb es still, als sie verstummte, doch sie kannte ihre Freundin gut genug, um sich deren Reaktion vorstellen zu können: *Pfeif auf den anonymen Blumenschenker. Geh da raus und such deinen Traummann.*

Nur wie? Liberty pflückte einen Faden von ihrem Ärmel und wand ihn sich gedankenverloren um den Finger. Sie war nicht so mutig wie Carys. Ohne sie an ihrer Seite sogar noch viel weniger.

Es war schwer, eine einseitige Unterhaltung aufrechtzuerhalten, deshalb fing Liberty nach einer Weile an zu singen. Wie immer begann sie mit Carys' Lieblingslied, *Your Song*, und arbeitete sich dann durch bis zu Leonard Cohens *Hallelujah*. Mit dem war sie halb fertig, als eine der Schwestern hereinkam, um nach Carys und deren Tropf zu sehen.

»Lassen Sie sich nicht stören«, sagte sie, als Liberty sich unterbrach. »Sie haben eine wunderschöne Stimme.«

»Nein, ich kann nicht singen, Jacqui. Nicht, wenn jemand zuhört.«

»Warum nicht? Wie gesagt, Sie haben eine wundervolle Stimme. Nicht wie mein Mann. Er hält sich für Tom Jones, klingt aber mehr wie ein jaulender Kater.«

Liberty lächelte, entgegnete aber nichts. Carys war einer der wenigen Menschen, die sie jemals singen gehört hatten, und dabei sollte es auch bleiben. »Jacqui, darf ich Sie etwas fragen?«

Die Schwester blieb stehen. »Selbstverständlich.«

»Wie wahrscheinlich ist es, dass Carys wieder aufwacht, nachdem jetzt bereits sechs Monate vergangen sind?«

Jacqui dachte kurz nach. »Ich bin mir nicht sicher, was die Statistiken angeht, aber meiner Erfahrung nach gibt es kein Muster. Ich habe Patienten schon nach Jahren aufwachen gesehen.«

Liberty beobachtete, wie sich Carys' Brustkorb in einem steten Rhythmus hob und senkte. Den Takt gaben das Ticken und Piepen der Maschinen vor. »Aber«, sagte sie langsam, »sie könnte ebenso gut auch nie wieder zu sich kommen?«

Die Schwester nickte ernst und berührte Libertys Arm. Liberty blickte ihr nach, als sie das Zimmer verließ. Bisher hatte sie sich nicht erlaubt, so zu denken. Die Hoffnung aufzugeben wäre so, als würde sie ihre beste Freundin im Stich lassen. Sie hatte sich selbst geschworen, so lange zu hoffen, zu beten und Carys zu besuchen, wie es dauerte. Doch heute hallten ihr Evies Worte durch den Kopf: *Es ist wichtig, dass du dein Leben weiterlebst.*

Seit der Vorschule waren Liberty und Carys schon enge Freundinnen. Beinahe wie Schwestern. Sie hatten niemanden sonst gebraucht. Und seit Carys' Unfall – nun, Liberty war nicht danach gewesen, unter Leute zu gehen. Also hatte sie ihr Leben auf »Pause« geschaltet. Doch sechs Monate waren vergangen, und jetzt musste sie sich der Frage stellen: Was wäre, wenn Carys nie aus dem Koma aufwachte?

Und nun begriff sie, was den ganzen Tag schon an ihr nagte.

Sie war einsam.

Und weil sie dreißig geworden war, was sich wie ein gewaltiger Meilenstein anfühlte, hatte Liberty Angst, dass es immer so sein würde: nur sie, ihr Hund und ihre Quilts.

Momentan hätte jeder, der sie beobachtete, die Uhr nach ihrer täglichen Routine stellen können. Doch ihr heutiger Geburtstag hatte ihr bewusst gemacht, dass die Zeit nur so verflog, und sie erkannte, dass sie tatsächlich in ihren festgefahrenen Gewohnheiten gefangen war. Sie verließ Willowbrook nur, um Carys in der Klinik zu besuchen oder hin und wieder in der Stadt einzukaufen. Nie traf sie neue Leute, ausgenommen die, die in den Laden kamen, und das waren überwiegend Frauen. Liberty liebte ihr Cottage und das Dorfleben – aber sie hasste es, allein zu sein.

Sie blinzelte angestrengt und versuchte, das flaue Gefühl in ihrem Bauch zu ignorieren. Ihr fehlte Carys, und ihr fehlte ihre Mutter. Aber sie glaubte fest daran, dass alles besser wurde, wenn man die Kontrolle über die Situation übernahm. Also was sollte sie tun? Etwas musste sich ändern. Die Frage war nur, was?

In ihrem Cottage scrollte sie durch ihren Instagram-Account. Ein Zitat fiel ihr ins Auge: *Öffne dich für Möglichkeiten, und sie werden Wirklichkeit.*

Sie hielt einen Moment inne, dann scrollte sie weiter. Noch ein Post erschien, der einen Adventskalender zeigte. *Der Countdown für Weihnachten beginnt in fünf Tagen!*

Unbehaglich wechselte sie ihre Sitzposition. Wenn sich ihr Geburtstag ohne Carys schon schlimm anfühlte, wie viel übler wäre Weihnachten dann erst? Dann war einsam zu sein noch einsamer, und die Tage waren dunkler denn je. Die Zeit rückte schnell näher. Es hing nur noch wenig Laub an den Bäumen, und bei ihren Morgenrunden mit Charlie war die Luft frostig. Noch dazu tauchte überall im Ort allmählich die Weihnachtsdekoration auf. Auf der Dorfwiese war ein Weihnachtsbaum aufgestellt worden, der Wirt des Pubs hatte schon

Lichterketten über der Tür vom Dog and Partridge angebracht, und in den Läden wurden Weihnachtskarten angeboten.

Liberty scrollte weiter, hielt inne, um einen schönen Quilt zu bewundern, der vor einer verschneiten Berglandschaft fotografiert worden war, und ignorierte Bilder von Kuchen und Essen, weil ihr der Magen bereits knurrte, es bis zum Essen allerdings noch eine Weile hin war. Eine Werbung für eine Dating-App blinkte auf. Liberty klickte sie weg.

Dann runzelte sie die Stirn. Sie würde heute Abend im Dog and Partridge keine neuen Leute kennenlernen, oder? Ihr ganzes Leben wohnte sie schon in Willowbrook und kannte jeden hier. Und es gab auch keine ledigen Männer, die sie auf *diese* Weise mochte. Aber eine Dating-App? Die war etwas für extrovertierte Menschen, für Leute, die gern Spaß hatten, für hübsche Mädchen mit langen Haaren und perfekt manikürten Fingernägeln – keine langweiligen Stubenhockerinnen wie sie.

Sie atmete langsam aus und pfiff nach Charlie. Er hob den Kopf, weil er das Signal erkannte und wusste, dass sie jetzt Gassi gehen würden. »Na komm, wir spazieren ein bisschen durch den Wald.« Eine Idee nahm in ihrem Kopf Gestalt an, und sie musste nachdenken.

Im Dog and Partridge war nicht viel los – es war schließlich ein Mittwochabend –, also hatten sie kein Problem, einen Tisch für vier zu finden.

Als das Essen kam, erhoben alle ihre Gläser, um auf Liberty anzustoßen.

»Wie fühlst du dich damit, dreißig zu werden?«, fragte Evie. Libertys Chefin würde selbst bald ihren Dreißigsten feiern.

»Ähm …« Wenn sie ehrlich sein sollte, fühlte sie sich mit diesem Geburtstag nicht gut, so wenig wie mit der Erkenntnis, dass die Zeit verging und sich Türen schlossen. Was unlogisch war. Es gab immer noch eine Million Möglichkeiten, falls sie bereit wäre, sie zu nutzen. Was sie bisher nicht getan hatte. »Ich hatte mir vorgestellt, dass mein Leben inzwischen anders aussieht.«

»Inwiefern anders?«, fragte Evie.

»Na ja, Carys und ich hatten geplant, durch Europa zu reisen, was nicht mehr passieren wird. Und …« Sie nagte unsicher an ihrer Unterlippe. »… und ich schätze, dass ich gedacht habe, ich würde in einer festen Beziehung sein, wenn ich dreißig bin. Aber ist euch klar, dass mein letztes Date dreizehn Monate her ist?«

Jake, Evies Freund, stellte sein Pint hin und sagte nachdenklich: »Es ist nicht leicht, in Willowbrook neue Leute kennenzulernen.«

Seine ruhige Bemerkung erinnerte Liberty daran, dass er erst vor einem Jahr ins Dorf gezogen war und den Ort immer noch recht objektiv sah. Doch er war definitiv nicht mehr der Einsiedler, der er anfangs gewesen war. Evie zu begegnen hatte ihn verwandelt, und nun war er Teil der eingeschworenen kleinen Gemeinschaft.

»Nein, ist es nicht«, stimmte sie ihm zu. Jeden Tag auf dem Weg zur Arbeit begegnete sie denselben Menschen, und die einzigen drei Männer, mit denen sie ausgegangen war, hatte sie nur mäßig attraktiv gefunden. Dann hatte ihre jüngste Beziehung mit dem Klempner Rob ein unschönes Ende genommen, was es unangenehm machte, wenn sie ihm über den Weg lief. (Und wenn sie einen Klempner brauchte.) »Aber ich bin selbst schuld, weil ich alles für selbstverständlich nehme und lebe, als hätte ich unendlich viel Zeit. Ich schiebe Dinge auf, um … sicher zu sein.« Zu Hause zu sitzen und zu nähen war ein Rückzug von der Welt, wie ihr jetzt klar wurde.

»Sicher? Was meinst du?«, fragte Natasha.

»Zu vorhersehbar. Ich hänge in einem Trott fest.«

»Glaubst du?«, fragte Evie besorgt.

»Ich liebe meine Arbeit, und ich lebe sehr gern hier, aber – ich kann nicht umhin zu denken, dass es mehr geben muss.« Sie befühlte den Stiel ihres Proseccoglases. Die Frage war, ob sie den Mut aufbrachte, die Idee umzusetzen, die ihr vorhin gekommen war.

»Du könntest vielleicht allein reisen«, schlug Natasha vor.

»So mutig bin ich nicht.« Der Gedanke, sich allein mit dem Rucksack aufzumachen, jagte ihr Angst ein. Und fliegen? Nein, ausgeschlossen. Nicht nach dem letzten Mal. Doch war nicht genau das ihr Problem? Sie mied alles, was ihr Angst machte. Ihr Leben drehte sich ausschließlich um Vertrautes und Routine. »Das Aufregendste, was ich in diesem ganzen Jahr getan habe, war, die Floristin heute Morgen zu verfolgen.«

»Davon habe ich gehört.« Jake lachte leise. »Eine Verfolgungsjagd in Pyjama und Hausschuhen. Hast du herausgefunden, von wem die Blumen kommen?«

Sie schüttelte den Kopf. »Ich war so enttäuscht. Doch es hat mir geholfen, eine Entscheidung zu treffen.«

»Oh, spannend!«, sagte Evie. »Welche?«

Liberty zögerte. Hatte sie es erst ausgesprochen, würde sie es durchziehen müssen. »Na ja«, begann sie vorsichtig. »Was mit Carys passiert ist, hat mir bewusst gemacht, dass wir nicht wissen, was uns im nächsten Moment widerfährt. Und sollte mir morgen etwas zustoßen, will ich nichts bereuen. Also …« Sie holte tief Luft. »Ich werde den Dezember über mutig sein.«

»Willst du dich einer militärischen Spezialeinheit anschließen?«, scherzte Evie. »Oder Stuntfrau werden?«

Liberty verneinte. »So mutig nun auch wieder nicht – nur ein bisschen mehr als normal. Vom ersten Dezember bis zum Jahresende werde ich zu allem Ja sagen. Ich werde jede Gelegenheit nutzen, jede Einladung annehmen. Wenn ich mich entscheiden muss, werde ich nicht die einfache Option wählen, sondern das Gegenteil. Und jeden Tag werde ich zumindest eine Sache tun, die mich aus meiner Komfortzone zwingt.«

»Warum?«, fragte Natasha sichtlich perplex.

»Weil ich auf die Weise neue Sachen ausprobieren muss und hoffentlich neue Leute kennenlerne.« Hielte sie es weiter wie bisher und bliebe bei ihrer Routine und diesem ruhigen Leben, würde sich nichts ändern und sie säße in dreißig Jahren immer noch jeden Abend nähend vor dem Kamin. »Ich möchte wissen, ob ich mein Leben umkrempeln kann. Ob ich anders sein kann.«

In Wahrheit hatte sie entsetzliche Angst vor dieser Herausforderung, aber das behielt sie für sich.

»Auf dich!«, sagte Evie. »Das ist eine großartige Idee.«

Sie stießen mit ihr an.

»Dir ist klar, dass der Dezember einunddreißig Tage hat, oder?«, fragte Jake. »Es ist ein langer Monat.«

»Ja, und auch noch mit Weihnachten«, ergänzte Natasha. »Was die Dinge verkomplizieren könnte.«

»Du hättest dir den Februar aussuchen sollen«, sagte Evie. »Der ist viel kürzer.«

»Ich schaffe das«, entgegnete Liberty, denn sie war wild entschlossen, ihren Worten Taten folgen zu lassen. »Und es müssen ja nicht alles große Sachen sein. Ich könnte zum Beispiel an Weihnachten keinen Truthahn essen, sondern stattdessen etwas anderes.«

»Bist du da nicht bei Carys' Eltern?«, fragte Natasha. »Da musst du essen, was ihre Mutter kocht, oder nicht?«

»Es war ja bloß ein Beispiel.« Sie lachte. »Aber ich werde jeden Tag Ja zu etwas Neuem sagen. Und ich erzähle es euch allen heute Abend, damit ihr mit aufpasst, dass ich es wirklich mache. Ich möchte das jetzt durchziehen.«

Evie wickelte sich eine Haarsträhne um die Finger. »Hast du schon irgendwelche Sachen geplant, oder gehst du es Tag für Tag an?«

»Ich habe schon eine Idee«, antwortete Liberty zögerlich. Sie fragte sich, was ihre Freunde davon halten würden. »Vielleicht nehme ich einen Untermieter auf.«

»Du willst Carys' Zimmer vermieten?« Evie machte ein erschrockenes Gesicht.

Liberty ignorierte den Kloß in ihrem Hals und nickte. »Es ist nicht leicht, alle Kosten allein zu tragen. Wohl fühle ich mich dabei nicht.« Sie senkte den Kopf. »Es ist, als würde ich sie aufgeben. Was ist, wenn sie aufwacht und nach Hause will?«

Zunächst schwiegen alle, bis Evie schließlich verständnisvoll nickte. Natasha wirkte nachdenklich.

»Du könntest das Zimmer monatsweise vermieten«, sagte Jake. »Dann kann sie es, wenn sie zu sich kommt, schnell wieder beziehen.«

»Stimmt. Ich will eine Anzeige aufgeben, bin mir allerdings nicht sicher, wie ich es am besten anstelle. Ich kann ja nicht irgendeinen Fremden bei mir einziehen lassen. Was ist, wenn derjenige insgeheim ein Axtmörder ist?« Sie zwinkerte, obwohl sie es nur halb im Scherz meinte.

»Kann sein, dass ich da eine Idee habe«, sagte Natasha, die gleichzeitig nach ihrer Jacke und ihrer Tasche griff. »Jetzt muss ich gehen. Ich bekomme morgen eine frühe Lieferung.

Aber ich rede mal mit Luc und erkläre dir dann, was mir vorschwebt.«

»Okay.« Liberty fühlte sich aufgemuntert.

»Dein Plan ist richtig spannend«, sagte Natasha. »Ich finde die Idee großartig.«

Liberty lächelte. Sie war entschlossen, es zu tun. Sie wollte nicht in zehn Jahren zurückblicken und sich fragen, wie ihr Leben hätte sein können, wäre sie mutiger gewesen. »Jetzt gibt es kein Zurück mehr.«

Kapitel zwei

Sag Ja zu allem. Sei mutig. Es war ein kühner Plan, aber Liberty wusste, damit er funktionierte, konnte sie nicht einfach nur dasitzen und warten, dass die Gelegenheiten zu ihr kamen: Sie musste sie herbeiführen. Sich selbst Aufgaben stellen. In einem winzigen orangen Notizbuch, das offen auf ihrem Schoß lag, begann sie, eine Liste zu erstellen. Abgesehen vom Ausprobieren neuer Sandwiches, was würde sie noch aus ihrer Komfortzone holen? Was wollte sie erreichen? Mehr ausgehen, neue Leute kennenlernen … Sie kaute auf ihrem Stift. Was würde Carys ihr für den Anfang raten?

Verabredungen. Ohne Frage.

Früher waren sie zusammen ausgegangen – ins Kino, in Restaurants oder den Pub. Sie hatten sogar Doppeldates gehabt oder manchmal welche zu dritt, wenn eine von ihnen vorübergehend Single war. Doch seit dem Unfall konnte Liberty die Male an einer Hand abzählen, die sie aus gewesen war. Sie hatte ein zu schlechtes Gewissen, sich zu amüsieren, während ihre beste Freundin im Krankenhaus lag. Liberty wusste allerdings auch, dass Carys entsetzt darüber gewesen wäre, wie ruhig und überschaubar ihr Leben geworden war. Sie konnte ihre Stimme richtig in ihrem Kopf hören: *Lib, du musst vor die Tür und leben. Dreißig ist so alt!*

Lächelnd griff Liberty nach ihrem Telefon. Alt war vielleicht übertrieben, aber der heutige Geburtstag hatte sie eindeutig wachgerüttelt. Sie wünschte sich einen Partner, eine liebevolle Beziehung und – eines Tages – eine Familie.

Sie wusste, was sie zu tun hatte, obwohl es die beängstigendste Aufgabe war, die ihr bisher eingefallen war. Sie würde sich bei einer Dating-App registrieren.

Oder vielleicht erst mal nur die App runterladen und sie sich ansehen.

Nein, sie würde sich registrieren. Wie schwer konnte das schon sein?

Das Problem war, dass Liberty es hasste, sich dort zu präsentieren, und gar nicht gut im Umgang mit Fremden war. Im Button Hole zu arbeiten war gut, weil sich dort alle Gespräche ums Nähen drehten, und das war ihre Leidenschaft. Alles außerhalb ihres Jobs war eine andere Sache. Viele Leute konnten lustige Geschichten erzählen und stundenlang plaudern; sie nicht. Sie stammelte nur, und ihr Kopf war wie leergefegt.

Die App öffnete sich, und Liberty suchte nach einem Foto, das sie als Profilbild nehmen könnte. Doch die einzigen Aufnahmen, die sie hatte, waren welche von Carys und ihr zusammen. Schließlich schnitt sie eines so zurecht, dass nur noch sie zu sehen war. Es war nicht das schönste Foto: Ihr Haar leuchtete noch röter als in natura, und ihre Wangen waren gerötet von der Sonne. Aber es musste genügen, und sie lud es hoch.

Also, nach was für einem Mann suchte sie? Sie zupfte ein paar lose Fäden von ihrem Top und wickelte sie mit dem Finger auf, während sie überlegte. Der ideale Mann für sie würde ein ruhiges Leben genießen. Er würde es vorziehen, zu Hause Filme zu sehen, anstatt in Nachtclubs oder auf wilde Partys zu gehen. Und er wäre ein Tierfreund, dachte sie, als sie zu Charlie blickte, der vor dem Kaminfeuer schlief. Es wäre nett, wenn er gut aussah, jedoch nicht so sehr, dass er außerhalb ihrer Liga spielte, und er musste groß sein. Sie war einen Meter siebenundsiebzig. Was die Haarfarbe oder sonstige körperliche Belange anging, hatte sie keine Vorlieben. Es kam auf die Persönlichkeit an. Wankelmütige oder unverlässliche Menschen hatte sie noch nie gemocht, und jetzt, da sie dreißig war, wollte sie umso dringender jemanden Verlässliches an ihrer Seite haben. Jemanden Bodenständiges, der etwas Langfristiges wollte. Sie füllte den Fragebogen aus, dann entschied sie, dass es für heute genug war, und nahm ihren Quilt auf.

Ein Jammer, dass ich vermutlich keinen Typen finden werde, der gern Quilts näht, dachte sie. Das wäre perfekt. Oder, besser noch, einen quiltenden Cowboy.

Donnerstag, 27. November

Am nächsten Morgen kam Natasha ins Button Hole. Die Türklingel bimmelte, und sie betrat den Laden. Ihr weißblondes Haar schimmerte im Licht.

»Hi, Nat«, sagte Liberty. »Soll ich Wasser aufsetzen für einen Tee?« Sie machte einen Schritt auf Nat zu, um ihrer Freundin eine Tannennadel aus dem Haar zu entfernen.

Natasha lachte. »Ich habe den ganzen Morgen Adventskränze gebunden, und das Zeug gerät überallhin. Ich kann nicht bleiben, sondern wollte nur kurz wegen des Untermieters mit dir reden. Bist du immer noch interessiert?«

»Ja – vor allem, wenn es jemand ist, der mir empfohlen wird.«

Natasha lächelte. »Luc hat einen französischen Freund, der zu Besuch kommt und eine Unterkunft braucht. Wir haben ihm unser Sofa angeboten, aber er will einige Wochen bleiben, deshalb hat er sich nach Hotelzimmern in der Stadt umgesehen. Aber dein Cottage wäre günstiger für ihn. Im Dorf zu wohnen würde heißen, dass er in unserer Nähe wäre und wir ihn häufiger sehen – wenn er denn mal da ist, heißt das. Ich weiß nicht genau, was er vorhat.«

»Hört sich gut an«, sagte Liberty, die automatisch nach dem Haar in der Suppe suchte. Sei nicht so negativ, ermahnte sie sich streng. *Denk dran, dass es von jetzt an im Leben darum geht, Ja zu sagen.*

»Die Sache ist nur – er kommt schon am Montag an. Dir bliebe also wenig Zeit, alles vorzubereiten.«

»Montag? Und für wie lange?«

»Weiß ich nicht. Ich vermute, dass er über Weihnachten nach Hause reist, aber das hat er nicht gesagt. Ich kann dir seine E-Mail-Adresse geben, wenn du willst. Dann kannst du ihn direkt kontaktieren.«

»Okay«, sagte Liberty zögerlich. »Was weißt du sonst über ihn?«

Natasha grinste. »Er ist Motorradrennfahrer. Sehr erfolgreich.«

Liberty runzelte die Stirn. Warum sagte ihre Freundin das so, als wäre das etwas Gutes?

»Er und Luc kennen sich schon ewig. Sie sind schon als Jungen zusammen in der Provence zur Schule gegangen. Dann ist Alex' Familie nach Paris gezogen. Sie haben sich nicht viel gesehen seither – ein bisschen so wie du und ich, nur dass Alex ein Teenager war, als er wegzog.« Natasha hatte Willowbrook nach dem Tod ihrer Eltern verlassen, weil sie danach bei einer älteren Verwandten wohnte, war aber vor einigen Jahren wieder hergezogen und hatte ihren Blumenladen aufgemacht. »Aber sie haben all die Jahre den Kontakt gehalten.« Wieder lächelte Natasha. »Du musst dir also keine Sorgen machen. Er wird dich nicht im Schlaf ermorden.«

Liberty nickte, obwohl sie nicht so beruhigt war, wie Natasha eventuell dachte. »Ich maile ihm und sehe mal, was er sagt. Falls er zustimmt, wird es meine erste Herausforderung sein, ihn bei mir aufzunehmen.« Sie griff nach dem orangen Notizbuch in ihrer Tasche, das sie eigens für diese Challenge angeschafft hatte. »Es kommt ja nicht jeden Tag vor, dass man einen Fremden einlädt, bei einem zu wohnen.« Für andere mochte es kein gewaltiges Ding sein, aber für sie war es ein enormer Schritt.

»Denk an die Miete, die er zahlt. Und ich habe ihn bei unserer Hochzeit kennengelernt.« Natasha zwinkerte. »Ist auch nett anzusehen.«

Samstag, 29. November

Liberty hatte sich vorgenommen, Carys' Zimmer auszuräumen, sobald sie am Samstagabend von der Arbeit zurück war. Sie hatte einige Kartons aus dem Supermarkt mitgebracht, in die sie die Sachen ihrer Freundin packen wollte.

»Die warten hier auf dich«, murmelte sie, als sie in dem Zimmer stand und überlegte, wo sie anfangen sollte. Das Zimmer duftete immer noch nach Carys, obwohl seit dem Unfall sechs Monate vergangen waren. Liberty schnupperte an der Parfümflasche neben dem Bett, und Erinnerungen an ihre schönsten gemeinsamen Momente wurden wach: die Filme, die sie gesehen hatten; wie sie lachen mussten, bis ihnen die Tränen kamen; wie sie Carys' selbst gebackene Kekse futterten; sich umzogen für ein besonderes Essen; sich gegenseitig ihren Liebeskummer oder ihre neue Verliebtheit gestanden. Liberty blinzelte angestrengt. Das Schwerste an Carys' Unfall war, dass er aus heiterem Himmel gekommen war. Sie beide hatten geglaubt, diese gemeinsamen Momente würde es noch jahrelang geben.

Behutsam wickelte sie die gerahmten Fotos von Carys' Eltern und ihren kleinen Brüdern sowie eine Handvoll Karten ein, die ihre Schüler ihr gemalt hatten. Es gab noch mehr von ihnen neben Carys' Bett im Krankenhaus, Dutzende, um genau zu sein, aber die zu Hause waren von vor dem Unfall und keine Genesungswünsche – nur Zuneigungsbekundungen, die von Herzen kamen. *Sie sind die beste Lehrerin der Welt!* stand unter einer Kinderzeichnung von einer Frau mit braunem Gesicht. Liberty kamen die Tränen, und sie packte die Karte rasch weg. Carys war eine geniale Lehrerin. Ihr waren die Kinder wichtig, die sie unterrichtete, und sie verstand jedes einzelne von ihnen und förderte ihre einzigartigen Talente.

Als der Nachttisch leer war, faltete Liberty den Quilt auf Carys' Bett zusammen. Er war ein Geschenk von Liberty zu ihrem sechzehnten Geburtstag gewesen, mit einem Muster aus Freundschaftssternen in fröhlichen Farben vor weißem Hintergrund, wie Carys es mochte. Das Design war nicht ganz so wie das der in Primärfarben gehaltenen, die Liberty heute mit Vorliebe fertigte, besaß aber ihre typische moderne Note. Sie drückte den Quilt an sich, bevor sie ihn sorgsam in einen Karton legte. Carys' Kleidung auszuräumen war das Schwierigste: Schuhe, die sie gemeinsam gekauft hatten; Kleider, die sie beide getragen hatten. Seit dem Unfall hatte es sich falsch angefühlt, Sachen von Carys zu leihen, weshalb Liberty sie seitdem nicht mehr angerührt hatte.

Als sie fertig war, verstaute sie die Kartons oben auf dem Kleiderschrank und unter dem Bett. Das Zimmer wirkte jetzt geräumiger, bereit für einen Gast. Oder war es zu kahl? Ihr Untermieter sollte sich ja willkommen fühlen, also sammelte Liberty im Haus einige lavendelgefüllte Herzen und Pinienzapfen zusammen, die sie an die Schubladengriffe und Haken im Zimmer hängte. Außerdem stellte sie noch Kerzen auf. Anschließend trat sie einen Schritt zurück und musterte alles. Ja, so sah es viel einladender aus. Jetzt fehlten nur noch frisches Bettzeug und ein Quilt, um es gemütlicher zu machen. Was den Quilt anging, hatte Liberty einen ganzen Stapel, aus dem sie wählen konnte. Sie dachte an den E-Mail-Austausch mit ihrem Mieter, Alex. Er hatte geschrieben, dass er bis Weihnachten zu bleiben plante. Seine Nachrichten waren kurz und sachlich gewesen, und Liberty fragte sich, wie er sein mochte. Wenigstens musste sie nicht mehr lange warten, um es herauszufinden.

Montag, 1. Dezember

»Unfassbar, wie wenig du dich verändert hast!« Luc grinste. »Du isst immer noch doppelt so viel wie jeder andere.«

Alex machte sich über eine zweite Portion Cassoulet her, denn nach einem langen Tag unterwegs war er hungrig. Vor einer Stunde war er angekommen und froh, dass er zunächst zum Essen bei Luc und Natasha eingeladen war, bevor er zu dem Cottage fuhr, in dem er wohnen würde. »Ich verbrenne das alles. Und dies hier ist köstlich. Sogar noch besser als das meiner Mutter. Hast du es gekocht, Natasha?«

Sie schüttelte den Kopf. »Nein, Luc hat gekocht, wie meistens. Jedenfalls wenn er zu Hause ist.«

Alex sah seinen Freund verblüfft an, denn er wusste, wie Luc vor der Ehe mit Natasha gelebt hatte. Er war sich ziemlich sicher, dass Luc vor vier Jahren nicht einmal ein Ei hätte kochen können. »Wer hätte gedacht, dass du mal so sesshaft wirst, Duval? Nat, du hast einen guten Einfluss auf meinen alten Freund.«

»Oh, er hat schlicht eines Tages entschieden, kochen zu lernen. Es ist also nicht mein Verdienst.«

Luc und Natasha sahen einander an. »Ist es wohl«, sagte er leise. »Ich wusste, dass ich dir beweisen musste, wie ernst es mir ist. Deswegen habe ich kochen gelernt.«

»Du hast dich auch sonst verändert. Kochen allein reicht nicht, um eine Frau von der eigenen Verlässlichkeit zu überzeugen.«

»Stimmt.« Lucs dunkle Augen nahmen einen weichen Ausdruck an, als er seine Frau anblickte. »Wir waren füreinander bestimmt, und kaum hatten wir das begriffen, ergab sich alles andere von selbst.«

Alex fand es amüsant, dass Luc immer noch ein wenig erstaunt zu sein schien, wie sich die Dinge entwickelt hatten; immerhin war er inzwischen seit über vier Jahren verheiratet. Alex erinnerte sich an Lucs und Natashas zweite Hochzeit in der Provence. Die Nachricht von ihrer Scheidung war ein Schock gewesen, und dann hatten sie sich wieder aufs Neue verliebt. Es war eine große Ehre für ihn gewesen, zu der kleinen entspannten Feier auf Château Duval eingeladen worden zu sein, wo sie wieder geheiratet hatten.

»Und was führt dich her?«, fragte Luc. »Du erwähntest etwas von einer Suche nach einer Verwandten.«

»Richtig. Nach dem Tod meines Vaters hat meine Mutter mich gebeten, seine Unterlagen zu ordnen, und da habe ich einige Briefe gefunden.« Er trank einen Schluck von seinem

Wasser. Luc und Natasha warteten darauf, dass er fortfuhr, allerdings fiel es ihm nicht leicht, über die Sache zu reden. Wenn er ehrlich war, schämte er sich. »Sie waren an meinen Vater adressiert, und er hatte sie versteckt. Die Briefe waren dreißig Jahre alt, von einer Frau, die ein Kind von ihm bekommen hat. Ein Mädchen.«

»Wow«, flüsterte Natasha.

»Dein Vater war eine unbekannte Größe.«

»So kann man es auch nennen«, sagte Alex. »Auf den Briefen fand sich kein Absender, und sie waren schlicht mit M. unterzeichnet. Der einzige Hinweis waren die Poststempel von hier auf den Umschlägen.«

»Aus Willowbrook?«, fragte Natasha.

Alex winkte ab. »Nicht ganz. Aus der nächstgrößeren Stadt.«

»Trotzdem ist es ein schöner Zufall, dass dich deine Suche hergeführt hat, in unsere Nähe«, sagte Luc, der sich auf seinem Stuhl zurücklehnte. »Und du hoffst, die Frau zu finden, die diese Briefe geschrieben hat?«

»Vielleicht. Oder das Kind. Meine Halbschwester.«

»Wie willst du das anstellen? Ohne einen Namen dürfte es schwierig werden.«

»Ja, wird es gewiss. Ich habe es schon online versucht. Jetzt werde ich alle hiesigen Geburtenregister durchsehen. Mal schauen, was ich dort finden kann. Und falls ich eine Spur entdecke, hoffe ich, dass sich jemand an irgendetwas erinnert. Deshalb wollte ich in der Nähe wohnen … Meine Halbschwester muss um die dreißig Jahre alt und vaterlos sein. Kennt ihr jemanden, auf den die Beschreibung passt?«

Luc und Natasha wechselten einen Blick. »Na ja, Libertys Mutter war alleinstehend, aber ihr Vater ist bekannt und verstorben, als sie noch klein war«, sagte Natasha schließlich.

»Sie ist die Freundin, bei der du wohnen wirst. Und sie hat keinerlei Ähnlichkeit mit dir. Sie hat feuerrotes Haar, und wie sie sagt, verdankt sie es den Genen ihres Vaters.«

Alex schüttelte den Kopf. »Ich denke nicht, dass sie es ist. Mein Vater war dunkelhaarig, so wie ich.«

Natasha rieb sich das Kinn. »Hmm. Ich sage dir Bescheid, wenn mir sonst jemand einfällt.«

»Hast du überlegt, einen Privatdetektiv zu engagieren?«, fragte Luc.

»Eventuell.« Alex war unwohl dabei, den wahren Grund zu verschweigen, aus dem er hergekommen war. Er würde ihn Luc erklären – später. Noch war er nicht bereit dazu. »Aber es ist eine sensible Angelegenheit. Ich halte es für besser, das selbst zu regeln.«

Natashas blondes Haar schimmerte, als sie aufstand. »Macht es euch beiden etwas aus, wenn ich mich zurückziehe? Ich bin sehr müde.« Sie berührte ihren Babybauch. »Mein Bauch ist so groß, dass ich das Gefühl habe, ich platze gleich.«

»Selbstverständlich nicht«, sagte Alex.

»Wir räumen auf, *Chérie*«, sagte Luc und gab seiner Frau einen Kuss.

Sie schloss die Tür leise hinter sich, und die beiden Männer begannen, den Tisch abzuräumen. Alex griff nach dem gusseisernen Cassoulet-Topf und verzog das Gesicht, als er ihn anhob. Der Schmerz in seiner Schulter war stechend.

Luc blickte auf. »Leidest du noch unter Spätfolgen des Unfalls?«, fragte er. Er sprach jetzt Französisch, da sie allein waren.

Alex verspannte sich sichtlich. Er ärgerte sich, dass er die Aufmerksamkeit auf seine Schwachstelle gelenkt hatte. »Hin und wieder.«

Sie trugen alles in die Küche. »Ich habe ein Video im Internet gesehen. Es sah nach einem üblen Crash aus«, sagte Luc.

Alex stellte den Topf hin. »Ich hatte Glück, da lebend rauszukommen, sagen sie zumindest.«

»So kam es mir auch vor. Was für Verletzungen hattest du?«

»Schulter und Handgelenk.« Er blickte auf seinen Unterarm. Das Handgelenk war das verfluchte Problem, obwohl es seine Schulter war, die bis heute schmerzte.

Luc räumte alles Geschirr in die Spülmaschine. »Und das so kurz nach dem Unfall im letzten Jahr. Du musst fertig gewesen sein.«

Alex hatte ein langes Jahr in der Reha verbracht, um beim zweiten Rennen danach gleich wieder zu verunglücken. Fertig traf nicht annähernd das Gefühl, das ihn erfasst hatte, als er auf dem Asphalt aufschlug.

Er dachte an sein letztes Treffen mit seinem Manager Eric vor einer Woche. Eric hatte Papiere auf seinem Schreibtisch geordnet. »Ich habe hier die Berichte von deinen beiden Ärzten.«

Alex hatte auf einer zweiten Meinung bestanden. »Was sagen sie?«

Eric hatte ihn direkt angesehen, und Alex war mulmig geworden. »Sie haben alles getan, was sie können.«

Der Arzt und der Personal Trainer waren von Anfang an pessimistisch gewesen, aber Alex wollte ihnen beweisen, dass sie unrecht hatten. Was sich nicht bewahrheitete, ungeachtet der vielen Stunden Physio und Training, die er absolviert hatte.

Seine Ziele, seine Träume, sein Leben drohten zu zerbröseln. Seine Kehle fühlte sich eng an, und er schwieg. Was gab es auch schon zu sagen?

»Aber du bist jung und angesehen. Es wird dir nicht an Möglichkeiten mangeln.«

Alex starrte ihn an. Dachte sein Manager allen Ernstes, der Kram würde ihn interessieren? Er hatte die Werbe- und Sponsoren-Deals gesehen, für die sich andere Rennfahrer nach ihrer aktiven Zeit hergaben, und konnte sich keine schlimmere Art vorstellen, seine Seele zu zerstören. Er musste fahren. Nichts kam dem Hochgefühl nahe, auf der Rennstrecke zu sein.

»Ich informiere alle – das Team, die Presse …«

»Nein!«, fiel Alex ihm ins Wort. »Noch nicht!«

Eric schaute ihn fragend an.

»Bitte. Ich bin noch nicht so weit.«

Sein Manager dachte nach. »Und was soll ich ihnen sagen? Die sind nicht blöd. Wenn du verschwindest, werden sie eins und eins zusammenzählen.«

Alex suchte nach einem glaubwürdigen Grund. »Es gibt etwas, das ich schon länger machen will – es hat mit meinem Vater zu tun. Dafür muss ich nach England.«

Sein Manager nickte langsam. »Gut. Ich sage den Leuten, dass du eine Pause einlegst.« Und hatte mit einem warnenden Blick hinzugefügt: »Aber ich kann sie nur begrenzt hinhalten.«

»Gib mir einen Monat. Bis Weihnachten. Dann gehen wir an die Öffentlichkeit.«

Jetzt, zehn Tage später, widerstrebte es ihm immer noch, darüber zu reden. Sogar mit Luc. Es war noch zu frisch, saß zu tief. Er konnte sich vorstellen, welches Mitgefühl sein Freund mit ihm hätte, welche Nachrichten von seinen Kollegen kämen – und von seinen Rivalen. Und er fragte sich, ob er das alles jemals verkraften würde.

»Hast du starke Schmerzen?«, fragte Luc, als er den Geschirrspüler zuklappte.

»Sind auszuhalten.«

»Käse? Wein?«, bot Luc an.

Alex schüttelte den Kopf. »Ein Kaffee wäre nett, dann muss ich los. Es war ein langer Tag.«

»Klar doch. Ich nehme einen koffeinfreien. Willst du auch so einen, oder kannst du immer schlafen?«

»Nein, für mich bitte auch koffeinfrei.« Er schlief überhaupt nicht mehr gut. Vielmehr graute ihm vor den langen Nächten.

Luc stellte eine Tasse unter die Kaffeemaschine und drückte ein paar Knöpfe. »Weißt du noch, wie du auf dieser Campingtour ein Gewitter mit Sturm verpennt hast und …«

»… dieser Baum umgestürzt ist«, beendete Alex den Satz mit ihm im Chor und grinste. »Wie könnte ich das vergessen, so oft wie du mich daran erinnerst?«

Luc reichte ihm eine Tasse Kaffee, machte sich selbst eine, und sie gingen ins Wohnzimmer, wo noch ein Feuer brannte.

»Ein schönes Haus habt ihr«, sagte Alex und betrachtete die niedrige Balkendecke und die Rautenfenster. Das Cottage mutete beinahe wie eine Karikatur dessen an, wie Alex sich englische Cottages vorgestellt hatte. Schieferdach und cremefarbene Fassade, lauter Blumen im Garten und ein weißer Lattenzaun. »Natasha und du scheint sehr glücklich zu sein.«

»Sind wir. Extrem sogar. Ich habe wirklich Glück. Und Vater zu sein … tja, das kann ich unbedingt empfehlen.« Luc nahm einen Schluck von seinem Kaffee. »Und, gibt es eine Frau in deinem Leben?«

»Nein.«

»Keine mehr seit …?«

»Nein«, unterbrach in Alex.

Luc zog einen Mundwinkel nach oben. »Dann ist es immer noch ein sensibles Thema?«

»Nein. Ich bin nur … Nein. Das ist alles.«

Luc nickte.

Plötzlich erklang ein Wimmern aus dem Babyphone. Die kleine Lottie murmelte etwas Unverständliches und verstummte wieder.

»Ich nehme zurück, was ich vorhin gesagt habe«, sagte Luc. »Du hast dich verändert.«

Alex schaute ihn fragend an.

»Du bist stiller als früher. Nicht, dass du jemals eine Quasselstrippe gewesen wärst, aber dennoch.«

Alex nickte. »Das Leben verändert uns, nicht wahr?«

Er war es nicht gewohnt, sich anderen zu öffnen. Seine Karriere hatte ihn verschlossen gemacht und bewirkt, dass er Mauern um sich herum hochzog. Er hasste diesen Aspekt seines Jobs. Ja, er hasste den Ruhm und das Geld so inbrünstig, wie sein Vater beides geliebt hatte. Für Alex ging es einzig um das Motorrad und die Rennstrecke. Er wollte einfach nur fahren.

»Ist alles in Ordnung?«, fragte Luc.

Alex nickte, konnte seinen Freund jedoch nicht ansehen. Er starrte auf die glimmenden Scheite im Kamin und rieb sich gedankenverloren das Handgelenk.

»Es war ein schlimmes Jahr für dich«, sagte Luc leise. »Deinen Vater zu verlieren, dann der Unfall. Wie kommt deine Mutter zurecht?«

»Überraschend gut.« Bei dem Gedanken hob sich Alex' Stimmung. »Sie ist richtig aufgeblüht.«

»Inwiefern?«

Er lachte kurz. »Als wäre sie aus Ketten befreit worden. Ohne meinen Vater ist sie glücklich, geht mehr unter Leute, und sie hat jemanden kennengelernt.« Er dachte an den Gesichtsausdruck seiner Mutter, als sie Alex und dessen Brüder mit Bernard bekannt gemacht hatte. Bernard war ein ruhiger, sanftmütiger Mann, ganz anders als Alex' verstorbener Vater. Und als sie ihn vorstellte, war da ein Leuchten in ihren Augen gewesen, ein Strahlen, wie Alex es nie zuvor bei ihr gesehen hatte. »Übrigens hat sie ihre Wohnung in Paris verkauft und mit ihm zusammen ein Haus gekauft. Sie leben wieder in der Provence.«

Luc staunte. »Ist das für dich in Ordnung?«

»Natürlich. Mein Vater hat sie nie glücklich gemacht.« Im Gegenteil. Er hatte ihr so viel Schmerz bereitet, dass Alex nicht wusste, ob er ihm jemals würde verzeihen können. »Und Bernard behandelt sie mit dem Respekt, den sie verdient. Er ist sehr liebevoll zu ihr, was nett anzusehen ist.« Er trank seinen Kaffee aus und blickte auf seine Uhr. »Okay, ich fahre mal lieber. Es ist spät.«

Luc stand mit ihm auf. »Es ist super, dich in der Nähe zu haben, hier im Dorf. Und bei Liberty bist du gut untergebracht. Sie ist eine liebe Freundin und hilft oft aus, wenn wir einen Babysitter brauchen. Lottie betet sie an.«

»Schön.« Liberty McKenzie hatte ihm gemailt und Fotos von ihrem Cottage geschickt, doch er hatte keine Ahnung, wie sie aussah, ausgenommen das rote Haar, das Natasha erwähnt hatte. Alex rollte seine Schulter. Die Schmerzen setzten wieder ein. »Hauptsache, sie versteht, dass ich nur ein Zimmer brauche und selten dort sein werde.«

Genau genommen war er nicht sehr froh über dieses Arrangement gewesen, doch Luc hatte ihn praktisch genötigt, indem er sagte, dass Liberty die Mieteinnahme gut gebrauchen könne und das nächste anständige Hotel eine halbe Stunde Fahrtzeit entfernt sei. Alex kannte es bisher nicht, seinen privaten Raum mit jemandem zu teilen. Wenn er beruflich unterwegs war, mied er sogar Hotels und zog Appartements vor, die er für die Dauer seines Aufenthaltes mietete und ihm Privatsphäre garantierten.

»Ich bin sicher, dass ihr euch gut verstehen werdet«, sagte Luc und öffnete ihm die Haustür. »Oh, eines noch.«

»Mhm?« Er war müde. Die lange Anreise holte ihn ein, und er wollte sich hinlegen und ein wenig schlafen.

»Die Freundin, die früher in dem Haus mit ihr zusammengewohnt hat, wurde bei einem Autounfall schwer verletzt.«

»Vor Kurzem?«

»Ungefähr vor sechs Monaten. Sie liegt seitdem im Koma. Es ist sehr traurig.«

»Verstehe.«

»Ich dachte nur, ich warne dich vor. Sie waren sich sehr nahe.«

Ein Schwall kalter Luft schlug ihm entgegen, als er nach draußen trat. Mondlicht spiegelte sich in seinem Motorrad, und er blickte nach oben. Der Nachthimmel war wie ein gigantischer Asphaltplatz, gesprenkelt von Glasscherben.

»Es ist schön, dich wiederzusehen, Alex. Wir treffen uns die Tage wieder, ja?«

»À bientôt.«

Charlie zog an seiner Leine, weil er es nicht erwarten konnte, von der Hauptstraße auf den langen Weg zu kommen, der sich durch den Wald zu Libertys Cottage schlängelte. Um diese Zeit abends waren nur sehr wenige Autos hier unterwegs, trotzdem versteckte sich das Wild noch. Normalerweise erhaschte Liberty hin und wieder einen flüchtigen Blick auf einen Dachs oder einen Fuchs, hörte mal eine Eule schreien, doch heute Abend war alles still. Nur sie und Charlie. Was ihr nichts ausmachte. Ob bei Tag oder bei Nacht, sie liebte es, durch den Wald um ihr Cottage zu laufen, mochte den feuchten, torfigen Geruch, das leise Rascheln und die frische, kühle Luft, die ihr übers Gesicht strich. Deshalb hatte sie sich geweigert, den ganzen Abend zu Hause zu bleiben und auf ihren üblichen Spaziergang zu verzichten.

Sie erreichte die Abbiegung, und der Boden wurde federnd unter ihren Füßen, als sie die geteerte Straße hinter sich ließ. Der Strahl ihrer großen Taschenlampe durchschnitt wippend die Dunkelheit, während sie zurück zum Damselfly Cottage eilte. Ihr Handy blieb beharrlich stumm. Der Mieter verspätete sich schon über eine Stunde, hatte es aber nicht für nötig gehalten, sie anzurufen oder eine Nachricht zu schreiben. Vielleicht hatte er es sich anders überlegt und kam nicht. Oder es hatte Probleme bei seiner Anreise gegeben. Allerdings hätte Natasha ihr dann sicher Bescheid gegeben, denn er sollte heute Abend bei ihr und Luc zu Abend essen. Jetzt war es beinahe elf. Libertys Stiefel knirschten auf den heruntergefallenen Eicheln und dem vertrockneten Laub.

Dann, aus dem Nichts, ertönte das laute Röhren eines Motors. Charlie fuhr herum und bellte. Die Lärmexplosion rollte einer riesigen Welle gleich von hinten auf sie zu, und unwillkürlich wich Liberty einen Schritt zurück. Sie schirmte ihre Augen gegen das blendende Licht ab und packte Charlies Leine fester, als ein Motorrad an ihnen vorbeidonnerte. Vögel kreischten und schlugen aufgeregt mit den Flügeln in den Bäumen. Verübeln konnte sie es ihnen nicht – sie wäre selbst weggeflogen, wenn sie gekonnt hätte. Von dem infernalischen Lärm bebte der Boden unter ihr und durch sie hindurch. Es fühlte sich wie ein tätlicher Angriff an und bewegte sich auf ihr Zuhause zu.

Aufgebracht beschleunigte sie ihre Schritte, als sie die letzte Biegung nahm und ihr Cottage vor ihr auftauchte. Sie traf gerade rechtzeitig ein, um zu sehen, wie er die Lichter seines

Motorrads ausschaltete und es vor ihrer Tür parkte. Charlie bellte noch wütender.

»Hey«, murmelte sie und streichelte den Hund. »Schon gut. Es ist unser neuer Mitbewohner. Er ist kein Monster – obwohl er anscheinend wie eines fährt.«

Als sie näher kam, stieg der Mann von seinem Bike ab. Er trug eng anliegende Ledersachen, und im Verandalicht schimmerten seine Augen schwarz. Ein Helm baumelte an seiner Hand.

Liberty ging an dem Motorrad vorbei, das gigantisch war. Beinahe so breit wie ein Auto. Wozu brauchte er so ein riesiges, lautes Ding?

»Ist dies hier das Dragonfly Cottage?«, fragte er. Seine Stimme war tief, und er hatte einen starken französischen Akzent.

»*Damselfly* Cottage«, korrigierte sie. »Ja, ist es.«

Er blickte zu dem Haus, auch wenn sie sich nicht vorstellen konnte, dass er viel sah. Drinnen brannte zwar Licht, aber alle Vorhänge waren zugezogen. »Es ist nicht leicht zu finden.«

»Tja, jetzt bist du hier. Du musst Alex sein«, sagte sie recht kurz angebunden. »Ich bin Liberty.« Sie konnte sich nicht dazu durchringen, freundlicher zu sein. Ihr Herz raste noch von dem Schreck, den er ihr eingejagt hatte.

Sie schüttelten sich die Hand, und Liberty wartete auf eine Begrüßung oder eine Entschuldigung für seine Verspätung, aber nichts dergleichen geschah. Stattdessen sah er stirnrunzelnd zu Charlie, der ihn neugierig beschnüffelte. »Du hast nicht gesagt, dass du einen Hund hast.«

Sie schloss die Finger fester um die Leine. »Habe ich nicht? Ich dachte, das hätte ich. Ist es ein Problem?«

»Ja. Ich bin allergisch.«

Er sprach es *allärrjiek* aus.

»Oh.« Hatte sie es wirklich nicht erwähnt? Sie nahm sich vor, künftig bei allen potenziellen Mietern zuallererst und unmissverständlich zu kommunizieren, dass sie einen Hund hatte. Charlie war nicht verhandelbar. Wenn man keine Hunde mochte, war Libertys Cottage nichts für einen.

»Ich hoffe, er darf nicht in mein Zimmer.«

Liberty wurde langsam richtig sauer. »Nein, natürlich nicht. Er darf gar nicht nach oben. Aber vielleicht hältst du deine Zimmertür trotzdem geschlossen, für alle Fälle.«

Er war von Kopf bis Fuß in engem schwarzem Leder gekleidet, was seine breiten Schultern und langen Beine betonte. Liberty musste zugeben, dass er gut aussah, und sie versuchte, die Unsicherheit zu ignorieren, die sie plötzlich überkam. Etwas an seinem Blick machte sie misstrauisch. Ungeduld? Verärgerung? Sie konnte es nicht erkennen.

Da er offenbar nichts auf Nettigkeiten gab, konnte sie ihm genauso gut sagen, was *sie* gerade dachte. Sie blickte betont auf ihre Uhr. »Ist dir klar, dass du fast zwei Stunden zu spät bist? In deiner E-Mail hast du geschrieben, dass du gegen neun hier sein würdest.«

»Oh. Spielt das eine Rolle?«

Seine lässige Gleichgültigkeit brachte sie auf die Palme. »Ja, tut es. Es spielt eine Rolle, weil ich den ganzen Abend auf dich gewartet habe. Ich habe meine Gassirunde aufgeschoben, weil ich dachte, du könntest jeden Moment kommen.« Der arme Hund hatte quasi schon die Hinterbeine zusammengeklemmt.

Er warf Charlie einen vernichtenden Blick zu. »Du bist eindeutig trotzdem mit ihm spazieren gegangen.«

»Weil wir nicht länger warten konnten! Du hättest mir schreiben können, dass es später wird. Das wäre höflich gewesen.«

Gewöhnlich liebte sie ihre Abendrunden mit Charlie. Sie

waren beruhigend und machten ihr den Kopf vor dem Schlafengehen frei. Heute Abend indes war sie alles andere als beruhigt. Sie kochte innerlich, und ihre übliche Routine war gestört – seinetwegen!

Er öffnete die Satteltaschen an seinem Motorrad, als hätte sie nichts gesagt, und hob ein paar kleine Taschen heraus. Wütend starrte Liberty ihn an. Er hatte das typisch südfranzösische dunkle Haar und einen olivenfarbenen Teint wie Luc, aber nichts von Lucs Warmherzigkeit oder seinem Charme. Na gut, dachte sie. Wenn es so laufen soll. Anstatt ihm die Tür aufzuschließen, tat sie, was sie immer nach einem Hundespaziergang machte, und nahm den Gartenschlauch auf. »Charlie, hierher!«, rief sie den Hund. Der Labrador kam zu ihr getrottet. »So ist es brav.«

Im schwachen Licht der Verandalampe wusch sie sanft die Hundepfoten, um Schmutz, Kletten und kleine Holzstückchen oder Kiefernnadeln zu entfernen, die sich ihm andernfalls in die Pfoten hätten bohren und ihm wehtun können.

»Was machst du?« Der Franzose tauchte neben ihr auf, machte eine finstere Miene und konnte es sichtlich nicht erwarten, ins Haus gelassen zu werden.

Sehr gut! Sollte er sehen, wie es sich anfühlte, wenn andere einen warten ließen.

»Ich mache seine Pfoten sauber«, erklärte sie.

»Jetzt? Nachts?«

Sie richtete sich auf. In Momenten wie diesem war sie froh, groß zu sein. Sie war nur wenig kleiner als er, weshalb sie fast auf Augenhöhe waren, als sie sagte: »Ja, so wie ich deine waschen würde, wenn du barfuß durch den Wald gelaufen wärst.«

Anscheinend verschlug es ihm die Sprache, denn er sagte

nichts. Ungläubig schaute er von ihr zu dem Hund und wieder zurück. Liberty drehte den Gartenschlauch zu, ging an ihm vorbei zur Haustür und öffnete sie. Drinnen hockte sie sich hin und trocknete Charlie mit einem alten Handtuch die Pfoten. Alex stellte seine Taschen ab und legte den Helm hin. Liberty spürte, dass er sie missbilligend beobachtete. Charlie nahm die Feindseligkeit nicht wahr, denn anscheinend hatte er seine Vorbehalte gegen den Fremden überwunden. Kaum war er fertig versorgt, lief er schwanzwedelnd auf den Besucher in seinem Haus zu. Der Franzose wich sichtlich entsetzt einen Schritt zurück.

»Möchtest du irgendwas trinken?«, fragte Liberty höflich. Inzwischen hatte sie sich von seiner dramatischen Ankunft hinreichend erholt, und ihr wurde bewusst, wie unglücklich der Auftakt gewesen war. Es war gewiss ratsam, sich ein wenig kennenzulernen. »Ich habe einen Rotwein offen oder Tee, Kaffee …« Sie hatte auch Ingwerkekse gebacken, und das süße Gewürzaroma lag noch in der Luft.

»Nein danke. Ich bin heute Morgen sehr früh aufgestanden, war den ganzen Tag unterwegs und habe Kopfschmerzen. Ich muss schlafen.«

Bei seinem schroffen Ton spannte sie sich unwillkürlich an. »Klar. Ich führe dich einmal herum, dann lasse ich dich schlafen.«

»Jetzt? Kann das nicht bis morgen warten?«

Sie konnten es ebenso gut gleich hinter sich bringen, dann könnte sie morgen jede Begegnung mit ihm vermeiden. Schon jetzt bereute sie ihre Entscheidung, einen Untermieter aufzunehmen. »Es dauert nicht lange, denn das Haus ist nicht groß. Dies ist das Wohnzimmer.«

Er folgte ihr nach drinnen und duckte sich unter der Tür durch. Das Kaminfeuer glomm noch, und der Quilt, an dem sie gearbeitet hatte, lag ordentlich zusammengefaltet über einem Sessel. Charlie lief aufgeregt um sie herum, was dem Franzosen auf die Nerven zu gehen schien. Er nieste zweimal, dann ein drittes Mal.

»Gesundheit«, sagte Liberty über die Schulter, als sie durch eine weitere Tür trat. »Hier durch geht's zur Küche, und dann in …«

Sie hörte einen lauten Rumms, gefolgt von *»Aie!«*.

Sofort drehte sie sich um. Er hielt sich die Stirn.

»Was ist passiert?«

»Ich habe mir den Kopf gestoßen«, sagte er, wobei er die Zähne zusammenbiss und auf den Türrahmen zeigte.

»Oh, ja, das hatte ich vergessen zu sagen. Ich hole dir Eis.« Sie kramte im Tiefkühlfach, fand aber nur Tiefkühlerbsen. Die müssten herhalten. »Hier«, sagte sie.

»Schon gut«, winkte er gereizt ab und nieste wieder.

»Ich fürchte, alle Türen hier sind so niedrig. Die Leute waren wohl kleiner, als dieses Cottage gebaut wurde.«

Wieder nieste er und sah sie erbost an. Sie ging voraus in den Flur. »Und hier ist mein Nähzimmer.«

Noch ein Niesen.

Sie holte eine Schachtel mit Papiertüchern und reichte sie ihm. Er nahm eines und putzte sich die Nase. »Bist du erkältet?«

»Nein. Wie gesagt, ich reagiere allergisch auf den Hund.«

»Oh.« Ihr Lächeln erstarb. »Charlie, hier«, murmelte sie und bekam Schuldgefühle. Hatte sie wirklich vergessen, den Hund zu erwähnen? Charlie stupste mit der Schnauze gegen ihre Hand, und sie kraulte ihm die Ohren. »Tja, ich habe morgen frei, also gehe ich davon aus, dass ich dich morgen zum Frühstück sehe. Dann kann ich dir zeigen, wo Tee und Kaffee sind.«

»Nicht nötig, ich komme klar.«

»Okay. Dann bringe ich dich jetzt zu deinem Zimmer.« Sie befahl Charlie, sich zu setzen, und er wartete brav in der Diele.

Oben gab es zwei Schlafzimmer und ein Bad. Ihr Cottage konnte nur als klein und altmodisch beschrieben werden, aber Liberty wollte nirgendwo sonst leben. Als sie ihn die Treppe hinaufführte, nieste er dreimal hintereinander, gefolgt von einem gemurmelten Fluch. Liberty öffnete die Tür zu seinem Zimmer und bedeutete ihm, vorzugehen. Er blickte sich im Raum um, sagte jedoch nichts. Seinem Gesichtsausdruck nach zu urteilen, war es nicht das, was er erwartet hatte. Liberty verkniff sich ein Stöhnen. Es war unmöglich, diesen Mann zufriedenzustellen.

»Alles okay?«, fragte sie und versuchte, das Zimmer mit dem Blick eines Fremden zu sehen. Die Kerzen, die sie vorhin angezündet hatte, tauchten alles in ein warmes Licht, auf dem Bett lag ein wunderschöner grauer Quilt mit aufgestickten Dreiecken in Orange und Rot, und am Fußende war ein Stapel flauschige Handtücher. Wenn er morgen früh die Vorhänge öffnete, hätte er eine herrliche Aussicht auf den Wald hinter dem Haus. Carys hatte dieses Zimmer geliebt. Es war nicht groß, aber sehr einladend.

Er hob die Schultern zu einem typisch französischen Schulterzucken. »Ist gut«, sagte er ohne jede Begeisterung und stellte seine Taschen ab.

Liberty biss die Zähne zusammen. Was hatte er erwartet? Sie hatte ihm Fotos geschickt und auch mitgeteilt, wie groß der Raum war.

Wieder nieste er. »Ich gehe ins Bett.«

»Dann gute Nacht.«

Unten in der Küche vergewisserte sie sich, dass Charlie

alles für die Nacht hatte, und richtete die Blumen in der Vase, wobei sie eine knallgelbe Gerbera weiter nach vorn rückte. Sie konnte Alex oben in seinem Zimmer umhergehen hören. Vor Enttäuschung ließ sie den Kopf hängen. Tja, das war ein fantastischer Auftakt, was? Vielleicht war es nicht ihre beste Idee gewesen, einen Untermieter aufzunehmen. Womöglich war sie vollkommen naiv an diese Challenge herangegangen. Auf einmal verflog alle Zuversicht, mit der sie ihr mutiges Vorhaben in Angriff genommen hatte. Dies hier war die Realität: ein unhöflicher, missgelaunter Fremder mit einem entsetzlich lauten Motorrad. Sie erschauderte. Ihr gefiel nicht, wie er sich ihr Zuhause angesehen und dabei die Augen verengt hatte. Und Charlie. *Ich hoffe, er darf nicht in mein Zimmer.* Was für eine Frechheit! Dies hier war ihr – und Charlies – Zuhause. Er war nur ein Gast. Mit ihm zusammenzuwohnen würde ganz anders sein als mit Carys.

Du musst ihn ja nicht mögen, Liberty. Dulde ihn nur. Sag Ja zu allem.

Sogar zu unfreundlichen Untermietern. Und es ist bloß für einen Monat.

Das ist nicht lange.

Kapitel drei

Alex schloss seine Zimmertür und hielt sich die Schulter. Spätabends wurden die Schmerzen immer stärker, aber nach einem Tag auf dem Motorrad war es heute besonders schlimm. Es wäre natürlich vernünftiger gewesen, per Flugzeug oder Auto anzureisen, aber ohne sein Motorrad herzukommen war nicht infrage gekommen. Selbstverständlich war es nicht das, mit dem er Rennen fuhr, sondern sein Tourenbike; es eignete sich deutlich besser für lange Fahrten. Erschöpft strich er sich durchs Haar. Immerhin war er nun angekommen. Und was für ein Empfang das war, überlegte er, als er an Libertys rotes Haar und die braunen Augen dachte, die im Verandalicht geschimmert hatten. Eine spitze Bemerkung über die Uhrzeit und ein Klaps auf die Finger, weil er nicht Bescheid gesagt hatte. Sie war nur seine Vermieterin, nicht seine Freundin. Er schuldete ihr keine Erklärung, wollte lediglich ein Bett, in dem er schlafen konnte.

Sie ist *Lucs* Freundin, ermahnte er sich mit einem Anflug von schlechtem Gewissen. Doch er war zu müde und geschafft, um jetzt darüber nachzudenken. Während er seine Schulter hin und her rollte, um die Schmerzen zu lindern, schaute er sich im Zimmer um. Das Bett war angeblich für zwei Personen, aber klein, und die Einrichtung – tja, die entsprach gar nicht seinem Geschmack. Auf dem Nachttisch flackerten Kerzen, und dem ekligen Geruch nach handelte es sich um Duftkerzen. Er blies sie aus.

Im Wohnzimmer hatten auch überall Kerzen gebrannt. Feuergefahr, doch sie schien vollkommen unbesorgt zu sein, denn sie hatte die sogar brennen lassen, als sie mit dem Hund draußen gewesen war. Neben dem Handtuchstapel lag eine Wärmflasche mit einer rot-weißen Strickhülle. Alex nahm sie. Wie kam Liberty darauf, dass er so ein Ding brauchen könnte? Seufzend steckte er die Wärmflasche in die Nachttischschublade und rieb sich den Kopf. Er pochte noch, und Alex spürte, wie sich eine Beule bildete. Er musste schlafen, also öffnete er eine Tasche und holte nur seine Zahnbürste heraus. Der Rest konnte bis morgen warten. Beim Blick auf die große Kommode und das bestickte Filzherz an einem der Schubladengriffe rümpfte er die Nase. Warum in aller Welt hatte Luc ihm empfohlen, hier zu wohnen? Er hatte nicht damit gerechnet, dass sich das Cottage mitten in der Einöde befand, niedrige Türrahmen hatte, die man getrost als Todesfallen bezeichnen konnte – und erst recht nicht mit einem Hund. Wie hatte sie vergessen können, so ein entscheidendes Detail zu erwähnen? Er seufzte und ging sich die Zähne putzen.

Wenig später zog er den Quilt zurück und stieg ins Bett. In der Dunkelheit lauschte er den unbekannten Geräuschen: dem Knarzen von Holz, dem leisen Klopfen in Rohren. Es war schön gewesen, Luc wiederzusehen, sein Zuhause zu besuchen und zu erleben, wie glücklich er mit seiner kleinen Familie war. Und er und Natasha freuten sich sehr auf ihr neues Baby.

Alex blickte in die Schatten um ihn herum. Hingegen nahm sich seine Zukunft überwältigend düster und hoffnungslos aus.

Was sollte er jetzt tun? Die Rennen waren sein Leben. Ohne die war er nichts. Völlig bedeutungslos.

Er merkte, wie er schläfrig wurde, und sträubte sich nicht dagegen. Sein Körper war zu müde und schmerzte zu sehr, und sein Kopf brauchte eine Pause von den bedrückenden Gedanken, die er hinter sich zu lassen gehofft hatte. Sie waren ihm hierher gefolgt.

Dienstag, 2. Dezember

Die lange Fahrt musste ihn sehr geschlaucht haben, denn am nächsten Morgen schlief Alex länger als geplant. Blinzelnd schaute er sich um und erinnerte sich wieder, wo er war – und warum. Er sank zurück auf das Kopfkissen. Die Gefühle brodelten wie Gift in ihm.

Eigentlich hätte er auf der anderen Seite der Welt sein müssen, nicht in dieser Einöde. Er hätte trainieren müssen, sich auf das nächste Rennen vorbereiten. Geschwindigkeit war es, wofür er lebte. Sie fehlte ihm. Er sehnte sich nach ihr. Verzweiflung zog ihn runter. Er war nicht bloß von seinem Lebenselixier abgeschnitten, sondern auch wütend. Wütend auf die Ärzte, auf seinen Körper – und auf sich selbst, weil er nichts dagegen tun konnte.

Er setzte sich auf, stützte den Kopf in die Hände und versuchte, die dunklen Gedanken zu vertreiben. Er musste daran denken, weshalb er hergekommen war, und sich auf die Suche nach seiner Schwester konzentrieren. Die Briefe seines Vaters zu lesen hatte einen solchen Zorn auf den Mann und sein Verhalten geweckt. Alex hatte es nicht für möglich gehalten, dass sein Vater ihn noch mehr enttäuschen könnte als ohnehin schon, doch jene Briefe hatten ihn eines Besseren belehrt. Seine Verantwortung zu ignorieren, sich von jemandem abzuwenden, der merklich verzweifelt um Hilfe bat: Alex drehte sich der Magen um. Der Egoismus seines Vaters hatte wahrlich keine Grenzen gekannt.

Nun, er hatte vor, den Fehler seines Vaters wiedergutzumachen. Auch wenn er die letzten dreißig Jahre nicht rückgängig machen konnte, würde er zumindest jetzt seine Hilfe anbieten – finanziell, emotional. Es wäre unglaublich, seine Schwester zu finden und kennenzulernen. Sie würden eine Menge nachzuholen haben. Ob sie wohl seinen Brüdern und ihm ähnlich sah? Hatte sie Kinder? Die Hoffnung, sie zu finden, hob seine Stimmung. Sie war wie ein Licht inmitten eines grauen Nebels.

Er stand auf, duschte und zog sich an. Danach brauchte er dringend einen Kaffee und wollte anschließend mit seiner Suche loslegen. Auf dem Weg zur Küche schaute er sich um. Dieses kleine Cottage im Wald war seltsam und sah so gar nicht wie das Zuhause einer jungen Frau aus, die allein lebte. Bei den winzigen Zimmern und den niedrigen Türrahmen fühlte er sich wie Gulliver in Lilliput. Gleichzeitig war es exakt so, wie er sich ein typisches englisches Cottage vorgestellt hatte: voller Nippes, Kerzen und – er bückte sich, um einen Türstopper in Form eines Hasen genauer zu betrachten – komischer Objekte. Im Wohnzimmer hing eine Deckenlampe in Geweihform, und überall waren Quilts – über Sofas und Sesseln, zusammengefaltet in einem Korb; sie dienten sogar als Wandbehang. An sämtlichen Haken und Schrankgriffen hingen Pinienzapfen. Als er oben in seinem Zimmer die Vorhänge geöffnet hatte, war dahinter nichts als Wald zu sehen gewesen, und er hatte sich gefragt, warum irgendwer derart abgeschieden wohnen wollte.

Aus dem vorderen Zimmer war ein Rattern zu hören, und erst als er Liberty an einer Nähmaschine sitzen sah, begriff er, was für ein Geräusch das war. Er wollte sich unbemerkt an der Tür vorbeischleichen, aber sie bemerkte ihn.

»Guten Morgen.« Sie folgte ihm in die Küche. »Hast du gut geschlafen?« Obwohl sie lächelte, wirkte sie vorsichtig.

Das war er auch. Er wollte nicht wieder streiten. Alex hasste Hotels. Er konnte die Aufmerksamkeit nicht leiden, die er erregte, wenn er erkannt wurde, was unweigerlich geschah. Und er wollte keine Fragen darüber hören, warum er in England war. »Ja, danke.« Er öffnete ein paar Schränke. »Wo ist der Kaffee?«

»Hier. Möchtest du Toast? Es gibt auch Frühstücksflocken, und hier ist Obst. Bedien dich. Und falls du etwas anderes brauchst, schreib es auf die Einkaufsliste am Kühlschrank.«

Sie schien heute freundlicher, hilfsbereiter zu sein. Er fragte sich, was sich geändert hatte. Gestern Abend war sie von Anfang an auf Konfrontation eingestellt gewesen. »Kaffee genügt vollkommen.«

Zum Glück hatte sie eine Maschine. Wenigstens würde er anständigen Kaffee bekommen. Er schaltete das Gerät ein und stellte eine Tasse drunter.

»Ich leiste dir Gesellschaft«, sagte sie, machte den Kühlschrank auf und nahm eine Flasche Milch heraus.

Oh, super. Das hatte ihm gerade noch gefehlt. Nach der gestrigen Erfahrung hatte er beschlossen, ihr aus dem Weg zu gehen, und gehofft, sie würde es ebenso halten. Er war nicht gerade wild darauf, sie kennenzulernen. Er blieb stets für sich, und Freunde wie Luc waren eine Seltenheit in seinem Leben. Die einzigen Menschen, denen er vertraute, waren seine Mutter und seine Brüder.

Stille senkte sich über die Küche. Draußen im Wald zwitscherten Vögel. Als der Kaffee durchgelaufen war, nahm Alex die Tasse und blies hinein. Der Hund kam in die Küche getrottet und direkt auf ihn zu. Bevor Alex sich in Sicherheit bringen konnte, leckte der Hund schon an seiner Hand, als wäre er ein Freund, den er lange nicht mehr gesehen hatte, kein Wildfremder. Alex riss seine Hand hoch. Zu spät: Es bildete sich bereits ein roter Ausschlag, und Alex nieste.

»Charlie, hierher«, sagte Liberty und hielt den Hund am Halsband zurück. »Entschuldige. Er mag dich.«

»Tun Hunde immer«, sagte er genervt. »Wenn mehrere Leute im Zimmer sind, kann man darauf wetten, dass sie immer zu mir kommen, obwohl andere sie streicheln wollen und ich keinerlei Interesse zeige. Ich glaube, sie betrachten mich als Herausforderung.«

»Ich schicke ihn in den Garten«, sagte sie und schob den Hund durch die Hintertür nach draußen.

Durchs Küchenfenster sah Alex, wie der Hund durch den Garten lief, dann stehen blieb und einen großen Baum anbellte. Alex bekam ein schlechtes Gewissen. Die kahlen Äste glitzerten im Winterlicht, und es war bestimmt frisch da draußen. »Ist das in Ordnung für ihn? Nicht zu kalt?«

»Nein, alles gut. Er ist sehr gern draußen, und der Garten ist eingezäunt. Solange es einem nichts ausmacht, dass er sämtliche Eichhörnchen in der Nähe ankläfft.«

»Es könnte die Nachbarn stören.«

Sie lachte. »Meine nächsten Nachbarn sind Jake und Evie, und die wohnen eine Meile entfernt, auf der anderen Seite des Walds und den Hügel hinauf.«

Ihr langes Haar war feuerrot und schwang ihr bei jeder Bewegung um die Schultern. Sie war lässig angezogen mit einer Tunika aus Samt und Leggings, nichts Besonderes, und doch hatte es etwas Elegantes.

»Und warum bist du hier?«, fragte sie. »Natasha hat gesagt, du versuchst, jemanden zu finden. Einen Angehörigen?«

»Ja, richtig«, antwortete er absichtlich vage. Die Sache war zu persönlich. Das Letzte, was er brauchte, war, dass es sich überall herumsprach. »Es sind einige persönliche Angelegenheiten meines Vaters, um die ich mich kümmern muss. Er ist letztes Jahr gestorben.«

»Das muss schwer sein«, sagte sie unerwartet sanft. »Nach dem Tod meiner Mutter hat es lange gedauert, bis mich die Trauer nicht mehr wie aus heiterem Himmel überfiel.« Ihre Augen hatten die Farbe von reifen Kastanien und waren voller Mitgefühl.

»Wir standen uns nicht nahe.« Er trank seinen Kaffee aus.

Erschrocken sah sie ihn an. »Nicht?«

Er schüttelte den Kopf.

»Verstehe. Also, äh, brauchst du Hilfe bei der Suche? Ich lebe schon immer hier und kenne mich gut aus.«

Sie war verdächtig freundlich, und sofort machte er dicht. Dies hier passierte ihm dauernd, ob bei Rennen oder im Alltag: Die Menschen heuchelten Interesse an ihm, und das ausnahmslos aus eigennützigen Gründen. »Ich komme klar. Ich habe ein paar Adressen, die ich abklappern muss.«

Sie schien gekränkt zu sein, und er erinnerte sich, dass er diesen Ausdruck auch letzte Nacht an ihr gesehen hatte. Sie war eine merkwürdige Mischung aus Überheblichkeit und Verletzlichkeit; und Letzteres erinnerte ihn daran, dass sie mit Luc und Natasha befreundet war. Er versuchte einzulenken. »Ach so, weißt du, wo das nächste Rathaus ist?«

Sie strahlte. »Ja, in der Stadt. Soll ich dich hinfahren?«

»Sicher finde ich es.«

»Der Verkehr dort ist übel«, warnte sie. »Das Parken kann problematisch sein.«

»Mit meinem Bike ist es einfacher als mit dem Auto.«

»Ah, ja, natürlich.« Sie klang kühl. »Tja, wie du meinst.«

Liberty wusste, dass Alex wegwollte, trotzdem zuckte sie beim Lärm des startenden Motors zusammen. Sie blickte von der Nähmaschine auf und sah durchs Fenster, wie er seinen Helm aufsetzte und den Motor wieder aufheulen ließ. Voller Angst stoben die Vögel aus den Bäumen auf. War es wirklich nötig, immer wieder Gas zu geben – und so laut? Schließlich preschte er davon, und es kehrte wieder Ruhe ein.

Sie schüttelte den Kopf. Warum wählte jemand eine solch gefährliche Form der Fortbewegung? Schlimmer noch, warum riskierte jemand freiwillig sein Leben, indem er professionell raste? Es war eine Sache, den Wind im Gesicht zu genießen, wenn man auf dem Fahrrad bergab fuhr, aber eine völlig andere, auf einer solch hochmotorisierten Maschine durch die Gegend zu heizen, bei der eine kleine Unachtsamkeit genügte, um ein Blutbad anzurichten.

Wie der Idiot, der wegen überhöhter Geschwindigkeit mit Carys zusammengekracht war.

Sie verdrängte den Gedanken und erinnerte sich daran, dass sie sich morgens vorgenommen hatte, noch einmal von vorn mit ihrem Untermieter anzufangen. Beim Aufwachen hatte sie bedauert, wie sich die Dinge am gestrigen Abend entwickelt hatten. Ja, er war zu spät gekommen und hatte mit seinem lauten Bike und seinem unfreundlichen Auftreten keinen guten ersten Eindruck gemacht. Aber was wäre, wenn er es sich anders überlegte und sich in einem Hotel einmietete?

Bei dem Gedanken lief ihr vor Panik ein Schauer über den Rücken. Sie rechnete mit seiner Miete, um die Heizkosten bezahlen zu können. Dieses alte Cottage warm zu halten war teuer, und sie konnte sich nicht vorstellen, dass um die Weihnachtszeit viele Leute nach einem Zimmer in dieser Gegend suchten. Also hatte sie beschlossen, sich von nun an mehr Mühe zu geben, gastfreundlich und nett zu sein.

Na ja, vielleicht nur gastfreundlich – denn er strengte sich nicht an, oder? Heute Morgen hatte seine Körpersprache förmlich geschrien: »Bleib weg von mir«, und ihre Unterhaltung war einsilbig und angespannt gewesen. Warum hatte er sie eigentlich so misstrauisch angesehen, als sie ihm anbot, ihn in die Stadt zu fahren?

Kopfschüttelnd ging sie in die Küche, schaltete den Wasserkocher ein und füllte das Wasser in der Vase auf. Die Blumen erinnerten sie daran, dass heute Tag zwei ihres Vorhabens war. Wozu würde sie heute Ja sagen? Vielleicht könnte sie etwas Ungewöhnliches kochen – ein Curry zum Beispiel. Sie war kein Fan von scharfem Essen, doch vielleicht mochte Alex es. Und eventuell schätzte er die Geste als Friedensangebot. Ihre Laune besserte sich. Außerdem hatte sie den ganzen Tag frei zum Nähen, und sie hatte schon Ideen für ein neues Design, das dringend umgesetzt werden wollte, nachdem sie inzwischen den Maple-Leaf-Quilt fertiggestellt hatte. Heute Morgen hatte sie eine Lieferung von wundervollen neuen Stoffen mit geometrischen Mustern in Orange, Weiß und Schwarz bekommen, die in einem Zickzack traumhaft aussehen müssten.

Doch eine Stunde später wurden ihre Pläne über den Haufen geworfen. Sie hatte eben angefangen, Dreiecke aus dem neuen Stoff zu schneiden, als eine Nachricht von ihrer Dating-App kam: eine Einladung zum Mittagessen von einem Koch, der heute ausnahmsweise seinen freien Tag hatte.

Liberty klickte sie weg. Das ging ihr zu schnell. Schließlich war es ihr erstes Blind Date. Sie wollte nicht …

Ich werde jede Gelegenheit nutzen, jede Einladung annehmen.

Sie musste zusagen. Ganz einfach.

Nachdem sie tief Luft geholt hatte, blickte sie wieder auf die Einladung und antwortete mit Ja, bevor sie es sich anders überlegen konnte. Der Vorteil bei dieser sehr spontanen Einladung war, dass ihr auch keine Zeit blieb, nervös zu werden.

Es ist doch genau das, worum es bei dieser Challenge geht, sagte sie sich, als sie ihr Nähzimmer verließ und nach oben lief, um sich umzuziehen.

Auf der Fahrt in die Stadt hielt sie das Lenkrad fest umklammert, um das Zittern ihrer Hände in den Griff zu kriegen. Was, wenn er umwerfend war und sie keinen Pieps herausbrachte? Was, wenn er einen Blick auf sie warf und direkt wieder abhaute? Was, wenn sie nichts gemeinsam hatten und keinen Gesprächsstoff fanden? Sie versuchte, einige Fragen vorzubereiten, aber jede, die ihr einfiel, verwarf sie gleich wieder, weil sie langweilig, voreingenommen oder schlicht albern war.

Ach, dies hier war einfach keine gute Idee! Liberty war weder interessant noch selbstsicher, und sie konnte keine Witze reißen. Carys war die Übersprudelnde und Kontaktfreudige gewesen. Sie konnte sich binnen fünf Minuten mit Fremden anfreunden und dafür sorgen, dass sich alle in einem Raum schlapplachten. Diese Gabe fehlte Liberty. Sie brauchte lange, um jemanden kennenzulernen. Deshalb fehlte Carys ihr so sehr. Bei ihrer besten Freundin musste sie sich nicht anstrengen, konnte sie selbst sein.

Sie gab sich redliche Mühe, das Flattern in ihrem Bauch zu ignorieren. Es ist nur ein Mittagessen, sagte sie sich. Selbst wenn es ein Desaster wurde, würde es maximal zwei Stunden dauern. Nachdem sie geparkt hatte und zum Restaurant gegangen war, blieb sie vor der Tür stehen, atmete tief durch und strich ihr Kleid glatt. Es war aus schwarzem Samt mit roten Blumen und brachte angeblich ihre Haarfarbe sehr gut zur Geltung. Dazu hatte sie ihre hohen Wildlederstiefel angezogen, die ihr immer das Gefühl gaben, toll auszusehen. Sie war zufrieden mit ihrer Erscheinung, auch wenn der Impuls kehrtzumachen und wegzulaufen immer noch stark war.

Denk an dein Vorhaben, Lib. Denk daran, wie wunderbar es wäre, den einen *kennenzulernen. Und selbst wenn nicht, machst du dies hier, um aus deinem Trott zu kommen und einen Haken in dein oranges Buch machen zu können.*

»Fake it till you make it«, flüsterte sie sich zu. Es war Carys' Leitspruch gewesen, und er brachte Liberty zum Lächeln.

An diesem Gedanken hielt Liberty fest, straffte die Schultern und ging hinein.

Merde, merde, merde. Alex trat aus dem Rathaus in den eisigen Wind und stieg die Stufen hinunter, wobei er leise vor sich hin fluchte. Was für eine Zeitverschwendung dies hier gewesen war! Die unfreundlichen, verstockten Mitarbeiter da drinnen waren ungefähr so nützlich gewesen wie ein Verband an einem Holzbein. Er hatte gehofft, zumindest irgendetwas zu erfahren, was ihm bei der Suche half, wenn sie ihm schon keine Informationen zu Geburten im Herbst und Winter vor dreißig Jahren geben konnten. Aber nein. Sie hatten schlicht gesagt, ohne den Namen des Kindes könnten sie gar nichts tun. Und es gab auch keine Einträge mit seinem Familiennamen: Das hatte er festgestellt, als er Seite um Seite durchging und damit den Großteil des Tages verplemperte. Wäre ja auch zu einfach gewesen, dachte er jetzt. Und außerdem äußerst unwahrscheinlich, schließlich hatte sein Vater dieses Kind nie anerkannt, wieso also hätte es seinen Namen tragen sollen?

Alex hatte einfach nicht gewusst, womit er sonst hätte anfangen sollen.

Er atmete einmal durch, blickte wütend zu dem Verkehr auf der Straße und überlegte, was er als Nächstes tun sollte. Als er seine Schulter hin und her bewegte, verzog er das Gesicht. Der Schmerz war wie ein erdrückendes Gewicht, und Alex empfand es als bittere Ironie, dass die Handgelenksverletzung, die seine Karriere beendet hatte, ihm so gut wie keine Beschwerden machte. Er versuchte, das Ziehen aus seiner Schulter zu kneten, doch die Stelle war schwer zu erreichen, und es war geradezu unmöglich, dort genug Druck auszuüben. Seufzend holte er sein Handy hervor. Die Fahrt hierher hatte ihren Preis gefordert, und ihm reichte es damit, weiter die Zähne zusammenzubeißen.

Der Teamarzt nahm nach dem dritten Klingeln ab. »Alex?«

»Ich habe keine Schmerzmittel mehr«, sagte er. »Kannst du mir ein Rezept schicken?«

Zunächst trat Stille ein, und Alex runzelte die Stirn.

»Alex«, sagte der Arzt hörbar vorsichtig, »ich bin nicht mehr dein Arzt. Du gehörst nicht zum Team, deshalb darf ich dich nicht behandeln.«

Alex wollte sich in den Hintern treten. Darüber hatte er gar nicht nachgedacht, als er die Nummer wählte. »Und zu wem soll ich jetzt?« Der Arzt behandelte ihn schon, seit er als Teenager bei dem Team unterschrieben hatte.

»Du musst dir einen Hausarzt suchen. Wo bist du – in Paris?«

»Nein, in England.«

»England? Oh, da kann ich dir so oder so nicht helfen. Gib mir Bescheid, wenn du wieder in Paris bist, und …«

»Schon gut«, unterbrach Alex ihn. Er wurde rot. »Vergiss es.«

»Alex, ich …«

Doch er beendete das Gespräch, ehe es noch beschämender wurde. Dann schwang er sich auf sein Motorrad und fluchte. Wie hatte er nur so blöd sein können?

Es war neun Uhr abends, als er wieder ins Cottage zurückkehrte, doch das Telefonat beherrschte immer noch seine Gedanken. Würde der Arzt es dem Rest des Teams erzählen? Alex konnte sich ihre Fassungslosigkeit, ihr Amüsement und ihr Mitleid lebhaft vorstellen. Und es hellte seine Laune auch nicht gerade auf, dass sich seine Bemühungen am Nachmittag ebenfalls als fruchtlos erwiesen hatten. Er war in noch einem weiteren Rathaus gewesen und hatte wieder allein durch die Register geblättert, denn sobald er erklärte, dass er den Namen der Person, die er suchte, nicht kannte, wollte ihm niemand helfen. Und sie hatten ja recht: Es war wie die Suche nach der Nadel im Heuhaufen.

Leise schloss er die Haustür hinter sich. Er befand sich in einer gefährlichen Stimmung. Es würde das Beste für alle sein, wenn er für sich blieb.

Liberty saß bei geöffneter Tür im Wohnzimmer. Dort brannte ein Kaminfeuer, und ein kurzer Blick verriet ihm, dass sie eine Komödie sah und von Hand an einem Quilt nähte. Ihr Hund hörte auf zu bellen, als er Alex erkannte, und leckte ihm zur Begrüßung die Hand. Rasch zog Alex sie weg und murmelte einen Fluch.

»Wie ist es gelaufen?«, fragte Liberty und kam in die Diele. »Hast du das Rathaus gefunden?«

»Ja.« Er streifte seine Stiefel ab, die nass und voller Matsch waren.

»Konnte man dir dort helfen?«

»Nein. Leider nicht.«

»Oh.« Sie sah ihn mitfühlend an. »Und was hast du jetzt vor?«

Er öffnete den Reißverschluss seiner Jacke, hängte sie neben Libertys und zuckte mit den Schultern. Auf ein Fragenbombardement konnte er verzichten.

»Du könntest es mit den Kirchenregistern versuchen. Wenn du willst, rufe ich den hiesigen Vikar an und mache einen Termin für dich.«

»Nein, danke, geht schon.« Er versuchte, höflich zu sein, aber er wünschte sich wirklich, dass sie aufhörte, sich einzumischen.

»Okay.« Sie blickte an ihm vorbei in die Küche. »Ich habe Hühnchencurry gemacht. Möchtest du welches?«

»Danke, aber ich habe schon gegessen.« Nicht, dass er von dem griechischen Restaurant in der Stadt begeistert gewesen wäre. Noch nie hatte er so wässrige Tomaten gegessen, und was sie dort Pitabrot nannten, hatte nicht mal im Ansatz dem Original geähnelt.

»Ach so.« Sie versuchte, es zu verbergen, war aber sichtlich enttäuscht.

Er folgte ihr in die Küche, wo sie eine Auflaufform aus dem Ofen nahm und Curry in eine Schale füllte. Alex runzelte die Stirn. Hatte sie mit dem Essen auf ihn gewartet? Prompt bekam er Schuldgefühle. Andererseits wollte er sich nicht auf gemeinsame Mahlzeiten oder anderes einlassen. Er schenkte sich ein Glas Wasser ein und zuckte zusammen, als ein stechender Schmerz seine Schulter durchfuhr.

»Was ist?«, fragte Liberty.

»Nichts«, antwortete er mit zusammengebissenen Zähnen. Es fühlte sich an, als würde ihm ein Metalldorn durch die Schulter getrieben. Und ihm fehlte es an der Kraft und Geduld, ihre Fragen zu beantworten.

»Was hast du heute Abend vor?«, fuhr sie fort, während sie im Stehen mit einer Gabel in ihr Essen stach.

»Ich habe zu tun.« Er wandte sich zum Gehen.

»Möchtest du einen Film sehen?«

Er blieb in der Tür stehen. Lieber würde er sich Nadeln in die Augäpfel stechen, als die Rom-Com zu sehen, die sie eingeschaltet hatte.

Vielleicht sollte er es ein für alle Male klarstellen. Er brauchte keine aufdringliche Vermieterin, die ihn permanent ausfragte und sich in sein Leben drängen wollte. Seine Privatsphäre war ihm heilig. Er brauchte – wollte – Zeit allein. Vor allem jetzt, da er mit den monumentalen Richtungswechseln in seinem Leben zurechtkommen musste.

Nachdem er tief Luft geholt hatte, drehte er sich zu ihr um. »Hör zu, ich weiß ja nicht, was Luc dir erzählt hat, aber ich sehe mir keine Filme an, und ich brauche keine Mahlzeiten oder Hilfe bei dem, was ich tue, oder sonst etwas. Ich möchte nur ein Zimmer und ein Bett.«

Sobald er seine Halbschwester aufgespürt und alles mit ihr besprochen hatte, würde er sofort von hier verschwinden.

Liberty starrte ihn an. Dann verengte sie die Augen, in denen es wütend funkelte. »Verstehe.«

»Ich kann recht gut für mich selbst sorgen.«

Ihre Züge waren wie versteinert. Sie erinnerte ihn an ein reinrassiges Pferd, groß und würdevoll. »Ja, das hast du ziemlich unmissverständlich zum Ausdruck gebracht«, sagte sie und ging mit dem Teller in der Hand ins Wohnzimmer.

Kapitel vier

O mein Gott, wie peinlich war das denn gewesen? Liberty saß allein auf dem Sofa, beschämt und wütend. Sie aß hastig, verärgert, weil sie den ganzen Abend gewartet hatte, um mit ihm zu essen, und dann hatte sie eine schroffe Abfuhr kassiert. Herrgott noch mal, sie versuchte doch nur, nett zu sein! Es war überflüssig, gleich so unhöflich und arrogant zu reagieren und so … und … und …

Sie gab es auf, nach den richtigen Worten zu suchen. Stattdessen rief sie sich seine finstere Miene ins Gedächtnis. Was hatte sie erwartet? Männer, die Motorradrennen fuhren, waren wohl kaum bekannt dafür, freundlich und sensibel zu sein, oder?

Eigentlich hatte sie keine Ahnung. Sie kannte sich überhaupt nicht mit Rennsport jedweder Art aus.

Sie hörte, wie Alex sich oben bewegte, dann wurde alles still. Und Liberty sah den Film weiter, den sie angefangen hatte (sie hätte angeboten, einen anderen mit ihm zu sehen, verdammt!), doch im Grunde schaute sie nicht mehr richtig hin. Auch wenn Alex sich so abfällig geäußert hatte, wollte sie wetten, dass er jetzt gerade oben allein einen Film guckte.

Sie nahm die Fernbedienung und schaltete den Fernseher aus. Inzwischen war sie sogar zu aufgebracht, um zu nähen. Ein Blick auf die Uhr sagte ihr, dass es ein wenig früher als sonst war, aber ein Spaziergang mit Charlie erschien ihr als das Beste, um ihren Frust loszuwerden. Also rief sie den Labrador, zog ihre Stiefel an und ging hinaus in die Nacht. Sie hatte einen furchtbaren Tag gehabt, und das nicht nur wegen ihres mürrischen, unverschämten Untermieters. Ihr Blind Date war ebenfalls eine Enttäuschung gewesen. James, der Koch, war ein netter Kerl gewesen, aber da war kein Funke zwischen ihnen übergesprungen.

Er hatte sie in dem Augenblick erkannt, in dem Liberty das Restaurant betrat. (Das war der Vorteil, rothaarig zu sein: Man fiel auf.)

»Entschuldige, verschwitzte Hände«, sagte er und wischte sich beim Aufstehen die Hand an seiner Hose ab, bevor er sie ihr reichte. »Ich bin so nervös.«

Sie lachte. »Das bin ich auch.«

Sie setzten sich, und er zog an seinem Kragen. »Dieser Schlips erwürgt mich noch. Normalerweise bin ich nicht so angezogen.«

»Du trägst sonst eine Kochmontur?«

Er nickte. James war übergewichtig, und Liberty bemerkte die Schweißperlen, die ihm auf der Stirn standen.

»Macht es dir etwas aus, wenn ich ihn abnehme?«, fragte er.

»Selbstverständlich nicht.«

Seine Hände zitterten, als er die Krawatte losband und den obersten Hemdknopf öffnete. Liberty wurde klar, dass er blanke Panik hatte, was seltsamerweise ihre eigene Unsicherheit minderte, und sie bemühte sich, ihm zu helfen, ein wenig lockerer zu werden. »Wo arbeitest du? Hier in der Nähe?«

Er nannte den Namen eines edlen Hotels auf der anderen Seite der Stadt. »Ich arbeite gerne dort, aber der Job ist hart. Es kommt selten vor, dass ich einen Abend freihabe, worunter mein Privatleben leidet. Deshalb habe ich mich auf dieses Dating-Dings eingelassen. Ich versuche, mehr rauszukommen. Allerdings bin ich ein bisschen aus der Übung. Entschuldige bitte, wenn ich nicht weiß, was ich sagen soll oder fragen darf.«

Liberty lachte. »Dies ist mein erstes Blind Date, also kein Grund zur Sorge. Ich kenne mich genauso wenig aus.«

Dennoch blieb er besorgt, und im Gespräch kam heraus, dass es größtenteils seinem Aussehen geschuldet war. »Ich bin nicht immer so dick gewesen«, erzählte er. »Aber wenn man Koch ist, ist es schwer, das Gewicht zu halten.«

Nach dem Essen verabschiedeten sie sich, und Liberty wusste, dass sie ihn nicht wiedersehen würde. Sie mochte ihn, aber da war kein Hauch von Anziehungskraft zu spüren. Vielmehr hatte sie Mitleid mit ihm, und das war keine Basis für eine Beziehung. Es war ein Reinfall, doch dies war ihr erstes Date gewesen, und es würde hoffentlich noch mehr geben.

Sie lief durch den Wald, atmete die erfrischend kühle Nachtluft ein und genoss die Ruhe, die sie zunehmend empfand. Ihr Date mochte kein Erfolg gewesen sein, hatte jedoch ihr Selbstvertrauen gestärkt. Zumindest hatte sie keine Probleme mit ihrem Aussehen. Bis auf ihre Haarfarbe sah sie normal aus, doch nun war sie erst recht dankbar, dass sie groß und schlank war und mühelos passende Kleidung fand. Angespornt von neuer Zuversicht, hatte sie bereits ein weiteres Date für Freitagabend vereinbart.

Als sie zurückkam, war es noch immer still im Haus. Sie füllte Charlies Wassernapf auf und machte ihm alles bereit für die Nacht. »Schlaf gut, Süßer«, sagte sie und streichelte seinen Kopf. »Bis morgen früh.«

Müde stieg sie die Treppe hinauf und putzte sich die Zähne schneller als gewöhnlich, weil sie sich nicht zu lange im Bad aufhalten und riskieren wollte, dem arroganten Franzosen auf dem Flur zu begegnen. Danach zog sie sich fürs Bett um.

Normalerweise hätte sie schon den ganzen Abend Pyjama und Hausschuhe getragen, und das fehlte ihr. Sie hatte so viele Zugeständnisse an ihren Untermieter gemacht, und wofür? Sie zog ihren Quilt glatt und zeichnete gedankenverloren das gequiltete Zopfmuster mit einer Fingerspitze nach. All ihren heutigen Bemühungen zum Trotz, freundlich zu sein, war Alex Ricard keine nette Gesellschaft, und Liberty war bitter enttäuscht.

Warum, Lib? Was hattest du erwartet – eine Freundschaft wie die, die dich mit Carys verbunden hat?

In diesem Moment wurde ihr klar, dass sie tatsächlich insgeheim gehofft hatte, es würde sich so etwas Ähnliches wie Freundschaft zwischen ihrem neuen Mieter und ihr entwickeln, wenn nicht noch mehr. Jemand, mit dem sie Filme ansehen und beim Abendessen plaudern konnte. Etwas, das dem nahekam, was sie mit Carys gehabt hatte.

Oh, wie blöd von dir! Was hast du gedacht? Dass du deine beste Freundin ersetzen könntest? Wie lächerlich.

Liberty seufzte. Sie hatte noch nie zuvor mit einem Fremden zusammengewohnt, deshalb hatte sie keinen Schimmer gehabt, wie es war, das Haus zu teilen, aber vollkommen getrennte Leben zu führen. Wie sollten sie beispielsweise in ihrer kleinen Küche jeweils ihre eigenen Mahlzeiten zubereiten? Carys und sie hatten eine klare Regelung gehabt: Kochte eine von ihnen, wusch die andere ab. Und es hatte gut funktioniert. Sie hatten es genossen, gemeinsam zu essen, und es war sehr harmonisch gewesen. Mit Alex hingegen war es immerzu steif und angespannt, womit Liberty sich unwohl fühlte. Und dass er Lucs Freund war, machte es umso komplizierter. Bei einem Wildfremden wären ihre Erwartungen erheblich heruntergeschraubt gewesen.

Sie legte sich hin und zog ihren Quilt höher, um sich vor der kühlen Nachtluft zu schützen. Ich hasse es, allein zu leben, dachte sie, als sie das Licht ausschaltete, doch sie war sich nicht sicher, ob mit Alex zusammenzuwohnen besser war.

Eine Weile später wurde Liberty vom Knarren eines Dielenbretts im Flur geweckt. Verschlafen lauschte sie und rechnete damit, die Badezimmertür zu hören. Stattdessen vernahm sie leise Schritte auf der Treppe, danach wurde die Haustür geöffnet und wieder geschlossen, und im nächsten Moment startete das Motorrad. Liberty erschrak.

Nun war sie hellwach, sprang aus dem Bett und zog die Vorhänge vor dem Fenster zurück. Sie sah nur noch, wie das Rücklicht um die Kurve verschwand. Liberty runzelte die Stirn. Was in aller Welt wollte er um diese Zeit da draußen?

Alex fuhr die Hauptstraße entlang. Es sollte ihn nicht wundern, dass sie so spätnachts vollkommen verlassen war. Schließlich war er hier mitten in der Pampa, nicht in der Großstadt, wo das Leben rund um die Uhr tobte.

Nachdem er in sein Zimmer gegangen war, hatte er E-Mails gelesen und noch ein wenig im Internet recherchiert, in der Hoffnung, eine brauchbare Spur zu seiner Schwester zu finden. Irgendwann gab er auf und machte den Rechner zu.

Doch der Schmerz in seiner Schulter hielt ihn wach. Er probierte alles aus: im Zimmer auf und ab gehen, die Schulter bewegen, um die Muskeln zu lockern, beruhigende Musik über Kopfhörer hören. Nichts wirkte. Also hatte er sich seine Schlüssel geschnappt und das Haus verlassen.

Jetzt schlug ihm die kalte Nachtluft wie Eiswasser entgegen, doch das machte nichts. Er brauchte dies hier: das Adrenalin, das Pochen in seinen Ohren. Früher hatte er seine Tage mit Trainieren und Fahren verbracht, damit, sich und sein Bike bis an die Grenze auszutesten. Und plötzlich war da nichts mehr.

Was sollte er mit der klaffenden Lücke in seinem Leben anfangen, wo das Rennen gewesen war?

Er wusste es nicht. Es schien unmöglich, sie zu füllen, und die Verzweiflung zog ihn runter.

Doch während Kilometer um Kilometer Asphalt vorbeiflogen, beruhigte er sich langsam. Die Geschwindigkeit tat ihm gut, und die Konzentration auf die Straße lenkte ihn von seinen Schmerzen ab. Er war voll und ganz damit beschäftigt, sich die Kurven und die geraden Abschnitte einzuprägen, wie er es früher bei Rennstrecken getan hatte. Es gab keine Schikanen oder Haarnadelkurven, doch er merkte sich automatisch die Kreisverkehre, die Kreuzungen und mögliche Blitzeranlagen. Unterdes saugte er die Einsamkeit und die Dunkelheit in sich auf. Sie stellten keine Fragen, urteilten nicht. Es war eine Wohltat, ganz in der Gegenwart zu sein.

Als er zurück zum Cottage kam, hatte der Schmerz nachgelassen, waren die hässlichen Gedanken gedämpft, und sein Körper war schwach vor Erschöpfung. Er war bereit, ins Bett zu sinken und in einen erholsamen Schlaf zu fallen. Leise schloss er die Haustür, doch der Hund hörte ihn und kam in die Diele getapst, um ihn zu begrüßen. Alex brachte ihn zurück zu seinem Korb und gab acht, dass das Tier sich wieder hineinlegte, bevor er so lautlos wie möglich die Treppe hinaufstieg. Es war halb zwei Uhr nachts, und ihm war klar, dass Liberty wahrscheinlich schlief.

Als er jedoch die oberste Stufe erreichte, ging ihre Zimmertür auf. Sie trug einen Pyjama, und ihr feuerrotes Haar war zerzaust. Da war eine verschlafene Weichheit an ihr, die in ihm einen Anflug von Verlangen auslöste. Es war offensichtlich, dass er sie geweckt hatte, und für einen Sekundenbruchteil fühlte er sich mies deswegen. Ihre feindselige Haltung machte dem schnell den Garaus.

»Musst du mitten in der Nacht mit dem Ding losfahren?«, blaffte sie ihn an. »Wahrscheinlich hast du mit dem Lärm das ganze Tal geweckt.«

Er trat von der letzten Stufe auf den Flur, sodass er auf Augenhöhe mit ihr war. »Mir war nicht bewusst, dass es hier eine Sperrstunde gibt.«

»Natürlich gibt es keine, aber du könntest ein wenig Rücksicht auf diejenigen von uns nehmen, die morgen früh arbeiten müssen.«

Wieder bekam er ein schlechtes Gewissen und ging prompt in die Defensive. »Ich musste raus.«

Sie verschränkte die Arme vor der Brust. »Ach ja? Um diese Zeit?«

»Ja.«

»Warum? Was in aller Welt kann so dringend sein, dass es nicht bis morgen früh warten konnte?« Ihr schien ein Gedanke zu kommen, denn sie zog die Augenbrauen zusammen. »Du bist doch nicht auf der Suche nach Drogen gewesen, oder?«

Er war schockiert, und diese Unterstellung brachte ihn erst recht auf. »Wenn ich hier wegen jedem meiner Schritte verhört werde, ziehe ich gleich morgen früh aus.«

»Weißt du was? Vielleicht solltest du das! Ich bin mir nicht sicher, ob ich mein Haus mit jemandem teilen will, der so wenige Gedanken an andere Menschen verschwendet.« Sie stampfte zurück in ihr Zimmer und knallte die Tür zu.

Mittwoch, 3. Dezember

Alex hörte die Haustür, als er am nächsten Morgen aufstand, und vermutete, dass Liberty zur Arbeit gegangen war. Durchs

Badezimmerfenster beobachtete er, wie sie ihre alte Ente startete. Vor dem Cottage erstreckte sich eine breite Lichtung, dennoch manövrierte sie den Wagen so langsam und vorsichtig, als herrschte um sie herum dichter Verkehr. Alex war froh, dass er sie verpasst hatte – und zugleich beschlich ihn mal wieder das schlechte Gewissen.

Letzte Nacht hatte sie ihn eiskalt erwischt, als sie plötzlich im Flur erschienen war. Und diese Bemerkung über Drogen … Hielt sie ihn wirklich für so einen Mann?

Aber das war keine Entschuldigung. Er bedauerte, was er gesagt, dass er die Beherrschung verloren hatte.

Seit seiner Ankunft hier war er überaus reizbar, und irgendwie schien sie verlässlich die richtigen Knöpfe zu drücken, um ihn in die Luft gehen zu lassen. Dabei wusste er selbst nicht, warum. Er stellte sich ihre dichte rote Mähne und die dunkelbraunen Augen vor, doch es waren ihre letzten Worte, die ihm keine Ruhe ließen: *Ich bin mir nicht sicher, ob ich mein Haus mit jemandem teilen will, der so wenige Gedanken an andere Menschen verschwendet.*

War er wirklich so?

Sein Vater war der Inbegriff von Egoismus gewesen. Sein Leben lang hatte er anderen nichts als Kummer bereitet, während er seinem eigenen Vergnügen nachjagte und an niemanden außer sich selbst dachte. Alex wurde mulmig bei dem Gedanken, dass er sich womöglich genauso benahm.

Hatte Liberty recht? War es egoistisch von ihm gewesen, mitten in der Nacht mit dem Motorrad herumzufahren?

Vielleicht hatte sie nicht unrecht. Er war es nicht gewohnt, mit anderen zusammenzuleben. Kritisch betrachtete er sein winziges Zimmer und den gequilteten Bettüberwurf. Nein, sein Lebensstil könnte sich kaum stärker von Libertys unterscheiden.

Seufzend sah er ein, dass er mit ihr reden musste.

Nachdem er geduscht und sich angezogen hatte, ging er nach unten, wobei er achtgab, sich unter dem niedrigen Türrahmen zu ducken. Der Hund schien begeistert zu sein, ihn zu sehen, und folgte ihm hoffnungsvoll auf Schritt und Tritt. Alex nieste einmal, zweimal, dreimal. Doch während er Frühstück machte, blieb Charlie einem Schatten gleich bei ihm. Alex knurrte der Magen. Er fand Brot und warf sich eine Scheibe in den Toaster.

Nach der Begegnung mit Liberty letzte Nacht hatte er eine Weile gebraucht, bis er sich wieder beruhigte. Er hatte wütend im Bett gelegen und die Auseinandersetzung im Kopf noch einmal durchgespielt. An Konflikte war er nicht gewöhnt, sah man von den offensichtlichen Rivalitäten beim Rennen ab. Er verbrachte viel Zeit allein, und so gefiel es ihm; seit zehn Jahren lebte er so. Nachdem seine Beziehung mit Solange in die Brüche gegangen war, hatte er beschlossen, dass es besser so war. Sein Lebensstil, das ständige Unterwegssein, machten Beziehungen schwierig. Und eine einsame Existenz bedeutete, dass niemand verletzt wurde.

Deshalb hatte ihn die Sache letzte Nacht aus dem Konzept gebracht, doch während es auf die frühen Morgenstunden zuging, war er am Ende doch eingeschlafen und morgens erstaunt gewesen, wie erholt er sich fühlte.

Der Toast war fertig, und der Hund blickte Alex hoffnungsvoll an.

»Was willst du?«, fragte Alex. »Einen Spaziergang? Futter? Sicher würde Liberty es nicht gut finden, wenn ich dir was zu futtern gebe.«

Der Hund merkte auf und lief in die Diele. Sekunden später kehrte er mit einer Leine im Maul zurück.

Alex murmelte einen Fluch. »Das hast du verstanden? Du

bist schlauer, als ich dachte.« Er bückte sich und tätschelte dem Hund freundlich den Kopf. Dann fiel ihm ein, dass er das lieber nicht tun sollte, und er zog seine Hand zurück. »Bedaure, mein Freund. Ich will nichts falsch machen und mir noch mehr Ärger mit deinem Frauchen einhandeln. Ein anderes Mal, okay?«

Er butterte seinen Toast und ließ den Teller auf dem Tisch stehen, um sich einen Kaffee zu machen. Als er zurückkam, hielt er verwundert inne.

Sein Teller war leer bis auf wenige Krümel.

»Was …«

Der Hund lag nun in seinem Korb, den Kopf gesenkt und den Blick abgewandt.

Alex runzelte die Stirn. Ja, der Labrador wirkte … schuldbewusst. »Hast du mir eben meinen Toast geklaut?«

Der Hund schlug einmal mit dem Schwanz.

»Ich glaube es nicht.« Kopfschüttelnd machte er sich einen neuen Toast, und diesen ließ er nicht aus den Augen.

Als er zu Ende gefrühstückt hatte, wusch er seinen Teller und die Tasse ab. Ihm entging nicht, dass Liberty alles blitzsauber und ordentlich hielt – mit Ausnahme der Hundehaare, die überall waren, ganz besonders im Wohnzimmer, wo sie an all den Quilts und am dichten Teppich hafteten. Nachdem Alex das Geschirr abgetrocknet und weggeräumt hatte, blickte er sich dort um. Wie hatte Liberty ihr Cottage noch gleich beschrieben? »Gemütlich.« Es war winzig und obendrein noch mit vielen Möbeln und Kram vollgestellt.

Alex betrachtete die gerahmten Fotos auf der Anrichte. Auf einem Foto winkte Liberty in die Kamera. Neben ihr stand ein schwarzes, gleichaltriges Mädchen mit einem strahlenden Lächeln und schimmerndem Haar. Er sah sich die anderen Bilder an. Da war eines von Liberty als Kind mit derselben Freundin, Liberty in Schuluniform, Liberty mit einer älteren Frau – ihrer Mutter? Liberty und ihre Freundin vor dem Eiffelturm. Sie musste die Freundin sein, die im Koma lag. Es war deutlich zu erkennen, wie nahe sich die beiden standen: Er konnte förmlich ihr Lachen hören und die Vertrautheit einer langjährigen Freundschaft an ihren Blicken ablesen.

Er schaute aus dem Fenster. Sogar der kleine eingezäunte Garten hinter dem Haus war voller Gartenzwerge und bunter Marmeladengläser, die von Ästen hingen. Alex nahm an, dass sie für Teelichte im Sommer gedacht waren, doch vor der kargen Winterlandschaft nahmen sie sich traurig aus. Dieser Ort fühlte sich mit der Armee von Bäumen draußen, den niedrigen Decken und Türrahmen unerträglich eng an.

Alex schloss die Augen. Vielleicht hätte er nicht herkommen dürfen. Eventuell wäre es besser gewesen, sich einige Wochen freizunehmen, um am Strand zu liegen und sich mit der Tatsache anzufreunden, dass seine Karriere vorbei war. Doch ein Strandurlaub war noch nie sein Fall gewesen. Er war zu rastlos, hatte zu viel Energie. Hier hatte er zumindest sein Bike bei sich, und wenn er die Frau finden konnte, die jene Briefe an seinen Vater geschrieben hatte, hätte sich die Reise gelohnt.

»Und wie läuft es mit deinem Mieter?«, fragte Evie, als sie nach einem lebhaften Vormittag den Tresen im Button Hole aufräumten. »Wie ist er so?«

Liberty rief sich Alex' exotisch dunkles Aussehen und das Stirnrunzeln ins Gedächtnis. »Anders, als ich erwartet hatte«, antwortete sie taktvoll.

»Was meinst du?«

»Ich dachte, er wäre wie Luc – charmant, freundlich. Aber das ist er nicht. Wir haben uns schon ein paarmal gestritten.

Und er ist allergisch gegen Hunde.« Seine wütenden Worte von letzter Nacht hallten ihr in den Ohren wider, und sie erinnerte sich, wie er gedroht hatte auszuziehen. Es war gut möglich, dass er bereits weg war.

»O nein«, sagte Evie. »Weshalb habt ihr gestritten?«

Doch Liberty hatte keine Chance zu antworten, denn eine Kundin betrat den Laden, die Hilfe bei der Stoffauswahl brauchte. Während Evie sie bediente, bimmelte die Türglocke, und Natasha tauchte auf.

»Ist es gerade günstig für einen Kaffee?«, fragte sie.

»Ja, ist es.« Liberty zeigte lächelnd zum Hinterzimmer. »Ich koche uns einen. Setz dich hin und leg die Beine hoch.«

Ihre Freundin widersprach nicht und setzte sich vorsichtig in einen Sessel. Wenig später verabschiedete sich die Kundin mit einer Tasche voller Stoffe, und Evie gesellte sich zu ihnen. Liberty reichte die Kaffeebecher herum und holte die Schachtel mit Gebäck aus dem Schrank, die sie besorgt hatte. »Hier. Es gibt Mince Pies.«

Evie strahlte und nahm sich einen.

»Evie, was hast du mit deinem Finger gemacht?«, fragte Natasha, die das große Pflaster bemerkte.

»Ein Unfall mit dem Rollschneider. Zum Glück war Jake zu Hause.« Evie verzog das Gesicht. »Es hat ziemlich geblutet.«

Natasha rang nach Luft.

»Es ist nicht so arg, wie es klingt«, sagte Evie munter. »Ich habe schon üblere Unfälle gehabt.«

Liberty lachte. Evie war einer der ungeschicktesten Menschen, die sie kannte.

Plötzlich griff Natasha an ihren Bauch und ächzte.

»Nat? Was ist?«, fragte Liberty.

Natasha atmete langsam aus und lehnte sich wieder zurück. »Nichts. Bloß wieder eine Vorwehe. Quasi der Übungslauf. Die kommen immer mal wieder.«

Liberty und Evie wechselten einen besorgten Blick.

»Du siehst ein bisschen müde aus«, sagte Liberty behutsam. »Ist alles in Ordnung?«

Libertys Blick fiel auf Natashas Babybauch, und wieder einmal staunte sie, dass dort drinnen ein kleines Wesen heranwuchs.

»Mir geht es gut. Der hier ist nur ein wenig schwer.« Sie klopfte auf ihren Bauch. »Mmm, diese Mince Pies sind köstlich!«

Evie betrachtete sie skeptisch. »Vielleicht schlaucht es dich auch zu sehr, jeden Morgen so früh anzufangen.«

»Du klingst schon wie Luc. Aber ich will wirklich alles in Ordnung gebracht haben, bevor ich in die Babypause gehe. Außerdem denke ich nicht, dass ich mit Lottie zum Ausschlafen käme. Sie steht sehr früh auf.«

Liberty schmunzelte. Natashas dreijährige Tochter war bezaubernd, aber anstrengend. Sie plapperte immerzu und stellte endlos Fragen. Liberty liebte es, bei ihr einzuhüten, war hinterher jedoch immer erledigt. »Tja, wenn du Unterstützung brauchst, jederzeit. Du weißt ja, ich helfe gern.«

»Danke.« Natasha leckte sich einen Krümel vom Finger.

Evie wandte sich an Liberty. »Was wolltest du vorhin sagen – über deinen Mieter?«

Liberty blickte zu Natasha und zögerte. Ihre Freundin würde sich Sorgen machen, wenn sie wüsste, wie schlimm es zwischen ihnen stand, und Liberty wollte ihr nicht noch mehr Probleme aufbürden, da die Schwangerschaft sie schon so viel Kraft kostete. »Ach, nichts. Er ist bloß … nicht sehr glücklich darüber, mit einem Hund zusammenzuleben, das ist alles.«

»Stimmt es, dass er richtig gut aussieht?«, fragte Evie.

Liberty dachte an seine faszinierenden Augen. »Leider weiß er es auch.«

Natasha sah sie an. »Du wirkst nicht allzu begeistert von ihm.«

»Er bleibt für sich.« Sie sagte nicht, dass er mürrisch und schroff war. Sie erwähnte nicht, dass sie froh wäre, wenn er wieder verschwand, oder dass sie letzte Nacht im Dunkeln auf und ab gelaufen war, zu wütend, um auch nur an Schlaf zu denken. Seit seiner Ankunft sorgte er für miese Stimmung, wies sie schnöde ab, wann immer sie versuchte, freundlich zu sein, lief missgelaunt herum oder raste auf seinem infernalisch lauten Ungetüm von einem Motorrad durch die Gegend.

Zugegeben, auf den Flur zu stürmen und ihn anzubrüllen war womöglich nicht die beste Reaktion gewesen.

Sie sagte nichts, doch Natasha musste gespürt haben, dass da mehr war, denn sie sah Liberty erwartungsvoll an.

Seufzend versuchte sie, es weniger dramatisch klingen zu lassen. »Ich schätze, ich bin nur enttäuscht, weil er nicht mit mir quatschen will wie Carys oder romantische Komödien ansehen und dabei heißen Kakao trinken, das Ganze in Pyjama und selbst gestrickten dicken Strümpfen.«

Natasha lachte und berührte mitfühlend Libertys Hand. »Ach, Lib.«

Bei ihrem Blick krümmte Liberty sich innerlich. Sie wollte kein Mitleid. »Positiv ist, dass er das Bad nicht einsaut.«

Gedankenversunken strich Natasha sich über den Bauch. »Luc sagt, dass er sich noch nicht richtig von dem Unfall im Frühjahr erholt hat. Er hat sicher keine leichte Zeit.«

Liberty erschrak. »Er hatte einen Unfall?«

»Ja, einen schweren. Hast du nicht recherchiert?«

»Was meinst du?«

»Im Internet. Er ist ziemlich berühmt, nun ja, im Motorsport.«

»Ist er?« Sie war wenig beeindruckt, denn für sie war Prominenz gleichbedeutend mit Arroganz, Angeberei und aufgeblasenen Egos.

Genau genommen erklärte es eine Menge.

»Und sein Vater ist letztes Jahr gestorben«, fuhr Natasha fort.

»Ja, das hat er erwähnt.« Sie erinnerte sich an seinen frostigen Ton. *Wir waren uns nicht nahe*.

»Alles in allem hat er gerade eine Menge zu verarbeiten. Luc sagt, dass er im Moment gar nicht wie er selbst wirkt. Na, wenigstens wohnt er bei dir und nicht in irgendeinem anonymen Hotel. Das wäre doch schrecklich einsam für ihn, nicht?«

»Klar«, antwortete Liberty schuldbewusst. Sie nahm einen Schluck Kaffee und vermied es, ihre Freundin direkt anzusehen. Was, wenn er schon ausgezogen war?

Jetzt wünschte sie, sie hätte ihn nicht angeschrien. Sie hätte bis heute Morgen warten können, um ruhig und sachlich mit ihm zu reden, anstatt so auf ihn loszugehen. Aber dieses Bike machte sie wütend – es war so groß und laut. *Er* machte sie wütend.

Dennoch war ihr Natashas Freundschaft wichtiger.

Sie runzelte die Stirn. Falls er noch da war, wenn sie heute Abend nach Hause kam, sollte sie sich vielleicht etwas mehr anstrengen, die Situation mit ihm wieder geradezubiegen – und sei es nur, um Luc und Natasha nicht zu enttäuschen.

Später an dem Tag ging Liberty die Liste der Onlinebestellungen durch und überprüfte, wann alles spätestens vor Weihnachten losgeschickt werden musste, da bimmelte die Türglocke, und ein blonder Mann betrat den Laden. Er schloss die Tür und kam direkt auf Liberty zu. Liberty freute sich, denn sie erkannte ihn wieder. Er war schon ein paarmal hier gewesen, um für seine Mutter einzukaufen. Er war groß und hatte leuchtende schieferblaue Augen. Gewöhnlich war er in Jeans, doch heute trug er einen langen Mantel über einem schicken Anzug, was noch umwerfender aussah. Unwillkürlich dachte Liberty an ihre Dating-App. Würde dort sein Profil auftauchen, sie nähme es definitiv an.

»Können Sie mir vielleicht helfen?«, fragte er. Seine Stimme war tief und ruhig. »Ich habe gerade Mittagspause und wenig Zeit.«

»Natürlich.«

Er griff in seine Innentasche und holte einige Stoffstücke sowie einen Zettel hervor, die er auf den Tresen legte. »Meine Mutter schickt mich wegen eines Handarbeitsnotfalls, weil sie mehr hiervon braucht«, erklärte er reumütig lächelnd. »Und sie möchte noch einen halben Meter in einem anderen dazu passenden Mittelblau.«

Liberty lächelte. »Ich zeige Ihnen, welche Blautöne wir haben.«

Er folgte ihr ein bisschen erschrocken durch den Laden. »Oh, ich möchte nicht die Verantwortung übernehmen. Meine Mutter wird zweifellos sehr viel glücklicher sein, wenn Sie etwas aussuchen.«

»Kein Problem.« Liberty hielt die Stoffstreifen vor das Regal. Es waren kitschige Drucke mit winzigen Blumen, aber auch ein oder zwei etwas schlichtere und geometrisch gemusterte. Soweit Liberty sich an den Geschmack seiner Mutter entsann, schien sie mehr zu klassischen Blumendrucken zu neigen. Auf keinen Fall etwas Modernes. »Dieser hier sollte passen«, sagte sie und zog einen Ballen mit einem floralen

Ton-in-Ton-Design hervor, »oder dieser.« Sie wies auf einen anderen Stoff mit blauen Schmetterlingen. Er war dezent und hatte die ideale Farbe.

Er grinste. »Welchen finden Sie besser?«

Wieder verglich Liberty die Stoffstücke. »Wenn sie nur einen halben Meter braucht, würde ich den ersten nehmen«, sagte sie. Absichtlich beantwortete sie seine Frage nicht, weil ihre persönlichen Vorlieben vermutlich das Gegenteil von denen seiner Mutter waren. »Er passt besser zu dem, den Sie schon haben, und sie macht einen Quilt fertig, den sie bereits angefangen hat, oder?«

»Daran erinnern Sie sich? Ich bin beeindruckt.«

Sie zog den Stoffballen aus dem Regal. »Wir haben hier sehr selten männliche Kunden. Ich fürchte, Sie fallen auf.«

Leise lachend folgte er ihr zum Tresen zurück. Dort schob sie eilig ihren Laptop zur Seite. »Wie geht es Ihrer Mutter?«, fragte sie, während sie den blauen Stoff abmaß und zuschnitt. Wenn sie sich richtig erinnerte, war sie krank.

»Nicht schlecht.« Seine Augen verdunkelten sich ein wenig, und Liberty erkannte in ihnen die Sorge um einen geliebten Menschen. »Eigentlich unverändert.«

Liberty fragte sich, welche Krankheit seine Mutter davon abhielt, selbst in den Laden zu kommen. Sie nähte eindeutig begeistert Quilts, bedachte man, welche Mengen an Stoff und Garn er bei den letzten paar Besuchen gekauft hatte. »Hat sie Probleme zu laufen? Denn wir haben hinten eine Rollstuhlrampe, falls es daran liegt.«

»Es ist keine physische Krankheit.« Er rieb sich mit einer Hand über den Bart. »Sie hat Agoraphobie.«

Er musste ihre Verwirrung bemerkt haben, denn er erklärte: »Sie kann das Haus nicht verlassen. Dann bekommt sie Panikattacken.«

Liberty tat es aufrichtig leid. Das musste für sie beide sehr belastend sein.

»Es ist schwer für sie«, fuhr er fort. »Aber wenigstens hat sie das Nähen.«

»Ist sie schon länger krank?«

»Es hat vor zwei Jahren angefangen, als mein Vater starb. Ich schätze, sie war vorher schon ein ängstlicher Mensch, aber mein Vater gab ihr den Halt, den sie brauchte. Ohne ihn traut sie sich nicht mehr in die Welt hinaus.«

Liberty legte den Rollschneider hin und faltete den Stoff zusammen. »Wie traurig.«

Er stellte eine Tasche auf den Tresen. »Möchten Sie sehen, wie der Quilt bisher aussieht? Ich habe den mittleren Teil mitgebracht. Jetzt arbeitet sie an der Umrandung. Er ist beinahe fertig.«

»O ja, sehr gerne.« Viele Kundinnen kamen mit ihrer Arbeit her, und Liberty war es gewohnt, sie höflich zu loben. Doch als er diesen Quilt auseinanderfaltete, blinzelte sie. Es war keine übliche Anordnung von Quadraten oder Dreiecken. Vielmehr handelte es sich um ein raffiniertes Arrangement um einen Seefahrerkompass herum. Die Spitzen der langen Dreiecke waren so spitz wie Nadeln, die Farben und Muster sorgsam so gewählt, dass sie sich abwechselnd ineinanderfügten oder zueinander kontrastierten, und die ganze Arbeit sprach von großem Können und äußerst sauberer Handarbeit. »Wow«, sagte Liberty leise. »Der ist fantastisch.«

»Es ist ein Onlinewettbewerb. Anscheinend nehmen Leute aus der ganzen Welt teil, und alle setzen denselben Entwurf um, wählen aber ihre eigenen Farben und Materialien.«

»O ja, von dem habe ich schon gehört. Soweit ich weiß, sind die Aufgaben immer sehr schwer, aber Ihre Mutter hat eindeutig großes Talent.«

»Meinen Sie?« Er klang stolz.

Liberty empfand ein angenehmes Kribbeln. »Und wie! Glauben Sie mir, das hier rangiert weit über dem, was wir normalerweise zu sehen bekommen. Darf ich ihn mal meiner Chefin zeigen?«

Er schien überrascht zu sein und noch stolzer. Liberty öffnete die Tür zum Hinterzimmer. »Evie, schau dir das mal an!«

Evie kam, und als sie den Kunden anlächelte, waren ihre Grübchen zu sehen. Sie warf sich ihren langen Zopf über die Schulter, bevor sie sich über den Quilt beugte. Sofort wurde sie ernst vor Ehrfurcht. »Haben Sie das genäht?«, fragte sie ihn.

»Nein, ich nicht. Meine Mutter.«

»Der Herr ist hier, um Stoff für sie zu kaufen, weil sie das Haus nicht verlassen kann«, erklärte Liberty.

»Ich heiße Ethan«, sagte er und sah Liberty so intensiv an, dass ihr Herz einen kleinen Hüpfer machte.

»Ich bin Liberty«, sagte sie, »und dies ist meine Chefin, Evie.« Sie war nicht sicher, warum ihre Wangen heiß wurden.

»Ethan«, sagte Evie, »stellt Ihre Mutter ihre Arbeit irgendwo aus?«

»Nein. Ich habe gar nicht gewusst, dass es für Quilts Ausstellungen gibt.«

»Tut es, und diese Arbeit verdient es, gezeigt zu werden, damit andere sie auch genießen können. Ich bin mir sicher, dass sie von den Juroren in den höchsten Tönen gelobt würde. Sie ist wirklich sehr gut.«

»Ich kenne mich nicht aus. Aber die Anerkennung würde ihr gewiss guttun.«

Evie nickte. »Im Sommer findet ein großes Festival in Birmingham statt, doch wenn Sie nicht so lange warten wollen, gibt es noch eine Ausstellung, die Ende des Monats Eröffnung feiert. Sie ist in Südfrankreich, und ich werde auch einige von meinen Quilts einschicken. Ich könnte den Ihrer Mutter mitschicken, falls sie rechtzeitig fertig wird.«

»Oh, das dürfte kein Problem sein. Zeit ist das, was sie im Überfluss hat.«

Evie schrieb etwas auf einen Zettel. »Dies hier ist die Website. Wie wäre es, wenn Sie sie fragen und mir Bescheid geben? Falls sie interessiert ist, muss sie sich online registrieren, und der Anmeldeschluss ist bald. Den fertigen Quilt brauchen sie allerdings erst kurz vor Weihnachten.«

»Ich rede mal mit ihr. Danke.«

Sie tauschten Visitenkarten aus, und Evie verschwand im Hinterzimmer, um weiter an ihrer Nähmaschine zu arbeiten.

Liberty deutete auf die Stoffstücke, die er mitgebracht hatte. »Ich hole mal den neuen Stoff.« Während sie schnitt, fragte sie: »Glauben Sie, Ihre Mutter lässt sich überreden, zu der Ausstellung zu reisen, wenn dort ihre Arbeit zu sehen ist?«

Betrübt schüttelte er den Kopf. »Keine Chance, fürchte ich. Im Moment ist es schon zu viel für sie, in den Garten zu gehen.«

Liberty blutete das Herz, wenn sie an diese Frau dachte. Die Vorstellung, im Haus gefangen zu sein, war furchtbar. Und es musste auch für ihn eine große Belastung sein. Sie blickte kurz zu ihm. Er schien eindeutig sehr besorgt um seine Mutter zu sein. Ein netter Mann.

»Kümmern Sie sich allein um Ihre Mutter, oder haben Sie Hilfe?«, fragte sie beiläufig.

»Nein, es gibt nur meine Mutter und mich. Meine Schwester lebt in Neuseeland.«

»Ach so.« Eine Frau hatte er zwar nicht erwähnt, doch er

könnte eine Freundin haben. Liberty faltete die Stoffe zusammen. »Brauchen Sie sonst noch etwas?«

Er holte eine Spule Baumwollgarn hervor. »Ja. Noch etwas von diesem blauen Garn, bitte. Sie hat mich gebeten, die größte Spule zu kaufen, die Sie haben.«

Liberty wählte eine Spule aus dem Aufsteller aus und gab den Preis in die Kasse ein.

»Meine Mutter freut sich immer sehr über Ihre E-Mails mit Bildern von neu eingetroffenen Stoffen. Früher hat sie es geliebt, Stoff zu kaufen. Jetzt macht sie alles online, aber sie sagt, es ist nicht dasselbe, wie einen Stoff zu berühren und in natura zu sehen.«

»Wo wohnt sie? Hier in der Gegend?«

Er nannte den Namen eines Dorfs, das nur zehn Minuten entfernt war. Liberty dachte an die Frau, die zu Hause festsaß, so talentiert, aber außerstande, ihre Leidenschaft mit jemandem zu teilen. Vielleicht konnte sie helfen.

Nein. Misch dich nicht ein, Lib.

Doch dann stockte sie. In diesem Monat ging es darum, die ausgetretenen Pfade zu verlassen und aus ihrem Trott auszubrechen. »Meinen Sie, Ihrer Mutter würde es gefallen, für eine Stunde oder so Gesellschaft zu haben? Ich könnte ihr Muster von neuen Stoffen bringen, wenn sie will, und vielleicht für eine Stunde bleiben und mit ihr nähen.«

Seine Augen leuchteten auf, nahmen ein helleres Blau an, und Liberty wurde von Freude ergriffen. »Das fände sie wunderbar! Ich bin meistens abends bei ihr, aber manchmal muss ich länger arbeiten, und es tut mir so leid, dass sie so viel allein ist.«

Liberty schrieb ihm ihre Telefonnummer auf. »Morgen Abend habe ich noch nichts vor. Wie wäre es, wenn ich nach dem Abendessen vorbeikäme? Wäre acht Uhr recht?«

»Ganz sicher, aber ich frage sie erst und gebe Ihnen Bescheid.«

Liberty lächelte. Sie genoss, dass ihr Herz so schnell klopfte. Durfte sie einen weiteren Haken in ihrem Buch machen? Ja. Eine Fremde zu besuchen war nichts, was sie üblicherweise tat, nicht mal zum Quilten. Und, ja, sie gab freimütig zu, dass sie mehr als reine Nächstenliebe antrieb, denn diese Fremde hatte einen sehr gut aussehenden Sohn.

Kapitel fünf

Alex schlüpfte in seine Lederjacke und nieste. Er griff nach seinen Stiefeln, weil er dringend raus aus dem Cottage und weg von dem Hund musste. Letzterer folgte ihm überallhin und schien nicht zu begreifen, dass Alex allergisch war. Er zog einen Stiefel an, doch während er ihn zuschnürte, schnappte sich der Hund den anderen und flitzte mit ihm davon.

»Hey!« Alex lief ihm hinterher durch die Küche und ins Wohnzimmer. Der Hund stand am Kamin, und der Stiefel war nirgends zu sehen.

»Wo hast du ihn gelassen?«

Alex begann zu suchen. Weit konnte er nicht sein. Er blickte hinter das Sofa und die Tür, in alle Ecken, verrückte die Sessel und bückte sich, bis er auf einer Höhe mit dem Hund war.

Am Ende hockte er sich vor den Hund. »Ich gebe auf. Zeig mir, wo er ist.«

Der Hund schaute ihn lange genug an, dass Alex sicher war, seine Zeit zu vergeuden. Dann drehte Charlie sich um und trottete zurück in die Küche. Er blickte sich um, als wollte er sich vergewissern, dass Alex ihm noch folgte – was der Fall war. Der Hund führte ihn zu seinem Korb, und da lag der Stiefel, neben einem halb zerfetzten Stoffaffen und einer vollgehaarten Decke. Mit zwei Fingern hob Alex den Stiefel an. »Ist das deine Vorstellung von Spaß? Willst du mir zeigen, wer hier der Boss ist? So oder so musst du dir keine Sorgen machen. Ich habe nicht vor, länger zu bleiben, als ich muss.«

Draußen setzte er seinen Helm auf und ging im Geiste seine Optionen durch, um zu entscheiden, wo er mit der Suche nach seiner Halbschwester weitermachen würde.

Mit den Taufregistern vielleicht, wie Liberty vorgeschlagen hatte. Vorausgesetzt, das Baby war getauft worden.

Er schloss sein Bike auf und schwang ein Bein über den Sattel. Einen Versuch wäre es wert. Er würde alle Kirchen in der Gegend abklappern und darum bitten, die entsprechenden Unterlagen einsehen zu dürfen. Ohne den Familiennamen der Mutter war es schwierig, aber er hatte ein ungefähres Geburtsdatum, was schon mal ein Anfang war. Er könnte nach dem Namen Ricard um die Zeit herum schauen, denn auch wenn er sich nicht sonderlich viel davon versprach, wollte er diese Möglichkeit trotzdem nicht außer Acht lassen und nach Müttern suchen, deren Namen mit M anfingen. Allzu viele Geburten konnte es in dem entsprechenden Zeitraum in den einzelnen Gemeinden nicht gegeben haben, oder? Er ließ den Motor an, entschlossen, es zu versuchen. Es war ein Schuss ins Blaue, doch er hatte keine Alternative.

Mit dem Helm unterm Arm trat Alex aus der Kirche in die kalte Winterluft und fuhr sich mit der Hand durchs Haar. Leider hatte das Taufregister nichts ergeben. Es war die vierte Kirche, die er heute vergeblich aufgesucht hatte. Nun wurde es rasch dunkel, und die Dorfwiese lag verlassen da, abgesehen von ein paar Männern in Warnwesten, die Lichterketten um einen großen Tannenbaum drapierten. Alex rollte seine Schulter vor und zurück, um den Schmerz darin zu lindern. Bei feuchtem Klima schien es schlimmer zu werden, und hierfür wiederum war England ja bekannt, nicht wahr? Leider wirkten die dichten Wolken über ihm auch nicht so, als wollten sie sich demnächst verziehen. Er seufzte. Vielleicht sollte er es für heute gut sein lassen. Zurückfahren und sich Liberty stellen.

Doch als er das Cottage betrat, war es leer. Der Becher und der Teller auf dem Abtropfgestell verrieten ihm, dass Liberty zu Hause gewesen und wieder weggefahren war.

Er freute sich auf einen ruhigen Abend für sich allein, machte sich einen Snack, zog sich in sein Zimmer zurück (das sich glücklicherweise oben befand, wo es hundehaarfrei war, sodass er nicht unentwegt niesen musste) und arbeitete an seinem Laptop. Er hörte, wie Liberty nach Hause kam, mit dem Hund rausging und danach ins Bett. Um elf Uhr war alles im Haus still und dunkel. Der leise Ruf einer Eule schwebte durch die Luft.

Alex war fest entschlossen, den Frieden nicht zu stören, aber heute Abend war der Schmerz in seiner Schulter übler denn je. Er versuchte, auf der linken Seite zu liegen, dann auf der rechten, danach auf dem Rücken, doch es wurde nur schlimmer, bis er es nicht mehr aushielt. Er stand auf, ging im Zimmer hin und her und rollte mit den Schultern, um die Muskeln zu entkrampfen. Und legte sich wieder hin.

Es half alles nichts. Also zog er sich an, griff sich seine Schlüssel und schlich auf Zehenspitzen nach unten und raus zu seinem Motorrad.

Er schob es bis zur Hauptstraße, stieg dann auf und ließ den Motor an. Er gab Vollgas, senkte den Kopf und genoss die Kraft, die Energie, die Freiheit, allein zu sein, nur er und sein Bike.

Leider war das Fahren auf einer geraden Straße nicht zu vergleichen mit dem auf einer Rennstrecke. Hier war keine volle Konzentration erforderlich, keine Herausforderung, und die Geschwindigkeit kam dem nicht einmal nahe, was er gewohnt war. Er bog in eine Seitenstraße ab, in der Hoffnung, dass die etwas abwechslungsreicher sein würde.

Was zur Hölle sollte er tun, jetzt, da er keine Rennen mehr fuhr? Womit würde er seine Tage ausfüllen? Die Jahre streckten sich gähnend vor ihm aus, so endlos und Furcht einflößend wie ein Ozean. Er hatte immer gewusst, dass es irgendwann vorbei sein würde, aber nicht wirklich darüber nachgedacht, was käme, wenn er seinen Helm an den Haken gehängt hatte. Vermutlich hatte er auf eine lange Karriere gehofft, so wie sein Vater. Er näherte sich einer Kreuzung und wurde langsamer. Nun sah er, dass er am Ende dieser Straße angekommen war und es nur die Wahl zwischen links und rechts gab.

So wie bei meiner Karriere, dachte er verbittert, als er sein Bike wendete und zurück zum Cottage im Wald fuhr. Er war gezwungen, eine komplette Kehrtwende zu machen, und das gefiel ihm kein bisschen.

An der letzten Biegung stieg er vom Bike und schob es die letzten Meter. Auf dem schmalen Weg war es dunkel. Über ihm bildeten die Bäume selbst mit ihren kahlen Ästen einen Baldachin, der einen Großteil des Mondlichts abschirmte. Ein lautes Rascheln bewirkte, dass Alex den Frontscheinwerfer ruckartig nach rechts richtete, weil er sicher war, dass es von dort rührte, doch im Unterholz war nichts zu sehen. Und als er das Vorderrad wieder nach vorn richtete, konnte er nichts außer den Wurzeln sehen, die wie Skelettknochen aus dem Boden aufragten und eine fiese Stolperfalle darstellten, wenn man nicht aufpasste.

Er betrat das Cottage so leise, dass nicht mal der Hund sich regte. Müde stieg er die Treppe hinauf und blickte zu Libertys Tür. Als sie geschlossen blieb, atmete er auf.

Donnerstag, 4. Dezember

Alex kam nach unten, wo ihn ein hyperenthusiastischer Labrador begrüßte, der wild mit dem Schwanz wedelte und versuchte, seine Hand abzuschlecken. »Nicht lecken!«, rief Alex und zog seine Hand weg.

»*Aie!*«, fluchte er. Mal wieder war er gegen den Türsturz geknallt.

Er rieb sich den Kopf, duckte sich und runzelte gleich darauf die Stirn, als er Liberty draußen im Garten sah. Ihr feuerrotes Haar nahm sich wie eine Farbexplosion vor dem Dunkelbraun der Bäume aus. Er schaute genauer hin. Was machte sie da? Sie hatte einen Quilt über einen Ast gehängt und schien ihn zu fotografieren. Sie richtete ihn so aus, dass er etwas schräg hing, und knipste ihn wieder. Dann ging sie näher heran und machte einige Nahaufnahmen von dem Muster aus orangen und roten Blättern. Er vermutete, dass sie den Quilt gemacht hatte, aber warum fotografierte sie ihn im Wald?

Alex trat vom Fenster weg. Das ging ihn nichts an. Was sie auch tat, es war ihre Sache.

Er saß beim Frühstück, als sie wieder hereinkam, den Quilt über einem Arm. Sie verengte die Augen ein wenig, als sie ihn sah, und murmelte: »Guten Morgen.« Er erwiderte den Gruß und beobachtete, wie sie die Hintertür schloss und den Quilt zusammenfaltete. Ihm entging nicht, dass sie es sorgsam vermied, ihm in die Augen zu sehen.

»Brauchst du Hilfe?«, fragte er, als sie die beiden Zipfel des Quilts auseinanderzog.

»Geht schon.«

»Liberty, wegen neulich Nacht …« Er fuhr sich mit einer Hand durchs Haar. Sie hatte den Quilt fertig zusammengelegt und drückte ihn sich an die Brust. »Es tut mir leid, dass ich dich mit meinem Bike gestört habe. Ich hätte mehr Rücksicht nehmen müssen.«

Seine Entschuldigung schien sie zu überraschen, doch er war froh, es hinter sich gebracht zu haben.

»Du hattest ja recht«, fuhr er fort. »Es war gedankenlos von mir. Ich hatte nicht an den Krach gedacht, weil ich es nicht gewohnt bin, an solch einem gottverlassenen Flecken zu wohnen. Es ist so ein kleiner und …«, er blickte zum Türrahmen, an dem er sich wieder den Kopf angestoßen hatte, »… ruhiger Ort.«

Eine ganze Reihe von Emotionen blitzten in ihren braunen Augen auf, ehe sie schließlich einen nachgiebigen Ausdruck annahmen. »Mir tut es auch leid. Du hast mich geweckt, und ich war müde und schnippisch. Da habe ich rotgesehen. Dein Motorrad ist so laut.«

Er lachte leise. »Ja, und Willowbrook ist so still.«

Sie reckte das Kinn. »Das musst du nicht immer wieder sagen.«

»Entschuldige.« Er ritt sich nur noch tiefer rein. »Gefällt es dir hier?«

»Ja, selbstverständlich tut es das. Es ist mein Zuhause.« Sie stockte. »Wo ist deines?«

Sein Toast war fertig, aber das ignorierte er. »Ich reise herum. Von einem Rennen zum nächsten.«

»Wohin zum Beispiel?«

»Ach, na ja, zu all den großen Rennstrecken.«

»Ehrlich gesagt weiß ich nichts über Motorradrennen. Die haben mich bisher überhaupt nicht interessiert.«

Ihr vernichtender Tonfall traf ihn ein wenig, aber es hatte auch etwas Erfrischendes. Die meisten Menschen interessierten sich *zu sehr* für seine Karriere. »Australien, Malaysia,

Dubai … Es gibt auf der ganzen Welt Rennstrecken. Ich wohne dann meistens für die Dauer meines Aufenthalts in gemieteten Appartements in der Innenstadt, wo es niemanden schert, wenn man spätnachts mit einem Motorrad losfährt. Oder selbst wenn, erfährt man es nie.«

Sie sah ihn weiter direkt an. Ihre Augen waren bemerkenswert ausdrucksstark. Alles, was sie fühlte, war ihnen abzulesen: dass sie ihm misstraute, ein Hauch von Abneigung, aber auch Neugier. Sie waren bezaubernd, und er musste sich zwingen, sich zu konzentrieren, als ihm bewusst wurde, dass sie ihm eine Frage gestellt hatte.

»Was ist mit dem Ort in der Provence, wo du aufgewachsen bist? Ist es da nicht ruhig? Lucs Eltern leben auf einem Weingut.«

»Wir sind nach Paris gezogen, als ich zwölf war.«

»Hast du kein eigenes Zuhause in Frankreich?«

»Doch, in Paris, aber das ist nur eine Wohnung.« Die sich nicht groß von den anderen unterschied, die er mietete, wenn er unterwegs war.

Sie hob die Augenbrauen. »Ich glaube nicht, dass ich so leben könnte, ohne einen Ort, den ich mein Zuhause nenne.«

»Ich liebe es. Die Reisen von einem Kontinent zum nächsten, mich auf jedes neue Rennen vorzubereiten …« Er war erst seit einer Woche weg, doch schon fehlten ihm das Training, die Besprechungen mit den Technikern, die ganze Atmosphäre. »Ich mag die konstante Veränderung«, sprach er sehnsüchtig weiter und blickte durchs Fenster zu den grauen Bäumen und dem dichten Teppich aus totem Laub darunter. »Jedes Rennen führt mich an einen neuen Ort und ist eine Chance, neu anzufangen, zu gewinnen.«

Zumindest *hatte* er es geliebt. Er griff nach seinem Kaffeebecher. Würde sein Leben fortan so sein wie jetzt gerade? In der Einöde festsitzen und sich nach allem sehnen, was er verloren hatte? Er berührte sein Handgelenk, und in seinem Kopf hallten die Worte des Arztes nach: *Es wäre leichter, wenn du es akzeptierst, statt dich dagegen zu wehren. Um deinetwillen.*

Was leichter gesagt war als getan. Ganz gleich, wie sehr er es versuchte, er wurde das Gefühl nicht los, dass er über einem Abgrund balancierte und nach unten schaute.

Kapitel sechs

Liberty blickte zum Toaster. »Dein Toast ist kalt geworden. Willst du einen neuen?«

Ihre Worte mochten sich wie höfliche Sorge anhören, waren aber eigentlich eine Ablenkungstaktik, so lange sie verarbeitete, was er eben gesagt hatte. *»… weil ich es nicht gewohnt bin, an einem solch gottverlassenen Flecken zu wohnen. Es ist so ein kleiner und ruhiger Ort.«* Sie ärgerte sich darüber, wie verächtlich er geklungen hatte, als er es sagte. Sicher, der Wald zeigte sich Anfang Dezember nicht von seiner schönsten Seite, wenn die Hälfte der Bäume ihr Laub verloren hatte und der Boden matschig war. Trotzdem würde sie Ruhe und Frieden jederzeit einer lauten Betonwüste von Stadt vorziehen. Damselfly Cottage war ihr Zuhause. Wie konnte er es wagen, darüber so geringschätzig zu sprechen und anzudeuten, er wäre überall sonst lieber als hier?

»Nein, schon gut.« Er nahm sich einen Teller und begann, seinen Toast zu buttern.

Doch wenigstens hatten sie die Sache von neulich geklärt. War er wirklich so auf sich fixiert, dass er nie darüber nachdachte, ob der Lärm seines Motorrads andere stören könnte?

»Da drin sind Marmelade und Quittengelee«, sagte sie und zeigte auf einen Schrank. Sie passte auf, sich nicht zu sehr anzustrengen, da all ihre Versuche, ihm das Gefühl zu geben, willkommen zu sein, auf harsche Ablehnung gestoßen waren. Gestern hatte er gar kein Frühstück gewollt.

Er öffnete den Schrank und stand zögernd vor den Gläsern mit Erdnussbutter, Marmelade und Quittengelee. Unwillkürlich stellte sie fest, dass er schöne Augen hatte: dunkel mit richtig langen Wimpern.

»Ich habe noch nie Quittengelee gegessen«, sagte er und nahm ein Glas heraus.

»Also, ich kann es nur empfehlen, es ist köstlich.«

Er trug das Glas zum Küchentisch, wo sein Kaffee und sein Teller auf ihn warteten. Liberty war unsicher. Es war verlockend, ihn allein frühstücken zu lassen, und sie musste bald zur Arbeit. Doch seine Entschuldigung war eine Art Friedensangebot gewesen. Also machte sie sich einen Espresso, setzte sich ihm gegenüber und lächelte, als er einen Bissen von seinem Toast nahm, denn seine erstaunte Miene war unbezahlbar.

»Das Gelee schmeckt gut«, sagte er. »Herb und doch süß. Lecker.« Er aß noch einen Happen.

»Es ist selbst gemacht. Dorothy aus dem Dorf hat es mir geschenkt.« *Du kannst also aufhören, so hochnäsig auf Willowbrook herabzusehen, du Jetsetter und Großstadtfan, denn ich wette, in Singapur, Monaco oder wo auch immer du lieber wärst, gibt es so etwas Hervorragendes nicht.*

Liberty McKenzie, solche Gedanken gehören sich nicht!

Sie räusperte sich und fragte höflich: »Und hast du Gelegenheit, viel von den Ländern zu sehen, in die du reist?«

»Nur die Rennstrecken. Manchmal gehe ich in ein Restaurant oder ein Hotel zu einer Party.«

»Klar.« Demnach fehlte ihm nicht nur das Globetrotter-Leben, sondern er vermisste auch die glamourösen Partys. Kein Wunder, dass sie beide einander nicht verstanden – sie waren vollkommen gegensätzlich. Partys waren nicht Libertys Ding, und ihr fiel nichts Schrecklicheres ein, als dauernd durch die Weltgeschichte zu reisen, an fremden Orten aufzuwachen, wo sie die Sprache nicht beherrschte und die Straßenschilder nicht entziffern konnte. Charlie und ihr Cottage würden ihr fehlen, das Button Hole und vor allem das beruhigende Gefühl, genau zu wissen, wie jeder Tag ablaufen würde.

Sie beobachtete, wie er gierig aß. »Willowbrook mag ein ruhiges Dorf sein, aber jeder kennt jeden, und alle sind wirklich freundlich.«

Beim Lächeln zeigten sich feine Fältchen um seine Augenwinkel. »Das findest du gut?«

»O ja.« Sie hielt seinen Blick. »Du nicht?«

»Ich ziehe die Stadt vor, wo alles anonym ist.« Er trank von seinem Kaffee. »Hast du keine Angst hier draußen?«

»Was meinst du?«

»Im Wald, ohne direkte Nachbarn. Es ist so …«, er suchte nach dem richtigen Wort, »… isoliert.«

Sie wollte lachen. »Nein, überhaupt nicht. Es ist wundervoll, hier zu wohnen.« Sie schaute zum vertrauten Wald draußen. Die Bäume bewegten sich im Winterwind, und Licht fiel durch die dünnen Zweige. »Überall sind zwitschernde Vögel und Wildtiere.« Besser gesagt, die waren da gewesen, bevor er mit der riesigen lärmenden Maschine aufgekreuzt war.

»Was für Wildtiere?«

»Eulen, Füchse, Fasane. Manchmal auch Rehe.«

Er zog eine Augenbraue hoch. »Fehlen nur noch die sieben Zwerge.«

Trockener Humor. Das gefiel ihr. Und sie empfand ein kleines Kribbeln, das sie sofort verdrängte. Einen Mann wie ihn mussten Hunderte von Frauen anhimmeln, und sie würde sich definitiv nicht zu ihnen gesellen. »Oh, die sind hinten im Garten.« Sie lächelte süßlich.

»Witzig.«

»Im Ernst. Sieh hin.« Sie stand auf und winkte ihn ans Fenster. Dann wies sie auf eine Gruppe von Gartenzwergen in einem kleinen Steingarten. »Meine Mutter hat die gesammelt.« Nun bemerkte sie, dass die Figuren ein wenig verblasst waren, und nahm sich vor, sie neu zu bemalen.

Alex runzelte die Stirn. »Sehen Gartenzwerge normalerweise nicht etwas frischer aus?« Er blieb ernst, auch wenn ihr das Funkeln in seinen Augen verriet, dass er scherzte.

Lächelnd stemmte sie die Hände in die Hüften. »Wenn du unverschämt wirst, kannst du gleich gehen. Die Jungs sind meine Freunde. Happy, Hatschi, Seppl, Chef …« Brummbär stand in der Küche neben ihr, aber den Gedanken behielt sie für sich.

»Verstanden.« Seine Mundwinkel zuckten.

Wärme erfüllte Liberty. Oder war es Erleichterung, weil sie eine Art Waffenstillstand geschlossen hatten? Sie schaute zur Uhr. Jetzt musste sie wirklich los, aber etwas nagte an ihr, und wenn sie jetzt nicht fragte, wäre die Gelegenheit futsch. »Wo bist du in der Nacht hingefahren?«

»Wie bitte?«

»Mit deinem Motorrad. Du hast gesagt, du *musstest* weg. Wohin bist du gefahren?«

Er senkte den Kopf, als müsste er ein peinliches Geständnis ablegen. Liberty verspannte sich. O nein. Es *waren* Drogen, oder?

»Wenn ich nicht schlafen kann, hilft mir das Fahren, mich zu entspannen.« Dann sah er sie wieder an, und was sie in seinem Blick las, ließ sie erstarren. Nackte, dunkle Verzweiflung. »Es ist das Einzige, was hilft.«

Sie blinzelte. »Motorradfahren als Mittel gegen Schlaflosigkeit?« Sie konnte sich nichts vorstellen, was ihren Blutdruck stärker in die Höhe treiben würde. Oh, doch: Flugzeuge. Aber ein Motorrad kam gleich danach.

»Ja.« Er lächelte verlegen.

»Hast du es mal mit konventionelleren Lösungen wie heißer Milch probiert?«

Er lachte. »Ja.«

»Tja, hör zu, wenn du wieder nachts mit deinem Bike loswillst, könntest du das Ding bitte erst anwerfen, wenn du den Wald verlassen hast? So erschreckst du die Tiere nicht. Oder mich.«

»Das habe ich letzte Nacht gemacht. Ich war so leise wie möglich«, sagte er. »Ich habe das Bike vom Cottage weggeschoben, bevor ich den Motor angelassen habe.«

Sie konnte ihre Überraschung nicht verbergen, denn sie hatte tatsächlich nichts gehört. »Das ist nett, danke. Leidest du schon immer unter Schlaflosigkeit?«

Jetzt sah sie Trostlosigkeit in seinem Blick. »Ich habe Schmerzen in der Schulter, seitdem ich sie mir bei dem Unfall Anfang des Jahres verletzt habe, und aus irgendeinem Grund ist es nachts am schlimmsten, wenn ich zu schlafen versuche.«

»Bist du bei einem Arzt gewesen?«, fragte sie.

Nun klang sein Lachen bitter. »Ja, bei mehreren.«

»Und die können nichts tun? Dir Schmerzmittel geben?«

»Haben Sie, aber die sind mir ausgegangen.«

»Dann solltest du mal zu Dr. Hartwood gehen. Jake. Er ist mit meiner Chefin zusammen und ein großartiger Arzt. Gewiss hilft er dir.« Da Alex nicht antwortete, fügte sie hinzu: »Dieses Wetter wird auch nicht günstig sein. Meine Mutter bekam immer Arthritis in der Hüfte, wenn es so kalt und feucht war. Bei ihr hat eine Wärmflasche geholfen.«

Er blieb stumm, doch es war offensichtlich, dass er skeptisch war … und nichts von Wärmflaschen hielt.

»Was nützt denn das Motorradfahren?«, fragte sie ehrlich neugierig.

»Es lenkt mich von den Schmerzen ab und entspannt mich.«

Sie verengte die Augen. »Ich nehme an, du fährst auf der Hauptstraße schnell. Dir ist bekannt, dass es da ein Tempolimit gibt, oder?«

»Tempolimit? Welches Tempolimit?« Seine Augen funkelten, und sie hatte das Gefühl, dass er sich wieder über sie lustig machte.

»Sehr witzig. Entlang der Straße stehen überall Kameras.«

»Aha?« Sein lässiger Ton bewirkte, dass sie die Hände zu Fäusten ballte. Sie hatte gehört, wie er den Motor dieser riesigen Maschine aufheulen ließ, und hegte nicht den geringsten Zweifel, dass das Ding sehr schnell fahren konnte. »Ja, so ist es. Und wenn du erwischt wirst, blüht dir ein saftiges Bußgeld. Vielleicht sogar eine Haftstrafe. Das ist einem Typen letztes Jahr passiert. Der Richter meinte, dass er an ihm ein Exempel statuieren wollte.« Sie wünschte, Leute, die verantwortungslos fuhren und unschuldige Leben aufs Spiel setzten, würden härtere Strafen bekommen.

Alex' Grinsen erstarb. »Warum habe ich den Eindruck, dass du etwas gegen mein Bike hast, Liberty? Oder magst du nur mich nicht?«

Seine Frage überforderte sie, denn sie kämpfte mit ihrer Wut und den Erinnerungen an Carys' Unfall. Ja, sie mochte weder sein Bike noch Leute wie ihn, die durch die Gegend rasten und alles und jeden um sie herum in Angst versetzten. Vor Anspannung tat ihr der Rücken weh. »Denkst du jemals an andere, wenn du zu schnell fährst? Denkst du jemals daran, dass nicht nur du bei einem Unfall zu Schaden kommen könntest? Du bringst jeden anderen auf der Straße in Gefahr, nur damit du den billigen Nervenkitzel der Geschwindigkeit hast.«

Es trat eine längere Pause ein, bevor er leise sagte: »Gewöhnlich ist es der Fahrer, für den es am schlimmsten ausgeht.«

Ihre Blicke begegneten sich, und Liberty weigerte sich wegzusehen.

Er betrachtete sie ernst. »Warum bist du so wütend, Liberty? Was habe ich dir getan?«

»Du hast mir nichts getan«, antwortete sie verbissen. Sie war nicht wütend, sondern hatte lediglich eine sehr klare Meinung zu dem Thema. Erinnerungen schlangen sich wie Stacheldraht um ihr Herz.

Er sagte nichts, und Liberty verschränkte die Arme vor der Brust, während sein Gesichtsausdruck ruhig und abwartend blieb.

Sekunden vergingen. Ihr Herz schlug sehr schnell.

Letztlich schluckte sie und erklärte leise: »Meine Freundin Carys wurde von einem Idioten erwischt, der viel zu schnell fuhr – in einem Auto, nicht auf einem Bike, aber trotzdem. Er ist frontal in sie reingekracht. Sie hatte keine Chance.«

Liberty wurde rot. Plötzlich klangen ihre Worte albern. Emotional. Er trug keine Verantwortung für Carys' Unfall. Es war irrational von ihr, alle, die schnell fuhren, über einen Kamm zu scheren. Doch sie wusste, wenn sie sein Bike sah, empfand sie dieselbe Wut. Es war nicht fair, dass Carys so verletzt worden war. Es war nicht fair, dass ihr Leben aufgehört hatte und sie im Koma lag, während der Unfallverursacher eine lächerlich kurze Gefängnisstrafe absaß und in ein paar Jahren wieder frei war.

»Das ist furchtbar«, sagte Alex sanft und mitfühlend. »Was deiner Freundin passiert ist, ist sehr traurig.« Er schien seine

Worte mit Bedacht zu wählen, ehe er weitersprach: »Mein Freund Thomas ist auch bei einem Unfall ums Leben gekommen. Aber er war Rennfahrer, tat das, was er liebte, und wusste um die Risiken. Es war eine Tragödie, sicher, doch es muss hundertmal schlimmer für dich sein, denn deine Freundin hat es vollkommen unvorbereitet aus ihrem Alltag gerissen.«

»Sie war auf dem Weg zu der Schule, an der sie unterrichtet. Unterrichtet hat.«

Er nickte. »Thomas war auch jung. Er war talentiert, hatte so viele Pläne. Es ist schwer auszuhalten, wenn jemand so jung stirbt.«

»Sie ist nicht tot«, entgegnete Liberty schnell. »Sie liegt im Koma.«

»Weiß ich, und ich kann mir vorstellen, was du durchmachen musst.«

Sein Mitgefühl war echt. Das sah sie in seinen Augen, doch sie konnte nichts sagen, weil ihre Kehle wie zugeschnürt war.

»Ich habe dich eben auf den Arm genommen. Auf der Straße fahre ich niemals zu schnell. Bin ich nie.«

»Nicht? Die meisten Motorradfahrer tun es. Vor allem hier auf den ruhigen Landstraßen.«

»Ich liebe es, schnell zu fahren, aber das spare ich mir für die Rennstrecken auf, wenn wir alle im selben … Bad sitzen.«

»Im selben Boot, meinst du?«

»Oui, voilà.« Wieder entstand eine lange Pause. Dann sagte er: »Das mit deiner Freundin tut mir leid. Du magst sie sehr, das kann ich sehen, aber wütend zu sein ändert nichts. Es macht dich nur verbittert. Auf die Weise bestrafst du dich selbst.«

Ihr war bewusst, dass er recht hatte. Und plötzlich erkannte sie, wie wütend sie auf ihn gewesen war – zu Unrecht –, weil er ein Motorrad besaß, mit dem man sehr schnell fahren konnte. Er sagte, dass er nicht raste, und auch er hatte einen Freund verloren. Es fühlte sich wie eine fragile Brücke zwischen ihnen an.

Dennoch konnte sie nicht verstehen, wie er an so etwas Gefährlichem wie Motorradrennen Vergnügen fand. »Hast du keine Angst, wenn du auf der Rennstrecke bist? Vor der Geschwindigkeit? Vor einem Unfall?«

Er lachte. »Das Leben wäre langweilig, wenn man immer nur daran dächte, was schiefgehen kann. Ich kenne die Gefahr, aber ich konzentriere mich auf das, was ich tun muss. Ich präge mir die Strecke ein, jede Biegung, jede Gerade, fahre immer vorausschauend, habe immer meine Position im Blick. Mir bleibt keine Zeit, über irgendetwas anderes nachzudenken.«

»Genießt du das?« Sie sah ihn an, weil sie neugierig war, denn sie konnte den Reiz daran beim besten Willen nicht nachvollziehen.

»Natürlich. Sonst würde ich es nicht machen.« Auf einmal wirkte er gequält und wandte den Blick ab. Er musste es hier hassen – und unendlich gelangweilt sein.

»*Was* magst du daran?«

Er überlegte. »Den Adrenalinrausch, die Geschwindigkeit, die Kraft, den Kitzel des Gewinnens, als Erster durchs Ziel zu kommen. Es geht darum, das Bike und mich an die Grenze zu bringen.«

Bei den Worten schien er auf einmal begeistert zu sein, und sie stellte seiner Leidenschaft das gegenüber, was sie am liebsten tat: Quilts nähen. Ihr war völlig egal, ob sie schnell war oder irgendwo Erste wurde. Alles, was er eben beschrieben hatte – Geschwindigkeit und Adrenalin – ließ sie vor Angst erschaudern.

»Ich könnte dich mal auf dem Bike mitnehmen, wenn du willst«, sagte er, und sie blickte überrascht auf. »Dann könntest du selbst erleben, wie es sich anfühlt.«

»Ich?« Sie würgte ein Lachen hervor. Sie wollte nichts zu tun haben mit irgendetwas, das schnell war und den Tod bedeuten könnte. »Nein danke, mir fällt nichts ein, was ich …«

Mitten im Satz hielt sie inne, weil sie sich an ihre Challenge erinnerte.

O verdammt! Sie sollte doch zu allem Ja sagen. *Allem.* Keine Ausflüchte.

Aber ein Motorrad? Allein bei dem Gedanken begannen ihre Hände zu schwitzen. Sie nestelte an dem Rockteil ihres Kleids. Alex fand ihre Unentschlossenheit sichtlich amüsant. Es war eine simple Ja/Nein-Frage, und die leichte Antwort, die instinktive, wäre Nein gewesen.

Deshalb … musste sie Ja sagen, oder?

Mist!

Sie schluckte. »Ja, gerne.« Ihre Worte waren nur mehr ein winziges Quieken.

Er musste sich offenbar ein Schmunzeln verkneifen. »Du hörst dich nicht sehr überzeugt an.«

»Bin ich auch nicht. Eigentlich habe ich Angst, aber ich … ich denke, ich muss es tun.« Ihr Herz hämmerte wie verrückt.

»Du musst?«

»Ich habe mir für den Dezember vorgenommen, zu allem Ja zu sagen.«

Seine Augen leuchteten auf. Zum ersten Mal sah Liberty ihn so. Bisher hatte er stets negativ gewirkt, doch die Idee gefiel ihm offenbar. Wahrscheinlich fand er solche Sachen witzig und nahm sie überhaupt nicht als Herausforderung wahr. »Du musst Ja sagen?«

Sie nickte.

»Das ist alles?«

Autsch! Sie wünschte, sie hätte es ihm nicht verraten. Also reckte sie entschlossen das Kinn. »Eine Challenge pro Tag, ja. Aber es müssen Dinge sein, die ich normalerweise nicht mache. Dinge, die mich nervös machen oder vor denen ich Angst habe.« Wie auf ein Motorrad zu steigen. Das war ein großes, sehr verängstigtes Ja. Regelrecht Furcht einflößend.

»Und wer hat diese Challenge ausgerufen?«

»Ich.«

»Warum?«

Sie zögerte. »Weil ich hoffe, dass sie mich mutiger macht. Und ein bisschen Abwechslung bringt.« Sie hielt ihre Antwort absichtlich vage, weil sie nicht gestehen wollte, dass sie feige war und in einem Trott von Hunderunden und gemütlichen Abenden zu Hause feststeckte. Und sie hatte sich noch nicht von seinem »Das ist alles?« erholt und dem Gefühl, dass er sie mit seiner hochmotorisierten Maschine und seiner Lederkluft auf gar keinen Fall verstehen würde.

»Was hast du bisher gemacht?«

Sie holte ihr Notizbuch hervor und zeigte ihm, was sie auf die erste Seite geschrieben hatte. »Nimm einen Untermieter auf.« Die Sandwichbelage erwähnte sie lieber nicht.

»Ich? Bin ich Teil deiner Challenge?«

Sie nickte. »Ich hatte noch nie einen Untermieter.«

Er ließ sich einen Moment Zeit, um die Information zu verdauen. Und ihr Blick verharrte auf seinen wunderschönen langen Wimpern. Sie hoben sich, und er sah sie an. »Du hattest Angst?«

»Nicht direkt Angst. Ich war eher nervös.«

»Warum?«

Sie zuckte mit den Schultern. »Dies ist mein Zuhause, und das habe ich bisher nur mit meiner Mutter und meiner besten Freundin geteilt.«

»Was ist die Aufgabe für morgen?«

»Weiß ich nicht. Ich nehme sie so, wie sie sich ergeben.«

»Und willst du morgen mit mir Motorrad fahren, als deine morgige Herausforderung?«, fragte er.

»Wollen ist zu viel gesagt.« Sie lächelte matt.

»Oder wollen wir jetzt losfahren?«

Eiskalte Furcht packte sie. »Nein! Ich … ich meine, ich kann nicht.« Sie sah auf die Uhr und eilte in die Diele, wo sie sich ihre Jacke schnappte. »Ich habe keine Zeit. Ich bin jetzt schon zu spät dran zur Arbeit.«

»Wie ist es dann heute Abend?«

Sie wickelte sich ihren Schal um den Hals. »Da bin ich aus.« Wie lustig, dass sie es als einen Schritt heraus aus ihrer Komfortzone betrachtet hatte, zu einer Fremden zum Nähen zu gehen – bis die Aussicht auf eine Motorradfahrt alles andere in den Schatten stellte.

Seine Mundwinkel zuckten. »Morgen?«

»Da bin ich bei der Arbeit.« Sie nahm ihre Autoschlüssel und stockte. Selbst in ihren Ohren klang es so, als würde sie sich herausreden.

»Wo ist dein Laden? Im Dorf?«

»Ja.«

»Ich kann dich hinfahren, wenn du willst. Morgen?«

Sie biss sich auf die Unterlippe. »Ja, das könnte wohl klappen. Und ich könnte abends zu Fuß nach Hause gehen.«

»Oder ich hole dich ab.«

Sie lächelte. »Ich denke, eine Fahrt wird reichen, danke.«

»Okay. Sag mir, wann du losmusst, und ich bin bereit.«

Jetzt weiß ich also, warum Liberty McKenzie mich – und mein Bike – von Anfang an nicht ausstehen konnte, dachte Alex, als er sich großzügig Quittengelee auf seinen Toast strich. Dieses köstliche klebrige Zeug war echt eine Entdeckung! Und er musste zugeben, dass er Libertys Sicht verstand. Obwohl sich ihre Wut irrigerweise auf ihn richtete, zeigte es, wie sehr sie der Unfall ihrer Freundin getroffen hatte.

Er dachte an seinen eigenen Unfall. Die Kurve, die ein wenig schärfer war als erwartet, dann der Sturz vom Bike, das Schleudern über den Asphalt, seine ausgestreckten Hände, die ins Leere griffen. Und die endlosen Sekunden vor dem Aufprall. Der krachende Moment, in dem seine Welt stehen blieb.

Er hatte Monate gebraucht, um sich zu erholen. Monatelange grausame Physiotherapie, Reha und Schmerzen. Die Ärzte waren von Anfang an pessimistisch gewesen. Sie alle hatten ihm dasselbe gesagt – dass die Kraft in seinem Handgelenk nie wieder vollständig zurückkommen würde.

Doch er hatte sich geweigert, ihnen zu glauben. Er hatte sich geschworen, mit purer Entschlossenheit wieder ganz gesund zu werden. Hätte er geahnt, wie sinnlos es war …

Der Hund kam in die Küche und sah ihn mitleiderregend an. »Hallo, Charlie. Und, nein, denk nicht mal dran.« Eilig aß er seinen Toast.

Doch als er fertig war, starrte der Hund ihn immer noch an.

»Was willst du?«

Charlie ging zur Hintertür und begann, an ihr zu kratzen.

»Willst du raus?« Wäre es Liberty recht? Sie hatte den Hund neulich in den Garten gelassen und gesagt, er sei dort draußen gut aufgehoben. »Na gut.« Alex gab nach.

Der Hund lief nach draußen, und Alex schloss die Tür, um

die kalte Winterluft auszusperren. Er trank seinen Kaffee, während er nach seinen E-Mails sah.

Dann hörte er ein Kratzen an der Hintertür. Stirnrunzelnd öffnete er. »Willst du schon wieder rein?«

Charlie kam in die Küche gesprungen, und Alex zuckte mit den Schultern. Vielleicht hatte er nur mal pinkeln müssen. Er kehrte an seinen Laptop und zu seinen Mails zurück. Doch kaum hatte er sich hingesetzt, stand der Hund wieder kratzend und unglücklich winselnd vor der Tür.

»Noch mal?« Der Hund sah ihn mit großen Augen an. Alex seufzte und stand erneut auf.

Er setzte sich hin, und sofort ging das Kratzen von Neuem los. »Ich habe auch noch etwas anderes zu tun!«, rief Alex. »Du wolltest raus, jetzt leb damit.«

Aber er bekam ein schlechtes Gewissen. Was, wenn dem Hund draußen kalt war? Oder er Schmerzen hatte?

Schließlich erbarmte Alex sich und ließ ihn wieder rein. »Das war es jetzt. Du bleibst drinnen, und zwar endgültig.«

Er versuchte, streng zu klingen, doch als er die Küche verließ, spürte er, wie der Hund ihm hinterherblickte, und hatte das Gefühl, dass er eben ein Spiel verloren hatte, das er gar nicht spielen wollte.

»Kann ich bei Ihnen einen Helm kaufen?«, fragte Alex.

Die Tankstelle befand sich an der Abbiegung nach Willowbrook, und auch wenn sie nicht sehr modern war, gehörte zu ihr eine Werkstatt, und Alex hoffte, dass man ihm hier helfen könnte. Als er hineinging, atmete er den vertrauten Geruch nach Öl und Schmiere ein.

Der Mechaniker wischte sich die öligen Hände mit einem Lappen ab. »Einen Motorradhelm?«

Beide schauten zu Alex' Bike. Die orange Zeichnung

glänzte wie ein schimmernder Sonnenuntergang im Regen.

»Ja, einen Motorradhelm.« Alex versuchte, seine Ungeduld zu verbergen. Dachte der Typ etwa, er wollte Laufrad fahren, oder was? »Für eine Frau«, ergänzte er.

Der Mann zog die Augenbrauen hoch, sodass sich tiefe Furchen in seine Stirn gruben. »Liberty?«

»Woher wissen Sie das?«

Er grinste. »In Willowbrook gibt es nicht viele Motorradfahrer aus Frankreich. Sie sind ein Freund von Luc, nicht?«

Alex zögerte, doch der Mann wusste eindeutig schon, wer er war. »Ja, ich bin Alex.«

»Guy, freut mich.« Er reichte ihm die Hand. »Ich nehme mal an, dass Liberty den Helm nur für die Zeit braucht, die Sie hier sind.«

»Vielleicht nicht mal so lange. Einen Tag.«

»In dem Fall leihe ich Ihnen einen.« Der Mann bedeutete Alex, ihm nach hinten zu folgen.

Alex ging an Reifen und Schraubenschlüsseln vorbei, die auf dem Boden verteilt lagen. In der Ecke stand ein altes Motorrad – eine Triumph.

»Ich habe diesen hier oder ein Paar mit eingebautem Funk, falls Sie die lieber wollen. Könnte praktisch sein, um eine nervöse Beifahrerin zu beruhigen.« Guy zwinkerte.

Und Alex lächelte. »Dann kennen Sie Liberty gut?«

»Sagen wir mal so, mich erstaunt, dass Sie sie überreden konnten, überhaupt auf Ihr Motorrad zu steigen.«

Alex hatte es ebenfalls erstaunt. Aber vielleicht half es ja, ihre Vorurteile zu beseitigen. »Das Paar wäre gut, danke. Was kostet es?«

»Oh, gar nichts, nicht für Liberty.« Guy stieg auf eine Trittleiter, um an die Helme zu kommen, und reichte sie Alex nacheinander nach unten.

»Sind Sie sicher? Ich kann durchaus …«

Der Mechaniker schüttelte den Kopf. »Lib ist ein nettes Mädchen. Ich kenne sie schon, seit sie ein Baby war.« Alex war überrascht. Die einzigen Menschen, die ihn sein Leben lang kannten, waren seine Familie. »Passen Sie gut auf sie auf.«

»Natürlich.«

»Es wird ihr nicht gefallen, wenn Sie zu schnell fahren. Sie wissen, was mit ihrer Freundin passiert ist, oder?«

Alex nickte. »Ich werde nicht rasen«, versprach er. Glaubten alle hier, nur weil er ein Motorrad besaß, würde er auf Tempolimits und andere Verkehrsteilnehmer pfeifen? Er hatte ernst gemeint, was er Liberty sagte: Den Adrenalinrausch hob er sich für die Rennstrecke auf und überschritt nie die Höchstgeschwindigkeit auf der Straße. Es war schlicht das Risiko nicht wert, seinen Führerschein zu verlieren. Etwas Schlimmeres, als nicht fahren zu dürfen, konnte er sich nicht vorstellen.

»Danke für die Helme. Wann brauchen Sie die zurück?«

»Hat keine Eile. Hier setzen die eh bloß Staub an.«

Als sie durch die Werkstatt zurückgingen, blieb Alex neben der alten Triumph stehen. »Die ist ein besonderes Stück Geschichte. Darf ich sie mir mal näher ansehen?«

»Nur zu.«

Alex inspizierte die Maschine, die gepflegt war, auch wenn ein paar Teile fehlten. »Da ist einiges dran zu tun, was?«

»O ja. Dr. Hartwood hat sie gekauft – haben Sie ihn bereits kennengelernt?« Alex verneinte stumm. »Wahrscheinlich haben Sie ihn schon in einem alten Bentley herumfahren gesehen. Er sammelt klassische Autos, aber diese Maschine war ihm aufgefallen, und er hat mich gebeten, sie zu restaurieren. Es dauert allerdings länger als gedacht, weil ich Probleme habe, die Teile aufzutreiben.«

»Welche?«

Während Guy erzählte, hockten beide Männer sich hin, um die Maschine genauer anzuschauen.

»Suchen Sie neue oder gebrauchte Teile?«, fragte Alex.

»Beides. Im Idealfall New Old Stock, aber die sind rar.«

Alex nickte. Er wusste natürlich, was mit New Old Stock gemeint war: Kisten mit ungebrauchten Originalersatzteilen, auf die man hin und wieder stieß, wenn eine Werkstatt oder ein Lager aufgelöst wurde. Sammler alter Fahrzeuge stürzten sich auf die Fundstücke, und sie waren extrem wertvoll. Jake Hartwood wollte die Maschine eindeutig richtig restauriert haben, nur mit authentischen Teilen. Alex richtete sich auf und klemmte sich einen Helm unter den Arm, um Guy die Hand zu schütteln. »Nochmals danke für die Helme.«

»Kein Problem. Oh, und richten Sie Liberty aus, sie soll mit dem Motorrad nicht rasen, ja?« Seine Augen funkelten amüsiert.

Alex grinste. Er war offenbar nicht der Einzige, dem aufgefallen war, wie vorsichtig sie fuhr. »Da sehe ich keine Gefahr.«

Liberty klopfte an die Tür des Hauses, in dem Ethan und seine Mutter lebten. Zwar war sie nervös, weil sie eine Fremde besuchte, doch es beruhigte sie sehr, wie gepflegt das Haus am Ende der Sackgasse wirkte. Es war bereits weihnachtlich dekoriert mit Lichterketten unter dem Dachüberstand und leuchtenden Rentieren im Vorgarten. Bald musste Liberty ihre Dekoration hervorholen, auch wenn sie immer bis Mitte Dezember wartete, ehe sie einen Baum kaufte, denn sie hasste es, wenn er zu früh seine Nadeln verlor.

Die Haustür wurde geöffnet. Im goldenen Licht sah Ethans Haar blonder aus als sonst.

»Kommen Sie herein«, sagte er. »Es ist kalt heute Abend, nicht?«

Liberty trat mit ihrer Nähtasche in den Armen in die Diele. »Eisig. Ich musste heute Morgen schon meine Autoscheiben freikratzen. Jetzt fühlt es sich endgültig winterlich an.«

Überall hingen Miniquilts, und Ethan zog einen gequilteten Vorhang vor die Haustür, um die Zugluft abzufangen. Er war aus ockerfarbener und roter Seide, teils mit Pailletten verziert und erinnerte Liberty an indische Saris. Die satten Farben riefen Bilder von exotischen Ländern wach und ließen das Haus wärmer erscheinen. Alles war makellos sauber und ordentlich, und es duftete nach Möbelpolitur und Zimt.

Eine Frau mit kurzem, grau meliertem Haar kam aus der Küche geeilt und wischte sich die Hände an einem Geschirrtuch ab. Ihre Fingernägel waren dunkelblau lackiert. »Sie müssen Liberty sein.« Sie lächelte. »Hallo, meine Liebe. Ich bin Brenda.«

Liberty war nicht sicher, wie sie sich Brenda vorgestellt hatte, aber gewiss nicht so gepflegt und mit dieser energiegeladenen, sicheren Ausstrahlung.

»Kommen Sie mit ins Wohnzimmer, und ich mache uns etwas Warmes zu trinken. Was hätten Sie gern?«

»Tee wäre nett, danke«, antwortete Liberty.

»Ich erledige das, Mum«, sagte Ethan. »Geht ihr zwei schon vor und macht es euch gemütlich.«

»Danke, Ethan.«

Liberty folgte Brenda ins Wohnzimmer. Als sie sich aufs Sofa setzte, bemerkte sie, dass auch hier alles makellos war, kein einziges Kissen, kein Untersetzer am falschen Platz und nicht ein Fussel auf den Möbeln. Ein kleiner Quilt war über die Rückenlehne des Sofas drapiert wie ein Überwurf, und in der Zimmerecke stand ein künstlicher Baum voller gehäkelter

Anhänger: Schneemänner, Weihnachtstörtchen, Chorjungen, die winzige Notenblätter hielten, Rentiere. Sie waren anders als aller Christbaumschmuck, den Liberty bisher gesehen hatte, und sie nahm an, dass sie selbst gemacht waren.

Brenda setzte sich auf den Sessel neben ihr. »Ich weiß, dass es früh ist«, sagte sie und folgte Libertys Blick, »aber ich liebe Weihnachten. Deshalb schmücke ich gerne so zeitig wie möglich, damit ich alles so lange genießen kann, wie es geht.«

»So früh ist es gar nicht. In einigen Geschäften in der Stadt stellen sie schon gleich nach Halloween Bäume auf.«

Brenda lächelte. »Ja, das ist ein bisschen übertrieben.«

Liberty sah den großen gefalteten Quilt neben ihr. »Ethan hat mir Ihren Quilt gezeigt. Ist er das da?«

»Ja, ist er.« Brenda schüttelte ihn auseinander und hielt ihn hoch, damit Liberty ihn ansehen konnte. Liberty stand auf und beugte sich vor. Sie konnte nicht glauben, welche Fortschritte Brenda in nicht einmal einer Woche gemacht hatte.

»Schauen Sie nicht zu genau hin«, scherzte Brenda. »Da sind reichlich Stellen, an denen ich schummeln musste.«

»Ja? Die sieht man nicht. Diese Teile hier sind unglaublich klein.« Trotzdem waren die Dreiecksspitzen sehr scharf, und die Stiche waren winzig, präzise und gleichmäßig. »Ethan hat gesagt, dass es einen Onlinewettbewerb gibt.«

»Ja. Man näht ein Jahr lang jeden Tag ein Stück.«

Liberty hatte gehört, dass viele Teilnehmer irgendwann aufgaben, weil es solch eine technische Herausforderung war. Jeden Tag waren die Stücke anders, manche so kompliziert und kleinteilig, dass es länger als einen Tag dauerte, sie fertigzustellen, erst recht wenn die Leute tagsüber arbeiteten und nur abends zum Nähen kamen. Brenda würde eindeutig keine Mühe haben, mit dem Tempo mitzuhalten. »Ist es schon vorbei? Kommen nicht noch mehr Teile im Dezember?«

»Doch, es geht noch bis Jahresende, und dann muss man im neuen Jahr noch eine Zusatzaufgabe erfüllen. Ethan hat die Ausstellung in Frankreich erwähnt, zu der habe ich mich angemeldet. Mit dem Quilt bin ich, wie Sie sehen können, schon recht weit, sodass er rechtzeitig in die Post gehen kann. Futter und die Rückseite habe ich bereits fertig, und jetzt quilte ich alles.«

»Lassen Sie es nicht mit der Maschine machen?« Viele Leute überließen diesen Teil jemandem mit einer Spezialmaschine.

Brenda schüttelte den Kopf. »Die sind alle bis nächstes Jahr ausgebucht, was zu spät wäre. Und ich liebe es sowieso, das von Hand zu machen. Außerdem möchte ich, dass er ganz und gar von mir ist, wenn ich ihn ausstelle. Ich finde das sehr aufregend. Für eine Ausstellung habe ich mich noch nie beworben. Sind Sie sicher, dass er gut genug wird?«

»Hundertprozentig sicher«, antwortete Liberty und betrachtete einen anderen Quilt auf dem Sofa. Er bestand aus Waben im Flowergarden-Muster, mit winzigen sauberen Stichen gequiltet, und die sorgfältige Arbeit war zweifellos das Werk einer Perfektionistin.

»Reichen Sie etwas von sich ein?«, fragte Brenda.

»Ja, genau wie meine Chefin, Evie. Hin und wieder gewinnen wir einen Preis, auch wenn es uns eigentlich nicht darum geht. Es ist nett, die eigene Arbeit zu zeigen, und auch für uns sind solche Ausstellungen eine Herausforderung. Die Quilte, die wir einschicken, sind gewöhnlich ganz anders als unsere Auftragsarbeiten, künstlerischer, weniger konventionell.«

Libertys Quilts waren eher modern, während Evie ein wenig traditionellere Muster und Stoffe benutzte.

»Hier kommen die Getränke«, sagte Ethan. Er trug ein Tablett herein, das er auf den Sofatisch stellte. Darauf waren ein

Teller mit etwas, das wie selbst gebackener Möhrenkuchen aussah, und zwei Becher Tee.

»Danke, Ethan«, sagte Brenda. »Jetzt geh aus und amüsier dich.«

Er grinste. »Du kannst es wohl nicht erwarten, mich los zu sein.«

»Nein, kann ich nicht.« Brenda zwinkerte Liberty zu. »Ich sorge mich, dass er nie eine nette Frau kennenlernt, weil er immerzu hier ist. Er glaubt mir nicht, wenn ich sage, dass es mir allein gut geht.«

Also *war* er Single. Liberty empfand ein leichtes Kribbeln. »Haben Sie etwas Nettes vor?«, fragte sie ihn.

»Nur in den Pub«, antwortete er. »Das Dog and Partridge in Willowbrook. Kennen Sie es?«

»Ja, das ist mein Stammlokal«, sagte sie. »Es ist schön dort.«

»Stimmt, ist es.«

Kurz begegneten sich ihre Blicke, doch Liberty sah gleich wieder weg. Sie fragte sich, ob er dort mit jemandem verabredet war. Einer Frau?

»Ich treffe mich nur mit den Jungs«, sagte er zu seiner Mutter. »Es wird nicht allzu spät.«

Liberty war erleichtert. Keine Frau.

»Bleib so lange, wie du magst, Schatz«, sagte Brenda.

Als er gegangen war, schaute Brenda sich Libertys Quilt mit dem orange-schwarzen Zickzackmuster an. Dann begannen sie zu nähen.

»Wer hat Ihnen beigebracht, so gut zu nähen, Brenda?«

»Ich habe es in Amerika gelernt.« Verblüfft schaute Liberty auf. Brenda fuhr fort: »Oh, ich war nicht immer ans Haus gefesselt, müssen Sie wissen. Früher sind wir viel gereist. Ethan ist in Neuseeland geboren.«

»Wirklich? Er hat erwähnt, dass seine Schwester dort lebt.«

»Ja, aber das ist eine andere Geschichte. Jedenfalls kannte ich damals niemanden, als wir nach Amerika zogen, keine Menschenseele. Ich war sehr einsam. Eine der ersten Frauen, die ich kennenlernte, war eine begeisterte Quilterin, und sie lud mich in ihre ›Quilting Bee‹ ein.«

»Quilting Bee? Ist das eine Gruppe, die gemeinsam näht?«

»Genau. So wie wir jetzt gerade, nur dass wir damals zwölf Frauen waren. Sie hatte mir versichert, dass es keine Rolle spielt, ob ich nähen kann, also bin ich hingegangen. Als die anderen merkten, dass ich es unbedingt lernen wollte, haben sie mir die Grundbegriffe beigebracht, und so fing es an. Was als Vorwand begann, Leute kennenzulernen, wurde zu einer Leidenschaft. Und Baumwollstoff ist richtig billig dort drüben, wie Sie sicher wissen.«

»Ja. Ich würde gerne mal nach Amerika fahren.«

»Was ich nur empfehlen kann. Nehmen Sie aber lieber zwei Koffer mit – damit Sie einen mit Stoff füllen können, um ihn mit nach Hause zu nehmen.«

Liberty lachte. »Eine hervorragende Idee!«

Doch ihr Lächeln erstarb, als sie an die Reise dachte, die Carys und sie geplant hatten – mit dem Zug durch Europa. Sie hatten vorgehabt, nach Rom, Sevilla, Wien und Prag zu fahren, an die sonnigen Strände im Süden, in die Berge im Norden und die unberührten Gegenden im Osten. Sie hatten ihre Pläne geschmiedet und alle Zeit der Welt gehabt – glaubten sie.

Liberty hielt den Blick gesenkt, als sie ihre Nadel durch den Quilt stach.

»Haben Sie von der Paducah Quilt Show in Kentucky gehört?«, fragte Brenda. »Da war ich einmal. Fantastisch! Nirgends sonst sieht man so viele Quilts. Sie sollten da mal hin, da Sie solch eine begeisterte Quilterin sind.«

»Oh, das kann ich nicht.«

»Warum nicht? Es lohnt sich, darauf zu sparen.«

»Es ist nicht nur das.« Sie hielt inne. »Ich habe Angst vorm Fliegen.«

Brenda riss die blauen Augen weit auf, sah Liberty jedoch verständnisvoll an. »Ach du meine Güte. Das ist zu schade. Haben Sie es jemals versucht?«

»Einmal«, antwortete Liberty. Es war entsetzlich gewesen. Carys und sie waren nach Spanien gereist, als sie einundzwanzig gewesen waren, und Liberty hatte einen Zusammenbruch gehabt. Sie hatte hyperventiliert und ehrlich geglaubt, sie würde sterben. Warum es so war, konnte sie nicht erklären, und niemand konnte ihr helfen. Schlimmer noch war, dass sie den ganzen Urlaub in der Angst vor dem Rückflug verbracht hatte, der dann genauso übel verlaufen war.

Sie hatte sich geschworen, sich einer solchen Tortur nie wieder auszusetzen.

Brenda schnalzte mit der Zunge. »Ich muss gerade reden! Ich sagen Ihnen, dass Sie nach Amerika müssen, und kann selbst nicht mal nach draußen gehen und die Wäsche aufhängen, ohne eine Panikattacke zu bekommen.«

»Ethan hat gesagt, dass es anfing, als Ihr Mann gestorben ist.«

»Ja, das stimmt. Er hatte einen Herzinfarkt. Das hat mich umgehauen. Eben war er noch da, im nächsten Moment war er tot. Und dann ging es mit diesen Panikattacken los. Jetzt fühle ich mich furchtbar, weil Ethan wieder zu mir ziehen musste. Es ist das Letzte, was er in seinem Alter braucht. Er sollte sein eigenes Leben führen, nicht für seine Mutter sorgen müssen.«

Liberty verknotete ihren Faden und vergrub ihn in dem Stoff, bevor sie das Ende abschnitt. »Arbeitet er in Willowbrook?« Sie griff nach ihrer Garnrolle, um neuen Faden abzuschneiden.

»Nein, er ist Anwalt in der Stadt. Hier, nehmen Sie noch ein Stück Kuchen.« Wieder lächelte sie, aber Liberty konnte den Kummer in ihrem Blick sehen und vermutete, dass sie sich viel sorgte und Schuldgefühle hatte, weil ihre Krankheit das Leben ihres Sohnes beeinträchtigte. Liberty bewunderte, wie tapfer sie sich bemühte, gute Miene zum bösen Spiel zu machen. Es musste unsagbar schwierig sein, niemals den Wind im Haar oder die Sonne im Gesicht spüren zu können. Selbst bei Regen liebte Liberty ihre Spaziergänge im Wald. Die Gerüche und Geräusche, die frische Luft und die weiche, federnde Erde unter ihren bestiefelten Füßen machten sie verlässlich glücklich und belebten sie.

»Wie lange arbeiten Sie schon im Button Hole?«

»Seit einem Jahr.« Sie lächelte bei der Erinnerung daran, wie sehr sie sich letztes Jahr gefreut hatte, vor Weihnachten dort anzufangen. Es war ihr Traumjob: Jeden Tag tat sie, was sie am liebsten mochte. »Ich liebe es dort.«

»Ich hätte nicht gedacht, dass junge Leute heutzutage noch nähen, aber Ethan hat mir erzählt, dass Ihre Chefin auch jung ist.«

»Ja, Evie ist in meinem Alter. Früher habe ich im Button Hole eingekauft, und als sie eine Mitarbeiterin suchte, habe ich sofort die Chance ergriffen. Vorher habe ich in einem Kaufhaus gearbeitet, aber da habe ich hauptsächlich Nähmaschinen verkauft. Dieser Job macht viel mehr Spaß. Ich kann Kundinnen helfen, Stoffe auszuwählen, ich nähe Quilts für unsere Onlinekunden und gebe sogar Workshops.«

»Haben Sie in der Schule Nähen gelernt?«

»Nein, das hat meine Mutter mir beigebracht. Meine frühesten Erinnerungen sind, wie ich ihr beim Nähen zugesehen habe und unbedingt helfen wollte. Also ließ sie mich zuerst Stoff und Papierstücke zuschneiden. Dann brachte sie mir bei, wie man heftet, und noch bevor ich acht war, nähte ich richtig.«

»Das ist sehr jung. Dann näht Ihre Mutter gern von Hand?«

»Hat sie, ja.« Liberty stockte. »Sie ist vor zwölf Jahren gestorben.«

»Oh, das tut mir leid.«

Die Krankheit ihrer Mutter war sehr plötzlich gekommen, und innerhalb von ein paar Monaten war sie zu schwach geworden, zu zittrig für die Feinarbeiten. Sie hatten die Rollen getauscht, sodass ihre Mutter die Sechsecke für Liberty heftete. Die hatte sie benutzt, um Wohnzimmerkissen zu machen. »Meine Mutter war eine sehr geduldige Lehrerin. Sie hat mir so vieles beigebracht. Als Kind haben mich die Namen der verschiedenen Muster fasziniert: fliegende Gänse, Bärentatze, Holzhütte … Ich habe mir Geschichten zu ihnen ausgedacht.«

Stundenlang hatten ihre Mutter und sie gemeinsam an Quilts gearbeitet. Ihre Mutter hatte sie immer ermutigt, sich ihre Ideen angehört und ihr freie Bahn gelassen, eigene Entwürfe auszuprobieren und sich nicht an Musterbücher gebunden zu fühlen. Liberty war sicher, dass sie so das Selbstvertrauen entwickelt hatte, früh schon ihre eigenen Quilts zu entwerfen. Und sie hoffte, dass sie eines Tages dasselbe mit ihren eigenen Kindern tun konnte.

Der Rest des Abends verstrich schnell, und als Liberty aufbrechen wollte, brachte Brenda sie zur Tür. »Vielen Dank, dass Sie mich besucht haben«, sagte sie. »Gewiss weiß eine junge Frau wie Sie Besseres mit ihrer Zeit anzufangen.«

Liberty lächelte. »Ich hätte heute Abend so oder so genäht, also macht es für mich wenig Unterschied, ob ich es hier oder zu Hause tue.« Sie war in der Hoffnung hergekommen, helfen zu können, und umso überraschter, wie sehr sie es genossen hatte. Die Zeit mit Brenda hatte kostbare Erinnerungen an das gemeinsame Nähen mit ihrer Mutter geweckt, und Brenda und sie hatten so vieles gemeinsam. Liberty wusste, dass sie bald wiederkommen würde. Sie stieg mit dem zufriedenen Gefühl in ihr Auto, dass sie durch ihre Challenge schon eine neue Freundin gewonnen hatte (deren Sohn auch noch gut aussah).

Doch als sie den Motor anließ, dachte sie an die morgige Aufgabe und das Motorrad, und ihr Lächeln schwand.

Kapitel sieben

Freitag, 5. Dezember

Liberty stand so leise wie möglich auf. Sie schlich sich mit Charlie aus dem Cottage, bemüht, Alex nicht zu stören, und insgeheim hoffend, dass er verschlief. Vorsichtig schloss sie die Tür hinter sich und machte sich auf zur üblichen Runde durch den Wald.

Sie hatte eine unruhige Nacht mit lebhaften Träumen von monströsen Motorrädern hinter sich: ohrenbetäubendes Dröhnen, ein donnernder Knall, überall Rauch und Glas, das Kreischen von schlitternden Reifen und ein markerschütternder Aufprall, bevor sie durch die Luft geschleudert wurde. Zitternd und schweißgebadet war Liberty aufgewacht.

Als sie nun die frische Morgenluft einatmete, versuchte sie, sich zur Vernunft zu bringen. Was war das Schlimmste, das passieren konnte? Es waren nur ein paar Meilen zum Button Hole, gar keine Entfernung.

Doch das Bild von Carys, die bewusstlos im Krankenhaus lag, wollte ihr nicht aus dem Kopf. Das könnte passieren.

Ihre Hände schwitzten in den Handschuhen. Sie bemühte sich, tief ein- und auszuatmen, doch ihr war schlecht, und das Summen in ihrem Schädel hörte nicht auf. Dies hier war keine gute Idee. Ihr Plan war, sich ein klein wenig aus ihrer Komfortzone zu begeben – nicht weit über sie hinaus zu katapultieren und ihren Blutdruck in den Orbit zu jagen. Piniennadeln knackten unter ihren Füßen, und sie pfiff nach Charlie, als er zu weit vorauslief. Er kehrte schwanzwedelnd zu ihr zurück und bekam eine Belohnung. »So ist es brav.« Sie tätschelte ihm den Kopf, lobte ihn ausgiebig, und dann gingen sie in einem Schlenker um den Teich herum in Richtung Cottage.

Wenn sie wieder da war, würde sie Alex erklären, warum sie nicht mit ihm Motorrad fahren konnte. Wahrscheinlich würde er erleichtert sein. Gestern hatte sie im Internet gelesen, wie gefährlich unerfahrene Beifahrer auf einem Motorrad sein konnten. Schon wenn sie sich nur falsch zur Seite lehnten, vor allem in einer Kurve, konnte das Bike aus dem Gleichgewicht geraten, und das Ganze endete in einem Desaster. Und mit ein wenig Glück schlief Alex vielleicht noch; wenn sie sich beeilte, könnte sie schon weg sein, ehe er aufstand.

Entsprechend enttäuscht war sie, dass Alex auf und angezogen war. Er trug einen blauen Pullover und Jeans, aber sein Haar war zerzaust: schimmernde dunkle Strähnen fielen ihm in die Stirn und standen wild nach oben, wo er sich mit der Hand hindurchgefahren war. »Ah, da bist du ja«, sagte er, als sie die Haustür hinter sich schloss. »Wann musst du los?«

»Eigentlich habe ich noch mal nachgedacht, und ich kann es doch nicht.«

»Du kannst nicht? Was ist mit deiner Challenge?«

»Die Sache ist die, dass du keinen zweiten Helm hast, oder? Und ohne zu fahren, ist zu riskant. Ich bin mir sogar ziemlich sicher, dass es verboten ist, also müssen wir es lassen.«

Er zog eine Augenbraue hoch.

Sie ignorierte seine Belustigung und fuhr fort, um die Stille mit nervösem Geplapper zu füllen. »Tut mir leid, wenn du extra früh aufgestanden bist. Ich hätte dir gestern Abend eine Nachricht hinlegen sollen. Es war so oder so eine alberne Idee. Ich meine, ich habe kein Interesse …«

»Wow, stopp!« Er hob eine Hand.

Und Liberty blinzelte. »Wie bitte?«

»Kein Grund zur Sorge. Ich habe einen Helm für dich.«

»Hast du?«

»Oui.« Er lächelte so breit, dass feine Fältchen um seine Augenwinkel entstanden. »Ich bin gestern bei der Werkstatt gewesen und habe alles, was du brauchst.«

»Bei Guy?«

Er nickte. »Ich habe sogar Lederzeug für dich. Du wirst vollkommen sicher sein.«

»Oh.« Ein bleiernes Gewicht plumpste in ihren Bauch. Wie kam sie jetzt aus der Nummer raus? Und war Alex wirklich bei der Werkstatt gewesen? Sie hätte gesagt, dass es sehr fürsorglich von ihm gewesen war, wenn er nicht schon so hochzufrieden mit sich ausgesehen hätte. Ihr wurde klar, dass Guy gewusst haben musste, wofür der Helm gedacht war, was bedeutete, dass inzwischen das ganze Dorf von ihrer geplanten Motorradfahrt wusste. Was wiederum hieß, jetzt war der Druck auf sie immens, oder? »Tja … das war sehr nett von dir, aber …« Sie verstummte. Verflucht. Mit der Helmgeschichte war für sie alles klar gewesen. Sie hatte doch nie im Leben erwartet, dass Alex so … hilfsbereit war.

Er trat einen Schritt näher und sah sie genauer an. Dann sagte er leise: »Du hast große Angst, richtig?«

Sie wollte leugnen, entschied sich aber dagegen. »Ja.«

»Musst du nicht. Ich verspreche, dass ich nicht schnell fahre. Ich würde dein Leben – oder das anderer – niemals in Gefahr bringen. Und ich mache das schon sehr lange. Ich habe diese Maschine vollkommen im Griff.«

»Klar.« Sie glaubte ihm. Etwas an seinem Blick beruhigte sie. Und man konnte wohl kaum professionell Rennen fahren, wenn man keine Ahnung hatte, was man tat, oder?

Es sei denn, man war irre, ein Adrenalinjunkie, ein besessener Raser …

Sie zwang sich, tief Luft zu holen.

»Denk an deine Challenge, okay? Du hast gesagt, dass du diesen Haken in deinem Buch machen willst. Es wird ein großer. Und es ist in zehn Minuten vorbei.«

Sie lachte erstickt, obwohl sie ebenso gut auch hätte weinen können. »Sagst du das zu allen Frauen?«

»Wie bitte?«

»Egal. Du hast recht.« *Denk an deine Challenge. Sei mutig, Lib. Sei mutig.* Doch ihr Magen drehte sich wie eine Waschtrommel, und ihre Beine fühlten sich schwach und zittrig an.

Er blickte auf seine Uhr. »Willst du noch frühstücken, oder sollen wir los?«

»Fahren wir gleich los«, antwortete sie. Sie konnte nichts essen, und am besten brachte sie diese Tortur hinter sich. Es sind nur zehn Minuten deines Lebens, wiederholte sie stumm immer wieder wie ein Mantra.

Er wartete, während sie nach oben ging, sich die Ledersachen anzog und anschließend eine Tasche mit ihrer Arbeitskleidung packte. Draußen half er ihr mit dem Headset und dem Helm, bevor er sich seinen aufsetzte.

»Kannst du mich hören?«, fragte er. Seine Stimme klang erstaunlich klar. Und es hatte etwas Intimes. Liberty wurde bewusst, dass er sie genauso deutlich hören würde.

»Ja.« Der Helm fühlte sich riesig und schwer an, ihre Gliedmaßen hingegen schienen sich zu verflüssigen. Was wäre, wenn sie sich nicht gut genug festhielt? Was wäre, wenn sie runterfiel? Was wäre, wenn sie sich in die falsche Richtung lehnte und er das Gleichgewicht verlor?

Er schwang sich geschmeidig auf die Maschine und klopfte auf den Sitz hinter ihm.

»Versprichst du mir, dass du das Motorrad nicht zu sehr zur Seite neigst?«, fragte sie atemlos vor Nervosität. »Versprich mir, dass du es in der Vertikalen hältst. Ich habe schon Leute gesehen, die in Kurven beinahe mit ihrem Knie über den Asphalt geschrammt sind.«

Sein Lachen kam tief und kehlig aus dem Headset. »So etwas machen wir nur auf der Rennstrecke, keine Sorge. Ich passe auf dich auf. Und jetzt denk an das, was ich dir darüber gesagt habe, einfach dem zu folgen, was ich tue. Und versuch, dich zu entspannen.«

Sie nickte. Ihr Mund war zu trocken zum Sprechen. Konnte er ihr Herzklopfen hören?

»Stell deinen Fuß hier auf, halt dich an mir fest und spring rauf.«

Sie hatte das Gefühl, dass ihr alle Farbe aus dem Gesicht wich, als sie hinter ihm aufstieg. Das Bike war gigantisch. Die Sattelneigung bewirkte, dass sie höher saß als er, und ihre Füße berührten nicht mal ansatzweise den Boden. Liberty stellte sie auf die Fußstützen. Nun waren ihre Beine gebeugt, ihre Knie neben seinen Hüften, und sie fragte sich, ob man schon von einem Motorrad fallen konnte, ehe es überhaupt losgefahren war.

»Halt dich an mir fest«, sagte er. »So ist es gut.«

Sie schlang ihm die Arme um den Oberkörper und war überrascht, wie hart er sich anfühlte. Eine kleine Hitzewelle durchströmte sie. Sie blickte zurück zum Cottage. Heute Abend, wenn sie vor dem Kaminfeuer saß und an ihrem Quilt arbeitete, würde sie hierüber lachen und Scherze darüber machen, was für ein Nervenbündel sie gewesen war.

Alex klappte sein Visier nach unten und ließ den Motor an. »Bereit?«, fragte er.

Nein! Sie wollte zurück ins Cottage laufen und sich unter der Treppe verstecken. »Ja«, antwortete sie angespannt.

»Alors, on y va.«

Liberty kniff die Augen zu, riss sie jedoch gleich wieder auf, als die Maschine vorwärtsschoss. Es fühlte sich an, als wäre sämtliche Luft aus Libertys Lunge gepresst worden. Sie umklammerte Alex fest und drückte die Beine an den Sattel, als er die Maschine vorsichtig den Waldweg entlang zur Hauptstraße lenkte. Der vertraute Weg fühlte sich heute vollkommen anders an. Selbst durch den Helm und die Schutzkleidung konnte sie den Wind spüren und die torfige, frische Waldluft riechen. Die Bäume schienen sich zu ihnen zu lehnen und neugierig zu beobachten, wie das Bike an ihnen vorbeiglitt.

Als sie die Hauptstraße erreichten, herrschte dort der übliche Berufsverkehr. Um nach Willowbrook zu gelangen, mussten sie die Straße überqueren.

»Ich fahre ungern quer hier rüber«, sagte Alex. »Deshalb biege ich nach links ab und kehre am nächsten Kreisverkehr um.«

»Gute Idee.« Sie verriet ihm nicht, dass sie es grundsätzlich so hielt, wenn sie mit dem Auto fuhr.

Er wartete auf eine große Lücke im Verkehr, bevor er in die Straße einbog. Wieder erwischte sie die Beschleunigung unvorbereitet, doch er hielt die Geschwindigkeit auf der ganzen Strecke und blickte im Kreisverkehr immerfort nach links und rechts. Liberty lockerte ihren Griff an seinem Oberkörper keine Sekunde.

»Wie fühlst du dich?«, fragte er, als sie auf dem Rückweg zur Abbiegung nach Willowbrook waren.

»Okay«, antwortete sie und stellte plötzlich fest, dass sie breit grinste. Ihre nackte Angst war einem seltsamen Kribbeln gewichen, und ihr Blut pulsierte warm in ihren Adern. »Es ist nicht so schlimm, wie ich gedacht habe. Tatsächlich gefällt es mir sogar.« Sie hörte sich genauso überrascht an, wie ihr angesichts dieser Erkenntnis zumute war. Wer hätte das gedacht?

Und sie hörte das Lächeln in seiner Stimme, als er fragte: »Möchtest du schneller fahren?«

»Ein ganz kleines bisschen.« Sie klammerte sich an ihn.

Er drehte die rechte Hand ein wenig, und das Bike wurde schneller. Liberty quiekte und lachte, als sie die Hauptstraße entlangbrausten. »O mein Gott, o mein Gott, o mein Gott! Das ist soooo schnell!«

»Zu schnell?« Er drosselte das Tempo ein wenig.

»Nein!«, erwiderte sie hörbar verblüfft. »Ich mag es. Es … es ist aufregend!«

Er lachte, beschleunigte wieder, und ihr Herz machte einen Purzelbaum. Im Nullkommanichts erreichten sie das Schild nach Willowbrook. Alex wurde langsamer, blinkte nach links und bog ab. Nun führte die Straße im Zickzack entlang des Baches. Sie überquerten die Brücke, und das Dorf tauchte vor ihnen auf. Libertys Herz wummerte noch, und sie konnte nicht aufhören zu grinsen. Alex wurde sehr viel langsamer, als sie an den Cottages vorbeikamen, und Liberty war froh darüber, dass er so verantwortungsbewusst durch das stille Dorf fuhr. Als ein Paar am Straßenrand darauf wartete, auf die andere Seite zu wechseln, hielt Alex an. Liberty hoffte, dass sie mit dem Helm nicht zu erkennen war. Doch die beiden winkten ihr lächelnd zu. Ja, es hatte eindeutig schon die Runde gemacht.

Schließlich hielten sie vor dem Button Hole.

»Wie war es?«, fragte Alex.

»Großartig.« Strahlend kletterte sie von dem Bike. »Viel besser, als ich erwartet hatte.« Sie musste nicht zu ihrem Spiegelbild im Ladenfenster blicken, um zu wissen, dass ihre Wangen glühten wie Stechpalmenbeeren.

»Dachte ich mir. Ich bin fast taub.« Er hob sein Visier hoch und grinste sie an.

»Habe ich? Tut mir leid.« Sie lachte. Dann löste sie ihren Helm und nahm ihn ab. »Sag ehrlich, war das dein übliches Tempo?«

Lachend schüttelte er den Kopf. »Nein, ich bin dir zuliebe im Schneckentempo gefahren.«

Vor Enttäuschung ließ sie die Schultern hängen, denn für sie hatte es sich schnell angefühlt. Doch sie war dankbar, dass er auf sie Rücksicht genommen hatte.

»Vielleicht können wir mal wieder eine Runde drehen.« Er zwinkerte.

Wieder lachte Liberty und trat zurück auf den Gehweg. »Mal sehen. Aber danke fürs Fahren.«

Er nickte. »Bis später. Und falls du es dir mit der Rückfahrt anders überlegst, ruf mich an.«

Liberty schaute ihm nach, als er langsam durch die schmalen Straßen zurück zur Hauptstraße fuhr. Was für ein Auftakt zu diesem Tag! Adrenalin rauschte durch ihren Körper, und sie hatte das Gefühl, dass es eine Weile dauern würde, bis sich ihr Zustand wieder normalisiert hatte. Sie öffnete die Tür zur Bäckerei.

»Liberty!«, rief Marjorie, die Besitzerin. »Was machst du so früh hier?«

»Ich habe nicht gefrühstückt. Könnte ich bitte ein Bacon-Sandwich und einen Kaffee bekommen?«

»Ja, selbstverständlich. Die Lederkluft ist klasse. Ein neuer Look?«

Sie lachte. »Nein, die ist definitiv einmalig!«

Oder nicht? Sie hatte es wirklich genossen. Und genau das war der Grund, weshalb sie neue Sachen ausprobierte. Warum sie mutiger sein musste.

Im Hinterzimmer des Button Hole zog sie die Ledersachen aus und legte sie sorgfältig zusammen. Heute Morgen hatte sie eine ganz neue Seite an Alex kennengelernt, mit der sie nicht gerechnet hatte: wie er sie beruhigte, ihretwegen langsam fuhr, Rücksicht nahm und verständnisvoll war. Vielleicht hatte sie vorschnell über ihn geurteilt. Letztlich wusste sie nichts über ihn, abgesehen von dem wenigen, was Natasha ihr erzählt hatte. Im Laden war es leer, und Evie würde erst mittags kommen, also nutzte Liberty die Gelegenheit, um ihn schnell im Internet zu recherchieren.

Die Ergebnisse erschienen, und Liberty verschlug es die Sprache. Er war ein Weltmeister! Er hatte unzählige Preise gewonnen, und da waren Fotos von ihm auf Siegertreppen auf der ganzen Welt, wie er große Pokale in die Höhe reckte. »Ich glaube es ja nicht«, murmelte Liberty.

Es gab ähnliche Schwarz-Weiß-Fotos von seinem Vater. Einige zeigten ihn bei Rennen, doch es gab auch viele von ihm bei Gala-Events und mit wechselnden Frauen an seiner Seite.

Und da waren Bilder von Alex' letztem Unfall. Auch Videoclips. Liberty zögerte, dann klickte sie einen an. Es war zu sehen, wie sich sein Bike in eine Kurve lehnte. Dann verlor er die Kontrolle, und die Maschine schlitterte über den Asphalt. Liberty hielt den Atem an. Alex war nur ein verschwommener oranger Klecks, der durch die Luft gewirbelt wurde, hart auf dem Asphalt aufschlug und darüberrutschte, bis er endlich liegen blieb. Ihr war übel, als sie ihn dort sah. Mitarbeiter rannten zu ihm. Dann endete der Clip. Liberty schloss die Seite.

Kein Wunder, dass ihn Schmerzen nachts wachhielten. Es hatte richtig schlimm ausgesehen. Wie konnte er immer noch Rennen fahren wollen, nachdem er so etwas Entsetzliches erlebt hatte?

»Und wie gefällt es dir hier?«, fragte Luc.

Alex ließ den Blick durch den Garten vom Poppy Cottage schweifen. Die kleine Lottie und ihre Freundin Annabel waren draußen und spielten irgendetwas, bei dem sie pausenlos ins Spielhaus hinein- und wieder hinausgingen. Luc hatte Kaffee und Gebäck in den Wintergarten gebracht, damit sie ein Auge auf die Kinder haben konnten, während sie sich unterhielten. »Ehrlich?«

»Wie lange kennen wir uns, Alex? Selbstverständlich kannst du ehrlich zu mir sein.«

»Es ist zu ruhig.«

»Zu ruhig? Ich dachte, du genießt es, mal eine Pause von allem zu haben.« Er schob Alex den Teller mit dem Gebäck hin, und Alex nahm sich eine Zimtschnecke.

»Ist es dir nicht auch zu still?«

»Überhaupt nicht. Ich liebe es, nach Hause zu kommen. Willowbrook ist eine Ruheoase. Es ist …« Er blickte verzückt zu seiner Tochter im Garten. »… mein Zuhause.«

»Weil deine Familie hier ist. Das würdest du über jeden Ort sagen, an dem Natasha und Lottie sind.«

»Stimmt, trotzdem ist Willowbrook besonders. Es ist etwas an diesem Ort …«

Alex runzelte die Stirn, denn er konnte es nicht verstehen. Was war besonders an einem winzigen Dorf mitten in der englischen Pampa, das sich die letzten zweihundert Jahre nicht verändert hatte? Hier hatten sie nach wie vor Kopfsteinpflasterstraßen! Er brach ein Stück von der Zimtschnecke ab, steckte es sich in den Mund und genoss den buttrig-süßen Geschmack.

»Du wirst es verstehen, wenn du erst sesshaft bist und selbst Familie hast«, sagte Luc.

Alex verspannte sich. Er mochte Kinder, aber er wollte keine eigenen haben. Ein guter Vater musste ausgeglichen, hingebungsvoll und verlässlich sein. Alex war nichts davon. Er dachte an seinen eigenen Vater. Manche Leute sollten keine Kinder in die Welt setzen. Lieber wurde er allein alt, als die Fehler seines Vaters zu wiederholen.

»Wie auch immer, was macht deine Suche?«, fragte Luc. »Hast du schon irgendwas herausgefunden?«

»Nein, gar nichts.« Er zählte an den Fingern ab, wo er es überall versucht hatte. »Das Rathaus, das Standesamt und die meisten Taufregister der Kirchen in der Gegend. Ich weiß nicht, wo ich noch suchen soll. Offen gesagt schwindet meine Hoffnung.«

»Hast du mit den Leuten im Dorf geredet?«

Alex ergriff seinen Kaffeebecher und spürte, wie ihn die vertrauten finsteren Gedanken überkamen. Er war nie der Typ gewesen, der sich leicht öffnete, und jetzt hatte er umso mehr Grund, Aufmerksamkeit zu meiden. Sollte sich herumsprechen, dass er hier war und nicht beruflich unterwegs, würde er mit Fragen rechnen müssen. »Es ist eine sensible Angelegenheit. Ich möchte nicht unbedingt in die Welt hinausposaunen, was mein Vater getan hat. Außerdem kenne ich hier niemanden. Wen sollte ich fragen?«

»Da wäre die alte Dorothy. Sie lebt schon sehr lange in Willowbrook. Und ich nehme an, mit Liberty hast du schon gesprochen?«

»Nicht über Einzelheiten.« Alex sah weg, daher bekam er nicht mit, wie sein Freund die Augenbrauen hochzog.

»Warum nicht?«

Alex ergriff seinen Löffel und tippte damit auf seine Finger. »Unser Start war nicht so gelungen«, antwortete er vorsichtig. Er war nicht sicher, wie er erklären sollte, was ihn alles belastete – oder dass er alles Erdenkliche getan hatte, um sie zu verärgern. »Aber jetzt ist es besser.«

Er dachte an ihre atemlose Begeisterung, als er sie morgens zur Arbeit gefahren hatte. Als sie den Helm abnahm, hatte sie geglüht vor Entzücken. Und Alex war überrascht gewesen, welche Freude er empfand, als er ihre Begeisterung sah. Ebenso wenig hatte er den Anflug von Erregung ignorieren können.

»Was ist passiert?«, hakte Luc nach.

»Sie hatte Schwierigkeiten mit meinem Bike.« Er zögerte. »Und ihr gefiel es nicht, als ich ihr gesagt habe, dass ich meine Ruhe haben möchte. Sie wollte für mich kochen, dass wir die Abende zusammen verbringen. Und sie hat mir eine Menge Fragen gestellt. Sie war …«, er versuchte, es taktvoll zu formulieren und nicht zu sagen, dass sie aufdringlich war, »… zu bemüht.«

Zunächst trat Stille ein. Schließlich sagte sein Freund: »Und darüber beschwerst du dich?«

»Ich brauche meinen eigenen Raum. Und die Verletzung bereitet mir eine Menge Probleme. Aber ich habe sie heute Morgen auf dem Motorrad mitgenommen. Sie schien es zu genießen. Es hatte irgendwas mit der Challenge zu tun, die sie sich vorgenommen hat.«

Luc wirkte nicht beeindruckt. »Aber du hast ihr nichts von deiner Suche erzählt, stimmt's?«

Alex schüttelte den Kopf.

Erneute Stille. Luc betrachtete ihn kurz, ehe er sagte: »Dir ist hoffentlich klar, dass du hier nicht auf der Hut sein musst,

Alex. Du kannst dich entspannen, denn du bist unter Freunden. Liberty hat noch nie vorher einen Mieter gehabt. Natasha hat erzählt, dass sie deswegen nervös war und sich nur dazu durchgerungen hat, weil sie das Geld braucht. Vielleicht war sie zu bemüht, aber ich bin mir sicher, dass es mit guter Absicht geschehen ist.«

Alex bekam ein schlechtes Gewissen. Er war daran gewöhnt, Leute auf Abstand zu halten, wenn sie ihm zu nahekamen. Die meisten Menschen, die er in den letzten zwanzig Jahre kennengelernt hatte, hatten sich einen Vorteil von seiner Bekanntschaft versprochen. Es gab nur eine Handvoll Menschen in seinem Leben, denen er vertrauen konnte – wie Luc. Und seiner Familie. Leute, bei denen er sicher war, dass sie keinen Profit aus der Freundschaft mit ihm schlagen wollten. Von diesen wenigen Ausnahmen abgesehen, hatte er längst entschieden, dass er besser allein klarkam. »Wahrscheinlich hast du recht«, murmelte er. »Normalerweise bin ich nicht so barsch. Es ist nur …« Unwillkürlich rieb er sich die Schulter.

»Du könntest einen Termin bei dem Arzt hier machen.«

Alex lachte. »Dasselbe hat Liberty gesagt.«

»Jake ist ein Freund von mir. Er wird dir mit den Schmerzen helfen können. Und mit allem anderen, über das du mit ihm sprechen willst.«

»Was meinst du?«, fragte Alex zu gereizt.

Luc ließ sich nicht beirren. »Ich kenne dich schon lange, Alex. Lange genug, um zu wissen, dass dich irgendwas zerfrisst. Du magst nicht bereit sein, dich mit mir darüber zu unterhalten, aber vielleicht wäre es gut, es dir mal von der Seele zu reden – was immer es ist.«

»Ich verstehe nicht, was du …«

»Schon okay, Alex«, unterbrach Luc ihn ruhig. »Ich bin nicht neugierig. Und Jake ist es genauso wenig. Er ist einfach ein guter Arzt. Egal was du ihm erzählst, es bleibt streng vertraulich.«

Alex wollte widersprechen, doch dann seufzte er. »Luc, es tut mir leid«, sagte er. Er war nicht bereit zu reden. Noch war alles zu frisch, zu verwirrend.

Sein Freund lächelte. »Du erzählst es mir, wenn du so weit bist. Aber geh mal wegen deiner Schulter zum Arzt, denn die Schmerzen machen dich übellaunig.«

Alex lachte bitter.

»Und rede mit Liberty über deine Suche. Vielleicht kann sie dir helfen. Falls nicht, weiß sie, mit wem du sprechen solltest. Sie ist hier aufgewachsen, kennt also jeden.«

Wenig später verabschiedete Alex sich und setzte seinen Helm auf. Er stieg auf sein Motorrad und hielt inne. Vor ihm lag das Dorf, hinter ihm die Hauptstraße. Um diese Tageszeit wäre es dort ruhig, und der Gedanke an eine freie Strecke, die sich vor ihm erstreckte, war schlicht zu verlockend. Er bog nach links und drehte den Motor auf.

Zehn Minuten später war er wieder zurück am Ausgangspunkt, das Gesicht gerötet, sein Herz wunderbar höherschlagend. Dennoch war es kein Ersatz für die Hochgeschwindigkeit und das Adrenalin auf der Rennstrecke. Wie sollte er ohne diesen Kick leben?

Er schob die finsteren Gedanken beiseite und konzentrierte sich auf den Weg, den Luc ihm zum Cottage der alten Dorothy beschrieben hatte. Es war nicht schwer zu finden. Fünf Minuten später klopfte er mit seinem Helm in der Hand an ihre Tür. Und wartete.

Er hatte es fast schon aufgegeben, als sie endlich öffnete. Alex versuchte, seinen Schreck zu verbergen. Luc hatte sie »die alte Dorothy« genannt, trotzdem war Alex nicht darauf gefasst gewesen, wie alt und gebrechlich sie war.

»Hallo, mein Lieber. Sie müssen der französische Rennfahrer sein. Luc hat angerufen und gesagt, dass Sie vielleicht vorbeischauen. Kommen Sie rein. Ich habe eben eine Kanne Tee gemacht.«

Alex wischte sich gründlich die Stiefel an der Fußmatte ab.

»Ich mag Männer in Leder«, murmelte sie.

Oder zumindest glaubte er, das verstanden zu haben. »Wie bitte?«

»Nichts, mein Lieber.« Sie schlurfte in ihre winzige Küche. »Machen Sie es sich bequem!«, rief sie und winkte vage in Richtung Wohnzimmer.

Stattdessen folgte er ihr und wartete, während sie ein Tablett mit Kanne und Tassen belud. »Lassen Sie mich das tragen.«

»Auch noch gute Manieren.« Sie lächelte, als wollte sie ihn auffressen. »Stellen Sie es bitte dort auf den Sofatisch. Ja, so ist es gut. Also, nehmen Sie Milch und Zucker?«

Alex hasste Tee. Er trank nur Kaffee. Doch so mühsam, wie sie hinter ihm herkam, verkniff er es sich. »Schwarz ist gut, danke.«

»Sie suchen jemanden?«, fragte Dorothy, kaum dass sie beide saßen und ihre Tassen in den Händen hielten.

Alex griff in seine Innentasche und zog die vergilbten Briefumschläge hervor. »Ich habe diese Briefe in den Sachen meines Vaters gefunden. Er ist Anfang des Jahres gestorben.«

Mit einem Nicken forderte sie ihn auf fortzufahren.

Er nahm den ersten Brief hervor und faltete ihn auseinander, bevor er ihn ihr reichte. »Sie sind von vor dreißig Jahren datiert und an ihn adressiert. Aber es gibt keinen Absender, keinen Namen. Nur der Poststempel sagt, dass sie in dieser Gegend verschickt wurden.«

Dorothy ergriff den Brief und setzte ihre Brille auf, die an einer Perlenkette um ihren Hals hing. Es klimperte leise, als sie den Kopf beim Lesen bewegte. Alex kannte die Briefe auswendig. Die schwarze Füllertinte, die geschwungene Schrift, die nahelegte, dass die Verfasserin jung gewesen war, womöglich noch eine Schülerin.

Lieber Gérard,
dies wird dich erschrecken – ich bin selbst noch ganz schockiert –, aber ich bin schwanger.
Bitte schreibe mir bald. Ich habe Angst.
Mx

»O nein«, murmelte Dorothy. Ihre blauen Augen funkelten.

»Es gibt noch mehr.« Alex reichte ihr die anderen beiden Briefe.

Lieber Gérard,
ich weiß nicht, ob du meinen letzten Brief bekommen hast. Ich bin mit unserem Baby schwanger. Ich hätte dir sagen müssen, dass es nur unseres sein kann – versprochen.
Bitte schreib mir, ruf mich an, irgendwas. Ich schaffe das nicht allein!
Mx

»Dieser letzte wurde laut Poststempel ein Jahr später geschrieben«, sagte Alex.

Lieber Gérard,
du hast eine Tochter. Sie ist wunderschön und lächelt immerzu, und – na ja, sie ist vollkommen!
Es wäre schön, wenn du sie anerkennst. Um ihretwillen. Verdient sie nicht die Chance, ihren Vater zu kennen?
Mx

Dorothy las zu Ende und nahm ihre Brille ab. »Und Sie wollen wissen, wer die geschrieben hat?«

Er nickte.

»Warum?«, fragte sie, wobei sie ihn aufmerksam musterte.

»Ist das nicht offensichtlich? Würde nicht jeder Verwandte aufspüren wollen, von denen er nie gewusst hat?« Irgendwo da draußen hatte er eine Halbschwester, und das war ihm nicht gleichgültig. »Als ich diese Briefe gelesen habe, habe ich etwas empfunden. Hier.« Er legte sich eine Hand aufs Herz. »Sie klingt so verzweifelt, so würdevoll. Und falls ich mit meiner Vermutung recht habe – dass er nie geantwortet hat –, dann muss ich zu ihr und es erklären. Mich entschuldigen. Die Vergangenheit kann ich nicht ändern, aber vielleicht kann ich einiges wiedergutmachen.«

Ihm war sehr wichtig, die Untaten seines Vaters zu korrigieren. Er wollte beweisen, dass er nicht wie sein Vater war.

Nun hielt er inne. Wem wollte er das beweisen?

Sich selbst.

Diese Erkenntnis bewirkte, dass er den Kopf schüttelte. War es wirklich so wichtig? Ja. Ja, das war es. Er war in so vielerlei Hinsicht wie sein Vater – die Rennen, das Gewinnen, der Ehrgeiz, die Risikobereitschaft. Er musste beweisen, dass er nicht auch ein unverlässlicher Mistkerl war.

Und das konnte er am besten, indem er seine Schwester fand und Abbitte für das Fehlverhalten seines Vaters leistete.

»Sehr nobel«, murmelte Dorothy zustimmend. »Woher wissen Sie, dass er nie auf diese Briefe geantwortet hat?«

»Sicher kann ich mir nicht sein, aber nach seinem Tod haben wir von unserem Familienanwalt erfahren, dass es andere Frauen in seinem Leben gegeben hatte.« Er räusperte sich. »Keine von ihnen war Britin oder hatte ein Kind.«

»Verstehe«, sagte Dorothy.

»Sie wirken nicht besonders entsetzt.«

Sie lächelte, und ein Goldzahn blitzte. »Ach, in meinem Alter, mein Lieber, habe ich schon alles gesehen. Obwohl vielleicht nicht in diesem Ausmaß, wie ich zugeben muss. Aber Ihr Vater war vermögend, nicht wahr? Die meisten von uns haben nur begrenzte Mittel. Es ist nicht so leicht, eine Affäre zu verbergen, wenn man sein ganzes Leben in ein und demselben Dorf verbringt und nicht im Übermaß Geld besitzt, um sich außerhalb zu treffen.« Sie nahm ihr Strickzeug zur Hand, und die Nadeln begannen, rhythmisch zu klackern. »Interessant ist, dass Ihr Vater diese Briefe aufbewahrt hat, meinen Sie nicht auch?«

»Ich habe sie in einem Ordner mit anderen Dokumenten aus der Zeit gefunden, also bin ich nicht sicher, ob er sie aufbewahren wollte. Und ganz gewiss hat er sie nicht geschätzt. Es sah aus, als wäre jener Ordner sehr lange nicht mehr angerührt worden.«

»Ah.« Traurig schüttelte sie den Kopf. »Ich fürchte, ich weiß nicht, wer diese mysteriöse Frau sein könnte. Im Laufe der Jahre hat es einige überraschende Schwangerschaften gegeben, aber ich erinnere mich an niemanden, dessen Name mit einem M begann.«

»Und die Handschrift erkennen Sie nicht?« Es war ein Schuss ins Blaue, wie ihm bewusst war.

Wieder schüttelte sie den Kopf. »Nein, aber wie sollte ich auch? Ich habe beim Kaufmann gearbeitet und war keine Lehrerin oder …« Sie ließ das Strickzeug sinken. »Sie sollten mal zu Peter gehen. Er war jahrelang bei der Post.«

Luc hat recht gehabt, dachte Alex. Er musste anfangen, mit den Leuten hier zu reden. Vielleicht erinnerte sich jemand an etwas. »Ja. Eventuell war mein Vater mal hier. Oder jemand aus Willowbrook hat Zeit in Frankreich oder überhaupt im Ausland verbracht und sich für Motorradrennen interessiert.«

»Kann sein. Versuchen Sie es bei Peter. Und wenn mir noch etwas einfällt, rufe ich Liberty an.« Sie nahm ihren Tee und trank einen Schluck. Dann schien ihr ein Gedanke zu kommen, und ihr Blick wurde vielsagend. »Sie wissen, dass Ihre Vermieterin ungefähr im richtigen Alter ist, oder?«

»Liberty? Sie ist es nicht. Natasha hat mir erzählt, dass ihr Vater gestorben ist, als sie noch klein war, und er hatte rotes Haar.« In Gedanken sah er die schönen langen Locken seiner Vermieterin vor sich.

Dorothy stellte ihre Tasse ab. »Das meine ich nicht. Liberty ist in dem richtigen Alter, um mit Ihrer Halbschwester befreundet gewesen zu sein. Vielleicht sind sie zusammen zur Schule gegangen.«

»Wie alt ist sie?«

»Sie ist Ende November dreißig geworden. Hat sie Ihnen von den geheimnisvollen Blumen erzählt?«

Er verneinte stumm.

Dorothy schnalzte mit der Zunge. »Liberty bekommt jedes Jahr an ihrem Geburtstag einen Blumenstrauß – anonym. Und in diesem Jahr hat sie die Floristin verfolgt, um zu erfahren, von wem sie sind.«

»Verfolgt?« Seine Mundwinkel zuckten.

»Ja, mit ihrem Auto.«

Unwillkürlich musste er schmunzeln, denn er hatte gesehen, wie langsam und vorsichtig sie fuhr. »Hat sie es herausgefunden?«

»Warum fragen Sie sie nicht selbst? Sie werden mit Ihrer Detektivarbeit nicht weit kommen, wenn Sie nicht sehen, was direkt vor Ihrer Nase ist.«

»Nein …« Er räusperte sich. Seit seiner Schulzeit war er nicht mehr so gemaßregelt worden.

»Na dann, junger Mann, worauf warten Sie? Sie haben ein Rätsel zu lösen, und Liberty könnte genau die Richtige sein, Ihnen dabei zu helfen.«

Liberty saß beim Mittagessen im Hinterzimmer, als Evie hereinkam. Sie war beim Großhändler gewesen und beladen mit Taschen und Kartons, die sie geräuschvoll abstellte.

»Hey, ich habe die Neuigkeiten gehört!«, sagte sie lächelnd zu Liberty. Ihre Grübchen waren zu sehen, und ihre Wangen waren von der Kälte draußen beinahe so rot wie ihr kirschroter Mantel.

»Welche Neuigkeiten?«

»Dass du heute Morgen auf dem Motorrad zur Arbeit gekommen bist.«

Liberty stöhnte. Es musste sich wie ein Lauffeuer im Dorf verbreitet haben. Was sie nicht wundern sollte. »Von wem?«

»Marjorie nebenan.« Sie hielt ein Sandwich aus der Bäckerei in die Höhe. »Ich nehme an, es gehört zu deiner Challenge. Hat es Spaß gemacht?«

»Es war grauenerregend. Und kalt.« Liberty grinste. »Aber, ja, es war ein großer Spaß.«

Evie lachte. »Das freut mich so! Diese Challenge wird dich noch furchtlos machen.«

»Das hoffe ich. Aber vorher hatte ich solche Angst, dass ich mich frage, ob es nicht für eine ganze Woche zählt, dass ich mich dazu überwunden habe. Was meinst du?«

Evie versuchte, sich ein Lachen zu verkneifen. »Es ist deine Challenge, Lib. Deine Regeln.«

Sie überlegte. »Nein, es gilt nur für heute, aber das heißt, dass ich beim Mittagessen nicht experimentieren muss.«

Schuldbewusst blickte sie zu ihrem üblichen Sandwich mit Curryhühnchen und der Vanilleschnitte. »So viel zum Ausprobieren von neuen Sachen, was?«

»Mach dich deshalb nicht fertig«, sagte Evie, zog ihren Mantel aus und hängte ihn auf. »Wenn du es zu schwierig gestaltest, wird es sich wie eine Strafe anfühlen – oder, schlimmer noch«, sie rümpfte die Nase, »wie eine Diät –, und dann gibst du auf, ehe der Monat rum ist. Eine Herausforderung pro Tag ist schon reichlich, und ich bin stolz auf dich, dass du Motorrad gefahren bist.«

»Du hast recht.« Evie war wie eine Tasse heißer Kakao: Sie bewirkte, dass einem warm wurde und sich alles auf der Welt süßer anfühlte.

Liberty nahm noch einen Bissen von ihrem Sandwich. Ohne Schuldgefühle schmeckte es sofort besser.

»Willst du sehen, was ich gekauft habe?«, fragte Evie, während sie die Tüten auspackte, die sie mitgebracht hatte. »Ich habe eine Menge Kissenfüllungen, die wir in unseren Anfängersets verkaufen können, und sieh dir diese Stoffpakete an.«

Liberty schaute sich die vorgeschnittenen Quadrate aus aufeinander abgestimmten Stoffen an. Sie waren modern mit witzigen Mustern wie Briefmarken oder Handschriften. »Die sind klasse! Die Farben sind so frisch und lebendig.«

»Und ich habe auch ein paar winzige Weihnachtsbäume«, sagte Evie, als sie einen Karton aufschlitzte. »Einen können wir ins Schaufenster stellen und den anderen neben die Kasse. Und wir können unsere Filzdeko dranhängen.«

»Super Idee.« Der herz- und sternförmige Baumschmuck aus Filz war letztes Jahr so beliebt gewesen, dass Evie schon im Januar angefangen hatte, Nachschub für dieses Weihnachten zu fertigen.

Liberty half, die Bäume herzurichten, doch in Gedanken war sie noch bei der aufregenden Fahrt morgens, und sie fragte sich, ob sie mutig sein und Alex' Angebot annehmen sollte.

Als sie den Baum neben der Kasse aufgestellt hatten, holte Liberty ihr Handy heraus und sah Evie verlegen an. »Alex hat gesagt, ich soll ihn anrufen, wenn ich heute Abend mit dem Motorrad abgeholt werden will. Ich denke, das mache ich.«

Evie klatschte in die Hände. »Wie ich schon sagte – du bist jetzt furchtlos! Also ist er jetzt doch nicht so übel, wie du zuerst gedacht hast?«

Liberty wählte seine Nummer. »Das muss ich noch entscheiden.«

Alex ging beinahe sofort ran, klang allerdings atemlos. »Liberty, ich bin eben auf dem Weg zu dir.«

»Bist du? Warum?« Er musste zu Fuß unterwegs sein, folgerte sie.

»*Une minute*. Ich bin fast da …« Die Ladentür schwang auf, und da war er, noch in der Ledermontur, den Helm in der Hand und das Haar so zerzaust wie immer. Doch etwas an ihm war anders. Er wirkte nicht so mürrisch, schien … entspannter zu sein.

Evie riss die Augen weit auf. Ihre Lippen bewegten sich, aber es kam kein Laut heraus. Sie war eindeutig sprachlos – was absolut untypisch für sie war. Und sie grinste Liberty an.

»Alex«, sagte Liberty. »Was führt dich her?«

»Sag du zuerst – warum hast du angerufen?«

»Oh, äh, um zu fragen, ob du mich heute Abend abholst.« Die Ironie brachte sie zum Schmunzeln: Sie, die so gegen das Motorrad gewesen war, bat nun um eine zweite Fahrt.

Das Funkeln in seinen Augen verriet ihr, dass er dasselbe dachte. »Unter einer Bedingung«, antwortete er.

Evie murmelte etwas von Privatsphäre und verschwand im Hinterzimmer.

»Und die wäre?«, fragte Liberty.

»Iss heute Abend mit mir.«

Kapitel acht

Es war Libertys zweites Blind Date, und sie stellte erfreut fest, dass sie überhaupt nicht nervös war. Vielmehr dachte sie gar nicht über den bevorstehenden Abend nach, sondern spielte in Gedanken den Nachmittag im Button Hole noch einmal durch und fragte sich, warum in aller Welt Alex mit ihr zu Abend essen wollte.

Als sie ihm sagte, dass sie schon etwas vorhatte, hatte er enttäuscht gewirkt. »Hast du morgen Abend denn schon was vor?«, hatte er gefragt.

Sie hob einen Finger an ihre Lippen, als müsste sie überlegen. »Die Sache ist die, Alex, dass ich mich gut erinnere, wie du gesagt hast, dass du *nicht* mit mir essen willst.«

Es war halb scherzhaft gemeint, aber er besaß den Anstand, sich zerknirscht zu geben. »Das hätte ich nicht sagen sollen. Entschuldige. Ich habe … ich habe anderes im Kopf gehabt.«

Anderes? Sie sah ihn neugierig an. Seine schroffe Arroganz schien verschwunden zu sein, nur warum? »Was ist anders?«

Er rieb sich mit einer Hand übers Gesicht. »Ich bin heute Morgen bei Luc gewesen, und …« Er wog den Helm in seiner Hand. »… er hat mir gesagt, dass ich mich wie *un imbécile* benommen habe.«

Liberty versuchte, nicht zu lachen. Seine Wangen röteten sich ein wenig, und er sah ernsthaft beschämt aus. »Und inwiefern bist du ein *imbécile* gewesen?«

»Ich bin nicht … freundlich gewesen.«

»Nein, bist du nicht.« Sie genoss die Situation mehr, als sie sollte.

»Also, isst du mit mir zu Abend?«, fragte er. »Ich koche für dich.«

Ihr Herz schlug ein wenig schneller. Sie neigte den Kopf zur Seite. Es wirkte beinahe, als … wollte er sein Verhalten dringend wiedergutmachen. Und er *hatte* sie auf seinem Motorrad mitgenommen, sogar schon vor Lucs Rüffel.

Dennoch konnte sie nicht umhin, ihn ein bisschen aufzuziehen. »Normalerweise esse ich samstags Pizza und sehe mir einen Film an …«, sagte sie bedauernd, und er ließ die Schultern hängen. »Aber ich bin bereit, dieses Wochenende eine Ausnahme zu machen.«

Beim Lächeln hatten seine Augen geleuchtet, und es hatte so echt ausgesehen, dass es vollkommen entwaffnend gewesen war.

Nun parkte Liberty ihr Auto. Der Typ, mit dem sie für heute Abend verabredet war, hatte ein Treffen in einem Restaurant vorgeschlagen, in dem sie noch nie gewesen war, doch sie fand es problemlos. Sie öffnete die Tür, und eine Woge von Lärm und warmer Luft schlug ihr entgegen. Es war gerappelt voll, was an einem Freitagabend in einem der angesagtesten Lokale der Stadt nicht verwunderlich war, nur würde es wohl schwierig werden, ihr Date zu entdecken.

Zum Glück kam ein Kellner auf sie zu. »Kann ich Ihnen helfen?«

»Ich bin mit einem Sean verabredet.«

»Ah, ja, er erwartet Sie bereits. Folgen Sie mir bitte.«

Sean wirkte erleichtert, sie zu sehen. Ein nervöses Lächeln huschte über seine Züge.

Der Kellner zog Liberty einen Stuhl vor, dann ließ er sie mit den Speisekarten allein.

»Liberty, richtig?«, fragte ihr Date.

»Ja, richtig.« Sie lächelte und war zufrieden mit dem ersten Eindruck: Er war gut aussehend und schien freundlich zu sein. Das ließ hoffen.

Sie bestellten Wein und etwas zu essen, bevor sie einen scheuen Blick wechselten. Liberty nestelte an dem Saum ihrer Serviette, während sie krampfhaft überlegte, was sie sagen oder fragen könnte. Sie wünschte, sie könnte den linkischen Kennenlernteil überspringen und direkt zum Gute-Freunde-und-mehr-Stadium vorpreschen. Es hätte das Leben so viel leichter gemacht. Seit sie dreißig geworden war, war ihr schmerzlich bewusst, wie die Zeit verrann, und es machte sie ungeduldig. »Wohnst du hier in der Nähe?«, fragte sie.

»Ja.« Er beschrieb, wo seine Wohnung lag. »Ich bin erst vor Kurzem eingezogen. Vorher habe ich mit jemandem zusammengewohnt. Jetzt habe ich eine Wohnung für mich allein.« Er wirkte ein wenig deprimiert, wie er gedankenverloren mit seinem Besteck spielte.

»Magst du deine neue Wohnung nicht?«

»Die ist in Ordnung… Es ist alles nur so neu. Es fühlt sich noch nicht wie ein Zuhause an.«

Sie fragte sich, warum er immer wieder zur Tür schaute. Plante er seine Flucht?

»Was ist mit dir?«, fragte er. »Wo wohnst du?«

Sie vermerkte es als Pluspunkt, dass er Interesse an ihr zeigte. Doch als sie von Willowbrook und ihrem Haus erzählte, schien er kaum zuzuhören.

Der Kellner brachte ihr Essen.

Als sie wieder allein waren, fragte Liberty: »Ist dies dein erstes Date, Sean?«

»Was? Oh … ja.« Er lächelte verlegen. »Das merkt man, oder?«

»Du scheinst nur ein bisschen aufgeregt zu sein«, sagte sie freundlich. Doch innerlich seufzte sie, weil sie genau dasselbe schon mit dem Koch erlebt hatte. Würde sich die Erfahrung wiederholen?

»Ich bin nur …« Er schüttelte den Kopf. »Ich war lange in einer Beziehung – bis vor Kurzem. Deshalb bin ich aus der Übung.«

Jetzt wurde einiges klar. »Ah. Und wann …«

»Sean!«, erklang eine Stimme.

Liberty ließ ihre Gabel fallen. Eine Frau mit langen Locken war vorbeigegangen, dann plötzlich stehen geblieben, hatte sich umgedreht und stand nun direkt vor ihrem Tisch. Sie war wunderschön, perfekt geschminkt und trug ein glitzerndes Kleid, das ihre unglaublich langen Beine betonte. Doch sie sah Sean an, als wollte sie ihn umbringen.

Er war eindeutig nicht überrascht, und Liberty fiel ein, dass er immer wieder zur Tür geschaut hatte.

»Jessie …«

»Was soll das?«, fragte die Frau und wies auf ihre Teller.

Einige andere Gäste wandten sich zu ihnen um, und Liberty wurde unwohl.

»Wonach sieht es denn aus?«, fragte Sean.

Liberty stutzte. Er gab sich trotzig und schuldbewusst zugleich, und sie begriff nicht, warum. Was war hier los?

Die Frau wurde sichtlich immer wütender. »Du hast gesagt, dass du es noch einmal versuchen willst, hast mich angefleht, dir noch eine Chance zu geben. Du hast gesagt, es ist aus mit ihr.«

Liberty starrte die beiden abwechselnd an. Dies war seine Ex? Er war fremdgegangen?

Die Furcht einflößende Frau sah sie an. »Vielleicht können Sie mir erklären, was zur Hölle hier los ist.«

»Ich?« Liberty schluckte. Sie blickte zu Sean, damit er ihr einen Tipp gab oder ihr sonst irgendwie zur Seite sprang, aber er blickte weg. »Ähm … wir essen nur.«

»Sie essen mit *meinem* Mann!« Die Frau deutete mit einem Finger auf ihn.

Im Restaurant war es vollkommen still geworden, und Libertys Wangen glühten. Oh, großartig. Jetzt sah sie bestimmt genauso schuldbewusst aus wie Sean. »Das muss ein Missverständnis sein«, sagte sie. Wieder schaute sie zu Sean, damit er die Situation aufklärte, doch er fixierte Jessie. Und er schien sehr zufrieden mit sich zu sein. Warum?

Liberty straffte die Schultern und setzte erneut an: »Hören Sie, ich habe keine Ahnung, wer Sie sind oder was hier vorgeht, aber dies ist unsere erste Verabredung und …«

»Dann geben Sie es zu? Dass Sie mit ihm zusammen sind? Und denken Sie ja nicht, dass ich Ihnen den Quatsch mit der *ersten* Verabredung glaube. Ich weiß, was Sie gemacht haben.«

»Was?« Sean, der Drecksack, ignorierte Liberty weiter. »Das ist nicht …«

»Sie sind eine Hexe, die anderen Frauen den Mann ausspannt!« Jessies Gesichtsausdruck war pures Gift, und das gesamte Lokal hörte ihnen gespannt zu. »Ihr zwei habt das absichtlich gemacht, oder? Ihr habt gewusst, dass ich heute Abend hier sein würde, weil es mein Lieblingsrestaurant ist. Ihr seid extra hergekommen, um es mir unter die Nase zu reiben!«

Libertys Beine unter dem Tisch zitterten. Diese Szene war unsagbar peinlich.

»Jess …«, begann Sean.

Sie hielt eine Hand in die Höhe und richtete das Wort wieder an Liberty. »Sie haben mit ihm rumgemacht, und jetzt denken Sie, Sie können ihn ganz für sich haben, ja?«

Ihre Augen blitzten zornig.

»Nein! Sie verstehen das völlig falsch.« Liberty sah verzweifelt zu Sean. »Sag es ihr. Sag ihr, dass wir uns vor heute Abend nie begegnet sind.« Sie konnte die Blicke der anderen Gäste sehen. Jeder hier im Raum würde *sie* für schuldig halten.

»Dann ist es dir also nicht egal«, sagte Sean ruhig, der ganz auf Jessie konzentriert war.

Der Groschen fiel. Er hatte das hier inszeniert, um seine Ex eifersüchtig zu machen. Liberty wurde schlecht. Sie war benutzt worden. Sie …

Der Kellner kam und sagte zu Jessie: »Ich muss Sie bitten zu gehen.«

Liberty war enorm erleichtert.

Sean stand auf und legte seiner Ex eine Hand auf den Arm. »Er hat recht. Komm, Jess.«

Sie schüttelte ihn ab. »Ich bin noch nicht fertig!«

Sean und der Kellner bugsierten sie zum Ausgang. »Diese Kuh muss wissen, dass sie nicht rumlaufen und anderen Frauen die Männer stehlen kann! Sie ist eine …«, zeterte sie, bis die Tür hinter ihr zufiel.

Abermals wurde es still im Lokal. Alle starrten Liberty an.

Sie strich die Serviette auf ihrem Schoß glatt und wartete darauf, dass Sean zurückkehrte. Doch Minuten vergingen, und er tauchte nicht wieder auf. Liberty schaute sich um. Dies musste die unangenehmste Situation sein, in der sie sich jemals befunden hatte. Wie war das passiert? Ihre Haut kribbelte, und sie beschloss, nicht länger zu bleiben. Selbst wenn er zurückkam, interessierte sie Seans Erklärung nicht mehr.

Der Kellner erschien. »Ist alles in Ordnung?«

»Ja«, flüsterte sie und stand auf. Es war offensichtlich, dass

Sean nicht mehr zurückkehren würde. »Ich, äh, ich denke, ich werde auch gehen.«

»Sehr wohl. Ich hole die Rechnung.«

»Die Rechnung?« Sie blinzelte.

Die Miene des Kellners verhärtete sich. Er zeigte auf den Wein und das kaum angerührte Essen. »Sie müssen dies hier bezahlen.«

»Aber er … Das ist nicht fair. *Er* hätte für das bezahlen müssen, was er bestellt hat.«

Der Kellner blieb unerbittlich. »Er ist gegangen.«

Liberty war die Kehle so eng, dass sie nicht streiten konnte, selbst wenn ihr etwas eingefallen wäre, was sie hätte sagen können. Sie sank zurück auf den Stuhl, während der Kellner mit den Fingern schnippte und jemand mit einem Zettel herbeigeeilt kam. Liberty spürte, wie Dutzende von missbilligenden Blicken sie durchbohrten. Der Kellner legte ihr die Rechnung hin, und Tränen ließen die Zahlen unten auf dem Zettel vor ihren Augen verschwimmen.

Dies hier war entsetzlich. Und zu allem Unglück musste sie auch noch die Rechnung übernehmen.

Samstag, 6. Dezember

»Guten Morgen, Liberty!«, begrüßte Evie sie munter wie immer.

Liberty hielt eine Hand hoch, um ihre Augen abzuschirmen. »Wow, das glitzert aber«, sagte sie. Evie trug ein Paillettenkleid mit einem funkelnd goldenen Baummuster. Es reflektierte das Licht wie lauter kleine Pfeile. Liberty sah genauer hin. »Hast du all die Pailletten selbst aufgenäht?«

»Ja.« Evie grinste. »Es ist doch nicht zu viel, oder? Jake hat ziemlich verwundert geguckt.«

Liberty drückte es diplomatisch aus: »Es sieht sehr … weihnachtlich aus.«

»Wie geht es dir heute?«, fragte Evie.

»War schon mal besser.« Sie stellte ihre Handtasche ab und begann, ihren Mantel aufzuknöpfen.

»Hört sich nicht gut an. Was ist passiert?«

Liberty rang sich ein Lächeln ab. »Ach, ich hatte gestern Abend bloß ein richtig schlimmes Date.«

»Schlimm wie hässlich mit Mund- und Körpergeruch?«

»Viel schlimmer als das.«

Evie hörte zu, als Liberty berichtete, was geschehen war. »Eine Kaninchenköchin, was?«, folgerte sie entsetzt. »Wie in *Eine verhängnisvolle Affäre*? Wenigstens war sie nicht mit einem Messer bewaffnet wie Glenn Close.«

Liberty lachte über Evies Versuch, das Positive zu sehen. »Nein, das war sie nicht. Aber es lässt mich ernsthaft an meinem Plan zweifeln. Ich weiß nicht, ob ich weitermachen soll. Setze ich mich bloß beschämenden Situationen aus?«

»Ah«, sagte Evie verlegen und blickte nach unten. Sie hob eine Tragetasche hoch.

»Was?«

»Mir ist eben eine Idee gekommen, weiter nichts. Eine neue Herausforderung für dich, um in Weihnachtsstimmung zu kommen und unsere Kundinnen zum Lächeln zu bringen.« Sie öffnete die Tasche, und Liberty sah die Spitze eines grünen Filzhuts und ein sehr langes spitzes Ohr. »Aber falls du lieber nicht …«

Liberty grinste. »Zeig her. Nichts in dieser Tasche kann so furchtbar sein wie das, was ich gestern Abend erlebt habe.«

Den Tag über war richtig viel los im Button Hole, und Liberty kam erst nach sieben Uhr abends nach Hause. Charlie kam herbeigesprungen, um sie zu begrüßen, und als sie damit fertig waren, hängte Liberty ihren Mantel auf und ging in die Küche, aus der es köstlich nach Essen duftete.

Alex war nirgends zu sehen. Auf dem Herd standen ein paar Töpfe, in denen etwas auf kleiner Flamme köchelte. Liberty hob einen Deckel an und spähte hinein. Vom Aroma der exotischen Gewürze wurde ihr der Mund wässrig. In dem anderen Topf kochten Nudeln, und der Tisch war mit ihren besten Servietten und Weingläsern gedeckt. Ihr Geburtstagsstrauß war vom Tisch entfernt und an die Hintertür gestellt worden – wohl, weil die Blüten halb welk waren. Die Gerbera hatten ihr Leuchten verloren, und die Rosen ließen betrüblich die Köpfe hängen. Doch Liberty beschloss, ihnen noch eine Chance zu geben, und machte sich daran, die welken Blumen zu entfernen, die restlichen frisch zu schneiden und neu zu arrangieren.

Diese Blumen haben mich auf die Challenge gebracht, dachte sie, während sie die Vase mit frischem Wasser füllte. Doch der gestrige Abend war so schrecklich gewesen, dass sie nicht sicher war, ob sie damit weitermachen sollte – oder zumindest mit der Dating-Sache aufhören. Während sie ein verschrumpeltes Blatt wegzupfte, erschien Jessies wütende Miene vor ihrem geistigen Auge, daneben Seans triumphierender Gesichtsausdruck.

Aber sie durfte nicht vergessen, warum sie sich Abwechslung verordnet hatte. Wenn sie jetzt aufgab, würde nur sie allein verlieren.

Mit frischer Entschlossenheit stellte sie die Vase zurück auf den Küchentisch. Bei der Challenge ging es darum, mutiger zu werden, und ein wahrhaft mutiger Mensch würde nicht bei der ersten Hürde das Handtuch werfen. Sie musste weitermachen.

Schritte näherten sich aus der Diele, und Alex schnaubte belustigt, als er sie sah. »Warum bist du so angezogen?«

Automatisch berührte sie ihren Hut. Sie hatte vollends vergessen, dass sie ihn noch trug. »Ich bin ein Weihnachtself. Das ist meine heutige Challenge. Dabei fällt mir ein …« Sie nahm ihr oranges Notizbuch hervor und schrieb hinein: *Den Tag als Elf kostümiert verbracht.* »Habe ich noch Zeit, mich vor dem Essen umzuziehen?«

»Wenn du dich beeilst. Es ist um halb acht fertig.«

»Es dauert bloß fünf Minuten.« Sie wollte schon nach oben eilen, hielt jedoch inne. Den ganzen Tag hatte sie überlegt – vergebens –, warum er so dringend mit ihr essen wollte. »Es riecht köstlich.«

»Danke.«

Sie blickte zum Tisch, den er sehr sorgfältig gedeckt hatte. »Also … verrätst du mir, was das alles bedeutet?«

»Werde ich«, antwortete er. »Beim Essen.«

»Oh. Na gut.«

Er schaute zur Uhr, deren Zeiger langsam auf halb acht vorrückte. »Willst du dich noch umziehen?«, fragte er frech grinsend. Dabei wanderte sein Blick über ihre engen grünen Leggings, und war das ein Aufschimmern in seinen Augen? »Denn mir macht es nichts aus, wenn du ein Elf bleibst.«

Kapitel neun

»Du brauchst also Unterstützung bei deiner Suche?«, fragte Liberty, während sie ihre Gabel in die Thainudeln mit Hühnchen und buntem Gemüse tauchte. Alex hatte ein fantastisches Essen gekocht, lecker, aromatisch und nicht zu scharf. Dennoch konnte Liberty sich nicht entspannen.

Sie fühlte sich nervös in seiner Gegenwart. Angespannt, ohne zu verstehen, warum. Vielleicht lag es an ihrem miesen Start, dass sie immer noch ein wenig misstrauisch war. Oder seine dunklen Augen und dieses atemberaubende Lächeln waren schuld. Sie blickte kurz zu seinem zerzausten Haar. Er war doch eigentlich gar nicht ihr Typ.

Alex nickte. »In den Unterlagen, die ich einsehen durfte, habe ich nichts gefunden. Mir ist klar geworden, dass ich mit Leuten reden muss, die hier aus der Gegend kommen, und sehen, ob sich irgendwer an etwas erinnert. Mir wurde gesagt, dass du mir helfen könntest, und meine Halbschwester muss ungefähr in deinem Alter sein. Vielleicht kennst du sie.«

»Kann sein, aber woher soll ich wissen, wer sie ist? Du hast nicht einmal einen Namen, und diese Briefe wurden vor dreißig Jahren geschrieben. In der Zeit kann sich eine Menge geändert haben: Die Mutter könnte weggezogen sein, die Tochter ebenfalls.«

»Weiß ich.« Resigniert ließ er den Kopf hängen.

Er wirkte so traurig, dass sie die Hand ausstrecken und ihn trösten wollte. »Darf ich die Briefe mal sehen?«

Als er sie ihr gab, fiel ihr auf, dass die Umschläge alt, dünn und vergilbt waren. Liberty öffnete sie einen nach dem anderen und strich das satinweiche Papier behutsam glatt. Nachdem sie alle drei gelesen hatte, legte sie die Briefe hin. »Weißt du, wofür das M steht?«

Er verneinte stumm.

Sie ging die Möglichkeiten durch: »Maud, Maura, Melanie, Marianne ... Aber mir fällt niemand ein, dessen Name mit einem M anfängt.«

»Ich werde sie nie finden«, sagte er unglücklich.

Liberty betrachtete ihn aufmerksamer. Er wirkte so ernst und streng, dass sie sich schwerlich einen wild herumflirtenden Vater dazu vorstellen konnte. Vorsichtig fragte sie: »Hat dein Vater das oft gemacht – mit anderen Frauen geschlafen?«

Seine Züge verhärteten sich. »Ja, leider. Er war der klassische Casanova.« Er wies auf die Briefe. »Und das ist typisch für ihn. Er war egozentrisch – sein Leben lang. Wenn ich daran denke, was diese arme Frau durchgemacht hat, welche Angst sie gehabt haben muss, als sie diese Briefe geschrieben hat ...«

Er klang so wütend, so leidenschaftlich, und sein Verlangen, das Unrecht seines Vaters wiedergutzumachen, war bewundernswert, fand Liberty.

»Wir haben eine Onlinegruppe in Willowbrook für alle, die hier wohnen«, sagte sie und nahm ihr Handy. »Soll ich da mal ein Foto von den Briefen einstellen und fragen, ob jemand etwas weiß?«

Er schüttelte den Kopf. »Ich möchte nicht, dass es an die Presse rausgeht. Es ist zu persönlich.«

»Hast du Angst, die Leute verurteilen dich wegen etwas, was dein Vater getan hat?«

»Nein, ich sorge mich, dass Leute mit diesem Tratsch über die Ricards zu den Zeitungen laufen. Es wäre furchtbar für meine Mutter, und sie hat schon genug durchmachen müssen.«

»Da musst du dir keine Sorgen machen. Keiner hier wird mit der Presse über dich reden.«

Er sah nicht überzeugt aus. »Wie kannst du dir sicher sein?«

»Weil die Leute hier nicht so sind. Wir passen aufeinander auf.«

»Aber ich bin ein Außenseiter.«

»Solange du hier bist, bist du einer von uns.« Immer noch hielt sie ihr Handy bereit und wartete auf seine Zustimmung.

Er zögerte zunächst, dann nickte er. Also machte Liberty ein Foto von einem der Briefe und postete es mit einer kurzen Erklärung in die Gruppe, ehe sie ihr Telefon wieder hinlegte. »Und was hast du als Nächstes vor?«

»Weiß ich nicht genau. Weiter rumfragen, mit Leuten reden, denke ich. Hoffen, dass jemand sich an etwas erinnert. Ich bin schon bei der Post, der Schule und der Kirche gewesen. Keiner weiß irgendwas.« Seine langen Wimpern senkten sich, als er den Dessertlöffel ergriff und ihn gedankenverloren hin und her drehte. Dabei machte er einen so hoffnungslosen Eindruck, dass es Liberty einen Stich versetzte.

»Wann ist dein Vater gestorben?«, fragte sie leise.

»Letzten Winter.«

Er hatte gesagt, dass er seinem Vater nie nahe gewesen sei, und jetzt verstand sie, warum. Allerdings fragte sie sich, ob er eventuell seine Trauer noch nicht richtig verarbeitet hatte. Vielleicht war das der Grund, weshalb er so oft mürrisch dreinblickte.

»Er war nie zu Hause«, sagte er. »Immer unterwegs. Meine Mutter hat uns allein großgezogen. Sie hat alles für uns getan.«

Die Wärme in seiner Stimme verriet, dass er sie sehr liebte. Liberty lächelte. »Meine Mutter war auch allein.«

»Standet ihr euch nahe?«

»Sehr. Ich hatte eine perfekte Kindheit.« Als Kind hatte Liberty sich immer eine größere Familie gewünscht, aber es nie anders gekannt. Ihre Mutter und sie hatten eine außergewöhnlich harmonische Beziehung gehabt. Manche ihrer Schulfreundinnen hatten ständig im Clinch mit ihren Eltern gelegen. Sie hatte Glück gehabt.

»Wo bist du aufgewachsen?«

»Hier. In diesem Haus.«

»Du wohnst hier schon dein Leben lang?«

»Ja, genau wie meine Mutter. Dieses Cottage ist schon seit drei Generationen in unserer Familie.« Ihr stolzes Lächeln verflog, als sie sich an seine abfälligen Worte erinnerte: … *weil ich es nicht gewohnt bin, an einem solch gottverlassenen Flecken zu wohnen*.

»Und dein Vater?«, fragte er vorsichtig.

»Er ist gestorben, als ich noch sehr klein war. Aber eigentlich war er nie richtig da. Meine Mutter und er hatten sich schon getrennt, als ich noch ein Baby war. Sie hat immer gesagt, dass es uns zu zweit prima ging – und das tat es. Wir brauchten niemanden sonst. Ich habe es geliebt, hier aufzuwachsen, und kann mir nicht vorstellen, woanders zu leben.« Sie stockte. »Das hört sich für dich sicher langweilig an, weil du in der ganzen Welt herumgereist bist.«

»Es ist nett hier«, gestand er. »Diese idyllische Landschaft, die traditionellen Cottages. Ungewöhnlich ist eher, dass es mich nie irgendwo hält.«

Sein Geständnis überraschte sie. Vielleicht sah er doch nicht so verächtlich auf diesen Ort herab. Und es erwärmte Liberty ein wenig für ihn. »Ja, wir sind sehr verschieden, du und ich.«

»Aber die Fahrt auf dem Motorrad hat dir gefallen, oder?«

Als er sie gestern mit dem Bike von der Arbeit abholte, war sie wieder ein bisschen nervös gewesen und hatte ihn schwören lassen, dass er nicht zu schnell fuhr. Doch kaum waren sie losgefahren, hatte die Begeisterung eingesetzt, und sie war summend vor Vergnügen zu Hause angekommen. »Ja, hat es. Und es ist echt nett von dir, dass du mir den Helm und die Ledersachen besorgt hast. Danke.«

Er winkte ab. »Vielleicht hast du deine Angst überwunden.«

»Kann sein.« Sie lächelte. »Ich würde aber immer noch nicht schnell fahren wollen.«

»Erzähl mir mehr über deine Challenge. Was macht dir sonst noch Angst?«

Wo sollte sie anfangen? Die beschämende Szene von gestern Abend war ihr noch sehr frisch in Erinnerung. »Neue Leute kennenzulernen, an neue Orte zu gehen – alles Gefährliche, Schnelle oder Unbekannte. Ich mag wirklich gern Routine.«

Ah, gut gemacht, Liberty! Jetzt hält er dich für ein echt verklemmtes Landei, genau wie dein Ex!

»Diese Challenge ist eine gute Idee.«

»Meinst du?«

»Unbedingt! Es ist nicht gut, wenn Angst das Leben diktiert. Wie willst du dein volles Potenzial entfalten, wenn du zu ängstlich bist, Neues auszuprobieren? Das Leben ist erfüllender, wenn du dich den Herausforderungen stellst, statt davonzurennen und dich zu verstecken. Es lohnt sich.«

»Das hat es gestern Abend nicht.« Er war verdutzt, deshalb erklärte sie es ihm. »Ich habe mich auf einer dieser Dating-Apps registriert und hatte ein richtig übles Erlebnis.«

»Eine Dating-App?«, fragte er entsetzt. »Warum?«

War das nicht offensichtlich? »Weil ich jemanden kennenlernen wollte. Einen Mann.« Warum fühlten sich ihre Wangen auf einmal wie gegrillt an? Sie wandte den Blick ab und zupfte einige Fäden von ihrem Ärmel.

»Das musst du doch gar nicht.«

Liberty war überrascht darüber, wie ernst er klang. »Doch, muss ich.«

»Nein, natürlich nicht. Eine Frau wie du – du bist jung und wunderschön und, und du brauchst keine Dating-App.«

War das jetzt ein Kompliment? »Brauche ich wohl. Ich hatte über ein Jahr keine Verabredungen mehr, also bis auf zwei in diesem Monat. Das ist noch ein Grund, weshalb ich die Challenge mache.«

Sie rechnete damit, dass er schockiert wäre oder sie bemitleidete, doch er zuckte bloß mit den Schultern. »Der richtige Mann wird schon kommen. Warum kannst du nicht warten, bis das Schicksal dafür sorgt, dass sich eure Wege kreuzen?«

»Ich könnte eine alte Frau sein, bevor das passiert. In meinem Job begegne ich auch keinen Männern.« Sie dachte an Ethan und wurde rot. »Na ja, jedenfalls nicht vielen. Und ich kenne jeden in Willowbrook. Hier bin ich schon mit allen aus gewesen, die infrage kamen, aber da war keiner dabei, den ich *so* gemocht hätte. Wie soll ich sonst jemanden kennenlernen?«

»Zeig mir mal die App.«

Sie nahm ihr Handy. Während sie wartete, dass die App lud, fragte er: »Nach was für einem Mann suchst du?«

»Nach einem, der bereit für eine feste Beziehung ist. Und der gern hier leben würde.«

Er sah sie streng an. »Warum?«

»Weil ich es hier mag. Dies ist mein Zuhause.«

»Und was ist, wenn du jemanden kennenlernst, der gern in der Großstadt lebt? Was ist, wenn alles an ihm perfekt ist, außer seiner Adresse?«

»Er wäre nicht perfekt für mich, wenn er nicht hier leben wollte.«

»Würdest du in einen größeren Ort ziehen, könntest du neue Leute kennenlernen.«

»Nein, ich kann mir nicht vorstellen, woanders zu leben.« Sie lachte.

»Nicht einmal in der zehn Meilen entfernten Stadt?«

Sie schüttelte den Kopf.

»Warum nicht?«

»Weil es hier wunderschön ist. Nirgends sonst ist es so. Es ist … Zuhause.«

Er stieß einen Pfiff aus. »Du bist wie Dorothy in *Der Zauberer von Oz*. Aber dir ist klar, dass er nicht existiert, dieser perfekte Mann, oder?«

»Vielleicht bin ich zu wählerisch. Vielleicht finde ich deshalb nicht den Richtigen.«

»Zeig mir mal die Kandidaten.«

Sie setzte sich neben ihn und scrollte mit ihm durch eine Reihe von Gesichtern und Namen. Lächelnde Augen und lässige Mienen flogen nacheinander vorbei. Aus dieser Nähe konnte sie eine leichte Note von Alex' Aftershave wahrnehmen und seine Körperwärme fühlen – oder bildete sie sich das ein?

Er hielt inne, einen Finger über dem Display. »Was stimmt mit ihm nicht?«

»Er sieht … einschüchternd aus. Zu selbstbewusst.«

»Und der hier?«

Sie rümpfte die Nase. »Der ist ein Fitness-Freak. Wir hätten nichts gemeinsam.«

»Und er?«

»Zu alt.«

»Er hier?«

»Zu jung.«

»Er ist achtundzwanzig, also nicht viel jünger als du.«

»Aber er will reisen.«

»Und was ist daran verkehrt?«

»Es ist unwahrscheinlich, dass er bereit ist, sesshaft zu werden und eine Familie zu gründen.«

Alex lehnte sich zurück. »Willst du eine Familie?«

»Ja. Warum erstaunt dich das?«

Er gab ihr das Handy zurück. »Du bist jung, hast einen Job, den du liebst, und bist erfolgreich. Willst du das nicht auskosten, bevor du dich bindest?«

»Weißt du, ich möchte wirklich gerne Mutter werden. Ich bin dreißig und will nicht noch mehr Zeit vergeuden.« Sie konnte nicht glauben, dass sie so viel gegenüber einem Mann preisgab, der bis gestern noch »die Motorrad-Bedrohung« gewesen war. Doch man konnte gut mit ihm reden, und er schien aufrichtig interessiert zu sein. Außerdem hatte er gesagt, sie sei wunderschön. Das wollte ihr nicht aus dem Kopf gehen.

»Also hoffst du, einen Mann zu finden, der bereit ist, sich auf eine feste Beziehung einzulassen und Kinder zu haben?«

»Es ist recht viel verlangt, ich weiß, aber ich bin mir sicher, dass es ihn irgendwo da draußen gibt.«

»Mag sein. Allerdings glaube ich nicht, dass Internet-Dating der beste Weg ist, ihn zu finden.«

»Nach gestern Abend stimme ich dir zu. Das hat mich abgeschreckt.« Sie stockte. »Obwohl …«

»Na?«

»Da gibt es diesen Mann, den ich bei der Arbeit kennengelernt habe. Er war im Laden, weil seine Mutter das Haus nicht verlassen kann, aber leidenschaftlich quiltet, und er ist …«, sie zögerte, »… richtig nett.«

Plötzlich erinnerte die Situation sie daran, wie es gewesen war, wenn Carys und sie über Männer gesprochen hatten. Der einzige Unterschied war, dass Carys jetzt gequiekt hätte vor Begeisterung, nicht so ernst dreingeblickt, wie Alex es tat. »Magst du ihn?«

»Ja, tue ich ehrlich. Er ist Single, verlässlich und rührend zu seiner Mutter. Das ist echt süß.«

»Bei dir hört er sich wie ein Schoßhund an.«

Sie lachte. »Er sieht auch gut aus. Blond, groß und ordentlich.«

Alex zog eine Augenbraue hoch. »Ordentlich?«

»Du weißt schon, gekämmtes Haar, die Kleidung nie zerknittert. Er sieht immer tadellos aus.« Unwillkürlich blickte sie zu Alex' zerzaustem Haar.

»Ein gepflegter Schoßhund also. Empfindet er genauso für dich?«

»Keine Ahnung.« Ihre Wangen wurden heiß. Sie hatte darüber nachgedacht, Ethan auf einen Drink einzuladen, doch jedes Mal, wenn sie anrufen oder ihm eine Nachricht schreiben wollte, fehlten ihr die richtigen Worte. Und was, wenn er ablehnte? Was, wenn er so entsetzt wäre, dass er nie wieder ins Button Hole käme?

So oder so sah sie ihn vermutlich am Donnerstag, denn da hatte sie wieder eine Verabredung mit Brenda. Wäre es nicht besser, sie ließe die Dinge sich entwickeln?

»Hast du ihn um eine Verabredung gebeten?«

»Nein.«

»Warum nicht?«

»Weil er Nein sagen könnte. Und nach gestern Abend bin ich mir nicht sicher, ob ich es will.«

»Es wäre kein Blind Date wie gestern. Du kennst ihn.«

»Stimmt. Und seine Mutter auch.«

»Demnach ist er kein Idiot mit einer rachsüchtigen Ex.«

Sie grinste. »Falls ja, hat Brenda es nicht erwähnt.«

Alex betrachtete sie nachdenklich. »Willst du dir wirklich von einem miesen Typen das Dating für immer verderben lassen?«

»Nein, aber …«

»Was ist, wenn er eine andere kennenlernt?«

Der Gedanke löste eine leise Panik in Liberty aus. Sie wollte mutig sein. Sie wollte nicht allein bleiben, nur weil sie zu große Angst hatte, ihr Cottage zu verlassen und in die Welt hinauszugehen. Deshalb musste sie sich weiter aus ihrer Komfortzone zwingen. Schließlich antwortete sie: »Du hast recht. Ich könnte eventuell …« Vielleicht könnte sie ihn fragen, falls Ethan und sie mal einen Moment allein bei Brenda hatten.

»Und?«, fragte Alex und nickte in Richtung ihres Handys. »Worauf wartest du?«

»Was – jetzt? Nein!«

»Warum nicht? *Carpe diem!* Nutze den Tag. Auf die Art hast du keine Zeit, nervös zu werden.«

Ihr Herz raste so schnell, dass es sich anfühlte, als hämmerte ein Specht in ihrer Brust. »Aber was sage ich?«

»Möchtest du Kinder mit mir?«, antwortete er prompt, und seine Augen funkelten amüsiert.

Sie versetzte ihm einen spielerischen Knuff.

»Wie wäre es mit: ›Hast du Lust, mit mir essen zu gehen?‹«, schlug er ernster vor.

»Er wird Nein sagen, das weiß ich.«

»Wieso?«

»Weil ein Mann wie er jede Frau haben kann, die er will.«

»Hat er aber nicht. Er ist Single. Und selbst wenn er Nein sagt, was soll's? Dann weißt du es zumindest.« Er zuckte mit den Schultern. »Mach es jetzt, Liberty.«

Tu es für die Challenge. Sie holte tief Luft und griff nach ihrem Handy; Brenda hatte ihr ihre Telefonnummer gegeben. »Na gut, ich rufe ihn an.« Ihre Hand zitterte. Während es am anderen Ende klingelte, sagte sie: »Wahrscheinlich ist er nicht zu Hause. Es ist Samstagabend. Er ist …«

Sie erschrak, als er beim zweiten Läuten abnahm. »Ethan?« Ihr Gehirn brauchte einen Moment, um mit der Situation klarzukommen. »Hier, äh, hier ist Liberty. Aus dem Quiltladen, Button Hole?«

Er lachte leise. »Natürlich. Sie sind die einzige Liberty, die ich kenne. Schön, von Ihnen zu hören. Wie geht es Ihnen?«

Sie plauderten ein wenig, doch Alex forderte sie stumm auf, zur Sache zu kommen. Liberty räusperte sich und raffte all ihren Mut zusammen. Die Hand, mit der sie das Telefon hielt, war verschwitzt. »Ethan, ich, äh, habe mich nur gefragt, ob Sie Lust hätten, mich mal abends zu treffen? Wir könnten zusammen essen oder etwas trinken … falls Sie mögen.«

Ihr Herz pochte wie verrückt, als sie sich auf eine höfliche Abfuhr gefasst machte. Es fühlte sich an, als würden Minuten vergehen, obwohl es wahrscheinlich nur ein Sekundenbruchteil war.

»Das wäre super.« Sie hörte, dass er sich freute. »Würde ich sehr gern.«

Vor lauter Erleichterung lächelte sie. »Schön.«

»Welcher Tag schwebt dir vor?« Automatisch gingen sie zum Du über.

»Welcher Tag? Ähm …« Das überforderte sie. Alex sagte stumm »Morgen«, aber würde das nicht zu bemüht wirken?

Ach, egal. Nutze den Tag, wie er gesagt hatte. »Wie wäre es mit morgen?«

»Das passt. Gehen wir essen. Wenn du mir deine Adresse schickst, hole ich dich ab, und dann sehen wir weiter.«

Sie legte das Handy hin und strahlte Alex an. »Er hat Ja gesagt! Er hat tatsächlich zugesagt!«

»Natürlich hat er. Kein Mann, der halbwegs bei Sinnen ist, hätte abgelehnt.«

Das Kompliment löste ein Feuerwerk der Freude in ihr aus und verstärkte ihre Begeisterung noch. Was für ein Erfolg! Dank Alex hatte sie ein Date mit jemandem, den sie mochte. Sie könnte wirklich von ihm und seinem Mut lernen. Ihr kam ein Gedanke, und ihr Strahlen schwand. »O nein! Ich hätte sagen sollen, dass wir uns im Restaurant treffen, nicht hier.«

»Warum?«

Die gestrige Erfahrung hatte sie gelehrt, dass sie notfalls imstande sein müsste, allein nach Hause zu fahren. »Falls es eine Katastrophe wird. Wenn er fährt, hat er die Kontrolle.«

Alex winkte ab. »Falls es eine Katastrophe wird, rufst du mich an, und ich hole dich ab.«

»Wie ein Ritter in schimmernder Wehr«, sagte sie lachend. »Auf einem Motorrad!«

Sonntag, 7. Dezember

Alex ging nach unten und staunte, wie gut er letzte Nacht geschlafen hatte und wie viel besser sich seine Schulter anfühlte. Gewiss hatte es nichts mit der Wärmflasche zu tun, auf die Liberty bestanden hatte, bis er schließlich nachgegeben und sie genommen hatte.

Liberty war bereits in der Küche, und die Arbeitsfläche stand voll mit offenen Packungen, Schalen und Löffeln. Sie summte vor sich hin, als sie eine kleine Schale aus der Mikrowelle nahm. Sie bemerkte Alex und lächelte. Ihm fiel auf, dass alles Misstrauen verschwunden war und sie entspannt in ihrer Küche werkelte. Ihr Haar war offen, und sie warf es sich über die Schulter.

»Ich mache Waffeln«, sagte sie. »Möchtest du welche?« Sie goss geschmolzene Butter in eine große Schüssel mit Mehl und anderen Zutaten und begann zu rühren.

»Äh, ja, okay.«

Sie lachte. »Das klingt nicht besonders überzeugt. Sie sind lecker, versprochen. Ich bin quasi Profi, denn ich mache sie jeden Sonntag, schon seit …«, sie neigte den Kopf zur Seite und überlegte, »… fünf Jahren. Das Waffeleisen war ein Geburtstagsgeschenk von Carys.«

»Fünf Jahre? Da musst du Waffeln ziemlich gerne mögen.«

Sie grinste. »Ich liebe sie. Genau wie jeder, der sie bisher probiert hat.«

»Wie viele sind das?«

Wieder musste sie überlegen. »Carys und einige unserer Exfreunde.«

Er bemühte sich, nicht zu lachen. »Also nicht so viele.«

»Siehst du, wie privilegiert du bist?« Sie grinste. »Mich machen Waffeln glücklich. Sie machen den Sonntag erst zu einem ganz besonderen Tag.« Sie ergänzte: »Und dass ich Carys besuche. Sonntags fahre ich immer zu ihr.«

Sie rührte den Teig noch einmal um und prüfte, ob das Waffeleisen heiß genug war, indem sie eine Hand darüber hielt. Anscheinend war sie zufrieden, denn sie löffelte einiges von dem Teig in das Eisen und stellte den Timer ein.

»Hast du Bacon und Ahornsirup?« Alex öffnete den Kühlschrank und schaute hinein.

»Ja, Bacon ist im untersten Fach, und der Sirup steht hier.« Sie griff in einen Schrank und nahm die Flasche heraus.

Alex stellte eine Pfanne auf den Herd und schaltete die Gasflamme ein. Der Bacon brutzelte, als er in die heiße Pfanne kam. »Was hat es mit dir und deinem *Programm* auf sich?«, fragte er, während er die Baconstreifen wendete.

»Was meinst du?«

»Du scheinst eine Zeit und einen Tag für alles zu haben. Waffeln am Sonntag, Pizza und Film am Samstag, Hunderunde jeden Abend um zehn ...«

Sie zuckte mit den Schultern. »Hast du keine Routine?«

»Nein. Für mich ist jeder Tag anders.« Er flog andauernd durch die Weltgeschichte. Und im Rennsport ergaben sich ständig neue Herausforderungen, denen sein Trainingsplan angepasst werden musste. In seinem Leben drehte sich alles um Flexibilität.

Tat es, korrigierte er und verspannte sich. Mit dem Pfannenwender drückte er den Bacon flach. An die Monotonie, die seine Zukunft bereithielt, wollte er jetzt nicht denken. Das heiße Fett pfiff und spritzte.

»Ich mag Routine«, gestand Liberty. »Sie gibt mir ... Sicherheit. Und ist wohltuend.«

Alex musterte sie neugierig. Sie hatte den Blick gesenkt, schüttelte ein Geschirrtuch aus und faltete es zusammen.

»Aber mir ist bewusst, dass man sein Leben auch leben muss, daher habe ich mir die Challenge überlegt, um einige Dinge etwas aufzumischen. Doch ich stelle fest, dass Aufregung nicht immer gut ist.«

Es wurde still in der Küche. »Carys' Unfall?«

Sie nickte. »Und als meine Mutter krank wurde.«

Er wendete den Bacon wieder und erinnerte sich an alles, was sie ihm gestern Abend über ihre Challenge und ihre Hoffnung, einen Partner zu finden, erzählt hatte. Sie war so allein in diesem Cottage im Wald. Nicht, dass sie sich selbst bemitleidet hätte. Sie war stolz und schön, und er bewunderte, wie sie sich dazu zwang, mutig zu sein.

»Aber mit einem gemütlichen Abend kann man nichts falsch machen – einem guten Film und einem Quilt zum Nähen«, sagte sie munter.

Alex lachte. »Hattest du es schon immer gern vorhersehbar?«

»Ja. Meine Mutter war sehr zerstreut, musst du wissen. Deshalb habe ich alles Organisatorische übernommen, sobald ich alt genug war.«

»Zerstreut?«

»Desorganisiert.« Liberty lächelte bei der Erinnerung. »Und das ziemlich krass.«

»Nenn mir ein Beispiel.«

»Ich könnte dir Hunderte geben. Wo soll ich anfangen?« Sie dachte nach. »Okay, Beispiel Nummer eins.« Sie begann, sie an den Fingern abzuzählen. »Sie hat an der Highschool in der Stadt gearbeitet und blieb auf dem Weg dorthin mit dem Auto liegen, weil sie vergessen hatte zu tanken.«

Alex rüttelte ein wenig an der Pfanne, und der Bacon brutzelte. »Das kann jedem passieren.«

»Ja, aber dann passierte es in der Woche darauf wieder. Und in der übernächsten Woche dasselbe Spiel. Sie hat nie verstanden, warum ihr Chef so genervt war.«

Er drückte den Pfannenwender nach unten. »Ah.«

»Zweites Beispiel: Sie war richtig unordentlich und konnte nie finden, was sie brauchte. Ich brachte einen Brief aus der Schule mit, den sie unterschreiben sollte, und sie verlegte ihn. Ich habe gelernt, ihre Unterschrift zu fälschen, damit ich nicht sämtliche Ausflüge verpasste.« Sie reckte einen dritten Finger. »Oft fuhr sie mit verschiedenen Socken oder sogar verschiedenen Schuhen zur Arbeit. Sie vergaß, Rechnungen zu bezahlen, sodass uns das Gas oder der Strom abgestellt wurde. Sie war ein einziges Chaos.« Ihre Stimme wurde weicher. »Aber sie war auch die liebevollste Mutter der Welt. Immer hatte sie Zeit für mich, um das zu tun, was ich mir wünschte – Backen, Nähen, Spielen und Fantasieabenteuer erleben. Sie war liebevoll, aber chaotisch, deshalb habe ich früh gelernt, Dinge selbst zu regeln. Ich habe gelernt zu kochen, damit ich mir Abendessen machen konnte, wenn sie es vergaß. Sobald ich Auto fahren konnte, übernahm ich die wöchentlichen Einkäufe, damit Lebensmittel im Haus waren. Ich habe auch das Waschen, Bügeln und Aufräumen erledigt.«

»Es klingt, als wärst du eine Haussklavin gewesen.«

»Überhaupt nicht! Ich habe es gemacht, weil ich es wollte. Ich brauchte Ordnung und Berechenbarkeit, und beides konnte ich nur haben, wenn ich selbst dafür sorgte.«

»Und bis heute magst du es ordentlich und berechenbar«, bemerkte er leise.

»Ja.«

Ihre Blicke begegneten sich, und auf einmal verstand er sie.

Der Timer piepte, worauf sie beide zusammenzuckten. »Die Waffeln sind fertig«, sagte sie, hob den Deckel des Eisens an und blickte hinein.

»Der Bacon auch.«

Sie setzten sich einander gegenüber hin.

»Der Bacon ist gut«, sagte sie. »Schön knusprig. Und dein Essen gestern Abend war auch köstlich. Wann hast du Kochen gelernt?«

»Ich bin schon unterwegs, seit ich neunzehn war. Da musste ich schnell unabhängig werden.«

»Ich dachte, jemand wie du isst im Restaurant oder bestellt was ins Haus.«

»Jemand wie ich? Du hast keine sehr hohe Meinung von mir, was?«

Sie grinste.

»Ich habe es immer vorgezogen, in Appartements zu wohnen, allein, und mich selbst zu versorgen.«

»Das ist bewundernswert. Du hättest auch ein schrecklich verzogener Rotzlöffel werden können, weil du so jung erfolgreich warst.«

»Danke.«

»Gern geschehen.«

Sein Lächeln erstarb. »Mein Vater war das Paradebeispiel dafür, wie Geld und Erfolg den Charakter verderben können. Ich schätze, er ist der Grund, warum ich den Weg nicht gewählt habe.«

Sie sah ihn mitfühlend an, doch dann schien ihr etwas einzufallen. »Oh, es hat übrigens jemand auf meinen Post wegen deiner Briefe geantwortet.«

Er setzte sich auf. »Und?«

»Mach dir keine zu großen Hoffnungen«, sagte sie rasch. »Es hat sich nur jemand daran erinnert, dass dein Vater zu Besuch war. Anscheinend war er einige Wochen in der Gegend, vor irgendeinem Rennen.«

»Sonst nichts?«

Sie zeigte ihm die Nachricht auf ihrem Handy. Als er zu Ende gelesen hatte, ließ er die Schultern hängen. »Nur wenige Wochen, trotzdem hat er es geschafft, eine Frau zu schwängern.«

»Und was sind deine Pläne für heute?«, fragte sie, um ihn auf andere Gedanken zu bringen.

»Ich fahre zu Luc und Natasha. Und du?«

»Ich besuche Carys, und heute Abend ist doch mein Date mit Ethan.«

»Machst du ein Häkchen in dein Buch?«

»Unbedingt!« Sie tröpfelte mehr Ahornsirup auf ihre Waffel. »Ich hoffe sehr, dass es gut läuft. Falls ja, lösche ich vielleicht sogar die App. Vielen Dank, dass du mich überredet hast, ihn anzurufen.«

»Ich helfe gerne, wo ich kann.«

Sie zögerte kurz. »Warum hilfst du mir so sehr bei meiner Challenge?«

Er stutzte, denn die Frage machte ihn sprachlos.

Liberty war keine Freundin. Bis vor wenigen Tagen hatte er sie nicht einmal gekannt, also *warum* war er so wild darauf zu sehen, dass sie Erfolg hatte? »Ich … ich möchte nur helfen …« Da er kein Glück hatte, was die Suche nach seiner Halbschwester anging, hatte er reichlich Zeit. Massenhaft Zeit. Und Liberty zu helfen stellte eine Ablenkung von seinen eigenen Problemen dar.

Aber war da nicht mehr? Als sie zusammen Motorrad gefahren waren, hatte ihm das nicht auch eine gewisse Befriedigung bereitet? Ihm war es gelungen, dass sie, die eine Heidenangst vor den schnellen Maschinen hatte, ihm atemlos ins Ohr gelacht hatte. Und es hatte eine blubbernde Freude in ihm ausgelöst. Das erste positive Gefühl seit Wochen.

»Ich kann dir helfen«, fuhr er fort. »Die Dinge, die dir schwerfallen, sind kein Problem für mich.«

»Stimmt.« Offenbar wollte sie noch mehr sagen, verkniff es sich aber.

»Was?«, fragte er.

Sie sah ihn forschend an. »Es ist nur … Ich hatte dich nicht für einen hilfsbereiten, fürsorglichen Typen gehalten, sonst nichts.«

Ihre Worte erschreckten ihn. Sein Leben lang versuchte er, das Richtige zu tun. Er hatte erlebt, was Selbstsucht anrichtete, und war fest entschlossen, nicht so ein Mann zu sein. Deshalb bildete er sich gern ein, dass sich die Menschen, die ihm nahestanden, auf ihn verlassen konnten.

»Du musst zugeben, dass du bei deiner Ankunft hier ganz schön mürrisch warst«, fuhr Liberty fort. *»Ich bin allärrjiek auf Hunde. Ich habe Kopfweh«*, imitierte sie seine tiefe Stimme.

»Ich *bin* allergisch, und ich *hatte* mir den Kopf gestoßen«, sagte er beinahe empört. Ihr Lachen war wie Glockenklang, und er lächelte. »Aber du hast recht. Du hast mich nicht in Bestform erlebt.«

»Oder du mich. Ich denke, wir hatten beide einen unglücklichen Start.«

»Vielleicht fangen wir lieber noch mal von vorne an.«

Wieder begegneten sich ihre Blicke, und sie sahen einander in die Augen. Alex empfand einen Kick, wie er ihn sonst nur erlebte, wenn er auf der Zielgeraden die Konkurrenz überholte.

Liberty stand vor ihrem offenen Kleiderschrank und suchte nach einem Outfit für ihr Date mit Ethan. Dem perfekten Outfit. Sie nahm ein grünes, bodenlanges Kleid hervor. Es war schmeichelnd, aber zu elegant. Sie wollte nicht aussehen, als hätte sie sich extra Mühe gegeben. Also wählte sie ein anderes Kleid: zu offenherzig? Das nächste: ein bisschen düster?

Seufzend trat sie einen Schritt zurück. So nervös war sie vor ihren anderen Dates nicht gewesen, also warum jetzt? Sie runzelte die Stirn und blickte hinaus zu den kahlen Ästen der Kastanie.

Heute Abend stand mehr auf dem Spiel, deshalb.

Sie mochte Ethan wirklich. Und obwohl sie versuchte, sie einzudämmen, regte sich neue Hoffnung in ihr, und sie wünschte sich inständig, der Abend würde gut verlaufen. Deshalb flatterte in ihrem Bauch gleich ein ganzer Schwarm winziger Schmetterlinge. Sie war nicht sicher, ob sie im Restaurant einen Bissen herunterbekommen würde. Was wäre, wenn ihnen der Gesprächsstoff ausging? Was, wenn er sie langweilig fand?

Sie lief im Zimmer auf und ab. Vielleicht sollte sie ihn anrufen, sich entschuldigen und bei ihrer üblichen Sonntagabendroutine bleiben. Wie entspannend wäre es, zu Hause zu bleiben und zu nähen! Vertraut. Sicher.

Aber es ist auch einsam allein, dachte sie, als sie sich an ihren Geburtstag erinnerte. Sie straffte die Schultern. Nein, so beängstigend es ihr auch erscheinen mochte, sie würde sich mit Ethan treffen.

Sie entschied sich für ein Kleid in dunklem Orange mit weit schwingendem Rockteil, dazu kniehohe Stiefel und einen kleinen Schal, der den Look vervollständigte. Ausnahmsweise föhnte sie ihr Haar und versuchte, es so zu stylen, wie Carys es früher für sie gemacht hatte. Es sah nicht ganz so gut aus, aber die großen weichen Wellen fielen ihr hübsch über die Schultern und machten ihre Züge weicher.

Als sie nach unten kam, schlug die Uhr halb acht. Alex zog sich seine Lederjacke an, um zum Abendessen zu Luc und Natasha zu fahren. Er runzelte die Stirn, als er sie sah.

»Du ziehst ein Gesicht, als würdest du dich auf den Gang zur Guillotine vorbereiten. Was ist los?«

»Ich bin nervös«, antwortete sie.

»Ah, okay.« Er musterte sie. »Du siehst wunderschön aus.«

Wunderschön? Warum benutzte er diesen Ausdruck so leichtfertig? Er meint es nicht ernst, sagte sie sich, sondern ist einfach nur höflich. Dennoch strahlte sie innerlich auf wie eine Lichterkette. »Danke.«

Sie klimperte mit ihren Schlüsseln und starrte zur Uhr.

»Warum bist du so aufgeregt? Hast du nicht gesagt, er ist nett?«

»Ist er. Aber erste Dates können unangenehm sein, oder?«

»Falls es das wird, ist er nicht der Richtige für dich.«

Sie lächelte ob seiner Gelassenheit. Es fühlte sich gut an zu wissen, dass seine Nummer in ihrem Handy eingespeichert war und sie ihn anrufen konnte, sollte es ein Problem geben.

Er sah zu Charlie. »Soll ich mit Charlie rausgehen, wenn du um zehn nicht zurück bist?«

»Das wäre großartig, danke.«

Draußen fuhr ein Wagen vor, und beide drehten sich zur Tür.

»Gut. Wünsch mir Glück«, sagte sie.

»Brauchst du nicht. Viel Spaß!« Er lächelte, setzte sich seinen Helm auf und trat hinaus in die Dunkelheit.

Ethan stieg aus dem Wagen und kam zur Tür, um Liberty zu begrüßen. Er sah umwerfend aus in seinem langen eleganten Mantel und den auf Hochglanz polierten Schuhen. »Wer war das?«, fragte er, als Alex davonbrauste.

»Mein Untermieter Alex.« Sie schloss die Haustür ab, und Ethan hielt ihr die Beifahrertür zu seinem Wagen auf. Die ritterliche Geste beeindruckte Liberty.

Doch als er einstieg, startete er den Motor nicht. Stattdessen wandte er sich zu ihr. »Bevor wir den Abend beginnen, müssen wir über etwas reden.«

Liberty verkrampfte sich. O nein! War dies der Moment, in dem er ihr mitteilte, dass er sie nicht auf *diese* Art mochte? Dass er bei der Arbeit befördert wurde und nach Übersee zog? »Ähm … okay.«

Er schien seine Worte mit Bedacht zu wählen. »Die Sache ist die, dass ich deine Freundschaft mit meiner Mutter nicht gefährden möchte.«

Ihr wurde flau. Er hatte es sich anders überlegt, so viel stand fest. Ihn um ein Date zu bitten war zu einfach gewesen. Jetzt holte die Realität sie ein. »Willst du heute Abend nicht ausgehen?«, fragte sie.

»Doch!«, sagte er rasch und mit Nachdruck, als sie nach dem Türgriff tastete. »Das meine ich gar nicht.«

»Was dann?«

»Nur dass, falls es zwischen uns nicht klappen sollte, du hoffentlich nicht aufhörst, meine Mutter zu besuchen.«

Liberty war unsagbar erleichtert. »Oh, alles klar. Natürlich nicht. Es sei denn, sie will es nicht mehr.«

»Dann ist ja alles gut.« Er lächelte sichtlich froh, und plötzlich begriff sie, wie nervös er gewesen war. Vielleicht sogar nervöser als sie.

Sie einigten sich auf ein chinesisches Restaurant, das Ethan kannte, und als sie dort eintrafen, war es drinnen ruhig. Außer ihnen waren die einzigen anderen Gäste zwei andere Paare und eine Familie in einer Ecke. Sie bestellten ihre Getränke, und Liberty schlug die Speisekarte auf. Das Angebot war ein wenig überwältigend. Wenn sie mit Carys chinesisch essen gegangen war, hatten sie sich gewöhnlich ein Menü geteilt.

»Also … äh …«, begann sie.

»Übrigens, meine Mutter …«, sagte er gleichzeitig.

Sie verstummten beide und lächelten einander an.

»Du zuerst«, sagte Ethan.

»Nein, du«, entgegnete sie.

»Ich wollte nur sagen, dass meine Mutter deinen Besuch sehr genossen hat und sich schon sehr auf euer nächstes Treffen freut. Sie findet es herrlich, übers Nähen zu reden. Und sie sagt, du kennst dich sehr gut aus.«

»Wie sie auch«, sagte Liberty. »Sie ist wirklich begabt. Ich hoffe, die Ausstellung in Frankreich wird ein Erfolg für sie.«

Er nickte. »Ich auch. Meine Mutter liebt das Quilten, aber es würde ihrem Selbstbewusstsein echten Auftrieb geben, sollte sie einen Preis gewinnen.«

Der Kellner kam mit einem Notizblock in der Hand. »Möchten Sie bestellen?«

»Wie wäre es, wenn wir uns ein Menü teilen?«, schlug Ethan vor.

»Prima Idee.« Als der Kellner wieder gegangen war, sagte Liberty: »Erzähl mir von deiner Arbeit. Was machst du genau? Deine Mutter sagte nur, du seiest Anwalt?«

»Ja, stimmt. Ich vertrete Menschen, die zum Beispiel durch einen Unfall arbeitsunfähig geworden sind. Manche Fälle, mit denen ich zu tun habe, brechen einem das Herz. Ich habe schon oft erlebt, dass Menschen durch irgendein Ereignis nicht mehr dazu in der Lage waren, ihren Alltag zu meistern.«

»Es muss sich gut anfühlen, ihnen helfen zu können.« Sie war beeindruckt. Bei seiner Arbeit ging es darum, anderen zu helfen, und an seinem Ton erkannte sie, dass seine Sorge um seine Mandanten echt war.

»Tut es. Wenn ich eine Entschädigung für sie heraushole, gewinnen sie zumindest ein wenig Lebensqualität. Es mildert zumindest eine ihrer Sorgen, selbst wenn es nicht alle ihre Probleme löst.«

Der Kellner brachte ihre Vorspeisen, und Liberty nutzte die Gelegenheit, um Ethan verstohlen zu mustern. Ihr Blick verharrte auf seinem ordentlich gekämmten Haar und den sanften blauen Augen. Sie mochte es, dass er sich gut anzog und seine Verantwortung ernst nahm. Doch vor allem konnte sie sich in seiner Gegenwart entspannen und sie selbst sein. Er wusste, dass sie für ihr Leben gern quiltete, und da er mit einer Quilterin aufgewachsen war, war sie sicher, dass er sie nicht verurteilte, weil sie ein ruhiges Leben führte.

Er blickte auf und ertappte sie, wie sie ihn ansah. Sie lächelte verlegen, nahm eine Frühlingsrolle und konzentrierte sich darauf, sie in die Soße zu tunken.

»Ich bin froh, dass du dieses Essen vorgeschlagen hast«, sagte er lächelnd. »Es ist ein bisschen schwierig mit meiner Mutter und allem – ich lerne nicht oft neue Leute kennen.«

»Ich auch nicht.« Sie erwiderte sein Lächeln und genoss das warme Gefühl, das sich in ihr ausbreitete. »Und was ist bei deiner Arbeit?«

»Das sind Mandanten, und sie sind gewöhnlich in einer verwundbaren Position. Also selbst wenn ein Interesse bestünde, wäre es unprofessionell, da irgendwas anzufangen.« Er nahm einen Schluck von seinem Getränk. »Ich muss zugeben, dass ich dachte, du hättest jede Menge Verehrer, womöglich schon einen Mann in deinem Leben.«

»Habe ich nicht, aber danke für das Kompliment.« Sie lächelte verhalten.

Er tat es ebenfalls, und als sich ihre Blicke begegneten, überkam sie dasselbe Gefühl wie beim Arrangieren unterschiedlicher Stoffquadrate, die sie aneinanderreihte, umsortierte – bis auf einmal die perfekte Kombination vor ihren Augen erschien.

Dieses Gefühl, wenn sich alles zusammenfügte.

Am Ende des Abends bog Ethan von der Hauptstraße ab und fuhr langsam durch den Wald. Im Scheinwerferlicht tauchte das Cottage vor ihnen auf, und obwohl das Verandalicht noch brannte, war der Rest des Hauses dunkel.

»Dein Cottage liegt ganz schön einsam«, bemerkte Ethan, als die Scheinwerfer über die Bäume und Sträucher rund ums Haus glitten.

Liberty versetzten seine Worte einen Stich, denn so ähnlich hatte Alex sich geäußert, als er hier angekommen war. Empfand Ethan es auch als störend, dass es zu ruhig war? Oder unheimlich? »Ja, tut es.«

»Du hast Glück. Der Blick auf den Wald, all das Grün und die pure Natur müssen unglaublich sein.«

»Ja, es ist wunderbar, hier zu wohnen. Obwohl ich einige Leute kenne, die es so weit draußen nicht mögen. Ihnen ist es zu abgelegen.«

Er schaltete den Motor aus. »Ich habe es hier ja noch nicht bei Tageslicht gesehen, aber ich würde es toll finden, so zu wohnen, umgeben von Wald und Natur.«

Sie stiegen aus, und Bucheckern knacksten unter ihren Sohlen, als sie sich der Haustür näherten. »Der Abend war wirklich schön«, sagte Liberty leise.

Ethans blaue Augen schimmerten in der Dunkelheit. »Lass es uns bald wiederholen. Ganz bald.«

»Sehr gern.« Wieder sahen sie sich in die Augen, und Liberty genoss die kribbelnde Vorfreude. Der heutige Abend war genauso gewesen – nein, besser –, wie sie sich erhofft hatte. Es fühlte sich an, als hätten sich ihre Wege zum idealen Zeitpunkt gekreuzt. Er neigte sich ein wenig zu ihr, und sie liebte es, dass er größer war als sie und wie wohl sie sich mit ihm fühlte. Da waren keine blank liegenden Nerven, kein Funkenflug. Alles war harmonisch und unbeschwert. Sein Blick senkte sich zu ihren Lippen, er zog sie in seine Arme und küsste sie. Sie schlang ihm die Arme um die Taille und schmiegte sich an ihn. Es fühlte sich warm und süß an.

Kapitel zehn

Montag, 8. Dezember

Alex verließ das Gebäude und trat hinaus in den scheußlichen Nieselregen. Der passte zu seiner Stimmung. Er musste sich der Tatsache stellen, dass er bei der Suche nach seiner Schwester mit seinem Latein am Ende war. Er hatte persönlich sämtliche Taufregister in den umliegenden Kirchen durchgesehen – jedes verdammte einzelne – und nichts gefunden. Und der heutige Besuch in einer anderen Rathausabteilung, den ihm jemand aus der Willowbrook-Gruppe vorgeschlagen hatte, war so fruchtlos gewesen, wie er schon befürchtet hatte. Er hatte sich verzweifelt an die Hoffnung geklammert, seine Halbschwester zu finden, damit sie ihn von seinen eigenen Problemen ablenkte. Und jetzt zog ihn die Verzweiflung nach unten. Ohne einen Namen war seine Suche aussichtslos; ohne Rennen war seine Zukunft leer. Wie zur Hölle ging es jetzt weiter?

Fröstelnd lugte er unter dem Vordach hervor nach oben und rieb sich die Hände. Die tief hängenden Wolken, deren Farben an böse Blutergüsse erinnerten, schütteten ihren Inhalt mit einer lautlosen enervierenden Beharrlichkeit auf die Straße aus, und den Pfützen nach zu urteilen, taten sie es schon eine ganze Weile. Alex blickte sich nach der Stelle um, an der er sein …

Ihm wurde eiskalt. Die durchtrennte Kette lag dort auf dem Boden, wo sein Bike gestanden hatte. Fluchend rannte er los, schaute sich nach links und rechts um, wusste aber, dass es sinnlos war. Der Dieb war fraglos innerhalb von Sekunden verschwunden gewesen, und selbst wenn das Bike auf einen Transporter geladen worden wäre, hätte es nicht mal eine Minute gedauert. Alex ballte die Hände zu Fäusten.

Er war rasend wütend. Es war ein außergewöhnliches Motorrad, ein echtes Stück großer Ingenieurskunst. Und genau deshalb hatte stets die Gefahr bestanden, dass es gestohlen werden könnte, egal wohin er es mitnahm. Was Alex gewusst hatte. Er blickte gen Himmel. Dennoch fühlte es sich wie ein doppelter Schlag zusätzlich zu allem anderen an.

Was tat er jetzt? Wie sollte er sich fortbewegen?

Er stampfte zurück ins Gebäude und holte sein Handy hervor. Ihm blieb nichts anderes übrig, als die Polizei zu rufen.

Die Türglocke läutete, als noch eine Kundin mit Tüten voller Stoffe den Laden verließ. Liberty atmete erleichtert auf. Den ganzen Vormittag hatte Hochbetrieb geherrscht, und Liberty freute sich auf eine Tasse Tee, nachdem sie den Schneidetisch aufgeräumt und die Regale sortiert hatten.

Evie schnappte sich mehrere Stoffballen und trug sie weg. Sie pfiff eine Melodie aus *West Side Story*, während sie die Ballen zurück in die Regale schob. Liberty lächelte vor sich hin. Ihre Chefin war immerzu fröhlich, heute jedoch ganz besonders. Liberty putzte die Schneidematte, fegte alle Stofffetzen und Fäden zusammen. Ein lautes Poltern erschreckte sie.

»Au!«, ertönte Evies gedämpfte Stimme seitlich aus dem Laden.

Liberty eilte zu ihr und fand sie inmitten von Stoffballen auf dem Boden liegend.

»Was ist passiert?«

»Ich bin gestolpert«, antwortete Evie und rieb sich den Rücken, als Liberty ihr aufhalf. Sie grinste. »Wie gut, dass ich nur Stoff getragen habe und nicht das Teetablett.«

Liberty lachte. »Wie wäre es, wenn ich zu Ende aufräume und du uns Tee machst?«

»Gute Idee. Und solange das Wasser kocht, hole ich uns schnell nebenan ein paar Mince Pies. Wir haben uns eine Belohnung verdient, nachdem wir den ganzen Morgen keine Pause hatten.« Evie klopfte sich den Staub von der Kleidung und verschwand im Hinterzimmer.

Fünf Minuten später setzten sie sich zum Tee zusammen. Liberty wollte dringend von ihrem Date gestern Abend erzählen, doch Evie kam ihr zuvor. »Ich habe Neuigkeiten, Lib.«

»Gute oder schlechte?«

»Definitiv gute. Fabelhafte, um genau zu sein. Fantastische, geniale, unglaub…«

»Okay, okay!«, unterbrach Liberty. »Raus damit!«

»Ich habe Jake gefragt, ob er mich heiratet …«

Liberty rang nach Luft.

»… und er hat Ja gesagt.«

»Oh, Evie, das ist wunderbar!« Sie umarmte ihre Chefin. »Ich freue mich so für euch beide.«

»Danke. Ehrlich gesagt war ich mir nach dem, was ich mit meinem Ex erlebt habe, nicht sicher, was das Heiraten betrifft. Und ich wusste nicht, ob Jake wieder würde heiraten wollen. Aber wir sind jetzt fast ein Jahr zusammen, und, na ja, es fühlt sich richtig an.«

»Natürlich ist es richtig. Ihr seid perfekt füreinander.« Prompt wanderte Libertys Blick zu Evies linker Hand. »Habt ihr schon einen Ring ausgesucht?«

»Ich brauche keinen Verlobungsring. Lieber warte ich auf den Ehering.«

»Oh.« Liberty war überrascht. Andererseits war Evie mit einem abscheulichen Mann verlobt gewesen, der sie betrogen hatte. Vielleicht ging sie die Heirat deswegen ein wenig unkonventionell an. »Willst du nicht mehr als einen schlichten Ring?«

Evie schüttelte den Kopf. »Ich habe früher bei einem Juwelier gearbeitet, erinnerst du dich? Ich habe all die Klunker gesehen und weiß, dass es auf die nicht ankommt. Wichtiger sind der Treueschwur und die Liebe zwischen zwei Menschen, und für die brauche ich keinen Ring.«

Trotzdem wäre ein Ring nett, dachte Liberty. Sie hätte einen dunklen Rubin schön gefunden. Oder einen Granat. Etwas Leuchtendes und Freches. Keinen langweiligen Diamanten, wie ihn die meisten wollten. »Habt ihr schon entschieden, wann die Hochzeit sein soll?«

»Im nächsten Frühjahr.« Evie lächelte. »Und wir werden den Weihnachtsball nächste Woche mit unserer Verlobungsfeier kombinieren. Da alle aus dem Dorf eingeladen sind, ist es der ideale Zeitpunkt, es bekannt zu geben.«

»Klasse Idee. Ich verrate auch nichts.«

»Ich habe die Einladungen dabei.«

Während Evie in ihrer Tasche wühlte, fragte Liberty sich, was sie den beiden zur Verlobung schenken könnte. Sie beschloss, ihnen einen Quilt zu nähen, und begann sofort, über das Design nachzudenken. Er müsste schwarz-weiß mit einer Farbexplosion in der Mitte sein – aber was für eine? Ein rotes Herz? Nein, zu kitschig. Ineinander verschlungene Eheringe? Zu offensichtlich. Ein keltischer Liebesknoten? Ja, das war es. Das Symbol bestand aus zwei ineinandergreifenden Herzen, die aus einem Stoffstreifen gefertigt waren, sodass es keinen Anfang und kein Ende gab. Und sie könnte einen changierenden Stoff nehmen, in dem alle Farben des Regenbogens enthalten waren – was für die Freuden und Sorgen des Lebens stand. Perfekt.

»Lib, hörst du mir zu?«

Sie blinzelte. »Entschuldige, was?«

»Ich habe gefragt, ob du deinen Untermieter mit zum Ball bringst. Lucs Freund.«

»Alex? Oh, na ja, ich kann ihn fragen.«

Evie beäugte sie prüfend. »Ich dachte, euer Verhältnis ist jetzt besser. Hat er nicht sogar für dich gekocht?«

»Hat er. Und er ist freundlicher geworden. Aber würde es dir etwas ausmachen, wenn ich noch jemanden mitbrächte?«

Evie zog eine Augenbraue hoch. »Natürlich nicht! Je mehr, desto besser. Wer ist es?«

»Ich überlege, Ethan zu fragen. Du weißt schon, der Mann, der immer mal herkommt. Wir waren gestern Abend aus, und es war …« Sie suchte nach dem richtigen Wort. »Perfekt!«

Evie riss die Augen weit auf und klatschte in die Hände. »Ich will alles wissen, Liberty McKenzie.«

Liberty fuhr heim und freute sich auf einen ruhigen Abend zu Hause. Nach einer Reihe von Dates und Abendessen war ihre Montagabendroutine genau das Richtige für sie: eine Flasche Wein und ein bisschen Nähen. Als sie sich dem Cottage näherte, fiel ihr auf, dass Alex' Motorrad nicht da war, und sie fragte sich, wohin ihn seine Suche heute geführt haben mochte.

Kaum war sie aus dem Wagen gestiegen, fröstelte sie. Sie beschloss, gleich Feuer zu machen, denn heute war es richtig kalt. Für Ende der Woche war sogar Schnee angekündigt. Liberty schloss die Haustür auf, und Charlie kam ihr entgegengeflitzt.

»Mein Lieblingsjunge!« Sie grinste, als er sich begeistert an sie drückte. »Wie geht es dir, Schöner?«

»Liberty, Hi.« Beim Klang der Männerstimme zuckte sie zusammen.

Sie drehte sich um. In der Wohnzimmertür stand Alex. »Alex!«, rief sie. »Dein Motorrad ist nicht da. Ich dachte, du wärest unterwegs.«

Er blickte finster drein, und Liberty fragte sich, ob ihn seine Schulter wieder plagte.

Entschuldigend hielt er eine Hand in die Höhe. »Ich wollte dich nicht erschrecken. Und mein Bike ist weg. Jemand hat es gestohlen.«

»Wo? Doch sicher nicht hier.«

»In der Stadt.« Seine Augen funkelten wie geschliffenes Metall, und er war eindeutig wütend.

»Wie furchtbar! Bist du bei der Polizei gewesen? Ist es versichert?«

»Ja, selbstverständlich. Es ist sehr wertvoll. Die Polizei glaubt nicht, dass sie es wiederfinden.« Er warf die Hände in die Höhe. Das tat er oft, bemerkte sie: gestikulieren, mit den Schultern zucken und eine Million anderer Gesten, sodass Worte nur einen winzigen Teil seiner Kommunikation ausmachten.

»Kannst du dir für den Rest deiner Tour eines mieten?«

»Sicher geht das, aber ich habe mich noch nicht damit beschäftigt.«

Er klang so unglücklich, dass es ihr einen Stich versetzte. Sie wusste, wie sehr er sein Bike liebte. Und nachdem sie selbst einmal darauf mitgefahren war, verstand sie es ein klein wenig besser. »O nein, das ist wirklich Pech.« Noch dazu war er erst seit wenigen Tagen in England.

Er schien hier ohnehin nicht glücklich zu sein, und jetzt hatte er umso mehr Grund, schlechte Laune zu haben.

Sie angelte die dicken cremefarbenen Umschläge aus ihrer

Tasche, die Evie ihr gegeben hatte, und reichte Alex einen. »Hier, vielleicht muntert dich das ein bisschen auf.«

»Was ist das?« Er nahm den Umschlag, blickte aber zu ihrem, der bereits geöffnet war. »Liberty plus Begleitung.«

»Evie und Jake veranstalten nächste Woche einen Weihnachtsball.«

»Oh«, sagte er und legte seine Einladung hin, ohne sie zu öffnen.

»Willst du hingehen?«

»Das sind deine Freunde, nicht meine.«

»Nein, so ist das nicht. Jeder aus dem Dorf ist eingeladen.«

»Jeder? Das kann nicht sein.«

»Doch. Willowbrook ist nicht so groß. Und die Feier ist eine Tradition. Seit zweihundert Jahren findet der Weihnachtsball schon in Old Hall, in Jakes und Evies Haus, statt.«

»Ihr habt hier echt eine Menge übrig für Traditionen, was?«

Liberty runzelte die Stirn. Ihr war klar, dass ihn der Diebstahl seiner Maschine erschüttert hatte, aber deshalb musste er nicht gleich so sarkastisch werden. »Sicher pflegen sogar Pariser ihre Traditionen«, sagte sie und reckte das Kinn. »Jedenfalls gehen Luc und Natasha auch hin. Und Ethan. Er kennt dort auch niemanden sonst.« Als sie ihn vorhin angerufen hatte, hatte er sofort zugesagt.

»Wann ist das?«, fragte er skeptisch.

»Diesen Samstag.«

Er schüttelte den Kopf. »Dann bin ich vielleicht nicht da.«

»Warum nicht?«

»Ich komme keinen Schritt weiter mit meiner Suche, und jetzt das … Vielleicht sollte ich meine Reise einfach abbrechen.«

Zu Libertys Überraschung war sie enttäuscht. Sie fingen gerade erst an, sich zu verstehen. »Das ist schade«, murmelte sie und hielt die Einladung in die Höhe. »Du sagst doch immer, dass es hier zu ruhig ist. Dies wäre eine Chance, mal lockerzulassen und zu feiern.«

Er schüttelte den Kopf. »Nein danke.«

Alex versuchte, sich auf das zu konzentrieren, was Liberty sagte, aber es fiel ihm schwer. Er war in Gedanken woanders, bemühte sich immer noch zu begreifen, dass sein Bike weg war und mit ihm seine Möglichkeit, sich unabhängig zu bewegen und seine Adrenalinkicks zu bekommen – das einzige Vergnügen, das ihm geblieben war. Es fühlte sich an, als wäre ihm ein Teil seiner selbst geraubt worden.

Wenigstens schlief er jetzt besser und hatte die letzten Nächte keine nächtlichen Runden mehr gebraucht. Ein kleiner Trost.

Was sollte er jetzt machen? Er besaß ein halbes Dutzend Maschinen, aber keine davon war in England, und es waren so oder so keine Tourenbikes.

»Sogar beruflich ist er damit befasst, anderen zu helfen. Er ist so fürsorglich, und ich fühle mich so entspannt in seiner Nähe. Keines meiner anderen Dates war so. Der ganze Abend war schlicht vollkommen. Er hat mich sogar gefragt …« Liberty verstummte abrupt. »Alex, hörst du mir zu?«

»Was? Oh, entschuldige.«

»Nein, es ist meine Schuld. Ich langweile dich, oder?« Sie lächelte verlegen. »Ich vergesse immer wieder, dass du nicht Carys bist. Sie wollte immer *sämtliche* Einzelheiten wissen.«

»Du langweilst mich nicht«, log er. »Ich bin froh, dass es gut gelaufen ist. Wie es sich anhört, hast du dein perfektes Match gefunden.«

»Ja, ich glaube auch, das habe ich.« Ihre Augen leuchteten wie Morgentau auf Herbstlaub. Bezaubernd.

Unerwartetes Verlangen regte sich in ihm. Mit einem Stirnrunzeln vertrieb er die Empfindung.

»Ich bin dir so dankbar«, fuhr sie fort. »Ohne deine Ermunterung hätte ich nie den Mut aufgebracht.«

Er zuckte mit den Schultern.

»Ich wette, du kannst dir nicht vorstellen, Angst zu haben. Du liebst Gefahr, Geschwindigkeit, Wettbewerb. Gibt es irgendwas, das dir Angst macht, Alex?« Sie nahm ihr Glas und trank einen Schluck.

Ein eisiger Schauer streifte ihn. Er hatte entsetzliche Angst vor der leeren Zukunft, die ihn erwartete. Welchen Grund hatte er noch, morgens aufzustehen, wenn er keine Rennen mehr fahren konnte? Außer Rennen konnte er nichts. Er war nutzlos, hatte nicht mal das eine erreichen können, weshalb er hergekommen war.

»Nicht die Dinge, über die du redest«, sagte er finster.

Er war froh über die Ablenkung, als die Küchentür aufgestoßen wurde und Charlie mit einem von Alex' Stiefeln im Maul hereinkam. Er ließ ihn vor Alex' Füßen fallen. Alex lachte kurz und kraulte den Hund hinter den Ohren. »Jetzt nicht, Charlie. Ich bin nicht in der Stimmung für das Spiel.«

Er nieste, und der Hund sah ihn wie üblich mit herzerweichendem Blick an.

»Denkst du immer noch an dein Bike?«, fragte Liberty leise.

»Ja.« Wie sollte er seinen Kick bekommen, seinen Frust abbauen? Er stellte sich den dunklen Wald draußen vor und die bleiernen Wolken, die den ganzen Tag über ihm gehangen hatten.

Dabei hatte er geglaubt, seine Reise könnte nicht schlimmer werden. Konnte sie doch.

»Kannst du nicht ein anderes mieten?«, fragte Liberty.

»Es wäre nicht dasselbe.«

»Und eines kaufen?«

»Es war eine Spezialanfertigung.« Kein noch so teures Bike könnte es jemals mit seinem aufnehmen – mit dem Design, das er mitentwickelt hatte. Es wäre, als würde man einen Rolls-Royce verlieren und als Ersatz Libertys Ente bekommen. Vielleicht war das die Lösung – er sollte einen Wagen mieten.

»Und ein normales tut es nicht? Auch nicht als vorübergehende Lösung?«

»Du verstehst das nicht.«

»Alex«, sagte sie vorsichtig, »kann es sein, dass du ein bisschen … wählerisch bist?«

»Wahrscheinlich hast du recht.« Er seufzte. Düstere Gedanken drückten ihn nieder. Wer war er ohne ein Bike? Motorradrennen war alles, was er gekannt hatte, seit er achtzehn war. Er hasste es, wie sehr seine Identität an etwas gebunden war, das ihm gestohlen werden konnte. An eine Maschine. Er hasste es, wie er sich jetzt gerade fühlte. Im Stich gelassen. Nutzlos. Verloren.

Vielleicht sollte er einen kalten Entzug machen und sehen, ob er ohne Bike leben konnte – und sei es nur für seinen Seelenfrieden. Ehe sich seine Wut nicht gelegt hatte, war es sinnlos, irgendetwas zu entscheiden. Ein paar Tage könnte er sich zu Fuß oder mit Taxen behelfen und dann eine Entscheidung treffen.

»Sieh dir an, wie spät es ist!« Liberty schob ihren Stuhl zurück. »Ich gehe mal lieber mit Charlie raus. Möchtest du mitkommen? Vielleicht fühlst du dich danach besser.«

»Kälter, meinst du.«

»Leichter«, korrigierte sie.

»Das denke ich nicht. Es ist dunkel und knapp über null Grad.«

»Na und? Ein Waldspaziergang muntert auf. Darüber gibt es wissenschaftliche Untersuchungen. Die Pflanzen verströmen Chemikalien, die unsere Biochemie verändern. Ehrlich!«, beharrte sie, als er sie ungläubig ansah. »Offensichtlich ist es bei Tageslicht besser, wenn die Sonne scheint und die Vögel zwitschern, aber dennoch …«

Er stand auf. »Danke, aber ich passe. Geh du. Ich räume hier auf.«

Dienstag, 9. Dezember

»Alex«, begrüßte Guy ihn warmherzig, als er aus dem hinteren Raum kam. Er lehnte sich an einen Schreibtisch und fragte: »Wie war die Tour mit Lib auf dem Bike?«

Die Fahrt mit Liberty war erst wenige Tage her, kam Alex jedoch wie eine Ewigkeit vor. »Ich glaube, es hat ihr gefallen.«

»Na, das ist mal ein Ding. Normalerweise hasst sie alles, was schnell oder gefährlich ist.«

»Wir sind nicht schnell gefahren«, erklärte Alex trocken. »Und es wird keine Wiederholung geben, weil mein Bike gestohlen wurde.«

»Ja, davon habe ich gehört. Wirklich Pech, Kumpel.«

Er hatte es gehört? Anscheinend verbreiteten sich Neuigkeiten in Willowbrook in Lichtgeschwindigkeit. Doch er war nicht hier, um über sein Motorrad zu reden.

»Wie sind Sie hergekommen?«, fragte Guy.

»Zu Fuß.« Es hatte nicht so lange gedauert, wie er gedacht hatte.

Guy grinste und nickte zum Hof vor der Werkstatt. »Sie sollten Jake fragen, ob Sie sein Quadbike leihen können. Ich habe es gerade für ihn gewartet.«

Alex lächelte höflich und stellte einen Pappkarton auf den Tresen. »Ich bringe Ihnen die hier. Drei andere Teile sind unterwegs, und ich versuche noch, den Scheinwerfer aufzutreiben.«

Guy zog überrascht die Augenbrauen hoch, bevor er vor Begeisterung zu strahlen begann. »Heiliger Bimbam, das ist fantastisch! Danke!« Aus dem hinteren Raum war ein leises Pfeifen zu hören, das beständig lauter wurde. »Das ist der Kessel«, erklärte Guy. »Ich war gerade dabei, einen Kaffee zu machen. Möchten Sie einen?«

Alex zögerte.

»Nur zu«, sagte Guy. »Mein Vater ist hinten, und er wird sich freuen, Sie kennenzulernen.«

»Danke.« Warum nicht? Alex hatte nichts Besseres vor. Und er würde sich gern noch einmal die Triumph ansehen. Sie war echt etwas Besonderes.

Er folgte Guy nach hinten und schüttelte Bob die Hand, der das gleiche vergnügte Grinsen und die gleichen blauen Augen hatte wie sein Sohn.

»Das ist aber nett, mein Junge. Ich erinnere mich, wie Ihr Vater zu Besuch war.«

»Ach ja?«

»Er war hier, um sich den Grand Prix in Silverstone anzusehen. Ehrengast. Die haben reichlich Theater um ihn gemacht. Er hat damals im Grand Hotel in der Stadt gewohnt.«

Alex schöpfte Hoffnung. »Erinnern Sie sich sonst noch an irgendetwas?«

»Bedaure, Junge. Guy hat mir erzählt, dass Sie auf der Suche nach einer Frau sind, mit der er etwas hatte, aber ich habe nichts dergleichen mitbekommen.«

Guy hatte den Karton geöffnet. »Sieh mal, was Alex mitgebracht hat, Dad. Eine Ölpumpe für die Triumph.«

Bob zwinkerte Alex zu. »Ich schätze, die soll ich gleich als Erstes einbauen, was?«

»Tja, du musst dir ja irgendwie deinen Unterhalt verdienen.«

»Guy hat alle Hände voll mit seinen Stammkunden zu tun«, erklärte Bob, stand auf und klopfte auf den Sattel der Triumph. »Da bleibt ihm nicht viel Zeit für dieses alte Mädchen.«

»Sie ist eine Schönheit«, sagte Alex voller Bewunderung.

Bob nahm einen Overall von einem Haken an der Tür. »Kommen Sie«, sagte er zu Alex. »Helfen Sie mir, sie in die Werkstatt zu schieben, und dann können Sie mir mein Werkzeug reichen. Wenn ich mich erst hingekniet habe, komme ich den Nachmittag nicht mehr hoch. Meine Knie sind nicht mehr das, was sie mal waren.«

Alex folgte ihm, und während er dem alten Herrn assistierte, unterhielten sie sich darüber, wie sich die Maschinen seit den Tagen seines Vaters verändert hatten. Und wenn Bobs arthritische Finger ihm nicht gestatteten, eine Schraube fest anzuziehen, ging Alex ihm zur Hand.

Hinterher bedankte Guy sich bei ihm. »Kommen Sie gern jederzeit wieder vorbei, wenn Sie Lust auf einen Kaffee oder ein bisschen Plaudern haben.«

»Danke«, sagte Alex höflich. Er erwähnte nicht, dass er nicht genau wusste, wie lange er noch in der Gegend bleiben würde.

Kapitel elf

Mittwoch, 10. Dezember

Als Alex aufwachte, bemerkte er als Erstes die Stille. Er horchte auf das Rascheln von Laub im Wind oder das Zwitschern von Vögeln, doch da war nichts. Nicht mal die alten Holzbalken des Cottages knarzten.

Er stand auf, trottete schweren Schrittes zum Fenster, zog die Vorhänge zurück – und erstarrte.

Alles draußen war schneebedeckt. Und es glitzerte blendend hell, als wäre Diamantkonfetti vom Himmel gerieselt. Auf jedem Ast, jedem Zweig lag Schnee; sogar der Himmel war weiß. Einzig auf dem Waldboden waren hier und da noch kupfer- und bronzefarbene Flecken zu sehen, wo das tote Laub und die nackte Erde von den Bäumen abgeschirmt gewesen waren. Allerdings waren die Stellen überfroren, sodass sie wie Perlen schimmerten.

Eine Bewegung lenkte seinen Blick nach unten in den Garten, wo Liberty mit ihrem Telefon in der Hand hockte. Sie hatte einen sehr bunten Quilt über einen Ast gehängt und fotografierte ihn aus unterschiedlichen Winkeln. Interessant.

Alex schaute wieder nach oben, wo Vögel in den Bäumen flatterten und kleine Schneeschauer auslösten, die lautlos zu Boden fielen. Es war faszinierend. Magisch. Das Cottage war an einen neuen verzauberten Ort versetzt worden.

Doch die Magie verpuffte zehn Minuten später, als Liberty ihm beim Frühstück erklärte, was das bedeutete.

Er bestrich gerade einen Toast mit Butter. »Was meinst du damit, dass alle Straßen gesperrt sind?«

Sie faltete den Quilt fertig zusammen und wiederholte geduldig: »Die Straßen sind vollständig gesperrt. Keiner kommt irgendwohin.«

»Selbst die Hauptstraße?« Das war der einzige Weg hier rein und raus, um Himmels willen!

Sie nickte und reichte ihm das Quittengelee. Als er nach einem Teelöffel griff, gab sie ihm einen Esslöffel und zwinkerte. »Ich weiß doch, wie gerne du es magst.«

Er lächelte nur sehr knapp. »Das verstehe ich nicht. Habt ihr hier sonst keinen Schnee?«

»O doch. Letztes Jahr hat es fast den ganzen Dezember geschneit.«

»Und warum sind die Straßen gesperrt? Kommen keine Schneepflüge, um sie zu räumen?«

»Werden sie, doch die Vorhersage für die nächsten paar Tage ist ziemlich übel. Das ist leider der Nachteil, wenn man auf dem Land lebt. Es kann durchaus vorkommen, dass man hier draußen von allem abgeschnitten ist. Aber keine Sorge, ich habe haufenweise Lebensmittel und Holz. Du wirst weder hungern noch frieren.«

»Also sitze ich hier fest.«

»Ich fürchte, ja.« Sie schien gekränkt zu sein, und er fühlte sich mies.

Aber hier gefangen zu sein war zu gruselig. Noch dazu ohne sein Bike. Nicht, dass es ihm bei diesen Straßenverhältnissen viel genützt hätte. Er seufzte.

Sie sah ihn misstrauisch an. »Wolltest du abreisen?«

»Das hatte ich noch nicht entschieden«, antwortete er ehrlich. Aber jetzt war diese Entscheidung für ihn getroffen worden und das Cottage sein Gefängnis.

Liberty stand auf und wusch ihren Teller und ihren Becher ab. »Tja, Evie hat angerufen und gesagt, dass das Button Hole geschlossen bleibt, also habe ich einen freien Tag zum Nähen«, verkündete sie erfreut.

Alex beendete sein Frühstück allein und verbrachte anschließend einige Minuten mit dem Abwasch und Wegräumen des Geschirrs. Oben in seinem Zimmer war er eine Weile online, doch die wenigen Antworten, die er auf seine Anfragen erhalten hatte, waren alle negativ. Seufzend klappte er seinen Laptop zu und ging zurück nach unten. Liberty saß an ihrer Nähmaschine. Alex bemerkte, dass sie bei der Arbeit vor sich hin summte. Sie wirkte vollkommen zufrieden.

Im Gegensatz zu ihm. Er war ein Bündel aufgestauter Energie, unruhig, ziellos. Im Wohnzimmer machte er Sit-ups, Press-ups und alle sonstigen Übungen, die der beengte Raum erlaubte, während der Hund ihn neugierig beobachtete. Immer noch rastlos, schaltete er den Fernseher ein, sehr zu Charlies Entzücken, der sich zu seinen Füßen hinlegte. Doch nach zwanzig Minuten stellte Alex das Gerät wieder ab. Der Hund öffnete ein Auge und sah ihn fragend an. »Tagsüber fernsehen ist deprimierend«, sagte Alex zu ihm. »Und so verzweifelt bin ich nicht.«

Er hatte das Gefühl, dass er verrückt würde, wenn er nicht irgendetwas zu tun fand.

Der Hund schnappte sich ein quietschendes Spielzeug und trug es zu Alex. »Danke.« Alex schnitt eine Grimasse, als ihm der speichelbenetzte Ball in den Schoß fiel. »Das ist dein Mittel gegen Klaustrophobie?«

Er rollte den Ball weg, und Charlie jagte ihm begeistert nach. Schwanzwedelnd brachte er ihn zurück. Alex lächelte und rollte den Ball wieder; Charlie apportierte ihn. So spielten sie zehn Minuten lang, dann hörte Alex Libertys Schritte in der Diele. Er fand sie in der Küche.

»Ich begreife das nicht«, sagte er zu ihr. »Ich bin schon den ganzen Morgen im Haus und habe nicht ein einziges Mal geniest.«

»Oh, das liegt daran, dass ich heute Morgen gestaubsaugt habe«, sagte Liberty. »Und auch gründlich gewischt, außerdem alle Quilts gewaschen und saubere hingelegt. Es dürfte nirgends mehr ein Hundehaar herumliegen. Ich dachte, wenn wir einige Tage eingeschneit sind, fühlst du dich womöglich hier wohler, wenn deine Allergie nicht so schlimm ist.«

Er blinzelte. »Wow, danke. Hätte ich geahnt, dass das alles ist, hätte ich es schon längst selbst getan.« Dann hätte er eine Aufgabe gehabt. Er war kurz davor durchzudrehen, weil er in diesem winzigen Cottage festsaß und keinerlei Beschäftigung hatte.

Sie ging zur Tür und schlang sich ihren Schal um. Sofort erschien der Hund und war ganz aufgeregt.

»Wo willst du hin?«, fragte Alex.

»Spazieren. Sehr gut, Charlie!« Sie strahlte, als der Hund ihr seine Leine brachte. »Danke.«

»Warst du heute Morgen nicht schon mit ihm draußen?«

»Ja, aber er liebt seine Spaziergänge, und da ich schon mal zu Hause bin, dachte ich, wir drehen eine zusätzliche Runde.« Der Hund wedelte mit dem Schwanz und hechelte ungeduldig.

Alex rieb sich mit der Hand übers Gesicht. »Ich werde hier wahnsinnig, weil ich nichts zu tun habe. Es ist so still, so öde, so …« Ihr Lächeln erstarb, und ihm wurde zu spät bewusst, was er gesagt hatte.

»Tja, nun ja«, meinte sie und richtete sich auf. »Ich hatte

auch nicht darum gebeten, mit dir eingeschneit zu sein. Vielleicht solltest du dir ein Paar Stiefel schnappen und Luc besuchen.« Sie reckte das Kinn und griff nach ihrer Mütze.

Daran hatte er bereits gedacht, doch Luc war geschäftlich unterwegs. »Tut mir leid, ich wollte dich nicht verletzen. Es ist nur, dass dies hier nichts ist, was ich …«

Sie beendeten den Satz im Chor: »… gewohnt bin.«

Liberty grinste. »Ich weiß. Du magst Großstädte und bist zufällig im abgelegensten Cottage des ganzen Dorfs gelandet. Selbst bei der alten Dorothy herrscht mehr Leben, weil sie ihren Fernseher immer auf voller Lautstärke laufen hat, damit sie was hört.« Sie nahm ihre Stiefel und schlüpfte hinein. Sie schien verärgert zu sein.

Im Geiste verfluchte Alex sich. »Liberty, ich drücke mich immer so ungeschickt aus …«

»Ja, das tust du.« Sie rupfte ihren Mantel vom Haken und wandte sich zur Tür.

Doch Alex stellte sich ihr in den Weg. Von Angesicht zu Angesicht konnte sie ihn nicht ignorieren. Erschrocken starrte sie ihn mit ihren großen braunen Augen an. Hitze durchströmte ihn. Er beachtete es nicht. Sein Verstand spielte verrückt. Er wurde hier tatsächlich wahnsinnig. »Darf ich mitkommen?«, fragte er. »Bitte?«

»Ich habe doch gesagt, dass ich einen Waldspaziergang mache. Der wird nicht aufregend, und es kommen auch keine schnellen Maschinen, kein Adrenalinrausch oder schöne Frauen darin vor. Nur ich. Ich glaube nicht, dass es dir gefallen wird.«

Er lachte. »Du *bist* eine schöne Frau, aber ich verstehe schon, und ich möchte trotzdem mitkommen. Genau genommen würde ich es *liebend* gern«, berichtigte er sich, »falls du mich lässt. Hier drinnen werde ich irre.«

Sie antwortete nicht gleich, musterte ihn nur prüfend. »Ist gut«, sagte sie schließlich und zeigte auf ein Paar grüne Gummistiefel. »Die müssten dir passen.«

Stumm machten sie sich auf den Weg, und die stillen Waldgeräusche hießen sie willkommen. Unter den Bäumen war der Schnee nicht ganz so tief, aber immer noch einige Zentimeter hoch, sodass er unter ihren Stiefeln knirschte und quietschte und sie Abdrücke in dem unberührten Weiß hinterließen. Die Kälte war schneidend, und Alex schob die Hände tief in seine Tasche. Er wünschte, er hätte ebenfalls einen Schal und Handschuhe. Liberty schien die eisigen Temperaturen gar nicht wahrzunehmen, und ihr Haar war wie ein leuchtender Sonnenuntergang vor dem weißen Hintergrund.

»Denkst du wirklich, dass sich mein Leben um schöne Frauen dreht?«, brach er das Schweigen zwischen ihnen.

Sie zuckte mit den Schultern. »Es ist das Bild, das du gemalt hast.« War es das? Oder war es ihre Interpretation seiner Worte? »Und es entspricht dem, was man im Internet sieht. Protzige Maschinen, an denen spärlich bekleidete Frauen lehnen.«

»So ist es nicht.«

»Nicht?«

Er schüttelte den Kopf. »Die Models interessieren mich nicht, nur Frauen, die Rennen fahren. Die anderen sind wegen der Shootings da. Es ist entwürdigend. Ich meide das alles.«

»Aha?« Sie schien etwas anderes zu denken, und er fragte sich, wie er es geschafft hatte, ihr solch einen falschen Eindruck von seinem Leben zu vermitteln.

»Ja. Ich bin Single, und mir gefällt es so.« Er warf ihr ein schiefes Grinsen zu.

Ein Vogel flog schrill trillernd und mit hektisch schlagenden Flügeln über ihnen auf.

»Ist das nicht einsam?«, fragte sie.

»Nein.« Er atmete die frische Luft ein, und er begann sich wohler zu fühlen. Die Anspannung schien mit den kleinen Wolken seines Atems aus ihm zu weichen.

Liberty und er stapften weiter, folgten Charlie, der inzwischen weit voraus war.

Nach einer langen Pause fragte Liberty vorsichtig: »Hast du eine schlechte Erfahrung gemacht?«

Er dachte an Solange. »Kann man so sagen.«

Ihm war bewusst, dass sie ihn erwartungsvoll ansah, doch er hielt den Blick weiter geradeaus gerichtet. Eine Windböe wehte Schnee von den Ästen eines Baumes, und er rieselte sanft nach unten. Alex stellte fest, dass er seine Umwelt lange schon nicht mehr so bewusst wahrgenommen hatte. Überhaupt verbrachte er wenig Zeit in der Natur. Das Wetter hatte er stets nur im Auge behalten, weil es eine Auswirkung auf sein Fahrverhalten hatte: War es warm, windig, nass? Wieder einmal wurde ihm schmerzlich bewusst, was er verloren hatte.

»Du kommst mir unglücklich vor, Alex«, sagte Liberty leise.

Er blickte auf, denn diese Bemerkung traf ihn unerwartet – und direkt ins Schwarze. Er hatte keinen Schimmer, wie er reagieren sollte.

»Seit du hier angekommen bist, siehst du … traurig aus. Darf ich dir etwas vorschlagen?«, fuhr sie fort.

»Kommen dabei ein Film und eine Wärmflasche ins Spiel?« Er versuchte, gleichmütig zu wirken. »Oder soll ich zu einem Arzt gehen? Denn falls ja, das hat Luc bereits gesagt. Er hat mich als übellaunigen Mistkerl bezeichnet. Nicht exakt in diesen Worten, doch das hat er gemeint.«

Sie lachte. »Nein. Nichts davon.«

»Was dann?«

»Vielleicht solltest du in dein Jetset-Leben zurückkehren und ein anderes Mal nach deiner Schwester suchen.« Das einzige Geräusch war das Knirschen ihrer Schritte, mit denen sie im Gleichtakt durch den Schnee liefen. »Oder jemanden anheuern, der sie für dich findet.«

Alex runzelte die Stirn. Jemanden bezahlen, damit er eine derart persönliche Aufgabe für ihn erledigte? Ihm widerstrebte der Gedanke zutiefst, dass ein Privatdetektiv vor der Tür der armen Frau aufkreuzte, die jene Briefe geschrieben hatte. Es wäre furchtbar herzlos. Beinahe so herzlos wie sein Vater gewesen war, als er die Briefe dreißig Jahre lang ignorierte.

»Ich kann nicht zurück«, sagte er und biss die Zähne zusammen.

Charlie kam hechelnd zu ihnen gelaufen.

»Weil du verletzt wurdest? Es wird gewiss nicht mehr lange dauern, bis du dich besser fühlst«, sagte sie und bückte sich, um ihren Hund hinter den Ohren zu kraulen. Charlie flitzte erneut voraus.

Alex wünschte, er besäße die Energie und Begeisterungsfähigkeit des Hundes. Stattdessen fühlte er sich vollkommen angespannt und gleichzeitig erschöpft. »Ich kann nicht zurück, weil meine Karriere zu Ende ist.«

»Zu Ende?« Liberty blieb stehen und sah ihn an. »Was meinst du?«

Widerwillig blieb er ebenfalls stehen. Der Wald um sie herum verstummte, und die Bäume schienen sich vorzulehnen, als wären sie genauso überrascht wie er, dass er sein riesiges Geheimnis soeben jemandem enthüllt hatte, den er erst vor zehn Tagen kennengelernt hatte. »Sie ist vorbei. Zu Ende. *Terminé*.«

»Deine Rennkarriere?«

»Ja.« Er hob sein beeinträchtigtes Handgelenk ins Licht und glitt mit den Fingern über die saubere rote Narbe. Die Haut war noch erhaben und glatt unter seinen Fingerspitzen. »Die Ärzte können mir nicht helfen. Sie können den Schaden nicht beheben. Ich werde nie wieder Rennen fahren.«

Sie betrachtete die Narbe und zog ihre schmalen Augenbrauen zusammen. »Ich dachte, es wäre deine Schulter, die dir Beschwerden macht.«

»Die ist auch beschädigt. Aber mein Handgelenk macht es mir unmöglich, noch zu fahren. Es ist zu schwach. Und es wird nie wieder stark genug sein.« Seit Monaten hatten die Ärzte es ihm wieder und wieder gesagt, doch erst jetzt, als er es aussprach, akzeptierte er es endlich. Und erstaunlicherweise fühlte es sich an, als wäre ein strammer Knoten in ihm endlich gelockert worden.

»Wow, das ist hart für dich«, sagte Liberty. »Was hast du jetzt vor?«

Er lachte bitter. »Ich habe keine Ahnung. Rennen zu fahren war mein Leben. Ohne weiß ich nicht, wer ich bin.«

Kapitel zwölf

Liberty hörte das Zittern in seiner Stimme, sah die Furcht in seinen Augen, und auf einmal ergab alles einen Sinn: seine grübelnde, düstere Stimmung, die Reizbarkeit und die plötzlichen Wutausbrüche. Sie hatte geglaubt, dass er die Einsamkeit und Stille des Landlebens hasste, ganz zu schweigen von ihrem Cottage, doch jetzt erkannte sie, dass er mit einem Schicksalsschlag zu kämpfen hatte.

Ihr ging das Herz auf, und sie wollte ihn unbedingt trösten. Nur was sollte sie sagen? »Du hast immer noch deine Pokale, die Titel. Du bist immer noch der Mann, der gewonnen hat, der der Beste war. Keiner kann dir das nehmen.«

Er stapfte energisch weiter, als wollte er all das hinter sich lassen. Liberty hatte keine Mühe, mit ihm Schritt zu halten. »Sie haben mir meine Karriere genommen. Sie haben mich fallen gelassen. Die Titel sind jetzt Vergangenheit. Wie geht es jetzt weiter? Rennen waren meine Leidenschaft, der Grund, jeden Morgen aus dem Bett zu steigen.«

Ihr entging die Wut in seinen Worten nicht, der Zorn, die empfundene Ungerechtigkeit. Leidenschaft war es, was sie fürs Nähen empfand, und wenn sie sich vorstellte, man würde ihr sagen, sie könne nie wieder nähen, wurde ihr die Brust eng. Sie erinnerte sich, wie ihre Mutter krank wurde und keine Nadel mehr halten konnte. Und sie konnte die Leere nachvollziehen, mit der er konfrontiert war. Sie verstand seine Angst.

»Hast du einen Plan B?«

»Nein«, antwortete er verlegen. »Mein Vater ist gefahren, bis er in den Vierzigern war, und selbst nach seinem Rückzug aus dem aktiven Rennsport ist er noch zum Vergnügen gefahren. Ich dachte, wenn ich einen Unfall baue, ist es alles oder nichts, und ich wollte nicht über einen Plan B nachdenken, weil ich immer wusste, dass nichts diesen Platz in meinem Leben einnehmen könnte.«

Sie stiegen über einen umgestürzten Baum, wobei sie mit ihren Stiefeln die oberste Schneeschicht abtrugen. Dann folgten sie dem Weg, der scharf nach links um den überfrorenen Teich herum und zurück zum Cottage führte. Der unberührte Schnee knirschte bei jedem ihrer Schritte, und es herrschte ehrfürchtige Stille, als würden sämtliche Waldkreaturen das Geschehen beobachten, gebannt von der Schönheit des Schnees – oder dem, was Alex eben erzählt hatte.

Wahrscheinlich drängen sie sich bloß zusammen, um sich gegenseitig zu wärmen, dachte Liberty und nahm sich vor, einige Nüsse und Körner auszulegen, wenn sie wieder zu Hause war.

»Du findest etwas anderes«, sagte sie ruhig. »Lass dir Zeit, und es wird sich etwas ergeben.«

Er senkte den Kopf. »Ohne das Training und das Reisen ist mein Leben jetzt so anders – so statisch …« Er verstummte.

Mit statisch meinte er langweilig. Liberty versuchte, es nicht als verkappte Kritik an ihrem Leben aufzufassen. Wenn die eigene Karriere wegen einer Verletzung endete, war es garantiert nicht leicht zu verkraften. Und obendrein hing er auch noch mitten im Nichts in einem Wald fest, ohne sein Bike und auf der Suche nach seiner Schwester, die bislang ergebnislos verlaufen war.

»Vielleicht sollte ich Autos klauen«, sagte er. »Das würde mir zumindest einen Adrenalinkick verschaffen.«

»Du bist wütend.«

Ruckartig wandte er ihr den Kopf zu. »Bin ich?«

»So wirkt es.«

Eine lange Pause trat ein, einzig von dem Warnruf einer Drossel unterbrochen. Liberty sah nach, wo Charlie war, der gerade an einem Baumstumpf schnüffelte. Sie rief ihn, und er kehrte zu ihnen zurück.

»Ich schätze, du hast recht«, sagte Alex schließlich.

»Auf wen bist du wütend? Deinen Boss – weil er dich fallen lässt?«

»Nein. Ja. Na ja, nicht nur auf ihn.« Er fuhr sich mit der Hand durchs Haar, sodass es stachelartig in die Höhe stand. Es hatte etwas seltsam Liebenswertes, wie er das immerzu tat, selbst wenn Liberty jedes Mal das Bedürfnis überkam, es wieder glatt zu streichen. »Ich war monatelang in der Reha. Und ich bin wütend, weil es alles umsonst war.« Er sah verärgert zu seinem Handgelenk. »Und ich bin wütend auf meinen Körper, weil er mich im Stich lässt. Wütend, weil ich den Unfall hatte. Hätte ich früher gebremst, mich weniger in die Kurve gelegt …«

Da ist eine Menge Wut, dachte sie. Ein Rascheln im Gebüsch bewirkte, dass sie nach rechts sahen. Doch was immer dieses Geräusch verursacht hatte, verhielt sich nun vollkommen still.

»Aber vor allem bin ich wütend auf mich selbst«, sagte er.

»Auf dich selbst? Warum?«

»Weil ich versagt habe.«

»Wie? Du hattest einen Unfall. An dem ist keiner schuld.«

Er zuckte mit den Schultern. »So denke ich nun mal.«

Sie überlegte einen Moment. »Warst du immer gut im Rennfahren?«

»Ich habe sehr früh schon Rennen gewonnen, ja.«

»Und vorher, was hast du in der Schule gemacht? Ich wette, dass du in den meisten Fächern Bestnoten hattest, oder?«

»Ja.«

Ihr entging nicht, dass sich seine Wangen röteten, und sie war überrascht. Vielleicht war er doch nicht ganz so arrogant. Vielleicht hatte sie ihn in mehr als einer Hinsicht falsch eingeschätzt. »Das erklärt es«, sagte sie.

»Was? Ich kann dir nicht folgen.«

»Du hast noch nie irgendwo versagt. Du warst Klassenbester, Weltmeister – kein Wunder, dass es dir schwerfällt, dich mit der Situation abzufinden.«

»Meinst du?«

Sie nickte. »Was würdest du einem guten Freund raten, der dir erzählt, seine Karriere sei wegen einer Verletzung zu Ende?«

Er presste die Lippen zusammen, als er darüber nachdachte. »Ich würde sagen, er hätte Pech gehabt, und ihm raten, sich etwas anderes zu suchen, was er machen kann.«

»Aber nicht, dass er ein Versager ist, oder?«

Alex sah sie streng an. »So grausam bin ich nicht.«

»Und denken würdest du es auch nicht? Ihn insgeheim verurteilen?«

»Nein, würde ich nicht«, gestand er seufzend. »Ich verstehe, was du meinst. Ich bin gnadenloser mit mir selbst, als ich es mit jedem anderen wäre.«

»Genau. Und vielleicht solltest du deinen eigenen Rat befolgen«, sagte sie. »Such dir etwas anderes.«

»Es gibt nichts. Glaub mir, ich bin alle Möglichkeiten durchgegangen.«

»Etwas muss es geben.«

»Der Rennsport war und wird immer mein Leben sein.« Trotzig kniff er die Augen zusammen. Doch Liberty wusste jetzt ein bisschen mehr über ihn, weshalb sie auch die Verletzlichkeit erkannte, die hinter seiner grimmigen Fassade steckte. Vielleicht hatte er Angst vor dem, was die Zukunft bereithielt.

»Wenigstens bist du noch hier«, sagte sie ruhig. »Ich meine, du hast dein Leben nicht verloren, und du sitzt nicht im Rollstuhl.« Sie dachte an Carys. »Es könnte schlimmer sein. Viel schlimmer.«

Sie gingen um die letzte Biegung, und vor ihnen tauchte das Cottage auf. Inmitten der weißen Landschaft wirkte es wunderschön, wie mit Zuckerguss verziert. Der Schnee war dicht, weiß und tief, nicht von der pudrigen Sorte, die bis zum Nachmittag weggetaut war. Nein, er würde bleiben. Carys hätte ihn geliebt. Sie hätte eine Schneeballschlacht ausgerufen.

Liberty hatte vorgehabt, Mittagessen zu machen und dann an ihre Näharbeit zurückzukehren, doch jetzt hatte sie eine bessere Idee. »Hast du Lust, einen Schneemann zu bauen?«

Alex sah sie verwundert und ein wenig missbilligend an. Aber sie hatte bereits einen Schneeball geformt und begonnen, ihn durch den Schnee zu rollen, damit er größer wurde.

»Besteht ein Schneemann nicht aus Kugeln?«, fragte er.

Charlie sah ebenfalls hin. Und Alex hatte recht: Das Ding hatte eher eine Wurstform. Liberty improvisierte: »Es könnte ein Schneehund werden!«

Charlie bellte zustimmend, und Alex lachte. Er griff nach unten, um eine Handvoll Schnee aufzunehmen, und dann waren sie beide bei der Arbeit.

Eine halbe Stunde später traten sie zurück, um ihre fertige Schneeskulptur zu bewundern. »Das sieht gut aus«, befand Liberty. »Ein Schneehund, der auf einem Knochen kaut. Nein!« Sie zog Charlie zurück. »Der ist nicht echt, Dummerchen, und nicht für dich.«

»Der Hund ist klüger, als er aussieht«, murmelte Alex.

Liberty wusste nicht, ob die Bemerkung bewundernd oder ironisch gemeint war. »Ist er. Ich koche uns jetzt mal was, das heißt, falls du auch etwas essen möchtest.« Obwohl sie sich seit dem letzten Samstagabend viel besser verstanden, achtete sie immer noch darauf, nicht zu aufdringlich zu sein.

»Gute Idee. Ich komme mit rein, um mir die Hände aufzuwärmen.«

Sie stieß einen erschrockenen Laut aus, als sie Alex' Hände sah. »Die sind blau!«

»Es ist kalt.«

»Du hättest etwas sagen sollen. Ich hätte dir Handschuhe leihen können.«

Er winkte ab und ging zum Haus. »Spielt keine Rolle mehr.«

Liberty putzte Charlies Pfoten, und Alex begab sich direkt in die Küche. »Ich kann eine Suppe kochen, wenn du willst«, sagte er, als sie ihm folgte.

»Super.«

Sein Essen am Samstagabend war sagenhaft gewesen. Und sie ließ sich gern bekochen. Während er Karotten und Lauch schnippelte, öffnete sie ein Paket mit Brötchen und backte sie im Ofen auf. Dabei sah sie immer wieder verstohlen zu ihm. Es war seltsam, aber er schien entspannter zu sein, und sie fragte sich, ob es ihm gutgetan hatte, über seine Probleme zu reden. Oder der Waldspaziergang hatte ihn schlicht von seinem Budenkoller kuriert.

»Weiß Luc, dass du keine Rennen mehr fährst?«, fragte sie. »Natasha hat nichts davon erwähnt.«

»Keiner weiß es. Nicht mal meine Familie. Und erzähl es bitte auch keinem. Wenn die Presse es erfährt … Ich bin noch nicht bereit, mich dem zu stellen.«

»Ich sage kein Wort, versprochen.«

Er kramte in der Besteckschublade. Sie reichte ihm einen Holzlöffel, und er nickte dankbar. Als er in der Suppe rührte, beobachtete Liberty ihn nachdenklich.

»Warum hast du es mir erzählt?«

Er legte den Löffel ab und drehte sich zu ihr um. »Weiß ich nicht«, antwortete er schief grinsend. »Weil du da warst?«

»Oh, danke. Wie schmeichelhaft.«

Wenn er so lächelte, benahm sich ihr Herz komisch.

Aber er hat unmissverständlich klargemacht, dass er überall lieber wäre als hier, ermahnte sie sich. Und obwohl er gesagt hatte, dass er nichts von Beziehungen hielt, konnte sie sich die glamourösen Frauen lebhaft vorstellen, die sich ihm an den Hals warfen, wo immer er hinkam.

»Könntest du als Kommentator oder Fernsehmoderator arbeiten?«, schlug sie vor, weil sie immer noch über Alternativen für ihn nachdachte. Nach Carys' Unfall hatte sie festgestellt, dass es half, beschäftigt zu sein. Kein Ziel und keine Beschäftigung zu haben musste es für ihn zehnmal schlimmer machen.

Er rümpfte die Nase. »Das interessiert mich nicht besonders, und es gibt auch wenig Stellen.«

»Sportjournalismus?«

Er lachte zynisch. »Worte sind nicht gerade meine Stärke.«

Wenn sie es genau bedachte, stimmte sie ihm zu. Er war unverblümt und vielleicht ein bisschen zu direkt mit seinen Ansichten. »Du könntest Luc in seinem Geschäft helfen.«

»Das ist sehr technisch. Und das Baugewerbe interessiert mich auch nicht.«

»Ich könnte dir Nähen beibringen.« Sie grinste.

»Nein danke.«

»Vielleicht könntest du …«

»Ich brauche keine Berufsberatung«, fiel er ihr ins Wort.

»Ich versuche nur zu helfen.«

Seine Züge wurden weicher. »Weiß ich. Entschuldige. Aber ich möchte nicht weiter darüber reden.«

Sie nickte verständnisvoll. »Du brauchst Zeit, dich daran zu gewöhnen.«

»Stimmt.«

»Sicher wird sich etwas für dich ergeben.« Sie nahm die Blumenvase. »Die müssen jetzt wirklich mal weg. Sie sind endgültig alle hinüber.«

»Stimmt es, dass sie dir von einem heimlichen Verehrer geschickt wurden?« Er rührte noch einmal um, bevor er den Deckel auf den Topf legte.

»Einem mysteriösen Absender«, korrigierte sie. »Ich weiß nicht, ob es ein Bewunderer ist oder nur eine Person, die mir auf diese Weise sagen will, dass sie mich mag.«

Er zögerte, bevor er fragte: »Findest du das nicht ein bisschen unheimlich – Blumen ohne Karte zu schicken? Es könnte ein Stalker sein.«

Sie lachte. »Du bist so ein Schwarzseher! Ich weigere mich, das zu glauben. Und ich bin mir sicher, dass die Blumen aus Freundlichkeit geschickt werden.«

Vor der Hintertür warf sie die welken Blumen auf den Kompost. Als sie wieder reinkam, sagte sie: »Ich muss mir noch eine Challenge für heute ausdenken.«

»Etwas, wovor du Angst hast?«

»Oder einfach etwas Neues, etwas, das ich noch nie gemacht habe. Solange wir eingeschneit sind, ist die Auswahl ein bisschen begrenzt.«

Er überlegte einen Moment. »Ich könnte dir beim Mittagessen einige Wörter auf Französisch beibringen.«

»Das ist eine geniale Idee!«

Alex stand am Wohnzimmerfenster, die Hände in den Hosentaschen, und blickte auf das pudrige Weiß draußen. An die zehn Zentimeter waren über Mittag gefallen, und es schneite immer noch. Er wünschte sich inständig, dass es aufhörte, aber die Flocken, die sich auf dem Fenstersims sammelten, wurden nur immer dicker und schwerer. Alex fragte sich, wo sein Bike jetzt sein mochte. In seiner Fantasie konnte er das Beben der Maschine unter sich fühlen, die Kraft des Motors, wenn er das Gas aufdrehte, den Vorwärtsschwung, die Explosion von Geschwindigkeit und Adrenalin. Frustriert rammte er die zu Fäusten geballten Hände tiefer in die Hosentaschen.

»Du hast schon wieder diesen Blick.« Liberty betrat mit einem zusammengefalteten Quilt über dem Arm das Zimmer. Sie legte den Quilt aufs Sofa.

»Welchen Blick?«

»Den Ich-will-nicht-hier-sein-Blick. Du leidest echt unter einem Budenkoller, oder?«

»Budenkoller?«

»Gelangweilt und frustriert, weil du drinnen festhängst.«

»Ja. Und mir fehlt mein Bike«, gab er zu. Obwohl er sich heute Vormittag besser gefühlt hatte, nachdem sie mit Charlie draußen gewesen waren. Aber er konnte ja schlecht den ganzen Tag immer nur Runden durch den Wald drehen.

Liberty faltete den Quilt auseinander. Alex warf einen Blick darauf und schrak zurück.

»Was ist das?«, fragte er entsetzt.

»Nur ein Quilt, den ich nähe.«

»Das sind – *waren* – meine Rennfarben.« Orange, Schwarz und Weiß. Ein schmerzhafter Stich durchfuhr ihn.

»Waren sie? Das habe ich nicht gewusst.«

Und die Stoffdreiecke waren in einem Zickzackmuster

angeordnet. Es war, als hätte sie den Quilt eigens für ihn gemacht. Er wandte sich ab und blickte wieder wütend nach draußen.

Liberty beobachtete ihn nachdenklich. »Ich glaube, ich weiß, was dir Spaß machen würde.«

»Was?«

»Komm mit.« Sie bedeutete ihm, ihr zu folgen.

Vor dem Haus, nahe der Küchentür, war Holz unter einem Dachüberstand ordentlich aufgestapelt worden, und daneben befand sich ein kleiner Schuppen. Liberty öffnete die Tür und führte Alex zu einem robusten Holzschlitten.

»Une luge.« Er grinste.

»Deux, genau genommen.« Lächelnd zog sie die beiden vor. »Möchtest du sie mal ausprobieren?«

»Nichts dagegen.« Er zwinkerte.

»Hier, nimm du den aus Holz. Der ist schwerer und fährt schneller. Ich nehme den aus Kunststoff.«

Wenig später hatten sie Jacken und Stiefel angezogen und gingen los. Charlie ließen sie zu Hause. Sie mussten ein ganzes Stück zurücklegen, bis sie oben auf einem Hügel ankamen, von dem aus man über das Tal blickte. Von dort konnten sie das Dorf Willowbrook mit dem Kirchturm und den sandfarbenen Gebäuden sehen. Auf dem Hang wimmelte es von Menschen, Erwachsenen und Kindern, und ihr freudiges Kreischen hallte durch die Luft.

»Am besten fährst du auf die Senke dort unten zu.« Liberty zeigte hin. Sie stieg auf ihren Schlitten, richtete ihre Mütze und grinste. »Wir sehen uns unten!«

Er folgte ihr, und bald rauschten sie den Hügel hinab. Alex lehnte sich zurück, um die optimale Geschwindigkeit zu erzielen, zog an dem Seil und neigte sich abwechselnd nach links und rechts, um schnellstmöglich nach unten zu kommen. Die Sonne brachte den Schnee zum Glitzern, als Alex über ihn hinwegflog, und die eiskalte Luft auf seinem Gesicht gab ihm das Gefühl, lebendig, fast wieder ein Kind zu sein. Unten wartete er auf Liberty.

Sie lachte, als sie auf ihrem Schlitten langsam zum Stehen kam. »Ich hatte vergessen, wie viel Spaß das macht!«

Er streckte ihr eine Hand hin, um ihr aufzuhelfen.

»Hast du es genossen?«, fragte sie, als sie den Hügel wieder erklommen.

»War nicht schlecht«, sagte er, während er sich umblickte und die Route für die nächste Abfahrt plante. Warum sollte man sich auf den belebtesten Teil des Hangs beschränken, wenn es andere Möglichkeiten gab?

»Nur nicht schlecht? Du hast ausgesehen, als hätte es dir Spaß gebracht.«

»Es könnte schneller sein.«

Sie verdrehte die Augen.

»Warum fahren wir nicht da?« Er wies zu einem Stück auf halber Höhe des Hügels, wo der Hang nach links steiler nach unten führte. Und dort war nichts los.

»Da ist eine Mauer unten«, erklärte sie. »Und es ist sowieso zu steil.«

Sie waren wieder oben auf dem Hügel, und Liberty setzte sich auf ihren Schlitten, um ein zweites Mal nach unten zu sausen. Alex stellte seinen Schlitten aufrecht in den Schnee und setzte sich hinter sie. »Hey!«, rief sie lachend. »Was machst du denn? Du kannst nicht mit auf meinen Schlitten!«

»Warum nicht?« Er stieß sie mit den Füßen ab und steuerte den steileren Hang an.

»Weil du zu schwer bist!« Sie kreischte, als der Schlitten plötzlich schneller wurde. »Halt!«

»Warum? Zu zweit macht es mehr Spaß. So sind wir schneller.«

»Ich will nicht schneller sein. Runter mit dir – aaaah!«

Kapitel dreizehn

Liberty schrie und hielt sich fest, als sie an den anderen Rodlern auf dem Hang vorbeirauschten und Alex sie im Zickzack um eine Gruppe von Leuten herummanövrierte, die miteinander kollidiert waren, bevor er scharf nach links zu dem steilen, gruseligen Hang lenkte.

Liberty hatte ihn immer gemieden, weil er viel zu gefährlich war. Die meisten Leute mieden ihn, Alex jedoch nicht. Nicht der waghalsige, geschwindigkeitsvernarrte Adrenalinjunkie Alex.

Er zog an dem Seil, und seine bloßen Hände waren blau vor Kälte. Liberty schrie auf, als sich der Schlitten neigte und ins Schlingern geriet. Der Wind pfiff an ihren Ohren vorbei, und Schnee sprühte ihr wie Konfetti ins Gesicht. Sie konnte Alex' Gesicht neben ihrem spüren, seine Arme um sich fühlen, genauso wie die Wärme seiner Beine an ihren. Von der Kälte, dem scharfen Wind und vor Lachen liefen ihr Tränen über die Wangen.

Doch das Lachen blieb ihr im Halse stecken, als sie sah, dass sie direkt auf die Mauer zusteuerten.

Ihr wurde die Kehle so eng, dass sie nicht sprechen konnte. Sie wusste, was geschehen würde: Es gäbe einen lauten Knall und dann das Knacken von Knochen. Und sie saß vorn – niemals würde sie das heil überstehen. Wieder schrie sie und schloss die Augen, wodurch die Höllenfahrt sich noch schneller anfühlte. Ihre Furcht wurde immer größer. Sie öffnete die

Augen wieder, und sie rauschten in einem Übelkeit erregenden Tempo auf die Mauer zu.

Alex lehnte sich zur Seite, und sie schwenkten scharf nach links, wobei sie eine Schneewolke aufwirbelten, bevor sie zum Stehen kamen.

Liberty rang nach Luft. Ihr Herz raste, und sie streckte eine Hand nach der Mauer aus, von der sie überzeugt gewesen war, an ihr zu zerschellen. Selbst durch ihren Fausthandschuh fühlte sie sich kalt und unnachgiebig an. Alex lachte. Vielleicht fragte er sie sogar, ob es ihr Spaß gemacht habe, aber sie nahm seine Worte gar nicht richtig wahr.

Sie kochte vor Wut.

»Ich fasse nicht, dass du das getan hast«, sagte sie mit zusammengebissenen Zähnen.

»Was denn? Ich hatte alles unter Kontrolle.«

»Keiner kann alles unter Kontrolle haben, schon gar nicht bei diesem Tempo auf einem Plastikschlitten, der sich nur über ein dünnes Seil lenken lässt – das jederzeit reißen kann. Du hast ein Riesenglück, dass niemand verletzt wurde.« Sie rappelte sich hoch und starrte ihn erbost an.

Nun verstummte sein Lachen, und er wirkte überrascht angesichts ihrer wütenden Miene. Doch er erholte sich schnell. »Oh, hör schon auf, Liberty!« Er zeigte sein umwerfendes Lächeln. Es war beinahe unmöglich, wütend auf ihn zu bleiben, wenn er einen so ansah.

Beinahe.

»Es war lustig, gib es zu.« Er stand ebenfalls auf und wollte ihr den Schnee von der Jacke klopfen, doch sie schlug seine Hand weg. Alex runzelte die Stirn.

Es *hatte* Spaß gemacht – bis es beängstigend geworden war.

Es war niemand in der Nähe. Niemand sonst, der idiotisch

genug war, diesen Hang hinunterzufahren. Deshalb verstand sie nicht, warum er leise hinzufügte: »Ich habe dich lachen gehört. Ich habe dein wunderschönes Lächeln gesehen.«

Wunderschönes. Ihr Herz wummerte. Warum musste er dauernd dieses Wort benutzen? Wahrscheinlich dachte er sich nichts dabei. Und dennoch sah er sie mit seinen dunklen Augen unverwandt an, intensiv und unausweichlich. Es verwirrte Liberty. Und es ließ sie innerlich glühen, trotz der eisigen Temperaturen.

Sie versuchte, sich auf ihren Ärger zu konzentrieren. Himmelherrgott, sie zitterte! »Ich hatte Angst«, sagte sie. »Richtige Angst.«

Sein Lächeln erstarb, und er wirkte ehrlich verdutzt. »Aber …«

»Wir sind nicht alle wie du, Alex. Nicht jeder lechzt nach einem Adrenalinkick oder Geschwindigkeit. Wir … wir hätten in die Mauer krachen können!« Sie wischte sich mit dem Handschuh eine Träne von der Wange.

Für einen Moment schien er nicht zu wissen, was er sagen sollte. »Wir wären niemals in die Mauer gekracht. Glaub mir, ich hatte alles im Griff. Mach dich mal ein bisschen locker.«

»Mich locker machen?« Sie starrte ihn entgeistert an. Diese Worte drückten sämtliche falschen Knöpfe bei ihr. Er fand sie langweilig und festgefahren, nicht wahr? So wie ihr Ex. Sie erinnerte sich an die Verachtung in Alex' Miene, als er hier angekommen war und den Ort als zu still beschrieben hatte. Nun machte sie auf dem Absatz kehrt und begann, sich stampfend von ihm zu entfernen. Na ja, sie wollte es, doch ihre Stiefel sanken in den Schnee ein, was ihr das Fortkommen erschwerte.

»Liberty?«, rief er. »Wo willst du hin?«

»Nach Hause.«

Er holte sie ein, den Schlitten unter einen Arm geklemmt. »Was ist los? Was habe ich gesagt?«

»Das Problem ist, was du getan hast! Ich kann es nicht leiden, wenn andere meinen, sie wüssten besser als ich, was ich will und was ich brauche.«

»Aber geht es bei deiner Challenge nicht genau darum? Dich zu neuen Erfahrungen zu pushen?«

Verdammt, er hatte recht, aber inzwischen hatte sie sich derart in ihre Wut hineingesteigert, dass sie es niemals zugegeben hätte. Also marschierte sie weiter den Hang hinauf, vorbei an den Gruppen von Schlittenfahrern mit bunten Strickmützen und rosigen Wangen und in Richtung Wald.

Alex beobachtete, wie sie davonstürmte. Er verzog das Gesicht, als ihm ein schmerzhafter Stich durch die Schulter fuhr. Verflucht. Gerade als er dachte, es hätte sich gebessert! Er ging ihr nach, doch ihr finsterer Gesichtsausdruck verriet ihm, dass er sie lieber nicht ansprechen sollte. Also sammelte er den Holzschlitten ein, und sie kehrten schweigend zurück zum Cottage.

Ihr Atem hinterließ kleine Wolken in der Luft, und der Schnee glitzerte im Sonnenschein. Im Geiste ging Alex immer wieder durch, was passiert war, doch er verstand es nicht. Irgendetwas passte nicht. Er hatte wirklich geglaubt, ihr würde es so viel Spaß machen wie ihm. Stattdessen war sie verängstigt und erschrocken gewesen, und er fühlte sich mies, weil er die Ursache dafür war. Dennoch stand ihre Wut in keinem Verhältnis zu seinem Vergehen.

Charlie musste sie kommen gehört haben, denn er bellte aufgeregt. Alex ließ den Kopf hängen. Wie sollte er das wieder hinbiegen? Er konnte sich nicht erinnern, wann er das letzte Mal eine Frau so gegen sich aufgebracht hatte …

Nein, er konnte es sehr wohl. In seinem Kopf blitzte ein Bild von Solange auf, und er krümmte sich innerlich.

Verdammt, Ricard, nicht schon wieder!

Als sie die kleine Pforte hinter dem Haus erreichten, blieb Liberty abrupt stehen.

Sie drehte sich zu ihm, sah ihm jedoch nicht in die Augen, als sie sagte: »Mein letzter Freund hat mit mir Schluss gemacht, weil ich seiner Meinung nach zu langweilig und zu festgefahren bin.«

Alex rätselte. Eine lange Pause entstand, bevor er unsicher sagte: »Ich verstehe nicht. Warum spielt das eine Rolle?«

»Du hast gesagt, ich soll mich ›locker machen‹, und mir das Gefühl gegeben, beschränkt zu sein, so wie er. Vorzeitig gealtert.« Ihre schönen braunen Augen sprühten Feuer. Erst jetzt begriff er, dass sie verletzt war.

Er stöhnte. »Das habe ich nicht gemeint …«

»Doch, hast du. Wir beide wissen, dass du es hier hasst, dass es zu ruhig ist und du denkst, dass ich viel zu sehr an meiner langweiligen Routine hänge.«

»Stimmt nicht.« Es war gewiss nicht leicht auszuhalten gewesen mit ihm, und vielleicht hatte er ein oder zwei Bemerkungen darüber gemacht, wie ruhig es hier war, aber damit hatte er den Ort gemeint, nicht Liberty.

Er hätte es besser wissen müssen. Sie hatte ihm von ihrer Challenge erzählt, und er wusste, dass sie damit haderte, wie unaufregend ihr Leben war. Und jetzt war sie seinetwegen traurig. Schuldgefühle überkamen ihn. Auch wenn sie sich gab, als hätte sie alles unter Kontrolle, haftete ihr ein Hauch von Verwundbarkeit an und weckte den Wunsch in Alex, sie in die Arme zu nehmen.

Sie reckte das Kinn. »Nicht?«

»Ich urteile nicht über dich«, sagte er schließlich.

»Nee, klar.« Sie nahm ihre Mütze ab, und ihr Haar war wie ein Flammenschwall vor der weißen Waldkulisse.

»Es ist wahr. Du bist letzte Woche fast jeden Abend aus gewesen. Und ich hasse es hier nicht. Mir geht eine Menge durch den Kopf, und ich bin sauer, weil mein Bike gestohlen wurde, aber …« Er blickte zu dem Cottage hinter ihr, dem honigfarbenen Licht in den Fenstern, und Wärme durchflutete ihn, als er sich an ihren Spaziergang am Morgen erinnerte und wie gut er sich hinterher gefühlt hatte. Zum ersten Mal seit Wochen waren seine Sorgen leichter geworden. Leise sagte er: »Ich genieße es, mit dir eingeschneit zu sein.«

»Das sagst du bloß, weil du versuchst, mich zu beruhigen. Was du gesagt hast – über das Lockermachen«, sie blinzelte heftig, »hat wehgetan, Alex.«

Ihre Ehrlichkeit schaffte ihn. »Tut mir leid.«

»Ich weiß, dass ich langweilig und feige bin. Das brauchst du mir nicht zu sagen. Ich versuche ja, mich zu ändern.«

»Du bist nicht feige, und du musst dich nicht ändern. Du bist perfekt, wie du bist.«

Sie riss die Augen weit auf, und es war offensichtlich, dass seine Worte sie genauso überraschten wie ihn. Aber sie *war* perfekt, und er hatte sie ehrlich nicht kritisiert. »Ich mag Geschwindigkeit, aber ich vergesse, dass nicht jeder so ist wie ich. Wir sind vollkommen gegensätzlich.«

»Was nicht bedeutet, dass du dich ändern musst.«

»Muss ich. Aber du«, sie wies mit einem Finger auf ihn, »musst dich auch ändern. Du lebst jetzt in der realen Welt, mit realen Menschen, nicht im Promiland, wo alle vor dir buckeln. Du musst die Wünsche anderer respektieren und uns nicht alle mitschleppen auf diese irrwitzigen …«, sie suchte nach dem richtigen Wort, »… Strolchenfahrten.«

»Strolchenfahrten? Was ist das?«

»Wenn Diebe ein Auto klauen und damit zum Spaß herumrasen.«

»Du vergleichst mich mit einem Autodieb?«

Ihre blassen Wangen röteten sich, und sie grinste. »Ja, tue ich.«

Wieder bellte Charlie, und sie blickten zum Cottage.

Lächelnd schüttelte Alex den Kopf. »So hat seit Jahren niemand mehr mit mir geredet – so frech.«

»Tja, vielleicht tut es dir gut, du Weltmeister. Es könnte verhindern, dass du allzu größenwahnsinnig wirst.«

Er lachte. »Tut mir leid, dass ich dich auf eine Strolchenfahrt mitgenommen habe.«

»Du hast dich schon entschuldigt.«

»Aber du glaubst nicht, dass es mir wirklich leidtut. Ich habe ehrlich gedacht, es macht dir Spaß. Du hast gelacht, gelächelt …« Aus einem Impuls heraus, den er nicht hinterfragte, trat er einen Schritt vor und strich ihr eine Strähne aus dem Gesicht. Er war ihr so nahe, dass er ihr Parfüm riechen konnte.

»Zuerst hat es das auch«, gestand sie leise. »Bevor du uns von der Piste gelenkt hast.«

Er versuchte, den Blick von ihren Augen abzuwenden, doch sie bannten ihn, funkelnd vor Humor und Verwundbarkeit. »Also, wenn wir die Zeit zurückdrehen könnten zu dem Moment oben auf dem Hügel, würdest du mir immer noch sagen, ich soll runter von deinem Schlitten?«

Sie überlegte. »Vielleicht nicht«, entgegnete sie verhalten schmunzelnd.

Er grinste. »Zählt das als deine Challenge für heute?«

»Ich schätze, ja.« Sie lächelte, und er wusste, dass er einen Punkt gemacht hatte. »Aber«, ergänzte sie hastig, »ich hatte Angst, und du darfst nicht davon ausgehen, dass jeder mit diesem Tempo-und-Adrenalin-Ding so ist wie du.«

Er legte eine Hand auf sein Herz. »Ich werde es respektieren, versprochen.«

»Und du darfst deinem eigenen Kick nicht ohne Rücksicht auf die Gefühle anderer nachjagen«, fuhr sie fort.

Ihre Worte ließen ihn erstarren.

Sein Vater. Der Mann, der einen dunklen Schatten über sein ganzes Leben geworfen hatte, erschien ähnlich einem Schachtelteufel zwischen ihnen.

Alex versuchte, den Deckel wieder nach unten zu zwingen, aber das Bild war so hässlich und lebendig, und es hatte ihn unvorbereitet erwischt. Er war nicht wie sein Vater. War er nicht.

»Es gab keinen Grund, Angst zu haben, Liberty«, sagte er und trat einen Schritt zurück. »Ich hatte die Situation vollkommen unter Kontrolle. Und ich würde nie zulassen, dass dir etwas passiert.«

Sie öffnete die Hintertür, und Charlie begrüßte sie, begeistert bellend und schwanzwedelnd.

»Hallo, Charlie«, sagte Alex und streichelte den Hund. Der sprang an ihm hoch, und Alex atmete zischend aus.

»Was ist?«, fragte Liberty.

Alex biss die Zähne zusammen gegen den Schmerz in seiner Schulter. »Nichts.«

»Ist es deine Schulter? Ich dachte, es wäre besser.«

»Ich muss sie mir beim Schlittenfahren überanstrengt haben.« Er versuchte, den Schmerz mit einer Hand wegzukneten.

Sie wirkte besorgt. »Kann ich dir irgendetwas holen? Eine Wärmflasche? Schmerzmittel?« Sie biss sich auf die Unterlippe. »Entschuldige, ich vergesse dauernd, dass du es nicht magst, wenn ich zu viel Aufhebens mache.« Sie wandte sich ab.

»Ja, bitte.«

Verwundert blieb sie stehen und drehte sich zu ihm um.

»Beides wäre gut.«

»Was ist aus ›Ich brauche nur ein Zimmer und sonst nichts‹ geworden?«

Er zuckte mit den Schultern und verzog gleich wieder das Gesicht, als ihn wieder der Schmerz durchfuhr. »Der Typ, der das gesagt hat, war ein Idiot.«

Ihr Lächeln war wie Sonnenschein, der sich auf einer Eisfläche spiegelt. »Ja, da stimme ich dir zu.«

»Und was hast du heute Abend vor?«, fragte Liberty beim Abendessen.

»Gar nichts.«

»Ich will mir einen Film ansehen. Machst du mit?«

Er verengte die Augen. »Was für einen Film?«

Liberty legte sich einen Finger ans Kinn. »Mal sehen.« Dann begannen ihre Augen zu funkeln. »Einen Disney-Prinzessinnenfilm?«

»Nein danke.«

»War ein Scherz, Alex!«

Als er morgens durchs Wohnzimmer gegangen war, hatte er einige ihrer DVDs gesehen, und anscheinend waren sie alle mit derselben großen blonden Hollywood-Schauspielerin, die entweder in Slapstick-Situationen landete oder in den Armen ihres männlichen Gegenparts. »Ich glaube nicht, dass wir denselben Filmgeschmack haben.«

»Was magst du?«, fragte sie. »Warte – sag es mir nicht. Sci-Fi?«

Er schüttelte den Kopf. Wie kam sie darauf?

»Kriegsfilme?«

»Nein.«

»Wir können nachsehen, was läuft, und uns etwas aussuchen, das wir beide mögen.«

Er zögerte. Aber was blieb ihm anderes übrig?

Im Wohnzimmer schalteten sie sich durch die Kanäle. »Autorennen.« Sie verzog das Gesicht. »Ich schätze, das interessiert dich?«

Rasch schüttelte er den Kopf. »Nein.«

»Puh.« Sie schaltete sich weiter durch die Programme. Schließlich entschieden sie sich für einen Mehrteiler, den sie beide nicht kannten.

Sie saßen nebeneinander mit Bechern voller heißem Kakao und Marshmallows. Charlie lag vor ihnen auf dem Fußboden, und Liberty nahm den orange-schwarzen Quilt zur Hand und nähte. Das Feuer machte es behaglich im Raum, und die Kerzen, die sie angezündet hatte, tauchten alles in einen warmen Glanz. Alex stellte fest, dass er sich an das Cottage gewöhnte. Mittlerweile vergaß er nicht mehr, den Kopf einzuziehen, wenn er durch die Türen ging, und er wusste, dass das, was er als zu viel Kram betrachtet hatte, für Liberty von besonderer Bedeutung war. Sie hatte von dem Überwurf erzählt, den ihre Mutter angefertigt hatte, dem Kissen, das sie gemeinsam bestickt hatten, als ihre Mutter krank geworden war und nicht mehr ohne Hilfe nähen konnte, und von ihren Fotos von Carys. Alles war kostbar für Liberty, und spiegelte, wer sie war. Eine loyale und liebevolle Frau mit tiefen Wurzeln an diesem Ort.

Krasser hätte sie sich von ihm mit seinem Nomadenleben kaum unterscheiden können.

»Kanada sieht so überwältigend aus«, sagte sie sehnsüchtig, als die Kamera über schneebedeckte Berge schwenkte und die erste Folge endete. Sie sah zu Alex. »Bist du schon mal dort gewesen?«

»Ja, im Sommer. Die Weite ist unglaublich. Atemberaubend.«

»Ich bin so neidisch!«

»Du solltest mal hinfahren.«

Ihr Finger mit dem Fingerhut schob die Nadel durch den Quilt und machte schnelle winzige Stiche. »Kann ich nicht«, sagte sie leise.

»Warum nicht?«

Lange Zeit antwortete sie nicht. Schließlich warf sie ihm einen schüchternen Blick zu. »Ich kann nicht fliegen.«

Dabei wurde sie rot, und Alex verstand. »Hast du Angst?«

Sie nickte.

»Hast du es mal versucht?«

»Einmal, vor einigen Jahren. Nie wieder.«

»Was ist passiert?«

Widerwillig legte sie die Nadel ab. »Ich hatte eine Panikattacke im Flugzeug. Ich dachte …« Bei der Erinnerung trat ein angestrengter Ausdruck in ihre Augen. »Es fühlte sich an, als würde ich sterben. Ich war wie versteinert.« Sie holte tief Luft. »Jetzt fahre ich Zug.«

Lächelnd nähte sie weiter und tat ganz gelassen.

Doch er ließ sich nichts vormachen. Er wollte sie an sich ziehen, ihr helfen. Sie war eine faszinierende Mischung aus enormer Stärke und Verletzlichkeit. Und er wollte sie beschützen.

»Eine Praline?«, fragte sie und hielt ihm die Schachtel hin.

Er nahm sich eine, aber sein Blick blieb auf Liberty gerichtet, als sie sich eine in den Mund steckte. Auf einmal wallte Hitze in ihm auf.

Stirnrunzelnd sah er weg. Er hatte kein Interesse, ihr näherzukommen – oder irgendjemandem. Außerdem wünschte sie sich eine ernste Beziehung, und die konnte er ihr definitiv nicht bieten.

»Siehst du den Anwalt wieder?«, fragte er schnell.

»Ethan. Er heißt Ethan. Und wir waren heute Abend verabredet, mussten es aber wegen des Schnees absagen.«

»Schade. Du könntest ihn anrufen.«

Sie sah ihn misstrauisch an. »Ja, könnte ich. Mache ich vielleicht später.«

»Gut.«

Donnerstag, 11. Dezember

»Sind die Straßen wieder frei?«, fragte Alex beim Frühstück. Nicht, dass er irgendein Transportmittel gehabt hätte. Doch war erst alles geräumt, würde er sich eines mieten.

Liberty blickte seufzend von ihrem Laptop auf. »Jedes Mal wenn du mich das fragst, habe ich das Gefühl, du willst dringend weg von mir.«

»Nicht von dir. Mir gefällt es bloß nicht, drinnen festzusitzen. Mich nicht zu bewegen. Ich brauche …« Er suchte nach dem passenden Wort.

»Geschwindigkeit?«, schlug sie vor.

»Ich meinte eigentlich eine Beschäftigung.« Er vermutete, dass es ihm fehlte, ein Ziel zu haben, eine Richtung. Und eingeschneit zu sein verstärkte das Gefühl, in der Schwebe zu hängen, sehr unangenehm.

Liberty neigte den Kopf zur Seite, als würde sie überlegen. »Es gibt etwas, bei dem du mir helfen könntest, falls du Lust hast.«

Nun war seine Neugier geweckt.

»Aber es hat nichts mit Schnelligkeit oder Nervenkitzel zu tun, also ist es eventuell doch nichts für dich.«

»Was ist es?«

»Auf der anderen Seite vom Dorf ist eine Baumschule. Wir könnten einen Tannenbaum aussuchen.«

»Normalerweise mache ich das nicht vor dem fünfzehnten Dezember«, sagte Liberty, als sie ihre Stiefel anzogen. Sie hatte erklärt, dass es eine Stunde Fußmarsch zu der Baumschule war. »Aber da wir eingeschneit sind, können wir es ein bisschen vorziehen.«

»Der fünfzehnte Dezember?« Er unterdrückte ein Grinsen. »Nicht der vierzehnte oder sechzehnte? Warum dieses Datum?«

»Weil es die Monatsmitte ist und echte Tannen ihre Nadeln verlieren, wenn man sie zu früh ins Haus holt. Ich mag es, wenn sie am Weihnachtstag frisch aussehen.«

Er zog den Reißverschluss seiner Jacke hoch und lachte leise.

»Was?«, fragte sie.

»Du und deine Routine.«

Sie verzog unglücklich das Gesicht. »Es ist langweilig und vorhersehbar, oder?«

»Nein, es ist charmant. Und es passt zu dir. So bist du.«

Sie wurde rot.

Er wollte die Tür öffnen.

»Warte!«, sagte sie, als wäre ihr eben etwas eingefallen. Sie lief in ihr Nähzimmer und kehrte Sekunden später mit einem Paar Fausthandschuhe zurück. »Die habe ich dir gemacht – für den Schnee. Damit deine Finger nicht wieder blau werden.«

Sie schienen aus einer alten Jeans gefertigt zu sein, mit cremefarbenem Fleecefutter, sodass sie weich und warm waren. »Danke«, sagte er. Ihn rührte die fürsorgliche Geste. Am

Anfang hatten ihn ihre Hilfsangebote misstrauisch gemacht, aber jetzt wusste er, dass sie sich einfach gern um die Menschen in ihrem Umfeld kümmerte.

»Also suchst du dir einen Baum aus, und der wird dann für dich gefällt?«, fragte er, als der tannenbewachsene Hang in Sicht kam.

Liberty grinste. »Ja, erstaunlich, nicht? Findest du immer noch, dass Willowbrook ein übler Ort ist?«

»Ich hatte nicht gesagt, dass es übel ist …«

»Aber gedacht«, fiel sie ihm ins Wort. Er schloss den Mund. Okay, gedacht hatte er es. »Hier wären wir«, sagte sie, als sie ihr Ziel erreicht hatten, und öffnete eine Holzpforte.

Dahinter bot sich ihm ein surrealer Anblick. In einem Pavillon war ein langer Tisch für ein Festmahl gedeckt, dekoriert mit Tannengrün und Kerzen, und dahinter stand ein Kreis von Bäumen mit Lichterketten und Kugeln, die das Licht einfingen, während sie sich im leichten Wind drehten. Vor ihnen stand ein großes Sofa mit einem Stapel extravagant verpackter Geschenke zu beiden Seiten. Hinter alldem erstreckte sich ein Wald schneebedeckter Tannen den Hügel hinauf. Mit dem vielen Schnee, den Bäumen und Männern in grünen Elfenkostümen, die Tannen umherzogen, sah alles wie ein Winterwunderland aus. Der Effekt wurde nur minimal durch die Thermojacken beeinträchtigt, die die Leute über den Elfenkostümen trugen.

Und es herrschte schon reichlich Betrieb. Alle mussten dieselbe Idee gehabt haben und mit Schubkarren oder Schlitten hermarschiert sein, um einen Baum zu holen.

»Komm mit«, sagte Liberty, die direkt zum Wald strebte. »Und denk dran, dass er nicht zu groß sein darf, wegen meiner niedrigen Decken.«

»Ja, die sind mir aufgefallen«, bemerkte er trocken.

»Und nicht zu breit, weil im Wohnzimmer wenig Platz ist.«

»Wie wäre es mit dem hier?« Er zeigte auf einen kleinen, kompakten Baum.

Sie rümpfte die Nase. »Der ist zu klein. Er würde verloren aussehen.«

»Und dieser?«

»Ich hätte ihn gerne ein bisschen voller, nicht so spärlich.«

»Der hier?«

Sie schüttelte den Kopf. »Blautanne mag ich nicht. Der Baum muss grün sein.«

Er verkniff sich ein Grinsen, als er um den Fliegenpilz aus Holz herumging, der den Weg markierte. Anscheinend war Liberty bei Weihnachtsbäumen so wählerisch wie bei den Männern auf ihrer Dating-App.

Sie gingen weiter, zwischen Fichten hindurch zu dem Bereich, in dem laut Schild Lodgepole-Kiefern standen, und zu den Nordmanntannen.

»Magst du wirklich keinen von denen?«, fragte Alex.

Sehr ernst musterte sie jeden Baum und fand an jedem etwas auszusetzen. »Die gefallen mir alle nicht.«

»Keiner von denen?«

Sie schüttelte den Kopf. »Ich erkenne den richtigen Baum, wenn ich ihn sehe.«

Er schob die Hände tief in seine Jackentaschen. Seine Füße waren so kalt, dass er seinen Zehen kaum noch spürte. »Machst du das jedes Jahr?«

Seine Mutter hatte auch gern einen echten Baum gekauft, aber in Paris ließ man ihn sich in die Wohnung liefern. Sie würde dies hier lieben.

»Ja. In einem Jahr mussten wir die Spitze abschneiden, weil er zu groß war.« Sie lächelte. »Es sah albern aus, aber ich war erst neun.«

»Deine Mutter hat dich den Baum aussuchen lassen, als du neun warst? Hat sie nicht gesehen, dass er zu groß war?«

»Das bezweifle ich. Im Jahr darauf hatte ich die Maße dabei. Aha!« Plötzlich blieb sie stehen. »Das ist er.«

Alex sah sich den Baum näher an und war verwundert, denn seiner Ansicht nach war er genauso wie alle anderen, an denen sie vorbeigekommen waren.

Doch Libertys Augen leuchteten vor Begeisterung. »Was meinst du?«, fragte sie.

»Der ist in Ordnung.«

»Nur in Ordnung? Er ist perfekt!«

Sie rief einen Elfenmann, damit er ihnen den Baum fällte. Schnee rieselte von den Ästen, als der Elf den Baum auf seine Schulter hob und ihn zurück zum Eingang trug. Nachdem Liberty bezahlt hatte, wollte Alex den Baum aufnehmen, doch sie hielt ihn zurück. »Wir können ihn noch kurz hierlassen. Gehen wir auf einen Mince Pie ins Café, ehe wir wieder zurückgehen.«

»Café?« Er blickte sich um, konnte jedoch nichts sehen.

Sie führte ihn hinter die geschmückten Weihnachtsbäume und zeigte auf einen schimmernden Eisenbahnwaggon, an dem ein Schild mit der Aufschrift »Polar Express« leuchtete. Durch die Fenster sah er Kunden drinnen an kleinen Tischen stehen, die dampfende Becher in den Händen hielten.

Liberty grinste. »Die Mince Pies sind hausgemacht, und sie haben hier die sündhafteste heiße Schokolade.«

Als sie nach Hause kamen, machten sie im Wohnzimmer das Kaminfeuer an, legten Weihnachtsmusik auf und begannen, den Baum zu schmücken. Sie waren gerade rechtzeitig zurück gewesen, denn draußen fiel der Schnee nun in dicken Flocken, es war ein regelrechtes Schneegestöber.

Liberty nahm alten Baumschmuck aus einem Karton und lächelte bei den Erinnerungen, die jedes Teil weckte. »Ich habe Weihnachten geliebt, als ich klein war. Meine Mutter machte es richtig magisch.«

»Wart ihr beide immer allein?« Alex versuchte vergeblich, die Bänder von ein paar Kugeln zu entwirren. Er hatte die Stirn gerunzelt und seufzte ungeduldig.

»Ja. Nachdem meine Mutter gestorben war, lud Carys' Familie mich ein. Wir scherzen oft, dass Carys mich adoptiert hätte, und irgendwie stimmt es auch. Sie ist immer wie eine Schwester für mich gewesen. Warte, lass mich mal.« Sie nahm ihm die Kugeln ab, fummelte die Bänder auseinander und gab sie ihm zurück.

»Was machst du dieses Weihnachten?«

»Weiß ich nicht.« Sie blickte gedankenverloren zu einem roten Filzherz, das sie eben aufgehängt hatte. »Carys' Eltern haben mich gefragt, ob ich zu ihnen kommen möchte, was natürlich nett von ihnen ist, aber …« Es würde sich komisch anfühlen, dort ohne ihre beste Freundin zu sein. Und wenn sie ehrlich war, freute sie sich kein bisschen darauf.

»Ohne Carys ist es nicht dasselbe?«, beendete er den Satz für sie. Liberty staunte über die Wärme und das Verständnis in seinem Ton.

Sie nickte, weil sie einen Kloß im Hals hatte. Um die düsteren Gedanken zu vertreiben, schaute sie hinaus zum dichten Schneetreiben und zum zarten Eismuster auf dem Fensterglas außen. »Hoffentlich ist mit Carys alles in Ordnung«, sagte sie leise. »Ich habe im Krankenhaus angerufen, und sie haben mir versichert, dass sie trotz des Wetters genug Personal haben, aber keiner zu Besuch kommen kann. Ich hoffe, sie denkt nicht, dass wir sie alle vergessen haben.«

Die Heizung bollerte, als das uralte Heizsystem gegen die Wintertemperaturen ankämpfte.

»Das denkt sie gewiss nicht«, erwiderte Alex sanft.

Liberty griff in den Karton mit dem Baumschmuck und wechselte das Thema. »Was ist mit dir? Magst du Weihnachten? Hast du schöne Erinnerungen daran aus der Kindheit?«

Er dachte einen Moment nach. »Es war … angespannt.«

Verwundert blickte sie ihn an.

»Wir waren nie sicher, ob mein Vater da sein würde. Für gewöhnlich tauchte er in letzter Minute auf, aber ohne ihn war es weniger verkrampft. Und jetzt – jetzt werden wir langsam zu einer Großfamilie mit den Partnerinnen meiner Brüder und einem Baby. Es ist großartig. Dieses Jahr werden wir alle zusammen sein, und meine Mutter wird es sehr glücklich machen.«

»Fährst du nach Paris?«

»Nein, in die Provence. Sie hat dort mit ihrem neuen Partner, Bernard, ein Haus gekauft. Für sie ist es eine neue Reise.«

»Ein Neuanfang«, korrigierte Liberty lächelnd. Sein Englisch war beinahe perfekt, doch hin und wieder benutzte er seltsame Ausdrücke, und sie vermutete, dass er dann direkt aus dem Französischen übersetzte. »Natasha liebt es, Lucs Familie in der Provence zu besuchen. Sie sagt, es ist wunderschön dort, sogar im Winter.«

»Ist es. Wir haben dort gelebt, als ich ein Kind war, bevor mein Vater wollte, dass wir nach Paris ziehen. Maman wünschte sich immer, dorthin wieder zurückzukehren.«

»Dann werden da auch Erinnerungen in dir geweckt.«

»Ganz sicher, ja.«

Die ersten Töne von *White Christmas* erklangen, und Alex summte mit, als er sich reckte, um einen Patchworkstern an einen hohen Zweig zu hängen. Seit ein paar Tagen hatte Liberty das Gefühl, ihre Beziehung hätte sich weiterentwickelt und sie wären, nun ja, Freunde geworden. Gemeinsam eingeschneit zu sein war nicht einfach, doch sie hatten einander besser kennengelernt. Liberty war entspannter, und sie vermutete, ihm ging es nicht anders, denn er sang sogar den Refrain mit Bing Crosby mit. Unwillkürlich musste sie schmunzeln, weil sein Selbstvertrauen eindeutig ausgeprägter war als sein Talent.

»Du könntest eine neue Karriere als Sänger anfangen«, scherzte sie.

Seine Augen blitzten. »So gut bin ich nicht.«

Sie lachte. »Nein, bist du nicht, aber reich. Du könntest deine eigene Band gründen und Leute bezahlen, damit sie mit dir auftreten.«

Übertrieben empört griff er sich das nächste Kissen und warf es nach ihr. Sie schleuderte es zurück, doch er duckte sich, und es prallte an der Wand ab. Liberty schnappte sich ein neues und machte einen Schritt auf ihn zu, ehe sie es warf. Alex tauchte hinter das Sofa. Liberty warf ein drittes Kissen. Alex streckte den Kopf hinterm Sofa hervor, und ein Geschoss flog Liberty entgegen. Es dauerte einen Moment, ehe sie begriff, dass es eines von Charlies Spielzeugen war – ein halb zerfledderter Stoffaffe, dem ein Ohr fehlte. Noch ein Spielzeug segelte auf sie zu, diesmal ein Quietscheteil, dann noch eines. »Iiih!«, schrie sie. »Das war total vollgesabbert!«

Alex lachte und suchte nach mehr Munition.

»Okay«, sagte sie und griff sich ein größeres, schwereres Kissen. Mit dem rannte sie um das Sofa herum und holte aus, um ihn damit zu treffen. Federn stoben in sämtliche Richtungen, als es aufplatzte. »Ups!« Sie kicherte.

»Was zum …?«, fragte er, als die Federn auf ihn herabregneten, sich an sein Shirt und in sein Haar hefteten. Hastig floh er.

Verdammt, er war schnell. Liberty jagte ihm nach, und sie beide liefen in Kreisen durchs Zimmer.

»Halt!«, rief er. »Das geht nicht. Ich bin allergisch gegen Federn!«

»Oh.« Zerknirscht blieb sie stehen.

Alex grinste. »War ein Witz.«

Ihre Wut brachte ihn zum Lachen. »Das war unfair gespielt, Ricard!«

»Du hast angefangen.«

Sie erwischte ihn wieder, und er strich sich die Federn aus dem Gesicht. Zusätzlich bewarf sie ihn mit einigen Lavendelherzen. »Hey!«, rief er, als eines seinen Bauch traf. Er nieste, schnappte sich einen Quilt vom Sofa und nutzte ihn als Schild, während Liberty weiter Sachen auf ihn schleuderte.

Atemlos holte sie ihn ein und warf den letzten Lavendelbeutel auf ihn.

Er linste über den Quilt.

»Bist du fertig?«

Lachend hielt sie ihre leeren Hände in die Höhe. »Ja«, japste sie. »Es ist nichts mehr übrig.«

Er ließ den Quilt sinken. »Puh.«

»Abgesehen hiervon!« Sie packte das halb leere Kissen und schüttete die restlichen Federn über ihm aus.

»Das war hinterhältig, McKenzie. Richtig hinterhältig!« Kapitulierend schloss er die Augen, und sie lachte, als weiße Federn nach unten schwebten und an seiner Kleidung, in seinem Haar und sogar an seinen Bartstoppeln hängen blieben. »Freut mich, dass du das lustig findest.«

»Du siehst«, meinte sie kichernd, »wie ein weißes Huhn aus!« Sie krümmte sich vor Lachen.

Er kam auf sie zu, wobei er sich Federn von den Klamotten pflückte, bis er eine Handvoll zusammenhatte. Dann packte er ihren Pullover hinten und steckte sie Liberty in den Nacken. Sie kreischte.

»Findest du es immer noch lustig?« Er grinste.

»Das kitzelt!« Sie wand sich und versuchte, die Federn wieder aus ihrem Pullover zu holen. Doch er stopfte noch mehr hinein. »Aufhören!«, schrie sie. Sie versuchte, sich von ihm zu befreien, doch er fing sie an der Taille ein. Wieder quiekte sie, stemmte ihm die Hände gegen die Brust, doch plötzlich hielt er inne.

Er sah sie an, und seine Augen waren dunkel.

Auf einmal war es sehr still im Zimmer, knisterte die Luft, und Liberty hörte ein Herz laut pochen. War es ihres? Seines? So nahe, wie er ihr war, ließ es sich schwer sagen.

Sie benetzte ihre Lippen. Sein Arm war noch um ihre Taille geschlungen, ihre Hände waren noch an seiner Brust, drückten ihn jedoch nicht mehr weg. Die Intensität seines Blicks bannte sie, und seine Lippen trennten nur Zentimeter von ihren.

Der Moment schien sich endlos auszudehnen. Es wurde nichts gesagt, aber es schien eine stumme Unterhaltung stattzufinden. Atemlos.

Liberty verspannte sich. Alex war so beängstigend, gefährlich sexy. Sie hob eine Hand, um über seine dunklen Stoppeln zu streichen. Sie fühlten sich köstlich rau an, seine Haut so warm. Er schloss die Augen, und sie bewegten sich noch näher aufeinander zu, bis sich ihre Hüften berührten.

O Gott, es fühlte sich zu gut an! Hitze durchströmte sie. Er ließ es geschehen, als sie sich zu ihm lehnte, um ihn zu küssen. Seine Lippen waren weich; Liberty presste ihren Körper an seinen, und beide vertieften den Kuss. Liberty streichelte seine Schultern, seinen Rücken, seine Arme: Sie spürte nichts als feste Muskeln. Sein Haar war wie Seide, als sie ihre Finger hineintauchte.

Das schrille Klingeln eines Telefons bewirkte, dass Liberty zusammenzuckte.

Sie wich zurück, doch ihr Gehirn brauchte einige Sekunden, um zu begreifen, woher der Lärm kam. Es war ihr Handy, und sie klopfte ihre Taschen ab, bis sie es gefunden hatte.

Auf dem Display leuchtete Ethans Name auf. Liberty schoss das Blut in die Wangen, und ihr Herz hämmerte, als sie zögerte.

»Willst du nicht rangehen?«, fragte Alex. Seine Miene war nicht zu deuten.

»Ich … ja.« Sie tippte das Display an und drehte sich weg.

Ethans Stimme klang, als würde er lächeln. »Wie geht es dir?«

Sie stellte sich sein blondes Haar und die freundlichen Augen vor und bekam ein furchtbar schlechtes Gewissen. Er hatte keine Ahnung, was er eben unterbrochen hatte. Was sie getan hatte. »Oh, g-gut. Du weißt schon …« Sie bekam keinen ganzen Satz zustande, nicht einmal einen zusammenhängenden Gedanken.

»Nicht gelangweilt, weil du zu Hause festsitzt?«

»Nein, ich habe jede Menge, was mich beschäftigt.« Zu spät wurde ihr bewusst, wie sich das anhörte. Sie wurde rot und sah zu Alex. »Du weißt schon, Nähen, Schlittenfahren, mit dem Hund rausgehen. Was ist mit dir?«

»Uns geht es gut. Meine Mutter lässt dich übrigens grüßen.« Es trat eine Pause ein, bevor er leise sagte: »Ich wünschte, es würde aufhören zu schneien, damit ich dich sehen kann.«

»Ja, ich auch.« Und sie meinte es ernst. Sie mochte Ethan wirklich.

Also warum war es eben zu dem Kuss gekommen? Unwillkürlich betastete sie ihre Lippen mit den Fingern. Was in aller Welt war in sie gefahren?

Charlie kam aus der Küche und schnüffelte neugierig an den Federn. Liberty bückte sich, um ihm die Ohren zu kraulen, doch er ignorierte sie und steuerte geradewegs auf Alex zu. Das macht er dauernd, dachte sie verärgert und beobachtete, wie Alex ihn liebevoll begrüßte.

Sie versuchte, sich auf das Telefonat zu konzentrieren, war aber zu abgelenkt. »Ethan, kann ich dich zurückrufen? Ich bin hier gerade mitten in einer Sache.«

»Aha? Was treibst du denn?«

Sie zog den Kopf ein, und ihre Wangen glühten. Was würde er denken, wenn er es wüsste? »Ähm … der Baum. Ich schmücke ihn.«

Er lachte. »Nein, du musst mich nicht zurückrufen – ich wollte mich nur mal melden. Hoffentlich taut der Schnee vor dem Ball am Samstag, und wir sehen uns da. Ich kann es kaum erwarten.«

Sie beendeten das Gespräch, und Liberty holte tief Luft, während sie versuchte zu begreifen, wie sich eine Kissenschlacht in einen Moment des Wahnsinns hatte verwandeln können. Des Verlangens. Was hatten sie sich dabei gedacht? Liberty fand es so unsagbar beschämend wie peinlich.

Alex fuhr sich mit einer Hand durchs Haar und sah so durcheinander und verlegen aus, wie sie sich fühlte.

Sie konnte ihm nicht in die Augen sehen, als sie herausplatzte: »Hör zu, ich weiß nicht, was passiert ist – *wie* es passieren konnte. Ich meine, natürlich weiß ich, wie, aber nicht … nicht, warum …« Ihre Wangen brannten, und ihr klebte ihre Kleidung am Körper.

Eine lange Zeit blieb es still, was es für sie nur noch schlimmer machte. O Gott, jetzt würde es nur noch komisch zwischen ihnen sein. Wegen eines blöden Kusses!

Sie versuchte es noch einmal: »Hör zu, versprich mir einfach, es niemandem zu sagen, okay? Sollte Ethan es erfahren, bekäme er einen völlig falschen Eindruck. Er würde denken, dass ich etwas von dir will.«

Alex zog eine Augenbraue hoch, und ihr wurde klar, dass sie ihn gekränkt hatte. *Oh, super, Liberty. Du weißt, wie man sich ein noch tieferes Grab schaufelt!*

»Du hast mich geküsst, als würdest du etwas von mir wollen«, sagte er trocken.

Sie wusste nicht, was sie darauf erwidern sollte – also ignorierte sie es. »Es war ein Fehler. Ich weiß nicht, warum …« Sie fing noch einmal von Neuem an. »Das hätte ich nicht tun dürfen. Ich weiß nicht, was mich geritten hat. Du bist überhaupt nicht mein Typ.«

Ungläubig schüttelte sie den Kopf. Für sie stand fest, wie für sie der perfekte Mann sein musste, und zwar definitiv kein risikoversessener Franzose.

Er reckte das Kinn. »Nicht?«

»Das weißt du doch! Wir sind völlig gegensätzlich.« Sie erinnerte sich daran, wie es sich mit ihm auf dem Schlitten angefühlt hatte. Der Wind in ihrem Gesicht, die Furcht einflößende Geschwindigkeit, die Angst, als sie nur Zentimeter vor der Mauer zum Stehen kamen. Für ihn drehte sich alles um Gefahr und Nervenkitzel, während sie – sie blickte sich in dem gemütlichen Zimmer mit den Quilts, den Kerzen und Kissen (zugegeben, eines weniger als vor einer Stunde) um – so häuslich war. »Es war ein Fehler, Alex. Der größte Fehler.«

Kapitel vierzehn

Alex war genauso verwirrt wie sie, und ihre Worte machten es nicht besser. Er wusste, dass sie sich für ihn nicht auf diese Weise interessierte, dass sie den blonden Typen mochte. Man musste ja nur daran denken, wie oft sie sich seit seiner Ankunft hier gestritten hatten.

Aber der Kuss war … unglaublich gewesen. Diese Leidenschaft, diese Andeutung von mehr. Es hatte ihn umgehauen, und hätte sie ihn nicht zuerst geküsst, hätte er ziemlich sicher sie geküsst. So etwas Mächtiges konnte nicht einseitig sein.

Weshalb ihre Reaktion ihn wunderte – bedauernd. Beschämt.

»Und warum hast du es dann getan?«, fragte er betont ungerührt. Er wollte es verstehen, und sein Gehirn arbeitete wie verrückt, um zu folgen. Plötzlich kam ihm ein Gedanke, und er verengte die Augen. »Nein, sag nichts – es war eine deiner Challenges. Den Untermieter küssen. Nein – den *Rennfahrer* küssen. Zählt das mehr?« Gegen den bitteren Ton in seiner Stimme konnte er nichts tun. Er hatte geglaubt, dass sie sich nicht für jene Seite seines Lebens interessierte. Aber er wusste auch, dass sie ihre Challenge ernst nahm.

»Was?« Sie sah ihn an. Ihre Wangen röteten sich, und dann sprühten ihre Augen Funken. »Ja, das ist es. Es wird ein schöner fetter Haken in meinem Buch. Du hast eine sehr hohe Meinung von dir, was?«

»Ich habe dir schon vorher bei deiner Challenge geholfen.«

»Um das klarzustellen, ich habe dich nicht wegen der Challenge geküsst.«

»Warum dann? Warum küsst du einen Mann und erklärst ihm anschließend, dass es ein Fehler war?« Ihm war bewusst, dass sein Stolz aus ihm sprach. Sein gekränkter Stolz.

»Wie ich schon sagte, ich weiß es nicht. Und ich verstehe nicht, warum du so wütend bist. Du hast unmissverständlich klargemacht, dass du keine Beziehung haben willst.«

»Tue ich auch nicht. Ich bleibe nie länger irgendwo, also interpretiere da nichts rein. Verlass dich nicht auf mich.« Die Worte kamen ihm automatisch über die Lippen. Dennoch klangen sie lahm gegenüber einer Frau, die ihm eben gesagt hatte, ihn zu küssen sei »der größte Fehler« gewesen.

»Die Gefahr besteht nicht«, erwiderte sie frostig. »Ganz und gar nicht.« Damit ließ sie ihn stehen.

Alex, der in seinem Zimmer auf und ab gegangen war, hielt inne, als er hörte, wie sie die Haustür abschloss, sich im Bad fertig machte und schließlich ihre Zimmertür zumachte. Im Cottage wurde es still, doch ihr beschämter Gesichtsausdruck wollte ihm nicht aus dem Kopf gehen. Ebenso wenig wie das Bedauern. Sie hatte recht. Vollkommen recht. Der Kuss hätte nie geschehen dürfen.

Zugegeben, die Kissenschlacht war aus dem Nichts gekommen, aber dennoch. Er hätte es stoppen können – stoppen sollen. Stattdessen war er von ihren dunkelbraunen Augen und dem flatternden Puls an ihrem Hals wie gebannt gewesen. Er hatte ihn mit den Fingerspitzen berühren wollen. Liberty berühren. Und dann hatte sie ihn geküsst, und ihre Lippen waren genauso weich gewesen, wie er es sich vorgestellt hatte. Sie hatte sich an ihn geschmiegt, passte perfekt zu ihm. Ihre Wange war wie Samt unter seinen Fingern gewesen.

Wir sind gegensätzlich. Sie hatte recht. Einhundertprozentig recht. Erinnerungen an Solange fluteten seinen Kopf, und Alarmglocken schrillten. Liberty mit ihrem Wunsch nach einer Familie war nichts für ihn.

Er legte sich auf sein Bett, starrte an die Decke und versuchte sich zu erinnern, wann er das letzte Mal so die Kontrolle verloren hatte. Er konnte es nicht.

Rastlos stand er wieder auf, trat ans Fenster und riss es auf, um gierig die frostige Nachtluft einzuatmen. Gerade als sie endlich begonnen hatten, sich zu verstehen. Abermals verfluchte er sich. Wie sollte er das wieder hinbekommen? Er konnte es nicht.

Oder doch?

Der weiße Wald schimmerte im Mondschein wie eine Märchenszene in einer Schneekugel. Plötzlich kam ihm eine Idee, und er schloss hastig das Fenster.

Was geschehen war, konnte er nicht mehr ändern, aber vielleicht gab es eine Kleinigkeit, die er tun konnte, um es wiedergutzumachen.

Freitag, 12. Dezember

Liberty war in der Küche, als Alex am nächsten Morgen nach unten kam. Sie begrüßte ihn, die Hände um ihren Teebecher geschlungen. Dabei hielt sie den Kopf gesenkt und starrte auf ihren Laptop, während er Kaffee kochte. Hatte er wirklich gedacht, dass sie ihn wegen ihrer Challenge geküsst hatte? Und wie war er überhaupt darauf gekommen, dass ihn zu küssen eine Herausforderung für sie darstellen könnte? Dachte er, sie hätte Angst gehabt, ihn zu küssen? Warum in aller Welt hätte sie Angst haben sollen? Gedankenverloren sah sie auf den Bildschirm, während sie das schwindelerregende Gefühl von seinen Lippen auf ihren noch einmal durchlebte. Es war eine Explosion von Feuer und Farbe gewesen, und ihr Körper hatte aufgeleuchtet wie eine Lichterkette.

Sie festigte den Griff um ihren Becher. Ihr Körper mochte so reagiert haben, aber ihr Verstand wusste es besser. Alex war attraktiv – besonders mit seinem reizenden Akzent und dem umwerfenden Lächeln –, aber sie wollte mehr von einem Mann als ein attraktives Äußeres.

»Irgendwelche Neuigkeiten zu den Briefen?«, fragte er.

Die Frage überraschte sie, nachdem sie gestern Abend so frostig auseinandergegangen waren. Doch sein vorsichtiger Tonfall verriet ihr, dass es ein Friedensangebot war. Und sie begriff, dass er die Onlinegruppe Willowbrooks meinte. »Bedaure, nein. Nichts.«

Er war eindeutig enttäuscht. Mit seinem Kaffee in der Hand lehnte er sich an die Arbeitsplatte. Er hielt Abstand. Obwohl Liberty ihn nicht ansah, war ihr bewusst, dass er immer wieder verstohlen in ihre Richtung schaute. Sie konnte sich nicht entscheiden, was schlimmer war: seine Feindseligkeit, als er hier angekommen war, oder diese neue Befangenheit – noch verstärkt dadurch, dass sie eingeschneit waren und einander nicht entkommen konnten.

»Ich habe eine Überraschung für dich, Liberty«, sagte er unerwartet.

Sein Ton war versöhnlich. Liberty wusste nicht, was sie davon halten sollte. »Für gewöhnlich mag ich keine Überraschungen.«

»Diese wird dir gefallen.« Er holte tief Luft. »Denke ich.«

Ihre Mundwinkel zuckten. »Das erfüllt mich nicht direkt mit Zuversicht.«

»Tja, wir werden bald sehen, ob ich mich getäuscht habe oder nicht.« Er trank seinen Kaffee aus und ging.

»Wo willst du hin?«

»Deine Überraschung holen.«

Sie sprang auf und folgte ihm in die Diele. »Jetzt? Was ist es? *Wohin* willst du?«

Er tippte sich an die Nase und zeigte das umwerfende Lächeln, bei dem sich seine Augenwinkel kräuselten.

»Wann kommst du zurück?«

»In nicht mal einer halben Stunde.« Er zog den Reißverschluss seiner Jacke hoch und die Fausthandschuhe an, die sie ihm geschenkt hatte.

Was könnte denn das für eine Überraschung sein? Ihre Schultern verspannten sich. Die Dinge, die er aufregend fand, machten ihr entsetzliche Angst. Entsprechend könnte es ein Desaster werden.

»Soll ich irgendwas vorbereiten?«, fragte sie in der Hoffnung auf einen Hinweis.

»Bereite dich nur darauf vor, mutig zu sein.«

»Oh.« Ihr wurde flau. »Das klingt nicht gut.«

»Wird es. Du wirst schon sehen.«

Sie beobachtete, wie er sich vom Cottage entfernte, und machte die Tür zu, um die beißende Kälte auszusperren. Das hier verhieß nichts Gutes.

Exakt sechsunddreißig Minuten später nähte sie die Einfassung an den Zickzack-Quilt, als sie das tiefe Röhren eines Motors hörte. Sie verließ die Nähmaschine und trat ans Fenster. Draußen fuhr ein Quad vor, und als der Fahrer seinen Helm abnahm, kam ein strubbeliger dunkler Haarschopf zum Vorschein. Alex fuhr mit einer Hand hindurch, was sein Haar nur noch zerzauster machte.

»Ist das Jakes Quad?«, fragte sie, als sie die Haustür öffnete.

»Ja.«

»Das ist die Überraschung?«

»In gewisser Weise.«

»Was meinst du?« Misstrauisch beäugte sie die Maschine. Sie war nicht so Furcht einflößend wie sein Motorrad, aber damit zu fahren war nichts, was ihr verlockend erschien. Er kannte sie wirklich nicht sehr gut, oder?

»Damit könnten wir zu Carys ins Krankenhaus fahren«, erklärte er, als er sich den Schnee von den Stiefeln klopfte, ins Haus kam und die Tür hinter sich schloss. »Ich bringe dich hin.«

Sie starrte ihn an.

Er beobachtete ihre Reaktion und fügte vorsichtig hinzu: »Falls du willst. Wir müssen nicht.«

Offenbar kannte er sie doch ein wenig. Carys zu besuchen wäre …

Sie fand keine Worte. Es rührte sie zu sehr, dass er daran gedacht hatte. »Alex«, sagte sie mit etwas belegter Stimme, »das ist so … aufmerksam. Danke.«

Seine besorgte Miene wich prompt einem Ausdruck von Erleichterung. »Nicht zu gruselig?«

»Solange du nicht zu schnell fährst, nein.«

»Du hast gesagt, dass du dir Sorgen machst, weil sie keinen Besuch bekommt. Jetzt bekommt sie welchen.«

Er hatte ihr nicht nur zugehört, sondern sich auch einige Mühe gemacht, dies hier für sie zu organisieren. »Ich wusste gar nicht, dass du Jake kennengelernt hast.«

»Habe ich auch heute erst. Luc hat uns miteinander bekannt gemacht. Zählt das als Challenge für heute?«

Ihre Blicke begegneten sich, und Liberty war klar, dass sie sich beide an ihre wütenden Worte von gestern erinnerten.

»Ja«, sagte sie versöhnlich. »Tut es.«

Er zwinkerte. »Und falls du eine größere Challenge willst, kannst du den Fahrersitz übernehmen.«

Der Krankenhausgeruch traf Alex wie ein Hammer. Er verfing sich in seinem Rachen und katapultierte ihn geradewegs zurück in die Zeit seiner Unfälle. Beider. Der erste geschah in Malaysia, der zweite in Spanien, und letztlich hatte er sich von beiden in Frankreich wieder erholt. Aber Krankenhäuser rochen überall auf der Welt gleich: nach Desinfektionsmitteln und dem verzweifelten Wunsch, überall, nur nicht hier zu sein.

»Wie schön, dass Sie trotz des Schnees herkommen konnten«, sagte eine Schwester. »Einige von uns müssen hier übernachten, weil die Straßen so schlimm sind. Sind Sie zu Fuß hier?«

»Nein, auf einem Quad«, antwortete Liberty grinsend.

»Hi, Liberty!«, rief eine andere Schwester.

Alex beobachtete, wie sie alle Schwestern mit Namen begrüßte, und sie blieben am Tresen stehen, um kurz zu plaudern. »Oh, ich liebe den neuesten Quilt von Ihnen. Den mit den orangen, pinken und roten Farbblöcken. Im Schnee sah der sagenhaft aus. So farbenfroh.«

»Danke. Mir fehlt Carys, die mich bei dem Arrangement der Bilder draußen unterstützt.«

»Kann Ihr Mitbewohner Ihnen nicht unter die Arme greifen?« Alle sahen Alex an. »Wollen Sie uns nicht vorstellen?«

Sie tat es, und alle Schwestern lächelten. »Schön, Sie kennenzulernen, Alex.«

Er gab vor, nicht zu bemerken, wie ein paar von ihnen heimlich Blicke wechselten. Es war auch nicht gerade hilfreich, dass er seine Lederkleidung trug, weil die nun mal am geeignetsten war, um bei diesem Wetter ein Quad zu fahren.

»Was meinte die Schwester damit, dass ich dir bei deinen Quilts unter die Arme greifen könnte?«, fragte er, als sie den Korridor entlanggingen.

»Ach, wenn ich einen Quilt fertig habe, fotografiere ich ihn draußen und poste das Bild in den sozialen Medien.«

»Warum draußen?«

»Das Licht ist besser, und es sieht gut aus. Die Bäume bringen die Farben zur Geltung.« Sie griff nach ihrem Handy und zeigte ihm ihre Fotos. Die farbenprächtigen, kühnen Designs hoben sich von den Bäumen und dem Laub des Waldes ab. Und ihre Fotos folgten den wechselnden Jahreszeiten: dem satten Sommergrün, dem Kastanienbraun und Gold des Herbstes bis hin zu den gedämpften Tönen des Winters. »Siehst du, was für ein toller Hintergrund der Schnee ist? Ein bunter Quilt wirkt vor dem Weiß besonders gut.«

Er betrachtete die bunten Stoffblöcke und die schwarze Einfassung. Ihre Quilts waren auffällig und modern, und so fotografiert hatten sie etwas Kunstvolles. Er blickte Liberty an, sah ihre Arbeit in einem neuen Licht. Er hatte es als ein putziges, altmodisches Hobby abgetan, dabei sprachen die Ergebnisse tatsächlich von jahrelanger Ausbildung, von einem angeborenen Talent und technischem Können ganz zu schweigen. Sie war eine Künstlerin, die mit Stoff arbeitete. Und Alex war ehrlich beeindruckt.

»Wie viele von denen hast du gemacht?«, fragte er, als er weiterscrollte.

Lachend hielt sie ihm eine Tür auf. Sie bogen nach rechts ab in einen anderen Korridor. »Dutzende. Grob geschätzt einen pro Woche. Mehr, wenn ich die mitzähle, die ich bei der Arbeit für Evies Laden nähe.«

»Verkaufst du sie?«

»Ja. Deshalb stelle ich sie ja online. Das ist quasi mein Schaufenster. Sie gehen immer schnell weg.«

»Wie hat Carys dir geholfen?«

»Sie hat sie hochgehalten, damit ich den ganzen Quilt aufs Bild bekomme. Siehst du? So.« Sie zeigte auf die älteren Bilder unten auf dem Display. »Aber ich habe festgestellt, dass es auch gut aussieht, wenn ich sie über einem Ast drapiere.« Sie steckte ihr Handy wieder ein und blieb vor einer offenen Tür stehen. »Hier ist Carys' Zimmer.«

Er nickte, doch als sie eintreten wollte, hielt er sie zurück. »Die … äh … Schwestern haben recht. Ich könnte dir helfen, Bilder von deinen Quilts zu machen. Wenn du willst, heißt das.«

Sie strahlte. »Das wäre super, danke!«

In Carys' Zimmer beugte Liberty sich zu ihrer Freundin und küsste sie auf die Wange. »Carys, ich bin's.«

Alex betrachtete die Schlafende und fragte sich, ob sie das Lächeln in Libertys Stimme hörte. Es war so still im Raum. Die Geräte, an die Carys angeschlossen war, tickten ruhig neben ihr.

»Und das ist Alex. Du weißt schon, der Untermieter, von dem ich dir erzählt habe.« Sie winkte ihn zu sich.

Alex berührte Carys' Hand. Er war ein bisschen unsicher, verstand aber, was Liberty sich hiervon versprach. Und wer konnte schon sagen, was ihre Freundin wahrnahm? Wäre Carys seine Freundin gewesen, hätte er die Hoffnung auch nicht aufgegeben. Außerdem hatte er inzwischen von Liberty erfahren, dass Carys mehr als nur eine Freundin war. Eher wie eine Schwester vielleicht. Ihre Familie.

»Hi, Carys«, sagte er. »Du müsstest den Schnee sehen. Es ist unglaublich. Wie aus einem Bilderbuch.«

Liberty lachte und zog sich einen Stuhl heran. »Das sagt er jetzt, Car, aber er war so was von gar nicht froh, als es zu schneien anfing. Er war so richtig grummelig, weil er mit mir im Cottage festsaß.«

»Allmählich gefällt es mir besser«, lenkte er ein. Es gab keinen anderen Stuhl, also blieb er stehen.

»Bei dir klingt es, als hätte ich dich gezwungen, wässrigen Rosenkohl zu essen.« Liberty lächelte.

»Was?«

»Nicht wichtig.« Sie wandte sich wieder ihrer Freundin zu. »Ich habe dir jede Menge zu erzählen, Car. Wir sind Schlitten gefahren und haben im Garten einen Schneehund gebaut …«

Sie plapperte weiter, und Alex beobachtete, wie lebendig sie wirkte, während ihre Freundin regungslos blieb.

»Das wird dich jetzt freuen«, sagte Liberty zu Carys. »Ich habe einen Mann kennengelernt. Er heißt Ethan.«

Alex verkrampfte sich.

»Von ihm habe ich dir erzählt. Er kommt hin und wieder in den Laden, um für seine Mutter einzukaufen. Und ich habe ihn um eine Verabredung gebeten, kannst du das glauben?« Sie blickte schüchtern zu Alex. Er scharrte mit den Füßen, weil ihm bei dieser Unterhaltung unwohl war. »Mit ein bisschen Aufmunterung von Alex, aber jedenfalls hat Ethan zugesagt, und wir …«

Alex räusperte sich. »Wie wäre es, wenn ich uns Kaffee aus dem Automaten hole? Dann habt ihr ein bisschen Zeit allein.«

Sie zog die Brauen hoch. »Ist schon gut. Ich sage nichts, was nicht jugendfrei ist.«

»Trotzdem.« Er wartete ihre Antwort nicht ab, sondern verließ das Zimmer, froh, entkommen zu sein. Die Details ihres Dates musste er nicht hören. Nach drei gemeinsam verbrachten Tagen waren sie einander zwar nähergekommen, aber das hieß noch lange nicht, dass er alles von ihr wissen musste.

Er lief den Krankenhausflur entlang und versuchte, nicht an den Kuss zu denken, der leider immer noch zu lebhaft in seiner Erinnerung war: das samtige Gefühl ihrer Lippen, ihr überraschtes Entzücken und Vergnügen. Er schüttelte die unerwünschte Erinnerung ab und steckte Münzen in den Automaten. Die schwarze Flüssigkeit tropfte genauso eklig in den Pappbecher, wie er es sich vorgestellt hatte, und Alex war beinahe froh, als ein Pfleger erschien, der ihn um ein Autogramm bat. Es hatte sich offensichtlich herumgesprochen, dass er in der Klinik war.

Als er wieder zu Carys' Zimmer zurückkehrte, hatte sich dort vor der geschlossenen Tür schon eine Gruppe von Schwestern versammelt, die Liberty zuhörte. Und Alex erkannte die Melodie auf Anhieb. *Stille Nacht.*

Es war unglaublich. Libertys Stimme war seidig und klar; sie schaffte mühelos die hohen Töne, und er bekam eine Gänsehaut.

»Ist das nicht schön?«, flüsterte eine der Schwestern.

»Ist es«, antwortete er. Die eindringliche Melodie rührte etwas in ihm an. »Warum gehen Sie nicht hinein?«

Die Schwester schüttelte den Kopf. »Liberty hört auf zu singen, wenn jemand ins Zimmer kommt.«

»Sie ist schüchtern«, ergänzte eine andere Schwester. »Ich könnte auch nie vor Publikum singen.«

»So, wie du singst, ist das ein Segen«, scherzte eine andere Kollegin. »Aber was Liberty betrifft, ist es eine Vergeudung eines großen Talents, wenn keiner ihre wunderschöne Stimme hören darf außer Carys.«

Alex runzelte die Stirn. Liberty hatte all diese Talente, die so verborgen blieben wie ihr Cottage im Wald. Die Schwestern hatten recht: Es war eine Vergeudung.

»Machen dir Krankenhäuser nichts aus?«, fragte Liberty, als sie über das Klinikgelände zurück zum Parkplatz gingen. »Manche Leute hassen sie regelrecht.«

Sie hatte Bedenken gehabt, dass Carys' Gegenwart ihn verunsichern könnte, aber so war es überhaupt nicht gewesen. Tatsächlich war sie beeindruckt, wie entspannt er geblieben war und mit ihr und den Schwestern geplaudert hatte. Ihr war auch aufgefallen, wie die Schwestern einander bei seinem Anblick angesehen hatten. Es hätte sie nicht überraschen dürfen. Seine Lederkleidung betonte seine breiten Schultern und seine langen muskulösen Beine.

»Ich werde oft gebeten, kranke Kinder zu besuchen. Fans, du weißt schon.«

»Kranke Kinder? Das muss sehr traurig sein.«

»Es bricht einem das Herz. Aber wenn ich sehe, wie glücklich es sie macht, mich einfach nur zu sehen, weiß ich, dass ich das Richtige tue. Und sie sind so tapfer, dass es einen demütig macht.«

Gänzlich unvorbereitet, musste Liberty ihre Meinung von ihm schon wieder überdenken. Wer hätte gedacht, dass ein Berufsraser zu guten Taten fähig war? Vielleicht war sie etwas vorschnell in ihrem Urteil über ihn gewesen. Und sie empfand einen Anflug von Schuldgefühlen. Nun, zumindest hatten ihnen die letzten Tage Gelegenheit gegeben, einander besser kennenzulernen. Und zum Glück schienen sie den gestrigen Kuss hinter sich lassen zu können.

»Es muss schwer sein«, sagte er leise, »deine Freundin im Koma zu sehen. Nicht zu wissen, ob sie dich hören kann oder je wieder aufwachen wird.«

Der Ausdruck »schwer« erfasste das komplizierte Geflecht von Emotionen nicht einmal annähernd. »Ist es. Wenn ich glücklich bin, bekomme ich ein schlechtes Gewissen, aber wenn ich zu lange darüber nachdenke, werde ich deprimiert. Es ist so … aufreibend.« Sie warf ihm ein mattes Lächeln zu und ergänzte rasch: »Aber ich darf mich nicht beklagen. Für ihre Eltern muss es viel schlimmer sein.«

»Nicht unbedingt. Du hast mit ihr zusammengelebt, und es hört sich an, als wärt ihr euch sehr nahe gewesen.«

Sein Verständnis war wohltuend.

»Ich schätze, es ist übler, als wäre sie gestorben. Dann könntest du wenigstens trauern. Aber das hier ist wie …«, fuhr er fort.

»Ein qualvoller Stillstand«, beendete sie den Satz leise. »Ja, ist es.«

Sie erreichten das Quad, das ganz allein auf dem Parkplatz stand. »Und was ist der Plan für heute Abend?«, fragte Alex.

»Was meinst du?«

»Wie ist die Freitagabendroutine? Beinhaltet die Wein?«

»Nein, ich muss morgen arbeiten. Vorausgesetzt, die Straßen sind wieder frei.«

»Könnte sein. Sieh mal, es taut stellenweise schon.« Er zeigte auf eine Stelle, an der sich der Schnee bereits in Matsch verwandelt hatte.

Prompt keimte Hoffnung in Liberty auf. Morgen war der Weihnachtsball, und sie würde Ethan sehen.

»Es ist schade«, sagte Alex. »Mit dem Schnee sieht es hier wie in einem Märchenbuch aus. Obwohl die Gegend auch ohne Schnee ihren Charme hat.«

»Ich dachte, es gefällt dir hier nicht.«

Er grinste. »Vielleicht gewöhne ich mich langsam dran.«

Diese Wendung verschaffte ihr ein Triumphgefühl.

»Was machst du?«, fragte er, als sie auf das Quad stieg und nach dem Lenker griff.

»Ich übernehme das Fahren.«

Ein breites Lächeln erschien auf seinem Gesicht und brachte seine Augen zum Leuchten. Er gab ihr die Schlüssel und stieg hinter ihr auf. Dann legte er ihr die Arme um die Taille, und Liberty bemühte sich, das Kribbeln zu ignorieren, das sie durchrieselte.

Alex erklärte ihr, was sie tun musste; kompliziert war es nicht. Sie ließ den Motor an. »Bereit?«

»Bereit.« Er lachte leise.

»Was ist so witzig?«

»Du«, antwortete er. Seine Stimme war tief und warm an ihrem Ohr. »Auf der Hinfahrt hast du wie eine Klammer an mir geklebt …«

»Klette«, korrigierte sie.

»Und jetzt drehst du den Motor auf wie ein Hells Angel.«

Sie schmunzelte. »Tja, ich fühle mich jetzt mutiger.«

Wenn sie mit ihm zusammen war, fühlte sie sich anscheinend immer mutiger als üblich. Und diese Erkenntnis überraschte sie.

Samstag, 13. Dezember

»Dieser Quilt sieht klasse aus. Hatte die Kundin um ein Liberty-Muster gebeten?« Liberty strich den geblümten Stoff glatt. Es war ihr erster Tag zurück im Button Hole, da die Straßen geräumt worden waren, doch im Laden war es ruhig. Deshalb waren sie im hinteren Zimmer und hefteten einen der drei Quilts, die Evie genäht hatte, als sie eingeschneit waren.

Sie hatte die Unterseite ausgelegt und auf dem großen Arbeitstisch festgeklemmt. Als Nächstes kam die Füllung, die sie ebenfalls glätteten.

»Ja, hat sie.« Evie steckte ihre Ecke fest. »Ich weiß, dass du sie nicht magst, aber sie sind sehr beliebt.«

»Ich ziehe schlichtere Stoffe vor, stimmt, aber Liberty-Muster passen zu diesem Stil: romantisch und klassisch. Du hast die Zeit gut genutzt, so viel, wie du geschafft hast.«

»Na ja, Jake hat gearbeitet – er wollte seine Patienten nicht hängen lassen –, also war ich allein zu Hause. Ich habe es sogar genossen. Es kommt ja nicht oft vor, dass ich den ganzen Tag nähen kann, und jetzt haben wir eines der Gästezimmer zu einem Nähzimmer umfunktioniert, sodass ich alles dahabe, was ich brauche.«

Nachdem beide Schichten komplett glatt waren, zogen sie die Hälfte der Füllung zurück, und Evie sprühte sie mit Textilkleber ein.

»Es ist schön, wieder bei der Arbeit zu sein«, sagte Liberty, während sie die Füllung sorgfältig wieder auf den Unterstoff drückte, wobei sie sich von der Mitte nach außen vorarbeitete. Evie machte dasselbe auf der anderen Tischseite, und sie wiederholten den Prozess bei der zweiten Hälfte. »Eingeschneit zu sein ist ein paar Tage ganz spaßig, verliert aber schnell den Reiz. Mir hat der Laden gefehlt.«

»Ich war schon besorgt um dich, weil du die ganze Zeit mit dem launischen Motorradfahrer festgesessen hast.«

»Tatsächlich ist er gar nicht so schlimm, wenn man ihn ein bisschen kennenlernt. Er hat nur … eine Menge Sachen, die ihm durch den Kopf gehen.« Sie strich über das weiche Futter und erinnerte sich an seinen gequälten Tonfall, als er ihr erzählt hatte, dass seine Karriere vorbei war. Und an die Glut in seinen Augen, bevor sie sich geküsst hatten.

Evie hielt inne. »Wirst du rot? Lib, gibt es etwas, das du mir verschweigst?«

»Wir haben uns in den drei Tagen nur besser kennengelernt, sonst nichts.« Doch sie mied Evies Blick, als sie die letzte Schicht – die Vorderseite des Quilts – auf das Futter legten und achtgaben, dass sie akkurat ausgerichtet war, ehe sie auch diese Lage festklebten.

»Sonst nichts?« Evies Augen funkelten amüsiert.

»Ehrlich, Evie. So ist es nicht. Alex wird sowieso nicht lange bleiben, und ich freue mich sehr darauf, heute Abend Ethan wiederzusehen. Ich weiß, dass es noch sehr früh ist, aber ich habe ein gutes Gefühl, was uns betrifft.«

»Ich mag ihn. Er ist so höflich.« Evie klemmte ihre Quiltseite fest. »Aber ich bin auch froh, dass du besser mit dem Motorradfahrer auskommst. Es ist gewiss nicht einfach, mit jemandem zusammenzuwohnen, wenn die Atmosphäre vergiftet ist.«

»Stimmt. Und ich habe es mir anders überlegt, was mehr Untermieter angeht. Diesmal habe ich Glück gehabt, doch es könnte furchtbar schiefgehen.« Sie öffnete eine kleine Dose mit Quilter-Sicherheitsnadeln. Sollte der Kleber nicht halten, was unwahrscheinlich war, würden sie die drei Schichten sichern, bis sie mit der Maschine zusammengenäht waren. Liberty stach eine Nadel in den Quilt und sagte leise: »Außerdem hoffe ich immer noch, dass Carys aufwacht und nach Hause kommt.«

Evie sah sie mitfühlend an. »Wird sie. Da bin ich mir sicher.«

Liberty holte tief Luft und kämpfte mit ihren Gefühlen. »Dann wird ihr leidtun, dass sie den Ball heute Abend verpasst hat. Sie liebt den Weihnachtsball.«

Evie blickte aus dem Fenster. »Wir haben Glück, dass der

Schnee rechtzeitig getaut ist.« Ihre Grübchen erschienen. »Ich kann es gar nicht erwarten, allen unsere Neuigkeit mitzuteilen.«

Liberty lächelte. Sie freute sich für Evie, dass sie jemanden gefunden hatte, der sie glücklich machte. Einen Menschen, mit dem sie den Rest ihres Lebens verbringen wollte. Der Ball heute Abend würde erinnerungswürdig werden.

Liberty begutachtete ein letztes Mal ihr Spiegelbild, ehe sie nach unten ging, wobei sie aufpasste, nicht mit den Absätzen ihrer glitzernden Schuhe in ihren Kleidersaum zu treten. Sie trug ein langes schokoladenbraunes Seidenkleid und das Haar offen in großen Wellen. Ihre Augen hatte sie dunkel geschminkt und die Lippen in einem matten Rot.

In der Küche öffnete sie die Schublade, in der sie ihre Schlüssel aufbewahrte, und steckte den Bund in ihre Handtasche. Alex machte einen Salat. Er blickte über die Schulter und zuckte zusammen. »Du siehst fantastisch aus.«

Ihr Herz machte einen Hüpfer. Sie wurde rot und bedankte sich murmelnd. Carys hatte ihr früher oft gesagt, dass sie umwerfend aussah, aber wenn das Kompliment von einem Mann kam, fühlte es sich anders an. Erst recht von einem gut aussehenden, heißblütigen Franzosen, der ihrer Erfahrung nach stets aussprach, was er dachte.

Sie verdrängte den Gedanken. Ethans Meinung war es, die für sie zählte. »Bist du sicher, dass du nicht mitkommen willst?«, fragte sie.

»Ja, bin ich.« Als er die Vinaigrette für den Salat mit einer Gabel verrührte, bemerkte sie, dass er Ölflecken an den Fingern hatte. Er hatte ihr gesagt, dass er heute einige Ersatzteile zu Guy bringen wollte, und sie vermutete, dass er mal wieder zum Helfen geblieben war.

»Luc hat einen schwarzen Anzug für dich vorbeigebracht. Er hängt in meinem Nähzimmer.«

»Ich habe ihm gesagt, er soll es lassen.«

»Ich verstehe nicht, warum …«

»Es ist nicht mein Ding. Und ich kenne dort niemanden.«

»Doch, tust du. Du kennst Luc und Natasha, Guy und Bob …«

»Ich kümmere mich um Charlie.«

Sie schloss den Mund, und für einen Moment schwiegen sie beide. »Na gut.«

Wenn sie ehrlich war, verspürte sie Erleichterung. So würde es klarer sein: nur Ethan und sie. Bei einem Date.

Der Hund kam hoffnungsvoll in die Küche. Er musste seinen Namen gehört haben.

»Ich gehe mit ihm raus. Zehn Uhr, spätestens«, schwor Alex und tippte auf seine Uhr. Liberty wusste, dass er sie auf den Arm nahm.

»So streng bin ich auch wieder nicht.«

»O doch, bist du. Aber keine Sorge. Falls ich es vergesse, erinnert er mich dran. Er ist ein kluger Hund, nicht wahr?« Er kraulte Charlie hinter den Ohren.

»Ich fasse nicht, wie gut ihr zwei euch jetzt versteht. Was ist aus dem Abstandhalten wegen deiner Allergie geworden?«

»Ich habe mir Anti-Allergiepillen gekauft und vielleicht auch eine gewisse Immunität entwickelt.«

Ein Auto war draußen zu hören, und beide drehten sich um. »Das ist Ethan«, sagte Liberty.

Sie öffnete die Haustür und bat ihn herein. Er sah unglaublich elegant aus in seinem Smoking, und sie liebte es, dass er sie trotz ihrer hohen Absätze überragte. Sie stellte ihn vor, und Alex und er schüttelten sich die Hände.

»Ich habe viel von dir gehört«, sagte Alex kühl.

»Ich auch von dir«, entgegnete Ethan sehr viel freundlicher. Er musterte den Franzosen, der in schwarzer Jeans und einem Pullover vor ihm stand. »Kommst du nicht mit zum Ball?«

»Nein.« Mehr sagte Alex nicht, und sein Blick war frostig.

Liberty sah ihn verärgert an. Es war offensichtlich, dass er Ethan nicht mochte, und sie verstand nicht, warum. Hatte er sie nicht ermuntert, mit ihm auszugehen? »Alex hat angeboten, hierzubleiben und später die Runde mit Charlie zu übernehmen.«

Ethan lächelte und nickte. Liberty trat von einem Fuß auf den anderen und begann nervös zu werden. Sie musste unbedingt Abstand zwischen die beiden Männer bringen. Es war idiotisch, aber sie befürchtete, Ethan könnte spüren, das zwischen Alex und ihr etwas vorgefallen war.

»Gut.« Sie schnappte sich ihre Handtasche. »Wollen wir? Ich freue mich schon sehr auf heute Abend.«

Draußen fragte sie: »Was macht deine Mutter heute?«

»Sie sieht sich einen Film an und näht. Sie arbeitet sehr eifrig an ihrem Quilt, um ihn rechtzeitig zur Ausstellung fertig zu bekommen.«

Ethan eilte voraus, um Liberty die Autotür aufzuhalten, genau wie bei ihrem ersten Date. Sie dankte ihm, fand es diesmal jedoch ein wenig übertrieben. Es fühlte sich altmodisch an.

Bei ihrer Ankunft in Old Hall war die Eingangshalle bereits voller Tanzender. Kellner zogen am Rande der Tanzfläche ihre Kreise mit Tabletts voller Champagnergläser.

»Wollen wir tanzen?«, fragte Liberty.

Dabei dachte sie immer wieder an *Alex – Allein zu Haus* und fragte sich, warum er sich so hartnäckig geweigert hatte zu kommen. Dann sagte sie sich, dass es seine Entscheidung war und es ihm schon gut ginge.

Nach einer Weile war ihnen beiden warm, und sie hatten Durst. »Trinken wir etwas«, schlug Liberty vor.

Sie bahnten sich ihren Weg an den Rand der Tanzfläche, und Liberty nahm sich ein Glas Champagner. Ethan entschied sich für Orangensaft, und sie beobachteten, wie Evie und Jake die Tanzfläche betraten. Normalerweise war Jake ernst und reserviert, aber heute Abend brachte er Evie mit einigen wilden Tanzschritten zum Lachen. Liberty lächelte. Anscheinend kitzelte Evie seine witzige Seite hervor. Weiter hinten tanzte Luc mit Lottie. Er wirbelte das kleine Mädchen herum, dass es kicherte und quiekte vor Vergnügen. Natasha stand seitlich von ihnen und filmte sie.

Liberty sah Dorothy allein sitzen. Sie ging hin, um sie zu begrüßen, und Ethan folgte ihr.

Dorothy lächelte sie strahlend an. »Liberty, wo ist dein netter Franzose? Ich habe ihn in seinen Ledersachen gesehen. Er ist ein ziemlich guter Fang.«

Liberty wurde rot. »Er ist nicht mein Franzose, sondern mein Untermieter.« Sie blickte kurz zu Ethan, der gleichfalls unangenehm berührt wirkte. Was sie ihm nicht verübeln konnte.

»Du musst mal zum Tee zu mir kommen, wenn du Zeit hast, Liberty. Es gibt etwas, über das ich mit dir reden muss«, fuhr Dorothy fort.

»Aha? Was …«

Ein Schwall eisige Luft wehte über sie hinweg, und sie drehten sich zur Eingangstür um.

Die Musik hatte abrupt aufgehört, und der DJ murmelte, dass die Anlage verrücktspiele. Doch niemand hörte zu. Sämtliche Blicke waren auf den Eingang und die unerwartete

Erscheinung dort gerichtet. Alex stand an der Tür, eine dunkle Gestalt mit zerzaustem Haar, in schwarzer Jeans, weißem Hemd mit offenem Kragen und einer locker umgebundenen schwarzen Krawatte. Als hätte er sich nur minimalst bemüht, den Dresscode zu befolgen – allerdings zu seinen eigenen Bedingungen und in seinem unnachahmlichen widerspenstigen Stil. Liberty krampfte sich der Magen zusammen.

»Das Ebenbild von James Dean«, sagte Dorothy verzückt und laut genug, dass alle es hörten.

Leises Lachen erklang in der Halle. Luc eilte hinüber, klopfte Alex auf die Schulter und begrüßte ihn auf Französisch, ehe er die Tür hinter ihm schloss.

»Lib? Hast du mich gehört?« Ihr wurde bewusst, dass Ethan mit ihr gesprochen hatte, und sie löste den Blick von der Tür.

»Entschuldige. Wie bitte?«

Er zeigte hinter sie, wo Jake ein Stück die Treppe hinaufgegangen war, sodass alle ihn sehen konnten. Evie gesellte sich zu ihm. Sie sah bezaubernd aus in ihrem Kleid, dessen Farbe an Kirschmarmelade erinnerte. Sie hatte es selbst genäht.

»Danke, dass ihr alle heute Abend gekommen seid«, begann Jake. »Es bedeutet uns viel, euch hier zu haben und die alte Tradition des Weihnachtsballs von Willowbrook zu bewahren. Der heutige Abend ist ein besonderer, weil ich eine Neuigkeit bekannt geben möchte.«

Ein Murmeln ging durch die Menge, und alle spitzten die Ohren. Liberty grinste. Obwohl sie wusste, was er sagen würde, war es aufregend.

»Heute vor einem Jahr bin ich dem Zauber einer sehr speziellen Frau verfallen«, sagte er. Er sah Evie an, und bei dem Ausdruck in seinen Augen wurde Liberty warm ums Herz. Evie strahlte Jake an.

Jemand in der Menge juchzte.

Jake fuhr fort: »Es hatte geschneit, und ich schimpfte darüber, aber sie hat gelächelt. Und sie hat mir klargemacht, dass man die Wahl hat, ob man sich auf die dunklen Wolken im Leben konzentrieren will. Oder ob man mit ausgebreiteten Armen im Schnee stehen und die Schönheit und Magie der fallenden Flocken genießen möchte. Ich kann mit Fug und Recht behaupten, dass Evie kennenzulernen mein Leben buchstäblich auf den Kopf gestellt hat.« Jake blinzelte, und die Menge jubelte. Er fing sich rasch wieder. »Deshalb haben wir beschlossen zu heiraten.«

Es wurde hörbar nach Luft gerungen, dann klatschten und pfiffen alle.

»Also erhebt bitte eure Gläser.« Jake wandte sich zu Evie. »Pollyanna, ich danke dir für die Freude, die du in mein Leben gebracht hast. Ich liebe dich, und ich freue mich darauf, den Rest meines Lebens mit dir zu verbringen.«

»Auf Jake und Evie!«, rief jemand.

Und das ganze Dorf stimmte ein. »Auf Jake und Evie!«

Kapitel fünfzehn

Alex war sich nicht sicher, warum er in letzter Minute beschlossen hatte, doch zu kommen. Nachdem Liberty gegangen war, war er in der Küche umhergestampft, hatte Salat in eine Schale geworfen, ihn mit der Vinaigrette übergossen, eine Pfanne auf den Herd geknallt und den Gasring angezündet. Die Flammen waren zu groß, hüllten die Pfanne ein. Er drehte das Gas herunter und schaute wütend zu der Stelle, an der Liberty Momente zuvor gestanden hatte, atemberaubend in ihrem langen Kleid und strahlend, als er ihr sagte, wie fantastisch sie aussehe.

Dann war ihr Date gekommen.

Bis dahin war Ethan bloß ein Name gewesen. Aber sie hatte recht: Wie sich herausstellte, verkörperte er alles, was sie sich wünschte. Sein blondes Haar war tadellos gekämmt, seine Augen waren auffallend blau, und er war groß. Größer als Alex. Er war alles, was Alex nicht war, und ihm gefiel nicht, welche Gefühle das in ihm auslöste. Er wollte den Kerl aus dem Bild drängen. Und er war nicht bereit, näher über den Grund nachzudenken.

Alex hatte beobachtet, wie der Typ die Tür seines langweiligen, vernünftigen Autos für sie aufhielt, und ihr Lächeln gesehen, als sie sich bedankte. Dann fuhren sie davon.

Allein schnitt Alex ein Stück Butter ab und warf es in die Pfanne. Es zischte und spritzte, während es zu einer schäumenden Pfütze schmolz. Warum kümmerte ihn, wie der

Blonde aussah oder wie strahlend Liberty in seiner Gegenwart wirkte? Es war ihr gutes Recht, weiter auf Dates zu gehen. Das war vorher schon ihr Plan gewesen, und an dem hatte sich nichts geändert. Alex schwenkte die Butter in der Pfanne und legte das Steak hinein. Charlie kam wieder in die Küche.

»Heute Abend sind es nur wir zwei, Kumpel«, sagte Alex finster zu ihm.

Er hielt inne. War es das? Nach nur drei gemeinsamen Abenden mit ihr vermisste er sie? *Im Ernst, Ricard, was zur Hölle ist hier los?* Es war ja nicht so, als wäre er für eine Beziehung zu haben – oder einen Kuss. Nicht einmal für einen versehentlichen Kuss.

Komisch, dass er ihn nicht vergessen konnte.

Er schüttelte den Kopf, nahm das Steak aus der Pfanne und legte es auf einen Teller. Doch als er sich zum Essen setzte, war der Salat zu säuerlich und das Steak zu stark angebraten. Er zwang sich zu kauen, konnte es aber nicht genießen. Und als Charlie neugierig schnüffelnd ankam, stellte Alex ihm den Teller hin. »Na los, nimm du es.« Er seufzte und sah zu, wie der Hund das Steak entzückt verschlang.

Im Wohnzimmer schaltete er den Fernseher ein, und Charlie rollte sich neben ihm zusammen. Alex streichelte ihn hinter den Ohren. Er schaltete sich durch die Kanäle, bis er einen alten Western fand. Aber als Clint Eastwood auf sein Pferd stieg, schweifte Alex' Blick zum Fenster. Er stellte sich Old Hall vor und fragte sich, ob Liberty sich amüsierte.

Fluchend sprang er auf. »Komm, Charlie, gehen wir spazieren.«

Doch nicht einmal ein Marsch durch die kalte Abendluft konnte ihn beruhigen. Als er zurück ins Cottage kam, lief er rastlos in der Diele auf und ab. Beunruhigt.

Er griff nach dem Schlüssel für das Quad und wog ihn in der Hand. Er musste es so oder so zurückbringen. Warum nicht heute Abend? Kurz entschlossen war er losgefahren.

Jetzt war er hier, in Old Hall, und während alle Jake und Evie applaudierten, suchte Alex den Raum nach Liberty ab. Sie war nicht schwer zu finden – ihr Haar und ihre Größe waren in der Menge leicht auszumachen.

Und sie sah umwerfend aus. Das lange Seidenkleid betonte ihre hochgewachsene schlanke Statur, ihre Haut war cremeweiß mit kleinen Sommersprossen, und ihre Lippen glänzten wie Rubine. Ethan beugte sich zu ihr, flüsterte ihr etwas zu, und sie lächelte. Alex wurde wütend. Er musste mit ihr sprechen – allein.

Dann trat Guy zu ihm und bot ihm an, ihm etwas zu trinken zu holen, und er verlor Liberty aus den Augen.

Wenig später stieß er auf Jake und gab ihm den Quadschlüssel. »Vielen Dank, dass du es mir geliehen hast.«

Jake steckte den Schlüssel ein und lächelte. »Ich wollte dir auch danken. Guy hat mir erzählt, dass du Teile für meine Triumph aufgetrieben hast. Die sind nicht einfach zu kriegen.«

»Kein Problem. Ich habe selbst einen Klassiker, daher weiß ich, an wen ich mich wenden muss.«

»Welche Marke?«

»Yamaha. Einmal im Jahr hole ich sie raus und fahre mit ihr den Moto Legends Cup.«

Jake nickte beeindruckt. »Eigentlich sind Autos eher mein Ding, aber als ich die Triumph gesehen habe, konnte ich nicht widerstehen. Ich habe Evie noch nichts erzählt.«

Alex trank einen Schluck. Er blickte sich im Raum um, konnte aber das rote Haar nicht entdecken, nach dem er suchte. »Denkst du, sie mag die Maschine nicht?«

»Eher sorge ich mich, dass sie ihr zu gut gefällt – besser, als gesund für sie ist.« Jake grinste. »Evie ist der ungeschickteste Mensch, der mir je begegnet ist. Setzt man sie auf ein Motorrad, ist ein Unfall praktisch programmiert.«

Alex lachte. »Wie viele klassische Autos besitzt du?«

»Zwei. Den Bentley, den ich täglich nutze, und noch einen TVR in der Garage.«

»Die würde ich mir gerne mal ansehen.«

»Möchtest du jetzt mal einen Blick drauf werfen?«

»Musst du nicht …?« Alex machte eine Bewegung mit der Hand in Richtung der anderen Gäste.

»Hier vermisst uns keiner, wenn wir für zehn Minuten verschwinden«, antwortete Jake augenzwinkernd.

Alex folgte ihm hinaus zu der geräumigen Garage. Dort bewunderte er kurz den Bentley, doch es zog ihn zu dem sportlicheren Wagen, dem TVR, und er strich mit einer Hand über die gewölbte Haube.

»An dem Wagen arbeite ich noch«, sagte Jake. »Ich kaufe solche Autos gerne und restauriere sie dann, bis sie wieder in ihrem Originalzustand sind. Besser gesagt, ich lasse sie von Guy restaurieren. Ich bezahle ihn nur.«

Alex bückte sich, um das Innere genauer anzusehen, doch seine Schulter protestierte, und er rang nach Luft.

»Alles okay?«, fragte Jake.

Alex nickte, als der Schmerz abklang. »Bloß eine Verletzung. Und welche Reparaturen braucht der?«

»Ach, hauptsächlich Oberflächliches. Die Karosserie ist ziemlich verrostet, wie man sieht, und ein paar Teile müssen ausgewechselt werden. Guy kommt nächste Woche und holt ihn ab.«

»Wie lange wird es dauern?«

»Keine Ahnung. Wie du weißt, ist es schwierig, an Originalteile zu kommen.« Er zeigte auf den Bentley. »Bei dem hat es drei Jahre gedauert, ihn in Form zu bringen. Aber das Warten hat sich gelohnt.«

Alex gefiel, dass Jake von seinen Autos sprach, als handelte es sich um Personen; er machte es bei seinen Bikes nicht anders. Jedes war individuell, hatte seine eigene Persönlichkeit und seine Macken, und die herauszufinden gehörte zu den essenziellen Fähigkeiten eines guten Rennfahrers. Jake schloss die Garage wieder ab, und sie kehrten zum Haus zurück.

»Luc sagt, dass du Rennfahrer bist.«

»Bin ich.« Alex nickte und verspannte sich. *War.*

»Aber du bastelst auch gern an den Maschinen?«

»Nur wenn ich Zeit habe. Ich bin hergekommen, um nach jemandem zu suchen, aber bisher hatte ich wenig Erfolg. Und diese Woche wurde mir mein Bike gestohlen. Es ist sehr frustrierend.«

»Und du erholst dich auch noch von einem Unfall. Es dürfte eine schwierige Zeit für dich sein.«

Alex antwortete nicht. Seine Schritte knirschten auf dem Kiesweg, und er blickte starr geradeaus. Die Fenster des Herrenhauses schimmerten golden in der Dunkelheit, und Silhouetten glitten drinnen an ihnen vorbei. Alex fragte sich, wo Liberty war und was sie machte. Klebte sie immer noch an diesem blonden Typen? Tanzte sie? Lachte sie?

»Gratuliere übrigens zur Verlobung«, sagte er.

»Danke.«

»Ich habe deine Rede gehört, gestehe allerdings, dass ich das mit dem Schnee nicht verstanden habe. Und Pollyanna – wer ist das?«

Jake lächelte. »Hat Luc dir erzählt, dass ich meine erste Frau verloren habe?«

»Nein.« Alex sah ihn an. »Du bist schon einmal verheiratet gewesen?«

Jake nickte. »Maria ist jung gestorben. Sehr jung. Und ich hatte es schlecht verkraftet. Teils, weil ich mir selbst die Schuld gab, aber vor allem war ich in meiner Wut gefangen. Ich war wütend auf die Welt, auf mich und weil sie sterben musste, während andere weiterlebten … Als ich Evie kennenlernte, war ich übel drauf, völlig fixiert auf alles, was ich verloren hatte.«

Alex blickte ihn an und versuchte, sich den inneren Aufruhr vorzustellen, den Jake beschrieb. Es war allerdings schwer, denn vor ihm stand ein ruhiger, intelligenter Mann, dem nichts davon anzumerken war.

»Aber dann bin ich Evie begegnet. Sie hat mich gelehrt, das Positive zu sehen. Da sie eine Optimistin ist, fällt es ihr leicht, während ich lernen musste, das Gute im Leben zu sehen. Und ich bin froh, dass ich es geschafft habe.«

Jakes Worte in der stillen Nachtluft machten Alex nachdenklich. Er runzelte die Stirn. War er auf alles fixiert, was er verloren hatte?

Ja, war er. Selbstmitleid war nie ein schöner Charakterzug, doch was hatte er die letzten Wochen gemacht, außer sich genau darin zu suhlen?

Angewidert von sich selbst seufzte er. Er hatte zwei schwere Unfälle überlebt, aber seine Verletzungen hätten schlimmer sein können. Erheblich schlimmer. Und er hatte keine Geldsorgen. Er brauchte schlicht – nein, wollte – ein neues Ziel im Leben.

Im Haus trank Alex einen Orangensaft, während er beobachtete, wie Liberty sich mit Ethan unterhielt. Selbst aus dieser Entfernung konnte er erkennen, dass ihr Lächeln verkrampft war. Sie war höflich, nicht entspannt, und der Typ bemühte sich zu sehr, erdrückte sie. Sobald Ethan zur Bar ging und sie allein ließ, ergriff Alex die Chance und näherte sich ihr.

»Alex!« Sie lächelte. »Du hast es dir also doch anders überlegt? Das freut mich. Es ist …«

»Warum verschwendest du deine Zeit mit ihm?« Sofort verschwand ihr Lächeln. »Jeder kann sehen, dass du nicht auf ihn stehst.«

»Wie bitte?« Sie funkelte ihn wütend an. »Habe ich den Teil verpasst, in dem ich dich um deine Meinung bitte?«

Er zuckte mit den Schultern. »Ich weise lediglich auf das Offensichtliche hin.«

Sie lachte bitter. »Und was gibt dir das Recht, dich in mein Leben einzumischen? Es geht dich nichts an, zu wem ich mich hingezogen fühle.«

Er hob die Hände, als wollte er sich ergeben, doch eine kleine Stimme warnte ihn, dass er zu weit gegangen war. Er sollte sich zurückziehen. »Hör zu«, sagte er versöhnlicher, »ich meine nur, dass du, bloß weil du dir vorgenommen hast, mehr auszugehen, dich nicht mit den falschen Männern treffen solltest.«

»Ach, und wer wären dann die richtigen Männer? Willst du mich dabei auch beraten?«

Er schüttelte den Kopf. »Ich weiß lediglich, dass du deine Zeit mit dem Langweiler da drüben vergeudest. Da ist keine Chemie zwischen euch, keine Leidenschaft. Jeder kann es sehen. Und du weißt es auch, willst es aber nicht zugeben.« Er hasste es, dass sein Akzent stärker wurde, wenn er sich aufregte. Tatsächlich empfand er in dieser Sache sehr stark, und obwohl sie ihn ansah wie eine fauchende Katze, war es befreiend, es endlich herauszulassen.

Stirnrunzelnd folgte sie seinem Blick zur Bar, wo der

blonde Typ geduldig wartete, bis man ihn bediente. »Ethan ist ein richtig netter Mann«, sagte sie.

»Und seine Mutter quiltet gern«, ergänzte Alex und verdrehte die Augen. »Ich weiß.«

»Deshalb mag ich ihn nicht!«, konterte sie entrüstet. »Er ist fürsorglich, freundlich und gesetzt …«

»Und du willst eine Familie, also wird er es auch wollen!«

Sie sah schockiert aus. Und er musste sich eingestehen, dass er es gleichfalls war.

Ruhiger sagte er: »Du findest jemand anderen, mit dem du eine Familie gründen kannst. Wie wäre es, wenn du bis dahin nicht noch mehr Zeit damit vergeudest, in die falsche Richtung zu laufen?«

»Ethan ist ein guter Mensch«, erwiderte sie. »Er arbeitet viel, lebt in der Gegend und ist … verlässlich.«

»Das ist das Beste, was dir einfällt? Nett? Verlässlich? Und wo er wohnt? Als würdest du von einem Rentner reden.«

»Ich weiß nicht, was es dich angeht, mit wem ich zusammen bin oder welche Gefühle ich für denjenigen habe!«

»Nichts, du hast recht. Ich … sorge mich nur, sonst nichts. Ich sorge mich, dass du dich auf den Langweiler einlässt, obwohl du es so viel besser treffen könntest. Du wolltest einen Partner finden und hast dich auf ihn gestürzt, weil er ein paar vage Kriterien erfüllt. All diese Spinner von der Dating-App haben dich desillusioniert, also wählst du die sichere Option. Aber es ist offensichtlich, dass er nicht dein Herz entflammt.«

»Hör auf, mir zu erzählen, was ich empfinde!«, zischte sie.

»Ich weise dich bloß auf das hin, was du anscheinend nicht wahrhaben willst.«

»Ach ja? Oder willst du allen den Spaß verderben, weil du wegen des Endes deiner Karriere immer noch Mitleid mit dir selbst hast?«

Erschrocken trat er einen Schritt zurück.

»Halt dich raus, Alex. Ich habe dich nicht um deine Meinung gebeten, und ich will sie nicht hören.«

Sie drehte sich um und marschierte davon, ein Wirbelwind aus leuchtendem Haar und dunkler Seide.

Im nächsten Moment war sie verschwunden. Sekunden später erschien Ethan mit zwei vollen Gläsern. Er stutzte und fragte: »Hast du Liberty gesehen?«

Alex nickte und wies ihm die Richtung. »Sie ist da langgegangen.«

Liberty floh den Korridor hinunter und in das erste leere Zimmer, das sie finden konnte. Wie sich herausstellte, war es die Bibliothek. Liberty lief auf und ab, betrachtete wütend die hohen Bücherregale und kämpfte gegen den Impuls an, nach ihnen zu treten.

Es war Alex, den sie treten sollte, nicht Jakes Mobiliar. Wie konnte er es wagen? Wie *konnte* er?

Es dauerte eine Weile, bis sie ihre Wut einigermaßen gezügelt hatte. Sie blieb vor dem Kamin stehen, über dem ein riesiger vergoldeter Spiegel hing. Liberty stützte die Hände auf den Marmorsims des Kamins und betrachtete mürrisch ihr Spiegelbild. War etwas dran an dem, was Alex gesagt hatte? Wollte sie wirklich so verzweifelt jemanden finden, dass sie sich blind an Ethan klammerte? Gab es keine Chemie zwischen ihnen? Keine Leidenschaft?

Prompt dachte sie an den Kuss mit Alex. *Das* war Leidenschaft gewesen.

Oder nicht? Verärgert runzelte sie die Stirn.

Es war nur Verlangen gewesen, ein verrückter Moment. Und selbst wenn es echte Leidenschaft gewesen wäre, was hieß das schon? Leidenschaft bedeutete nicht, dass zwei Menschen zusammenpassten. Leidenschaft gab einem keine Sicherheit. Sie flammte auf und erlosch wieder. Sie war nicht verlässlich.

Seufzend blickte Liberty zu der Tür zum Korridor, hinter der die Lichter hell leuchteten und die Musik wummerte. Ethan würde sich wundern, wo sie war. Sie war hergekommen, um sich eine Pause zu gönnen, aber nur Feiglinge liefen weg. Und sie war nicht mehr feige, oder? Ihr gefiel nicht, was Alex gesagt hatte, aber sie würde sich davon nicht den Abend verderben lassen.

Liberty straffte die Schultern und machte sich auf den Weg zurück zur Party. Sie würde Ethan suchen und sich prächtig amüsieren – und Alex beweisen, dass er keine Ahnung hatte, was oder wie sie empfand. Gar keine.

Ethan war auf der Suche nach ihr und strahlte, als er sie entdeckte.

»Danke.« Lächelnd nahm sie das Glas Champagner entgegen, das er ihr reichte. Er küsste sie auf die Wange, und Liberty war enttäuscht, weil sie nichts fühlte. Nicht das leiseste Kribbeln im Bauch. Doch als sie Alex auf der anderen Seite der Halle sah, war es, als ob ein Feuerwerk in ihr explodierte.

Sie sagte sich, es liege daran, dass sie noch wütend war, und trank einen großen Schluck Champagner. Gleichzeitig versuchte sie, sich auf das zu konzentrieren, was Ethan sagte – etwas über die hakende Karaokemaschine –, doch es konnte ihr Interesse nicht fesseln. Ihre Gedanken schweiften ebenso ab wie ihr Blick. Und wieder schaute sie nach dem Franzosen, als er sich durch den Raum bewegte. Vielleicht ging es ihm genauso, denn wann immer er von einer Unterhaltung in ihre Richtung schaute, wurde sein Gesichtsausdruck angespannt. Und reumütig.

Etwas in Liberty löste sich ein wenig.

Streng ermahnte sie sich, es zu ignorieren. Sie zog es vor, wütend auf ihn zu bleiben. Sie wollte keine Entschuldigung in seinem Blick erkennen oder sich mies wegen der Sachen fühlen, die sie zu ihm gesagt hatte. Heute Abend war sie mit Ethan hier, und ihm sollte ihre ungeteilte Aufmerksamkeit gelten.

Plötzlich, aus einem Impuls heraus, wandte sie sich zu Ethan und legte eine Hand an seine Wange. Er brach den Satz ab, den er gerade begonnen hatte. »Lib? Was …?«

Sie küsste ihn mit aller Leidenschaft, die sie aufbringen konnte, und sagte sich, dass er der Richtige für sie war: Er war klug, verlässlich, hatte dieselben Ziele wie sie …

Es nützte nichts.

Ihre Gedanken blieben bei Alex hängen.

Unglücklich brach sie den Kuss ab.

»Wow.« Ethan grinste. Seine Lippen waren rot und voll. »Darf ich fragen, womit ich das verdient habe?«

Sie bedachte ihn mit einem flüchtigen Lächeln. Er wirkte verwundert, aber zufrieden mit sich, und rasch leerte Liberty ihr Champagnerglas.

»Liberty!« Beide drehten sich um, als Dorothy auf sie zukam. In einer Hand hielt sie ein Sherryglas, dessen Inhalt bedenklich schwappte, in der anderen ihren Gehstock. Sie wirkte ziemlich wacklig auf den Beinen. »Hier bist du ja. Stellst du mir deinen jungen Mann vor? Ich habe seinen Namen vorhin nicht richtig verstanden.«

Liberty eilte an ihre Seite und hakte sie unter. »Wie wäre es, wenn wir dir erst mal einen Stuhl suchen?«

»Ich bin noch nicht völlig gebrechlich! Aber da gibt es eine hübsche Sitzecke im Wohnzimmer. Kommen Sie mit mir, junger Mann.« Ihre blauen Augen blitzten, als sie Ethan wohlwollend musterte. »Und erzählen Sie mir alles von sich. Lib, würdest du mir bitte noch einen Sherry holen?«

Liberty fragte sich, ob Dorothy eventuell schon genug Sherry gehabt hatte, als sie den beiden nachblickte, und ging dann zur Bar. Als sie die Halle durchquerte, stand Gary, der Wirt, auf der Bühne und schmetterte *My Way* in das Mikrofon der Karaokemaschine. Liberty blieb stehen, um das Spektakel zu genießen, ehe sie sich weiter ihren Weg durch die Menge bahnte. Es war inzwischen nicht mehr ganz so voll, weil eine Menge Leute um elf gegangen war. Auf einmal brach das Lied ab, und ein neuer Song erklang. Gary schaute fragend zu dem Karaokemann, der mit den Schultern zuckte und sagte: »Die Maschine spinnt. Tut mir leid.«

Gary wandte sich zum Publikum. »Hierfür brauche ich eine Partnerin. Die Damen?«

Liberty schmunzelte, was jedoch schlagartig vorbei war, als Garys Blick auf sie fiel. »Liberty!« Er winkte sie zu sich. »Komm und sing mit mir.«

Zum millionsten Mal verfluchte sie ihr rotes Haar: Damit war sie einfach nicht zu übersehen. Sie schüttelte den Kopf und erreichte die Bar, vor der sich eine kleine Schlange gebildet hatte. Wäre Carys hier gewesen, wäre sie auf die Bühne zu Gary gesprungen, ohne zu zögern. Liberty konnte es sich richtig vorstellen: Carys hätte sich verneigt, das Publikum zum Mitklatschen bewegt und gesungen und getanzt wie eine Entertainerin, sodass alle noch bis nach Neujahr darüber geredet hätten. Liberty hingegen zog es vor, sich in einer Ecke zu verstecken und unsichtbar zu bleiben.

»Liberty macht gerade eine Challenge …«, verkündete Gary von der Bühne.

Eine unangenehme Ahnung beschlich Liberty. Sie drehte sich um. Er wollte doch nicht – das würde er nicht …

Doch er grinste ihr von hinter dem Mikrofon zu. »Diesen Dezember muss sie zu allem Ja sagen. Also frage ich dich noch einmal: Liberty, singst du mit mir?«

Leute johlten, Köpfe wandten sich um, und Libertys Wangen glühten, als alle auf ihre Antwort warteten. Erinnerungen an ein Schulkonzert blitzten in ihrem Kopf auf. Liberty war noch klein gewesen und hatte vor einem Saal voller Erwachsener gestanden, die sie ansahen. Ihre Mum war auch dort, strahlend vor Stolz. Aber als Liberty den Mund öffnete, blieben ihr die Noten im Hals stecken. Vor Angst war sie wie gelähmt. Nie wieder, hatte sie sich geschworen.

»Guck nicht so ängstlich, Lib«, sagte George an der Bar freundlich. »Es ist nur ein bisschen Spaß.«

Er nahm zwei Champagnergläser entgegen.

»Sag Ja, Lib!«, rief jemand.

Sie erschauderte. Noch nie hatte sie in der Öffentlichkeit gesungen – wie sie alles mied, was Aufmerksamkeit erregte. Doch wenn sie sich weigerte, ruinierte sie ihre Challenge.

Verdammt. Erst der Streit mit Alex, jetzt Garys Aufforderung: Dieser Abend verlief nicht gut. Sie funkelte Gary wütend an, doch er strahlte unschuldig. Dann blickte sie sich im Raum um. Die Eingangshalle war inzwischen halb leer. Allzu viele Zeugen würde es nicht geben …

Ach, was soll's! Sie schnappte sich ein Glas Champagner und stürzte es herunter. Ein kleiner Schubs von George lenkte sie in Richtung Bühne, wo Gary ihr nach oben half. Er gab ihr ein Mikrofon, und sie sah zu dem Monitor, auf dem der Text für *You're The One That I Want* zu laufen begann. Es blieb keine Zeit, nervös zu werden, und vielleicht half der Champagner auch. Noch dazu war Garys Stimme etwas schief, was ihn allerdings nicht davon abhielt, voller Verve zu singen, sodass Liberty kichern musste. Alle jubelten und lächelten sowieso. Doch als ihr Einsatz kam, wurde es still im Publikum.

Liberty wurde unsicher. Waren sie entsetzt? Ängstlich blickte sie zu der Menge, den weit aufgerissenen Augen und Mündern. Alex betrat den Raum und lehnte sich an eine Wand. Libertys Nerven spannten sich an.

»Wow, kann die Frau singen!«, sagte Gary. Sie hörte die Ehrfurcht in seiner Stimme.

»Und wie sie das kann!«, pflichtete ihm jemand in der Menge verblüfft bei.

Liberty war ungemein erleichtert. Alle fingen an zu klatschen, und sie empfand eine Zufriedenheit, die sie selbst überraschte. Sie beruhigte sich, und Gary und sie beendeten das Duett.

Als sie sich verneigten, zwinkerte Gary ihr zu. Dorothy prostete ihr mit ihrem leeren Sherryglas zu.

Die Karaokemaschine hängte sich abermals auf, weshalb es kurz still wurde. »Eine Minute«, bat der Mann an dem Gerät.

Dann vernahm Liberty ein kollektives Ringen nach Luft. Sie stellte sich auf die Zehenspitzen und bemerkte eine Unruhe in der hinteren Ecke der Halle. Dort stand von einigen Gästen umringt Natasha, die verwirrt zu Boden blickte.

»Deine Fruchtblase ist geplatzt«, sagte Luc erschrocken. »Das Baby kommt.«

»Nein!«, rief Natasha. Libertys sonst so organisierte und zupackende Freundin schien die Fassung zu verlieren und in Panik zu geraten. »Was mache ich jetzt? Es soll doch erst in drei Wochen kommen!«

»Wir müssen ins Krankenhaus«, sagte Luc.

Doch Natasha wirkte vollkommen verängstigt. »Etwas stimmt nicht. Das ist zu früh. Was, wenn ich das Baby wieder verliere?«

Liberty blinzelte. Natasha hatte schon einmal ein Baby verloren?

Es erklärte, warum sie so verängstigt reagierte. Sie war kreidebleich geworden, und als Luc einen Arm um sie legte, krallte sie sich in sein Hemd, als handelte es sich um eine Rettungsboje.

»Das Baby kommt bloß ein wenig früher«, sagte Luc, dessen Stimme allerdings ein bisschen bebte. »Alles wird gut, keine Sorge.«

»Nein. Lottie war zwei Wochen zu spät. Da stimmt etwas nicht, das weiß ich!«

»Jedes Baby ist anders, *Chérie*. Keine Panik.«

»Das darf nicht passieren. Ich bin noch nicht so weit! Wer kümmert sich jetzt um Lottie?«

Liberty schaute sich um und sah die Kleine, die mit ein paar anderen Kindern spielte. Zum Glück schien sie nichts mitbekommen zu haben und war ganz in ihr Fangenspiel vertieft.

»Evie hat gesagt, dass sie es macht«, sagte Luc.

»Ja. Wo ist Evie?«

Wieder sah Liberty sich um, doch Evie war nirgends zu entdecken. Und überhaupt war es nicht fair, sie zu bitten, für Lottie die Babysitterin zu spielen, da sie die Gastgeberin war *und* ihre Verlobung feierte.

»O nein!« Natasha kamen die Tränen. »Alles geht schief. So sollte es nicht sein.«

Da sie merkte, dass ihre Freundin kurz davor war, hysterisch zu werden, eilte Liberty von der Bühne. Die Menge hatte sich etwas verteilt, sodass es leicht war, zu den beiden zu gelangen.

»Alles okay.« Luc versuchte, seine Frau zu beruhigen.

Liberty erreichte sie. »Wie wäre es, wenn ich Lottie nach

Hause und zu Bett bringe?«, bot sie atemlos an. »Sie kennt mich, und ich kann bei ihr bleiben.«

Natasha ließ vor Erleichterung die Schultern sacken. »Oh, Liberty, danke! Tausend Dank!«

Luc lächelte ihr dankbar zu und wandte sich wieder an seine Frau. »Wir sollten jetzt ins Krankenhaus fahren, *Chérie*.«

Lottie erschien mit ihren Freunden im Schlepptau. Sie starrte auf den Boden. »Warum ist da eine Pfütze, Mummy? Hast du gekleckert?«

Natasha lachte nervös und beugte sich leicht vor, um mit ihrer Tochter zu reden. »Lottie, ich muss jetzt ins Krankenhaus. Tante Liberty bringt dich nach Hause.« Sie wühlte in ihrer Handtasche, und ihre Hand zitterte, als sie Liberty die Schlüssel gab. »Hier. Für das Cottage.«

Die Musik setzte wieder ein, und sie alle blickten sich um. Die Karaokemaschine lief wieder.

Trotzig verschränkte Lottie die Arme vor dem Oberkörper. »Ich will aber nicht nach Hause. Ich will noch hierbleiben!«

»Mach dir keine Gedanken«, sagte Liberty zu Natasha und hob das kleine Mädchen hoch. »Du darfst noch bleiben, Schätzchen. Ist schon gut. Wir haben noch Spaß, nicht?«

Lottie nickte. Es war klar, dass sie nicht verstand, was geschah.

»Wie wäre es, wenn wir jetzt tanzen gehen?«

Die Kleine quiekte vor Freude, und Liberty zwinkerte Natasha zu. *Alles Gute*, sagte sie stumm. Jemand tauchte mit einem Wischmopp auf, und Liberty ließ sich von Lottie auf die Tanzfläche ziehen. Während sie das kleine Mädchen herumwirbelte und zum Lachen brachte, schaute sie sich nach Ethan um. War er noch bei Dorothy? Sie hatte ihn nicht mehr gesehen, seit sie auf die Bühne gegangen war. Alex auch nicht, aber an ihn wollte sie nicht denken.

Jemand tippte ihr auf die Schulter. Als hätte sie ihn mit ihren Gedanken heraufbeschworen, war er da. »Ethan!« Sie strahlte.

Er sah auf seine Uhr. »Bist du bereit zu gehen? Ich muss morgen früh aufstehen und sollte lieber ins Bett.«

Liberty stutzte. »Früh aufstehen?« Davon hatte er nichts erwähnt.

»Ich gehe wandern.«

Also nichts Wichtiges. Sie runzelte die Stirn. »Hast du es nicht gehört? Bei Nat hat die Geburt begonnen. Ich habe gesagt, dass ich heute Nacht auf Lottie aufpasse.«

Er blickte zu dem Kind. »Oh. Kinder sind nicht so mein Ding, fürchte ich. Tja, na dann, ruf mich an, okay?«

Er schien es eilig zu haben. Sie gaben sich einen raschen, keuschen Kuss. Keine Funken.

Die waren vorher aber auch schon nicht da gewesen, oder?

Sonntag, 14. Dezember, in den frühen Morgenstunden

»Danke fürs Fahren, George«, sagte Liberty, als sie vorm Poppy Cottage hielten.

George nickte. »Jederzeit, Lib. Wie es aussieht, ist dir eine ruhige Nacht vergönnt. Die Kleine schläft schon.«

Sein Wagen verschwand in der Dunkelheit, und Liberty verlagerte die schlafende Lottie an ihrer Schulter, als sie die Schlüssel zum Cottage hervorholte. Drinnen trug sie Lottie nach oben und legte sie sanft auf ihr Bett. Während sie das Kind auszog, wurde Lottie wach und setzte sich auf. Da dies hier nicht ihrem üblichen Ritual entsprach, rümpfte sie die

Nase und begann, sich zu beschweren. »Ich will nicht zu Bett. Ich will zu Mummy!«

»Im Krankenhaus ist es aber nicht so kuschelig wie hier zu Hause. Deine Mummy will auch so schnell wieder nach Hause kommen, wie sie kann. Deshalb musst du hier sein und auf sie warten. Jetzt machen wir dich mal bereit fürs Bett.«

»Ist das Krankenhaus schlimm?«

»Nein. Aber Poppy Cottage ist viel schöner.«

»Wann kommt Mummy?«

»Ganz bald, Schätzchen. Also, welcher ist dein Lieblingspyjama?«

»Der mit den Sternen.«

»Möchtest du mir zeigen, wo er ist?«

Lottie lief zur Kommode und begann, alle sorgsam zusammengelegten Sachen durchzuwühlen, sodass ein Chaos zurückblieb.

Sie lasen eine Geschichte, und Lottie nuckelte an ihrem Daumen. Anschließend wollte sie, dass das Licht im Flur anblieb, und legte sich hin.

»Bleibst du hier, Libty?«

»Ja, bleibe ich, Schätzchen.« Die Kleine nickte. Ihre Lider waren sichtlich schwer. »Gute Nacht, Lottie. Schlaf schön«, flüsterte Liberty.

Ihr fiel ein, wie ihre Mutter sich über sie gebeugt hatte, als sie klein gewesen war, und eine solch starke Sehnsucht erfasste sie, dass ihr die Brust eng wurde. Sie sehnte sich danach, selbst Mutter zu sein, solche Worte ihrem eigenen Kind zuzuflüstern. Auf Zehenspitzen ging sie nach unten. Mist, ihre biologische Uhr hatte begonnen, richtig loszuticken, als sie dreißig geworden war! War es normal, so dringend Kinder haben zu wollen? Sie musste Evie fragen, ob sie genauso empfand.

In der Küche schaltete sie den Wasserkocher ein und fröstelte ein wenig. Im Cottage war es kühl. Wahrscheinlich hatte sich die Heizung über Nacht abgeschaltet. Liberty war erschöpft, doch sie wollte sicher sein, dass Lottie tief und fest schlief, bevor sie sich hinlegte. Sie blickte sich um. Wo sollte sie überhaupt schlafen? In dem Cottage gab es drei Schlafzimmer: Natashas und Lucs, Lotties Kinderzimmer und das Babyzimmer, das ganz in Gelb- und Cremetönen für das Baby vorbereitet war.

Liberty nahm ihren Becher Kräutertee mit ins Wohnzimmer und warf sich eine Wolldecke über die Schultern. Sie wünschte, sie trüge etwas Wärmeres und Bequemeres als ein dünnes Seidenkleid. Sie fragte sich, wie es Natasha ging, und schaute nach, ob Nachrichten auf ihrem Handy eingegangen waren. Nichts. Dann hörte sie ein leises Klopfen.

Es war nach Mitternacht. Hatte sie es sich eingebildet?

Einen Moment später hörte sie es wieder. Es klang, als käme es von der Haustür. Wer würde um diese Zeit hier klopfen? Sie ging zum Fenster und zog den Vorhang ein kleines Stück zur Seite. Selbst im schwachen Licht der mondlosen Nacht erkannte sie das zerzauste Haar sofort.

Alex. Ihre wütende Unterhaltung kam ihr wieder in den Sinn. Sie wusste nicht, warum er hier war, und er war der letzte Mensch, den sie jetzt sehen wollte. Andererseits fürchtete sie, er könnte Lottie wecken, also eilte sie zur Haustür.

»Was machst du hier?«, zischte sie, als sie die Tür einen Spaltbreit geöffnet hatte.

Sein Blick vermittelte ihr, dass er von der Begrüßung enttäuscht war, aber was erwartete er? »Ich bringe dir das hier.« Seine Stimme war leise und tief. Er hielt ihr die große Tasche hin, die sie benutzte, wenn sie ihre Quilts zur Post brachte, und öffnete sie. »Ich dachte, du brauchst ein paar Sachen für die Nacht.«

In der Tasche waren ihre Zahnbürste, ihr Pyjama und ihr Morgenmantel, außerdem Wechselkleidung für morgen: ihre Lieblingsleggings und eine Samttunika.

»Oh.« Sie konnte ihre Überraschung nicht verbergen. »Das ist … nett von dir.«

Vielleicht war es eine Entschuldigung oder seine Art wiedergutzumachen, was er vorhin gesagt hatte. Sie stellte sich vor, wie er ihre Sachen im Haus zusammengesammelt hatte. Er musste in ihrem Schlafzimmer gewesen sein. Was recht intim war und etwas, das Carys für sie getan hätte. Und an der Haustür zu flüstern, verstärkte das Gefühl von Vertraulichkeit noch.

»Ich dachte auch, dass dir das Nähen fehlt«, sagte er, und hielt eine Handvoll bunter Stoffstücke hoch, die sie für Evies und Jakes Verlobungsgeschenk zusammengestellt hatte.

»Oh, wow! Das ist super.« Sie war unsagbar froh, ihre Nähsachen zu haben. Blinzelnd sah sie Alex an. Es erstaunte sie, dass er sie so gut kannte. Die Wolken drifteten auseinander, und der Mond erschien, um einen fahlen Lichtkranz um seinen Kopf zu werfen.

»Darf ich reinkommen?«

Liberty sah sich über die Schulter um. Eigentlich hatte sie keine Wahl, oder? Nicht, nachdem er sich ihretwegen solche Mühe gemacht hatte. Sie trat zurück und ließ ihn ins Haus.

»Wie bist du hergekommen?«, flüsterte sie.

»Ich habe mir ein Auto von Jake geliehen.«

»Seine Autos sind sein ganzer Stolz. Unglaublich, dass er dir eins geliehen hat.«

»Er ist ein netter Kerl. Und er findet, dass er es mir schuldig ist, weil ich bei der Arbeit an seinem Oldtimer-Motorrad helfe.«

»In Guys Werkstatt?«

Er nickte. »Wie geht es Lottie?«

»Sie schläft, glaube ich. Ich wollte noch zwanzig Minuten warten und dann nach ihr sehen.«

Von oben rief eine Kinderstimme: »Libty?«

Liberty hielt sich eine Hand vor den Mund. »O nein.«

Es folgte ein Knarren, und sie sah vor ihrem inneren Auge, wie sich die Kleine in ihrem Bett aufsetzte. »Libty! Mit wem redest du?«

Liberty lachte leise. »Offensichtlich schläft sie doch noch nicht.«

»Hoffentlich habe ich sie nicht geweckt«, sagte Alex.

»Libty!«, rief Lottie. »Ist das Papa? Ist Papa zu Hause?«

»Ich gehe lieber zu ihr«, sagte Liberty.

Alex nickte, und als sie nach oben eilte, hörte sie das Schloss in der Haustür klicken. Gegen ihren Willen bedauerte sie, dass er gegangen war, was sie umgehend wütend auf sich selbst machte.

Sie gab sich alle Mühe, Lottie mit noch ein paar Büchern zur Ruhe zu bringen, und blieb dann bei ihr sitzen und strich ihr übers Haar in der Hoffnung, dass ihre Anwesenheit die Kleine beruhigte – aber nichts funktionierte. Jedes Mal wenn Liberty versuchte, sich aus dem Zimmer zu schleichen, wimmerte das kleine Mädchen, wachte auf und weinte. Lottie wollte einfach nicht einschlafen. »Wie wäre es, wenn wir nach unten gehen und eine warme Milch trinken?«, schlug Liberty schließlich vor.

Lottie nickte. Liberty wickelte die Kleine in eine Decke und trug sie nach unten. Dort erschrak sie, weil Alex in der Küche stand. »Ich dachte, du wärest gegangen«, sagte sie.

»Nein, ich bin noch hier. Hallo, Lottie. Kennst du mich noch? Ich bin Alex.«

Lottie sah ihn an. »Du hörst dich an wie Papa.«

»Ja, dein Papa ist mein Freund. Wir kennen uns schon, seit wir so klein waren wie du.«

Liberty balancierte Lottie auf ihrer Hüfte, als sie den Kühlschrank öffnete. »Lottie kann nicht schlafen, da wollten wir eine warme Milch machen und noch eine Geschichte lesen, bevor wir zu Bett gehen.«

»Lass mich dir helfen«, sagte Alex und nahm ihr die Milchflasche ab. »Lottie, welchen Becher nehmen wir?«

Nach Anweisung der Kleinen goss er Milch in ihren Lieblingsbecher und wärmte sie in der Mikrowelle. Dann gingen sie ins Wohnzimmer, und Liberty und Alex tauschten ein heimliches Lächeln, als sie trank. Liberty las ihr eine kurze Geschichte vor und brachte sie zurück ins Bett.

Aber Lottie fing an zu weinen. »Ich will Papa. Ich will Mummy!«

»Sie kommen bald nach Hause, Schätzchen. Schlaf jetzt, und wenn du aufwachst, sind sie vielleicht schon wieder hier.«

»Sie sollen jetzt kommen!«

Das kleine Mädchen wurde immer verzweifelter, also nahm Liberty sie in die Arme und wiegte sie. Sie ging mit ihr im Flur auf und ab, um sie zu beruhigen. Lottie war noch nie so aufgelöst gewesen, und Liberty tat es richtig weh, sie in solch einer Verfassung zu sehen. Aber sie wollte Natasha und Luc auch nicht enttäuschen. Natasha hatte genug Sorgen, auch ohne zu Hause ein vollkommen erschöpftes Kind vorzufinden.

»Lass mich mal helfen.«

Sie drehte sich um. Alex stand in der Tür. Er streckte seine Arme nach dem kleinen Mädchen aus und sprach Französisch. *»Qu'est-ce que c'est qu'ça? Je croyais que t'étais une grande fille.«*

Lottie nickte und schniefte. »Ich bin auch schon groß.«

»Alors, si on s'arrêtait de pleurer, hein?« Er fing an, leise auf Französisch zu singen, und Lottie machte so große Augen, dass Liberty unweigerlich grinsen musste. Lottie starrte ihn lange an, dann steckte sie den Daumen in den Mund und lehnte ihren Kopf an seine Schulter.

Er zwinkerte Liberty zu, und als er Lottie zurück zu ihrem Bett trug, wo er sich hinsetzte und sie sanfte wiegte, schlich Liberty sich weg. Von unten hörte sie ihn eine Weile leise mit ihr sprechen. Dann verstummte das Babyphon, und die Treppe knarzte, als er zurück nach unten kam.

Er betrat das Wohnzimmer.

»Wow, ich bin beeindruckt«, sagte sie und legte ihre Näharbeit ab.

»Warten wir ab, wie lange es hält.«

»Sie wirkte überrascht, als du Französisch mit ihr gesprochen hast.«

»Ja, die meisten Mädchen mögen das.« Seine Augen funkelten in dem gedämpften Licht.

Libertys Herz setzte einen Schlag aus, und sie wandte rasch den Blick ab. Er nahm neben ihr auf dem Sofa Platz. Natashas Wohnzimmer war kleiner als das in Libertys Cottage, und es fühlte sich intim an. Oder sie bildete es sich ein. Sie machte sich wieder an ihre Näharbeit und versuchte, sich von ihm abzulenken. Was nicht leicht war. Ihr war überaus bewusst, wie sich sein weißes Hemd über seinen Schultern spannte, wie maskulin er duftete. Er fuhr sich mit einer Hand durchs Haar und lehnte sich zurück, ein Bein lässig übers andere geschlagen.

»Neuigkeiten von dem Baby?«, fragte er.

»Nichts. Ich hoffe, es geht Nat gut.«

»Wird es sicher.«

Sie erschauderte, obwohl sie die Decke über den Schultern hatte.

»Soll ich Feuer machen?«, fragte er.

»Nein, geht schon.« Sie beendete eine Reihe Stiche und schnitt den Faden durch. Doch ihr fehlte die Energie, einen neuen Faden einzufädeln, also legte sie die Sachen beiseite und wickelte sich fester in die Decke. »Du kannst gehen, wenn du willst. Deine gute Tat für heute hast du vollbracht. Lottie und ich kommen jetzt klar.«

»Sie könnte wieder aufwachen.«

»Das schaffe ich schon. Nicht so mit Bravour wie du, offensichtlich, denn ich kann keine französischen Wiegenlieder singen, aber ich kriege es schon hin.«

»Ich bleibe.« Er stand auf und begann, Holzscheite in den Kamin zu schichten.

Stille senkte sich über den Raum, und Liberty fragte sich, warum er zu dem Ball gekommen war, nachdem er zuvor so entschlossen erklärt hatte, zu Hause zu bleiben. Was hatte ihn umgestimmt? Ihre Augenlider fühlten sich furchtbar schwer an. Die späte Stunde schien sie einzuholen, und sie wollte zu gern die Augen schließen und ein bisschen schlafen.

Als das Feuer brannte, setzte Alex sich wieder hin.

»Wie kommt es, dass du so gut mit kleinen Kindern umgehen kannst?«, fragte sie.

»Ich habe nicht gewusst, dass ich es kann.« Er lächelte schief. »Ich denke, mein Französisch hat sie an Luc erinnert. Wahrscheinlich war sie schon sehr, sehr müde, und alles hätte sie beruhigt.«

Liberty zupfte einen losen Faden von ihrer Hose und rollte ihn zu einer kleinen Kugel. Die knisternden Holzscheite hatten den Raum bereits ein wenig erwärmt, aber sie konnte sich nicht entspannen. Nicht mit Alex in der Nähe und den wütenden Worten von vorhin, die ihr immer noch durch den Kopf gingen.

»Jetzt erinnere ich mich«, sagte Alex. »Meine Mutter hat mich früher in den Schlaf gekuschelt. Und sie hat mir das Schlaflied vorgesungen, das ich eben Lottie vorgesungen habe.« Er lächelte versonnen. »Und als meine kleinen Brüder dazukamen, hatte sie alle Hände voll zu tun, also habe ich ihr mit ihnen geholfen. Deshalb kenne ich wahrscheinlich immer noch den Text.«

»Seid ihr euch nahe?«

»Wer?«

»Du, deine Mutter und deine Brüder.«

Er neigte den Kopf zur Seite und überlegte. »Ja, ich denke schon.«

Das Babyphon war stumm, aber Liberty sprach trotzdem leise, um Lottie nicht zu wecken. »Als ich klein war, habe ich Familien wie deine beneidet.«

Er sah sie an. »Warum?«

»Weil ich ein Einzelkind war. Es gab nur meine Mutter und mich. Ich hätte es toll gefunden, viele Geschwister zu haben, so wie du.«

»Wir alle wünschen uns, was wir nicht haben. Ich habe mir einen langweiligen Vater mit einem öden Bürojob gewünscht. Jemanden, der nicht berühmt oder reich ist und immer zu Hause.«

Bei seinem reumütigen Lächeln kräuselten sich seine Augenwinkel, und es war entwaffnend. Hitze sammelte sich in Libertys Bauch.

Sie lachte leise und schlang die Decke fester um sich, als müsste sie sich gegen das schützen, was sie empfand. Dabei war ihr klar, dass sie es nicht konnte. Dieses leise Verlangen wurde nur immer lauter.

Kapitel sechzehn

Alex wollte sie küssen.

Sein Blick wanderte kurz zu ihren langen Beinen und den schmalen Fesseln. Sie hatte ihre hohen Schuhe abgestreift und war barfuß, ihre Fußnägel pflaumenrot lackiert. Er beobachtete, wie sie die Wolldecke fester um sich schlang. Ihr war immer noch kalt, und er wollte sie an sich ziehen, sie festhalten, seine Körperwärme mit ihr teilen.

Doch das durfte er nicht. Nach allem, was er über sie wusste, wäre es nicht fair. Sein Gewissen ließ es nicht zu. Dennoch blieb sein Verlangen.

»Wie alt sind deine Brüder?«, fragte sie.

»Zweiunddreißig und dreißig.«

»Fahren sie auch Motorradrennen?«

»Sie hassen es – alle beide. Einer ist Lehrer, der andere arbeitet mit Computern.«

»Siehst du sie oft?«

»Wann immer ich kann.« Jetzt könnte ich sie häufiger sehen, dachte er, als Jakes Worte ihm wieder in den Sinn kamen. Er musste sich auf das konzentrieren, was er hatte, nicht auf das, was er verloren hatte. Und es war tatsächlich eine schöne Aussicht, mehr Zeit für seinen kleinen Neffen zu haben.

Im Cottage war es still, bis auf das Knistern des Kaminfeuers. Sie beide schauten den Flammen zu, wie sie tanzten und aneinander vorbei nach oben züngelten. Das warme Licht brachte Libertys Haar zum Glühen, und ihre Haut sah noch weicher als sonst aus. Ihre Unterhaltung auf dem Ball war so unglücklich verlaufen. Er wünschte, er wäre heute Abend zu Hause geblieben, wie er es angekündigt hatte.

Liberty gähnte. Es wurde spät, und die Tatsache, dass sie nicht einmal mehr die Energie zum Nähen aufbrachte, sagte ihm, dass sie richtig müde war. Dennoch schwebten ihre wütenden Worte über ihm, weshalb er beschloss auszusprechen, was ihm wirklich durch den Kopf ging. »Wie war dein Abend mit dem Langweiler?«

»Nenn ihn nicht so!« Sie zog die Augenbrauen zusammen. »Er heißt Ethan. Und er ist nett.«

»Hast du den Ball genossen?«

»Ja. Ich denke schon.« Ihr Tonfall war trotzig. Erbost.

»Er ist früh gegangen.«

Sie war sichtlich überrascht, dass er es bemerkt hatte. »Er hat morgen früh etwas vor. Eine Wanderung.« Sie rieb ihre Füße aneinander.

Ruhig fragte Alex: »Bist du enttäuscht?«

»Was?«

»Weil er nicht geblieben ist. Hattest du gehofft, dass er dich nach Hause begleitet?« Er gab acht, nicht angriffslustig zu klingen, aber ihre Wangen wurden so tiefrot, dass er damit rechnete, sie würde ihm sagen, er solle sich um seinen eigenen Kram kümmern. Es ärgerte ihn, dass sie sich diesen Langweiler ausgesucht hatte. Er wünschte, sie würde erkennen, dass sie es besser treffen konnte.

Und er wünschte auch, er könnte aufhören, sich in ihr Leben einzumischen.

Warum tat er das?

Weil das Zusammenleben es schwer machte, schweigend dabei zuzuschauen, wenn sie einen Fehler machte. Zumindest redete er sich das ein.

Doch zu seiner Überraschung gestand sie leise: »Nein.«

Er starrte sie an. Ein Holzscheit fauchte und zerfiel. Flammen loderten auf und schrumpften wieder zusammen.

»Du hattest recht«, sagte sie leise. »Vorhin.«

»Was?«

»Ich empfinde nichts für Ethan.«

Pure Euphorie durchströmte ihn, die er sofort zügelte. Es ist bloß Erleichterung, redete er sich ein, weil sie endlich ehrlich zu sich war.

»Aber ich wollte es«, fuhr sie fort. »Ich wollte es wirklich.« Ein mattes Lächeln umspielte ihre Lippen, und ihre Augen verdunkelten sich vor Traurigkeit.

Was ihm einen Stich versetzte. »Hab Geduld. Der Richtige wird kommen.«

»Nein, wird er nicht. Jedenfalls nicht in Willowbrook. Keiner kommt jemals her – na ja, abgesehen von dir, offensichtlich.«

Das Babyphon leuchtete auf, als Lottie sich rührte. Sie murmelte etwas Unverständliches und bewegte sich in ihrem Bett, dann wurde es wieder still.

»Und ich bin das Warten echt leid«, fügte Liberty hinzu. »Ich beneide Natasha und Luc so sehr und kann es nicht erwarten, selbst eine Familie zu haben.«

Er bewunderte ihre Offenheit. Wie konnte sie sagen, sie sei nicht mutig, wenn sie so offen mit ihren Gefühlen umging? Er hasste es, über Gefühle zu reden – oder auch nur über sie nachzudenken. Rennen zu analysieren, Kurven und Überholmanöver, das war mehr sein Ding.

Und dennoch war es an diesem Abend nur um Gefühle gegangen.

Als sie mit ihren roten Haaren, die ihr offen über die Schulter fielen, in die Küche gekommen war, hatte ihm der Atem gestockt. Als er sie auf dem Ball mit dem blonden Typen gesehen hatte, beide so vertraut ins Gespräch vertieft, war er von einem seltsamen Gefühl erfasst worden. Ebenso, als er sie zur Rede gestellt hatte und sie wütend geworden war. Und auch, als alle ihr nach ihrem Gesangsauftritt applaudiert hatten und sie merklich erstaunt und entzückt gewesen war. Und nun im Poppy Cottage, wo sie allein und sich so nahe waren. Das Gefühl hatte sich den ganzen Abend aufgebaut, und jetzt spürte er, dass er das Ende einer Reise erreicht hatte, jenes Ziel, nach dem er gesucht hatte.

Doch er hatte nichts mit Intimität am Hut, mit niemandem – erst recht nicht mit Liberty McKenzie.

»Könnte ich doch geduldiger sein«, fuhr sie fort. »Ich wünschte, ich könnte einfach warten, wie du sagst, bis der Richtige auftaucht. Aber es ist, als hätte jemand einen Timer gestellt, als ich dreißig geworden bin, und jetzt höre ich ihn ticken, jeden Tag herunterzählen.« Sie seufzte. »Wahrscheinlich hältst du mich für verrückt.«

Die Decke war heruntergerutscht, als sie sprach, und Alex' Blick fiel auf die cremeweiße Haut an ihrem Hals, blass und makellos. Es fiel ihm schwer, sich zu konzentrieren. »Nein, tue ich nicht. Mein Bruder konnte es auch nicht erwarten, Kinder zu haben. Ich bin der, der aus der Reihe tanzt.«

»Willst du gar keine Familie? Nie?«

Er schüttelte den Kopf.

»Warum nicht? Du wirst nicht so viel auf Reisen sein, wenn du keine Rennen mehr fährst.«

Solanges gequältes Gesicht erschien vor seinem geistigen Auge. »Ich bin kein sesshafter Typ.«

»Und was ist, wenn du älter bist? Wirst du dann nicht einsam sein?«

Ein kleiner Schauer lief ihm über den Rücken. Er hatte sich entschieden, allein zu leben. Es war besser so.

Trotzdem war es erheblich einfacher gewesen, als er noch eine Karriere hatte. Allein auf einem Bike, einem Podium oder bei der Feier mit seinem Team war etwas völlig anderes als allein ohne Karriere, ohne Zukunft, ohne Ziel. Daran würde er sich aber gewöhnen müssen, denn er weigerte sich, jemanden zu nahe an sich heranzulassen. Die Erinnerungen an die Affären seines Vaters, die in den Klatschblättern ausgebreitet worden waren, schossen in ihm hoch, als wollten sie ihn warnen, es sich doch noch anders zu überlegen. Den Schmerz und die Erniedrigung seiner Mutter würde er nie vergessen.

»Kann sein«, antwortete er. »Das Risiko gehe ich ein.«

Sie machte große Augen. »Warum? Du könntest jemanden kennenlernen, der genauso gerne reist wie du.«

Im Kamin rutschte ein verkohltes Scheit vom Stapel, und Asche rieselte durch den Rost. Alex blickte in die Flammen. »Es geht nicht nur ums Reisen.«

Sie wartete darauf, dass er noch etwas hinzufügte. Als nichts kam, fragte sie: »Worum dann?«

Er seufzte und wünschte, er hätte den Mund gehalten. Sie musste nichts hiervon wissen, und er wollte es ihr nicht erzählen. Normalerweise blieb er für sich, neigte eher nicht dazu, über solche Dinge nachzudenken, geschweige denn, sie mit anderen zu diskutieren. Dennoch fand er aus irgendeinem Grund, dass er Liberty eine Erklärung schuldete.

»Ich habe dir von meinem Vater erzählt, nicht wahr?«

»Ein wenig.«

»Dass er untreu war und nie für uns da. Er hat meiner Mutter viel Kummer bereitet.«

Sie runzelte die Stirn. »Was hat das mit dir und deinem Liebesleben zu tun?«

»Ich bin ihm sehr ähnlich.«

Im goldenen Feuerschein sahen ihre Lippen voll und dunkel aus. Sie furchte kurz die Stirn, bevor sie fragte: »Was meinst du?«

»Mein Aussehen, meine Begeisterung fürs Rennen und für Geschwindigkeit. Da sind eine Menge Ähnlichkeiten zwischen ihm und mir.«

Sie betrachtete ihn eine Weile nachdenklich. Dann sagte sie: »Ich verstehe nicht. Ihr habt beide die Motorradrennen geliebt … Was hat das mit deinem Entschluss zu tun, allein zu bleiben?«

Er holte tief Luft, und ihm wurde bewusst, dass er es noch nie laut ausgesprochen hatte: »Ich habe Angst, dass ich auch in anderen Punkten wie er bin. Dass ich mich in einer festen Beziehung wie er verhalten würde – mich langweilen und gehen. Und ich möchte niemanden so verletzen, wie er meine Mutter verletzt hat.«

Und wie ich Solange verletzt habe.

»Aber das ist lächerlich. Dass du gerne Rennen fährst, heißt nicht, dass du …«

»Ich habe es schon getan.«

Sie blickte ihn verwirrt an. »Was getan?«

»Jemanden verletzt. Und sie hatte es nicht verdient.«

Eine gefühlte Ewigkeit war es still zwischen ihnen. Als hielte das Haus den Atem an.

»Hast du sie betrogen?«

Die Schuld wollte ihn nicht loslassen. Was er getan hatte, war genauso schlimm gewesen. »Nein. Ich … habe sie enttäuscht.«

All die aufregenden Pläne, die Solange geschmiedet hatte, und der wachsende Druck hatten sich über ihm aufgetürmt. Die Angst. Die Sorge. Bis er es eines Tages nicht mehr ertragen und die Beziehung beendet hatte. Der Schmerz in ihrem Gesicht würde ihn nie loslassen.

Liberty sah ihn auffordernd an, doch er presste die Lippen zusammen. Er wollte das nicht wieder hervorholen.

»Also, weil du eine schlechte Erfahrung gemacht hast, willst du niemals wieder eine Beziehung haben? Vielleicht war sie schlicht nicht die Richtige für dich.«

Er warf ihr einen finsteren Blick zu. »Ich bin nicht für feste Bindungen geschaffen. Folglich gebe ich keine Versprechen, die ich nicht halten kann.«

»Wie kannst du das wissen, wenn du es nicht versuchst?«

»Du hast gefragt, warum ich mich nicht auf eine Beziehung einlassen möchte, und ich habe es dir gesagt«, entgegnete er gereizt.

»Aber es klingt, als …«

»Können wir bitte das Thema wechseln?« Ein Pochen hatte in seiner Schläfe eingesetzt.

Sie sah gekränkt aus.

»Entschuldige, Lib.« Wieder seufzte er, verärgert über sich selbst, weil er schroff gewesen war. Er redete ungern über sein Gefühlsleben. Tatsächlich war er es nicht gewohnt, weil er schon lange keines mehr hatte.

»Du willst nicht über dein Leben sprechen, mischst dich aber in meines ein. Warum?« Sie hielt seinen Blick.

Gute Frage. Alex überlegte. »Weil du …« Er stockte. »Weil du mir nicht egal bist.«

Seit sie eingeschneit gewesen waren, hatten sich die Dinge verändert. Jetzt erkannte er ihre Verletzlichkeit so deutlich wie ihre Fehler und ihre Stärken. Und er wollte sie schützen. Er wollte auf sie aufpassen. Er wusste nicht, warum, und verstand es auch nicht, aber so war es nun einmal.

Sie schüttelte den Kopf. »Du musst nicht auf mich aufpassen, Alex. Das habe ich die letzten dreißig Jahre prima allein hinbekommen.«

Er dachte an ihre beste Freundin im Krankenhaus, an ihr einsames Cottage im Wald und ihre rigide Routine von Hundespaziergängen und Nähabenden. Als er den Mund öffnete, um zu widersprechen, stand sie auf.

»Ich gehe jetzt schlafen«, sagte sie brüsk. »Natasha hat mir erzählt, dass Lottie immer vor Tau und Tag aufsteht, und da muss ich fit sein.«

Sie kramte in der Tasche, die er ihr mitgebracht hatte, und zog ihren Pyjama und den Morgenmantel heraus. Alex blickte auf die Uhr. Es war drei Uhr morgens.

»Wo schläfst du?«, fragte er.

»Hier auf dem Sofa.«

Er nickte, schlich leise nach oben und kehrte mit ein paar Decken zurück.

»Danke«, sagte sie, als er ihr eine gab.

»Ich habe nach Lottie gesehen, und sie schläft tief und fest«, versicherte er ihr. Er legte die zweite Decke auf dem Boden aus und nahm sich ein Sofakissen.

Liberty runzelte die Stirn. »Was machst du? Fährst du nicht nach Hause?«

»Ich dachte, ich bleibe hier, wenn das in Ordnung ist. Es ist spät, und du brauchst morgen früh vielleicht Hilfe. Wie willst du beispielsweise duschen, wenn Lottie auf ist? Ich kann dich unterstützen.«

Sie biss sich auf die Unterlippe, als hätte sie das nicht bedacht. Dann schaute sie zur Zimmerdecke, und er las ihre Gedanken: Sie fragte sich, ob sie auf Natashas Bett schlafen könnte, ohne sich richtig hineinzulegen.

»Falls Luc nachts nach Hause kommt, wird er Schlaf brauchen. Ich gehe davon aus, dass er erschöpft sein wird. Es ist besser, wenn wir beide hier unten bleiben.«

»Was ist mit Charlie?«

»Mit dem war ich draußen, bevor ich zum Ball gefahren bin. Ich kann morgen früh kurz zum Dragonfly Cottage, falls nötig.«

»Damselfly«, korrigierte sie. Beide schwiegen längere Zeit. Schließlich nickte sie. »Okay.«

Sie verließ das Wohnzimmer und kam einige Minuten später in Morgenmantel und Pyjama zurück. Als sie sah, wie Alex sich bis auf seine Jeans entkleidete, röteten sich ihre Wangen, aber sie sagte nichts. Er zog eine Hälfte der Decke über sich und wünschte ihr *»Bonne nuit«*.

Liberty schaltete das Wohnzimmerlicht aus, und beide legten sich schlafen.

In der Dunkelheit lauschte Alex ihrem Atem und lächelte vor sich hin, als er an ihr Geständnis dachte, dass sie nichts für den blonden Typen empfand. Es ließ ihn innerlich singen.

Dennoch wusste er, dass er kein Mann für sie war. Ihre biologische Uhr tickte ohrenbetäubend laut. Alex drehte sich auf die Seite, mit dem Rücken zu Liberty. *Sei ehrlich, Ricard. Du willst sie*. Er wollte sie in den Armen halten, mit den Händen über ihre milchweiße Haut streichen, sein Gesicht in ihrem Haar vergraben und sich verlieren in …

Er seufzte, denn er verzweifelte an sich selbst. Jedes Gespräch mit ihr bestätigte nur, dass sie nicht die Richtigen füreinander waren.

Und doch wollte sein Körper nicht auf die Vernunft hören. Und je mehr Zeit er mit ihr verbrachte, desto näher wollte er ihr sein. Desto näher fühlte er sich ihr.

Liberty schrak aus dem Schlaf hoch und brauchte ein paar Sekunden, bis sie begriff, warum sie auf einem Sofa lag, es nach Holzrauch roch und sie das gleichmäßige Atmen eines Mannes hörte.

Dann wusste sie es wieder: Poppy Cottage, Lottie, Alex.

Ihr Herzschlag normalisierte sich, und sie schloss die Augen, um den lebendigen Traum noch einmal durchzuspielen, der sie aus dem Schlaf katapultiert hatte. Sie war in einer Achterbahn durch die Luft geflogen, hatte gekreischt, als sie von den Gleisen stürzte und einen verschneiten Hügel hinunter auf eine Kreuzung zurauschte, an der ein Wagen stand, der auf Grün wartete.

Als Liberty näher kam, erkannte sie, dass hinter dem Steuer des Wagens Carys saß – Carys, die vor Entsetzen den Mund weit aufriss, weil Liberty geradewegs auf sie zuraste. Liberty geriet in Panik. Sie versuchte anzuhalten, trat mit dem Fuß nach einem Bremspedal, das es nicht gab. Und sie konnte nichts tun …

Wieder schlug sie die Augen auf. Es war bloß ein Traum gewesen. Wahrscheinlich ausgelöst durch den Alkohol und den Cocktail komplizierter Emotionen, die Alex in ihr ausgelöst hatte. *Atme, Lib, atme.*

Sie blickte in die Dunkelheit. Noch glommen abgebrannte Scheite im Kamin, und das Babyphon leuchtete grün. Alex' Atem ging ruhig, auch wenn sie nicht sicher war, ob er schlief. Da unten auf dem Fußboden konnte es nicht bequem sein. Und sie hoffte, seine Schulter schmerzte nicht zu sehr.

Ihr geflüstertes Geständnis kam ihr in den Sinn: *Ich empfinde nichts für Ethan.* Diese Erkenntnis hatte sich wie ein bleiernes Gewicht angefühlt. Im Grunde ihres Herzens hatte sie gewusst, dass Ethan nicht der Richtige war, also warum musste Alex sie darauf hinweisen, ehe sie es eingesehen hatte?

Weil sie gewollt hatte, dass es funktionierte. Es wäre so sicher und leicht mit Ethan gewesen; alles hatte gepasst. Aber vielleicht hatte sie es sich zu sehr gewünscht und deshalb das

Wesentliche übersehen: das Physische, den Funken, die Magie. Sie blickte zu dem grauen Schatten auf dem Fußboden.

In Ethans Gegenwart blühte sie nicht so auf wie bei Alex. Er musste nicht einmal nahe bei ihr sein: Allein ihn über einen Raum hinweg zu sehen reichte aus, sie zu berauschen, als wäre die Sonne unerwartet zwischen dichten Wolken hervorgetreten.

Ihre Enttäuschung lastete schwer auf ihr. War es nicht typisch, dass sie eher lauwarm war, wenn es um einen Mann ging, der ideal für sie war, aber Feuer und Flamme für den vollkommen falschen?

Ich bleibe nie länger irgendwo, also interpretiere da nichts rein. Verlass dich nicht auf mich.

Sie dachte an das, was er ihr über seinen Vater erzählt hatte und über seine frühere Beziehung. Was war passiert? Offensichtlich hatte er jemanden verletzt. Überraschte es sie? Ein Mann, der von Adrenalinkick und Hochgeschwindigkeitsrennen lebte, war wohl kaum sehr loyal und verlässlich, oder? Trotzdem war es traurig, dass er sich nicht zutraute, jemals wieder eine Beziehung zu führen. Traurig, dass er beschlossen hatte, allein zu bleiben.

Sie verdrängte diese Gedanken. Sie hatten nichts mit ihr zu tun. Er war lediglich ein Untermieter in ihrem Haus und bis Weihnachten fort.

Alex seufzte. »Kannst du auch nicht schlafen?«

Ruckartig wandte sie sich ihm in der Dunkelheit zu. Sein Akzent und die Art, wie er die Vokale betonte, waren ihr so schnell so vertraut geworden, dass Liberty sie liebenswert fand. »Nein«, flüsterte sie.

Sie stellte ihn sich vor, wie sie ihn vorhin gesehen hatte, in nichts als seiner Jeans und mit dem nackten, bronzefarbenen, muskulösen Oberkörper. Bei der Erinnerung wurde ihr heiß.

Das Schweigen dehnte sich aus. Ihr Herz schlug sehr schnell unter der Decke. Ein Dreieck dunkelblauen Himmels war in dem Spalt zwischen den Vorhangschals zu sehen, wo sie sich nicht ganz trafen.

»Warum bist du heute Abend doch noch zum Ball gekommen?«, fragte sie leise. »Du hattest gesagt, dass du nicht hinwillst.«

Es dauerte ein wenig, ehe er antwortete: »Ich habe es mir anders überlegt.«

»Warum?«, beharrte sie.

Wieder trat Stille ein. Inzwischen hatten Libertys Augen sich an die Dunkelheit gewöhnt, sodass sie nun die Umrisse von dem Couchtisch, dem Sessel und Lotties Spielzeugkiste erkennen konnte.

»Ich wollte dich sehen.«

»Mich?«

»Dich.« Sie hörte das Lächeln in seiner Stimme.

»Aber du hast gewusst, dass ich mit Ethan dort war.«

Mit angehaltenem Atem wartete sie auf die Antwort, die nicht kam. Sie seufzte. »Ich verstehe es nicht.«

»Ich auch nicht«, gestand er schließlich.

Das Babyphon knisterte, als Lottie sich umdrehte, dann kehrte wieder Ruhe ein.

»Du hast heute Abend umwerfend ausgesehen«, sagte er. War das seine Erklärung, oder wechselte er das Thema? »Dieses Kleid, dein Haar …«

Automatisch presste sie die Oberschenkel zusammen, weil sie ein Anflug von Verlangen durchrieselte. Und sie lächelte verhalten in die Dunkelheit. »Das hättest du am Anfang unseres Gesprächs sagen sollen, anstatt auf meiner Beziehung zu Ethan herumzuhacken.«

»Stimmt, du hast recht.« Sein Bedauern war unüberhörbar.

»Aber ich musste das sagen. Ich kann nicht verbergen, wie ich empfinde. Das liegt mir nicht.«

»Also …«, begann sie und schluckte.

Sprich es nicht aus, Lib. Denk nicht mal dran!

Doch sie konnte sich nicht bremsen, denn sie musste es wissen. »… wie empfindest du jetzt?«

Die Pause, bevor er antwortete, dauerte eine Ewigkeit. Ihr schoss das Blut in die Wangen, und am liebsten hätte sie sich in die Sofapolster verkrochen. O Gott, jetzt hatte sie es versaut! Was hatte sie sich nur gedacht?

»Ich fühle …«, schwebte seine tiefe Stimme durchs Dunkel zu ihr, »… dass ich dich sehr begehre.«

Vor Freude leuchtete sie innerlich auf – und vor Verwunderung.

Es war ein Rascheln zu hören, und als seine Silhouette vor ihr erschien, setzte Liberty sich auf. Er hockte sich neben sie auf das Sofa. Ihre Arme fanden einander, und er küsste sie. Zaghaft, fragend.

Schnell wurde es fiebrig, drängend. Genau wie an dem Tag, als sie eingeschneit gewesen waren, nur war es diesmal keine Überraschung. Liberty sehnte sich danach. Das Verlangen hatte in ihr schon seit dem Kuss inmitten der fliegenden Federn unter der Oberfläche geschwelt.

Sie tauchte ihre Finger in sein Haar, genoss die seidige Weichheit und atmete seinen vertrauten Duft ein. Dann ließ sie ihre Hände über seine Schultern, seinen Rücken, seinen Bizeps wandern und kostete die Wärme seiner Haut aus. Sie lehnte sich zurück, zog ihn mit sich, und ihr Körper sprühte Funken, als er sie berührte. Sie bog sich ihm entgegen, liebte es, wie er ihr das Gefühl gab, ganz Frau zu sein. Er erregte sie mehr als irgendein Mann zuvor, aber warum? Weil sie wusste, dass aus ihnen nichts werden konnte? Alles rationale Denken schmolz dahin, als er begann, Küsse auf ihre Wangen und ihren Hals zu verteilen, und sie warf die Decke weg, zog ihr Pyjamaoberteil nach oben, um ihm noch mehr Haut preiszugeben. Er schob sein Knie zwischen ihre Oberschenkel, und sie presste sich an ihn, hauchte seinen Namen …

Das laute Geräusch eines Schlüssels im Türschloss ließ sie beide erstarren. Liberty hörte, wie die Haustür geöffnet wurde und gleich sehr leise wieder geschlossen.

»Das ist Luc«, flüsterte Alex. Widerwillig löste er sich von ihr und stand auf. Liberty zog ihr Pyjamaoberteil wieder nach unten und beobachtete, wie Alex sich seine Decke schnappte, um sie um sich zu wickeln. »Darf ich Licht machen?«, fragte er leise.

»Ähm – ja.«

Sie blinzelte, als das grelle Licht anging und er die Wohnzimmertür aufmachte. »Luc, hi. Wie geht es Natasha?«

»Tout va bien.« Liberty sah Luc im Türrahmen stehen, der strahlte. Er wechselte zurück ins Englische, damit sie ihn verstand. »Wir haben einen Sohn, Arthur«, verkündete er stolz. »Es ist sehr schnell gegangen, aber es gab keine Probleme, und er ist wundervoll. Er sieht aus wie Nat, hat ihre blauen Augen.«

Liberty lächelte. Lucs Gesicht war grau vor Erschöpfung, doch er strahlte.

»Das ist wunderbar! Gratuliere«, sagte Liberty.

Alex klopfte seinem Freund auf die Schulter. *»Bravo«*, sagte er und murmelte noch etwas auf Französisch, als er ihn umarmte.

Luc wirkte ein wenig benommen. Als Lottie sich oben rührte, blickten alle auf.

»Wie wäre es, wenn du ein bisschen schläfst und ich mich heute Morgen um Lottie kümmere?«, schlug Liberty vor und stand auf. Sie könnte mit der Kleinen in den Park gehen, vielleicht auf einen Kuchen in der Bäckerei haltmachen.

»Ist schon gut«, antwortete Luc. »Ich bin viel zu aufgekratzt, um zu schlafen. Und ich möchte, dass Lottie so bald wie möglich ihren kleinen Bruder kennenlernt. In ein paar Stunden fahre ich mit ihr ins Krankenhaus. Nat soll sich nur erst ein wenig ausruhen.« Er blickte von Alex zu Liberty und wieder zurück. »Ihr seid also beide hiergeblieben, was?«

»Alex hat mir ein paar Klamotten und so gebracht«, erklärte Liberty hastig. »Und er hat mir mit Lottie geholfen. Er hat das mit ihr sehr gut hinbekommen.«

»Fahrt ihr lieber nach Hause«, sagte Luc. »Und schlaft noch ein Stündchen in euren eigenen Betten. Auf dem Sofa kann es nicht sehr bequem gewesen sein.« Er zwinkerte, und Liberty wurde feuerrot.

Hingegen schien Alex vollkommen gelassen zu sein. »Wenn du meinst.«

Sie zogen sich an, sammelten ihre Sachen ein und verließen das Cottage so leise wie möglich, um Lottie nicht zu wecken. Das Auto, das Alex sich geliehen hatte, parkte vor dem Cottage. In der Dunkelheit erkannte Liberty die Farbe nicht, aber die Form war auffallend: ein niedriger Sportwagen mit einer enormen Motorhaube, die wie gestreckt aussah. Das Auto passte perfekt zu Alex.

»Was ist das für ein Wagen?«, fragte Liberty, die nicht über das reden wollte, was eben geschehen war. Ihre Wangen glühten noch bei der Erinnerung daran, was Luc unterbrochen hatte. Und sie wollte sich nicht einmal vorstellen, was gewesen wäre, wäre er ins Wohnzimmer gekommen und hätte sie ertappt.

»Ein TVR.« Alex zuckte mit den Schultern. »Ich kenne diese Marke nicht. Jake sagt, sie sei britisch.«

Der Motor sprang nicht gleich an, und Liberty beobachtete, wie Alex ihn behutsam zum Laufen brachte.

»Wahrscheinlich ist der Wagen sehr wertvoll.«

»Ja, ganz sicher.«

Schließlich lief der Motor, und Alex fuhr los. Liberty entging nicht, dass er den Oldtimer sehr vorsichtig durch das schlafende Dorf lenkte.

Bis auf wenige Lichter hier und da war alles dunkel. Sie überquerten die Brücke und bogen auf die verlassene Hauptstraße. Verstohlen blickte Liberty zu Alex. Seine Miene war ernst, und er umklammerte das Lenkrad mit beiden Händen.

Was würde passieren, wenn sie zu Hause waren? Würden sie dort weitermachen, wo sie aufgehört hatten? Wollte sie das?

Schließlich erreichten sie Damselfly Cottage. Alex schaltete den Motor aus und drehte sich zu Liberty. Er sah aus, als wollte er etwas sagen, fand aber nicht die richtigen Worte.

Ihr wurde die Kehle eng. Sie brauchte Zeit, um herauszufinden, was sie fühlte, und war nicht sicher, was …

»Es kommt nicht wieder vor«, sagte er leise. »Versprochen.«

Sie blinzelte. Das hatte sie nicht erwartet. Es war wie eine Ohrfeige.

Bevor sie etwas erwidern konnte, hatte er die Fahrertür geöffnet und war ausgestiegen. Sprachlos sah sie zu, wie er auf das Cottage zuging.

Kapitel siebzehn

Alex marschierte auf die Haustür zu. Er hatte gestern Abend keinen Alkohol getrunken, trotzdem fühlte er sich heute Morgen, als hätte er den schlimmsten Kater aller Zeiten.

Reue. Die war schuld an diesem grauen Schmerz in seinem Kopf und seinem Bauch. Reue und Bedauern – und Wut auf sich selbst.

»Warte kurz!«, rief Liberty ihm nach. Er blieb stehen, und sie holte ihn atemlos ein. »Was meinst du damit, dass es nicht wieder vorkommt?«

Der Himmel färbte sich violett in dem ersten Licht des Sonnenaufgangs. Irgendwo hoch über ihnen schrie eine Krähe.

Was zur Hölle war mit ihm los? Seit er hier war, versaute er alles, sagte die falschen Dinge. »Es hätte nicht passieren dürfen. Ich hätte es nicht …«

»*Du* hättest nicht?« Sie zeigte mit einem Finger auf ihre Brust. »Was ist mit mir? Ich war auch da, schon vergessen? Was ich will, zählt gar nicht?«

Ihr Haar war zerzaust und die Farbe vom bläulichen Morgenlicht gedämpft, doch ihre Augen funkelten, und sie hatte die Augenbrauen zusammengezogen. Sie war wütend. Feurig. Wunderschön.

Leise sagte er: »Ich denke nur an dich, Liberty. Ich will dich nicht verletzen.« Er strich ihr eine Haarsträhne aus der Stirn und berührte ihre Wange. Sie war so weich wie das Fleecefutter der Handschuhe, die sie ihm gemacht hatte. »Wir wollen unterschiedliche Dinge, wie du weißt. Deshalb kann ich nicht glauben, dass ich es so weit habe kommen lassen …« Er wies vage in Richtung Dorf. Sie verdiente so viel Besseres.

Er rieb sich mit der Hand übers Gesicht und seufzte. »Ich verspreche, dass ich mich nie wieder so gehen lasse.«

Mittwoch, 17. Dezember

Es waren lediglich ein paar Meilen zu Guys Werkstatt, deshalb war Alex zu Fuß gegangen. Er hatte alle Zeit der Welt, also warum nicht? Durch den Wald, über die Hauptstraße und dann am Bach entlang nach Willowbrook. Obgleich Winter war und die meisten Bäume ihr Laub verloren hatten, war die Natur voller Leben: Er hatte Eichhörnchen gesehen, Kaninchen, sogar einen Fuchs. Und ihm war das Orchester der Vögel aufgefallen: Das hohe Trillern der kleinen Vögel und das tiefere, kehlige Krächzen der Krähen und Elstern. Einzelheiten, die er nicht zu schätzen wusste, bevor er diesen ruhigen Ort kennengelernt hatte. Und jeden Tag spielte der Bach eine andere Musik für ihn. Nach der Schneeschmelze hatte er laut und voll gerauscht; an klaren Tagen klang er sanft und melodisch.

Wenn er Guys Werkstatt erreichte, fühlte sich sein Kopf immer klarer an, seine Stimmung heiterer, und er freute sich richtig auf die Arbeit an der Triumph. Guy hatte ihm sogar einen eigenen Overall gegeben.

Er war in der Werkstatt und nahm einen Scheinwerfer auseinander, als eine elegant gekleidete Frau hereinkam. »Mr. Ricard?«, fragte sie.

Alex blickte auf. »Der bin ich.« Vor wenigen Wochen noch wäre er misstrauisch gewesen. Doch inzwischen hatte er festgestellt, dass hier niemand sonderlich beeindruckt war von seinem Namen oder seiner Prominenz.

Die Frau scharrte ein wenig mit den Füßen. In ihrer Tweedjacke und dem Kaschmirpullover wirkte sie inmitten von ölfleckigem Metall und Maschinerie fehl am Platze. »Mein Name ist Anna. Ich habe gestern meinen Wagen hergebracht, und Bob erwähnte, dass Sie hier aushelfen.«

»Äh. Bedaure, Bob ist heute nicht da. Guy weiß vielleicht, wo Sie ihn finden.«

»Eigentlich bin ich hergekommen, um mit Ihnen zu sprechen. Wegen Ihrer Briefe. Ich habe gehört, dass Sie nach einer Frau suchen, die … Ihren Vater gekannt hat.«

Alex legte den Scheinwerfer hin. Nun hatte sie seine volle Aufmerksamkeit. »Stimmt. Eine Frau, deren Name mit M anfängt.«

Was hatte sie noch gesagt, wie ihr Name war? Anna. Dem Aussehen nach musste sie Ende fünfzig sein. Das richtige Alter.

Anna lächelte. »Sie hieß Mary.«

Sein Herz schlug schneller. »Sie kennen sie?«

»Nein«, sagte sie rasch. »Nicht mehr. Sie hat nicht lange hier gelebt, nur ein paar Jahre. Aber ich erinnere mich, dass sie Ihrem Vater begegnete, als sie in dem Hotel in der Stadt gearbeitet hat. In dem Hotel, in dem er damals wohnte.«

Alex stockte der Atem. Ein ganzer Schwall von Fragen kam ihm in den Sinn, und es war schwer zu entscheiden, wo er beginnen sollte. »Ist Ihnen ihr Nachname bekannt?«

»Leider nicht. Sie hatte ein Zimmer im Haus meiner Freundin gemietet. Ich habe sie nicht gut gekannt, doch ich weiß noch, dass sie jedem, der ihr zuhörte, von Ihrem Vater erzählt hat und dass sie ein Paar waren.« Sie kniff den Mund zusammen. »Sie war – wie soll ich es sagen? – recht gern auf Partys. Wir waren nicht sehr überrascht, als sie schwanger wurde. Eine traurige Geschichte.«

Es war nicht zu übersehen, dass die Frau das junge Mädchen damals verurteilt hatte. Alex versuchte, es nicht zu beachten und sich auf die Fakten zu konzentrieren. »Haben Sie irgendwelche sonstigen Informationen über sie oder das Kind?«

Sie schüttelte den Kopf. »Sie ging fort, als sich ihre Schwangerschaft nicht mehr verbergen ließ und sie vom Hotel gefeuert wurde. Ich fürchte, Arbeitgeber waren damals weniger tolerant. Sie ist weggezogen, und wir haben sie nie wiedergesehen.«

Alex war enttäuscht. Die Geschichte wurde nur tragischer. Sie war allein gewesen, schwanger und hatte auch noch ihren Job verloren.

Er schrieb seine Telefonnummer auf einen Zettel und gab ihn der Frau. »Falls Ihnen noch etwas einfällt – egal was –, rufen Sie mich bitte an.«

Sie nickte.

»Was können Sie mir sonst über diese Mary erzählen? Wie war sie?«, fügte er ein bisschen verzweifelt hinzu.

»Sie war sehr fasziniert von dem Ruhm und dem Reichtum Ihres Vaters. Mr. Ricard, ich weiß, dass Sie etwas Gutes tun, indem Sie versuchen, sie zu finden. Und für sie muss es hart gewesen sein, ein Kind ganz allein großzuziehen, aber«, sie schien ihre Worte mit Bedacht zu wählen, »sie war kein Unschuldslamm, ganz und gar nicht. Ich glaube, sie hat Ihren Vater als Goldesel gesehen.«

»Goldesel?«

Anna trat verlegen von einem Bein aufs andere. »Sie war darauf aus, ausgehalten zu werden. Und sie hat kein Geheimnis daraus gemacht.«

Während er ihr nachblickte, überlegte Alex. Machte es einen Unterschied? Wie es sich anhörte, war sie sehr jung gewesen, doch die Affäre mit seinem Vater dürfte ihr Leben unumkehrbar verändert haben. Was auch immer ihre Absichten gewesen sein mochten, am Ende war sie arbeitslos und allein mit einem Kind.

Nein, entschied er, für ihn machte es keinen Unterschied. Vielmehr war er nach dem, was er eben erfahren hatte, umso entschlossener zu helfen. Er hoffte nur, dass es nicht zu spät war.

Liberty war im Hinterzimmer des Button Hole und nutzte einen ruhigen Moment, um die Einfassung eines neuen Quilttops zu bügeln. Sie bestand aus langen dünnen Stoffstreifen, die Liberty mit der Maschine zusammengefügt und dann diagonal ausgelegt hatte; wenn der Quilt fertig war, wollte Evie ihn im Schaufenster ausstellen, um die Packungen mit Stoffstreifen zu bewerben, die »Jelly Rolls« genannt wurden. Sie machten Anfängern das Quilten ein bisschen leichter, weil die Stoffe vorgeschnitten waren und alle Farben in den Packungen aufeinander abgestimmt.

Das Bügeleisen fauchte, als sie es anhob, um den Stoff zu bewegen. Bei der Arbeit ging sie das schwierige Gespräch durch, das sie mit Ethan geführt hatte. Vor zwei Tagen hatten sie telefoniert, und zunächst war er gekränkt gewesen, aber dann hatte er zugegeben: »Ich habe gewusst, dass du nicht so für mich empfindest wie ich für dich.«

»Hast du?« Sie fühlte sich mies.

Da war ein kurzes Zögern, bevor er sagte: »Und ich kann nicht mit einem französischen Rennfahrer konkurrieren.«

»Alex? Aber er … wir sind nicht …«

Ethan lachte freudlos. »Du redest die ganze Zeit von ihm.«

»Tue ich?« Plötzlich merkte sie, wie sie blass wurde.

»Was auch verständlich ist. Das Bike, das Geld, die Pokale – daneben sehen wir anderen alle langweilig aus.«

Liberty war erstaunt. Und er lag so gänzlich falsch. Bikes und Geld reizten sie nicht. Im Gegenteil.

»Ethan, darum geht es nicht. Ich mag dich sehr. Ich fühle nur keinen – Funken.«

Seine Stimme war weicher geworden. »Danke, dass du ehrlich zu mir bist.«

Liberty stellte das Bügeleisen zur Seite und glättete den nächsten Stoffabschnitt mit den Fingern, bevor sie vorsichtig das Eisen auf ihn senkte.

Jetzt hatte sich alles zwischen Alex und ihr geändert. Ja, er war immer noch freundlich, und die letzten paar Tage hatten sie abends zusammen gegessen, waren mit dem Hund spazieren gegangen und hatten die Abende vor dem Kamin verbracht. Sie hatten sogar geplant, heute Abend Luc und Natasha zu besuchen und den kleinen Arthur kennenzulernen. Aber da stand etwas zwischen ihnen, und Liberty wusste nicht recht, wie sie mit dem umgehen sollte.

Sie hatte versucht, die Ballnacht zu vergessen, was jedoch schwierig war. Er war so vehement gegen Ethan gewesen, als wäre er eifersüchtig. Dann war er so rücksichtsvoll gewesen, als er zum Poppy Cottage gekommen und geblieben war, um zu helfen. Und in der Nacht, als er sie geküsst und in den Armen gehalten hatte …

Sie konnte die Erinnerung nicht abschütteln, hatte sie so viele Male im Geiste wieder durchgespielt, und die Intensität verblasste nie. Er hatte gesagt, dass er sie nicht verletzen wolle, was nobel von ihm war. Doch als er es sagte, hatte er ihr Gesicht so zärtlich berührt, dass es ihr den Atem raubte. Es war … unvergesslich.

Trotzdem *musste* sie es vergessen. Er hatte recht: Sie hatten keine Zukunft. Das hatte er hinreichend klargemacht.

Sie stellte das Bügeleisen ab und riss den Stecker energischer als nötig aus der Steckdose. Sie musste es vergessen, und das würde sie.

Mit der Zeit könnte sie es gewiss aus ihrem Kopf verbannen und nach vorn sehen.

»Luc wickelt ihn gerade. Es dauert nicht lange«, sagte Natasha. Sie stellte ein Tablett mit dampfenden Bechern voller Glühwein sowie einen Teller mit Mince Pies ab, auf die Puderzucker gestäubt war, und forderte Alex und Liberty auf, sich zu bedienen.

»Darf ich auch einen Miss Pie, Mummy?«, fragte Lottie.

»Natürlich darfst du. Möchtest du dich hier zu mir setzen, solange du ihn isst?« Natasha nahm in einem Sessel Platz und klopfte auf ihren Schoß.

»Reist ihr dieses Weihnachten nach Frankreich?«, fragte Alex.

Natasha schüttelte den Kopf. »Wir wollen hier ruhige Feiertage verbringen, nur wir vier. Aber vielleicht fahren wir über Silvester rüber. Was ist mit dir?«

»Ich habe gerade meinen Flug gebucht«, antwortete er.

Liberty sah ihn an. Es versetzte ihr einen Stich, dass er es ihr gegenüber noch nicht erwähnt hatte.

»Ich fliege am dreiundzwanzigsten.«

Dienstag. Sie klaubte einen Krümel von ihrem Teller auf. Ihr war unbegreiflich, warum sie enttäuscht war. Schließlich hatte sie immer gewusst, dass er vor Weihnachten abreisen würde.

Es war wegen dem, was hier in diesem Zimmer passiert war. Jenem hitzigen Moment, der die Dinge für sie geändert hatte. Seitdem wünschte sie sich etwas, das sie nicht haben konnte.

Von der Treppe waren Schritte zu hören, und Natasha lächelte. »Da kommt er.«

Luc öffnete die Tür und lächelte seinen Gästen warmherzig zu. »Trommelwirbel, bitte«, sagte er, als er sich dem Sofa näherte, auf dem Liberty und Alex saßen. Er bückte sich, damit sie das Baby in seinen Armen sehen konnten. »Liberty, Alex, darf ich euch Arthur vorstellen?« Er wirkte unsagbar stolz.

»Oh, er ist bezaubernd«, flüsterte Liberty, die das kleine Babygesicht betrachtete. »Er ist … perfekt.«

»Möchtest du ihn mal halten, Lib?«, fragte Natasha.

Sie grinste. »Blöde Frage.«

Luc legte ihr vorsichtig seinen Sohn in die Arme. Arthur wog beinahe nichts. Er hatte einen cremefarbenen Strampler an und war in eine dünne Baumwolldecke gewickelt. Ernst blickte der Kleine zu Liberty auf.

»Da ist er glücklich«, sagte Natasha. Die kleine Lottie war auf ihrem Schoß eingekuschelt, ihre recht mitgenommene Lieblingspuppe im Arm.

»Gib ihm eine Minute, dann fängt er wahrscheinlich an zu weinen«, entgegnete Liberty.

Er war so warm in ihren Armen. Sie konnte den Blick nicht von ihm lösen. Er duftete nach Babycreme, und alles an ihm war zart und winzig: seine Nase, seine Ohren, seine Finger, die um ihren geschlungen waren und ihn festhielten. Gefühle wallten in Liberty auf, unerwartet und überwältigend, sodass sie einen Kloß im Hals hatte.

»Alles okay, Lib?«, fragte Natasha.

Sie blinzelte die Tränen weg. »Ja. Das müssen die Hormone sein oder so.« Sie wurde rot.

»Liberty hat Muttergefühle«, stellte Alex sachlich fest. »Sie hätte gern eine eigene Familie.«

Liberty war entsetzt. »Danke, dass du es laut herausposaunst!«

»Es ist offensichtlich«, erwiderte er schulterzuckend. »Du siehst aus, als wolltest du ihn entführen.«

Die anderen lachten, und ihr schoss das Blut in die Wangen.

Lottie sprang vom Schoß ihrer Mutter und kam zu ihnen. »Libty, du darfst Arthur nicht entführen«, sagte sie ernst. »Er ist Mummys Baby und meins.«

Liberty strich ihr über das blonde Haar. »Weiß ich, Schätzchen. Keine Sorge, so etwas würde ich nicht im Traum tun. Alex ist albern.«

Der Kleinen schien etwas einzufallen, denn sie hüpfte hinüber zu ihrem Vater. »Papa, Alex kennt das Lied, das du kennst, und er hat es mir vorgesungen!«

»Hat er? Welches?«

Sie wiegte ihre Puppe und sang die erste Zeile.

Lucs Augen begannen zu leuchten. »Vielleicht übt er schon mal für die Zeit, wenn er selbst Kinder hat.«

Alex verdrehte die Augen.

»Kann er nicht«, widersprach Lottie. »Nur Frauen können Babys kriegen.«

»Vielleicht findet er eine Frau, die er heiraten will.« Luc lächelte Liberty zu.

Verlegen senkte sie den Blick und streichelte Arthurs Kopf. Seine Haut war so unglaublich weich unter ihren Fingern. Mit Natasha hatten sie bisher nicht über die Ballnacht gesprochen – dazu hatte es noch keine Gelegenheit gegeben –, aber Luc hatte eindeutig seine eigenen Schlüsse gezogen.

Lottie sah Alex an. »Mit welcher Frau willst du ein Baby haben, Alex?«

»Lottie«, sagte Natasha schmunzelnd, »das fragt man nicht.«

Lottie beachtete sie nicht und ließ ihre Puppe in Alex' Schoß fallen. »Mit Libty?«

Liberty wusste nicht, wohin sie sehen sollte. Ihre Wangen waren so heiß, dass sie die Farbe von dem Glühwein haben mussten, den Natasha ihnen serviert hatte.

»Ich werde kein Baby haben, *ma petite*«, antwortete Alex. Er setzte die Puppe hin und streckte ihre Arme vor, als würde sie ein Lenkrad halten. Dann neigte er sie abwechselnd nach rechts und links, sodass es aussah, als würde sie ein Auto fahren.

Liberty verspannte sich. Sie dachte an das, was auf diesem Sofa geschehen war, und es kränkte sie, ihn so reden zu hören, weil sie es nicht vergessen konnte. Wenn überhaupt, wollte sie jetzt, da sie eine Kostprobe bekommen hatte, nur mehr.

»Gar kein Baby?«, fragte Lottie ungläubig.

Er schüttelte den Kopf.

»Warum?«

»Lottie …«, ermahnte Natasha sie und sah Liberty besorgt an.

Arthur begann zu weinen. Liberty legte ihn an ihre Schulter und rieb seinen Rücken.

Alex neben ihr war vollkommen still. Und als sie zu ihm sah, begegnete sie seinem Blick. »Weil ich Abenteuer mag«, sagte er. »Und Abenteurer sind keine guten Väter.«

Im Damselfly Cottage ging Liberty ihre Vorräte durch und suchte rund ein halbes Dutzend Stoffe aus, die gut zusammenpassten und sich in das Farbschema von Arthurs Kinderzimmer fügen würden. (Sie hatte beschlossen, Evies und Jakes Verlobungsquilt kurz beiseitezulegen und den Quilt für das

Baby vorzuziehen. Da er klein war, dürfte sie nicht allzu lange brauchen.) Ihre Farbauswahl enthielt Salbeigrün, Rostbraun, Cremeweiß, Orange und Schiefergrau. Ein paar von den Stoffen hatten niedliche Waldmotive und waren mit kleinen Füchsen, Eichhörnchen und Tannen gemustert. Die anderen waren gestreift oder uni, und es war diese Einfachheit, die Libertys Quilts ihren modernen Look verlieh. Sie waren nie überfrachtet. Als Rückseite wollte sie einen der neuen Stoffe benutzen, die gerade im Button Hole eingetroffen waren und die weiße Silhouette eines Rehs vor pastellgrauem Hintergrund abbildeten.

Sie legte den Stoff auf ihre Schneidematte und entschied sich für Quadrate von fünfzehn mal fünfzehn Zentimetern, was ihr als ideal für ein Babybett erschien.

Während sie maß und schnitt, hallten ihr Alex' Worte durch den Kopf. *Ich werde kein Baby haben.*

Liberty konnte es nicht erwarten, eines Tages Mutter zu werden. Und das erst recht nicht, nachdem sie Arthur in den Armen gehalten, seinen vertrauensvollen Blick gesehen und diese entzückenden zufriedenen Gurgellaute gehört hatte, während er sich an ihren Hals schmiegte. Als Kind hatte sie es immer geliebt, Carys zu Hause zu besuchen: Sie hatte das Chaos, den Lärm und die Energie einer großen Familie gemocht. Und wenn Natasha von Lucs großer Familie in Frankreich erzählte, war Liberty neidisch. Ihr bedeutete Familie alles.

Womit umso klarer wurde, was sie bereits wusste, nämlich dass Alex der Falsche für sie war. Sie musste aufhören, an ihn zu denken, und sich auf die Suche nach dem Traummann konzentrieren. Eine Ecke ihres orangen Notizbuchs lugte aus ihrer Handtasche hervor. Sie nahm es heraus und dachte an ihre Challenge.

Morgen war ein neuer Tag. Die Chance für ein neues Ja. Sie würde irgendwann jemanden kennenlernen, der perfekt für sie war. Das würde sie.

Donnerstag, 18. Dezember

Brenda öffnete strahlend die Tür. »Ich bin fast fertig!«

Liberty trat ins Haus. Ethans Wagen stand nicht in der Einfahrt, und es war nichts von ihm zu sehen, als sie Brenda ins Wohnzimmer folgte. Sie war froh, hatte allerdings das Gefühl, dass er sie mied, und das bereitete ihr ein schlechtes Gewissen. »Mit dem Quilt für die Ausstellung?«

Brenda nickte. »Ich nähe gerade die Kante, dann ist er komplett.«

»Darf ich ihn sehen?«

Sie breiteten den großen Quilt auf dem Sofa aus und betrachteten ihn eingehend. Liberty bewunderte die aufwendige Näharbeit ihrer Freundin. Brenda servierte Tee und einen Teller köstlicher Cranberry-Kekse mit weißer Schokolade. Dann setzten sie sich zum Nähen hin.

»Woran arbeiten Sie da gerade?«, fragte Brenda.

»Es ist eine Decke für das Baby meiner Freundin Natasha, Arthur. Er ist vier Tage alt«, antwortete sie schwärmerisch.

Brenda blickte sie über ihre Brille hinweg an. »Sie sind niedlich, wenn sie so klein sind.«

»Niedlich trifft es nicht mal annähernd! Er ist bezaubernd.« Allein bei der Erinnerung, Arthur in den Armen zu halten, ging ihr das Herz über.

»Anscheinend mögen Sie Babys.« Brenda lachte leise.

»Ich liebe sie.« Sie konnte nichts gegen den sehnsüchtigen Ton in ihrer Stimme tun.

Es trat eine Pause ein, bevor Brenda sagte: »Ethan hat mir erzählt, dass es zwischen Ihnen beiden nicht geklappt hat. Keine Sorge, er hat keine Einzelheiten genannt – würde er nie tun –, aber Sie sollen wissen, dass es nichts ändert. Für mich zumindest nicht.«

»Für mich auch nicht, Brenda«, entgegnete Liberty. »Und ich hoffe immer noch, dass Sie eines Tages in den Laden kommen und sich Ihre Stoffe selbst aussuchen können.«

»Tja, was das angeht, habe ich einen sehr guten Therapeuten.« Ihre Augen funkelten. »Ich war neulich sogar im Garten.«

Liberty stockte der Atem, und sie legte ihre Näharbeit aus der Hand, um Brenda zu umarmen. »Oh, das ist wundervoll! Wie haben Sie sich gefühlt?«

»Furchtbar. Aber ich habe es getan.«

»Das freut mich so sehr!«

»Es ist Ihnen zu verdanken, junge Dame. Na ja, die Therapie hat auch geholfen, aber vor allem Sie.«

Liberty starrte sie an. »Ich? Wie?«

Brenda unterdrückte ein Grinsen. »Sie haben mich mit Ihrem ›Sag Ja‹-Projekt inspiriert.«

»Aha?« Liberty war begeistert.

Brenda nickte. »Ich dachte, wenn Sie Motorrad fahren und all diese beängstigenden Sachen machen können, muss ich auch anfangen, mich mal zu bewegen. Sie haben mich daran erinnert, dass keiner sonst das für mich tun kann. Wenn ich es nicht zumindest versuche, wird sich nichts ändern.« Sie zeigte mit einem Finger auf ihre Brust. »Ich will meine Schwierigkeiten überwinden, auch Ethan zuliebe. Damit er nicht mehr an die Sorge um mich gebunden ist.«

»Brenda, ich bin so stolz auf Sie!« Liberty blinzelte heftig. Es war schwer zu glauben, dass sie jemanden inspiriert hatte, mutig zu sein. Und nach dem, was sie über Brendas Krankheit wusste, war ihr klar, dass für sie nach draußen zu gehen etwas weit Größeres war als alles, was sie in den letzten Tagen in ihr oranges Notizbuch geschrieben hatte.

»Nicht weinen, meine Liebe.«

Liberty grinste. »Ich habe nur etwas im Auge.«

Brenda gab ihr ein Papiertaschentuch. »Ethan war völlig begeistert.«

»Ja, das möchte ich wetten.« Sie ließ das Taschentuch sinken und sah Brenda an. »Er … er ist ein netter Mann. Mir tut ehrlich leid, dass es mit uns nicht funktioniert hat. Ich hatte es mir wirklich gewünscht.«

»Ah.« Es klang, als wäre ein Groschen gefallen, und es wurde klar, dass Brenda sich gefragt hatte, warum es zwischen ihnen vorbei war.

Liberty empfand Ethan gegenüber umso mehr Respekt, weil er seiner Mutter offenbar tatsächlich keine Details über ihre Beziehung erzählt hatte.

»Aber das liegt auch nicht immer in unserer Hand, oder?«, fragte Brenda. »Für wen wir Gefühle haben und für wen nicht.«

»Nein.« Liberty lachte bitter. Als wüsste sie das nicht! Ihr Verstand wusste, dass Alex nicht der Richtige für sie war, doch ihr Körper reagierte anders auf ihn. Und das hatte nichts mit ihrem Gehirn zu tun.

Brenda schnitt einen Faden durch. »So«, sagte sie triumphierend. »Mein Quilt ist fertig und bereit für die Reise.«

Liberty strahlte. »Sehr gut, Brenda. Auf dem Festival werden sie ihn lieben, da bin ich mir sicher.«

»Das hoffe ich, meine Liebe. Der Gedanke, dass er in einem

schönen französischen Château aufgehängt wird, wo ihn jeder sehen kann, hat mir richtig Auftrieb gegeben. Sie können ihn später mitnehmen.«

»Evie will morgen alle wegschicken. Möchten Sie ihn noch fotografieren, ehe er in die Post geht?«

»Ach ja.« Brenda nagte an ihrer Unterlippe. »Eigentlich macht Ethan das für mich, aber er kommt erst spät nach Hause.«

Liberty schaute sich in dem kleinen Zimmer um. »Wie wäre es, wenn ich ihn morgen im Laden fotografiere? Dort ist mehr Platz, und bei Tageslicht ist er am schönsten. Evie hilft mir sicher dabei.«

Brenda lächelte. »Gute Idee! Und vergessen Sie nicht, mir die Bilder zu schicken, damit ich sie posten kann.«

»Sind Sie jetzt online?«

»Ja, bin ich. Noch eine Sache, zu der Sie mich bekehrt haben. Ich habe dort sogar schon einige neue Freunde gefunden. Und ich liebe es, Bilder von anderen Quilts überall auf der Welt zu sehen. Es ist sehr inspirierend.«

»Das freut mich«, sagte Liberty. Sie freute sich wirklich für Brenda. Es konnte nur gut sein, in einer Welt zu leben, in der Grenzen keine Rolle spielten und die Liebe zum Quilten Menschen zusammenführte.

Freitag, 19. Dezember

»Der ist echt fantastisch«, sagte Evie, die beim Fotografieren innehielt, um Brendas Quilt näher zu betrachten.

Sie hatten ihn im Hinterzimmer des Button Hole aufgehängt, wo eine Wand eigens zu diesem Zweck komplett frei gelassen worden war. Früher hatte Evie sie benutzt, um die

Vorhänge aufzuhängen, die sie nähte, bevor der Laden richtig angelaufen war.

»Sieh dir diese winzigen Dreiecke hier an«, fuhr Evie fort. »Die sind kleiner als mein Daumennagel. Und diese T-Blöcke, wie fein die gearbeitet sind! Die Frau hat wahrlich Talent.«

Liberty nickte. »Und sie hat ein richtig gutes Auge für Farben und Muster. Stell dir vor, wie es erst wäre, könnte sie selbst herkommen und ihre Stoffe aussuchen.«

»Ja, ich weiß. Aber das Positive ist, dass sie die Zeit gehabt hat, diesen wundervollen Quilt zu nähen.«

Evie knipste noch einige Bilder, dann drapierte sie den Quilt für Nahaufnahmen über dem Arbeitstisch. Als sie fertig war, legten sie ihn sorgfältig zusammen und verpackten ihn, um ihn zusammen mit zwei von Evie und einem von Liberty zu verschicken. Die Türglocke läutete ein paarmal, was bedeutete, dass die Ruhe über Mittag vorbei war und sie Kundschaft bekamen.

Evie blickte auf ihre Uhr. »Ich bringe die lieber jetzt zur Post.«

»Wann fängt das Festival an?«

»Am siebenundzwanzigsten Dezember.« Sie griff nach ihrem roten Mantel.

»Eine komische Zeit, um ein Quiltfestival zu veranstalten, findest du nicht?«

»Anscheinend ist es sehr beliebt. Ich schätze, die Leute haben um Weihnachten herum mehr Freizeit.«

Liberty half Evie, die Pakete in zwei große Taschen zu packen. Die Pakete waren schwer und unhandlich. Sie blickte zu der Schlange von Kunden, die sich vor dem Kassentresen bildete. »Wenn du noch kurz wartest, kann ich dir helfen, sie zur Post zu bringen.«

Evie schüttelte den Kopf. »Ich erledige das lieber gleich und hake es auf meiner Liste ab. Heute ist der letzte Posttag vor Weihnachten, und die Festivalveranstalter sind sehr penibel, was die rechtzeitige Einsendung betrifft. Ein Freund hat mir erzählt, sein Quilt ist letztes Jahr zu spät angekommen, und da haben sie sich geweigert, ihn noch anzunehmen.« Sie eilte zur Tür. »Ich bin gleich wieder da.«

Liberty bediente die Kunden, die noch letzte Nähutensilien und Weihnachtsgeschenke kauften. Die Patchworkkissensets erwiesen sich als besonders beliebt.

»Ich freue mich schon sehr darauf, die Kissen zu machen«, sagte eine Kundin, die zwei kaufte. »Ich mache eins für mich und eins zum Verschenken. Es ist doch etwas Besonderes, etwas Handgemachtes zu bekommen, nicht wahr?«

»Und ob.« Liberty lächelte. Ein Krankenwagen fuhr mit lauter Sirene vorbei, und alle schauten nach draußen. »Brauchen Sie auch noch Kissenfüllungen?«

»Ja, bitte. Das erspart mir einen zweiten Weg. Ich wohne zwanzig Meilen entfernt, müssen Sie wissen. Aber dieser Laden ist solch eine Schatzgrube!«

Das Button Hole war überaus beliebt und lockte Kunden von nah und fern an. Liberty bediente alle, so schnell sie konnte, doch Stoff zu schneiden war zeitaufwendig, und sie wünschte, Evie wäre bald wieder da. Die Schlange in der Post musste gigantisch sein. Vor Weihnachten verschickten alle Pakete und Karten.

Die Türglocke bimmelte laut, als jemand hereingestürmt kam. Alle im Laden drehten sich um.

»Liberty!«, rief George keuchend. Er legte einen Haufen brauner Pakete an der Tür ab.

Liberty runzelte die Stirn. Was machte er mit Evies Quilts? Und warum sahen die Pakete so schmutzig und ramponiert aus?

»Evie hatte einen Unfall!«

Der Rollenschneider fiel Liberty aus der Hand, und Erinnerungen an Carys' Autounfall fluteten ihren Kopf. »Was ist passiert?«

»Sie ist auf einer vereisten Stelle in der Hauptstraße ausgerutscht und hat sich verletzt. Der Krankenwagen musste kommen.«

»Wie hat sie sich verletzt? Ist es ernst?«

»Mehr weiß ich leider nicht.«

»Ist Jake informiert? Ich muss ihn anrufen.« Sie griff zum Telefon.

George hob eine Hand. »Ist schon geschehen. Er ist direkt ins Krankenhaus gefahren.«

Panik erfasste sie. Evie war mehr als nur ihre Chefin. Sollte ihr etwas zugestoßen sein …

»Liberty? Liberty!«

George stand vor ihr und hatte ihre Schultern gepackt. »Keine Angst. Es war bloß ein Sturz, und sie ist in den besten Händen.«

»Ja.« Sie versuchte zu schlucken, aber ihr Mund war zu trocken und ihre Kehle eng.

»Diese Pakete lagen dort, wo sie gestürzt ist. Wo soll ich die hinstellen?«

Die Quilts. »Sie müssen verschickt werden. Heute ist der letzte Termin!« Sie blickte hinauf zur Wanduhr, und ihr wurde schlecht.

»Ich fürchte, es ist zu spät«, sagte George. »Die Post hat vor einer halben Stunde geschlossen.«

Kapitel achtzehn

Samstag, 20. Dezember

»Man sollte meinen, die vielen Quilts hätten meinen Sturz abgefangen.« Evie sah bedauernd zu ihrer Armschlinge.

Liberty grinste. Sie war so froh, dass es Evie bis auf einen gebrochenen Arm gut ging. Ihre Chefin war vorhin aus dem Krankenhaus entlassen worden und saß nun in ihrem Bett, das lange Haar fiel ihr offen über die Schultern. Liberty war vorbeigekommen, nachdem sie das Button Hole geschlossen hatte.

»Und der Vorteil ist, dass ich jetzt kein Weihnachtsessen kochen muss.« Evies Grübchen zeigten sich, als sie lächelte.

»Stimmt genau«, bestätigte Jake. Er trug ein Tablett mit heißen Getränken für sie herein. »Du machst nichts, sondern ruhst dich aus. Vergessen wir nicht …« Er verstummte abrupt, als hätte er bereits zu viel gesagt, und blickte nervös zu Liberty.

Evies Wangen röteten sich.

»Was nicht vergessen?«, fragte Liberty verwirrt.

»Nichts …«

»Er meinte …«

Beide sprachen gleichzeitig, verstummten wieder, und Evie wurde noch röter.

Liberty schaute sie abwechselnd an, dann dämmerte es ihr. »Bist du … schwanger?«

Evie nickte langsam.

»Oh, Evie, das ist wunderbar!«, sagte Liberty.

»Es ist noch früh. Deshalb wollte ich nichts sagen. Das Baby kommt erst im Sommer.«

Jake küsste Evie aufs Haar. »Nachdem ich mich so erfolgreich verplappert habe, lasse ich euch zwei lieber allein.«

Liberty umarmte ihre Freundin. »Ich sage kein Wort, versprochen, und ich freue mich so für dich. Ihr zwei werdet wundervolle Eltern. Wollt ihr deswegen heiraten?«

Evie lächelte. »Eigentlich nicht. Wir hatten schon darüber gesprochen, bevor ich wusste, dass ich schwanger bin. Aber deshalb würde ich gerne bald heiraten.«

Liberty freute sich sehr für ihre Freundinnen. Zugleich warf sie die Nachricht aus der Bahn. Erst Natasha, jetzt Evie: Sie war beschämend neidisch und versuchte, es zu verdrängen, als ihr ein anderer Gedanke kam. »Haben sie nachgesehen, ob mit dem Baby alles in Ordnung ist?«

»Ja. Deshalb war ich so lange im Krankenhaus. Sie haben einen Ultraschall gemacht, und es sieht gut aus, Gott sei Dank.«

»Wie beruhigend.«

»Weißt du, was mit den Quilts ist?«, fragte Evie.

Liberty tat es unendlich leid, dass sie schlechte Neuigkeiten hatte. »Leider hatte die Post schon geschlossen, als ich gehört habe, was passiert ist. George hat die Pakete zurück in den Laden gebracht.«

»O nein! Das heißt, dass wir die Abgabefrist verpasst haben.« Evie sah enttäuscht aus, tat es aber rasch mit einem Schulterzucken ab, weil sie grundsätzlich optimistisch war. »Ach, na ja. Es gibt noch andere Ausstellungen.«

»Keine so große wie diese, und es dauert noch eine Weile bis zur nächsten.« Liberty dachte an Brenda, die so hart gearbeitet hatte, um ihren Quilt rechtzeitig fertig zu bekommen. Genau genommen hatte sie die ganze Zeit darüber nachgedacht.

»Tut mir leid, Lib. Bist du sehr enttäuscht?«

»Nicht um meinetwillen, aber Brenda bedeutet diese Ausstellung eine Menge. Für sie wird es ein ziemlicher Schlag.«

Evie sah sie mitfühlend an. »Es ist ein Jammer, aber wir können nichts tun.«

»Eigentlich doch.«

»Was?«

»Ich habe nachgedacht«, erklärte Liberty. »Wir können noch teilnehmen, wenn die Quilts persönlich hingebracht werden.«

»Nach Südfrankreich?«

Sie nickte. »Ich habe schon im Internet recherchiert, und ich könnte morgen hinfliegen und rechtzeitig zu Weihnachten wieder zurück sein.«

»Das ist eine fabelhafte Idee! Und viel sicherer, als sie mit der Post zu schicken.« Evie wickelte sich gedankenverloren eine Strähne ihres Haars um den Finger. »Aber ich dachte, du fliegst nicht.«

»Tue ich auch nicht. Normalerweise.« Liberty schluckte. »Aber da waren nur noch wenige Plätze in der Maschine, also habe ich spontan entschieden. Ich habe all meinen Mut zusammengekratzt«, fügte sie unsicher lächelnd hinzu. Ihr Puls beschleunigte sich vor Angst.

Evie riss die Augen weit auf. »Du hast schon gebucht?«

»Das musste ich. Ich konnte nicht riskieren, die letzte Gelegenheit zu verpassen, noch rechtzeitig zu kommen.« Wieder dachte sie an Brenda und deren hoffnungsvollen Blick, als sie ihr den Quilt anvertraute.

»Oh, Lib, bist du sicher, dass du das machen willst? Sicher wird Brenda es verstehen, wenn du ihr erklärst, was passiert ist …«

»Dies ist der Monat, in dem ich mutig bin, weißt du nicht mehr?«

Liberty wollte ihre Flugangst endlich überwinden. Nicht fliegen zu können hielt sie von so vielem ab, was sie sich erträumte. Wenn Carys wieder aufwachte, wäre sie so stolz zu hören, dass Liberty dieses gigantische Hindernis überwunden hatte. Vielleicht würden sie nach New York oder Hollywood reisen und all die Orte besuchen, die sie aus ihren Lieblingsfilmen kannten. »Ich habe heute einen Termin bei einem Therapeuten. Er hilft Brenda und wird tun, was er kann, um mir zu helfen, bevor ich morgen abreise.« Während sie sprach, blickte sie auf ihre Uhr. Sie musste los.

»Wow, Lib, ich bin beeindruckt! Das ist großartig. Aber lass mich deinen Flug bezahlen. Das Porto wäre sowieso irre teuer gewesen. Bist du sicher, dass es dir nichts ausmacht, so kurz vor Weihnachten noch unterwegs zu sein?«

Liberty dachte an Alex. Sein Flug ging am Dienstag, an dem Tag, an dem sie zurückkommen würde. Bis sie wieder zu Hause war, wäre er fort. Es war genau das, was sie brauchte: einen klaren Schnitt, der alles beendete und es ihr erleichterte, einen Neuanfang zu machen.

»Nein, überhaupt nicht. Allerdings kann ich dann nächste Woche nicht arbeiten.« Sie hatten geplant, das Button Hole am dreiundzwanzigsten Dezember zu schließen, also versäumte sie die letzten beiden Tage.

»Mach dir deswegen keine Gedanken.« Evie sah zu ihrer Schlinge. »Ich habe sowieso überlegt, ein paar Tage früher zu schließen, weil ich einhändig nicht viel tun kann. Du hast mir eben bei dieser Entscheidung geholfen.«

Liberty lächelte. »Es können nicht mehr viele Kunden übrig sein, die nicht schon da gewesen sind. Die letzten Wochen hatten wir so viel zu tun.«

»Ich weiß.« Evie kicherte. »Es ist ein richtig guter Monat gewesen. Hier, das ist für dich.« Sie gab Liberty einen cremefarbenen Umschlag, der mit goldenen kleinen Ahorn- und Eichenblättern verziert war.

Drinnen steckte eine Weihnachtskarte, auf der stand:

Für die beste und mutigste Näherin, die ich kenne.
Danke für all deine Arbeit in diesem Jahr.
In Liebe, Evie xxx

»Das wäre doch nicht nötig gewesen«, sagte Liberty, die den großzügigen Bonus in der Hand hielt, der sich ebenfalls in dem Umschlag befand. »Danke.«

»Es stimmt aber. Du bist die Beste, und du bist so mutig bei deiner Challenge. Ich bin echt stolz auf dich – und das wäre Carys auch.«

»Ich fliege nach Frankreich, um die Quilts zu der Ausstellung zu bringen. Und mein Flug geht morgen.«

Alex, der Charlies Pfoten abwischte, blickte zu Liberty auf. Sie fuhr weg?

Er war eben von Luc zurückgekommen, wo er und Charlie den Nachmittag damit verbracht hatten, sich von Lottie mit glitzernden pinken Capes und Diademen schmücken zu lassen. Und hinterher hatte er sich von Luc und Natasha verabschiedet, weil er bald abreisen würde. Er hatte geglaubt, ihm blieben noch ein paar Tage, bevor er Liberty Lebewohl sagen musste. Niemals hätte er damit gerechnet, dass sie diejenige wäre, die ging.

Er legte das Handtuch hin. »Wo willst du übernachten?«

»Ich habe mir etwas in dem Dorf gebucht, in dem die Ausstellung ist.«

»Welches Dorf?«

»Lourmarin. Da habe ich eine Wohnung über einer Buchhandlung gemietet, mit Blick auf das Schloss, in dem die Quilts ausgestellt werden. Und die Fahrt vom Flughafen sollte nicht allzu lange dauern.«

Er war erstaunt. »Du fliegst?«

»Ja.« Ihr war anzusehen, was es sie kostete, sich ihre Angst nicht anmerken zu lassen – ihre Augen gaben sie dennoch preis. »Ich freue mich nicht auf den Flug, aber ich werde ihn überstehen. Es geht ja ganz schnell.«

Warum machte sie das? Er musste nicht fragen. Um einer Freundin zu helfen. Sein Brustkorb fühlte sich eng an. Wie würde sie allein zurechtkommen? Was, wenn sie eine Panikattacke hatte?

»Hier, das ist für dich.« Sie reichte ihm ein großes Geschenk in Seidenpapier und mit Schleife. »Frohe Weihnachten.«

Alex runzelte die Stirn. Er hatte ihr nichts gekauft. Er hatte es vorgehabt, sogar das perfekte Geschenk für sie entdeckt, es dann aber gelassen, weil er ihr keinen falschen Eindruck vermitteln wollte.

Das Paket war weich, und nachdem er es ausgepackt hatte, hielt er den Quilt in Orange und Schwarz in den Händen.

»Du hast gesagt, dass es deine Rennfarben waren«, erklärte sie. »Deshalb dachte ich, du möchtest ihn vielleicht haben – zur Erinnerung.«

»An meine Tage als Rennfahrer?«

Sie nickte.

Das Einzige, woran dieses Ding ihn erinnern würde, war sie. Die Stunden, die sie mit Nähen verbracht hatte, um das

Zickzackmuster mit einem aus Wellen und Wirbeln zusammenzufügen.

»Danke.« Seine Stimme klang ein wenig heiser. Ich bekomme bestimmt eine Erkältung, sagte er sich. Etwas anderes konnte es nicht sein.

»Charlie bleibt bei Evie, Jake und ihrem Hund Smoke. Kannst du das Cottage abschließen, wenn du abreist?«

»Nein, ich lasse die Tür weit offen, und bei deiner Rückkehr warten die drei Bären auf dich.«

Sie knuffte ihm spielerisch in den Arm. »Es war nett, dich kennenzulernen, Alex. Tut mir leid, dass du deine Halbschwester nicht gefunden hast.«

Er antwortete nicht. Da war ein Ausdruck in ihren Augen, den er nicht recht deuten konnte. Wachsam. Ängstlich. War es Furcht oder etwas anderes?

Sie ging nach oben, um zu packen, und Alex blieb allein in der Küche zurück. Gedankenversunken schaute er zu Charlie, der sein Abendessen verschlang. Warum schockierte ihn die Neuigkeit so sehr? Weil die sehr häusliche Frau, die er vor einem Monat kennengelernt hatte, niemals den Mut aufgebracht hätte, solch eine Reise allein anzutreten?

Aber er hatte in den letzten Wochen erlebt, wie Liberty sich verändert hatte. Er wusste, dass sie heute ein anderer Mensch war. Und er wusste, wie weit sie für Freunde gehen würde. Dies hier war typisch für sie: Immer kümmerte sie sich um alle anderen. Nur was hatte das mit ihm zu tun? Er würde ebenfalls bald verschwinden, nach Frankreich fahren, um Weihnachten mit seiner Familie zu verbringen.

Er hörte, wie sie oben umherlief. Wer würde sich darum kümmern, ob sie ihr Ziel heil erreichte? Und ob sie wieder gut zu Hause gelandet war? Wer würde auf sie achtgeben? Er stieg die Treppe hinauf und klopfte an ihre Tür.

»Ja?«

Alex betrat das Zimmer. Ein alter brauner Koffer, der aussah, als hätte er schon hundert Jahre auf dem Buckel, lag aufgeklappt auf dem Bett. Darin waren ein Quilt, einige Kleidung, und Liberty quetschte ihre Nähtasche hinein. Ein weiterer Koffer voller Quilts lag offen auf dem Boden. »Lib, bist du sicher, dass es eine gute Idee ist?«, fragte er.

Sie hielt inne. »Glaubst du nicht, dass ich es hinbekomme?«

»Doch, glaube ich. Es ist nur …«

Wie konnte er dieses Gefühl erklären? Dieser Knoten in seiner Brust, diese Sorge, weil sie allein war, war irrational und einzig darin begründet, dass er … sie mochte.

»Ich weiß, dass es eine große Sache für dich ist. Es wird deine größte Challenge bisher, oder?«

Sie nickte.

»Und diese Frau …«

»Brenda.«

»Sie ist nicht gerade eine enge Freundin, die du schon dein Leben lang kennst, oder? Wie lange kennst du sie? Seit zwei Wochen?«

Sie verengte die Augen. »Es spielt keine Rolle, wie lange ich sie kenne. Dies hier ist wirklich wichtig für sie«, verteidigte Liberty sich. Dann seufzte sie. »Außerdem ist es nicht der einzige Grund. Meine Angst vorm Fliegen ist etwas, das ich schon sehr lange überwinden will. Sie hält mich davon ab, Orte zu sehen, Dinge zu tun. Ich will nicht mehr so eingeschränkt sein.«

»Aber du musst das nicht machen. Ich meine, ich bewundere alles, was du in diesem Monat erreicht hast, das weißt du, aber du musst nicht zu allem Ja sagen. Manchmal ist es in Ordnung, sich zu entziehen.«

Sie nahm einen Pyjama, legte ihn ordentlich zusammen und packte ihn in den Koffer, wo sie ihn glatt strich. »Weiß ich.«

Das einzige Geräusch war das leise Knacken und Gluckern der Heizung.

»Schreibst du mir, wenn du angekommen bist?«, fragte er. »Damit ich weiß, dass alles okay ist?«

Da war wieder dieser Blick. Was bedeutete er?

Es zuckte um einen ihrer Mundwinkel. »Warum?«

»Ich würde bloß gern wissen, dass es dir gut geht, sonst nichts«, entgegnete er und wandte sich zum Gehen.

Seine Hand war bereits auf dem Türknauf, als sie seinen Namen sagte und er erstarrte. Er drehte sich um. Liberty sah ihn direkt an. »Ich möchte das machen«, erklärte sie. »Es ist mir wichtig. Und nicht nur wegen der Challenge. Es ist ein Dämon, dem ich mich stellen muss.«

Alex war voller Bewunderung. Sie brauchte ihn nicht. Sie war couragiert und entschlossen, und er wusste, wie stolz sie sein würde, wenn sie es allein geschafft haben würde.

Jetzt begriff er, was er in ihren Augen gesehen hatte. Sie sagte ihm Lebewohl.

Sonntag, 21. Dezember

»Du errätst nie, wohin ich heute reise, Car.«

Liberty drückte die Hand ihrer Freundin. Sie war aufgeregt vor der Reise. Nervös, freute sich aber auch, und an dieses Gefühl würde sie sich klammern. Sie fragte sich, ob sie vor einem Monat genauso empfunden hätte oder ob ihre Furcht vor dem Unbekannten alles andere überschattet hätte.

»Ich fliege nach Frankreich – ich fliege, Car, hast du gehört! – in die Provence. In ein hübsches Bergdorf im Luberon. Ich habe Bilder im Internet gesehen, und es ist atemberaubend.«

Sie verstummte, um Carys' regungslose Züge zu betrachten und zu überlegen, was ihre Freundin würde wissen wollen. Die Klamottenfrage stünde ganz oben auf der Liste. »Ich habe nach dem Wetter gesehen, und dort drüben ist es kalt, aber sonnig, also habe ich einen Pulli, Jeans und kniehohe Stiefel für die Reise an. Und ich habe ein langes Kleid eingepackt – das grüne mit den Rosen –, falls ich etwas Elegantes brauche. Französinnen sind immer elegant, nicht? Außerdem muss ich die Quilts zu einem Château bringen, und niemand sollte schlampig aussehen, wenn er in einem französischen Château aufkreuzt, was, Car?«

Eine der Maschinen, an die Carys angeschlossen war, blinkte stetig. Liberty wünschte, ihre Freundin würde aufwachen. Sie hatte es sich in den letzten sechs Monaten so oft gewünscht, jedoch nie so inständig wie jetzt.

Sie holte tief Luft und plapperte munter weiter: »Ich miete einen Wagen am Flughafen, und von da ist es ungefähr eine Stunde Fahrt. Kannst du dir das vorstellen? Ich bin noch nie im Ausland Auto gefahren.« Sie biss sich auf die Unterlippe und gestand leise: »Ich habe echt Angst, Car.«

Hoffentlich fand sie den Ort und verfuhr sich nicht! Sie sprach nicht einmal Französisch. Wie sollte sie Essen kaufen oder französische Straßenschilder entziffern?

Tief durchatmen, Liberty, ermahnte sie sich und dachte an ihr Telefonat mit Brenda, in dem sie ihrer neuen Freundin berichtet hatte, was geschehen war. Diese Ausstellung bedeutete Brenda alles.

»Aber das Schwierigste«, gestand sie leise, »ist zu wissen, dass ich Alex nie wiedersehen werde.«

Ihr Herz flehte sie an, nicht zu gehen, doch ihr Kopf wusste, dass es ein kluger, vernünftiger Schritt war. Wenn sie wiederkam, wäre er fort.

»Es ist das Beste so«, sagte sie mehr zu sich selbst und atmete langsam aus, um ihre Nerven zu beruhigen. Und sie erinnerte sich an alles, was sie diesen Monat erreicht hatte. »Es ist die perfekte Art, die Challenge zu beenden. Eine Reise an einen schönen Ort. Mit ein bisschen Glück wird es sonnig, und ich kann vielleicht sogar einige der anderen Quilts sehen, die in der Ausstellung gezeigt werden sollen.« Sie rieb die Hand ihrer Freundin. »Keine Sorge, Car, ich bin in ein paar Tagen wieder zurück und berichte ausführlich.«

Liberty packte die Armlehnen, als sich das Flugzeug vom Gate weg zum Rollfeld bewegte. Ihre Handflächen waren klamm, und ihre Brust fühlte sich eng an. Sie versuchte, die Atemübungen zu machen, die sie gelernt hatte, was jedoch schwierig war, solange sie die geschlossene Kabinentür fixierte. Dies war es, was sie fürchtete: die geschlossene Enge, die eine Flucht unmöglich machte, und die dünne Luft, die das Atmen erschwerte. Sie wollte keine Szene machen, nicht wiederholen, was beim letzten Mal passiert war. Da hatte sie blinde Angst überwältigt, die Gewissheit, dass etwas Schreckliches geschehen würde …

Atme, befahl sie sich. *Du hast es so weit geschafft. Du kannst das.*

Das Flugzeug beschrieb eine scharfe Kurve und richtete sich auf dem Rollfeld aus, bevor es stehen blieb. Die anderen Passagiere um Liberty herum wirkten entspannt, blätterten in Zeitschriften und knabberten Süßigkeiten. Keiner sonst schien ihre Furcht zu teilen. Beim Boarding hatten ihre Beine so sehr gezittert, dass sie nicht sicher war, wie sie die Treppe bewältigt hatte – aber sie hatte. Und als sie die Tür erreichte, hatte sie sich umgesehen und sich im Geiste auf die Schulter geklopft, dass sie so weit gekommen war.

Alles verlief nach Plan, obwohl es sich anfühlte, als wäre die Katastrophe nur noch Momente entfernt. Da spricht bloß die Angst in dir, sagte sie sich. *Du* wirst *heil ankommen. Die Türen werden sich öffnen, und du wirst von Bord gehen.* Sie schloss die Augen und malte es sich aus. Und sie malte sich das wundervolle Erfolgsgefühl aus, das sie dann empfinden würde.

Das Flugzeug setzte sich wieder in Bewegung. Im Nullkommanichts wurde es schneller; durch die Geschwindigkeit wurde Liberty in ihren Sitz gedrückt, und sie wusste, dass sie innerhalb von Sekunden abheben würden. Ihr Puls raste. Ihre Kleidung klebte an ihr. Dann stiegen sie auf.

Das Herz schlug ihr bis zum Hals, als sie beobachtete, wie die Gebäude immer kleiner wurden. Sekunden vergingen – oder Minuten? –, und sie musste sich zwingen zu atmen. Die Finger hatte sie noch fest in die Armlehne gekrallt. Aber das Gefühl von drohendem Unglück wurde schrittweise schwächer, und als die Singsangstimme der Flugbegleiterin aus den Lautsprechern erklang, entspannte Liberty sich.

Wir sind in der Luft, und nichts Schlimmes ist passiert, sagte sie sich erstaunt. Verblüfft. Sie wollte in die Hände klatschen, weil sie die größte Hürde genommen hatte.

»Alles in Ordnung?«, fragte ein Flugbegleiter. Liberty hatte die Crew über ihre Flugangst informiert, und man sah regelmäßig nach ihr.

»Ja«, antwortete sie und hörte, dass sie überrascht klang.

Der Mann zwinkerte ihr zu und ging weiter. Liberty steckte ihre Kopfhörer ein und lauschte dem Hörbuch, das sie zur Ablenkung mitgenommen hatte. Es würde nicht lange dauern, bis sie in Frankreich landen und siegreich die Faust in die Luft recken würde. Wichtig war, dass sie diese Reise allein machte, und sie bereute ihre Entscheidung nicht. Sie war stolz, dass sie es tat.

Dennoch gab es eine Person, von der sie insgeheim wünschte, sie würde diesen Triumph bezeugen. Alex wäre so stolz auf sie gewesen.

Kapitel neunzehn

Wenige Stunden später holte Liberty den Schlüssel zu ihrer Ferienwohnung bei dem Buchhändler unten im Haus ab und ging nach oben. Sie schloss die Tür auf und sah sich um. Es war umwerfend! Die großen Fenster boten freien Blick auf den Marktplatz zur einen Seite, und sie konnte Menschen in warmen Jacken, Schals und Sonnenbrillen vor dem Café in der Sonne sitzen sehen. Dort würde sie später auch auf einen Drink hingehen, nahm sie sich vor. Und vom Schlafzimmerfenster hinten konnte sie das Château de Lourmarin sehen, wohin sie morgen die Quilts liefern würde. Wie das Schloss auf dem Hügel thronte, wirkte es schlicht majestätisch. Es war nicht weit entfernt, aber sie musste trotzdem mit dem Auto fahren, weil die Quilts zu schwer waren, um sie zu Fuß dorthin zu bringen.

Rasch packte Liberty aus, zog ihr Kleid an und schrieb eine Textnachricht an Alex: *Bin gut angekommen. Nur einmal an einem Kreisverkehr falsch abgebogen. (Keine Sorge, hat keiner gesehen.) Gehe jetzt ins Café.*

Sie war pünktlich gelandet, und zum Glück war auch ihr Gepäck mitsamt den Quilts angekommen. Sie nahm sich einen Kofferkuli, auf dem sie ihren Lederkoffer über den glänzenden roten stapelte, den sie von Evie geliehen hatte, und ging zum Mietwagenschalter, ehe sie sich der langen Schlange nach draußen anschloss.

Die Schlange hinter ihr wurde immer länger, und die Leute wurden ungeduldig.

»Es ist sehr viel los«, sagte Liberty zu der Frau hinter ihr.

Die Frau antwortete in einer Sprache, die Liberty nicht verstand – Russisch vielleicht? Dann versuchte die Frau es noch einmal in gebrochenem Englisch. »Auto« und »Streik« glaubte Liberty herauszuhören, aber der Akzent war so stark, dass sie den Rest nicht verstand.

Liberty lächelte höflich, schaute wieder nach vorn und sagte sich, dass der Hochbetrieb gewiss mit Weihnachten zusammenhing, weil alle über die Feiertage nach Hause wollten.

Und sie wurde nicht unruhig, denn sie hatte den Wagen bereits vorher reserviert und rechnete daher nicht mit Problemen. Die gab es auch nicht. Als sie endlich dran war, ging alles sehr schnell, und nun, da sie angekommen war, konnte sie endlich aufatmen.

Die Buchhandlung schloss, als sie wieder nach unten kam, und der Besitzer wünschte ihr *bonne soirée*. Liberty zog den Reißverschluss ihrer Jacke hoch, suchte sich einen Tisch draußen auf dem Platz und setzte sich. Um sie herum genossen die anderen Gäste ihre Aperitifs. Sie bestellte, lehnte sich zurück und lächelte vor sich hin, immer noch high vor Zufriedenheit, weil sie die Reise allein bewältigt hatte. War es nicht wahrhaft kultiviert, Rotwein zu trinken und die Welt vorbeiziehen zu sehen, während im Hintergrund Jazzmusik lief? Eine Menge ihrer reiselustigen Freunde hätte sich nichts bei diesem Trip gedacht, doch für Liberty war er ein Meilenstein, und sie war so stolz auf sich. Jetzt hatte sie definitiv ihre Komfortzone verlassen – und liebte jeden Moment davon. Sie blickte sich um und sog die magische Szenerie in sich auf.

Auf dem Marktplatz funkelten geschmackvolle kleine weiße Lichter an einem großen Weihnachtsbaum. Liberty sah einen Mann mit einer Baskenmütze – einer echten Baskenmütze! – und einer kleinen runden Brille, die gleichzeitig intellektuell und schick wirkte. Sie liebte es, die Leute Französisch sprechen zu hören. Es war solch eine melodische Sprache, so ausdrucksstark und romantisch. Wenn Alex sie doch jetzt hätte sehen können!

Sie versuchte sich vorzustellen, an einem Ort wie diesem zu leben, wo alles aufregend, fremd und neu für sie war. Man male sich die Möglichkeiten aus! All die Menschen, die sie kennenlernen könnte, die neuen Erfahrungen, die sie machen würde. Obwohl sie kein Französisch sprach, war sie sicher, dass sie die Sprache bald lernen würde. Immerhin redete Carys' Familie zu Hause Walisisch, und da hatte Liberty problemlos einige Sätze aufgeschnappt. Nicht auszudenken, dass sie, hätte sie sich von ihrer Furcht bremsen lassen, diesen bezaubernden Ort mit seinen schmalen Gassen und hübschen Läden nie gesehen hätte!

Die Challenge hatte sie verändert. Und Liberty mochte die Person, zu der sie geworden war. Aufgeschlossen, bereit, Neues auszuprobieren, selbstbewusst und das Leben auskostend.

Nähen war immer noch ihr Liebstes, aber sie hätte so viele Abenteuer verpasst, hätte sie sich in diesem Monat nicht selbst herausgefordert. Sie dachte an den Blumenstrauß, der alles ausgelöst hatte, und fragte sich, ob der Absender erahnt hatte, was er damit bewirken würde. Das Geschenk hatte mehr bewegt, als sich die Person erhofft haben mochte.

Ihr Handy summte. Es war eine Nachricht von Alex: *Freut mich, dass du gut angekommen bist. Unter dem Weihnachtsbaum liegt ein Geschenk für dich.*

Gerührt lächelte sie und fragte sich, wo er gerade sein mochte. Im Damselfly Cottage beim Packen? Oder war er aus und amüsierte sich? Sie tippte: *Sag mir Bescheid, wenn du in Frankreich angekommen bist.*

Der Kellner brachte ihr ein Glas Rotwein und eine Schale mit Erdnüssen. Sie dankte ihm, und er antwortete auf Englisch: »Sehr gerne.«

Verdammt, ihr Akzent musste sie verraten haben!

»Sind Sie aus Amerika?«, fragte er und klemmte sich sein Tablett unter den Arm. Er sah gut aus, war dunkelhaarig und schien noch ein wenig plaudern zu wollen.

»Aus England. Ich liefere Quilts für die Ausstellung.«

Er sah sie fragend an. »In dem Château? – Ah, ja! Das Festival. Ja, da kommen nach Weihnachten viele Besucher hin.«

»Es ist sehr berühmt. Und ich freue mich, hier zu sein.« Es war ein Jammer, dass sie die eigentliche Ausstellung nicht sehen würde. Vielleicht könnte sie im nächsten Jahr wieder herkommen. Eventuell mit Evie zusammen.

»Und sind Sie …« Der Kellner schaute sich um. »… mit einem Freund hier?«

»Nein«, antwortete sie und fühlte sich lächerlich stolz. »Ich bin allein.«

Er grinste. »Aha. Tja, ich heiße Louis, und falls Sie jemanden brauchen, der Sie im Ort herumführt, wissen Sie, wo Sie mich finden.«

Wow, das war direkt. Hier gab es also keine englische Reserviertheit. Doch Liberty fand es schmeichelhaft. »Danke, das ist sehr freundlich.«

Ein anderer Gast rief nach ihm, und Liberty lehnte sich zurück, um ihren Wein zu genießen. Die Sonne ging unter, und die lebendigen Farben erinnerten Liberty an van Goghs »Caféterrasse am Abend«. Der dunkelblaue Abendhimmel, der sanfte Schein des Cafés und die bordeauxroten Stühle und Tische, die funkelnde Weihnachtsbeleuchtung auf dem Platz. In Libertys Kopf entstand das Design für einen neuen Quilt: tiefe Blautöne als Hintergrund, kleine unregelmäßige Blöcke von Weinrotnuancen mit blassen Zentren aus glitzernden goldenen und weißen Stoffen, die wie Sterne leuchteten.

Ihr Handy gab wieder einen Ton von sich. Alex: *Warum?*

Sie wurde rot. Gute Frage. Ja, warum?

Weil er ihr fehlte und es ein Vorwand war, den Kontakt ein wenig zu verlängern, ehe er ganz endete. Das schrieb sie nicht. Stattdessen tippte sie: *Weil ich wissen möchte, ob du gut angekommen bist. So wie du es von mir wissen wolltest.*

Er erwiderte: *Aber meine Familie würde Alarm schlagen, wenn ich nicht erscheine.*

Wohingegen sie allein war, sollte es heißen. Libertys Lächeln gefror.

Und es traf sie wie ein Schwall Eiswasser auf ihrem Kopf: Seine Sorge hatte nichts damit zu tun gehabt, dass er sie mochte. Er bemitleidete sie. Genauso wie er seine Halbschwester und die Frau bemitleidete, deren Briefe sein Vater ignoriert hatte.

Sie schaltete ihr Handy aus und steckte es in ihre Handtasche. Dann nahm sie einen Schluck von ihrem Wein und versuchte, sich wieder auf die Szenerie um sie herum zu konzentrieren. Aber die Magie war weg.

Montag, 22. Dezember

Das Château war wunderschön. Goldener Sandstein ragte in Türmchen und Zinnen auf und schimmerte in der Wintersonne. Majestätische Koniferen umringten es stolz, ähnlich grünen Speerspitzen, und als Liberty den Schlosshof überquerte, flatterten Dutzende Fahnen im Wind, die Flaggen aller Nationalitäten, die bei diesem Quiltfestival vertreten waren. Anders als britische Schlösser, die Liberty besichtigt hatte und in denen es sich immer klamm und kühl anfühlte, war dieses hier gut geheizt. Und es bot den idealen Hintergrund für eine Quiltausstellung.

Liberty gab die Quilts mit den entsprechenden Unterlagen ab und schrieb Textnachrichten an Evie und Brenda, dass alles heil abgeliefert war. Danach warf sie noch einen raschen Blick auf die Quilts, die bereits aufgehängt worden waren.

»Schön, nicht wahr?«, fragte eine Frau, die ein Handy und ein Klemmbrett bei sich hatte.

Vermutlich war sie eine der Organisatorinnen. »Fantastisch«, antwortete Liberty. »Diese dort finde ich ganz besonders gelungen.« Sie zeigte auf ein paar japanische Sashiko-Quilts mit ihren typisch auffälligen Stichen und den glänzenden Stoffen.

Die Frau sah sie interessiert an. »Hätten Sie Lust, bei der Ausstellung auszuhelfen? Zwei unserer Mitarbeiter haben sich die Grippe eingefangen, und uns fehlen ein paar helfende Hände.«

Bei der Aussicht machte Libertys Herz einen Freudensprung – doch ihre Hoffnung erstarb gleich wieder. »Leider bin ich zur Ausstellung nicht mehr hier. Aber ich habe heute Zeit, falls Sie Hilfe beim Aufbau brauchen.«

Die Frau strahlte. »Das wäre *formidable*!«

Liberty hatte morgens schon eine kleine Runde durchs Dorf gedreht, als sie sich Brot und etwas Gebäck zum Frühstück kaufte, und eigentlich geplant, nachmittags durch die kleinen Läden und Boutiquen zu bummeln. Aber hier zu helfen war weitaus reizvoller. Sie würde einige der Quilts zu sehen bekommen.

Die Frau führte sie zu einem der großen Empfangsräume und stellte Liberty den anderen Helfern vor. Der Tag verging schnell, während Liberty vorsichtig Quilts auspackte, sie aufhängte und beschriftete. Sie war überrascht, wie weit einige der Exponate gereist waren, und es machte Spaß, sich mit anderen Quiltbegeisterten in gebrochenem Englisch über die benutzten Techniken und Stoffe zu unterhalten. Während einer kurzen Nachmittagspause sah Liberty auf ihr Handy. Dort war eine Nachricht von der Fluggesellschaft eingegangen – mit der Überschrift DRINGEND.

Während sie las, wurde ihr mulmig.

Ihr Rückflug war wegen eines Streiks gestrichen worden. Libertys Hand zitterte ein wenig, als sie ihr Telefon wieder einsteckte.

Es bedeutete, dass sie hier vielleicht über Weihnachten festsitzen würde.

Sie fragte die anderen Freiwilligen, ob sie von dem Streik wüssten. Wussten sie. Anscheinend hatte es Gerüchte gegeben, dass er stattfinden könnte. Eventuell erklärte es die lange Schlange vor dem Mietwagenschalter bei Libertys Ankunft. »Fahren irgendwelche Züge?«, fragte Liberty.

Die anderen schüttelten den Kopf. »Alle Arbeiter im Transportwesen streiken. Es gibt keine Züge und auch keine Busse. Nichts.«

»Was ist mit meinem Mietwagen? Könnte ich mit dem nach Hause fahren?«

Sie suchte die Nummer der Autovermietung heraus, und eine andere Helferin rief dort an. Danach verneinte sie. »Sie brauchen den Wagen morgen zurück. Sie haben gesagt, dass du ihn hierlassen kannst und sie ihn abholen, aber du darfst damit nicht das Land verlassen.«

Die Frau neben ihr sah sie mitfühlend an.

Liberty ließ die Schultern hängen. »Wie es aussieht, muss ich Weihnachten hier verbringen.«

Sie sollte ihrem Vermieter rasch eine E-Mail schicken und fragen, ob sie einige Tage länger bleiben konnte. Und sie musste zum Supermarkt und sich mit Lebensmitteln bevorraten, um über die Feiertage zu kommen, vielleicht auch einige zusätzliche Kleidung besorgen.

Atme, Liberty. Es ist nur Weihnachten. Stell es dir als Teil deiner Challenge vor.

Es war nicht so riskant, wie einen Untermieter aufzunehmen, auch nicht so beschämend wie das Albtraumdate mit Sean und seiner rachsüchtigen Ex und nicht annähernd so beängstigend wie Fliegen. Entschlossen reckte sie das Kinn.

Sie würde das schaffen.

Ihr Telefon klingelte beharrlich. Auf dem Parkplatz vorm Supermarkt stellte Liberty ihre Einkäufe ab und kramte das Handy aus ihrer Tasche. »Alex?«, fragte sie.

»Hast du von dem Streik gehört?« Seinem Tonfall nach war er besorgt.

»Ja, mein Flug wurde gestrichen.«

»Meiner auch.«

Sie stellte ihn sich allein im Damselfly Cottage vor. »Was willst du machen? Wie kommst du über Weihnachten nach Hause?«

»Weiß ich noch nicht. Vielleicht trampe ich.«

Sie konnte nicht sagen, ob es ein Scherz war. »Du kannst gern im Cottage bleiben. Es macht mir nichts aus.«

»Ich finde einen Weg. Was ist mit dir?«, fragte er.

»Der Vermieter der Wohnung hat gesagt, dass ich vier Tage länger bleiben kann. Bis dahin ist der Streik hoffentlich vorbei.«

Zunächst war es still, dann fragte er: »Geht es dir gut, Liberty?«

»Ja, natürlich.«

»Es ist nur – ich dachte, du sorgst dich vielleicht. Weil du Weihnachten allein verbringst.«

Sie lächelte, denn seine hörbare Sorge rührte sie. »Habe ich auch zuerst. Aber jetzt freue ich mich tatsächlich darauf. Erstens bedeutet es, dass ich noch ein paar Tage Gnadenfrist bekommen habe, bevor ich wieder in ein Flugzeug steigen muss. Und zweitens …« Sie hatte sich in diesem Jahr so oder so nicht auf Weihnachten gefreut. Obwohl es wirklich nett von Carys' Familie gewesen war, sie einzuladen, wäre der Tag mit ihnen eine brutale Erinnerung daran gewesen, dass ihre beste Freundin nicht da war. Sie hätte tapfer gelächelt und gute Miene gemacht, weil die Trauer der Familie noch weit schlimmer sein musste als ihre, aber allein zu sein war wohl wirklich besser. Entspannter. »Na ja, außerdem heißt es, dass ich tun kann, was ich will.«

Es war eine Chance, sich selbst zu verwöhnen. Sie hatte sich jede Menge Köstlichkeiten eingekauft: Entenbrust, rotgrünen Mangold, Käse, Brot, Kuchen und Wein. Obendrein hatte sie Evies Bonus genutzt, um sich ein paar neue Outfits zu gönnen, und einen Haufen neue Stoffe im Château gekauft, sodass sie reichlich Näharbeit hatte, um sich am Weihnachtstag zu beschäftigen, wenn alle anderen mit ihren Familien zusammen waren. Sie hatte vor, einen Spaziergang zu machen, die herrliche Landschaft in sich aufzusaugen, und abends würde sie Carys' Mutter, Evie und Natasha anrufen. Sie würde Lottie frohe Weihnachten wünschen – die Kleine würde zweifellos ganz aus dem Häuschen sein wegen des Rentiers, das auf dem Dach ihres neuen Puppenhauses vom Weihnachtsmann gelandet war.

Es war vollkommen in Ordnung. Sie war inzwischen gut darin, Herausforderungen zu meistern. Weihnachten allein würde ein Lacher werden.

Dienstag, 23. Dezember

Alex setzte sich hinters Steuer seines Mietwagens und fuhr los in Richtung Autobahn nach Süden. Er sagte sich zum wiederholten Mal, dass Liberty einen Platz zum Wohnen, Essen und ihm versichert hatte, dass alles in Ordnung war. Dennoch kehrten seine Gedanken immer wieder zu ihr zurück.

Als er sich in die Schlange vor der Fähre einreihte.

Als er hinaus auf die aufgewühlte, dunkle See blickte.

Als er Hunderte von Autobahnkilometern südwärts zurücklegte.

Ihm war bewusst, dass er Glück hatte. Er hatte einen Wagen bekommen und eine der letzten Fähren erwischt, ehe alles zum Erliegen kam. Solange er weiterfuhr, würde er mit reichlich Zeit vor den Festlichkeiten bei seiner Mutter eintreffen. Andere im Land hatte es übler erwischt: In den französischen Nachrichten wimmelte es bereits von Berichten über Leute, die fern von zu Hause gestrandet waren.

Wie Liberty.

Es war schrecklich, sie sich allein vorzustellen. Sie hatte gesagt, dass es ihr gut gehe, aber er wusste, dass sie lediglich tapfer war. Und keiner sollte an Weihnachten tapfer sein müssen. Keiner sollte allein sein. Charlie musste ihr fehlen, ihr Zuhause. Er dachte an ihr Cottage und den Baum, den sie geschmückt hatten und unter dem nur ein einziges Geschenk auf sie wartete.

Er drückte aufs Gas, damit der Wagen ein wenig schneller fuhr.

»Alex! Du hast es rechtzeitig nach Hause geschafft«, sagte seine Mutter, als er endlich ankam.

Er küsste sie, schüttelte Bernard die Hand und beantwortete ihre Fragen über die lange Reise, die er hinter sich hatte. Sie bugsierten ihn in die Küche, einen geräumigen Raum, der ihn gemütlich und einladend willkommen hieß. Eine Rotweinflasche war geöffnet, und es duftete nach Fleisch und Knoblauch, als seine Mutter die Ofentür öffnete.

»Zieh deine Jacke aus und setz dich«, sagte sie. »Du kommst gerade pünktlich zum Abendessen.«

Sie stellte eine Auflaufform auf den Tisch, und beim Anblick der köstlich aussehenden Mahlzeit grummelte Alex der Magen. Es war verlockend. Nachdem er die ganze Nacht und den Großteil des Tages gefahren war, fühlte er sich steif, und seine Schulter schmerzte. Ein Glas Wein und ein gutes Essen wären jetzt genau das Richtige.

»Setz dich! Setz dich!«, wiederholte seine Mutter.

»Leider kann ich nicht bleiben«, sagte er.

Sie erstarrte. »Was?«

»Ich muss wieder los.«

»Aber du bist eben erst angekommen. Und morgen ist Heiligabend!«, erwiderte sie fassungslos.

Für gewöhnlich war er derjenige, der alle zusammenbrachte und darauf achtete, dass alles vorbereitet war. Er half, in letzter Minute besorgte Geschenke zu verpacken und das Essen zu kochen. Morgen früh würden seine Brüder mit ihren Familien eintreffen und die Feierlichkeiten beginnen. Abends gäbe es ein Familienessen, gefolgt von der Christmette.

»Weiß ich. Deshalb muss ich los. Es ist wichtig.« Er hielt ihren Blick. Die ganze Fahrt hatte er darüber nachgegrübelt; jetzt war er sich sicher, was er tun musste.

Seine Mutter wirkte entsetzt: »Wichtiger als Weihnachten bei deiner Familie?«

»Es geht um eine Freundin. Sie braucht mich.«

Seine Mutter und Bernard wechselten einen Blick. »Kommst du morgen zurück?«

»Das kann ich nicht versprechen. Tut mir leid.«

Liberty hatte beim Kochen den Fernseher im Hintergrund laufen. Sie hoffte, dass sie Wörter und Wendungen vielleicht unterbewusst absorbieren und via Osmose Französisch lernen würde.

Es funktionierte nicht.

Der Nachrichtensprecher redete immerfort über den Streik, *la grève*, so viel verstand Liberty. Aber sie hatte nach wie vor keine Ahnung, warum die Arbeiter streikten. Die Wettervorhersage hatte sie auch nicht verstanden, jedoch die großen gelben Sonnen überall auf der Karte gesehen, daher wusste sie, dass es weiterhin kalt und sonnig bliebe, was wunderbar war. Der kobaltblaue Himmel und der Sonnenschein taten dem Gemüt gut, und noch dazu war ihre Wohnung gut geheizt und gemütlich.

Sie wendete die Kartoffeln und sah nach der Ente im Ofen. Nachdem sie ihren ersten Schreck verwunden hatte, freute sie sich richtig darauf, Weihnachten in der Provence zu verbringen. Sie hatte mit ihrem »Van-Gogh-Quilt« angefangen und von Hand schiefe Quadrate in Weinrot und Sonnenuntergangsorange auf einen tiefblauen Untergrund genäht; und sie sah bereits vor sich, wie der glitzernde Goldstoff aus dem Button Hole alles perfekt abrundete.

Das schrille Klingeln unterbrach ihre Gedanken und ließ sie zusammenzucken.

Sie drehte sich um. Das konnte nicht ihre Tür sein, auf keinen Fall. Sie kannte hier niemanden. Andererseits war es eventuell der Vermieter, der nach ihr sehen wollte. Sie schaltete den Herd aus und ging zum Wohnzimmerfenster. Als sie nach unten schaute, sah sie den dunklen – zerzausten – Haarschopf, und ihr Herz begann schneller zu schlagen. Sie öffnete das Fenster.

»Alex?« Er blickte nach oben. Oh, dieses Lächeln! Ihre Stimmung wurde in ungekannte Höhen katapultiert, und etwas in ihr entknotete sich. »Was machst du hier?«

»Lass mich rein, dann erzähle ich es dir.«

»Eine Minute.«

Sie lief nach unten und riss die Tür auf. Es war unglaublich, dass er hier war, direkt vor ihr stand. Sein Kinn war dunkel von Bartstoppeln, und er hatte Ringe unter den Augen. Liberty wollte ihre Arme um ihn schlingen. Stattdessen hielt sie sich zurück und bot ihm ihre Wange an.

Er lachte. »Du hast dich schon den französischen Sitten angepasst.«

»Und wie!« Sie führte ihn nach oben in die Wohnung und fragte wieder: »Was machst du hier?«

Er sah sie mit seinen dunkelbraunen Augen an. »Mir gefiel der Gedanke nicht, dass du an Weihnachten allein hier bist.«

Ihre Begeisterung kassierte einen gehörigen Dämpfer. Da war es wieder: Mitleid.

Ihrem Stolz behagte das überhaupt nicht. Kein bisschen.

»Aber was ist mit deiner Familie? Erwarten sie dich nicht morgen?« Natasha hatte ihr erzählt, dass das Fest in Frankreich am Heiligabend anfing.

»Reden wir gleich darüber. Kann ich einen Kaffee bekommen? Ich bin ziemlich lang gefahren.«

»Natürlich. Ich koche gerade Abendessen. Wenn du mir eine Minute gibst, mache ich noch ein paar Bratkartoffeln dazu. Es ist genug für uns beide da.«

»Danke. Ich bin am Verhungern.«

Sie zeigte ihm, wo der Kaffee war, und schnibbelte schnell

noch ein paar Kartoffeln in die Pfanne auf dem Herd, ehe sie einen Salat machte. Sein unerwartetes Eintreffen hatte ein ganzes Potpourri von Emotionen in ihr ausgelöst. Sie konnte nicht glauben, dass er zu ihr gekommen war, ja, an sie gedacht hatte. Und sie freute sich so, ihn zu sehen. Ungefähr so wie Charlie bei der Aussicht auf einen Spaziergang rannte sie förmlich im Kreis herum. *Beruhige dich, Liberty! Bleib cool.*

»Wie hast du mich gefunden?«, fragte sie. »Die Adresse habe ich dir gar nicht gesagt.«

»Du hast gesagt, dass deine Wohnung sich über einer Buchhandlung befindet. In einem kleinen Ort wie diesem war die nicht schwer zu finden.«

Sie beschäftigte sich, holte Teller und Gläser, fragte nach seiner Fahrt und dem Streik und vermied die ganze Zeit, stehen zu bleiben und ihn anzusehen. Wie sollte sie über ihn hinwegkommen, wenn er jetzt hier war? Die Ballnacht hatte ihr bewusst gemacht, wie sehr sie sich zu ihm hingezogen fühlte, und obwohl sie geschmeichelt war, dass er hergekommen war, wusste sie auch, wie wehrlos sie war.

Er empfand nicht wie sie. Er war nicht hier, weil er sie vermisste, sondern weil sie ihm leidtat, allein an Weihnachten in Frankreich.

»Liberty?«

Sie rüttelte die Pfanne mit den Kartoffeln. Sie wollte sein Mitleid nicht, freute sich aber so, ihn zu sehen, dass ihr Herz schier ausflippte. Sie wollte, dass er ging – aber auch, dass er blieb. Von dem Widerspruch wurde ihr schwindlig. Sie griff nach dem Besteck und deckte recht energisch den Tisch.

»Lib, hör auf. Bitte.«

»Hm?« Sie richtete ein Messer aus.

»Liberty, sieh mich an.« Er war ihr so nahe, dass sie einen Hauch Kaffee wahrnahm.

Sie hielt inne. »Was?«

»Was ist los?«, fragte er sanft.

»Nichts. Ich bin bloß überrascht, das ist alles. Du hast nicht gesagt, dass du kommst. Du hättest schreiben oder anrufen, mich vorwarnen können.«

»Gefällt es dir nicht, dass ich hier bin?«

Sie wollte irgendetwas Vages, Unverbindliches antworten. Aber dann hätte sie sich wie ein Feigling vor der Wahrheit gedrückt. Und sie weigerte sich, feige zu sein.

Also zwang sie sich, ihn anzusehen. »Ich freue mich sehr, dass du hier bist, aber es war nicht nötig. Ich will dein Mitleid nicht, Alex.«

»Mitleid?«

»Du sagst dauernd, dass du dich um mich sorgst, dass ich keinen habe, der sich erkundigt, ob ich irgendwo gut angekommen bin, der mit mir Weihnachten verbringt. Aber das habe ich. Ich habe Freunde. Es ist nur so, dass ich dieses Weihnachten hier bin und sie in England sind.« Sie holte tief Luft. »Du musst hier nicht wie der Ritter in schimmernder Rüstung aufkreuzen und mich retten. Mir geht es gut allein. Richtig gut. Es ist kein Mitleid nötig.«

Er sah entgeistert aus. »Deshalb bin ich nicht hier. Ich weiß, dass es dir gut geht. Ich …«

Sie wartete und verkniff sich ein Stöhnen, als nichts mehr kam. Er wusste nicht, was er sagen sollte, weil sie recht hatte und er es nicht zugeben wollte.

Als er sich mit einer Hand durchs Haar fuhr, platzte sie heraus: »Das machst du dauernd! Warum?«

»Was mache ich dauernd?«

»Dein Haar durcheinanderbringen. Das ist so nervig!«

»Weißt du, was ich nervig finde? Dass du dauernd Fadenreste an deinen Sachen kleben hast!« Er pflückte ein Fadenende von ihrem Ärmel, um es zu beweisen, und grinste liebevoll.

Sie musste ebenfalls grinsen, was zur Folge hatte, dass die Anspannung verflog.

»Ich habe kein Mitleid mit dir, Liberty«, sagte er schließlich. Und dazu sah er sie so ernst an, dass sie ihm fast glaubte. »Weit gefehlt.«

»Und warum bist du dann hier?«, fragte sie leise. Obwohl sie versuchte, sie zu bändigen, regte sich Hoffnung in ihr.

Sekunden vergingen, die sich wie Minuten anfühlten. Schließlich sagte er: »Weil ich nicht aufhören konnte, an dich zu denken.«

Und schlagartig flaute ihre Hoffnung wieder ab. »Weil ich dir leidtue.«

»Nein!«

»Was dann?«

Er schien einen stummen Kampf mit sich selbst auszufechten, ehe er zugab: »Ich wollte bei dir sein. Ich will Weihnachten mit dir verbringen.«

Sie konnte ihre Überraschung nicht verbergen. »Im Ernst?«

Er nickte. Was hieß das? Er hatte gesagt, dass er nicht an einer Beziehung oder festen Bindung interessiert sei.

»Als Freund«, fügte er hastig hinzu. »Ich denke, du wirst es genießen – französische Weihnachten aus nächster Nähe zu erleben. Andere Traditionen und Sitten. Und ich möchte, dass du meine Familie kennenlernst. Du wirst sie mögen.«

Liberty brauchte einen Moment, um ihm zu folgen. »Du lädst mich über Weihnachten zu deiner Familie ein?«

»Würdest du nicht dasselbe für mich tun, wäre ich über Weihnachten in England? Mich in deine Pläne miteinbeziehen?«

Natürlich würde sie. Das wussten sie beide. Es entsprach

einfach ihrem Naturell, sich um die Menschen in ihrer Umgebung zu kümmern.

Die Küchenuhr piepte, und beide drehten sich um. »Das Essen ist fertig«, sagte sie, obwohl sie inzwischen nicht mehr an die Ente oder die Kartoffeln dachte.

»Wie wäre es, wenn du darüber nachdenkst, solange wir essen?«, schlug er leise vor.

Sie setzten sich, und er zog seinen Pullover aus, unter dem ein pinkes T-Shirt zum Vorschein kam. »Es ist warm hier.«

»Kuschelig«, stimmte sie ihm lächelnd zu. »Ich habe noch nicht herausgefunden, wie man die Temperatur drosselt.«

Dasselbe galt für ihre Beziehung zu ihm.

Sie teilten sich die Entenbrust, die Kartoffeln und den Salat. Danach bot sie ihm Brot und Käse an, doch er schüttelte den Kopf.

»Also, was sagst du?«, fragte er. »Willst du über Weihnachten hierbleiben oder mich begleiten und das Fest mit meiner Familie verbringen?«

»Macht es ihnen nichts aus? Sie kennen mich nicht einmal.«

»Es macht ihnen überhaupt nichts aus.«

Sie zögerte. Es wäre seltsam, Weihnachten mit Fremden zu verbringen, aber auch verlockend. Sie war neugierig, wie das Fest in einem anderen Land gefeiert wurde.

»Na los, Lib.« Seine Augen funkelten. »Komm mit. Es wird lustig.«

»Eigentlich hatte ich mir dies als weitere Challenge vorgenommen – Weihnachten allein verbringen. Um noch einen Haken in meinem Buch machen zu können.«

»Kannst du nicht auch einen Haken machen, wenn du Weihnachten mit einer französischen Familie verbringst? Wäre das nicht eine neue Erfahrung?«

Er hatte recht. Es war besser, als allein zu sein und zu nähen. Ja, sie erkannte sogar, dass ihr Plan im Grunde nicht mutig gewesen war, sondern eine Rückkehr zu ihrer alten Routine.

Sie grinste. »Machen wir es.«

»Bist du sicher?«

»Ja. Wie hast du noch gesagt? *Carpe diem*. Es wird spannend, französische Weihnachten zu erleben.« Und du wirst mehr Zeit mit ihm verbringen, flüsterte ihr eine teuflische Stimme zu. Die sie geflissentlich ignorierte.

»Weihnachten *provençales*«, korrigierte er.

»Sind die anders als im Rest von Frankreich?«

»Ein bisschen«, antwortete er, während sie die Teller abräumten. »Wir haben hier unsere eigenen Traditionen, die einzigartig in der Gegend sind. Das dreizehnte Dessert zum Beispiel.«

»Dreizehn Desserts? Ich bin schon dabei!« Sie stellte ihren Teller in die Spüle und wandte sich Alex zu. »Und, Alex?«

»Ja?«

Sie sahen einander an. »Danke«, sagte sie.

»Wofür?«

»Dass du hergekommen bist und mich zu deiner Familie einlädst. Tut mir leid, dass ich so ablehnend war, aber ich hasse die Vorstellung, dass mich jemand bemitleidet.«

»Ich bemitleide dich nicht, Liberty. Du bist der mutigste Mensch, den ich kenne.« In ihr blubberte ein Whirlpool von Freude. »Die meisten Leute gestehen sich ihre Ängste nicht ein. Sie reden nicht offen über sie und schon gar nicht sind sie bereit, sich ihnen zu stellen und sie zu überwinden.«

»Wie meinst du das?«

»Ich denke an meinen Vater, der Angst vor Verantwortung hatte, und an meine Mutter, die nicht im Rampenlicht stehen mochte. Ich kenne Leute, die sich vor Menschenansammlungen fürchten, davor, allein zu sein, oder vor Konfrontationen. Keiner redet über seine Schwächen, aber wir alle fürchten uns vor etwas. Wir behalten unsere Ängste für uns, als wären sie peinliche Geheimnisse. Du hingegen gehst offen mit deinen um. Du hast dich ihnen allen gestellt und sie besiegt, wie eine Drachenjägerin.«

»Drachentöterin«, korrigierte sie kichernd. Sie schwoll an vor Stolz und wusste nicht, was sie sagen sollte. Weshalb eine Pause entstand, ehe sie neugierig fragte: »Wovor hast du Angst?«

Nachdenklich runzelte er die Stirn. »Weiß ich nicht …«

Sie lachte. »Natürlich nicht! Du bist es gewohnt, mit dreihundert Stundenkilometern durch die Gegend zu rasen. Du bist furchtlos.«

Während Liberty in der Küche war, rief Alex seine Mutter an, um ihr zu sagen, dass er nach Hause kommen – und eine Freundin mitbringen würde. Er freute sich, dass sie ihn zu seiner Familie begleitete, und war begeistert, dass seine Familie Liberty kennenlernte. Seine Mutter war entzückt, wie er bereits geahnt hatte, und das nicht nur, weil er nach Hause kommen würde. Da schwang auch eindeutig Hoffnung mit, als sie ihn nach Liberty fragte.

»Maman, so ist es nicht. Sie ist nur eine Freundin. Wir schlafen in getrennten Zimmern.« Die Nacht im Poppy Cottage schoss ihm durch den Sinn, und eilig schob er die Erinnerung beiseite. Er hatte ein Versprechen gegeben und die Absicht, es zu halten.

Nach dem Telefonat trat er ans Fenster, von dem aus er auf den Marktplatz sah. Der große Weihnachtsbaum glitzerte in der Dunkelheit, und in dem Café gegenüber herrschte noch reger Betrieb, obwohl es spät war.

Er konnte nicht glauben, dass Liberty dachte, er würde sie bemitleiden. Nichts hätte weiter von der Wahrheit entfernt sein können. Er bewunderte sie so sehr! Er wusste, dass sie es genoss, in Frankreich zu sein und dieses malerische Örtchen und das Schloss zu erkunden – er hatte es in ihrer Stimme gehört, als er sie anrief. Aber er hatte auch wahrgenommen, wie verletzlich sie war und wie tapfer sie hinnahm, dass sie über die Feiertage hier festsaß. Das hatte etwas in ihm ausgelöst.

Kein Mitleid.

Was dann? Beschützerinstinkt? Verantwortungsbewusstsein? Ein nagendes Gefühl, dass er nicht da war, wo er sein sollte? Dass er bei ihr sein müsste? Was auch immer es war, am Ende hatte es gewonnen, und er hatte nicht anders gekonnt, als zu ihr zu fahren.

Ich tue schlicht das Richtige, sagte er sich. Und er dachte an die verzweifelten, vergilbten Briefe von Mary an seinen Vater. Alex weigerte sich, ein Mann zu sein, der Menschen im Stich ließ, die ihn brauchten.

Und jetzt war er hier und wusste, dass er genau am richtigen Ort war.

Liberty war seine Freundin, und sie würden Weihnachten zusammen verbringen, mehr nicht. Er wäre bei seiner Familie, und sie wäre nicht allein. Es war schlicht eine praktische Lösung für ein Problem.

Liberty räumte zu Ende auf und ging wieder ins Wohnzimmer. Ein wenig angespannt strich sie ihr Kleid glatt. Sie war ein bisschen nervös. Zum dritten Mal innerhalb von drei Tagen wurden ihre Pläne durch unvorhergesehene Ereignisse auf den Kopf gestellt, und sie musste sich anpassen.

»Wann willst du los?«, fragte sie. »Heute noch?«

Alex stand am Fenster. Es war spät. Der Platz unten war noch voller Gelächter und Geplauder, und Schritte verhallten in der Ferne. Als sie sich neben ihn stellte, sah es so aus, als würden die Bars schließen.

»Ich bin die ganze Nacht und den ganzen Tag gefahren«, sagte er. »Es wäre gewiss klüger, bis morgen früh zu warten, falls es für dich in Ordnung ist.«

»Willst du hier schlafen?«

Ein Herzschlag verging. »Ja.«

Ihr Herz benahm sich absurd.

Sofort versuchte sie, es zu bremsen. Er hatte sie erst neulich abgewiesen, und sie hatte zugestimmt, dass es besser, vernünftiger war, auf Abstand zu bleiben. Allemal vernünftiger.

Nur fühlte sie sich im Moment nicht vernünftig.

Sie fühlte sich mutig, waghalsig, abenteuerlustig.

Und sie wollte ihn.

Solch eine Versuchung, solch eine Sehnsucht hatte sie bei Ethan nicht empfunden. Was sie für Alex empfand, war so intensiv, so tief, so anders als alles, was sie jemals zuvor gefühlt hatte – in irgendeiner ihrer früheren Beziehungen. Es machte ihr Angst, war aber auch aufregend. Verführerisch.

»Wie viele Betten gibt es hier?«, fragte er.

»Eines.«

»Ah.«

Sie schmunzelte, weil ihr ein verwegener Gedanke kam. Verlangen regte sich in ihr.

Alex blickte sich im Zimmer um. »Ich könnte auf dem Sofa schlafen.«

»Könntest du …«

Da musste etwas an ihrem Tonfall gewesen sein, denn er drehte sich um und sah sie fragend an. Ihre Blicke begegneten sich, und in diesem Blick war eine unausgesprochene Botschaft. Sie erkannte seine Überraschung, die sofort durch Vorsicht ersetzt wurde. Es brachte sie zum Lächeln. Er war so ehrbar, immer darauf bedacht, das Richtige zu tun.

Doch heute Abend interessierte sie es nicht, sich richtig zu verhalten.

Sie trat einen Schritt vor. »Aber du musst nicht«, beendete sie ihren Satz leise.

Die Luft zwischen ihnen knisterte vor Anspannung.

Seine Augen verdunkelten sich, als Liberty einen Arm hob, um seine Lippen zu berühren. Sie malte die Konturen mit einem Finger nach, und Begierde tobte in ihr, süß und verlockend. Als sie zu ihm aufschaute, wirkte er ein wenig benommen. Seine Augen waren so dunkel wie ein Wald bei Nacht, und sein Atem ging schnell. Liberty empfand eine kribbelnde Zufriedenheit.

»Liberty«, flüsterte er. »Ich habe dir versprochen, dass es nicht wieder vorkommt.« Er runzelte die Stirn, und sie sah ihm an, dass er einen Kampf mit sich selbst austrug.

»Aber du möchtest es, oder nicht?« Ihre Stimme war leise. Verführerisch. Sie wusste, was *sie* wollte. Dessen war sie sich sicher. Sie legte ihm die Hände auf die Schultern. Ihre Münder waren sich so nahe, dass sie beinahe seine warmen Lippen auf ihren spürte. »Da ist ein Funke. Den spürst du auch, oder?«

»Du weißt, dass ich es tue. Aber wir dürfen nicht …« Er umfasste ihre Taille mit beiden Händen, und die Berührung jagte ihr wohlige Schauer durch den Körper. »Ich werde nicht bleiben. Das ist dir klar.«

Sie hielt seinen Blick. »Ja, und es ist in Ordnung.«

»Ist es?«

Sie lächelte. »Ich erwarte nicht mehr von dir, als du zu geben bereit bist.« Sie strich ihm das Haar aus dem Gesicht und ließ ihre Worte wirken.

»Aber … aber du hast gesagt, dass du einen Mann willst, der …«

Sie unterbrach ihn. Ihr Verlangen machte sie ungeduldig. »Habe ich und tue ich noch. Aber das heißt nicht, dass ich keinen Spaß haben kann, solange ich darauf warte, dass mein Traummann erscheint.«

Sie küsste ihn. Es war berauschend – noch stärker, als sie es in Erinnerung hatte.

»Ich möchte dir nicht wehtun, Liberty. Ich will nicht, dass du enttäuscht bist, weil dies hier nicht in die Richtung führt, die du dir wünschst.«

Das Bedauern in seiner Stimme rührte sie. Doch es klang, als hielte er sie für fragil – dabei hatte ihre Challenge sie verändert. Sie war neugieriger, abenteuerlustiger; erpicht, Dinge auszuprobieren, die sie vorher als zu gefährlich abgelehnt hatte. Jetzt war sie gewillt, ein Risiko einzugehen. Sie war mutiger. Und sich mit einem Mann einzulassen, der sich nicht binden wollte, war ziemlich mutig, oder nicht?

Sie wären gut zusammen, da hatte sie nicht den geringsten Zweifel. Dies könnte eine Kostprobe von etwas sein, das sie sonst nie erleben würde. Ausnahmsweise wollte sie im Moment leben und es schlicht genießen.

»Guck nicht so besorgt. Ich bin mir sicher, dass ich es will, und ich bin jetzt mutig, schon vergessen?« Sie lächelte verwegen. »Außerdem zählt es als Häkchen in meinem Buch.«

Er lachte ungläubig. »Ich bin mir nicht sicher, wie ich das finde.«

»Tja, wie findest du das hier?« Sie hauchte eine Spur sanfter, neckender Küsse auf seine Wange und seinen Hals. Dann knöpfte sie sein Hemd auf und küsste seine Brust. Er rang nach Luft und umfing ihre Taille, als müsste er sich festhalten. Liberty legte ihm die flachen Hände auf den Oberkörper, und seine Muskeln spannten sich unter ihrer Berührung an.

»Lib, bist du wirklich sicher?« Es klang tief und kehlig, als beherrschte er sich mit aller Kraft.

»Ganz sicher.«

Sie blickten einander prüfend in die Augen.

Schließlich schien er zufrieden zu sein mit dem, was er sah, denn er schloss seine, neigte den Kopf und küsste Liberty. Fest. Leidenschaftlich. Sie erstrahlte innerlich wie ein funkelnder Kronleuchter.

Er küsste sie, als hätte er eine Ewigkeit hierauf gewartet, als würde es ihm die Welt bedeuten. Liberty erwiderte den Kuss, gab ihre gesamte Sehnsucht hinein. Alex berührte ihre Wange, und auch sie schloss die Augen, kostete die Wärme seiner Finger auf ihrer Haut aus, hörte seinen beschleunigten Atem und spürte, wie ihr Herz gegen ihre Rippen pochte. Alles andere verblasste. Sie wollte dies so sehr.

Natürlich war er nicht nur ein Häkchen in ihrem Buch, sondern viel, viel mehr.

Aber dies hier müsste genügen.

Kapitel zwanzig

Gott, es fühlte sich gut an! Sie zu küssen. Sie endlich zu küssen und seinem Körper die Nähe zu gönnen, nach der er sich so lange schon verzehrte. Alex schlang ihr einen Arm um die Taille und zog sie an sich, tauchte seine Hand in ihr Haar und füllte seine Sinne mit ihrem Duft, ihrer Wärme, ihrer Weichheit.

Er war sich sicher gewesen, dass er es nicht noch einmal so weit kommen lassen wollte, dass er falsch für sie war. Ihm war gar nicht der Gedanke gekommen, dass sie eine lockere Affäre wollen könnte. Aber Liberty McKenzie wusste, was sie wollte. Und wem machte er hier etwas vor? Ein Mann hätte aus Stahl sein müssen, um ihr zu widerstehen. Er wollte es. Er wollte sie.

Alex schob ihr Haar zur Seite, um ihren Hals zu küssen. Sie stöhnte leise und neigte ihren Kopf nach hinten. Die Haut unterhalb ihres Ohrs war blass und weich, und er fühlte, wie ihr Puls unter seinen Lippen schneller wurde, hörte, wie ihre Atmung flacher wurde. Seine Muskeln spannten sich an. Liberty presste sich an ihn, ihre Hüften an seinen. Sie passten perfekt zusammen.

Sein Hemd hatte sie bereits aufgeknöpft. Nun griff er hinter sie, um ihr Kleid zu öffnen. Seine Hände waren ungeschickt, und er kämpfte mit den Knöpfen, war erleichtert, als sie aufsprangen. Wieder küsste er sie, während er den Samtstoff nach unten zog, ihr über die Arme streifte und ihn schließlich zu ihren Füßen fallen ließ, wo er sich bauschte.

Ihm stockte der Atem. Er betrachtete sie, flüsterte ihren Namen. Ihr Blick brannte sich in seinen, dunkel vor Verlangen. Mit den Händen glitt er über ihre schmale Taille und ihre Hüften. Sie war nicht nur wunderschön, sondern die Vollkommenheit in Person.

Und heute Nacht wollte er einen Weg finden, es ihr zu zeigen – ohne Worte.

Mittwoch, 24. Dezember

Alex öffnete ein Auge. Er lag auf dem Bauch, und sein Körper war noch so schwer vom Schlaf, dass er nicht die Kraft aufbrachte, sich umzudrehen. Fernes Brummen von Automotoren und Menschenstimmen waren zu hören, und Alex brauchte einen Moment, ehe er begriff, wo er war.

Panik überkam ihn. Was war in ihn gefahren?

Er erinnerte sich an Libertys Worte – *Aber das heißt nicht, dass ich keinen Spaß haben kann, solange ich darauf warte, dass mein Traummann erscheint* – und entspannte sich wieder. Die physische Anziehungskraft zwischen ihnen war so stark, dass es eine Erleichterung gewesen war, nicht mehr gegen sie ankämpfen zu müssen. Er hatte geplant, nach Weihnachten weiterzureisen, sodass sich mehr gar nicht entwickeln könnte. Intimität und Nähe hatten keinen Platz in seinem Leben. Vor allem jetzt nicht, da er unsicher war, wohin ihn sein weiterer Werdegang führen würde. Bald hätte sich die Leidenschaft ausgebrannt, würde Liberty nach Willowbrook zurückkehren und er – nun, er würde gehen, wohin auch immer ihn das Leben verschlug.

Er regte sich. Liberty blickte aus dem Fenster, anscheinend

in einen Tagtraum versunken. Sie lächelte, als sie sah, dass er wach war, und murmelte: »Guten Morgen, Schlafmütze.«

Ihr Gesicht war weich vom Schlafen, und die Haare fielen ihr zerzaust über die nackten Schultern. »Du musst von der langen Fahrt erschöpft gewesen sein«, sagte sie und rückte näher zu ihm, sodass ihr Gesicht neben seinem war.

Sein Blick wanderte zu ihren vollen Lippen. »Nicht bloß von der Fahrt.« Er lächelte, denn es war spät – sehr spät – gewesen, bevor sie beide letzte Nacht eingeschlafen waren.

Sie stützte sich auf einen Ellbogen auf und malte die Narben an seiner Schulter nach. Alex machte die Augen zu, als ihn ihre sachte Berührung einlullte.

»Diese Verletzungen müssen schmerzhaft gewesen sein«, sagte sie leise.

Alex öffnete die Augen wieder. Er stellte sich das gitterartige Muster von Linien und Erhebungen an seiner Schulter und die hässliche dicke Wölbung an seiner Wirbelsäule vor. »Es sieht dramatischer aus, als es war.«

»Das glaube ich dir nicht.« Sie beugte sie vor, um die Narben zu küssen, und er genoss das Gefühl. Ihre Lippen waren warm auf seiner Haut, und ihr Haar strich über seinen Rücken.

Dann legte sie sich neben ihn und sagte: »Erzähl mir von dem Unfall.«

Er rollte sich herum und blickte hinauf zur weiß getünchten Zimmerdecke. »Welchem?«

Sie schmiegte sich an ihn. »Beiden.«

»Der erste war in Malaysia.«

Er hörte, wie ein Metallgitter hochgeschoben wurde – vermutlich wurde die Buchhandlung unten geöffnet. Heute würde noch viel Betrieb herrschen, weil die Leute auf die Schnelle letzte Weihnachtsgeschenke besorgen würden.

»Was ist passiert?«

»Es war ein übler Highsider. Ich wurde vom Bike geworfen, habe mir die Wirbelsäule und einige Rippen gebrochen.« Er streichelte sie gedankenversunken, und die Erinnerungen kehrten zurück. Seltsamerweise waren es keine schlimmen. Er war ein bisschen frustriert gewesen, weil er gezwungen war, eine Pause einzulegen. Doch er hatte nie daran gezweifelt, dass er wieder Rennen fahren würde. Die Ärzte hatten operiert, er hatte sich erholt und war zurück ins Training gegangen. Ganz einfach.

»Wurde jemand anders verletzt?«

»Nein.«

»Was ist mit dem zweiten Unfall?«

»Eine fiese Kurve. Ich habe mich zu weit reingelehnt, bin ins Schlingern geraten.« Er schwenkte eine Hand durch die Luft. Er hatte einen Fehler gemacht. Was gab es dazu noch zu sagen?

»Wie hat es sich angefühlt? Was hast du gedacht? Oder blieb keine Zeit zum Denken, weil es so schnell ging?«

»Es bleibt mehr Zeit, als man sich vorstellt. Alles ist irgendwie verlangsamt.« Er hatte in dem Moment, in dem es geschah, gewusst, dass das Bike zu weit zur Seite geneigt war. Bis heute konnte er fühlen, wie er über die Fahrbahn wirbelte, sich locker machte, wie er es gelernt hatte, und über den Kies stürzte, immer langsamer wurde und dachte, diesmal hätte er Glück gehabt und käme mit leichten Verletzungen davon – bis zu dem harten Aufprall. »Da hat mich mein Bike getroffen.«

»Hast du dir so die Schulter verletzt?«

Er nickte.

Liberty atmete langsam aus. »Ich kann mir nicht vorstellen, einen Job zu haben, in dem man sich jeden Tag verletzen könnte. Oder Schlimmeres.«

»Ich habe es geliebt.« Ihm wurde bewusst, dass er in der Vergangenheitsform sprach. Und wo war die Wut, die Unzufriedenheit? Etwas hatte sich verändert. Vielleicht fing er endlich an, es hinter sich zu lassen.

Er schlang die Arme um Liberty, weil er nicht nachdenken wollte. Nur fühlen. Und als er sie küsste, fühlte er fürwahr. Ein Kaleidoskop von Emotionen erfüllte ihn, löschte die Vergangenheit und die Zukunft aus, bis nur noch die Gegenwart blieb.

Sie hob sein vernarbtes Handgelenk an ihre Lippen. Alex beobachtete, wie sie federleichte Küsse auf die Narbe hauchte. Es war unerträglich sexy. Sie bewegte ihre Lippen langsam zu seiner Handfläche und seinen Fingern. Seine Muskeln spannten sich an. Alex war sicher, dass er noch nie etwas so sehr gewollt oder gebraucht hatte wie dies hier. Er streifte ihr Gesicht mit seinen Fingern, und ihre Münder trennten nur Zentimeter. Alex' sämtliche Nervenenden vibrierten. So lebendig hatte er sich seit Monaten nicht gefühlt – schon vor dem Unfall nicht, um genau zu sein. Sein Herz jubilierte wie sonst nur, wenn er in der Poleposition die Ziellinie überquerte. Freudenschauer rollten über ihn hinweg, und schließlich zog er Liberty mit einem Seufzen an sich.

Er küsste sie heftig. Leidenschaftlich. Ohne jede Zurückhaltung. So, wie er es schon so lange gewollt hatte.

»Es ist wundervoll, dich bei uns zu haben«, sagte Alex' Mutter, Babette.

»Und ich danke dir ganz herzlich für die Einladung«, antwortete Liberty.

Es war halb acht am Heiligabend, und sie saßen alle an dem großen Holztisch in Babettes geräumiger Küche: Alex' zwei Brüder mit ihren Partnerinnen, sein kleiner Neffe und natürlich Babette und ihr Partner Bernard. Liberty war überaus dankbar, dass sie einverstanden waren, ihr zuliebe die Unterhaltung auf Englisch zu führen. Die kleinen Französischbrocken, die sie hörte, waren unverständlich für sie.

Babette winkte lächelnd ab. »Dieser Streik ist eine Zumutung!«

»Viele Leute sind deshalb irgendwo gestrandet«, stimmte Bernard ihr zu. Er schenkte allen Rotwein nach.

Liberty kannte ihn noch nicht lange, spürte jedoch schon, dass er ein bescheidener Mann war, so groß und breit wie ein Bär, aber sanftmütig und ruhig. Auf der Fahrt her hatte Liberty nicht recht gewusst, was sie erwartete. Alex sprach eigentlich nicht viel über seine Familie, und sie erinnerte sich vor allem an seine versteinerte Miene, wenn er über seinen Vater geredet hatte. Wenn er immerzu auf Reisen war, sahen sie ihn vielleicht nicht oft und waren ihm nicht sonderlich nahe.

Doch in dem Moment, in dem sie bei Babette und Bernard ankamen, war klar gewesen, dass es vollkommen anders war. Alex' Mutter hatte ihn herzlich umarmt und gleich danach auch Liberty. Und Bernard hatte ihnen freundlich und nach Landesart die Wangen geküsst.

»Es ist so traurig«, fuhr Babette fort. »An Weihnachten müssen Familien zusammen sein.«

Alex brachte das Essen. »Da wären wir: *Gratin de courgettes.*«

Er hatte Liberty erklärt, dass die meisten Franzosen an Heiligabend groß tafelten, es in der Provence hingegen Tradition war, sieben Gänge Gemüse oder Fisch zu essen, aber kein Fleisch vor dem Weihnachtstag. Das Gratin, das er und Babette zubereitet hatten, duftete köstlich, und Alex begann aufzufüllen.

»Also, erzähl mir, warum du nach Frankreich gekommen bist«, sagte Babette. »Alex hat gesagt, dass es mit deiner Arbeit zu tun hat.«

»Ja, ich habe Quilts für das Festival in Lourmarin hergebracht.«

Babettes Augen leuchteten. »Nähst du selbst Quilts? Die musst du mir mal zeigen!«

»Gerne. Ich habe massenweise Bilder.«

»Ich liebe Quilts. Hier sind in jedem Schlafzimmer welche, aber ich fürchte, die sind alle fertig gekauft.«

Liberty lächelte. »Der in meinem Zimmer ist sehr schön.«

Er war aus traditionellen französischen Stoffen gefertigt mit einem Blumenmuster in verschiedenen Nuancen von Blassrot und Grau. Liberty hatte schon viele billige Imitationen alter französischer Quilts gesehen, aber angesichts der winzigen Handstickerei nahm Liberty an, dass dieser wirklich alt war. Er passte perfekt zu ihrem Zimmer. Und sie hatte noch mehr Quilts gesehen, als Alex sie nachmittags durchs Haus geführt hatte.

»Gefällt dir dein Zimmer?«, fragte Babette. »Hast du alles, was du brauchst?«

»Es ist perfekt.« Alex und sie hatten die beiden Zimmer im Dachgeschoss. Ihres war weiß gestrichen, luftig, und die Dachschräge mit einem kleinen Fenster bot einen atemberaubenden Blick über das Tal mit den Weinbergen. Sie hatte ein riesiges Bett und nebenan ein Bad, das sie sich mit Alex teilte. Sein Zimmer lag gegenüber, und sie hoffte, er würde wenig Zeit darin verbringen.

Bei dem Gedanken an die letzte Nacht musste sie sich ein Lächeln verkneifen: Es war so anders als alles gewesen, was sie bisher erlebt hatte. So … vollkommen.

»Ihr habt hier ein wundervolles Haus«, sagte sie zu Babette

und blickte zu den Glasflügeltüren. Es war dunkel, doch vorhin hatte sie den großen Garten und den bewaldeten Hügel hinterm Haus gesehen.

Alles war hell und geschmackvoll eingerichtet mit vielen weiß getünchten Holzmöbeln und vergoldeten Antiquitäten. Der Stil zeugte von gutem Geschmack, und Liberty schätzte, dass die Einrichtung nicht billig gewesen war.

»Danke. Wir haben eine Menge machen lassen, ehe wir eingezogen sind, damit es genauso ist, wie wir es wollen.« Babette und Bernard lächelten einander an, und die Liebe in ihrem Blick rührte Liberty.

Alex setzte sich neben sie. Der Brotkorb wurde herumgereicht, und alle schienen drauf und dran, es sich schmecken zu lassen, als Babette sich räusperte.

»Da wir nun alle versammelt sind«, sagte sie zu ihrer Familie, »ist dies ein guter Moment, euch unsere Neuigkeiten mitzuteilen.« Sie lächelte. »Bernard und ich haben ein Datum für unsere Hochzeit festgelegt.«

»Eure Hochzeit?« Alex starrte sie ungläubig an.

Da sie die plötzliche Spannung spürte, blickte Liberty nervös zu Babette. Doch die lächelte nur und sagte: »Ja, im Mai nächsten Jahres.«

War er verärgert, weil seine Mutter wieder heiratete? Seine Brüder wirkten entspannt.

Alex räusperte sich. »Es ist sehr früh. Bist du sicher, dass du das willst, Maman?«

Bernard zog eine Augenbraue hoch, doch Babette legte eine Hand auf seine.

»Ja«, sagte sie zu Alex. »Ich bin mir sehr sicher.« Sie lächelte Bernard an. »Siehst du? Ich habe dir gesagt, dass er übertrieben beschützend reagiert.«

Alex hob beide Hände. »Du weißt, dass ich dich mag,

Bernard. Ich möchte nur nicht, dass ihr übereilt handelt und es später bereut.«

»So wie du mit Solange?«, fragte sein jüngerer Bruder Jules und verdrehte die Augen.

Sein Bruder Victor warf ihm einen strengen Blick zu, und für einen Moment waren alle still. Liberty entging nicht, dass Babette zu ihr und gleich wieder wegsah.

»Ich habe lange und gründlich darüber nachgedacht«, versuchte Babette ihren Sohn zu beruhigen. »Haben wir beide, und wir sind sicher, dass es das ist, was wir wollen. Du musst dir keine Sorgen machen.«

Alex nickte und schien endlich überzeugt zu sein. »Dann freue ich mich für euch«, sagte er breit lächelnd. Er ergriff Bernards Hand. »Für euch beide.«

»Es sind tolle Neuigkeiten, Maman«, sagte Victor. »Wo soll die Hochzeit stattfinden?«

»Hier. Es wird eine kleine Feier, nur die Familie und eine Handvoll enger Freunde in der Dorfkirche, anschließend gibt es ein Essen hier im Haus.«

»Sag uns das Datum«, bat Jules, »und wir entstauben unsere guten Anzüge.«

Alex sah sehr nachdenklich aus. Dann fragte er seine Mutter leise: »Möchtest du, dass ich dich zum Altar führe?«

Plötzlich sah Liberty Babettes Augen glänzen. »Oh! Daran hatte ich gar nicht gedacht. Ja, das wäre sehr schön! Danke, Alex.«

Alle lächelten, und Liberty spürte die Liebe im Raum wie eine wärmende Decke. Es war ein besonders ergreifender Moment, bedachte man, wie unglücklich Babettes erste Ehe gewesen war. Liberty trank einen Schluck von ihrem Wein.

»Dieses Haus ist ideal für solch eine Feier«, sagte Victors Frau Laure, die den kleinen Maxence auf ihren Knien wippte.

Er war ungefähr ein Jahr alt, ein vergnügter kleiner Junge, der unbedingt das Essen auf dem Teller seiner Mutter probieren wollte, was Liberty zum Kichern brachte.

»Ja, wir lieben es hier«, bestätigte Babette. »Die Aussicht und der Wald dahinter, das Dorf in der Nähe, und jeder ist so freundlich. Es ist, als wäre ich nie fort gewesen.«

»Du hättest nicht fortgehen sollen, Maman«, sagte Alex.

»Ich hatte keine große Wahl. Dein Vater hat es hier gehasst. Er hat immer gesagt, es sei *un petit trou perdu*.«

»Ein gottverlassener Flecken«, übersetzte Alex für Liberty.

Sie fragte sich, ob er sich noch erinnerte, dass er dieselben Worte benutzt hatte, um ihr Cottage zu beschreiben, als er in Willowbrook angekommen war.

Er wandte sich an seine Mutter. »Du hättest dich gegen ihn durchsetzen müssen.«

Sie neigte den Kopf, als würde sie ihm zustimmen. »Zu der Zeit dachte ich, der Umzug nach Paris würde ihn glücklich machen.«

»Mir gefällt es hier«, sagte Laure. »Es ist schön, mal raus aus der Stadt zu kommen.« Sie erklärte Liberty, dass Victor und sie am Stadtrand von Paris lebten. Vor einem Jahr, als Maxence geboren wurde, waren sie aus dem Stadtzentrum in einen Vorort gezogen.

»Und wir sind nicht allzu weit entfernt von Nizza, falls wir mal richtig shoppen gehen wollen«, sagte Bernard.

»Wollt ihr den Citroën für die Hochzeit nehmen?«, fragte Alex.

Babette erklärte Liberty: »Bernard hat einen alten Haifisch in der Garage. Er liebt ihn, aber er ist nicht fahrbereit.«

»Wird er sein«, warf Bernard umgehend ein. Und ein belustigtes Funkeln tanzte in seinen Augen. »Er braucht bloß einige Reparaturen.«

Babette schnalzte mit der Zunge. »Die Bremsen funktionieren nicht! Das ist keine Kleinigkeit.«

Bernard sah Alex an. »Deine Mutter hat ja recht, aber ich bin einfach noch nicht dazu gekommen.«

»Soll ich ihn mir mal ansehen?«

»O ja, bitte!«

»Deine alte Yamaha steht auch da«, sagte Babette zu Alex. »Willst du in Le Castellet mitfahren?«

»Natürlich! Das ist mein Lieblingsrennen.«

Liberty verkrampfte sich. Wann wollte er seiner Familie erzählen, dass er in den Ruhestand gezwungen worden war? Es fühlte sich falsch an, dass sie etwas wusste, von dem die anderen nichts ahnten.

Er sah zu ihr und erklärte: »Am sechsten Januar gibt es eine Veranstaltung, den Moto Legends Cup. Er ist nur für klassische Motorräder. Ich habe eine alte Yamaha, die ich gerne fahre – zum Spaß.«

»Nicht wie deine anderen Rennen?«, fragte sie.

»Überhaupt nicht. Es ist für einen wohltätigen Zweck und um die alten Bikes vorzuführen.«

Trotzdem erschauderte Liberty ein wenig vor Sorge bei dem Gedanken, dass er ein Rennen fuhr. Was, wenn sein geschwächtes Handgelenk zur Folge hatte, dass er sich wieder verletzte?

»Ich hoffe, das alte Motorrad ist sicher«, sagte Babette. »Du benutzt die Maschine nur einmal im Jahr, und du hast kein Team von Mechanikern, das sich um sie kümmert.«

»Ich überprüfe sie und mache eine Probefahrt. Und bei dem Rennen geht es so oder so nicht um Geschwindigkeit.«

Babette lachte und sagte zu Liberty: »Das behauptet er, aber er wird nicht zufrieden sein, wenn er nicht gewinnt.«

»Tja, in diesem Jahr spielt es vielleicht keine solch große

Rolle, ob ich gewinne oder nicht«, entgegnete Alex. Er und Babette wechselten einen Blick, den Liberty nicht deuten konnte, bis er ihr leise erklärte: »Früher habe ich es genossen, meinen Vater bei diesem Rennen zu schlagen.«

Babette schnalzte wieder mit der Zunge. »Und das ist kein guter Grund teilzunehmen.«

»Vielleicht nicht, aber es fühlte sich gut an«, erwiderte Alex.

Am anderen Tischende brach die Unterhaltung ab, als Victor sein Glas erhob. »Stoßen wir an auf Maman und Bernard! Auf eine glückliche Ehe!«

»Auf Babette und Bernard!«, stimmten alle ein und stießen an.

»Also, Liberty und Alex, wie habt ihr euch kennengelernt?«, fragte Victor.

»Ich habe bei Liberty gewohnt, als ich in England war. Sie hatte mir ein Zimmer in ihrem Haus vermietet.«

»Ach ja, und wie war deine Reise?«

Bernard unterbrach sein Essen und runzelte die Stirn.

»Ereignislos«, antwortete Alex.

»Du hast sie nicht gefunden?«

»Nein, leider nicht.«

»Was hast du jetzt vor?«, fragte Victor.

Liberty bemerkte, dass Babette zu Bernard sah. Dann senkte sie den Blick und konzentrierte sich entschieden auf eine Zucchinischeibe.

Alex schien es nicht mitzubekommen. »Weiß ich nicht. Ich könnte einen Privatdetektiv engagieren, aber ich habe wenig Hoffnung, dass ich sie jemals finde.«

Bernard räusperte sich und wechselte das Thema. »*Alors*, wer kommt heute mit uns zur Christmette?«

Während die anderen weiterplauderten, sah Liberty, dass

Babette diskret vom Tisch aufstand, um einen Wasserkrug aufzufüllen. Sie musste kein Französisch verstehen, um die Anspannung im Raum zu bemerken, und sie fragte sich, was sie hervorgerufen hatte.

Nach dem Abendessen brachten Victor und Laure den kleinen Maxence ins Bett, während der Rest der Familie plante, zur Christmette in der Dorfkirche zu gehen.

»Brechen wir jetzt auf«, schlug Alex Liberty vor. »Da ist noch etwas, das ich dir gern zeigen würde.«

»Was?«

Er wollte es ihr nicht verraten.

Das Dorf lag oben auf einem Hügel, und als sie hinaufspazierten, blickte Liberty zum Himmel. »Wow!«, sagte sie und zeigte nach oben. »Das sind so viele Sterne! Sogar noch mehr, als wir in Willowbrook sehen können.«

Alex blieb neben ihr stehen. Gemeinsam schauten sie zur unendlichen Weite des Sternenhimmels, die sich über ihnen erstreckte. Millionen Sterne funkelten vor dem purpurfarbenen Himmel wie winzige Perlen. »Diese Gegend ist berühmt für ihren Mangel an Lichtverschmutzung«, sagte Alex. »Unweit von hier gibt es ein Observatorium.«

»Es ist berauschend schön.« Und nicht einmal diese Beschreibung wurde dem Anblick gerecht.

Sie folgten dem Weg weiter den Hügel hinauf. Alles war still. Hin und wieder fingen sie köstliche Gerüche aus den Küchen in den umliegenden Häusern ein.

»Wie gefällt es dir bisher?«, fragte Alex. »Ist es nicht so schlimm, nicht zu Hause zu sein? Meine Familie kann schon mal sehr überwältigend sein.«

Sie lächelte. »Sie sind reizend, und du musst dir keine Sorgen um mich machen. Mir geht es gut.«

Eines allerdings spukte ihr durch den Kopf. Sie versuchte, ihre Neugier zu zügeln, doch es gelang ihr nicht. »Alex?«

»Hmm?«

»Wer ist Solange?«

»Ah.« Sein Lächeln erstarb, und es verging ein Moment, bevor er antwortete. Ihre Schritte hallten durch die leere Straße. »Sie war meine Verlobte.«

Kapitel einundzwanzig

Alex hielt den Blick gesenkt und konzentrierte sich darauf, einen Fuß vor den anderen zu setzen, als sie den Hügel hinaufgingen. Ihr Atem hinterließ kleine Wolken in der Luft. Es würde eine kalte Nacht werden.

»Die Ex, die du schon einmal erwähnt hast?«, hakte Liberty nach. »Was ist passiert?«

»Ich habe kalte Füße bekommen und alles abgesagt.« Er hoffte, diese knappe Antwort würde reichen, doch er hätte es besser wissen müssen. Liberty scheute sich nicht, Gefühle zu hinterfragen, ob sie angenehm waren oder nicht.

»Geht es ausführlicher?«, fragte sie.

»Es war kurz vor der Hochzeit.« Er schüttelte den Kopf. »Ich hätte früher erkennen müssen, dass ich es eigentlich gar nicht wollte.«

Er hatte Solanges Fassungslosigkeit nicht vergessen. *Jetzt?*, hatte sie gefragt. *Zwei Tage vor der Hochzeit?*

»Warum wolltest du es nicht?«, fragte Liberty.

Er hob die Schultern. War es nicht offensichtlich? »Ich war mir nicht sicher, ob ich sie genug liebte.«

»Wie kann man sich da je sicher sein?«

»Eben. Deshalb wollte ich ihr Glück und meines nicht für etwas riskieren, das sich wie eine Wette anfühlte.«

»So siehst du Liebe und Beziehung? Als eine Art Glücksspiel?«

Er zuckte mit den Schultern und schwieg. Vermutlich tat er

es. Die Ehe seiner Eltern war nicht gerade inspirierend gewesen.

»Wie hast du dich hinterher gefühlt?«, fuhr Liberty fort. »Hast du es bereut?«

»Ich habe alles bereut. Es war furchtbar für Solange, und ich hätte sie nie bitten dürfen, mich zu heiraten. Aber ich war jung und habe alles überstürzt.«

Der ferne Ruf einer Eule wehte durch die Luft.

Liberty musterte ihn aufmerksam. »Findest du nicht, dass du zu hart zu dir bist? Ich meine, solche Sachen passieren jedem. Wir alle machen Fehler.«

Er schüttelte den Kopf. »Ich habe sie verletzt. Übel.«

»Aber stell dir vor, wie viel verletzter sie gewesen wäre, hättest du sie in dem Wissen geheiratet, sie nicht zu lieben.«

Er warf ihr einen Seitenblick zu und spürte, wie sich etwas in ihm bewegte. »Kann sein.«

»Ich denke, du hast richtig gehandelt. Du warst ehrlich zu ihr.«

Sie bogen um eine Ecke, und vor ihnen erschien der Marktplatz mit der Kirche.

»Und seit Solange hast du keine feste Beziehung mehr gehabt?«

»Nein. Meine Karriere hat ziemlich viel Raum eingenommen. Immer auf Reisen zu sein macht es nicht leicht für Beziehungen, sich zu entwickeln.«

Es war einfacher, ohne die Komplikationen von Gefühlen zu leben. Leichter, alle auf Abstand zu halten und sich darauf zu konzentrieren, der Schnellste und der Beste zu sein. Beim Rennen hatte er die Kontrolle gehabt. Er konnte prima ohne die Unberechenbarkeit von Emotionen leben.

Liberty schaute sich um, als sie das Dorfzentrum erreichten. Es war nicht so märchenbuchhübsch wie Lourmarin, aber charmant und wirkte authentischer, eher von Einheimischen als Touristen bevölkert. Die Kirche und der Marktplatz waren mit Lichtern geschmückt, doch darauf achtete Liberty nicht besonders. Ihre Gedanken waren noch ganz bei dem, was Alex ihr erzählt hatte.

Sie war froh, dass er ihr dieses wichtige Ereignis aus seiner Vergangenheit anvertraut hatte. Nun ergaben all seine Warnungen an sie einen Sinn. *Ich bleibe nie länger irgendwo, also interpretiere da nichts rein.* Da er mit der Untreue seines Vaters und dem Schmerz aufgewachsen war, den sie verursacht hatte, musste Alex es gehasst haben, seine Verlobte so zu verletzen und zu beschämen.

Doch jeder beging Fehler. Gewiss war es an der Zeit, nicht mehr so hart mit sich ins Gericht zu gehen. Liberty hatte selbst gesehen, wie sehr er seine Mutter beschützen wollte und sich um seine jüngeren Brüder kümmerte. Und das passte nicht zu dem Bild, wie er sich selbst darstellte, als Freigeist, dem es nur ums Gewinnen ging. Sie grübelte. Er tat immer so, als wäre er unzuverlässig, doch was sie heute gesehen hatte, widersprach dem komplett. Seine Familie war ihm wichtig. Er war der beste Bruder und Sohn.

»Ist die Überraschung in der Kirche?«, fragte sie, als ihr auffiel, wohin sie gingen.

Er nickte. Sie gesellten sich zu den Dorfbewohnern, die in die Kirche strebten, und drinnen nahm Alex Libertys Hand. »Komm und sieh dir dies hier an«, sagte er, während er sie nach vorn führte.

Der Duft von Weihrauch erfüllte die Luft, und rechts sang ein kleiner Chor Weihnachtslieder. Doch ihm galt die allgemeine Aufmerksamkeit nicht. Alle schienen sich vor dem Altar zu versammeln, wo eine Handvoll Menschen in Kostümen um eine hölzerne Krippe herumstand oder kniete. Sägespäne und Stroh waren auf dem Steinboden ausgestreut, und Kerzen in hohen Leuchtern tauchten die Szene in goldenen Schein.

»Was machen die?«, flüsterte Liberty.

»Es ist *une crèche vivante*«, erklärte Alex. »Eine lebendige Krippe.«

Liberty betrachtete die schlichten Kostüme und die ernsten Mienen. »Sind sie Schauspieler?«

»Nein, Leute aus dem Dorf, die sich freiwillig gemeldet haben. Sogar das Baby ist echt. Chantal hat den Kleinen vor drei Wochen bekommen.«

»Kennst du sie?«

»Wir sind zusammen zur Schule gegangen, aber ich habe sie seitdem nicht mehr gesehen. Meine Mutter hat mir von dem Baby erzählt.«

Der Ehemann der Frau trat zu ihr und legte einen Arm um sie. Sie lächelte ihm zu, und beide schauten ihr Baby verliebt an.

Liberty versetzte es einen Stich. Sie dachte an Natashas Sohn Arthur und wie wundervoll es sich angefühlt hatte, als er sich warm und babyweich an sie schmiegte. Die Szene war friedlich und still, und warme Luft wehte sacht durch die Kirche. Alex trat zur Seite, doch Liberty blieb bezaubert stehen. Es kam ihr vor, als würde sie etwas Gewöhnliches und zugleich Magisches bezeugen. Alltäglich und dennoch wundersam. Diese Kirche oben auf dem Hügel, die Einfachheit der Szene, der leise Gesang und das ruhige Atmen des schlafenden Säuglings.

Ihr Herz zog sich zusammen, und sie wusste, dass sie diese Nacht nie vergessen würde.

Donnerstag, 25. Dezember

Am nächsten Morgen wachten sie spät auf.

»Frohe Weihnachten«, sagte Alex leise und küsste sie. »Was möchtest du heute Vormittag unternehmen?«

»Sollten wir nicht helfen, das Essen vorzubereiten?«

»Jules und Caroline haben sich angeboten, und es wird gegen eins fertig sein. Also sind wir bis dahin frei zu tun, was immer wir wollen.« Er lächelte verführerisch. Gerne wäre er noch ein wenig länger im Bett geblieben.

»In dem Fall könntest du mir die Gegend zeigen.« Er schmollte übertrieben, und sie grinste, fügte aber hinzu: »Ich möchte sehen, wo du aufgewachsen bist, wo du und Luc zur Schule gegangen seid, all die Orte, die dir etwas bedeuten.«

»Ist gut«, sagte er langsam und begann, im Geiste eine Route zu entwerfen. Ihm gefiel die Idee, ihr alles zu zeigen und seine Erinnerungen, seine Vergangenheit mit ihr zu teilen. Er war froh, wieder hier zu sein, und hoffte, dass sie diese Gegend genauso lieben würde wie er. »Willst du lieber mit dem Auto oder dem Motorrad fahren?«

»Dem Motorrad.«

»Hast du keine Angst mehr?«

»Nein. Ich vertraue dir. Du bist ein sicherer Fahrer. Und obwohl das Motorrad laut ist, bekomme ich so ein besseres Gefühl für meine Umgebung – die Gerüche, das Wetter.« Sie lächelte. »Sogar die Hubbel auf der Straße.«

»Hoffentlich gibt es von denen nicht zu viele.«

»Und du fährst nicht zu schnell, oder?«

Er küsste sie. »Nicht, wenn du mich nicht dazu aufforderst.«

»Hast du solche Helme wie die von Guy mit dem eingebauten Funk, sodass wir uns unterhalten können?«

»Habe ich.«

Sie grinste. »Worauf warten wir dann noch?«

Babettes und Bernards Haus stand nicht in dem Ort, in dem Alex als Junge gelebt hatte, aber ganz in der Nähe, und er hatte Schulfreunde gehabt, die in diesem Dorf oder unweit von ihm gewohnt hatten. In den letzten fünfundzwanzig Jahren war er nur selten hier gewesen, aber die Landstraßen, die Weinberge und die Felder hatten sich kaum verändert. Der typische Duft von Holzrauch und Rosmarin katapultierte ihn sofort zurück in seine Kindheit, und die Gefühle, die mit jenen Erinnerungen einhergingen, überraschten ihn.

Als Erstes brachte er Liberty zum Château Duval, dem Familiensitz von Luc, und fuhr langsam an den Weinbergen der Familie vorbei. Dann folgten sie der Straße nach unten in den Ort, vorbei an Feldern, die im Sommer voller Sonnenblumen oder Lavendel waren. Er zeigte Liberty die Grundschule, die Luc und er besucht hatten, das Café und den Marktplatz. Heute war natürlich alles verlassen, aber Alex erinnerte sich an den Platz, lärmend von Händlern und Einheimischen, nach warmem Essen und frischen Waren duftend. Schließlich hielt er nahe dem Brunnen, und sie stiegen ab.

Sie setzten sich auf eine Bank, und Alex ließ den Blick über den Platz und den kleinen Spielplatz in der Nähe schweifen. Der mit feinem Kies ausgelegte Bereich war jetzt menschenleer, doch gewiss würden dort später einige Männer *Boules* spielen, vielleicht auch Kinder auf der Rutsche sein. Im Brunnen plätscherte leise das Wasser, und Alex entsann sich, dass es früher an kalten Wintertagen zu Eis gefroren war.

»Was ist?«, fragte Liberty. »Du siehst besorgt aus.« Er hatte ihr eine Jacke geliehen, und ihr Haar wirkte auf dem schwarzen Leder noch leuchtender.

»Nichts.«

Sie zog die Brauen hoch, als würde sie die Antwort auf keinen Fall akzeptieren.

»Es ist nur … seltsam, wieder hier zu sein. Ich war seit Jahren nicht mehr in diesem Dorf. Nun ja, abgesehen von Lucs Hochzeit, aber da war ich nur kurz hier.«

»Warum bist du nicht öfter hergekommen? Es ist wunderschön.«

Gute Frage. Warum war er so lange fortgeblieben? Er beugte sich vor, legte die Fingerspitzen zusammen und überlegte. »Ich schätze, dass ich gedacht habe, es würde schlimme Erinnerungen an die unglückliche Ehe meiner Eltern wecken.«

»Und tut es das?«

»Nicht so sehr, wie ich gedacht habe.« So gut wie gar nicht, genau genommen. Vor allem erinnerte er sich an die Freiheit, die er als Junge genossen hatte. Er hatte mit seinen Brüdern und Luc mit dem Rad durch die Gegend fahren können, auf Bäume klettern und Höhlen bauen. Er lehnte sich zurück und blickte nach oben. Er hatte vergessen, wie blau der Himmel hier war, und er stellte sich den Ort im Sommer vor, wenn die großen Platanen belaubt waren, es nach sonnengebackener Erde roch und die Luft über den asphaltierten Straßen in der Hitze flirrte. Und er erinnerte sich an den süßen Geschmack frisch gepflückter Pfirsiche.

Vielleicht war er sich als Kind der Probleme seiner Eltern nicht so bewusst gewesen, denn jetzt kehrten auch schöne Erinnerungen an große Familienessen im Freien mit seinen Großeltern, Tanten, Onkeln und Cousins und Cousinen zurück. Das Gefühl, hierherzugehören, erwischte ihn unerwartet. Die Provence fühlte sich wie sein Zuhause an.

Und obwohl die Ehe seiner Eltern immer schwierig gewesen war, war seine Mutter hier glücklich gewesen. Jetzt, da sie eine neue Lebensphase begann, wirkte sie sogar noch glücklicher, und das nahm Alex eine schwere Last von den Schultern.

»Es war ein schöner Ort zum Aufwachsen«, sagte er schließlich.

Liberty lächelte. »Ich kann mir vorstellen, wie du mit Luc durch die Gegend gestreift bist. Wie alt warst du, als du Motorradfahren gelernt hast?«

»Nicht so jung, wie du eventuell denkst. Mit sechs konnte ich schon auf dem Hinterrad meines Fahrrads fahren. Aber erst mit zehn habe ich mir eines von den Bikes meines Vaters geklaut, um es mal auszuprobieren.«

»Geklaut? Warum?«

»Weil ich es unbedingt fahren wollte, aber nicht durfte.«

»Kein Wunder, wenn du erst zehn warst! Du hättest zu Tode kommen können. Und da hast du schon gewusst, wie man damit umgeht?«

Er grinste. »Ich hatte keine Ahnung, aber in der Nacht davor hatte ich einen Traum und war überzeugt, dass ich alles wusste.«

Ihr Lachen hallte über den leeren Platz. »Oh, diese Arroganz! Ich hoffe, du bist runtergefallen und hast deine Lektion gelernt.«

Er schüttelte den Kopf. »Schlimmer. Ich bin in ein Feld in der Nähe gekracht und habe ein Holzgatter beschädigt. Der Bauer hat mich am Ohr nach Hause gezerrt.«

»Was hat dein Vater gesagt? Er muss so wütend gewesen sein. Du hättest dich verletzen können.«

Er wurde ernst. »Er war nicht da. Nur meine Mutter.« Die Erinnerung war noch sehr klar. »Und sie war nicht wütend, sondern traurig.«

»Traurig? Weshalb?«

»Weil sie erkannte, dass ich seine Leidenschaft geerbt habe, und nicht wollte, dass ich seinem Beispiel folge und mir meinen Lebensunterhalt mit Rennen verdiene. Sie hatte Angst, dass ich einen Unfall habe.«

»Ich nehme an, dass es im Rennsport oft zu Unfällen kommt«, sagte Liberty leise. »Sie kannte die Risiken.«

»Ja. Es gibt Dynastien im Motorradsport, von denen zwei oder mehr Männer aus derselben Familie gestorben sind.«

»Die armen Mütter und Partner.« Liberty erschauderte. Dann sah sie Alex an. »Wann willst du deiner Familie sagen, dass du keine Rennen mehr fährst?«

Er kniff den Mund zusammen und verspannte sich merklich. »Bald.«

Ihr Handy piepte. Liberty holte es hervor und las die Textnachricht. Dabei furchte sie die Stirn.

»Was ist?«, fragte er.

»Eine Nachricht von Evie. Sie wünscht mir frohe Weihnachten und fragt, ob ich noch die Challenge mache.«

Er lachte. »Ich nehme an, du hast ihr nicht erzählt, dass ich als eines deiner Häkchen zähle.«

Liberty wurde rot. »D-das war nur ein Scherz!«

Er war sich nicht sicher, warum er deswegen erleichtert war. Und er wurde ernst. »Möchtest du die Challenge fortsetzen?«

»Unbedingt. Es ist nicht einmal mehr eine Woche übrig, und nichts könnte härter sein, als in das Flugzeug zu steigen. Es scheint mir lächerlich, jetzt aufzugeben.«

»Aber du bestimmst die Regeln der Challenge, oder? Zählt, an einem fremden Ort zu sein, nicht auch?«

Sie neigte nachdenklich den Kopf. »Doch, es ist eine Unterbrechung meiner Routine, und Weihnachten mit deiner Familie zu verbringen bedeutet, dass ich für heute meine Aufgabe erfüllt habe. Aber für die nächsten Tage brauche ich neue Herausforderungen. Aufregende Sachen, die ich tun, oder Orte, die ich besuchen kann.«

»Dabei kann ich dir helfen«, sagte er augenzwinkernd.

Sie sah ihn skeptisch an. »Ich weiß nicht, ob das eine gute Idee ist. Deine Vorschläge werden alle mit hohen Geschwindigkeiten und waghalsigen Sachen zu tun haben.«

»Müssen sie nicht. Wenn du willst, kann ich dir mehr von der Gegend zeigen. Die Provence erstreckt sich von den Bergen bis hinunter zur Küste.«

Sie hielt ihr Telefon in die Höhe. »Evie bittet um Fotos von dem, was ich mache.«

»Kein Problem. Überlass das mir. Ich plane mindestens eine neue Erfahrung für jeden Tag, den du hier verbringst.« Wenn er ehrlich sein sollte, freute er sich auf die Aussicht.

»Okay. Aber ich will die Liste vorher sehen.«

Grinsend schüttelte er den Kopf. »Nein, es wird lustiger, wenn jeder Tag eine Überraschung ist.«

»Ich finde, du solltest mir deine Ideen verraten. Woher willst du wissen, ob sie für mich eine Herausforderung darstellen oder nicht?«

»Ich kenne dich gut genug, Liberty McKenzie.«

»Und was ist, wenn mir etwas zu große Angst macht? Zu extrem ist? Oder gefährlich? Ich will die Challenge durchziehen, aber es gibt Grenzen.«

»Die Überraschung bereichert die Erfahrung nur. Vertrau mir. Ich verspreche, dass du am Ende dieser Woche deine Challenge abgeschlossen und dich auch noch in die Provence verliebt hast.«

Liberty sah, wie Jules die Platte mit den Gänsen zum Tisch brachte. Das laute Geplauder wurde kurz unterbrochen, als alle das knusprige goldene Geflügel bewunderten. Sie hatten bereits eine köstliche Vorspeise mit Räucherlachs genossen, und der Wein floss in Strömen. Liberty hatte einen fantastischen Tag gehabt. Über Weihnachten gestrandet zu sein entpuppte sich als wahrer Glücksfall, auch wenn ihr klar war, dass sie es einzig der Tatsache zu verdanken hatte, dass Alex' Familie so freundlich und herzlich war.

»Wer möchte tranchieren?«, fragte Babette.

Alle sahen Bernard an. »Ich bin gar nicht gut im Tranchieren«, sagte er.

»Alex?«, fragte Babette.

Er rückte seinen Stuhl zurück, und seine Mutter reichte ihm ein Messer und eine große Gabel. Selbstsicher machte er sich an die Arbeit, als hätte er dies hier schon sehr oft getan.

In der Zwischenzeit schenkte Victor allen nach. Er hielt die leere Flasche in die Höhe. »Gibt es noch mehr?«

»Ja, im Keller«, antwortete Bernard. »Ich gehe ihn gleich holen.«

Sie begannen zu essen, und die Unterhaltungen setzten wieder ein. Liberty hatte Alex' Mutter von ihrer Challenge erzählt.

»Wie bist du darauf gekommen?«, fragte Babette.

Liberty dachte an ihren Geburtstag. »Weil ich das Gefühl hatte, dass mein Leben zu ruhig und zu vorhersehbar war. Ich wollte mutiger werden.«

Babette riss die Augen weit auf. »Du bist sehr *courageuse*.«

»O nein, eigentlich nicht.« Liberty lächelte. »Nicht im Vergleich zu Menschen wie Alex, die furchterregende Rennen fahren und wieder aufs Motorrad steigen, obwohl sie schreckliche Unfälle erlebt haben.« Sie dachte an seine Narben. Die hatten ihr die Geschichte dessen, was er durchgemacht hatte, weit anschaulicher erzählt, als Worte es je vermocht hätten.

Und sie erfüllten sie mit Bewunderung und Staunen. Er war mutig. Furchtlos.

Seine Mutter schürzte die Lippen. »Ach, da bin ich mir nicht sicher, ob es Courage oder Dummheit ist.« So tadelnd sie klang, war ihr Blick doch warm vor Zuneigung. Und sie fügte hinzu: »Ich sorge mich so viel um ihn.«

Alex hielt den Blick seiner Mutter und sagte ruhig: »Du musst dich eigentlich nicht mehr sorgen, Maman. Ich ziehe mich aus dem Rennsport zurück.«

Babette erstarrte. *»C'est vrai? Quand?«* Vor lauter Schreck vergaß sie, Englisch zu sprechen.

Alle verstummten.

»Jetzt.« Er hielt sein Handgelenk in die Höhe und zeigte auf die Narbe. »Das hier ist nicht so verheilt, wie ich gehofft hatte. Ich habe alles versucht, aber die Ärzte sind sich einig. Das Spiel ist aus.«

Auf seine Worte folgte schockierte Stille.

Nach einer Weile fragte Jules: »Was willst du jetzt machen? Ich weiß, dass du keine Geldsorgen hast, aber womit willst du deine Tage verbringen?«

»Weiß ich nicht. Das ist auch ein Grund, weshalb ich nach England gereist bin – um in Ruhe nachzudenken.«

Babette lächelte erleichtert. »Na, wenigstens kann ich jetzt aufhören, mich zu sorgen, dass du einen Unfall haben und ums Leben kommen könntest.«

Alex schluckte. »Rennen ist meine Leidenschaft. Es wird schwierig, ohne zu leben.«

»Weiß ich. Aber vielleicht ist es auch ein Segen.« Seine Mutter lächelte ihm liebevoll zu.

Wütend verengte er die Augen. »Was meinst du?«

»Hältst du dich für den ersten Menschen auf Erden, dessen Hoffnungen zerschmettert wurden? Manchen Leuten werden die Träume zertrümmert, ehe sie überhaupt eine Chance bekommen, sie in die Tat umzusetzen. Du zumindest konntest deinen Traum ausleben. Du hast Pokale gewonnen und bist Weltmeister geworden.«

Es trat eine Pause ein. Dann sagte Alex: »Du hast recht. Wie immer, Maman.« Er blickte sich am Tisch um. »Ich werde es in einigen Tagen öffentlich machen. Aber ihr solltet es als Erste wissen.« Er stand auf. »Jetzt hole ich noch Wein aus dem Keller.«

Er verließ den Raum, und die Familie saß stumm da, während alle die Neuigkeiten verdauten.

»Jetzt verstehe ich«, sagte Babette.

Victor stimmte ihr zu. »Ich fand es auch komisch, als er plötzlich nach England verschwunden ist. Normalerweise hat er nie länger frei.«

Babette sah zu Liberty. »Er ist nicht sehr gut darin, mit solchen Dingen umzugehen. Ihm gefällt es, immer zu gewinnen, immer der Schnellste und Beste zu sein.«

Jules sagte leise: »Ich wette, er sieht sich jetzt als eine Art Versager.«

»Er nimmt es schlecht auf«, bestätigte Liberty. »Aber wenn er erst mal eine Alternative gefunden hat, wird er sicher glücklicher sein. Im Moment ist nur nicht klar, was die sein könnte.«

»Er ist genau wie sein Vater«, sagte Babette. »Gérard ist noch lange gefahren, nachdem die meisten Männer aufgehört hätten. Er hatte diesen ausgeprägten Wettbewerbsdrang. Alex hat das von ihm.«

Liberty wusste, dass Alex es nicht ertragen könnte, mit seinem Vater verglichen zu werden, doch es ließ sich nicht leugnen, dass manche Wesenszüge innerhalb von Familien weitergegeben wurden.

Freitag, 26. Dezember

Am nächsten Morgen wurde Liberty früh von Alex geweckt, der ihren Namen flüsterte. Sie hatte die Augen noch geschlossen, als sie lächelte und über die freie Fläche zwischen ihnen hinweggriff, um ihn zu berühren.

Die Matratze war noch warm – aber leer. Verwirrt öffnete sie die Augen. Er stand vollständig bekleidet neben dem Bett.

Benommen setzte Liberty sich auf. »Was …«

Er hielt sich einen Finger an die Lippen.

Und sie sah zum Wecker neben dem Bett. Draußen war es noch dunkel, und Alex war in Jeans und Sweatshirt. Sein Haar war noch zerzauster als sonst, als wäre er selbst eben erst aufgestanden. »Was ist los?«

Er lächelte. »Zeit für die heutige Challenge. Komm. Du musst dich anziehen.«

Was sie eigentlich nicht wollte. Im Bett war es herrlich weich und warm. »Und die wäre?«

»Es würde die Überraschung verderben, wenn ich es dir verrate. Vertrau mir.«

Stöhnend ließ sie sich auf ihr Kissen zurückfallen. »Willst du nicht lieber im Bett bleiben?«, fragte sie und hob vielsagend eine Augenbraue.

Seine Augen blitzten. »Ich habe mich extra vorher angezogen, damit du mich nicht in Versuchung führen kannst. Es lohnt sich, jetzt aufzustehen, versprochen.«

Sie biss sich auf die Unterlippe. Er schien so aufgeregt zu sein wegen der Überraschung, die er geplant hatte. »Okay«, sagte sie und seufzte übertrieben.

Er strahlte. »Zieh dich an, und du brauchst feste Schuhe. Du hast fünf Minuten.«

Sie schlichen sich nach unten zur Hintertür und hinaus in den Garten.

»Ich kann nichts sehen«, flüsterte sie, als sie über den Rasen in Richtung Wald liefen.

Alex hatte eine große Taschenlampe in der Hand, die einen breiten Strahl auf den Boden vor ihnen warf, doch um sie herum herrschte noch tiefe Nacht. »Halte meine Hand«, sagte er, »und folge meinen Schritten.«

Die einzigen Geräusche waren die knackenden Zweige unter ihren Füßen und Libertys angestrengter Atem, als sie den steilen Hügel erklommen. Es erinnerte sie an ihre täglichen Spaziergänge mit Charlie, nur roch der Wald hier weniger feucht und torfig, und der Tannengeruch war intensiver. Sie hielt Alex' Hand und folgte ihm blind, als sie tiefer zwischen die Bäume vordrangen. Seine Berührung löste ein lustvolles Kribbeln in ihr aus.

»Wir sind fast da«, sagte Alex, als sich die Bäume lichteten und der Lichtstrahl einen Felsvorsprung einfing. »Halt dich gut an mir fest. Wenn du ausrutschst, ist es ein weiter Weg nach unten.«

Liberty umklammerte seine Hand und bewegte sich vorsichtig weiter. Als er sich auf einen großen Stein setzte, tat sie es ihm gleich, froh über die Pause.

»Alles in Ordnung?«, fragte er und lehnte die Lampe zwischen ihnen an den Felsen, um ihre Gesichter zu beleuchten.

Sie nickte nur, weil sie noch ein wenig atemlos von dem Aufstieg war. Alex musste unglaublich fit sein, denn er wirkte nicht im Mindesten angestrengt. Das Licht warf Schattenmuster auf sein Gesicht, die seine Wangenknochen und die gerade Linie seiner Nase betonten. Über ihm funkelten die Sterne, der Mond jedoch musste hinter den Bäumen versteckt sein.

»Wir sind gerade rechtzeitig«, sagte er.

»Wofür?«

»Sieh da rüber«, antwortete Alex und wies nach vorn.

Er schaltete die Lampe aus, und Liberty bemerkte, dass sich das Licht zu verändern begann. Faseriges Grau durchwirkte die Dunkelheit, sodass die Silhouetten der Bäume scharf hervortraten.

Auf der anderen Seite des Tals, hinter den niedrigen Hügeln in der Ferne, wurde der Himmel blauer, bevor er eine korallenrote Färbung annahm. Ein warmer Glanz rahmte eine einsame Wolke. Alex holte sein Handy hervor, um es zu filmen.

»Deshalb bist du mit mir hergekommen?«, flüsterte Liberty, ohne den Blick vom Horizont zu lösen. Nach und nach veränderten sich die Farben, entfalteten sich Blütenblättern gleich. Gold und Orange verschwammen mit blassem Aquamarin, und das Tal unten wurde zu Tintenblau.

»Oui.« Sie hörte das Lächeln in seiner Stimme.

Die Sonne kroch hinter den Hügeln hervor und ergänzte das Naturschauspiel um ein samtiges Sattrot.

»Es ist so schön«, murmelte Liberty. Diese Farbkombination ergäbe einen fantastischen Quilt: Pfirsich, Gold und Rubin gemischt mit mattem Blau und Grau.

Als die Sonne aufgegangen war und die Juwelentöne durch Blau ersetzt waren, richtete Alex sein Handy auf Liberty. »Lächle – um zu beweisen, dass du hier gewesen bist.«

Sie grinste. »Das ist klasse! Und du hast recht – es war das frühe Aufstehen definitiv wert. Woher hast du gewusst, dass es so spektakulär ist?«

Er steckte sein Telefon ein. »Ich habe es schon oft erlebt. Als Jungen sind wir hergekommen, um den Sonnenuntergang zu sehen und dann im Dunkeln den Hügel hinunterzurennen. Frag Luc – er wird sich erinnern.«

Hoch über ihnen hinterließ ein fernes Flugzeug einen rosa Streifen am Himmel, der sich langsam auflöste.

Liberty griff nach Alex' Hand. »Danke, dass du das mit mir geteilt hast.«

»Ich wusste, dass es dir gefallen würde.«

Alex wippte den kleinen Maxence auf seinem Knie, versteckte sein Gesicht hinter einem Baumwolltuch und riss es dann weg. Jedes Mal gluckste das Baby vor Lachen und schwenkte seine Patschehände vor Freude.

»Von dem Spiel bekommt er nie genug«, sagte Victor, der eine Flasche für das Kind wärmte.

»Wer?«, fragte Jules, der zu Alex an den Küchentisch trat. »Alex oder Max?«

Alex verdrehte die Augen. »Sehr witzig.«

Wieder verhüllte er sein Gesicht, und diesmal ließ er Maxence das Tuch wegziehen. Obwohl er es nicht für möglich gehalten hätte, schien es Max sogar noch mehr zu entzücken. Das Glucksen des Kleinen hätte jeden zum Lächeln gebracht.

»So, Zeit für die Flasche«, sagte Victor. »Wie wäre es, wenn du sie ihm gibst, großer Bruder? Er ist glücklich bei dir, und du hast es doch schon mal ganz gut gemacht.«

Alex zuckte mit den Schultern. Es machte ihm nichts aus. Er lehnte sich zurück, legte sich den Kleinen in die Armbeuge und nahm die Flasche, die Victor ihm gab. Das Baby trank gierig, und in der Küche wurde es still. Von oben waren Stimmengemurmel und hin und wieder Gelächter zu hören. Die vier Frauen gingen Babettes alte Kleider durch. Laure, Caroline und Liberty waren alle aus dem Häuschen gewesen, als Babette die Namen der französischen und italienischen Designer genannt hatte, deren Modelle sie aussortieren wollte. Bernard war unter dem Vorwand ins Dorf gegangen, einkaufen zu wollen, würde aber unterwegs auf einen Drink mit Freunden halt im Café machen. Es freute Alex zu sehen, wie rasch er und Babette sich ins Dorfleben eingefügt hatten.

»Von dem ganzen Geschlürfe bekomme ich Durst«, sagte Victor, der seinen Sohn ansah. »Ist es zu früh für einen Apéritif?«

»Du musst Gedanken lesen können«, antwortete Jules.

Victor holte drei Bier und setzte sich. Alex' Brüder stießen miteinander an.

»Also, erzähl uns von deinem Rückzug aus dem Rennsport«, sagte Victor.

Alex runzelte die Stirn. Es hatte gutgetan, die Nachricht loszuwerden, aber er wollte nicht darüber sprechen. »Ich habe es euch schon erzählt. Mehr gibt es dazu nicht zu sagen.«

»Und dir geht es gut?« Victor war Mathematiklehrer an einem Gymnasium, und Alex konnte sich vorstellen, wie er sich mit einem Problemschüler hinsetzte und dieselbe besorgte Miene zeigte.

Was Alex verstörend fand. Normalerweise war er derjenige, der sich vergewisserte, dass es seinen jüngeren Brüdern gut ging. »Ja, natürlich.«

Fast hätte er den Blick verpasst, den Jules und Victor wechselten.

»Was?«, fragte er. »Es ist alles gut.«

Max' lautes Trinken verebbte ein wenig, als die Milch zur Neige ging, und seine Augenlider wurden sichtlich schwer.

»Anscheinend hast du Liberty genau zur richtigen Zeit kennengelernt«, sagte Jules.

»Was meinst du?«

»Na, jetzt, wo du in den Ruhestand gehst, kannst du sesshaft werden.«

Alex lachte. »Du verstehst das falsch. Lib ist nur eine Freundin.«

»Ja, klar.«

Das Lachen seiner Brüder ärgerte Alex. »Ist sie.«

»Aber ihr …«

»Nur eine Freundin, Jules«, wiederholte er streng. »Sie sitzt wegen des Streiks hier fest, und ich wollte nicht, dass sie Weihnachten allein verbringt.«

Victor schüttelte den Kopf. »Maman hat erzählt, dass du den ganzen Weg von England hergefahren bist, und kaum warst du zehn Minuten hier, bist du weiter nach Lourmarin.«

Innerlich begann Alex zu kochen. Was war mit seinen kleinen Brüdern, dass sie all die falschen Knöpfe bei ihm drückten? »Ja, weil ich besorgt war. Sie war allein!«

Die Milch war ausgetrunken, und Alex stellte das leere Fläschchen auf den Tisch.

»Er sagt ›besorgt‹«, sagte Jules zu Victor. »Aber er meint ›verliebt‹.«

»Bin ich nicht!« Max riss erschrocken die Augen auf und wimmerte. Alex wiegte ihn wieder in den Schlaf und sagte leiser: »Ich bin nicht bereit für eine Beziehung. Ich weiß ja nicht einmal, was ich nächsten Monat machen werde, geschweige denn nächstes Jahr.«

»Vielleicht ist es gar nicht so wichtig, was du machst, sondern, mit wem du es machst«, gab Victor zu bedenken.

Jules grinste.

»Das war jetzt nicht so geschickt formuliert«, sagte Victor, »aber ihr wisst, was ich meine.«

Alex verdrehte die Augen. »Werdet ihr zwei jemals erwachsen?«

»Im Ernst«, sagte Victor. »Vielleicht ist es an der Zeit, dass du Dinge anders machst, Alex.«

»Was soll das heißen?« Er trank einen Schluck von seinem Bier.

Victor war sehr ernst. »Du bist immer für uns da gewesen. Du bist mehr gewesen als ein großer Bruder, aber …« Er zögerte.

»Was?« Alex seufzte.

»Jetzt solltest du etwas für dich tun.«

Er stutzte. »Denkst du, das habe ich noch nicht? Bei meiner ganzen Karriere ging es nur um mich. Rennen gewinnen, Erster werden, all den Ruhm absahnen – viel selbstsüchtiger geht es wohl kaum.«

»Oder einsamer«, entgegnete Victor. Das Wort hallte durch die Küche. »Eventuell ist es an der Zeit, einen … anderen Lebenssinn zu finden.«

Unwillkürlich blickten alle zu Max, der in Alex' Arm schlief.

Alex schnaubte leise. »Du willst mir hoffentlich nicht erzählen, ich soll jetzt Vater werden! Nur weil du …«

»Eigentlich wollte ich sagen, dass du eine dankbarere Karriere anstreben könntest, wie zu unterrichten. Auch eine Familie würde zu dir passen. Du wärst gut darin. Schließlich bist du für uns wie ein Vater gewesen, hast dafür gesorgt, dass wir nicht auf die schiefe Bahn geraten, hast die Familie zusammengehalten.«

»Ja, du hast uns übel herumkommandiert«, warf Jules ein. Er pulte das Etikett von seiner Bierflasche.

Victor fuhr fort: »Und Lib ist eine tolle Frau.«

»Sie ist bloß eine Freundin!«, widersprach Alex erneut.

Doch Schuldgefühle nagten an ihm, denn wie konnte er behaupten, sie seien nur Freunde, wenn sie miteinander schliefen? Vielleicht hätte er nicht mit ihr hierherkommen sollen. Vielleicht war es ein Fehler gewesen, ihre Beziehung in diese Grauzone geraten zu lassen. Aber er wollte nichts bereuen, was so gut war. Liberty stellte keine Forderungen, war ehrlich zu ihm, und ihre Beziehung war klar definiert.

Sein Bruder ignorierte ihn. »Sie lässt sich nichts von dir bieten. Ich mag sie. Wir alle mögen sie. Sehr.«

»So ist es überhaupt nicht«, hielt Alex verbissen dagegen.

»Wieso nicht?«

Wieder seufzte er. Warum konnten sie es nicht gut sein lassen? »Weil sie sich eine Familie wünscht, und ich das …«, er nickte mit dem Kinn in Richtung des Babys in seinem Arm, »… das alles eben nicht will. Wie ihr sehr wohl wisst.«

»Warum nicht?« Victor trank den Rest von seinem Bier. »Und erzähl mir bitte nicht, dass es immer noch wegen Solange ist.«

Alex warf ihm einen finsteren Blick zu. Seine Brüder hatten leicht reden, wenn sie sagten, er solle die Vergangenheit loslassen; aber sie wussten nicht, wie verzweifelt Solange gewesen war. Sie waren nicht da gewesen und hatten ihr Gesicht gesehen. Das konnte er nicht aus seinem Gedächtnis löschen. Er hatte sie auf dieselbe Weise verletzt wie sein Vater seine Mutter – unzählige Male. Und er hasste sich dafür.

Aber er war erleichtert gewesen, dass er die Beziehung beendet hatte. Was es noch schlimmer machte.

Was bewies, wie sehr er seines Vaters Sohn war. Er war nicht dazu in der Lage, Verantwortung zu übernehmen, nicht einmal, wenn er es versuchte. Und deshalb hatte er geschworen, nie wieder etwas zu versprechen, was er nicht halten konnte.

Victor schüttelte den Kopf. »Wusste ich es doch. Wie lange willst du dich deswegen noch fertigmachen?«

»Du weißt, dass sie geheiratet hat, oder?«, fragte Jules beiläufig.

Alex erstarrte. »Hat sie?«

Sein jüngster Bruder nickte. Er zupfte immer noch an dem Etikett seiner Bierflasche, und inzwischen lag ein kleiner Haufen Papierschnipsel vor ihm auf dem Tisch. »Ich habe sie zufällig neulich getroffen. Sie ist schwanger und scheint glücklich zu sein.«

»Das habe ich nicht gewusst.«

Victor sah ihn an. »Tja, da hast du es. Ihre Geschichte ist gut ausgegangen. Warum sollte deine es nicht auch?« Er stand auf. »Noch ein Bier?«

Alex verneinte. Er musste die Nachricht verarbeiten. Solange war verheiratet? Das freute ihn. Sie hatte die Sache verwunden. Gut.

Änderte das irgendetwas für ihn? Eigentlich nicht. Liberty hatte unmissverständlich gesagt, dass er nicht – wie nannte sie es noch gleich? – ihr »Traummann« war. Dies hier war lediglich eine Affäre. In einer Woche wäre alles vorbei. Sie würde nach Hause zurückkehren, und er würde … Nun, er wusste noch nicht, was er tun würde.

Samstag, 27. Dezember

»Du weckst mich nicht wieder zu einer Challenge auf, oder?«, fragte Liberty verschlafen.

Er küsste sie langsam und verführerisch. »Nicht zu einer Challenge, nein.«

»Mm, was für ein Segen.« Er empfand ein Kribbeln, als sie sich ihm entgegenbog, und schob eine Hand unter sie, um von der Vertiefung unten an ihrem Rücken zur Rückseite ihres Schenkels zu streichen, den sie ihm um die Hüfte geschlungen hatte. Liberty seufzte vor Wonne. »Was ist die Challenge von heute?«

Er lächelte an ihren Lippen. »Kann ich dir nicht sagen.«

»Und wann geht's los?«

Er tat, als würde er angestrengt überlegen.

Liberty glitt mit den Fingern über seine Wange und steckte ihm einen in den Mund. Alex saugte daran und schloss genüsslich die Augen. Er fragte sich, wie sie es anstellte. Jedes Mal wenn er glaubte, die Kontrolle zu haben, drehte sie den Spieß um. Eine Berührung oder ein Blick genügte, um ihn in die Knie zu zwingen.

»Heute Vormittag?«, fragte sie.

Er schüttelte den Kopf, zog ihren Finger aus seinem Mund und küsste ihn.

Ihre Augen wurden dunkel. »Heute Nachmittag?«

»Nein.« Er lächelte. Sie konnten so lange im Bett bleiben, wie sie wollten.

»Also heute Abend?«

Er nickte, bewegte sich auf sie zu, während wieder die widersprüchlichsten Regungen in ihm miteinander zu ringen begannen. Emotional wollte er nicht mehr als die Freundschaft, die sie bereits hatten. Physisch jedoch konnte er ihr nicht nahe genug sein. Er wollte sie die ganze Nacht halten, mit dem Gesicht in ihrem prächtigen roten Haar aufwachen. Er wollte sie zum Lächeln, Lachen und zum Stirnrunzeln vor Konzentration bringen, während sie noch eine weitere Challenge meisterte, um ihrem Buch einen neuen Haken hinzufügen zu können.

»Erzähl mir, was es ist«, sagte sie. Ihre Augen waren geschlossen und ihr Kopf nach hinten gelehnt.

Er küsste ihren Hals.

»Erzähl es mir.«

»Kann ich nicht.«

»Doch, kannst du.«

»Es würde die Überraschung verderben.« Er wollte ihren Aufenthalt hier so aufregend wie möglich gestalten. Am Ende sollte sie die Provence so sehr lieben wie er, auch wenn er nicht erklären konnte, warum. Er sagte sich, dass er sie bei ihrer Challenge unterstützen und dafür sorgen wollte, dass sie schöne Erinnerungen an Weihnachten hier mit nach Hause nahm. Allerdings war er sich nicht sicher, ob das die ganze Wahrheit war. Er schob es als ein weiteres widersprüchliches Gefühl beiseite, das er nicht verstehen wollte, und hielt sich stattdessen an das Körperliche. Das war einfach und klar. Perfekt.

»Würde es nicht.«

»Nichts zu wissen sorgt für Vorfreude.« Er küsste sie. »Und Nervenkitzel.« Wieder küsste er sie. »Versprochen.« Mit jedem Kuss spannte sich sein Körper mehr an. Das Verlangen war beinahe überwältigend, doch er hielt sich eisern zurück.

»Ich wüsste es trotzdem gerne.« Sie lächelte.

Alex legte sich zwischen ihre Beine. Sie seufzte genüsslich. »Okay, ich erzähle es dir, aber keine weiteren Fragen. Du bekommst keine anderen Hinweise oder Erklärungen.« Er rieb sich sanft an ihr. Sämtliche Nerven vibrierten, sämtliche Sinne waren hellwach.

Liberty öffnete die Augen. Sie glänzten wie poliertes Holz. »Einverstanden.«

Er küsste sie noch einmal, bevor er sagte: »Wir fahren zu einem Weihnachtsdorf.«

»Was ist das?«

Er hielt ihr einen Finger an die Lippen. »Keine Fragen, weißt du noch?«

Lächelnd nickte sie. Dann senkten sich ihre Lider flatternd, als sie schließlich ihrem Verlangen nachgaben.

Nicht einmal auf dem Weg dorthin wollte Alex ihr verraten, was ein Weihnachtsdorf war, oder ihr irgendwelche Hinweise geben. Liberty war nicht sicher, was sie erwartete, doch als sie am Fuße eines steilen Hangs parkten, konnte sie bunte Lichter sehen, die den ganzen Weg nach oben säumten.

»Wird es schon wieder ein Aufstieg?«, fragte sie, als Alex ihre Hand nahm und sie losgingen. Er hatte ihr geraten, sich warm anzuziehen, also hatte sie sich eine schicke Mütze von Babette geliehen und trug ihren warmen Wintermantel.

»Wird es, aber so langsam, dass man es gar nicht merkt.«

Wie sich herausstellte, öffneten die Bewohner des winzigen Provence-Dorfs einmal im Jahr ihre Häuser für die Öffentlichkeit. Jeder von ihnen überließ dann jeweils ein Zimmer einem Künstler oder Kunsthandwerker, die dort in weihnachtlicher Atmosphäre Besucher empfingen. Manche von ihnen boten Kunsthandwerk oder selbst gemachte Köstlichkeiten an, andere Unterhaltungsprogramme, und die Restaurants und die kleine Bäckerei im Dorf hatten ebenfalls geöffnet. Jeder war eingeladen, der dem Weg nach oben folgte, und am Ende fanden die Kinder den Weihnachtsmann in seiner Höhle.

Alex hatte recht: Liberty nahm den Aufstieg kaum wahr, da sie von einem Haus zum nächsten schlenderten, einem Flötisten lauschten, jemandem zuschauten, der auf einer Töpferscheibe eine Vase formte, und stehen blieben, um winzige Krippenfiguren namens *Santons* zu bewundern, die aus der Provence stammten.

»Möchtest du dir aus der Hand lesen lassen?«, fragte Alex. Er deutete auf eine Frau mit einem türkisfarbenen Schal um den Kopf, die hinter einem Vorhang saß.

»Nein. Die erzählen einem sowieso nur das, was man hören will.«

»Stimmt. Das kann ich auch für umsonst machen.« Er zog Liberty zur Seite, umfing ihr Gesicht mit beiden Händen und tat, als würde er telepathische Schwingungen oder was auch immer empfangen. »Mal sehen … In zehn Jahren wirst du verheiratet sein und ein oder zwei Kinder haben.«

»Zwei bloß?« Sie grinste. »Eigentlich vier. Ich hätte gern eine große Familie.«

Er runzelte die Stirn. »Aber Damselfly Cottage ist zu klein. Du müsstest umziehen.«

»Du hast es richtig gesagt!«, rief sie überrascht.

»Was?«

»Damselfly.«

Er lächelte. »Warum heißt es überhaupt so?«

»Weil es dort Damselflies gibt, natürlich, Kleinlibellen. Im Sommer sind sie an dem See in der Nähe. Und um deine Frage zu beantworten: Ich würde mein Nähzimmer zu einem Kinderzimmer mit Etagenbetten machen und meine Nähsachen in mein Schlafzimmer holen. Die müssten dort noch reinpassen.« Doch wenn sie genau darüber nachdachte, kam ihr ein Umzug in ein anderes Haus nicht mehr unmöglich vor. Vielleicht in eines mit französischen Fensterläden, immer noch ländlich, aber eventuell nahe an einem Pinienwald und einem Nachthimmel, der übervoll mit Sternen war …

Rasch verscheuchte sie diesen Gedanken.

Alex lachte und ließ sie los. »Du hast schon alles geplant!«

Sie gingen weiter, vorbei an der Weissagerin und zum Restaurant. Aber sein unbekümmertes Reden hatte Liberty neugierig gemacht. »Wo hoffst du in zehn Jahren zu sein?«

»Weiß ich nicht …« Er dachte nach. »Ich hoffe, dann habe

ich eine neue Passion gefunden, die das Rennen ersetzt. Eine neue Herausforderung.«

Sie sah ihn an. »Denkst du nicht, dass es mehr in deinem Leben geben wird als deinen Job?«

»Ich brauche Abenteuer, auf die eine oder andere Art. Das weißt du.«

Sie nickte hastig und sah zur Seite, damit er ihre Enttäuschung nicht bemerkte. Vor dem Restaurant blieben sie stehen.

»Hast du Lust, hier zu essen?«, fragte er und zeigte auf die Schiefertafel. »Ich fürchte, es gibt nur ein Menü – Suppe, Hauptgang und Crème Caramel als Dessert. Aber alles wird frisch zubereitet.«

Sie lächelte. »Hört sich gut an.«

Während ihnen Lauchcremesuppe und ein Korb Brot serviert wurden, dachte Liberty über Alex' Worte nach. Er hatte immer gesagt, dass er keine feste Bindung wollte, dass er nirgends länger bliebe. Und dennoch passte etwas nicht.

Sie brach ein Stück Brot ab und rätselte. Liberty hatte ihn mit seiner Familie erlebt; er war seiner Mutter und seinen Brüdern sehr nahe, wollte alle nach Kräften unterstützen und schützen. Was also bewegte ihn, jede andere enge Beziehung zu meiden? Es konnte nicht allein an der schlechten Erfahrung mit Solange liegen, oder? Er hatte gesagt, er habe Angst, andere zu verletzen, aber da war sie sich nicht so sicher. Und sie wollte dringend mehr erfahren.

»Erzähl mir von deinem Vater«, bat sie ihn, als sie ihre Suppe aufgegessen hatte.

Seine Züge verhärteten sich, wie sie bereits geahnt hatte. »Was willst du wissen?«

Kapitel zweiundzwanzig

»Wie war es, mit ihm aufzuwachsen?«, fragte Liberty.

Alex verkrampfte sich. Er redete nicht gern über seinen Vater. Fragen blockte er ab, wechselte das Thema oder ging weg, ganz gleich wie schroff es ihn erscheinen ließ.

Doch heute Abend fühlte er, wie sich ein winziger Riss in der festen Mauer auftat, und Liberty schlüpfte hindurch, indem sie ihn mit ihren fragenden braunen Augen ansah und warmherzig interessiert sprach. Viele Leute gierten nach Informationen über den berühmten Rennfahrer, aber Liberty war die Erste, die fragte, wie es sich angefühlt hatte, sein Sohn zu sein. »Kann ich nicht sagen«, antwortete er. »Ich bin ohne ihn aufgewachsen – meistens jedenfalls. Er hat sein eigenes Leben gelebt, war wenig zu Hause, und wenn er da war, war es … schwierig.«

»Inwiefern schwierig?«

»Er war ein selbstsüchtiger Mann, hatte keinen Sinn für Pflichtgefühl oder Verantwortung. Das heißt, nein, das ist nicht fair. Er hat dafür gesorgt, dass wir finanziell sehr gut versorgt waren. Aber emotional war er nicht so, wie ein Vater sein sollte.«

»Er hat nicht mit angepackt?«

Alex lachte bitter. »Das klingt, als hätte er keine Windeln gewechselt oder mit seinen Kindern gespielt.« Es war so viel mehr als das gewesen.

Ein völliges Desinteresse an seiner Familie. Selbst an Alex, der beruflich in seine Fußstapfen trat und sogar noch erfolgreicher gewesen war. Weltmeister. Doch es hatte nicht gereicht. »Wir waren ihm egal. Wenn er nach Hause kam, was selten passierte, wollte er nichts mit unserem Leben zu tun haben. Es war klar, dass er nichts für uns empfand. Und er konnte es nicht erwarten, wieder wegzukommen.«

»Trotzdem kehrte er immer wieder zurück? Warum?«

Darauf hatte Alex keine Antwort. Außer vielleicht der, dass die Beziehung seiner Eltern komplizierter war, als er damals verstehen konnte.

Liberty sah ihn voller Mitgefühl an, und alles in Alex sträubte sich. Er wollte kein Mitleid! Er hasste seinen Vater, und daran hatte dessen Tod nichts geändert. Er würde ihn immer hassen.

»Wie furchtbar für dich«, murmelte sie.

»Nicht für mich – für meine Mutter.« Sie war diejenige, die verletzt worden war. Die, die wiederholt unter seiner Indiskretion gelitten hatte. »Er war unfähig, treu zu sein, und weil er bekannt war, wurden all seine Affären in der Klatschpresse breitgetreten. Die Scham, die Erniedrigung – es wurde nie leichter für sie.«

Alex war genauso wütend um ihretwillen wie um seinetwillen. Es war eine doppelte Dosis Hass.

»Haben sie sich scheiden lassen?«, fragte Liberty.

»Sollte man meinen, nicht wahr? Hätten sie es, wäre es einfacher für sie geworden. Sie hätte sich von allem distanzieren und nach vorn schauen können. Aber nein, er hat die Scheidung verweigert.«

Liberty riss die Augen weit auf, und in ihnen spiegelten sich die Lichterketten um sie herum. »Warum?«

»Aus selbstsüchtigen Gründen, vermute ich. Vielleicht gefiel ihm die Vorstellung, eine Familie und ein Zuhause zu haben, wohin er zurückkehren konnte, wann immer ihm danach war. Oder er nutzte sie vielleicht als Vorwand, um Frauen loszuwerden, die ihm lästig wurden. Wer weiß? Aber eine Scheidung hätte meine Mutter befreit.«

»Er war doch auch Rennfahrer, nicht? Also ist er beruflich viel gereist?«

Er nickte.

Sie warf ihm einen vorsichtigen Blick zu, als überlegte sie, welche die richtigen Worte waren. »Meinst du, er könnte einsam gewesen sein, weil er so viel Zeit fern von zu Hause verbracht hat? Könnte er deswegen die Affären angefangen haben?«

»Das ist keine Entschuldigung!«, erwiderte er schroff. »Und, nein, das denke ich nicht. Er war häufiger weg, als nötig gewesen wäre.« Weit häufiger. Alex sah im Geiste die körnigen Paparazzi-Fotos von seinem Vater vor sich: in Bars mit Frauen auf dem Schoß, auf Jachten und halb nackt. Sogar durch das Prisma der vergangenen Jahre betrachtet, erregten sie denselben Ekel in ihm. Wie musste es sich für seine Mutter angefühlt haben, jene Bilder zu sehen?

Als Alex alt genug gewesen war, hatte er sie versteckt, um seine Mutter zu schützen. Aber das war nicht immer machbar. Und als sein Vater sich aus dem Rennsport zurückzog, wurde erst das Ausmaß seiner Untreue deutlich. Der Mistkerl hatte mehrere Frauen an unterschiedlichen Orten auf der ganzen Welt unterhalten und das Leben wie einen einzigen langen Urlaub in der Sonne behandelt. Da war keinerlei Rücksicht gegenüber den Menschen gewesen, denen er auf seiner Suche nach dem eigenen Vergnügen wehtat.

»Was glaubst du, warum er so war?«, fragte Liberty.

»Weiß ich nicht. Er war von einem manischen Wettbewerbsgeist getrieben, musste immer jeden Preis gewinnen. Er war skrupellos, hatte … kein Herz.« Alex stockte. Es war lange her, dass er sich eingehender mit seinem Vater befasst hatte. »Er war in einem Kinderheim aufgewachsen und hat seine eigenen Eltern nie gekannt. Vielleicht hat ihn das emotional distanziert gemacht.«

»Kann sein, dass er nie gewusst hat, wie man liebt«, meinte Liberty behutsam.

Alex winkte sofort ab. »Wir alle wissen, wie man liebt.«

Liberty sah ihn vollkommen ruhig an. »Da bin ich mir nicht so sicher. Es heißt, dass sich Verhaltensweisen von Generation zu Generation übertragen. Wenn er nicht geliebt wurde, als er aufwuchs …«

Doch Alex schüttelte bereits den Kopf, denn er weigerte sich, das zu akzeptieren. Er wollte keine Entschuldigung für die Versäumnisse seines Vaters zulassen. Dafür erinnerte er sich zu gut, wie oft seine Mutter dem Mann vergeben hatte, wie sie gehofft hatte, dass er diesmal endlich bleiben und zur Ruhe kommen würde.

Was er nie tat. Und das würde Alex ihm niemals vergeben.

Sonntag, 28. Dezember

»Ich bringe dir Frühstück ans Bett.« Alex stellte das Tablett ab. Darauf waren eine große Tasse Tee und ein Teller voller Waffeln mit Sirup. »Ich dachte, dir fehlt vielleicht deine Routine.«

Libertys Herz schlug einen kleinen Purzelbaum. »Oh, Alex, das ist so nett!«

»Fehlt sie dir?«

»Ähm …« Ihr wurde bewusst, dass sie kaum an zu Hause

gedacht hatte, seit sie hier war. Sie war so damit beschäftigt gewesen, seine Familie kennenzulernen und neue Orte zu besuchen. Auch damit, Alex besser kennenzulernen und ... nun ja, sich zu vergnügen.

Früher hatte sie sich an ihre geregelten Tagesabläufe geklammert, doch diese Reise hatte sie gelehrt, dass das Unbekannte aufregend, magisch und wunderbar sein konnte. Sie war so glücklich. Ihr Selbstvertrauen war gewachsen, und jetzt konnte sie sich nicht mehr vorstellen, in ihr altes, zurückgezogenes Leben zurückzukehren. »Eigentlich nicht. Sie fehlt mir gar nicht. Ich liebe es hier.«

»Mir fehlt sie«, sagte er.

Sie blinzelte. »Ja?«

Er nickte. »Mir fehlen unsere Spaziergänge im Wald und die Arbeit in der Werkstatt.«

Sie war nicht sicher, was sie davon halten sollte, doch sie sagte sich, dass es wahrscheinlich nur eine beiläufige Bemerkung war. »Mir fehlt Charlie«, sagte sie. »Ja, ich rufe Evie mal an und frage, ob es ihm gut geht.«

Evie nahm sofort ab und versicherte ihr, dass alles bestens mit Charlie war. »Er und Smoke verstehen sich richtig gut – außer wenn Charlie Smokes Futter verputzt.«

Liberty kicherte. »O ja, Labradore sind gierig!«

»Ach, und wir hatten einen Unfall mit einem Cocktail.«

»Einem mit Alkohol?«

»Ja. Jakes Schwestern waren zu Besuch, und er hat ihnen Drinks gemacht. Seine Schwester Louisa hat ihren auf dem Couchtisch stehen gelassen. Charlie ist reingekommen, hat ihn ausgeschlabbert und ist dann gegen eine Tür gelaufen.«

»O nein! Ist alles wieder in Ordnung mit ihm?«

Evie lachte. »Ihm geht es bestens. Und wir sind seitdem extra vorsichtig, lassen nichts mehr in seiner Reichweite stehen. Haben die Leute von der Quiltausstellung dich angerufen?«

Die letzten Tage hatte sie alles andere aus dem Blick verloren, und erst jetzt fiel ihr ein, dass das Festival heute angefangen hatte. »Nein, warum?«

»Sie haben sich eben bei mir gemeldet. Brendas Quilt hat in der Kategorie ›Traditionelle Quilts‹ gewonnen«, antwortete Evie begeistert.

Liberty stockte der Atem. »Oh, das ist fantastisch! Sie wird sich so sehr freuen!«

»Und deiner hat den dritten Platz in der Kategorie ›Moderne‹ gemacht.«

Liberty riss die Augen weit auf. »Das ist genial.« Doch Brendas Sieg war das Wichtigste. Er machte alles lohnenswert – diese Reise, den Flug, alles.

»Und wie läuft es da drüben?«, fragte Evie.

Liberty strich mit einer Hand über den Quilt und wurde rot bei dem Gedanken, dass sie letzte Nacht in Alex' Armen geschlafen hatte. Es war solch eine winzige Sache, und dennoch fühlte sie sich so … richtig an. »Es ist wundervoll.«

»Schön.« Sie hörte Evies Lächeln. »Weißt du schon, wann du zurückkommst?«

»Da bin ich mir nicht sicher. Im neuen Jahr.«

»Na, unseretwegen musst du dich nicht hetzen. Der Laden ist fürs Erste geschlossen, und Charlie ist froh und glücklich.«

»Danke, Evie.«

In der Garage war es still bis auf das Geräusch von Sandpapier, mit dem Alex einen Rostfleck über dem Radkasten abschmirgelte. Bernard hatte die Kühlerhaube geöffnet und beugte sich über den Motor des alten Wagens. Während sie einträchtig und ruhig vor sich hin arbeiteten, konnte Alex nicht umhin festzustellen, wie absurd die Situation war: Er hatte mehr mit seinem Stiefvater in spe gemeinsam, als er jemals mit seinem richtigen Vater gehabt hatte. Nein, das stimmte nicht. Sein Vater und er *hätten* unglaublich viel teilen können – Rennen, Bikes –, nur hatte sein Vater sich entschieden, keine Zeit damit zu verbringen, mit Alex über jene Dinge zu reden.

Bernard rieb sich den Rücken unten und richtete sich auf. »Wann hast du vor, deinen Abschied aus dem Rennsport öffentlich zu machen?«, fragte er.

Alex hielt inne. »In den nächsten Tagen geht eine Presseinformation raus.«

»Vielleicht könnte dies hier eine neue Karriere für dich sein.« Bernard wies zu dem Wagen, an dem sie arbeiteten.

»Es ist bloß ein Hobby«, entgegnete Alex. »Ich bin kein ausgebildeter Mechaniker.«

»Könntest du sein.«

Er überlegte. »Ja, vermutlich.«

»Es macht dir eindeutig Spaß.« Bernard wischte seinen Schraubenzieher mit einem Lappen ab. »Es ist unwahrscheinlich, dass du etwas anderes findest, das dir dasselbe geben könnte wie die Rennen. Du solltest nach einer Beschäftigung suchen, die dir Spaß macht und mit der du dich auch in Zukunft sehen könntest.«

Alex dachte darüber nach. Bernards Worte ergaben durchaus einen Sinn. Vielleicht hatte er nach dem Unmöglichen Ausschau gehalten. Nichts würde mit den Rennen mithalten können. Und er hatte immerzu an seinen Bikes gebastelt, Wege gefunden, ihre Leistung zu erhöhen. »Als ich in England war, habe ich dort in einer Werkstatt ausgeholfen, an einer alten Triumph herumgeschraubt. Die war sogar noch älter als das Teil.« Er nickte zu seiner alten Yamaha in der Ecke. »Und es hat sich herausgestellt, dass es ein guter Weg war, Leute kennenzulernen und ins Gespräch zu kommen. Du weißt schon, weil ich ja auf der Suche nach Informationen zu meiner Halbschwester war.«

Eine ganze Weile schwieg Bernard. »Du hast gesagt, dass du bei der Suche wenig Glück hattest.«

»Ja. Ich kann mich nicht entscheiden, ob ich aufgeben oder einen Privatdetektiv engagieren soll.«

Bernard sah ihn an. »Vielleicht solltest du aufhören.«

Alex blickte ihn an. Bernards Mund war verkniffen. Warum? »Eine Frau ist in die Werkstatt gekommen und hat mir von einer Frau namens Mary erzählt, die etwas mit meinem Vater hatte. Das Problem ist, dass sie sich nicht an den Nachnamen erinnert.«

Wieder dauerte es, bis Bernard fragte: »Hast du dir wirklich gut überlegt, was passiert, wenn du sie findest?«

»Ja, natürlich.« Ihn wunderte die Frage.

»Was ist mit deiner Mutter? Es könnte schwierig für sie sein, wenn du dieses Mädchen findest – und die Mutter. Babette würde alles tun, was sie kann, um das Mädchen in die Familie aufzunehmen, aber …« Er neigte den Kopf, als verstünde sich der Rest von selbst.

Alex starrte Bernard an, und ihn beschlich ein ungutes Gefühl. »Es wäre eine schmerzliche Erinnerung«, sagte er, sobald er begriffen hatte.

Sein Vater hatte sie so oft betrogen.

»Ja«, antwortete Bernard. Er sah Alex an.

Alex schluckte, angewidert von sich selbst. Wie konnte er das nicht bedacht haben? Er war so auf seine eigenen Probleme fixiert gewesen, dass er nach England gerast war, vollends überzeugt, er würde sich ehrbar verhalten. Und keine

Sekunde hatte er darüber nachgedacht, wie seine Mutter empfinden würde. Natürlich wäre es für sie nicht leicht. Und Alex schämte sich, weil er so gedankenlos gewesen war.

»Vielleicht könntest du glücklich mit der Familie sein, die du schon hast«, schlug Bernard vor. »Deine Brüder und Babette, sie lieben dich alle und brauchen dich.« Er nahm den Schraubenzieher und beugte sich wieder über den Motor.

Montag, 29. Dezember

Die Straße war schmal und kurvig und führte einen Berg hinauf. Und sie war von einer niedrigen Mauer begrenzt, bestenfalls einen halben Meter hoch zu Libertys Rechten, hinter der es ins Nichts ging. Oder, besser gesagt, Hunderte Meter einen steilen Abhang hinab. Vor lauter Angst saß Liberty steif da, klammerte sich an den Sitz und versuchte, nicht zu dem Abgrund zu sehen, von dem sie nur Zentimeter zu trennen schienen.

Alex wollte, dass sie ein Dorf auf dem Gipfel besuchten, von dem er sagte, es stamme aus dem Mittelalter und biete sagenhafte Ausblicke. Sie hatte auch hinfahren wollen, es sich aber auf halbem Weg anders überlegt.

»Du bist sehr still«, sagte Alex, als er den Wagen um noch eine Kurve lenkte, und das in dem Dreifachen ihrer Wohlfühlgeschwindigkeit.

»Ich habe Angst.« Sie musste die Worte herauszwingen, weil sie kaum atmen konnte.

Lächelnd sah er zu ihr. »Wovor hast du Angst?«

»Sieh nicht zu mir! Guck auf die Straße!«, platzte sie heraus. »Mir macht es Angst, dass ich in den Tod stürzen könnte, weil diese Straße so schmal ist und du zu schnell fährst!« Sie sah förmlich vor sich, wie der Wagen den Hang hinabstürzte.

Er lachte. »Vertrau mir, Liberty. Ich habe diesen Wagen vollkommen unter Kontrolle.«

»Wie kannst du das sagen?«

»Ich bin es gewohnt, bei hoher Geschwindigkeit zu fahren, weißt du noch? Und jetzt fahre ich nicht mal schnell.«

»Was ist, wenn die Bremsen versagen? Was ist, wenn uns ein Auto entgegenkommt? Du hättest keine Zeit …«, sie rang nach Luft, als er um noch eine weitere scharfe Kurve fuhr, »… zu reagieren.«

»Hätte ich.« Er war so sicher, so zuversichtlich.

Und wie aufs Stichwort tauchte ein verbeulter Transporter aus der anderen Richtung auf. Er raste auf sie zu, nahm mehr als seine Fahrbahn von der Straße ein und ließ keinen Platz, an ihm vorbeizukommen.

»Der ist auf unserer Spur!«, japste Liberty und hielt sich eine Hand vor die Augen. »Es ist zu eng. Er wird …«

»Alles gut«, sagte Alex und verlangsamte.

Liberty linste zwischen ihren Fingern hindurch. Der Beifahrer in dem Transporter winkte ihnen zu, als sie vorbeifuhren, und Alex winkte zurück. Liberty konnte es nicht fassen. Nahm hier keiner außer ihr die Gefahr wahr?

»Siehst du?«, fragte Alex, als der Transporter hinter der Kurve verschwunden war.

»Du magst ja alles im Griff haben, aber die hatten es nicht. Diese Straße ist so gefährlich!« Libertys Puls hämmerte ihr in den Schläfen. Sie war nicht sicher, ob ihr Blutdruck hiermit klarkam.

Alex beschleunigte wieder.

Sie blickte zu ihm und stellte fest, dass er grinste. »Du genießt das richtig, oder?«, fragte sie entsetzt.

Er zuckte mit den Schultern, grinste aber immer noch. »Die Strecke ist nicht ohne, stimmt. Aber ich genieße es nicht, dich so verängstigt zu sehen, falls du das meinst. Du bist eine sehr nervöse Beifahrerin.«

»Wir sind so unterschiedlich, du und ich«, murmelte sie leise und versuchte, ruhig zu bleiben. Aber sie konnte nicht aufhören, den Türgriff fest zu umklammern.

»Möchtest du lieber fahren?«, fragte er.

»Ja!« Alles wäre besser, als Angst zu haben und machtlos auf dem Beifahrersitz zu hocken. »Aber hier kann man nirgends anhalten.«

»Gleich kommt ein Aussichtspunkt.«

»Woher weißt du das?«

»Kenne ich von früher.« Er nahm noch ein paar Kurven. »Hier ist es.«

Er fuhr an die Seite und hielt den Wagen an. Liberty atmete erleichtert auf, sprang aus dem Auto und war froh, festen Boden unter den Füßen zu spüren.

Doch als sie hinters Lenkrad stieg, kamen ihr Zweifel. Sie konnte mit dem Schaltknüppel auf der falschen Seite umgehen, aber wie sollte sie einschätzen, wann sie zu weit am Straßenrand war? »Ehrlich gesagt, habe ich ein bisschen Angst.«

»Fahr einfach langsam, dann kann nichts schiefgehen.« Er zwinkerte ihr zu. »Ich sage dir Bescheid, wenn du zu nah an den Rand kommst. Zählt das als heutige Challenge?«

»Und ob!«

Fünf Minuten später blickte sie im Rückspiegel zu der Schlange an Autos hinter ihr und biss sich auf die Unterlippe. Das Ganze war schwieriger, als es aussah. Einer der Fahrer hupte so eindringlich, dass sie erschrak. »Ich kann nicht schneller fahren!«, sagte sie, und bei dem Gedanken an den steilen Hang wurde ihr schlecht.

»Beachte die nicht«, beruhigte Alex sie. »Du machst das gut. Die Einheimischen sind immer ungeduldig.«

Er drehte sich um und richtete sein Smartphone auf die Straße hinter ihnen. »Was machst du?«, fragte Liberty.

»Ich filme nur die Aussicht für Luc.« Sie hörte ihm an, dass er grinste, und wusste, dass er die Autoschlange hinter ihnen gefilmt hatte. Luc würde sich kugeln vor Lachen, wenn er das sah.

»Ich fasse nicht, dass ich das gemacht habe!« Nun, da sie nicht mehr im Auto saß und die Fahrt auf der schrecklichen Straße den Berg hinauf überlebt hatte, war Liberty high vor Erleichterung und Stolz.

»Ich weiß. Eine ganze Fahrt im zweiten Gang ist ein Rekord«, scherzte Alex.

Sie streckte ihm die Zunge raus und grinste wieder. »Es war Furcht einflößend, aber ich habe es getan! Ich habe uns in einem Stück hergebracht.«

»Warum überrascht dich das so?«, fragte Alex, brach ein Stück Brot ab und aß es.

Sie saßen auf der Terrasse eines Restaurants mit atemberaubendem Blick über die Landschaft. Aus dieser Höhe wirkten die Rebenreihen wie Nähte in einer Patchworkdecke. Die Sonne schien, und der Himmel war Jeansblau ohne auch nur die Andeutung einer Wolke. Und hinter ihnen ragte die Ruine eines uralten Châteaus auf, zugänglich über Kopfsteinpflasterwege, die einem Märchenbuch hätten entsprungen sein können. Es war ein wunderbar magischer Ort, und Liberty kam es vor, als wäre sie auf dem Gipfel der Welt. Buchstäblich.

Sie trank einen Schluck. »Weil ich vor einem Monat nicht mal gewagt hätte, es zu versuchen. Jetzt fühle ich mich – als könnte ich alles sein, was ich will.«

»Ja, natürlich könntest du.«

»Ich bin so glücklich!« Ihr Herz fühlte sich an, als würde es gleich explodieren.

Alex lächelte. Sie liebte es, wie er ihre Ängste verstand und, obwohl er sie nicht nachempfinden konnte – nicht mal im Ansatz! –, Geduld mit ihr hatte. Sie liebte es, wie ruhig er hinterm Lenkrad saß und wie begnadet er fuhr (auch wenn sehr schnelles Fahren nichts war, was sie besonders lobenswert fand). Sie liebte sein Selbstvertrauen, seine Energie, seine Bereitwilligkeit, Risiken einzugehen und sich der Gefahr einfach zu stellen. Sie liebte die Person, die sie in seiner Gegenwart war. Sie liebte ihn.

Ihre Hand erstarrte, das Wasserglas halb zu ihren Lippen erhoben. *Sie liebte ihn?*

Wie war das passiert? Er war nicht ihr Traummann. Vielmehr war er weit davon entfernt, also warum meinte ihr Gehirn, er wäre der Mann, mit dem sie ihr Leben verbringen wollte?

Meinte es nicht. Ihr Herz hatte das übernommen.

Und ihr wurde klar, dass sie es unendlich genossen hatte, die letzten Tage mit ihm zu verbringen. Sie wollte nicht, dass ihre gemeinsame Zeit endete. Bei dem Gedanken wurde ihr schwindlig.

Er lehnte sich auf seinem Stuhl zurück. »Wenn diese Reise vorbei ist und wir uns verabschieden, hoffe ich, dass du dich immer daran erinnern wirst: Du *kannst* alles sein, was du willst.«

Und schlagartig war es um ihre Stimmung geschehen.

Sie hatte daran gedacht, wie sehr sie ihn liebte; er dachte daran, dass sich ihre Wege bald trennen würden. Liberty blickte zur Seite und schluckte angestrengt.

»Lib? Du bist ganz blass geworden. Was …«

»Ich muss mal kurz verschwinden«, sagte sie hastig und schob ihren Stuhl zurück.

In der marmorgefliesten Damentoilette starrte sie ihr Spiegelbild an. »Du dumme, dumme Gans! Wie konntest du? Wie konntest du dich in ihn verlieben, wenn du genau gewusst hast – wusstest, dass er dich nie lieben würde?«

Ihre Hand zitterte, als sie sich eine Haarsträhne aus der Stirn strich, und ihr Mund war trockener als auf der gruseligen Fahrt hierher. Bei ihrer Ankunft in Frankreich war sie wie berauscht gewesen. Sie hatte ihre Flugangst besiegt und war allein in ein wunderschönes französisches Dorf gereist. Sie hatte die Quilts ihrer Freundinnen rechtzeitig abgeliefert und war bereit gewesen, Weihnachten allein an einem fremden Ort zu verbringen. Sie hatte sich gefühlt, als könnte sie alles schaffen, mutig genug, um einem Bären entgegenzutreten, falls nötig. Mehr als mutig genug, mit Alex zu schlafen, trotz allem, was sie über ihn wusste.

Jetzt jedoch war anstelle des Rauschs Ernüchterung getreten. Sie war wieder in der Realität gelandet – und hatte Angst. Wie vermessen sie gewesen war zu denken, sie hätte die Kontrolle. Sie hätte es besser wissen müssen. Sie hätte sich von Alex Ricard fernhalten sollen.

Kopfschüttelnd schloss sie die Augen und atmete tief durch. Furcht und Wut wichen einer sanfteren Regung.

Vielleicht war Liebe nichts, was man verhindern konnte. Immerhin hatte sie sich bei ihr auch langsam eingeschlichen, oder nicht? Wie winzige, saubere Quiltstiche, die fast unsichtbar waren, aber doch ihren Zweck voll und ganz erfüllten. In diesem Fall ihr Herz fest an seines nähten.

Sie liebte ihn. Das konnte sie nicht ändern.

Sie konnte nur hoffen, dass er mit der Zeit vielleicht begann, sie auch zu lieben.

Kapitel dreiundzwanzig

»Hat es dir nichts ausgemacht, Weihnachten hier in der Provence zu verbringen?«, fragte seine Mutter, als Alex ihr half, die Betten abzuziehen. Sie faltete den Quilt zusammen und legte ihn auf einen Stuhl.

Seine Brüder waren abgereist, um Silvester zu Hause zu verbringen. Alex und Liberty würden morgen auch aufbrechen, in Richtung Küste, wo Liberty eine Überraschung erwartete, von der sie noch nichts wusste. Doch Alex hatte vor, im neuen Jahr wiederzukommen. Sie hatten es noch nicht besprochen und Liberty ihren Flug bisher nicht gebucht, doch Alex hoffte, dass sie blieb, um das Oldtimer-Motorradrennen in Le Castellet zu sehen.

»Warum sollte es mir etwas ausmachen?« Er zerrte ein Kissen aus einem Bezug.

»Weil wir die letzten fünfundzwanzig Jahre jedes Weihnachten in Paris verbracht haben.«

Er erinnerte sich, wie angespannt die Stimmung an Weihnachten gewesen war, wenn sich alle fragten, ob sein Vater aufkreuzen würde. Jenen Tagen trauerte Alex nicht nach. »Es spielt keine Rolle, wo wir sind. Das Zusammensein ist wichtig. Du, Victor, Jules und ich. Und auch Bernard.«

Seine Mutter zog das Bettlaken ab und warf es zu der anderen Wäsche auf den Boden, bevor sie sich dem Babybett zuwandte. »Ich bin froh, dass du Bernard magst. Es bedeutet mir viel, deinen Segen zu haben.«

»Ich hätte nie gedacht, dass du dich wieder auf einen Mann einlassen würdest. Nicht nach dem, was Papa getan hat. Hast du keine Angst gehabt, dass du wieder verletzt wirst?« Er half ihr, die winzigen Laken und die Baumwolldecke abzuziehen.

»Ein bisschen. Aber als ich Bernard kennengelernt habe, wusste ich, dass er ganz anders ist als dein Vater. Er ist fürsorglich, loyal.« Sie klaubte eine Rassel auf, die zwischen Matratze und Bettrahmen gerutscht war, richtete sich auf und sah Alex vergnügt an. »Ich würde mich freuen, wenn auch du sesshaft würdest. Ich mag Liberty. Sie ist ein nettes Mädchen.«

»Weiß ich.« Er seufzte. Ganz gleich, wie oft er es sagte, seine Familie wollte schlicht nicht akzeptieren, dass Liberty nur eine Freundin war. »Das ist das Problem.«

»Warum ist es ein Problem?«

»Weil ich sie nicht verletzen will.«

Seine Mutter betrachtete ihn. »Du gibst dir immer noch die Schuld an dem, was mit Solange war«, sagte sie traurig.

Er antwortete nicht. Natürlich war das nicht der einzige Grund. Aber je mehr Zeit verging, desto weniger klar war ihm selbst, was ihn zurückhielt.

»Du musst loslassen, Alex. Wir alle machen Fehler, weil wir menschlich sind. Sogar dein Vater hatte übrigens seine guten Seiten.«

Es machte ihn fassungslos, sie das sagen zu hören. »Ach ja? Welche zum Beispiel? Und erzähl mir bitte nicht, dass er gut im Bett war.«

»Er war gesellig und charmant. Er war locker …«

»Das kannst du laut sagen!«

»Als ich ihn kennenlernte, hielt ich es für einen attraktiven Zug. Ein sorgloser Mann.«

Er schnaubte. »Eher verantwortungslos.«

»Verstehst du denn nicht? Jede Eigenschaft hat eine gute und eine schlechte Seite. Wer locker ist, kann verantwortungslos sein, wer ängstlich ist, kann gewissenhaft sein.« Bedauern spiegelte sich in ihrem Blick. »Ich fürchte, du bist zu früh erwachsen geworden, und das ist meine Schuld.«

»Deine Schuld? Wie das? Du bist die perfekte Mutter gewesen. Du bist für uns Mutter *und* Vater gewesen.«

Sie schüttelte den Kopf. »Nein, du hast die Vaterrolle übernommen, sobald du begriffen hattest, dass er es nicht tat. Du hast die Last der Welt auf deinen Schultern getragen, und das hätte ich niemals erlauben dürfen. Ich wünschte, ich könnte die Zeit zurückdrehen.«

»Du hast nichts zu bereuen, Maman. Es war hart für dich. Du hast getan, was du konntest, während er sich herumgetrieben hat.« Er konnte nichts gegen seinen bitteren Tonfall tun.

»Er hat sich irgendwie durchgeschlagen, wie der Rest von uns«, sagte Babette sanft. »Es hilft nicht, so wütend auf ihn zu sein.«

Ungläubig starrte er sie an. »Obwohl er so viele Menschen verletzt hat?«

»Vielleicht wollte er das nicht. Vielleicht war er auf der Suche nach etwas, das er nie gefunden hat. Weißt du was? Jetzt, da er tot ist, tut er mir leid. Ich kann sogar …« Sie verstummte unsicher, bevor sie nickte. »Ich vergebe ihm.«

»Wirklich?« Alex war aufrichtig erstaunt.

»Ja. Und es ist an der Zeit, dass du aufhörst, wütend auf ihn zu sein, und stattdessen nach vorn siehst – dich auf deine eigene Zukunft konzentrierst.«

»Du meinst, auf eine neue Karriere?«

»Nicht nur das.« Das Spielzeug rasselte, als sie es Alex in die Hand drückte und ihm zuzwinkerte.

Ihre Unterhaltung hatte sich mal wieder im Kreis bewegt, zurück zu Liberty. Alex stöhnte kopfschüttelnd. Er bedauerte, seine Mutter enttäuschen zu müssen. »Ich habe nicht vor, mich fest niederzulassen, Maman. Weder mit Liberty noch jemand anderem.«

Was war nötig, damit sie – und seine Brüder – begriffen, dass er keine Beziehung wollte und sie schlicht nicht in seinen Zukunftsplänen vorkam?

Sie zog eine Augenbraue hoch. »Ich habe bemerkt, wie du sie ansiehst.«

Er verkniff sich ein Seufzen und sagte behutsam: »Vielleicht hast du gesehen, was du sehen wolltest.«

Dann legte er die Rassel hin und raffte die Wäsche zusammen, um sie nach unten zu bringen. Seine Mutter antwortete nicht, doch als er aus dem Zimmer ging, blickte er zu ihr – und erschrak. Stirnrunzelnd eilte er davon. Ihr Gesichtsausdruck machte ihn nervös.

Warum hatte sie ihn so angelächelt?

Als wäre er derjenige, der nichts verstand.

Liberty lag wach und schaute durch das Dachfenster zu den Sternen. Alex schlief seit Stunden tief und fest. Seine langen Wimpern ruhten auf seinen Wangen, und sein Mund war ein wenig geöffnet. Angespannt umklammerte sie die Kante des ausgeblichenen Baumwollquilts mit den Händen.

Sie liebte dieses Zimmer unter dem Dach, weit weg von allem Lärm. Hier genossen Alex und sie Privatsphäre und hatten Raum zu reden, zu lachen und Liebe zu machen. Es war gemütlich und warm, und doch fühlte Liberty sich hier der Natur nahe. Der Regen trommelte auf das Dach, der Wind strich wispernd über die Fensterscheiben, und die Sterne funkelten und blinkten wie ein geheimes Spektakel nur für sie. Heute

Nacht gesellte sich der Mond zu ihnen. Wie eine pralle Laterne schickte er ihnen silbernes Licht nach unten.

Alex hatte gesagt, bis zum Ende der Woche würde sie sich in die Provence verliebt haben. Sie hatte weit mehr als das getan. Sie hatte sich auch in ihn verliebt. Und nun war sie innerlich zerrissen: Sollte sie es ihm sagen? Oder sollte sie ihr kostbares Geheimnis wahren und Ende der Woche abreisen, ohne es preisgegeben und verdorben zu haben? Es wäre die einfachere Option.

Aber was, wenn er auch Gefühle für sie hatte?

Hatte er nicht.

Er könnte. Möglich wäre es. Man bedenke all die aufmerksamen Dinge, die er für sie getan hatte: sie in Lourmarin abzuholen, ihr am Sonntag Waffeln zu backen, sie bei jeder Challenge zu unterstützen und sein Stolz auf sie, wenn sie wieder einmal eine Herausforderung gemeistert hatte. Liberty erinnerte sich an seine Wut auf dem Ball, als er sie wegen Ethan zur Rede gestellt hatte, und seinen bewundernden Blick, als er sie vorhin nach ihrem Liebesakt in den Armen gehalten hatte.

Er drehte sich im Schlaf zur Seite, weg von ihr. Seine ledrigen Narben sahen im Perlmuttlicht dunkel und wund aus.

Trotz allem, was sie über ihn wusste, klammerte sie sich noch an die Hoffnung, dass er ihre Gefühle erwidern könnte. Es war eine fragile Hoffnung, dennoch hielt ihr Herz daran fest, weil die Alternative zu schrecklich war.

Und deshalb, solange die Chance bestand – und sei sie noch so winzig –, dass er sie auch liebte, musste sie es ihm sagen. *Sei mutig, sieh es als Challenge.* Sie fasste einen Entschluss.

Es war riskant, widersprach allem, was sie vereinbart hatten. Trotzdem musste sie ihm sagen, was sie empfand. Die einzige Frage war: wann?

Dienstag, 30. Dezember

»Ich kann kaum glauben, dass vom Dezember nur noch zwei Tage übrig sind«, sagte Liberty, als Babettes Haus in Sicht kam. Sie hatten einen Morgenspaziergang gemacht, die Wintersonne genossen, dick eingemummelt gegen den eisigen Wind. Auf dem Rückweg hatten sie in der *Boulangerie* Croissants und noch warmes Brot gekauft.

»Zwei Tage von der Challenge«, sagte Alex. »Und ich habe mir das Beste für den Schluss aufgehoben.« Seine dunklen Augen blitzten vor Vorfreude.

»Aha?«, murmelte sie gedankenverloren. War jetzt der richtige Moment da, um ihre Gefühle anzusprechen?

Er nickte. »Morgen fahren wir an die Küste, und du musst dir etwas Elegantes einpacken. Abendgarderobe.«

Ihre Neugier war geweckt, und er hatte auf einmal ihre volle Aufmerksamkeit. »Abendgarderobe? Warum?«

Alex zögerte, merklich zwiegespalten, ob es eine Überraschung bleiben oder er seine Vorfreude mit ihr teilen sollte. Am Ende gewann die Vorfreude, und er beobachtete Libertys Reaktion, als er antwortete: »Wir gehen auf eine Silvesterparty …« Er legte eine Pause ein. »Auf einer Jacht in Monaco.«

»Wow«, hauchte sie. Schmetterlinge tanzten in ihrem Bauch. Damit würde sie ihre Komfortzone definitiv verlassen. Andererseits wäre es auch eine fabelhafte einmalige Gelegenheit. »Wessen Party ist es?«

»Der Gastgeber ist jemand von MotoGP. Alle meine Ex-Kollegen werden dort sein.«

Mittwoch, 31. Dezember

Liberty stieg aus dem Wagen auf einen roten Teppich und blinzelte, geblendet von den funkelnden Lichtern. Ein leichter Wind hüllte alles in Meeresduft ein. Dies hier war surreal. Sie war in Monaco, um auf eine Jachtparty mit lauter Promis zu gehen! Wenn sie das Carys erzählte …

Sicherheitsleute in eleganten Anzügen sorgten dafür, dass die Paparazzi hinter der Absperrung blieben, doch kaum entdeckten sie Alex, startete ein Blitzlichtgewitter.

Und plötzlich wurde Liberty nervös.

Was tat sie hier? Würden die Paparazzi lachen, wenn sie dieses durchschnittliche Mädchen sahen, das wir ein Filmstar herausgeputzt war? Ihr Atem ging schnell, und sie senkte den Kopf, um ihr Kleid glatt zu streichen. Es war eines der alten Designerkleider, die Babette aussortiert hatte, bodenlang und aus schwarzem Samt mit einem juwelenverzierten Ausschnitt. Es hatte nur wenig geändert werden müssen, was Liberty eigenhändig erledigt hatte. Jetzt jedoch fühlte sie sich vor den riesigen Kameras bloßgestellt. Ihr wurde übel.

Alex erschien neben ihr. Er musste ihr angesehen haben, wie sie sich fühlte, denn er fragte: »Was ist?«

»Ich bin ein bisschen aufgeregt«, gestand sie.

Er nahm ihre Hand, und ihr Herz begann schneller zu pochen. »Warum? Du siehst wunderschön aus.«

Sie versuchte, sich zu entspannen, wusste aber, dass ihr die Angst deutlich ins Gesicht geschrieben stand. Dies war seine Welt. Glamourös, aufregend. Liberty gehörte hier nicht her.

»Hey, du bist mutig, schon vergessen?« Alex neigte sich zu ihr und flüsterte ihr ins Ohr: »Du schaffst das.«

Er hatte recht. Sie *war* mutig. *Fake it till you make it.*

Sie holte tief Luft und lächelte erst ihn an, dann in die Kameras.

»Ist das Ihre neue Freundin, Mr. Ricard?«, rief einer der Fotografen.

»Heilen Ihre Verletzungen gut?«, rief ein anderer.

»Wie stehen Sie zu Ihrem erzwungenen Rückzug?«

Sie fühlte, wie Alex sich versteifte, doch er reagierte nicht und führte sie schnell weiter.

Nichts hätte Liberty darauf vorbereiten können, wie spektakulär der Abend sein würde. In ihrer Naivität hatte sie sich die Jacht als ein großes Boot mit einem geräumigen Deck und vielleicht einer kleinen Kabine unten vorgestellt. Tatsächlich war die Jacht größer als die meisten Häuser, und als Alex und sie sich erst durch einen lauten Raum voller Menschen nach dem anderen, dann hinauf auf eine höhere Ebene bewegten, fragte sie sich, ob sie hier Gefahr liefe, sich auf der Suche nach dem Waschraum zu verirren.

Doch die Leute, mit denen Alex sie bekannt machte, waren kein bisschen einschüchternd. Sie begrüßten sie warmherzig, und Liberty lächelte, als sie Alex auf die Schulter klopften wie einem guten Freund, den sie lange nicht gesehen hatten. Personal ging mit Tabletts voller kunstvoll präsentierter Häppchen und Getränke herum. Während sie an ihrem Champagner nippte, blickte Liberty sich verstohlen zu den umwerfenden Kleidern und dem atemberaubenden Schmuck um und versuchte, sich alles einzuprägen, denn sie war sicher, dass sie so etwas wie dies hier nie wieder erleben würde. Kein Wunder, dass Alex von ihrem schäbigen Cottage entsetzt gewesen war. Und dass er Willowbrook anfangs zu still gefunden hatte. Willowbrook trennten Welten hiervon, und Liberty fragte sich, ob er sein altes Leben vermisste. Sie sah ihn an, und es versetzte ihr einen Stich.

Eines Tages, wenn sie in Dorothys Alter war, würde sie ihren Enkeln von diesem Abend erzählen. Und womöglich war der gut aussehende Franzose dann längst fort – nur noch ein Teil ihrer Erinnerungen.

Alex nickte früheren Bekannten zu, als er sich einen Weg durch den vollen Raum bahnte. Er hatte es eilig, zu Liberty zurückzukehren. Sie legte den Kopf in den Nacken und lachte über etwas, das sein Ex-Manager Eric gesagt hatte. Sie wirkte entspannt und hier so locker und fröhlich wie im Dorfpub von Willowbrook.

Er war erleichtert, dass sie sich amüsierte, auch wenn ihn immer noch dieses Gefühlschaos verwirrte, das eine Weile vorher über ihn hereingebrochen war. Als sie auf der Party angekommen und die Paparazzi plötzlich überall gewesen waren, war Liberty so blass geworden wie der Mond.

Und er hatte etwas derart Mächtiges empfunden, dass es ihn für einen Moment lähmte.

Angesichts der Furcht in ihren Augen wollte er sie abschirmen, sie in seine Arme nehmen und schnellstens weg von hier bringen. Er konnte nicht benennen, was dieses Gefühl war, doch es bewirkte, dass sein Herzschlag beschleunigte wie ein Motor bei Vollgas.

Ein Kellner bot ihm Champagner an, und Alex stellte fest, dass es fast Mitternacht war; Zeit, auf das neue Jahr anzustoßen. Er nahm zwei Gläser und steuerte weiter zwischen den Seidenkleidern und dem funkelnden Schmuck hindurch auf den schimmernden Rotschopf zu. Ihre Unterhaltung mit Eric endete, und sie drehte sich um, schaute suchend durch den Raum, bis sie Alex entdeckte. Ihre Blicke begegneten sich, und als er endlich bei ihr war, küsste er sie.

Lust regte sich in ihm, köstlich süß und unwiderstehlich.

Zu Beginn der Woche hatte er sich gesagt, dass diese Leidenschaft Sauerstoff und Raum brauchte, und in wenigen Tagen hätte sie sich von selbst erschöpft.

Was nicht geschehen war. Stattdessen war sie überwältigend geworden. Seine Muskeln spannten sich an, und er erinnerte sich daran, wie er in den schärfsten Kurven sein Bike geneigt hatte, bis er mit dem Knie fast den Asphalt berührt hatte. Das waren heikle, sensible Manöver – neigte man die Maschine einen Tick zu weit, wäre alles vorbei, dann würde der Asphalt einen begrüßen.

Er wich zurück und bot ihr ein Glas an. »Champagner?«

Sie ergriff es lächelnd, und Alex umfasste sein eigenes Glas fester. Wurde die Nähe zu groß? Woher rührte dieser Drang, ihr nahe zu sein? Dieses Bedürfnis, in ihrem Windschatten zu sein, nie zu weit von ihr entfernt? Der Wunsch, immerzu auf sie aufzupassen? Sie faszinierte ihn, und ihm schwoll die Brust vor Stolz, wenn sie ihn anlächelte. Er war entzückt, wenn sie sich selbst mit dem überraschte, wozu sie imstande war. Ihr Glück fühlte sich wichtiger an als sein eigenes.

Er runzelte die Stirn und strich ihr gedankenverloren eine Haarsträhne aus dem Gesicht. Nein, er wurde nicht abhängig von ihr. Definitiv nicht. Von Anfang an hatte er klar gesagt, wie er ihre Beziehung sah – so wie sie auch. Sie hatte ihm versichert, dass sie nichts von ihm erwartete. Sie verlebten eine nette Zeit, mehr nicht, und sie waren sich einig gewesen, dass es nicht dauerhaft sein würde.

»Wie fühlt es sich an?«, fragte sie. »Alle diese Leute zu sehen, mit denen du früher gearbeitet hast?«

Er schaute sich um. »Ein wenig seltsam.« Er war nicht sicher gewesen, wie es ihm damit gehen würde, seine früheren Kollegen und Rennrivalen wiederzusehen. Doch es hatte sich herausgestellt, dass alle sich ehrlich freuten, ihn zu sehen, und sich nach den Verletzungen erkundigten, die sein Schicksal besiegelt hatten. Und er wiederum empfand weder Wut noch Verlust, sondern akzeptierte tatsächlich, dass jener Teil seines Lebens vorbei war. Was ihn überraschte. »Aber ich bin bereit, mich neu zu orientieren.«

Wann war das passiert? Als er in die Provence zurückgekehrt war, wo das Leben ruhiger vonstattenging? Oder vorher schon, in Willowbrook? Als sein Bike gestohlen worden war und er einen kalten Entzug hatte machen müssen? Er dachte an den Wald, das Rascheln des Winds in den Bäumen, das Vogelzwitschern und den gurgelnden Bach. Er konnte nicht sagen, wann sich seine Einstellung geändert hatte, aber während Rennen fahren einst seine alles verschlingende Passion gewesen war, fühlte er sich nun bereit, eine neue Phase zu beginnen. Er sah Möglichkeiten und Chancen. Und er spürte, dass Hoffnung in ihm aufkeimte.

»Wollen wir nach draußen gehen?«, fragte er. »Es ist nicht mehr lange bis Mitternacht, und das Feuerwerk wird sicher gigantisch.«

Oben an Deck war die Nachtluft frisch. Alex zog sein Jackett aus und hängte es Liberty über die Schultern. Überall am Hafen fanden sich Leute ein, um das Feuerwerk zu sehen.

»War dein Leben vorher so wie heute Abend?«, fragte Liberty und wies mit ihrer Champagnerflöte auf die Gäste um sie herum. »Lauter glamouröse Partys und Luxus pur?«

»Luxus pur?« Er lachte. »Eher nicht. Ich bekam eine Menge Einladungen, habe aber nur wenige angenommen.«

»Warum?«

»Es ist nicht meine Welt.«

Diesen Teil seines alten Lebens hatte er gehasst: die Partys, das Netzwerken, das Posieren für die Kameras. Sein Vater hatte es geliebt, aber Alex fand es oberflächlich, ja, schlecht für die Seele. Viel lieber wäre er jetzt mit Liberty an einen ruhigen Ort geflohen.

Sie kicherte. »Bin ich froh! Vielleicht haben wir mehr gemeinsam, als wir dachten.«

»Macht es dir keinen Spaß?«

»Doch schon …« Sie warf ihm einen koketten Blick zu. »Doch ich wäre genauso zufrieden, nach Hause zu fahren, wo wir allein sein können.«

Verlangen überkam ihn, und plötzlich konnte er es nicht erwarten, dass das Feuerwerk zu Ende war. »Abgemacht«, sagte er leise.

Sie beschlossen, zu Fuß zurück zu dem Appartement zu gehen, das Alex für ihren Aufenthalt gemietet hatte, wobei sie den längeren Weg am Meer wählten. Und als sie den ruhigen Strand erreichten, zogen sie ihre Schuhe aus und gingen am Wellensaum entlang. Alex war erleichtert, den Lärm und die Lichter hinter sich zu lassen. Das ferne Lachen der Partygänger waberte durch die Dunkelheit, doch hier war es friedlich. Das Wasser schwappte rhythmisch auf den Sand, und die Sterne waren wie silberne Stecknadelköpfe am dunkelblauen Himmel. Libertys Hand in seiner fühlte sich warm an.

»Dieser Ausflug ist magisch gewesen«, sagte sie mit leuchtenden Augen.

»Freut mich, dass du ihn genossen hast.«

»Die Provence ist wirklich ein besonderer Ort.«

»Ist sie.«

Sie drückte seine Hand. »Danke, dass du mit mir hierhergekommen bist.«

Sein Brustkorb fühlte sich eng an, weil er die Endgültigkeit in ihren Worten hörte. Und er runzelte die Stirn, als ihm klar wurde, wie wenig ihm behagte, dass ihre gemeinsame Zeit zu Ende ging.

Was wollte er? Seine Füße sanken in den feuchten Sand.

Mehr hiervon. Unkomplizierte Freundschaft und Leidenschaft.

Doch Liberty wollte nach Hause und die Suche nach ihrem Traummann fortsetzen. Einem Mann, der mit ihr die Familie gründete, die sie sich wünschte, und ihr die Sicherheit bot, nach der sie sich sehnte.

Der war er nicht.

Wer dann? Der blonde Langweiler? Noch ein Blind Date? Bei dem Gedanken knirschte er fast mit den Zähnen.

Vielleicht würde sie noch nicht abreisen. Sie hatte gesagt, dass sie hier glücklich war, verstand sich gut mit seiner Familie, liebte die Provence und die unverdorbene Schönheit der ruhigeren Gegenden fernab der Küste. Vielleicht könnten sie dies hier noch ein wenig länger genießen.

Aus einem Impuls heraus blieb er stehen. »Eigentlich«, sagte er, »sind wir noch nicht fertig.«

Sie sah ihn erschrocken an. »Was meinst du?«

Er blickte sich um. Oberhalb der kleinen Bucht gab es nur wenige Läden, die jetzt dunkel waren, und es war niemand in der Nähe. Er grinste. »Wie wäre es mit einer Runde schwimmen, um deine Challenge abzurunden?«

Sie zog sein Jackett fester um sich. »Aber das Wasser ist eiskalt!«

Er neigte den Kopf zur Seite. »Musst du nicht Ja sagen?«

Sie blickte hinunter zu ihrem Samtkleid. »Ich habe keinen Badeanzug dabei.«

Er zwinkerte ihr zu und fing an, sich auszuziehen. »Unterwäsche tut's. Wenn du erst drin bist, ist es egal.«

Sie biss sich auf die Unterlippe und schaute sich an dem verlassenen Strand um.

Alex warf seine Hose neben seinem Hemd und der Krawatte auf den Sand. »Was sagst du, Liberty McKenzie? Ist es ein Ja?«

Lachend griff sie nach hinten, um den Reißverschluss ihres Kleids zu öffnen. Als sie hinunter zum Wasser lief, rief sie laut: »Jaaah!«

Donnerstag, 1. Januar

Liberty blätterte die Seiten in ihrem orangen Notizbuch zurück. Sie hatten sich warm angezogen, um auf der Terrasse zu frühstücken, wo sie den Blick aufs Mittelmeer und die Ruhe genossen, weil die meisten Leute noch schliefen. Jetzt saßen sie noch beim Kaffee.

Wolken waren aufgezogen, was Liberty nicht kümmerte, als sie die Einträge der letzten Tage las: das Weihnachtsdorf, die brenzlige Fahrt hinauf zu dem schönen Bergdorf mit der unglaublichen Aussicht und die schillernde Party auf der Jacht mit dem atemberaubenden Feuerwerk. Ihre Woche in der Provence hatte buchstäblich mit einem Knall geendet.

»Du hast eine Menge in diesem Monat gemacht, *hein*?«, fragte Alex, der auch einen Blick ins Buch warf.

Voller Stolz nickte sie. »Und es hat mich verändert. Ich bin nicht mehr dieselbe.«

»Was hast du durch diese Challenge gelernt?«

Sie strich eine Falte in ihrem grünen Kleid glatt und überlegte. »Ich habe gelernt, dass Dinge in der Vorstellung oft schlimmer erscheinen, als sie in der Realität sind. Die Stimme in meinem Kopf hat mich früher von so vielem abgehalten, indem sie sagte, ich könnte etwas nicht schaffen, würde mich womöglich verletzen. Sie hat sich auf alles konzentriert, was schiefgehen könnte. Jetzt lasse ich sie das nicht mehr tun.«

Sie hatte sich diese Challenge auferlegt, weil sie glaubte, ihrem Leben mangele es an Kitzel, Risiko, Liebe. Und weil sie einsam gewesen war. Doch im letzten Monat hatte sie etwas gelernt, und zwar nicht nur, dass sie mutiger war, als sie geglaubt hatte. Sie hatte gelernt, ihr Leben zu schätzen, so ruhig es sein mochte, und zu akzeptieren, wer sie war.

Ja, ihr fehlte Carys, und sie mochte immer noch allein sein, aber nun war ihr bewusst, welches Glück sie hatte, an einem Ort zu leben, an dem ihre Freunde wie ihre Familie waren. Sie konnte darauf zählen, dass Natasha und Evie da waren, wenn sie Beistand brauchte. Sie liebte ihr Cottage, ihre Spaziergänge mit Charlie und ihren Job. Sie konnte es nicht erwarten, wieder zurückzukehren. Willowbrook war ihr Zuhause, und sie wusste nun, dass sie allein prima klarkommen konnte.

Auch wenn sie hoffte, nicht immer allein zu bleiben.

Alex stand auf und lehnte sich an die Balkonbrüstung. Seine Züge wirkten entspannt, als er zum schieferfarbenen Wasser und zu dem sich verdunkelnden Himmel sah.

Liberty schluckte, weil es noch eine schwierige, beängstigende Sache gab, die sie bisher nicht getan hatte. Sie hatte sie aufgeschoben, versucht, sie zu verdrängen. Und sie wusste, dass es Zeit wurde, in den sauren Apfel zu beißen.

Alex beobachtete, wie die Wellen anbrandeten und sich kräuselten. Das Meer war in Bewegung, der Himmel schmutzig grau.

»Alex, da ist noch etwas anderes.« Libertys Stimme veranlasste ihn dazu, sich umzudrehen, denn sie klang dünn und unsicher.

Sie stand neben ihm, und er berührte ihre Wange. »Was?«

»Da ist etwas … das ich dir sagen muss.«

Ihm wurde eiskalt. Warum sah sie so unglücklich und ängstlich aus? Seine Haut kribbelte unangenehm.

»Es ist eigentlich ganz simpel«, sagte sie leise. Ihr Lächeln war zittrig, und sie nestelte am Gürtel ihres Kleids, wickelte sich die Enden um einen Finger und wieder ab, um gleich wieder von vorne anzufangen. »Ich liebe dich.«

Er blinzelte. Die Worte waren wie Staub, der sich nach einer Explosion setzte. Entsetzen durchfuhr ihn, und er kämpfte gegen den Impuls, umgehend die Flucht zu ergreifen. Oder den Kopf in den Nacken zu werfen und genervt zu stöhnen, weil er genau das nicht gewollt hatte.

»Ich weiß, dass es ein Schock ist«, fuhr sie fort. »Und ehrlich gesagt, bin ich genauso überrascht wie du. Ich meine, ich habe nicht gedacht, dass du mein Typ bist, und … tja, es ergibt keinen Sinn. Aber so ist es.« Sie zuckte mit den Schultern. »So empfinde ich.«

Die Stille dehnte sich, und Alex' Herz pochte wütend.

Er hätte es nie so weit kommen lassen dürfen. Sie nie aus Lourmarin abholen dürfen – nichts hiervon tun dürfen. Er bemerkte, dass sie sich den Gürtel ihres Kleids so fest um den Finger gewickelt hatte, dass der schon ganz weiß geworden war. Und es hatte sich eine tiefe Furche zwischen ihre Brauen gegraben.

Alex schluckte. »Lib, was soll ich jetzt sagen?«

Sie sah ihn an, ihren Kopf seitlich geneigt. »Du könntest mir sagen, wie du empfindest. Damit ich weiß, wo ich stehe.«

Er fühlte ein Hämmern in seinen Schläfen. Das wollte sie ziemlich sicher nicht hören. Er wählte seine Worte sorgfältig und sagte langsam: »Du weißt, wie ich empfinde. Wir haben schon darüber gesprochen. Unsere Welten unterscheiden sich zu sehr.« Da schwang eine Warnung in seiner Stimme mit.

»Was im Grunde nicht stimmt. Ich habe Charlie und Carys, und dir sind deine Mutter und deine Brüder wichtig.«

»Ich rede davon, wie wir unser Leben führen, nicht, wer uns wichtig ist. Du magst deine Routine, dein Dorfleben. Für mich ist das nichts.«

Sie sah ihn an, als hielte er ihr Herz in seinen Händen. Und er musste sich einen Fluch verkneifen. Es war schon wieder wie bei Solange. »Aber du könntest es versuchen. Du musst doch nicht mehr unterwegs sein«, sagte sie leise.

Darauf hatte er keine Antwort. Bei dem Hoffnungsschimmer in ihren Augen fühlte er sich miserabel vor Schuld. Er wollte sie nicht verletzen, konnte ihr aber auch nicht bieten, was sie sich erhoffte. »Ich … kann nicht …« Seine Stimme war belegt. »Tut mir leid.«

Wieder schwiegen sie länger. Dann legte sie ihre Hand auf seine und sagte: »Ist schon okay.«

Diese kleine mitfühlende Geste kam so unerwartet, dass er aufschaute. Er sah sie an, machte sich auf Tränen oder Türknallen gefasst. Doch sie blickte ihm in die Augen und sagte: »Wirklich. Es ist in Ordnung. Ich hatte versprochen, dass ich nicht mehr verlange, als du zu geben bereit bist, und ich verstehe, dass du meine Gefühle nicht erwiderst. Aber ich liebe dich trotzdem.« Sie wandte sich zum Gehen. »Ich suche mir ein Hotel und bleibe bis zu meiner Abreise dort.«

Er blinzelte. Ihre Ehrlichkeit – ihre furchtlose Ehrlichkeit – raubte ihm den Atem. »Du gehst?«

Sie nickte. »Ich werde mir einen Flug für morgen buchen.«

»So bald? Du verpasst das Rennen …«

»Willst du immer noch mitfahren?«

»Ja.« Es war wirklich kein wichtiges Rennen, aber es

könnte eine der wenigen Gelegenheiten sein, die ihm überhaupt noch blieben. Er hatte fest damit gerechnet, dass sie dabei sein würde. Und jetzt … Jetzt wusste er nicht, wie er bei dem Gedanken empfand, dass sie es nicht sein würde.

»Ich habe Sorge, dass dir was passiert.«

Er tat ihre Sorge mit einem Schulterzucken ab. »Es ist nicht wie MotoGP. Da fahren alte Maschinen und manchmal auch alte Männer. Mein Vater hat bis vor zwei Jahren jedes Mal teilgenommen. Ich habe es genossen, ihn zu schlagen«, ergänzte er bitter.

»Jetzt musst du nichts mehr beweisen, Alex.«

»Weiß ich.«

Sie nickte und sagte leise: »Ich gehe packen.«

Frustriert und verwirrt fuhr er sich mit einer Hand durchs Haar. Sie liebte ihn, aber würde ihn verlassen. Er hatte nichts mit Liebe am Hut, dennoch wollte er nicht, dass sie ging. Aber er wollte sie auch nicht verletzen. Alles geriet außer Kontrolle. »Ich habe gedacht, dir gefällt es hier.«

»Tut es. Aber mein Leben ist in Willowbrook. Mein Cottage, meine Freunde und Charlie. Dies hat Spaß gemacht, aber ich muss zurück.«

Für Distanz zwischen ihnen zu sorgen war genau das Richtige. Ein klarer Schnitt – um ihretwillen. Und warum fühlte es sich an, als würde seine Welt in sich zusammenstürzen?

Liberty sagte ruhig: »Du könntest mit mir kommen. Immerhin hält dich hier nichts.«

Seine Züge verhärteten sich. Nein. Nicht jetzt, nachdem sie ihm gestanden hatte, dass sie ihn liebte. »Ich habe dir doch gesagt, dass ich nichts von Verpflichtungen halte.«

»Das sagst du, aber wenn deine Mutter oder deine Brüder dich brauchen, bist du immer für sie da, oder?« Sie lächelte sanft.

»Das ist etwas anderes.«

»Ach ja?« Sie blinzelte angestrengt, und er sah ihr an, dass er sie gekränkt hatte. Seine Brust fühlte sich zu eng an, aber er konnte nicht auf sie zugehen und sie in die Arme nehmen. Das konnte er nicht.

»Ich glaube, dass du Angst hast«, sagte Liberty.

»Angst? Das ist lächerlich. Ich …« Wut kochte in ihm hoch. »Okay, glaub das, wenn du willst, doch das Einzige, wovor ich Angst habe, ist, dass ich dich so verletzen könnte wie Solange!«

»Um Himmels willen, hör auf, sie als Ausrede zu benutzen!« Ihre Wangen röteten sich. »Das ist Jahre her. Du warst jung, und ich bin nicht sie.« Unten an ihrem Hals war ihr flatternder Puls zu sehen. Sie holte tief Luft, versuchte sichtlich, sich zu beherrschen, und fügte ruhiger hinzu: »Weißt du, was ich denke? Du hast nicht bloß Angst, mich zu verletzen, sondern du fürchtest dich davor, selbst verletzt zu werden.«

Er erstarrte. »Nein.«

»So, wie dein Vater dich verletzt hat.«

Ein eisiger Schauer lief ihm über den Rücken, und er sah sie entgeistert an.

»Aber Liebe muss nicht immer verletzen, Alex. Und das weißt du im Grunde auch. Du fürchtest dich bloß, eine Chance zu ergreifen und dein Herz zu riskieren, indem du jemanden in dein Leben lässt«, fuhr sie fort.

»Ich fürchte mich nicht …«, begann er.

Ihr Seufzen unterbrach ihn. »Leb wohl, Alex.«

Als sie sich umdrehte und nach drinnen ging, hallten ihm ihre Worte durch den Kopf. Hatte er Angst? Hatte sich die Überzeugung, Liebe täte nur weh, so tief in ihm festgesetzt?

Er wusste, dass Liebe möglich war. Er hatte gesehen, wie

glücklich seine Mutter jetzt war. Sein Bruder war glücklich verheiratet, Luc ebenfalls.

Alex schüttelte den Kopf. Liberty irrte sich. Er hatte keine Angst, sondern verhielt sich richtig. Vernünftig.

Warum fühlte es sich trotzdem so falsch an, dass sie weg-ging?

Kapitel vierundzwanzig

Freitag, 2. Januar

Liberty weinte auf dem gesamten Weg nach Hause. Sie schluchzte wie ein Kind. Oder vielmehr wie eine erwachsene Frau, deren Herz entzweigerissen worden war. Was hatte sie geglaubt, wer sie war, zu denken, sie wäre mutig genug, ihn zu lieben, selbst wenn er es nicht erwiderte? Ihre blöde Challenge hatte sie übertrieben selbstsicher gemacht. Sie hatte sich falschen und vollkommen unrealistischen Hoffnungen hingegeben, er könnte sie lieben.

Tja, jetzt hatte sie die Quittung. *So etwas passiert, wenn man sich überschätzt, Liberty McKenzie. Du wurdest von einem Schmerz mit der Wucht eines Raketenantriebs getroffen.*

Sie fuhr direkt nach Old Hall, um Charlie abzuholen. Der Hund sprang ihr in die Arme und brachte sie mit seiner hemmungslosen Freude über ihre Rückkehr erneut zum Weinen.

»Lib?«, fragte Evie, als sie die Tränen sah. »Ist alles …?«

»Mir geht es gut«, sagte sie rasch und wischte sich die nassen Wangen ab. »Ich bin nur müde von der Reise. Du weißt ja, ich fliege nicht gern und so.«

Es war eine Notlüge. Wie sich herausgestellt hatte, war ihr gebrochenes Herz die beste Ablenkung von ihrer Flugangst. Sie hatte kaum bemerkt, wie das Flugzeug die Rollbahn verließ, weil sie viel zu sehr auf ihren Kummer konzentriert gewesen war.

»Ich fahre mal lieber«, würgte sie hervor und lud Charlie in ihren Wagen. »Wir sehen uns morgen im Laden.«

Zu Hause machte sie Feuer und schenkte sich ein großes Glas Rotwein ein. Es gehörte sonst nicht zu ihrer Routine am Freitagabend, aber zum Teufel damit. Ein kleines Päckchen unter dem Baum fiel ihr ins Auge. Das rote Geschenkpapier glitzerte. Sie hob es auf und erinnerte sich, dass Alex gesagt hatte, er habe es für sie dort gelassen. Sie öffnete es und fand eine silberne Kette mit einem Anhänger, in den eine kleine Libelle und die Worte eingraviert waren:

Sie glaubte, sie könnte, und so tat sie es.

Ein Stich fuhr ihr durchs Herz. Sie umklammerte den Anhänger, als ihr wieder die Tränen kamen.

Samstag, 3. Januar

»Bist du wieder bei Vanilleschnitten?«, fragte Evie.

»Ja. Ich habe die Challenge beendet, meine Gewinne eingestrichen, und der Januar wird sich jetzt ganz um Routine drehen. Nette, sichere, langweilige, vorhersehbare Routine. Die ist super!«, sagte Liberty bitter und nahm einen großen Happen von der Vanillefüllung. Sie leckte sich die Lippen. »Köstlich.« Zumindest wäre es das gewesen, hätte sie sich wieder normal gefühlt.

Evie betrachtete sie mitfühlend. »Ist alles in Ordnung? Du siehst ein wenig … müde aus.«

Liberty lachte. »Ich sehe furchtbar aus, meinst du!«

»Das habe ich nicht gesagt.«

»Musst du nicht. Ich weiß, dass es so ist. Meine Augen sind rot und geschwollen, meine Haut ist fleckig, und …

und …« Da war es wieder, das Schluchzen, das ihren Körper durchschüttelte und ihre Nase laufen ließ. Sie hätte nicht gedacht, dass sie so viel weinen könnte wie in den letzten zwei Tagen.

Evie eilte zur Tür, drehte das Schild auf »Geschlossen« und bugsierte Liberty ins Hinterzimmer. »Setz dich«, sagte sie und stellte ihr eine Packung Papiertaschentücher hin.

Liberty tat, wie ihr gesagt wurde.

»Was ist passiert? Erzähl mir alles.«

Und das machte Liberty. Von Alex' unerwartetem Auftauchen in Lourmarin bis hin zu der Silvesterparty in Monaco … nun ja, alles.

»Wir haben eine Woche zusammen verbracht, und es war aufregend, umwerfend, wundervoll, und ich habe mich in die Provence verliebt – und in ihn. Doch er liebt mich nicht.« Seinen entsetzten Gesichtsausdruck, als sie ihm ihre Liebe gestanden hatte, würde sie nie vergessen.

»Oh, Liberty, du armes, mutiges Mädchen.«

»Hätte ich mich nicht in ihn verliebt, wäre ich immer noch die, die ich vorher war. Ich wäre nicht so unglücklich, dass ich keine Stunde durchhalte, ohne zu flennen!« Sie schniefte.

»Gegen deine Gefühle kannst du nichts tun. Und denk an all die Dinge, die du verpasst hättest, wärst du nicht nach Frankreich gereist und hättest die Zeit mit ihm verbracht.«

Liberty dachte an die Nächte, an den Sex, an das Schlafen in seinen Armen, an die geflüsterten Gespräche. An die Festessen mit seiner wunderbaren Familie und all die schönen Orte: Châteaus, Bergdörfer, Wälder, das Mittelmeer. Die stillen Momente, die lebendige Krippe und Alex beim Schlafen zu beobachten. Und die Nächte.

Sie stieß einen Laut aus, der halb Lachen, halb Schluchzen war. »Du hast recht.«

»Es mag sich jetzt gerade nicht so anfühlen, aber das alles hat dich stärker gemacht.« Evie umarmte sie. »Tut mir leid, dass es nicht funktioniert hat. Er ist ein Idiot. Aber du bist eine wunderschöne, liebe, fürsorgliche Frau, und eines Tages wirst du jemanden kennenlernen, der es zu schätzen weiß und dich so liebt, wie du es verdienst.«

Liberty lehnte sich an Evies Schulter und hoffte, ihre Freundin hatte recht.

Dienstag, 6. Januar

Alex lehnte mit verschränkten Armen an der Mauer.

»Bereit in fünfzehn Minuten, Monsieur Ricard?«, fragte der Ordner.

Er nickte. Der Mann ging weiter.

Nach den Qualifikationen gestern startete er in der Poleposition. Ich muss mir nicht einmal Sorgen wegen der Konkurrenz oder meines Rennplans machen, dachte er und seufzte, weil die Ablenkung willkommen gewesen wäre. Stattdessen hatte er Zeit totzuschlagen und nur seine Gedanken, die ihm Gesellschaft leisteten. Er drehte Däumchen und blickte verärgert zum trüben Himmel.

Früher war er überzeugt gewesen, dass er allein am besten zurechtkam. Er war schon allein glücklich gewesen. Doch seit Liberty fort war, fühlte es sich an, als wäre jedes Leben aus seiner Welt gesogen worden. Alles war langsam, geräuschlos, leer. Dauernd öffnete er den Mund, um ihr etwas zu erzählen oder sie nach ihrer Meinung zu fragen, aber sie war nicht da.

Er stellte sie sich im Damselfly Cottage vor und fragte sich, ob sie zu ihrer alten Routine zurückgekehrt war oder ihre Challenge die geändert hatte. Er dachte an Willowbrook mit seinen winzigen Cottages und den freundlichen Bewohnern. Ihm fehlte die Arbeit in der Werkstatt, Guys und Bobs Frotzelei und auf einen Kaffee bei Luc vorbeisehen zu können. Ihm fehlte die Ruhe während der Waldspaziergänge und die Wirkung, die sie auf ihn gehabt hatten. Ihm fehlte sogar das verdammte Cottage mit den tödlich niedrigen Türrahmen und den gemütlichen Zimmern. Es war ruhig und heimelig, und er vermisste auch Charlie.

Aber vor allem fehlte ihm Liberty.

Er hatte es gemocht, mit ihr dort zu sein, mit Charlie durch den Wald zu spazieren, mit Liberty am Feuer zu sitzen. Kleinigkeiten, aber, wie ihm nun bewusst wurde, bedeutsame Dinge.

Tja, er musste sich eben daran gewöhnen. Einen anderen Weg gab es nicht. Es war das Beste für alle, und er musste aufhören, darüber nachzugrübeln.

»Monsieur Ricard?«, fragte eine Frau.

Er blickte auf. Was jetzt?

Eine junge Frau blieb neben ihm stehen. Ihr Headset und ihre Warnweste wiesen sie als Mitarbeiterin aus. »Wir sind jetzt so weit. Viel Glück bei Ihrem Rennen.« Sie blickte zur Strecke. »Die Bedingungen sind gut. Sicher werden Sie hervorragend abschneiden.«

Liberty führte das letzte Stück des Quilts durch die Nähmaschine und schnitt die Fäden ab. Wenigstens ist das erledigt, dachte sie verdrossen. Die Arbeit an diesem großen Quilt, ein Auftrag von einer Onlinekundin, hatte ihr keinen Spaß gemacht. Wegen des schwarz-weißen Gittermusters hatte sie beim Nähen zu schielen angefangen.

Sie stand auf, streckte ihren Rücken und breitete den Quilt aus, um ihn prüfend zu betrachten. Die Ladenglocke kündete bimmelnd Kundschaft an – erst zum dritten Mal heute. Der Januar war stets ruhig, aber heute war es totenstill gewesen. Als erahnten alle Libertys finstere Stimmung und hielten sich lieber fern. Was vermutlich klug war. Umso besser, dass Evie vorn war, um die Kunden munter in Empfang zu nehmen. Liberty faltete den Quilt zusammen und wollte in Evies Notizen nachsehen, mit welchem Stoff sie ihn schnüren sollte, als sie eine Falte bemerkte. Sie hielt inne und sah sich die Rückseite genauer an, während sie automatisch über die tiefe Falte darin strich. Sie blieb, wo sie war – von Liberty festgenäht.

Sie fluchte. »Bitte sag mir, dass das nicht wahr ist«, stieß sie hervor und faltete den Quilt wieder auseinander.

»Lib?« Evie erschien an der Tür.

»Ich bin eben fertig hiermit, und jetzt sieh dir das an.« Liberty hielt ihn in die Höhe. Die Falte verlief genau in der Mitte.

»Oh«, war alles, was Evie dazu einfiel. Diesmal gab es keinen Silberstreif am Horizont. Liberty widerstand dem Drang, mit dem Fuß aufzustampfen – oder auf etwas einzuschlagen.

»Dorothy ist hier und möchte mit dir sprechen«, sagte Evie.

»Mich sprechen?« Liberty runzelte die Stirn. Dorothy kam manchmal ins Button Hole, um Strickmuster oder Wolle zu kaufen, war aber gewöhnlich nicht wählerisch, wer sie bediente.

So oder so war Liberty froh, den verfluchten Quilt hinter sich zu lassen, und ging in den Laden.

Dorothy blickte ihr gespielt empört entgegen, während sie mit einem Finger wackelte. »Du hast vergessen, mich besuchen zu kommen.«

Zunächst stutzte Liberty, dann erinnerte sie sich. Dorothy hatte auf dem Ball gesagt, sie solle mal zum Tee zu ihr kommen. »Oh, Dorothy, das tut mir so leid! Es war eine Menge los.«

»Ja, ich habe von deinen Abenteuern gehört.« Ihre Augen funkelten. »Wie wäre es, wenn du heute Abend nach der Arbeit vorbeikommst?«

Liberty war müde und schlecht gelaunt und wollte nur noch ihren Pyjama anziehen und ausspannen. »Na ja, eigentlich bin ich …«

Dorothy schüttelte bereits den Kopf. »Keine Ausreden, junge Dame. Ich warte auf dich.«

»Oh. Okay. Ähm … Worum geht es?« Wahrscheinlich wollte sie nur plaudern. Dorothy konnte ohne Ende reden, und sie war einsam.

»Das erkläre ich dir heute Abend.«

Dorothy wohnte in der Love Lane, einer Kopfsteinpflasterstraße, die zu schmal für Autos war und sich nur einen kurzen Fußweg vom Button Hole entfernt befand. An der Tür ihres Reihenhauses hing ein Kranz aus Pinienzapfen und Misteln, und das Licht darüber leuchtete wie ein Glühwürmchen in den dunklen Winterabend, als Liberty sich dem Haus näherte.

Dorothy musste nahe der Tür gewartet haben, denn sie öffnete sofort, als Liberty anklopfte.

»Gib mir deinen Mantel. Setz dich, meine Liebe.« Dorothy wies zum Wohnzimmer, wo ein Feuer im Kamin knisterte und ein Teller mit Mince Pies auf dem Sofatisch stand.

Liberty nahm brav auf dem Sofa Platz, wo sie in die tiefen Kissen sank. Ihr war nicht danach, über Strickmuster oder »diesen netten Franzosen« zu reden, aber es war offensichtlich, dass Dorothy sich einige Mühe gemacht hatte, also zügelte sie ihre Ungeduld. Sie konnte sowieso nicht lange bleiben, weil Charlie rausmusste.

»Sherry?«, fragte Dorothy, die bereits ein winziges Glas einschenkte.

»Eigentlich bin ich …«

»Nimm schon«, ergänzte Dorothy leise. »Du brauchst ihn vielleicht.«

Liberty ergriff das Glas und runzelte die Stirn. »Warum sollte ich …«

»Es geht um die Blumen, die du jedes Jahr an deinem Geburtstag bekommst.«

Sie erstarrte. »Weißt du, wer sie schickt?«

Dorothy nickte. Allerdings hatte sie einen komischen Gesichtsausdruck, den Liberty nicht deuten konnte, und stürzte ihren eigenen Sherry herunter (was wiederum nicht sehr außergewöhnlich war).

»Und? Wer ist es?«

Dorothy zögerte, und Liberty sah ihr an, dass sie mit sich rang. Die Person musste sie zur Verschwiegenheit verpflichtet haben, genau wie die Floristin.

Schließlich sah sie Liberty mit ihren stechend blauen Augen an. »Jemand, der dich sehr geliebt hat.«

»Geliebt hat?« Vergangenheitsform. Liberty hielt den Atem an und wartete, dass Dorothy mehr sagte.

Doch stattdessen fragte sie: »Kannst du es nicht erraten? Ich denke, tief im Innern weißt du es.«

Liberty wurde wütend. Sie hatte die letzten zwölf Jahre gerätselt und war nicht darauf gekommen.

Geliebt hat.

Aber sie hatte nur die in Betracht gezogen, die noch lebten.

Ihre Stimme war nur ein Flüstern, als sie fragte: »War es – Mum?«

Dorothy nickte.

Und Liberty schüttelte den Kopf. »Nein, das kann nicht sein.«

Ihre Mutter war dabei gewesen, als sie den ersten Strauß bekam, und hatte geschworen, dass sie es nicht war.

»Du musst dich irren, Dorothy. Vielleicht hast du etwas falsch verstanden oder …«

»Ich irre mich nicht, meine Liebe.« Liberty blinzelte. »Es war deine Mutter. Sie hat es arrangiert.«

Verblüfft ließ Liberty ihre Erinnerungen im Geiste Revue passieren. Hatte ihre Mum es geleugnet? Oder war sie nur ausweichend gewesen – *Was, ich? So etwas organisieren?* – und hatte ihre Tochter so davon überzeugt, den Gedanken zu verwerfen? Wie viele Menschen wussten, dass Gerbera ihre Lieblingsblumen waren? Nicht viele. Doch ihre Mutter war kurz nach Libertys achtzehntem Geburtstag gestorben. »Wie? Ich meine, ich kann mir nicht …«

»Trink deinen Sherry. Nur einen kleinen Schluck.«

Das scharfe Getränk schmeckte eklig, wärmte sie jedoch angenehm. Ihre Mum? Wie hatte sie es eingefädelt, dass die Blumen jedes Jahr kamen?

»Besser?«, fragte Dorothy. »Ich habe ja gesagt, dass du ihn brauchst.«

»Aber du hast Mum gekannt. Sie konnte nicht mal ihre eigene Sockenschublade aufräumen! Planen kam in ihrem Vokabular nicht vor.«

»Sie hat es für dich getan.«

Die Worte waren wie Frühlingsblüten, die langsam zu Boden rieselten. Ihre Mum hatte geplant, dass sie jedes Jahr an ihrem Geburtstag ein Geschenk bekam. Liberty fühlte, wie die Liebe ihrer Mutter sie durchströmte und ihr das Herz überquoll.

»Sie hat dich mehr als alles andere geliebt.«

Plötzlich kamen Liberty die Tränen, und sie blinzelte angestrengt. »Ich … ich weiß.« Daran hatte sie nie gezweifelt. »Warum hat sie es getan? Was sollen die Blumen bedeuten?«

Mit zittriger Hand schenkte Dorothy ihnen nach. »Sie war besorgt, weil du als Teenager so still und ein wenig zurückhaltend warst, und sie hat sich immer gefragt, ob es deinem Selbstvertrauen geschadet hat, ohne Vater aufgewachsen zu sein.«

»Was für eine absurde Idee!«

Dorothy stellte die Sherryflasche ab. »Manchmal war sie in Sorge, dass sie nicht genug war.«

Wieder stiegen Liberty Tränen in die Augen. »Wie konnte sie das denken? Sie war die beste Mum.«

»Jedenfalls sollten die Blumen dich an alle die Menschen denken lassen, denen du wichtig bist. Damit du erkennst, dass es eine Menge gibt, auf das du stolz sein kannst, und selbstsicherer wirst.«

Sie entsann sich, dass ihre Mutter sie damals gefragt hatte: »Gibt es jemanden, dem du geholfen hast oder zu dem du freundlich gewesen bist?« Und Liberty hatte an all ihre guten Taten gedacht. »Gibt es jemanden, der dich bewundert, vielleicht aus der Ferne, oder eine Freundin, die zu schüchtern ist, um zu sagen, wie viel ihr eure Freundschaft bedeutet?«

Nun begriff sie, dass ihre Mutter ihr hatte klarmachen wollen, dass sie von einer Gemeinschaft umgeben war, die sie mochte und sie unterstützte. Sie spürte, wie sie zu lächeln begann. »Welche Ironie«, sagte sie. »Mum hat mir diese Blumen geschickt, um mich selbstbewusster zu machen, und sie waren es, die mich haben erkennen lasse, dass ich zu sehr in meiner Routine feststecke!«

Doch mit der Challenge hatte sie sich ihren Ängsten gestellt und entdeckt, dass sie mutiger war, als sie gedacht hatte.

»Deine Mum wäre stolz auf deine Challenge gewesen. Sie hätte dich die ganze Zeit angefeuert.«

Liberty nickte, weil ihre Kehle zu eng war, als dass sie hätte sprechen können. Sogar im Tod schickte ihre Mum ihr noch ihre Liebe, ihre Ermutigung und Unterstützung, und das war so typisch für sie. Warum hatte Liberty es nicht längst erraten?

Dorothy tätschelte ihr die Hand. »Sie hat dich geliebt, und ist es nicht wundervoll, dass sie einen Weg gefunden hat, es dir selbst nach ihrem Tod noch zu vermitteln?«

»Sie ist immer sehr kreativ gewesen.«

Dorothy lachte. »Das war sie auf jeden Fall! Ich hoffe, es war richtig von mir, es dir zu erzählen. Schließlich sollte ich es geheim halten. Ein Rätsel. Aber …« Sie presste ihre schmalen Lippen zusammen.

»Aber was?«, fragte Liberty auf einmal besorgt.

Zögernd gestand Dorothy: »Der Arzt hat einige Untersuchungen gemacht, und … nun ja, ich bin besorgt. Ich werde nicht immer da sein. Liebes.«

»Oh, Dorothy! Was für Untersuchungen? Was stimmt nicht?«

Dorothy winkte ab. »Nichts, weswegen man sich Gedanken machen müsste. Ich bin nur nicht mehr so jung, wie ich mal war, weiter nichts. Aber du sollst die Wahrheit erfahren, bevor ich eines Tages nicht mehr da bin.«

Wenig später ging Liberty zurück zu ihrem Wagen, den Kopf voll von diesen Neuigkeiten. Ihr Herz fühlte sich leichter an. Und wenn erst …

Sie bremste sich.

Verdammt! Warum war Alex immer noch derjenige, zu dem sie mit dieser Neuigkeit eilen wollte?

Er war fort. Das durfte sie nicht vergessen.

Das Rennen hätte ein Kinderspiel sein müssen. Die Gelegenheit, Oldtimer-Motorräder aus einer vergangenen Ära in all ihrer klassischen Schönheit und ihrem historischen Wert vorzuführen. Jetzt aber war Alex' Vater nicht mehr dabei, und es gab also keine ernst zu nehmende Konkurrenz mehr. Die anderen Fahrer spielten schlicht nicht in derselben Liga wie Alex, daher konnten sie ihm in der Poleposition auch nicht gefährlich werden; nicht einmal mit seinem schwachen Handgelenk. Während sie ihre Motoren am Start aufheulen ließen, ging er davon aus, dass das Rennen schon entschieden war.

Das Schicksal belehrte ihn eines Besseren.

In der dritten Kurve lehnte sich der Typ neben ihm ein wenig zu nahe zu ihm, und Alex versuchte auszuweichen, indem er das Bike noch ein bisschen mehr in Schräglage brachte. Vielleicht war er in Gedanken noch bei Liberty oder nach einem Monat ohne Training aus der Übung. Vielleicht hatte er es auch übertrieben und seine Reifen den Grip verloren – er würde es nie erfahren. Zum dritten Mal innerhalb von zwei Jahren spürte er, wie sich sein Bike von ihm trennte, er durch die Luft segelte und über den Asphalt in Richtung Bande schleuderte.

Es war ein Déjà-vu und dennoch anders.

Er hatte schon zwei ernste Crashs gehabt und jedes Mal getan, worauf er gedrillt war: den Körper entspannen, sich rollen und schlittern lassen, sich dem ergeben, was immer das Ergebnis war.

Heute nicht.

Diesmal packte ihn eine gleißende Furcht. Er sah Libertys Lächeln, ihr Haar, ihre wunderschönen Augen. Er durfte sie nicht verlassen. Er musste überleben.

Doch sein Körper rollte weiter, prallte ab, und die Bande wurde größer, als sie näher kam – bis er in sie hineinkrachte.

Und alles schwarz wurde.

Kapitel fünfundzwanzig

Donnerstag, 8. Januar

Charlie lag zusammengerollt neben ihrem Nähtisch, und Liberty machte sich bereit, um zu Brenda zu fahren. Sie warf die goldenen Quadrate in ihre Tasche, die sie bereits zugeschnitten hatte, um sie heute Abend zusammenzuheften. Ihr Van-Gogh-Quilt war fast fertig, und wenn sie ihn an ihre Nase hielt und einatmete, konnte sie die herrlichen Düfte der Provence riechen: Pinien, Sonnenschein, eine salzige Meeresnote. Es erinnerte sie an den Tag ihrer Ankunft in Frankreich und dass sie wie berauscht gewesen war.

Und an Alex.

Sie legte ihre Schere aus der Hand und wartete, dass der stechende Schmerz verging. Manchmal war er so intensiv, dass es ihr den Atem raubte. Sie wusste, dass er sich am Ende legen würde, aber der Tag lag noch weit in der Zukunft. Ihr bester Schutz war, gar nicht an Alex zu denken, sich zu beschäftigen, ihren Kopf mit Quilts, Farben und Zukunftsplänen zu füllen.

Doch heute Abend war sie müde, und ausnahmsweise hatte sie die Kraft nicht, ihre Gedanken daran zu hindern, dass sie zu ihm abschweiften. Sie fragte sich, wo er war, was er machte. Dachte er an sie? Vermisste er sie überhaupt?

Plötzlich kam ihr ein Gedanke, und sie sah nach dem Datum. Sein Rennen war vor zwei Tagen gewesen. Hatte er gewonnen?

Sie sah hinüber zu ihrem Laptop. *Lass es, Lib. Du musst nach vorn schauen.*

Aber sie konnte der Versuchung nicht widerstehen, setzte sich hin und gab eine Suchanfrage ein. Er war nicht Erster geworden.

Stirnrunzelnd überflog sie die Liste. Schließlich fand sie seinen Namen weit unten.

Alexandre Ricard – DNF.

»DNF? Was heißt das?«, sagte sie laut.

Charlie öffnete kurz ein Auge und schlief weiter. Liberty tippte noch eine Suchanfrage ein, und ihr Puls wurde schneller. *Did not finish*. Hat das Rennen nicht beendet? Warum nicht? Hektisch tippte sie die nächste Anfrage ein, suchte nach einem Bericht zu dem Rennen. Der Beitrag eines Journalisten erschien, und als Liberty ihn las, wurde ihr eiskalt. Nein!

Dort stand, dass er gestürzt war – ziemlich früh. Ein Fahrfehler, stand da. Ungewöhnlich für ihn – als wäre er in Gedanken nicht bei dem Rennen gewesen, vermutete der Journalist. Alex war von seinem Motorrad gestürzt, gegen die Bande gekracht und hatte das Bewusstsein verloren. Man hatte ihn mit einem Hubschrauber in die Klinik gebracht, und seine Familie war bei ihm, aber seitdem gab es keine Neuigkeiten.

Liberty packte die Tischkante, weil ihr schlecht wurde. Er hatte ihr erzählt, das Rennen sei nicht anspruchsvoll, würde nicht ansatzweise das Tempo erfordern, das er gewohnt war. Sie griff nach ihrem Handy und schrieb ihm: *Habe eben von deinem Unfall gehört. Wie geht es dir?*

Sie wartete fünf Minuten. Als er nicht antwortete, rief sie ihn an. Zum Henker mit ihrem Stolz! Sie musste es wissen. Doch sie landete direkt auf der Mailbox.

Was sollte sie tun?

Die Entscheidung kostete sie keine zehn Sekunden. Sie ging wieder online und sah nach den nächsten Flügen nach Südfrankreich.

Alex empfand einen Kick, als er das Ortsschild von Willowbrook sah. Doch die Ampel schaltete auf Rot, sodass er notgedrungen anhalten musste, wobei er einen Fluch murmelte. Als er im Krankenhaus gelegen hatte und dann auf der Reise her, hatte er Zeit gehabt, über das nachzudenken – richtig nachzudenken –, was Liberty vor einer Woche gesagt hatte.

Hatte sie recht? Hatte er Angst? Er, der schon nach Geschwindigkeit lechzte, seit er auf zwei Rädern fahren konnte, fürchtete sich, sein Herz zu öffnen und verletzt zu werden?

Er ließ den Motor aufheulen und wartete ungeduldig auf Grün. Immer wieder hatte er seine Mutter leiden gesehen. Er hatte ihren Schmerz bezeugt, ihre Qual. Und auch wenn er versucht hatte zu helfen, war er die meiste Zeit ratlos gewesen. Als er älter geworden war, hatte sie sich auf ihn verlassen, weil er sie zumindest auf praktische Weise unterstützen konnte. Für ihn war es bei der Wut auf seinen Vater um *ihren* Schmerz gegangen.

Oder nicht?

Plötzlich tauchte eine Erinnerung auf. Er war ein kleiner Junge am Abend vor Weihnachten: angespannt, ängstlich, schlaflos. Aber nicht, weil er von Rentieren und Schlitten fantasierte.

Weihnachten hieß entweder Anspannung oder Abwesenheit. Immer Schmerz.

Wie oft hatte er wach gelegen und sich gefragt, warum sein Vater nicht mit ihnen zufrieden sein konnte – seiner Familie. Warum interessierte er sich nie für seinen Sohn, der alles tat, was er konnte, um ihn zu beeindrucken, sogar seine beruflichen Erfolge übertrumpfte? Der Schmerz bohrte sich in ihn. Er hatte sich verzweifelt die Anerkennung seines Vaters gewünscht – nicht nur als Rennfahrer, sondern als sein Sohn.

Die nicht gekommen war. Und das hatte verdammt wehgetan.

Liberty hatte recht gehabt, wie ihm jetzt klar war.

Er rief sich den Schmerz in ihren Augen ins Gedächtnis, die Tränen, die sie energisch wegblinzelte, und sein Herz wurde immer schwerer. Er hatte sie ermuntert, mutig bei ihrer Challenge zu sein, während er selbst Beziehungen mied und in dem Glauben lebte, dass Liebe nur verletzte.

Er hatte Angst vor seinen Gefühlen für sie gehabt.

Er dachte daran, wie sie zu so vielen Dingen Ja gesagt hatte, vor denen sie sich fürchtete – die Fahrt mit dem Motorrad, der Flug nach Frankreich. Weihnachten allein in einem Land verbringen, dessen Sprache sie nicht beherrschte –, und wusste, dass er sich von seiner Furcht nicht mehr zurückhalten lassen durfte. Er konnte sein Leben nicht immerfort auf der Flucht verbringen, jedes Mal zum Notausgang rennen, wenn ihm jemand zu nahekam. Er musste ihrer Beziehung eine Chance geben, selbst wenn es hieß, sein Herz zu riskieren – und ihres.

Nervös packte er den Lenker. Hätte er in die Zukunft blicken und sicher sein können, dass es funktionierte, wäre er im Nu bei ihr gewesen. Aber niemand wusste, was die Zukunft brachte, nicht wahr?

Er hielt inne. Warum nahm er an, dass die Zukunft nicht in seinen Händen lag?

Wenn er eines von seinem verantwortungslosen und peinlichen Vater gelernt hatte, war es, dass es bei Beziehungen darum ging, da zu sein und zu bleiben, selbst wenn die Dinge mal nicht perfekt liefen.

Und darin war Alex gut. Er war immer für seine Mutter und seine Brüder da gewesen. Warum könnte er das nicht auch für Liberty?

Endlich sprang die Ampel um, und er fuhr mit derselben Entschlossenheit los, die ihn zum Start eines Rennens antrieb.

Er wurde langsamer, als er zu ihrem Cottage abbog, und atmete den frischen Waldgeruch von Baumrinde, nassem Laub und fruchtbarem Boden ein. Er brachte es nicht über sich, vom Bike zu steigen und den Rest zu Fuß zu gehen, weil er zu dringend Liberty sehen wollte.

Sein Herz hämmerte. Allein Liberty hatte seine Gedanken beherrscht, als er auf die Bande zuraste. Sie war das Einzige, was zählte. Als er vor ihrem Cottage anhielt, wurde ein Vorhang aufgerissen, und dann sah er für einen kurzen Moment einen roten Haarschopf. Die Tür ging auf, und sie kam herausgeflogen, dicht gefolgt von Charlie. Alex schaltete den Motor aus, stieg ab und nahm seinen Helm ab. Bei ihrem Anblick begann Freude in ihm zu sprudeln.

»Ich habe versucht, dich anzurufen«, sagte sie aufgelöst. »Ich habe gelesen, dass du einen Unfall hattest.« Ihre Augen waren groß vor Angst und Sorge, und Alex wollte sie in die Arme nehmen.

»Hatte ich. Aber mir geht es gut.«

Wie durch ein Wunder war er nicht ernsthaft verletzt worden. Doch als er zu sich gekommen war, hatte er bereits in dem Hubschrauber gelegen. Er hatte darauf bestanden, dass er keine große Untersuchung bräuchte, trotzdem hatten sie ihn zur Klinik geflogen. Am selben Tag war er wieder entlassen worden.

Ihm war bewusst, dass er Glück gehabt hatte. Dass er kurz davor gewesen war, alles zu verlieren. *Du bist wie eine Katze mit neun Leben*, hatte seine Mutter gesagt.

Er war noch hier, hatte eine weitere Chance bekommen, und diesmal würde er sie nicht vertun. Von nun an würde er nichts mehr als selbstverständlich nehmen. Alles würde sich ändern.

»Gott sei Dank«, sagte Liberty und presste sich eine Hand an die Brust. »Ich habe mir solche Sorgen gemacht.«

Bei ihrer sichtbaren Erleichterung ging ihm das Herz über. »Tut mir leid. Mein Handy war auf halber Strecke her leer. Deshalb konntest du mich nicht erreichen.«

Sie nickte, und Alex' Instinkt sagte ihm, dass er sie küssen sollte, doch sie blieb auf Abstand. Charlie hingegen sprang Alex an, und er kraulte den Hund. »Hallo, Charlie.«

Der Labrador lief einige Male aufgeregt im Kreis, dann hob er sein Bein am hinteren Reifen des Motorrads.

»Merci«, murmelte Alex. Er sah wieder zu Liberty und suchte nach den Worten, die auf der Fahrt her so klar in seinem Kopf gewesen, jetzt aber irgendwie verpufft waren. »Lib, als ich die Kontrolle über das Bike verloren habe, gab es einen langen Moment, in dem ich nicht sicher war, was passieren würde.«

»Hast du gedacht, dass du dich wieder verletzen würdest?«

»Oder Schlimmeres.« Er holte tief Luft. »Und in dem Moment konnte ich nur an dich denken …«

Ihre Augen wurden noch größer. Angst und Hoffnung flatterten in ihm wie Schmetterlingsflügel, doch er ermahnte sich, dass ihm keine andere Wahl blieb, als durchzuatmen und die Worte auszusprechen, die er sich zurechtgelegt hatte. Den Schritt zu wagen, für den er bisher zu feige gewesen war.

»Ich liebe dich, Liberty. Und ich möchte mit dir zusammen sein.« Er räusperte sich. »Ich liebe es, dass du jeden Sonntag verlässlich Carys besuchst und dich weigerst, sie aufzugeben. Ich liebe es, wenn du so wundervoll singst, dass ich eine

Gänsehaut bekomme. Ich liebe es, dass du so kunstvoll und leidenschaftlich nähst. Ich liebe es, dass ich, wenn ich mit dir zusammen bin, nirgendwo anders sein möchte. Ich liebe es, dass du mutig bist, selbst wenn du Angst hast, und ich liebe es, dass du dich nicht gescheut hast zu sagen, dass du mich liebst, obwohl ich dich weggestoßen habe. Du bist der mutigste Mensch, der mir je begegnet ist, Liberty, und ich liebe dich.« Er grinste und stellte fest, dass es ihm unerwartet viel Freude bereitet hatte, es auszusprechen. Und er empfand auch ein Gefühl von Frieden, als wäre auf einmal alles an seinen Platz gefallen.

Sie zog die Augenbrauen zusammen. »Aber ich kann dich nicht bitten, Opfer für mich zu bringen. Du reist so gern, und ich bin sehr häuslich.«

»Und auch das liebe ich an dir. Du magst die einfachen Dinge im Leben. Mir fehlt das Reisen nicht. Du fehlst mir. Und dieser Ort fehlt mir.« Er zeigte auf die Bäume hinter ihnen und malte sich das Summen der Natur aus, das tagsüber die Luft erfüllte. »Ich möchte hier leben. Ich werde mit Guy über das Restaurieren klassischer Motorräder reden, und ich möchte für den Rest meines Lebens an deiner Seite sein … Also, was sagst du?«

Er hielt den Atem an, als er auf ihre Antwort wartete.

»Du kennst meine Antwort, Alex Ricard«, sagte sie leise. Sie legte ihm die Hände an die Wangen, und bei ihrem Lächeln wurde ihm der Brustkorb enger. »Ich liebe dich.«

Ihre Lippen begegneten sich, und er zog Liberty an sich, konnte es nicht erwarten, dieses neue Kapitel seines Lebens zu beginnen. *Ihres* gemeinsamen Lebens.

»Ich werde dich lieben, wie du verdienst, geliebt zu werden«, versprach er, »mit Vollgas, ungebremst.«

Epilog

Sonntag, 25. Januar

Es war ein Sonntag wie jeder andere. Sie waren mit Charlie durch den Wald gelaufen, den Hügel hinauf nach Old Hall und wieder zurück, und hatten die ersten kleinen Anzeichen von Frühling genossen: die Rufe eines Taubenpaars, die Kamelienknospen, die ersten kleinen Schneeglöckchen. Sie hatten Waffeln mit Schokoladensauce gemacht, und nun waren sie bei Carys im Krankenhaus.

Später würden Natasha, Luc und die Kinder zum Essen kommen, und Liberty wollte ihnen den kleinen Quilt für Arthur geben.

Doch jetzt galt ihre ganze Aufmerksamkeit ihrer Freundin. Carys lag noch immer im Koma, atmete gleichmäßig, ihr Gesichtsausdruck weich und ruhig.

»Also, sobald Alex entsprechende Räumlichkeiten gefunden hat, will er eine Werkstatt eröffnen, die auf die Restaurierung von Oldtimer-Motorrädern spezialisiert ist. Er will ein Team von Mechanikern für die groben Arbeiten einstellen und selbst alles leiten, Ersatzteile auftreiben, Kostenvoranschläge erstellen und so. Wenigstens behauptet er das.« Sie sah zu Alex, der auf der anderen Seite des Betts saß, und lächelte. »Wie ich ihn kenne, wird er garantiert selbst mitschrauben wollen, aber dann ist er zumindest beschäftigt.«

»Und ich komme nicht auf dumme Gedanken, meinst du.« Er grinste.

»Ganz genau.«

Liberty lehnte sich zurück. Sie überlegte, was sie ihrer Freundin sonst noch an Neuigkeiten zu erzählen hatte, aber die letzten Wochen waren herrlich ruhig gewesen. Alex war zu ihr ins Damselfly Cottage gezogen (sie hatte entrümpelt, um Platz für seine Sachen zu schaffen; dabei stellte sich heraus, dass er gar nicht viel besaß – abgesehen von fünf Motorrädern), und ihre Zeit bestand aus Spaziergängen mit Charlie und gemütlichen Abenden zu Hause. Nichts Aufregendes, und dennoch konnte Liberty sich nichts Vollkommeneres vorstellen.

Alex blickte auf seine Uhr. »Wollen wir vielleicht los? Ich sollte bald das Essen in den Ofen schieben.«

Liberty nickte. Sie drückte Carys' Hand und beugte sich vor, um sie auf die Wange zu küssen …

Da blinzelte sie und schaute nach unten.

Hatte sie eben gespürt, wie ihre Finger gedrückt wurden?

Sie sah zu Carys' Hand in ihrer. War das ein Muskelkrampf? Konnte man im Koma überhaupt Muskelkrämpfe bekommen? Carys' Finger streckten sich, und ihr Daumen rieb ganz sacht über Libertys.

Liberty rang nach Luft.

»Hast du etwas gesagt?«, fragte Alex, der bereits an der Tür war und sich zu ihr umdrehte.

»Warte«, sagte sie atemlos und winkte ihn zu sich. »Ich denke – ich glaube, ich habe etwas gefühlt. Carys? Car?«

Die Lider ihrer Freundin flatterten ein wenig, hoben sich und schlossen sich wieder.

Abermals rang Liberty nach Luft. Ihr war vage bewusst, dass Alex hinter ihr stand. »Hast du das gesehen?«, fragte sie, ohne den Blick von Carys zu lösen.

»Ja, habe ich«, flüsterte er.

»Carys?«, sagte Liberty ein wenig lauter und packte nun aufgeregt die Hand ihrer Freundin.

»Soll ich eine Schwester …«, begann Alex.

Erneut öffneten sich Carys' Lider. Diesmal blieben sie offen, und ihr Blick glitt langsam zu Liberty.

Liberty konnte nicht atmen, sich nicht bewegen, nicht einmal sprechen. Sie war viel zu aufgeregt. Als Carys' Augen ihre fanden, schlug Libertys Herz einen Purzelbaum. Sie war sich sicher – ohne jeden Zweifel –, dass Carys sie sehen konnte. Richtig. Sie war bei Bewusstsein.

»Du bist wieder da«, flüsterte sie. Ein glückliches Lachen entfuhr ihr, und Tränen ließen sie das Gesicht ihrer Freundin nur noch verschwommen erkennen.

Alex legte ihr eine Hand auf die Schulter. »Wie es aussieht, solltest du uns vorstellen.«